Michael Klonovsky · Land der Wunder

MICHAEL KLONOVSKY

Land der Wunder

Roman

Kein & Aber

Für Elke

1. Auflage August 2005
2. Auflage Juli 2007

Coverbild: Martin Kunze, Hamburg
Turm des Wasserrettungsdienstes, Ostseebad Binz (Rügen),
gebaut von Ulrich Müther und Dietrich Otto
Covergestaltung: Nicholas Ditzler
Satz: Dörlemann Satz, Lemförde
Druck & Bindung: Ebner & Spiegel, Ulm
ISBN 978-3-0369-5139-3

www.keinundaber.ch

»Ich glaube nicht an Wunder. Ich habe ihrer zu viele gesehen!«
Herodias, Gemahlin des Herodes, in Oscar Wildes »Salome«

Inhalt

IV. Gosse, zum Zweiten

V. Die Dinge des Lebens

Prolog

Als Johannes Schönbach längst in München lebte und auf so merkwürdige Weise zu einem Vermögen, jedoch noch nicht auf weit merkwürdigere Weise zu einer Familie gekommen war; viele Jahre nachdem Katja ihm ihre Brüste zwar gezeigt, jedoch verweigert hatte und Janina verschwunden war, aber noch bevor sich Helen als Besitzerin eines Krokodillederherzens entpuppen sollte – und wiederum lange nachdem ihn der Fakultätsdirektor angebrüllt hatte, er sei ein verkommenes, staatsfeindliches Subjekt, dem die antikommunistische Scheiße aus dem Gehirn gespült werden müsse –; das heißt also ungefähr in jener Zeit, als der einstige Beststudent, jahrelange Hilfsarbeiter und zwischenzeitliche Reporter Katja zwar halbnackt wiedergefunden hatte, aber noch nicht die geringste Ahnung besaß, als was sich ein *Andreaskopfsyndrom* entpuppen sollte: Irgendwo in dieser Zeit war das Gerücht in die Welt gesetzt worden, er, Johannes Schönbach, habe in der DDR einige Jahre in einem Lager verbringen müssen.

Dieses Gerücht führt weit zurück, und deshalb steht es am Anfang. Es entspricht allerdings nur zum Teil den Tatsachen. Weder konnte nämlich von mehreren Jahren noch von Zwang die Rede sein. Schönbach hielt sich dort knappe 15 Monate auf, und zwar freiwillig – sofern man in diesem ersatzvaterländischen Laufställchen, das zu verlassen unter Androhung des Fangschusses verboten war, überhaupt von Freiwilligkeit reden konnte. Wenn sich ein Mensch innerhalb eines Gefängnisses so frei bewegen kann, dass er es nicht dauernd als ein solches empfindet, ist er objektiv betrachtet trotzdem kein freier Mensch. Ist aber nicht die gesamte Welt ein Gefängnis? Schönbach hätte sich damals geweigert, diese Frage zu beantworten, und zwar mit dem Hinweis, dass er sie ja erst nach Betrachtung derselben beantworten könne. So ein sophistischer Schlingel und uneinsichtiger Begriffsverdreher war der DDR-Bürger Johannes Schönbach, und nicht zuletzt deshalb befand er sich in besagtem Lager, von dem an dieser Stelle unbedingt erwähnt werden muss, dass es sich um ein Schnapslager handelte.

Schönbach hatte sich damit abgefunden, dass die Horizont-Imitate seines Heimatlandes mit Stacheldraht markiert waren, wie man sich irgendwann mit einer chronischen Krankheit abfindet: Er litt darunter, aber kämpfte nicht dagegen an. Zum einen hätte er nicht gewusst, wie, zum anderen teilte er seinen Pferch mit fast 17 Millionen Menschen, von denen sich die meisten bemühten, ein normales Leben zu führen. Diese ungeheuerliche Normalität ringsum frappierte und lähmte ihn, bis er schließlich an einem Punkt seiner Krankengeschichte angelangt war (um bei diesem nicht völlig unpassenden Gleichnis zu bleiben), wo sich die allmähliche Selbstaustilgung durch notorisch überdosierte Alkoholzufuhr als probate Therapie anzubieten schien. Hätte er eine weniger halbherzige (und, mit Verlaub, wirklich ernsthafte) Version gewählt, gäbe es nicht viel über ihn zu berichten. Er tat es gottlob nicht, und die Geschichte kann ihren Lauf nehmen. Freilich sollte der Leser in Rechnung stellen, dass er Schönbach zu einem Zeitpunkt kennen lernen wird, an welchem dieser glaubte, sein Leben sei im Grunde beendet, und sich zunächst auf eine gewisse Fallhöhe einstellen (der arme Schönbach musste dort schließlich leibhaftig hindurch) …

1.
Gosse

1. Ein Eierlikör-Frühstück

Das in Rede stehende Lager war ein weiträumig umzäuntes Areal aus Betonrampen, Betonhallen und betonierten Anfahrten. Es befand sich im Dreiländereck der Stadtbezirke Lichtenberg, Hellersdorf und Marzahn, wo ehemals Felder und Kleingärten gewesen waren und nun die Früchte des DDR-Wohnungsbauprogramms wie von Riesenkinderhand verstreut aus der lehmigen Erde wuchsen. In seiner Mitte erhob sich in raumfüllender Tristheit ein an die dreißig Meter hoher, ebenfalls aus dem sozialistischen Lieblingswerkstoff gegossener, grün gestrichener und fensterloser Quader. Offiziell hieß das von ihm dominierte Herz des Ostberliner Äthanolkreislaufs *Waren des täglichen Bedarfs/Zentrallager Spirituosen;* die hier draußen zwischen der verlängerten Leninallee und der Allee der Kosmonauten wohnten oder arbeiteten, nannten das Lager aber nur *Grünes Ungeheuer.* Mit Signaldraht bespannte Zäune und schleusenartige Eingänge, in denen mürrische Angehörige des Betriebsschutzes im Verein mit Volkspolizisten Wache hielten, verwiesen auf die staatstragende Delikatheit seines Inhalts.

Schönbachs Aufgabe an diesem Ort bestand darin, unter der Last schwankender Gebinde ächzende Paletten mit Hilfe eines Gabelstaplers vom Lastkraftwagen oder Waggon zu laden und sie, nachdem ihnen von den Kollegen der Dispositionsabteilung ein Platz zugewiesen worden war, ins *Hochregallager* zu expedieren (das war jener Teil, der von außen grün aussah). Es handelte sich also um eine Tätigkeit, die von den Ausführenden nicht viel mehr als ein gewisses Geschick im Umgang mit den zuweilen äußerst eigensinnigen Bestien von Staplern erforderte, die keineswegs jedem Befehl gehorchten, den man ihnen erteilte, und gern mit ihren Beißzangen tiefe Wunden in die Palettenladungen schlugen, aus denen sofort der Schnaps schoss. Doch war diese Arbeit wichtiger als die jedes Funktionärs. Schönbach karrte das Lebenselixier des Sozialismus durch die Hallen, den Trank, der Genossen wie Nicht-Genossen halbwegs bei Laune hielt: Schnaps, Schnaps und nochmals Schnaps; natürlich auch Wein und Sekt, aber insbesondere hochprozentige Sofortglücksverheißungen mit Namen wie *Goldkrone, Burgkrone, Nordhäuser Doppelkorn, Lunikoff, Timm's Saurer, Zinnaer Klosterbruder, Boonekamp, Wurzelpeter, Halb und Halb, Campa, Havanna Club, Sambalita, Goldbrand* oder *Klarer Juwel*. Die Bevölkerung, die von hier aus versorgt wurde, war zwar eine anspruchslose, was die Qualität anging, aber eine des narkotischen Trostes permanent bedürftige – vornehmlich aus den erwähnten Gründen der Horizonteinschränkung. »Eens musste wissen«, hatte ein älterer Disponent zu Schönbach gesagt, als er hier noch neu war, »der Laden is kriegswichtig. Der Fusel muss unters Volk. Versorgungsengpässe bei Alkohol darf et nich jeben, det schafft revolutionäre Situationen.«

Staatswichtig hin oder her: Wer hier arbeitete, hatte in der Regel keine Ausbildung. Anders formuliert: Dieser Ort besaß für Leute mit einer Ausbildung nur eine geringe Attraktivität. Manche indes, die Creme sozusagen, führte den Titel *Facharbeiter für Lagerwirtschaft und Warenbewegung*; das war ein regulärer Ausbildungsberuf, den insbesondere Personen erlernten, bei denen schon in frühen Jahren Probleme im Zusammenhang mit den Grundrechenarten und dem sinnvollen Gebrauch des Alphabets beziehungsweise Abnormitäten des Sozialverhaltens aufgetreten waren, womit sich aufs Glücklichste vertrug, dass die Komplexität der Lagerwirtschaft sich in vermittelbaren Grenzen hielt: Auf der einen Seite kam der Fusel sortenrein an, auf der anderen verließ er das Lager in jenen Portionen, die Geschäfte, Kaufhallen oder Gaststätten geordert hatten. Zwischendurch wurde er von jenem Teil der Belegschaft, der es mit der Täglichkeit des Bedarfs ernst nahm, nach Kräften dezimiert. Zu lernen war lediglich, wie man dabei den Hyänen der Betriebswache, die jederzeit unverhofft zwischen Palettenstapeln hervorschießen und einem das Pusteröhrchen unter die Nase halten konnten, aus dem Wege ging. Gewiss, für manche bedeutete die Gabelstaplerprüfung eine ähnlich hohe Hürde wie für andere die Promotion, namentlich der sogenannte theoretische Teil, obwohl man den Probanden mit den Prüfungsfragen sehr entgegenkam (Mit welchem Öl wird die Hydraulikanlage des Staplers betrieben: a) Rapsöl; b) Leinöl; c) Hydrauliköl?). Letztlich übersprang sie aber jeder. Sozialismus, das hieß: Alle oder keiner.

Schönbach ließ seinen Gabelstapler, einen schmutzig gelben, die Spuren zahlreicher Zusammenstöße tragenden Eintonner, an dem Hupe und Bremsen nur sporadisch funktionierten und dessen Sitz eine klaffende Wunde aus Kunstleder und Schaumgummi war, auf die menschenleere LKW-Rampe rollen. Er saß etwas ungelenk auf dem Gefährt, das für Personen seiner Größe – er maß exakt einen Meter fünfundneunzig – nicht konzipiert worden war; Knie und Ellenbogen kamen sich beim Lenken fortwährend in die Quere. Aber an das generelle Nichteingerichtetsein der Welt auf die vertikalen Ausmaße seines Körpers war er gewöhnt. Beispielsweise was seine Bekleidung anging. Wer wie Schönbach dazu verdammt war, sich mangels Alternativen in die textilen Erzeugnisse *Volkseigener Betriebe* hüllen zu müssen, wer also keine *Westverwandten* hatte, die ihm barmherzige Pakete schickten, oder nicht wenigstens *Westgeld* besaß, um im Intershop einzukaufen, und dazu noch eine ausgefallene Konfektionsgröße benötigte, der lief halt die meiste Zeit seines Lebens herum wie ein Clown. Das entwürdigende Gefühl, schlecht gekleidet zu sein, war für den jungen Johannes

Schönbach daseinsprägend gewesen. Es war irritierend genug zu beobachten, wie seine Knochen eigenmächtig einer idiotischen Sehnsucht nach Länge folgten – so weit, dass Fleisch und Muskulatur gewissermaßen zwischen ihnen aufgespannt wurden (seinem frühpubertären Bizeps hätte ein geübter Kontrabassist das tiefe E entlocken können) –, jedoch der wirkliche Fehlwuchs geschah in seiner Psyche, die nicht verwinden konnte, womit er diese Knochen scheußlicherweise täglich aufs Neue drapieren musste, nachdem er sich von der nächtlichen Streckbank erhoben hatte. Als Teenager hatte er keine einzige Hose besessen, die nicht wie ein Sack an ihm hing. Meist musste seine Mutter diese Produkte aus dem *VEB Jugendmode Berlin* durch Anstückelung eines Stoff- oder Lederstreifens auf die antikollektivistische Ausdehnung seiner verhassten Hachsen verlängern, und selbst noch im Schlaf schämte er sich dafür. So wuchs er mit seinen eigenen Minderwertigkeitskomplexen um die Wette. Dabei gab es neben den souverän-entspannten Levi's-Trägern genügend Schulkameraden, die ebenfalls einen erschütternden Mangel an West-Kontakten optisch kundtaten, aber die waren wenigstens nicht so prangerhaft lang. Kurzum: Schönbach empfand sich wahlweise als das hässlichste Geschöpf der Schule, Ostberlins oder des Warschauer Pakts.

Die Wonnen verspäteter Menschwerdung setzten ein, als er zum einen etwas an Fülle zulegte und sich zum anderen zu Beginn der neunten Klasse mit nebenbei verdientem und gegen die Proteste seines Vaters schwarz umgetauschtem Geld im Intershop seine erste West-Jeans, eine Levi's, kaufen konnte (die erste Levi's und der erste Sex waren nicht nur nahezu ebenbürtige Großereignisse, sondern sie bedingten einander sogar – in der genannten Reihenfolge). Natürlich besaß er keine passenden Schuhe, worauf ihn eine der besser gekleideten Mitschülerinnen prompt aufmerksam machte. Wie sich bald herausstellte, war das baumwollene Wunderwerk, das der Abbildung auf dem

Lederaufnäher zufolge ähnlich wie die Halbkugeln des Otto von Guericke sogar der Zugkraft von Pferden trotzen konnte, außerdem eine Nummer zu weit, obwohl sein stolzer Besitzer einem über jeden Zweifel erhabenen Schamanenrezept gehorchend mit der Hose in die Badewanne gestiegen war und die glitschige Zweitepidermis in stundenlanger Prozedur unter Zuhilfenahme eines Heizlüfters auf seiner Gänsehaut getrocknet hatte. Das stürzte ihn in neuerliche Verzweiflung, der seine Mutter mit ihren bescheidenen Nähkünsten halbwegs erfolgreich zu Leibe rückte.

Ein weiterer Nachteil seiner Größe – dass es in Wirklichkeit ein Vorzug war, seine Mitmenschen aus der Warte der Majestäten betrachten zu können, enthüllte sich ihm erst später – bestand in der automatischen Auffälligkeit, die sie mit sich brachte. Für eine im Wortsinne herausragende Person war es schwierig, sich aus der notorisch eingeklagten Kollektivität davonzustehlen. Nanu, hieß es dann sofort, wo ist denn der Lange? Seine Absenz stach jedermann sofort ins Auge. Er fehlte trotzdem oft, und dass man ihm dies vorwarf, war ein Leitmotiv seiner Schulzeit. In jeder seiner Beurteilungen stand zu lesen, Johannes Schönbach versuche sich bedauerlicherweise vom Kollektiv auszuschließen. Freilich stand in allen Beurteilungen auch, dass er hochintelligent sei. Aber das lag eine Weile zurück …

Der junge Mann auf dem Gabelstapler war also weit über das Normalmaß hinausgewachsen, wobei mit dieser Länge eine nur geringe Breite korrespondierte. Soll heißen: Er war ziemlich dürr – aus seitlicher Perspektive noch mehr als von vorn –, wobei diese Dürre einen künstlich beziehungsweise gewaltsam erzeugten Eindruck vermittelte. Er wirkte, als mangle es ihm seit längerem an Schlaf, frischer Luft und ausgewogener Ernährung. Seine Gesichtsfarbe entsprach keineswegs nur dem, was man herkömmlicherweise als Blässe bezeichnet; dieser anorganische Beigeton erinnerte eher an die Beschichtung mancher

Küchenmöbel. Man hätte ihn dennoch als gutaussehend bezeichnen können (und bevor er an diesen Ort kam, war er auch gelegentlich so bezeichnet worden), insbesondere seiner ozeanischen Augen wegen, deren normalerweise intensives Türkis unter dem Belagerungsdruck enormer Augenringe momentan etwas ermattet wirkte. Sein Schädel war lang und großstirnig, das Haar schwarzbraun, Nase und Lippen stark ausgeprägt, nur bei der Kinnpartie hatte sich die Natur den Jux geleistet, sie eine Spur zu klein ausfallen zu lassen, sie widersprach gewissermaßen, freilich nur kleinlaut, der Stirn und boykottierte, wenn man sehr genau hinsah, die elliptische Ideallinie der Kopfform.

Es war ein Aprilmorgen des Jahres 1987, worüber sich Schönbach bei intensiver Befragung seines wattigen Hirns allenfalls im Klaren gewesen wäre. Die Frühschicht hatte soeben begonnen, Ostberlin lag im Sechs-Uhr-Morgendämmer. Draußen auf der Rampe stand eine frische Lieferung *Bärensiegel*-Eierlikör, vierzehn Paletten à 480 Flaschen, 6720 mal 0,7 Liter gelber Gaumenkleber für Rentnerpartys und Geburtstagsnachmittage, zum Übers-Eis-Kippen und zur Heranführung des Nachwuchses an daseinserleichternde Trinkgewohnheiten. Schönbach stieg von seinem nach Batteriesäure stinkenden Gefährt, wobei er das Siegfried-Motiv aus Wagners *Ring* pfiff und sich nach allen Seiten umsah. Seine Wohlgeübtheit nicht verhehlend, löste er eine Flasche des von der Morgenkühle wohltemperierten Likörs aus einem der Gebinde, schüttelte sie kräftig und ließ drei beachtliche Kaskaden in seiner Kehle verschwinden. Dann schob er die halbleere Flasche an ihren Platz zurück, wischte sich den Mund mit dem Ärmel ab, tat einen innigen Rülpser und brummelte mit gekünsteltem Bass:

»Trinken wollt ich, nun treff ich auch Fraß –«

»Na, jefrühstückt?«

Schönbach fuhr auf den Absätzen herum. Hinter ihm stand Röhm, ein harmloser Knallkopf, der das Pech besaß, wie ein

Ungeheuer auszusehen. Massig, ungestalt, trotz seiner zwanzig Jahre bereits mit schütterem Haar geschlagen, dessen Farbe an verdorrtes Moos erinnerte, und so extrem schielend, dass einem vom Hinschauen schwindlig wurde, lehnte er, den Sicherheitsgurt seines *Regalbediengerätes* wie ein Gängelband um die gewaltige Wölbung seines Kegelleibes geschnallt, am Rampentor.

»Röhm, erschreck mich nicht so, hörst du? Es reicht, wenn du abends alte Frauen erschreckst. Was willst du überhaupt hier? Scher dich auf dein *RBG*.«

»Ick hab noch nüscht zu tun. Die Nachtschicht hat nüscht stehen jelassen.«

Jeder Horrorfilmregisseur hätte Röhm mit Begeisterung engagiert, zunächst sowieso und obendrein, weil er sich den Aufwand für die Maske hätte sparen können, aber es wurden ja keine Horrorfilme gedreht in der DDR. Der schielende Koloss Röhm und der kleine fette Schulze, ein teigiger, leichenblasser Typ, der pausenlos und absolut sinnfrei in einer unerträglichen Kastratenstimmlage herumplärrte, waren die beiden ersten seiner neuen Kollegen gewesen, die Schönbach zu Gesicht bekam, als es ihn vor gut einem Jahr in die hiesige Commedia verschlug, und er hatte sich damals gefragt, ob er nicht gerade einen kapitalen Fehler beging und lieber schleunigst das Weite suchen sollte. Inzwischen hatten sich seine Maßstäbe verschoben beziehungsweise zurechtgerückt – welche von beiden Varianten zutraf, wusste er nicht genau, was unter anderem der Wirkung von Äthanol auf das menschliche Gehirn zuzuschreiben war. Bis dato hatte er bloß grundfalsche Vorstellungen darüber besessen, wo der menschliche Durchschnitt anzusetzen sei.

»Wieso säufst du Eierlikör?«, erkundigte sich Röhm verwundert, und aus seinen Worten klang die Bereitschaft, im Bedarfsfall aus den Höhen des Regallagers etwas Solideres herbeizuschaffen.

»*Variatio delectat*«, bekam er zur Antwort.

»Hä?« Röhms Schielen nahm dräuende Ausmaße an. »War det wieder Lateinisch oder wie?«

»Exakt, denn auf Griechisch hieße es ja *metabolä panton glyky*. Ist es eigentlich wahr, dass du ein Tennisspiel verfolgen kannst, ohne den Kopf zu bewegen?«

»Leck ma doch. Und wat heißt det nu uff Deutsch?«

Röhm war rührend – er erkundigte sich noch. Er schrie förmlich nach Zuwendung.

»Komm, das kriegst du raus. Hängt man ein N an Variatio, heißt es?«

»Vari..., Varia... – ach so: Variation«, stotterte Röhm.

»Bravo! Und was bedeutet Variation?«

Der krude Koloss schien zu überlegen, ob er nicht einfach abhauen sollte. Aber schließlich sagte er: »Variante?«

»Warum sollte«, fragte Schönbach, »warum sollte Variante Variation bedeuten? Mensch, Röhm, konzentrier dich! Du liegst insofern richtig, als wir den Wortstamm *varia* beibehalten, die Substantivierung von varius, was verschieden oder vielfältig bedeutet.«

»Wie viel haste denn von det Zeug schon jetrunken?«, erkundigte sich Röhm weise.

»Lenk nicht ab, wir waren bei der Bedeutung von Variatio. Wenn du, woran ich leider zweifeln muss, mal einen Tag erlebst, der vom üblichen Einerlei abweicht, was bietet dir dieser Tag dann?«

»Abwechslung?«

»Na was denn sonst? Ich wette, du hättest die 10. Klasse doch geschafft. Die Formulierung, dass jemand sich an etwas delektiert, hast du die schon mal gehört?«

»Nö.«

»Man kann sich zum Beispiel an einer Frau delektieren ...«

Der Menschenkegel errötete im gesamten oberen Fünftel. Gehört hatte er zumindest davon.

»… wobei, und damit wären wir wieder bei unserem Fall, man sich ernsthaft natürlich nur an mehreren Frauen delektieren kann.«

»Du hast also uff Lateinisch jesagt, du trinkst den Eierlikör wejen die Abwechslung?«

»Exakt. Und weil der Mensch morgens ein paar Kalorien braucht. Oder kriegst du um die Zeit schon feste Nahrung runter? Mensch, Röhm! Wie kommen bloß manche darauf zu sagen, du seist bekloppt? Du wirst eines Tages noch Chef vom gesamten Wareneingang. Strenggenommen habe ich gesagt, dass jede Abwechslung erfreut. Das steht schon bei Euripides – den kennst du, nicht? Der war hier Schichtleiter von 450 bis 430 vor Christus. Bei ihm steht, wie gesagt, *metabolä panton glyky. Metabolä*, das bedeutet nicht bloß Veränderung, sondern auch Umsturz, Revolution, verstehst du? Und *glyky* kennst du auch, das steckt heute noch in der Glukose, von der wiederum jede Menge in deinem Wanst steckt. Alle Veränderung ist süß, heißt es im Original – aber auch: Jede Revolution ist süß! Es wäre mal Zeit für eine, oder?«

Röhm schien nun vollends die Kontrolle über sein Schielen zu verlieren und begann an seiner Unterlippe zu kauen.

»Na ja, vergiss das mit der Revolution«, beruhigte ihn Schönbach. »Es gilt eben immer: bei Frauen, bei Speisen, bei Getränken, beim Fernsehprogramm, bei der Regierungsform und auch bei Kollegen. Deswegen hat mich die Heimleitung ja zu euch geschickt, damit ihr hier ein bisschen Abwechslung bekommt.«

»Verarsch ma nich«, sagte Röhm und sein Gruselgesicht sah mitgenommen aus. »Ick mach ma vielleicht mehr Jedanken über manche Sachen, als de gloobst. Und eens weeß ick: Dass se eenen wie dich hierherjeschickt ham, is ne Schweinerei. Aba trotzdem brauchste ma nich verarschn.« Mit diesen Worten ging er. Er war einfach ein netter Kerl.

Schönbach stieg wieder auf seinen Stapler und blieb in einem jähen Anfall von Normerfüllungsverweigerung, dem ein identisch jäher Anfall von Ekel um Sekundenbruchteile vorangegangen war, auf der Rampe stehen. Es war zwar kalt hier draußen, zumal mit einem Klumpen kalten und zähflüssigen Likörs im Magen, doch es grauste ihn, hineinzufahren. Obwohl dieses Ekelgefühl sein täglicher Begleiter war, wusste er nicht genau, ob es eher dem Lager und seinen werktätigen Insassen galt oder doch mehr sich selbst. Mit dem Ekel verhielt es sich so, dass er ihn nur mit Schnaps bekämpfen konnte, wovor er sich aber zugleich wieder ekelte, und so weiter. Zurzeit stand nichts Passableres als der Eierlikör in seiner Reichweite, das heißt im toten Winkel der zahlreichen Kameras, die wie gefährliche Großinsekten in Deckenhöhe an Wänden und Pfeilern hingen, und Schönbach bat ungern Kollegen darum, ihm etwas aus dem Hochregallager zu holen, nicht mal den netten Röhm, weil er dieses komplizenhaft-wissende Grinsen bei der Übergabe nicht ertrug. Passabel hieß: etwas, das man aus der Flasche trinken konnte, irgendein nicht allzu süßer Likör. Die ganz harten Hunde tranken schon morgens Korn oder Wodka; das schaffte er mit seinem nervösen Magen nicht. Er brauchte zumindest etwas zum Nachspülen. Am liebsten mixte er sich Wodka oder Whisky mit Cola – den Ost-Whisky kriegte man pur sowieso nicht runter –, aber er konnte ja unmöglich ein Cocktailglas auf dem Stapler spazieren fahren, obwohl rechts neben der Sitzruine Platz für eine komplette Hausbar gewesen wäre. Seine Zechkumpane in der Reklamationsabteilung (um den Begriff Freunde nicht unstatthaft in einen Kontext einzuführen, in welchem aufgrund permanenter Bewusstseinstrübung nur Kumpane existieren), wo man sittsam aus Gläsern trinken konnte, hatten diese Woche Spätschicht und würden erst um vierzehn Uhr ihren Dienst antreten. Frühschicht und normaler Wochentag, das war sowieso eine ungünstige Konstellation zum Trinken, weil sich im Wareneingang viel zu viele Leute aus dem Bürogebäude, dem so genannten *Faultierhaus*, herumtrieben, die den Proleten wohl die Quellnähe neideten. Die Spontanpartys stiegen an den Wochenenden, wenn die Faultiere auf den heimischen Sofas Bedeutendes taten, die Belegschaft in Minimalbesetzung agierte und auch die Wachmannschaft halbiert war.

Schönbach gab sich einen Ruck, gabelte die erste Eierlikör-Palette auf und fuhr in die Wareneingangshalle, auf deren schwarzgrauem Betonfußboden Pfützen aus Schnaps und Regenwasser standen – die Hallendächer hatten alle Löcher, aber der gelernte Dachdecker Erich Honecker hielt ja lieber Reden. Ein rotes Schriftband mit der Losung »Die Versorgung der Werktätigen mit Spirituosen – unser Klassenauftrag!« hing an der gegenüberliegenden Stirnseite traurig in der Mitte durch.

»Halt, bleib mal stehen, da vorn ist eine Flasche kaputt«, rief die Kontrolleurin, die für diese Lieferung zuständig war, ein stumpfsinnig blickendes Ding Anfang zwanzig, schafsgesichtig, rotblond, sommersprossig und hochschwanger. Aber sie hatte einen reizenden, festen Apfelarsch – zumindest gehabt – und trug nie einen BH, selbst jetzt nicht, wo ihre Brüste zu explodieren schienen und ihre Nippel den Arbeitskittel zu durchbohren drohten. Schönbach kannte ihre Anatomie etwas näher, denn er war während einer jener Wochenend-Nachtschichten, wo sich ein mäßiger Arbeitsanfall mit einem ausgiebigen Alkoholkonsum verschränkte, wo, kurz gesagt, mal wieder auf Staats- und Betriebskosten gefeiert wurde, mit ihr für ein halbes Stündchen zwischen den Paletten des Hochregallagers verschwunden und hatte alles genau erkundet, während sie sich in die Hand biss, um eventuell herumstreunenden Kollegen kein Hörspiel zu bieten. Wenig später war sie, gottlob von einem anderen Kollegen, schwanger geworden; wo, entzog sich Schönbachs Kenntnis, aber die Wahrscheinlichkeit, dass ein unter starkem Alkoholeinfluss gezeugtes halbdebiles Hochregallagerkind demnächst eine begrenzt schöne Welt erblicken würde, war keine geringe.

»Gestern hab ich die Fuhre abgenommen, und alles war in Ordnung«, maulte sie und schob ihre Mordsplauze um die Palette. »Ich dachte, ich krieg' endlich mal 'ne Lieferung, wo ich kein Fehlmengenprotokoll schreiben muss.«

»Dann übersieh es einfach«, schlug Schönbach vor. Er wollte sie bei ihrem Namen nennen, aber er hatte ihn vergessen. In letzter Zeit vergaß er dauernd etwas.

»Die ist nicht kaputt, die hat jemand aufgemacht«, erklärte sie fachmännisch, nachdem sie die Flasche aus dem Gebinde gezerrt hatte.

»Wer soll die denn aufgemacht haben? Kein Schwein trinkt Eierlikör.«

»Das frag ich mich auch. Noch dazu aus der Flasche. Das klebt doch wie Zuckersirup.«

»Eher wie Sperma.«

»Iiii, wie du redest«, rief sie, machte aber ein Gesicht, das gar nicht nach »Iiii«, sondern eher wie gekitzelt aussah, »Sperma, wie eklig!«

»Was, du ekelst dich vor Sperma?«, erkundigte sich der Lagerist Stahlberg, der eben vorbeigeschlurft kam, ein hagerer, unrasierter Kerl mit blonden zottigen Haaren und dem stumpfen Blick des Spiegeltrinkers.

»Ach du, misch dich nicht ein –«

»Das hast du nun davon«, mischte sich Stahlberg weiter ein.

»Was hab ich wovon?«

»Würdest du dich nicht ekeln, hättest du's geschluckt. Hättest du's geschluckt, hättest du jetzt keinen dicken Bauch.«

Und er schlappte grinsend weiter, als habe er einen guten Witz gemacht.

»Blödmann!«, rief sie ihm hinterher.

»Stahlberg sollte dieses Jahr Bestarbeiter werden«, sagte Schönbach. »Allein schon für seinen entschlossenen Gesichtsausdruck. Findest du nicht?«

»Stell die Palette ab, ich muss ein Fehlmengenprotokoll schreiben.«

»Quatsch! Steck die Flasche wieder rein, das merkt doch niemand.«

»Meinst du wirklich?« Sie blickte sich um. Wie hieß das Mädel bloß?

»Nun mach schon!«

»Nein, das darf ich nicht. Stell die Palette ab.«

In diesem Moment bog kein Geringerer als Doktor Hubert Halluschinsky, der Betriebsdirektor, um die Ecke. Niemand außer vielleicht seiner Gattin wusste, was der Mann um diese Zeit hier schon zu suchen hatte. Halluschinsky, den alle Schlawinski nannten, war ein ungefähr fünfzigjähriger kleinwüchsiger Halbglatzkopf mit Brille, einem immer leicht verblüfft wirkenden Gesichtsausdruck und feuchter Aussprache, der meistens karierte Hemden trug und zu dessen Lieblingsscherzen die Behauptung gehörte, in keinem der Betriebe, in denen er zuvor gearbeitet hatte, sei so wenig gesoffen worden wie hier. Diese Aussage besaß einen selbstreferentiellen Wahrheitskern: Halluschinsky war ein trockener Alkoholiker, den die Trunksucht vor vielen Jahren aus dem universitären Lehramt in die Produktion und zuletzt ironischerweise hierher verschlagen hatte. Von ihm hieß es, er habe den einzelhandelsüblichen Kartoffelsack erfunden, jenes dubiose Netz, an dem sich der Knabe Johannes Schönbach, wenn seine Mama ihn einkaufen schickte, jahrelang die Fingerchen abgeschnürt hatte, bis er endlich auf den Dreh gekommen war, eine der Kartoffeln beim Tragen in die Hand zu nehmen. Vielleicht besaßen Halluschinskys vorgesetzte Genossen einen speziellen Humor, dass sie ihn direkt an die Quelle setzten, wo er sich vorkommen mochte wie ein Triebtäter im

Harem, vielleicht waren sie Zyniker, Sadisten oder vollkommen gedankenlos – wie auch immer: Halluschinsky hatte die Situation gemeistert und allen Versuchungen widerstanden. Er war überdies kein Renegat geworden, sondern zeigte ungewöhnlich viel Verständnis für Kollegen mit Alkoholproblemen. Derer gab es einige, und zu ihnen gehörte Schönbach.

Immer wenn er den Direktor sah, musste er automatisch an sein Einstellungsgespräch vor einem Jahr denken, als die *Kaderleiterin*, die offensichtlich seine Akte nicht gelesen hatte – bestimmt weil sie das Elend nicht mehr ertrug, sich die Akten der Existenzen, die sich bei ihr bewarben, anzusehen –, ihn nach seinem Schulabschluss gefragt und ohne die Antwort abzuwarten unter der entsprechenden Rubrik im Bewerbungsvordruck mechanisch »8. Klasse« eingetragen hatte (sie war so nett beziehungsweise klug, den Vordruck gleich selber auszufüllen; auch das ließ deprimierende Rückschlüsse auf den Personenkreis zu, der üblicherweise bei ihr vorsprach).

Als er aber »Abitur« geantwortet hatte, war die Kaderleiterin zusammengefahren, als habe er etwas Unanständiges zu ihr gesagt, hatte ihn sodann mit einem Blick gemustert, in dem Erstaunen und Verständnislosigkeit Pingpong spielten, um schließlich, nachdem die Verständnislosigkeit obsiegt hatte, zu fragen: »Was um alles in der Welt wollen Sie dann hier? – Ich meine: Warum wollen Sie dann als Lagerist arbeiten?«

Törichte Kadertante! Als ob diese grundsätzliche Frage mal eben so zu beantworten gewesen wäre! Sollte er ihr die Wahrheit anvertrauen? Ihr erklären, dass es zu einem grundlegenden Zerwürfnis zwischen diesem Staat und ihm gekommen war, dessen Folgen unfairerweise er ganz allein zu tragen hatte? Dass er bei Gelegenheit einer fröhlichen Zecherei drei merkwürdige Herren kennen gelernt hatte, die hier arbeiteten und ihm erzählt hatten, man könne im WtB-Zentrallager Spirituosen erstens ganz gut verdienen und zweitens jede Menge gratis saufen?

Dass er nach dem ultimativen und unwiderruflichen Scheitern all seiner Zukunftspläne fortan mehr trinken wollte, als je ein Unsterblicher vor ihm?

Was hatte er der Kaderleiterin damals bloß geantwortet?

Aber schon an seinem zweiten Arbeitstag stand Halluschinsky vor ihm und erklärte, es komme bestenfalls alle zehn Jahre vor – und diese Zeitspanne wähle er nur, weil er selbst erst neun Jahre hier sei –, dass ein Mensch mit Abitur in diesem Betrieb auftauche; es könne nicht angehen, dass dieser Mensch Schnapsgebinde auf Paletten staple. Er, Schönbach, möge gefälligst in die Schicht C wechseln und nach ein paar Monaten Hospitation vielleicht die Leitung des Warenausgangs übernehmen, diese Stelle sei gerade vakant, denn der, der sie bislang bekleidet hatte, sei – na, egal, ein Spirituosenlagerschicksal eben. So sah es also aus, wenn sich unverhofft ein Karrierefenster auftat. Aber Schönbach wollte kein sozialistischer Leiter werden; seine Lebensplanung war mittlerweile entschieden destruktiv.

»Sie wissen, dass ich von der Uni geflogen bin?«, fragte er.

»Ja und? Das ist vielleicht ein Glücksfall für uns. Ich bin übrigens auch mal von der Uni geflogen«, hatte Halluschinsky geantwortet. Der Mann war offenbar schwer in Ordnung, und es tat Schönbach aufrichtig leid, ihn enttäuschen zu müssen.

Aus welchem Grund Halluschinsky dem akademischen Betrieb hatte Valet sagen müssen, war übrigens ein offenes Geheimnis. Der relative Respekt, den der Direktor genoss, weil er trotzdem im Garten des Versuchers sein Tagwerk verrichtete, glich jenem, den eine katholische Gemeinde ihrem zölibatären Hirten entgegenbringt. Man konnte relativ sicher sein, dass Mitarbeiter, die schlecht über ihn redeten, ihr Trinkverhalten unter Kontrolle hatten. Freilich war Schönbach damals noch nicht in diese Bewandtnisse eingeweiht, so dass er in spontaner Solidarität fragte: »Tatsächlich? Warum hat man denn *Sie* geschmissen?«

Halluschinsky verzog keine Miene, während er mit dem rechten Arm eine Kreisbewegung beschrieb, die wohl zugleich allumfassend und wegwerfend sein sollte, und antwortete: »Ich hatte zu diesem Zeug hier ein innigeres Verhältnis, als es einem Ökonomie-Dozenten ansteht.«

Da kann es ja mit dem Sozialismus nichts werden, dachte Schönbach spöttisch, wenn ein Alkoholiker einem Staatsfeind eine Führungsposition anbietet.

Der Teufel mochte wissen, warum der Glatzkopf so ungewöhnlich offen mit seinem Malheur umging. Vielleicht war er stolz darauf, den überwältigenden Anblick der Schnaps-Pyramiden inzwischen mit einem stoischen Achselzucken parieren zu können. Vielleicht waren auch seinerzeit die Gerüchte schneller hier angekommen als er selbst, und er hatte sich für einen offensiven Umgang mit seinem ohnehin ramponierten Ruf entschieden.

»Das fällt unter menschliche Verfehlung. Bei mir liegen die Dinge aber anders«, hatte Schönbach eingewandt.

»Sie sind, wie es so schön heißt, vom Klassenstandpunkt abgewichen, ich weiß«, erwiderte Halluschinsky, nahm die Brille ab und rieb sie an seinem Hemd. »Aber ich weiß auch«, fuhr er fort, während er die Gläser prüfend gegen das Deckenlicht richtete, »dass der Warenausgang in der C-Schicht einen Chef braucht. Es ist nicht so, dass mir die Kandidaten die Tür einrennen. Machen wir uns doch nichts vor: An den Unis regieren Theoretiker und Spinner. Der Klassenstandpunkt ist mir nicht ganz so wichtig wie der Liefertermin.«

Schönbach hatte sich damals Bedenkzeit erbeten, und als sie verstrichen war, lief bereits das erste Disziplinarverfahren wegen Trunkenheit am Arbeitsplatz und Lagerdiebstahl gegen ihn (Anklagepunkt eins zog hier automatisch Anklagepunkt zwei nach sich; das Argument, man habe sich Schnaps von daheim mitgebracht, ließ man nicht gelten). Es war sehr dämlich von ihm und sprach nicht für den Wert von vier Extra-Schuljahren, sich erstens überhaupt und zweitens so früh erwischen zu lassen, aber die schlaraffige Angebotsmenge hatte ihn überwältigt. Abertausende Flaschen, vom billigsten Fusel bis zum feinsten Tränklein, das ostdeutsche Brennereien hergaben (was, zugegeben, nicht viel hieß), standen plötzlich in meterhohen Stapeln vor ihm: Er brauchte nur die Hand auszustrecken. Wie absurd, dafür jemals Geld ausgegeben zu haben! Es war ihm richtiggehend peinlich, danach Halluschinsky wieder unter die Augen zu treten, doch der bemerkte nur tiefsinnig: »Es gibt eben Gesetze der menschlichen Psyche, die man akzeptieren muss.« Fortan ließ er den Exmatrikulierten in Ruhe. Statt Warenausgangschef zu werden, blieb Johannes Schönbach, der ursprünglich hatte Philologe werden, wollen, Gabelstaplerfahrer.

Eben jener Halluschinsky stand nun also neben ihm und der hochschwangeren Kontrolleurin, die nach wie vor die halbvolle Flasche in der Hand hielt, und fragte: »Eierlikör um die Zeit?«

»Wir haben beschlossen, endlich die Wehen einzuleiten«, ulkte Schönbach. Bei diesen Worten musste er aufstoßen, und ein halbverdauter Bruchteil dessen, was in der Flasche fehlte, verbreitete einen scharfsäuerlichen Geschmack in seinem Mund. Er vernichtete das Beweismaterial und schluckte den Gallert widerwillig hinunter.

Die Kontrolleurin glaubte aus nicht ersichtlichen Gründen, sich verteidigen zu müssen. »Sie denken doch nicht etwa«, rief sie empört, »dass ich – in meinem Zustand – und überhaupt …«

Halluschinsky hob abwehrend die Hände. »Um Himmels willen, nein! Das war ein Scherz.«

Wie es aussah, hatte der Direktor mit seinem Scherz nun tatsächlich die Wehen eingeleitet, denn die Kontrolleurin griff sich plötzlich mit der freien Hand an die Unterseite ihres gewaltigen Bauches und stieß einen spitzen Schrei aus. »Ich glaube, es geht los!«, stöhnte sie. Die Flasche entglitt der Schwangeren, und gleichzeitig entglitt diese selbst gewissermaßen ihren eigenen Füßen; Halluschinsky, unschlüssig, welches der beiden fallenden Objekte er auffangen sollte, griff instinktiv nach der Flasche; Schönbach wollte helfend vom Stapler springen, bedachte aber seine Größe nicht und krachte mit dem Schädel so heftig gegen das Schutzgitter über ihm, dass es vor seinen Augen flimmerte – entgegen allen Arbeitsschutzvorschriften trug er mal wieder keinen Helm. Die Kontrolleurin kippte gegen die Palette, rutschte an ihr hinab und plumpste mit dem bereits mütterlich gepolsterten Gesäß auf den Betonboden.

»Halten Sie die Flasche!«, kommandierte Halluschinsky. Schweißperlchen auf der Stirn kündeten vom Grad seiner Erregung.

Schönbach konnte aber nicht, denn er benötigte gerade beide Hände, um die sich an seinem Kopf bildende Beule zurückzudrängen; nach Sekundenbruchteilen siegte die Autorität des Vorgesetzten über den Schmerz, und er opferte eine Hand zum Halten der Bouteille, die er vor ein paar Minuten zur Hälfte geleert hatte, wofür er sich verwünschte, denn ohne diese verdammte Flasche hätte er jetzt wohl keine Kopfschmerzen und diese Kontrolleurin vermutlich keine Wehen.

Der Direktor wusste allerdings auch mit freien Händen nicht, wie er der womöglich bereits Kreißenden helfen sollte, deren Atemfrequenz zur Eile spornte, und blickte hilfesuchend um sich. Glücklicherweise nahte Rettung in Gestalt einer gewichtigen Disponentin, die schon mehrfaches Mutterglück genossen hatte und wusste, was zu tun war. Sie öffnete der Kontrolleurin die Bluse, fächelte ihr Luft zu und brachte sie mit Hilfe des Direktors wieder auf die Beine. Dann nahmen sie die Seufzende in die Mitte und schwankten mit ihr davon.

Er wird sie doch nicht in die Klinik begleiten, dachte Schönbach, während er dem Trio nachblickte und das Corpus Delicti ins Gebinde zurückschob. Danach karrte er die Palette zur

Hochregalschlucht Nummer 39, in welcher der Disponent ihr einen Platz angewiesen hatte. Zischend und fauchend, einen kleinen Lichtkegel vor sich herschiebend, nahte das riesige Bediengerät, eine Ein-Schienen-Lok von Kraneshöhe. »Da vorn ist 'ne Pulle kaputt!«, schnarrte Röhm, der gerade im Führerhaus von Nummer 39 stand. »Na, wurscht.«

Und die Palette wurde gepackt und emporgehoben in eine der unzähligen Waben, wo sie im Dunkel schlafen würde bis zu dem Tag, an dem der Warenausgang sie anfordern und aus ihrer Dornröschenruhe schrecken würde. Da es sich um schnöden Eierlikör handelte, würde sie diese Zeit sogar ungestört verbringen. Es gab andere Sorten, zum Beispiel einen Erdbeerschaumwein namens *Schwärmer Rubin*, von dem nicht eine einzige Flasche jemals das Lager verließ, egal in welch schwindelnder Höhe die Disponenten ihn einlagern ließen – die Belegschaft trank ihn komplett aus.

2.
Drei ziemlich merkwürdige Herren

Normalerweise spielte das Schicksal einer einzelnen Flasche im Magen des Grünen Ungeheuers keine Rolle. Schließlich gingen jeden Tag hunderte zu Bruch, weit mehr, als die Warenbeweger heimlich austrinken konnten. Bruch und Schwund zusammen bildeten jene Fehlmenge, die unter der Chiffre *Risiken des Warenumschlages* bilanziert wurde und in Funktionärsbüros außerhalb des Lagers wütende Telefonate auslöste. Sie lag entschieden zu hoch, oberhalb jenes Risikos, mit dem Berechnungen findiger Statistiker zufolge eine gesunde Durchschnittsflasche zu leben hatte – so hoch, dass sich sogar die Bezirksleitung der SED immer wieder mit diesem Problem befassen musste und die Wachmannschaften mit der Belegschaft in permanentem Kriegszustand lebten.

Die Vormittage mochten hier so öde sein wie die Nächte, aber in Schönbachs subjektivem Empfinden verstrichen sie schneller. Kurz nach zwölf, seine Kollegen waren mit dem Eifer einer Schulklasse in Richtung Kantine gestürmt und hatten den Wareneingang verwaist zurückgelassen, erhöhte er die Schwundmenge an diesem Tag zum zweiten Mal, indem er von einer soeben eingetroffenen Lieferung Apfelkorn ein Fläschchen zwangsadoptierte und sich mit ihm zur Toilette stahl. Es steht völlig außer Zweifel (und war auch Schönbach rudimentär bewusst), dass Personen, die sich mittags auf eine mehr oder weniger öffentliche Toilette zurückziehen, um ihre innere Leere mit dem Inhalt einer obendrein noch gestohlenen Flasche Schnaps zu füllen, im Grunde kein Mitleid verdienen. Da stand er denn vor einem reichlich gesättigten Klosettschlund und ließ den nach grünen Äpfeln schmeckenden, die Oberfläche seiner Mundschleimhaut auf der Stelle ungefähr halbierenden Fusel mit der defekten Spülung im benachbarten Separée um die Wette plätschern. Nach wenigen Schlucken mischte sich der faulig-saure Geruch, der wie schweres Parfüm die Luft schwängerte, in das punktuell ähnliche Aroma des Apfelkorns, doch 32 muntere Volumenprozent Alkohol spülten diesen perversen Anhauch triumphierend fort.

Periodisch strebte Schönbach nun zur Toilette, und zusehends ging es ihm besser. Einmal wurde er durch den Lageristen Stahlberg aufgeschreckt, der nach Verrichtung seines Geschäfts mit den Worten »Da kannste schütteln, da kannste kloppen, in de Hose jeht sowieso der letzte Troppen« ein Grundproblem männlichen Daseins in hiermit unsterbliche Verse brachte und sogleich einen Schluck abhaben wollte. Gegen vierzehn Uhr, exakt zum Schichtende, war Schönbach mit der Flasche fertig. Als er zum letzten Mal für diesen Tag den plätschernden Friedhof so vieler karzinologischer Interessantheiten verließ, fiel sein Blick in den halbblinden Spiegel, der dort als einziger verblieben war und inmitten zerschlagener Fliesen beharrlich das Elend verdoppelte. Schönbach sah in ein aufgedunsenes, mit blauvioletten Flecken übersätes, unrasiertes Gesicht, aus dem ihn die trüben Augen eines Menschen anstarrten, der binnen Rekordfrist sein halbes Lebenssoll an Alkohol abgetrunken hatte und nun einen gewissen Erlösungsbedarf signalisierte.

Er war seit Monaten nicht mehr richtig nüchtern geworden.

»Es kann so nicht mehr weitergehen«, sagte er zu sich.

»Es kann so nicht mehr weitergehen«, erklärte er etwas später seinem Zechbruder Pinie, der in der Reklamationsabteilung verblüffend pünktlich die Spätschicht antrat, indem er sich eine Cola mit Cuba Rum mischte.

»Komm, trink erst mal einen«, erwiderte Pinie mit seiner sanften Altstimme, die sich nur, wenn er laut wurde, ins Baritonale senkte.

Pinie hieß mit richtigem Namen Peter Birkholz und war von jeher *Birke* gerufen worden, bis Schönbach ihn auf dem Höhepunkt einer Obstbrand-Spontanverkostung in Pinie umtaufte. Er war ein stämmiger Endzwanziger mit fuchsrotem Haar, sehr heller, sommersprossiger und ständig gereizter Haut, dessen rundes Gesicht eine Art Seemannsbart zierte, und trug einen schlabberigen blaugrauen Kittel mit ausgeleierten Taschen, in denen er seine Hände vergrub, als wollte er demonstrieren, dass die Arbeit und er auch heute nicht zusammenfinden würden. Nur zum Trinken nahm er die Rechte heraus. Während Schönbach es bis zur Universität gebracht hatte, war Pinie bereits von der Erweiterten Oberschule geflogen, und zwar aus Gründen politischer Renitenz. Er besaß einfach eine penetrante Art, dauernd nachzufragen, die sich zum Beispiel ein für die Vermittlung marxistisch-leninistischer Philosophie qualifizierter höherer Kindergärtner nicht ewig bieten lassen musste. Danach hatte er Buchbinder gelernt und zu trinken begonnen, aber nur an Letzterem wirklich Gefallen gefunden und sich schließlich eine Arbeit gesucht, die mit seiner Neigung vereinbar war. Er trank aus Überzeugung und mit dem Ingrimm eines Flagellanten, gewissermaßen als Widerstandshandlung gegen diesen Staat, der ihm alle möglichen Dinge verwehrte, insbesondere eine Reise in sein ferngeliebtes Amerika, auf der Route 66 von Chicago nach L.A., der untergehenden Sonne nach.

»Was kann so nicht weitergehen?«, erkundigte er sich und schob mit fürsorglicher Miene ein volles Glas über die zerkratzte, mit Brandlöchern übersäte Platte des Tisches, der sich achtbar auf seinen verbogenen Aluminiumbeinchen hielt und zusammen mit ein paar ähnlich rachitischen Stühlen, einem Kühlschrank aus den Zeiten der großen geografischen Entdeckungen, einem Waschbecken, dem plärrenden Radio sowie mehreren Spinden die Ausstattung des Aufenthaltsraumes der Reklamationsabteilung bildete.

»Genau das«, seufzte Schönbach und starrte mit bitterer Gier auf den Drink, worin es verheißend perlte, während in seinen Eingeweiden und auch direkt unter seiner Schädeldecke machtvoll für dessen sofortige Einverleibung plädiert wurde. »Es ist 14 Uhr, und schon ist der Tag im Eimer.«

»Jeder Tag ist im Eimer«, beteuerte Pinie.

Unter seinem roten Bart sah man die blauviolett gefärbten Pickel, die ihn daran hinderten, sich zu rasieren, weil jede Rasur auf Selbstzerfleischung hinauslief. Sogar bei der Nationalen Volksarmee, die weder national noch eine Armee des Volkes und bei Lichte besehen nicht mal eine Armee war, sogar dort also hatte Pinie aufgrund der dramatischen Neigung seiner Epidermis, sich vulkanartig auszustülpen, das Privileg der Rasurbefreiung genossen, zumindest bis sein Bart so weit gewachsen war, dass der Langhaarschneider zum Einsatz kommen konnte. Nach einer Reihe von Blutbädern hatten seine Vorgesetzten akzeptiert, dass ein rasierter Pinie (der damals noch Birke beziehungsweise Soldat Birkholz hieß) den Anblick der Truppe mehr beeinträchtigte als ein unrasierter, denn der rasierte Soldat Birkholz sah aus, als sei er mit dem Gesicht voran in einen Stacheldrahtverhau gesprungen. Nie, so Pinie später, habe sich seine Außenhülle in einem angegriffeneren und desolateren Zustand befunden als bei der Armee, nicht nur im Gesicht, sondern am ganzen Körper. »Meine Haut«, hatte Pinie erklärt, »ist die Grenzlinie zwischen mir und diesem Staat. Diese Grenze wird fortwährend angegriffen, dementsprechend ramponiert sieht sie aus.«

Pinie hatte sein Schichtantritts-Glas mit hektischem Schichtantritts-Durst geleert und erhob sich als ein unverkennbar ruhigerer Mensch, um nachzuschenken. Durch das Fenster des Aufenthaltsraums ließ sich vortrefflich die große Stahltür beobachten, die die Reklamationsabteilung vom Rest des Lagers schied und zu jenem idyllischen Ort machte, an dem man unbeobachtet trinken konnte. Die Abteilung war zwar groß genug, dass beispielsweise ein Bus darin mühelos Platz gefunden hätte, aber das war winzig im Lagermaßstab, und deshalb spionierte hier kein elektronisches Auge. Womit der Wache manches entging.

»Jeder Tag, über den man nicht autonom verfügen kann, ist im Eimer«, präzisierte Pinie mürrisch, während er zum Kühlschrank stapfte, um sich eine Cola zu nehmen.

»Wann konntest du zuletzt über einen Tag verfügen?«, erkundigte sich Schönbach mechanisch, obwohl er die Antwort kannte, aber er wollte kein Spielverderber sein – viele Ehepaare wissen nicht mehr, was sie miteinander reden sollen, und symbiotischen Trinkerpaaren geht es kaum anders.

»Noch nie. Deswegen trinke ich ja. Alkohol ist die einzige Verheißung, die einlöst, was sie verspricht. Man kann sich auf den Rausch verlassen; er kommt pünktlich und befriedigt mit

Sicherheit. Außerdem verhindert er, dass ich unentwegt daran denken muss, nicht über meine Tage verfügen zu können. Ich trinke, weil ich keine Alternative zum Trinken habe.«

Er stierte mit zerfaserndem Blick auf sein Glas.

»Keine Alternative«, wiederholte er und führte es gesammelten Auges zum Mund.

»Scheiße, Mensch«, rief Schönbach, »wir sind seit Monaten jeden Tag mindestens einmal blau!«

»Ist das nicht wundervoll?«

»Nein!«

Unwirsch und mit beträchtlicher Willensaufwendung schob der Reklamationsabteilungsstammgast das unberührte Getränk von sich, obwohl diese einsame Entscheidung seines Oberhauses im plebejischen Schönbachgekröse Unmutsbekundungen hervorrief (oder umgekehrt). »Es ist furchtbar. Asozial. Geisttötend. Ich will, dass es aufhört.«

»Alles, was geisttötend ist, ist gut«, beharrte Pinie. Er saß neben dem Waschbecken, von wo er am besten die Tür im Auge behalten konnte, und auf sein Kugelantlitz malte sich die selige Röte der ersten Alkoholanbrandung. »Wie sollte man sonst ertragen, keine Alternative zu haben?«

»Ach du mit deinen mangelnden Alternativen«, sagte Schönbach, dem Pinies alternativloser Gebrauch des Alternativlosigkeitsarguments auf den Keks ging. Aber die Formulierung weckte Durstgefühle in ihm, denen sie gewissermaßen einen Freibrief erteilte, und er warf einen schmachtenden Blick auf das randvolle Glas. »Man könnte beispielsweise lesen, statt zu saufen. Noch mal den gesamten Shakespeare, Tolstoi, Flaubert, die Philosophen …«

»Die Philosophen!«, äffte Pinie. »Wo willst du sie denn herbekommen? Es sind doch fast alle verboten!«

»Die Alten nicht, und das sind schließlich die Fundamente«, entgegnete Schönbach und dachte wehmütig an seine schöne

Kant-Ausgabe von 1912, die seit Jahren unberührt im Regal stand, weil der Königsberger Erzgescheite oft schon nüchtern kaum zu verstehen war.

»Ich habe keine Lust, mir von denen da oben diktieren zu lassen, was ich lesen darf und was nicht«, beharrte Pinie erwartungsgemäß.

»Stattdessen liest du gar nicht – ist das vielleicht eine Lösung?«

»Es gibt keine Lösung. Zumindest nicht für mich. Und nicht hier.«

»Nun, man könnte ein Fernstudium beginnen ...«

»Ich werde in diesem Drecksstaat nicht studieren ...«

Die Stahltür bettelte kreischend um Öl, womit Schönbach einen Anlass erhielt, eilig nach dem Glas zu greifen, um es unter dem Tisch verschwinden zu lassen. Pinie signalisierte Entwarnung. Sekunden später betrat ein kleiner, rundlicher Mensch den Aufenthaltsraum, während das Glas hingebungsvoll Schönbachs Handfläche koste.

»Ah, die Herren sind bereits beim Degustieren«, sagte der Ankömmling, ließ sich auf einen der Stühle fallen, der in stummen Protest seine Spinnenbeinchen spannte, und seufzte: »Kinder, ihr werdet's nicht glauben, man hat mir eine neue Wohnung angeboten.«

Das war Mike Lottner, genannt Lotte, fünfunddreißig Jahre alt und formell der Leiter der Reklamationsabteilung. Er hatte ein blasses, etwas feistes, aber verschmitztes Gesicht, das eine starke Neigung zum Zweitkinn zeigte, kleine dunkle Augen und trug einen Schnurrbart, der ebenso tiefschwarz war wie seine kurzgeschnittenen, naturgekräuselten Pudellocken. Im Vergleich zu seinen Kollegen war er ein mäßiger Trinker und lief halbwegs zivilisiert herum, er trug Stoffhosen, Hemden, manchmal sogar eine Krawatte. Er war sogar eingestandenermaßen verheiratet, wenngleich kinderlos.

»Ja, und?«, fragte Pinie.

»Die Hütte steht in Hellersdorf«, erklärte Lotte mürrisch, sprang auf und zog sich seinen Kittel über, der weiß und eine Spur zu eng war und in dem er mit seinem für jede Hochstapelei geeigneten Antlitz wie ein Stationsarzt, mindestens aber wie ein Apotheker aussah. »Neubaugebiet. Fahrzeit 45 Minuten. Nichts als Beton, Schlamm und Sachsen. Dort kann ich bestenfalls einen Gummistiefel-Verleih aufmachen. Die haben doch 'ne Macke! Nie ziehe ich dort hin! Niemals!«

Lotte straffte seinen kurzen, rundlichen Körper und tippte sich affektiert an die Stirn. Er sah jetzt ungefähr aus wie Napoleon, der ein Friedensangebot der Österreicher ablehnt.

»Und was sagt deine Frau dazu?«

»Ach, die Alte! Die soll froh sein …«

Niemand erfuhr, worüber seine Gattin froh sein sollte. Mit kindischer Empörung verschränkte er die Arme vor der Brust, schob das Kinn hoch, kniff die Augen zusammen, um seinen Mund spielte ein teils spitzbübisches, teils frivoles Grinsen, und spätestens jetzt musste auch dem Letzten dämmern, dass es mit seiner Heterosexualität nicht weit her sein konnte. Lotte war der schwulste Verheiratete, den Schönbach je kennen gelernt hatte.

»Nun gebt schon mal einen Schnaps her, Kinder, das ist ja schlimm mit euch«, rief er plötzlich in einem Ton und mit einem Gesicht, als spreche er seinen Kollegen eine ernste Rüge aus. Überhaupt wechselte er die Mimik noch weitaus öfter als Pinie die Schnapssorten. Nur wenn er sich unbeobachtet wähnte, gönnte er seinen Zügen Entspannung, und der Grund für die rege Physiognomie wurde offenbar: Sobald Lotte seinem Gesicht keinen speziellen Ausdruck gab, begannen Wangen, Tränensäcke und Lefzen zu hängen, bis es nur noch feist und tumb aussah, dann wirkte er alt, verbraucht, unattraktiv. Aber sobald er den unkeuschen Beobachterblick bemerkte, hellte seine Miene sich auf, die Gesichtsmuskulatur warf alle Schwere ab, und aus dem unansehnlichen Dicken wurde wieder der Charmeur und Dauerflirter.

Wenig später hatten sich auch der dritte Mitarbeiter der Reklamationsabteilung eingestellt: Horst Wollschläger, mit Spitznamen Hotta, ein mittelgroßer, aber ehrfurchtsgebietend drahtiger Vierziger, auch er ein Trinker vor dem Herrn, der im Fingerhakeln wie im Kopfschlagen unbesiegbar war, schon viele Mittelfinger gebrochen und manche Gehirnerschütterung ausgelöst hatte. Im Ernstfall würde er gemeingefährlich sein; man musste nicht zweimal hinschauen, um das zu erahnen. Ganz sicher war er verrückt. Einmal war er anderthalb Wochen nicht zur Arbeit erschienen; danach tauchte er wieder auf und verlor über seinen zwischenzeitlichen Verbleib keine Silbe. Er sagte lediglich, er habe *keine Zeit* gehabt. Den fälligen strengen Verweis des Schichtleiters nahm er mit Gleichmut hin, wie auch den folgenden, den er vom Betriebsdirektor persönlich erhielt, und zwar als Resultat eines so zufälligen wie kuriosen Zusammentreffens: Wollschläger hatte mit einer in sauberem 45-Grad-Winkel zur Decke weisenden Flasche Kaffeelikör am Hals an einem Betonpfeiler gelehnt, als Halluschinsky des Wegs kam, dem jeder Sinn für die geometrische Schönheit dieses Anblicks abging. Beider Blicke trafen sich, Hotta setzte langsam die Flasche ab und harrte der Dinge.

»Was soll ich bloß mit Ihnen machen, Wollschläger?«, fragte Halluschinsky.

»Drücken Sie einfach ein Auge zu.«

»Das kann ich nicht.«

Hotta zuckte mit den Achseln. »Na, denn nich.«

Und schwupps hatte er die Flasche wieder am Hals und trank sie zügig leer, während dem Direktor über so viel Unverfrorenheit staunend der Mund offen stand. Ob er wieder über Gesetzmäßigkeiten der menschlichen Psyche nachsann – oder gar, von dieser Entschiedenheit des Trinkverlangens angestachelt, sekundenlang seine Selbstbefreiung aus den Ketten der Abstinenz erwog? Wie auch immer, Hotta wurde auf der Stelle nach Hause geschickt, erhielt die allfällige Disziplinarstrafe und bekam Lohn abgezogen, sozusagen die Lokalrechnung. Und da er dies von vornherein gewusst hatte, wäre es doch dämlich gewesen, etwas in der Flasche zu lassen.

Das war in gewissem Sinne komisch, aber beileibe nichts Ungewöhnliches an diesem Ort. Ständig fehlte hier jemand, ständig wurde jemand betrunken nach Hause geschickt, ständig erhielt jemand einen Verweis und bekam wegen Lagerdiebstahls Geld abgezogen. Theoretisch hätte man Hotta auch hinauswerfen können – zwei strenge Verweise rechtfertigten pro forma die fristlose Kündigung –, aber man warf hier niemanden hinaus, zumindest nicht wegen Fehltagen oder notorischer Trunkenheit; dann hätte man ja die halbe Belegschaft auf die Straße setzen müssen. Wohin sollte außerdem jemand von hier noch geworfen werden? Das Lager war das letzte Sieb über der Gosse. Gekündigt wurde keinem, und zwar mit dem betriebswirtschaftlich absurdesten aller Argumente, das da lautete: Dieser Kollege ist so ein schlechter und unzuverlässiger Arbeiter, dass wir ihn behalten müssen, wem sonst könnte man einen wie ihn denn zumuten? Asozialität durfte es offiziell so wenig geben wie Arbeitslosigkeit.

Die wesentliche Aufgabe der Reklamationsabteilung – mitnichten ihre offizielle Definition – bestand darin, Lagerbruch in Lieferbruch umzudeklarieren, den man dann den Lieferanten oder Herstellern anlasten konnte. In einem nicht endenden Strom ergossen sich alle herrenlosen Flaschen, aufgerissenen oder beschädigten Gebinde und Bruchlieferungen in die fensterlose Oase der Gastlichkeit, die von irgendeinem der verschwiegenen Stammgäste auf den Namen *Mumpenbar* getauft worden war. Schönbach hatte nach Beendigung der eigenen so manche (unbezahlte) Zweitschicht in der Mumpenbar angehängt, denn glücklicher- oder auch unglücklicherweise traten die zweieinhalb intimen Kenner und Teilhaber seiner Leidenschaft fürs temporäre Selbstauslöschen im 24-Stunden-Zyklus des Lagers stets genau dann ins süße Joch, wenn er Feierabend hatte. Heute indes würde er nach Hause gehen und keine Spätschicht anhängen, das hatte er in jener Sekunde beschlossen, als er den Angriff des immer noch in seine Hand geschmiegten Cuba libre auf die von willigen Kollaborateuren wimmelnde Zitadelle seines Leibes erstmals abgewiesen hatte.

Schon mixte sich Hotta Wollschläger ein Cola-Wodka und hielt ihm das Glas mit kraftraubender Selbstverständlichkeit zum Anstoßen hin.

Schönbach winkte tapfer ab. »Nö«, sagte er, »ich mag nicht. Ich bin ja schon halb besoffen.«

Auf Hottas Betonstirn malte sich ein Fragezeichen.

»Nu trink schon«, brummte er.

»Ich will wirklich nicht«, beteuerte Schönbach und stellte das Glas auf den Tisch.

Hotta tilgte das Frage- und ersetzte es durch zwei Ausrufezeichen. »Was ist los?!«

»Ich hab heute noch was vor.«

»Na und?« Hottas Miene hellte sich auf. »Deswegen kannst du doch was Stärkendes zu dir nehmen! Das bisschen hier haste doch schnell weggetrunken.«

»Wirklich nicht.«

»Ich guck auch weg, wenn's dir peinlich ist!« Bei diesen Worten lächelte er mit der Stirn. Es konnte nur die Stirn sein, denn der Mund blieb unbewegt, und Hottas Haifischaugen war die Fähigkeit des Lachens nicht gegeben. Was war das für eine Welt, in der eine mit lächelnder Stirn vorgetragene Bitte abgeschlagen wurde!

»Ach Hotta …«

»Es wird dir gut tun …«

»Nein!!!«

Das phänomenale Lächeln erlosch. Kopfschüttelnd und offensichtlich sogar etwas wütend, goss Hotta den Inhalt des verschmähten Glases in den Ausguss.

»Warum kippst'n das weg?«, erkundigte sich Pinie verständnislos.

»Der will nich«, knurrte Wollschläger, deutete auf den schuldbewussten Verweigerer und ging nach draußen.

»Ich kann mich ja nicht nötigen lassen«, erklärte Schönbach, der sich schon x-mal hatte nötigen lassen. »Ich treff heute Abend 'ne Frau«, setzte er rechtfertigend hinzu, was im derzeitigen Stadium seiner Tagesplanung eine auf nichts gegründete Prognose war.

»Schön für dich«, sagte Pinie, der früher auch Frauen getroffen hatte und Schönbachs Trinkverweigerung offenbar nicht als eschatologisches Problem begriff.

»Eine Frau?«, fragte Lotte, wobei er ihn über die Schulter ansah, die Augen zusammenkniff und grinste. »Ts, ts, ts. Willst du's nicht mal mit einem richtigen Kerl versuchen?«

»Frauen sind Otterngezücht«, ließ sich nun Hotta vernehmen, der plötzlich wieder in der Tür stand. »Da solltest du keinesfalls nüchtern hingehen.«

Und so ergab ein Wort das andere, bis sich Schönbach losriss und zu den Umkleideräumen eilte, wo sich die anderen Frühschichtler – das heißt: jener Teil, der auf Körperpflege noch Wert legte –, bereits die Haare fönten. Er entschied spontan, daheim zu duschen, so sehr es ihn auch anwiderte, den Mief des Lagers mit in seine Zivilklamotten zu nehmen, aber wenn er jetzt noch duschte, waren die anderen weg, und er musste allein an der Wache vorbei. Er hatte immerhin eine Flasche Schnaps intus. In einem solchen Falle empfahl es sich, im Schwarm der anderen Kollegen die Eingangsschleuse zu passieren. Kam man als Einzelner dort an, fiel es eher auf, wenn man glasige Augen oder leichte Schlagseite hatte. Überhaupt machte man sich als Einzelner verdächtig; warum sollte einer später als alle anderen den Arbeitsplatz verlassen, es sei denn, er hatte getrunken? Selbst wenn man aus dem Schwarm gefischt und gefilzt wurde, war die Wahrscheinlichkeit, dass sie einen auch noch pusten ließen, viel geringer, solange draußen die ganze Schicht vorbeiströmte. Sich auf einen oder zwei zu konzentrieren, bedeutete ja für die Wächter, die anderen fünfzig oder hundert zu ignorieren. Es war das Problem des Löwen in der Antilopenherde: Man musste sich für ein geeignetes Opfer entscheiden, und je mehr potenzielle Opfer vorhanden waren, desto schwerer fiel das. Die einzelgängerische Antilope dagegen war automatisch dran.

Unmittelbar vor ihm strebten die beiden Batteriewarte seiner Schicht zum Ausgang. Der ältere war ein nicht mehr restlos sauber waschbarer Gnom um die Fünfzig, der mit seinen öligen, säurezerfressenen Fingern das Haar nach hinten strich. Sein Gesicht war von tiefschwarzen Canyons durchfurcht. »Jaaa, bei Brijitte Nielsen könnte doch jeder, aber du solltest mal meene Alte sehn!«, sagte er eben zu seinem Kollegen, zu dessen wenigen hervorstechenden Merkmalen gehörte, dass er ständig einen *Stern-Recorder* mit zur Arbeit brachte – ein typisches DDR-Produkt, halb Musikapparat, halb Hantel, mit massivem Pressspangehäuse, dreimal so groß und fünfmal so schwer wie vergleichbare West-Recorder, gewissermaßen das Grüne Ungeheuer der tragbaren Heimelektronik. Einem der Wächter, den sie *Milchtüte* nannten, weil ihm ein unfreundlich gesonnener Kraftfahrer einmal eine solche an den Kopf geworfen hatte, kam genau in diesem Moment eine seiner archimedischen Eingebungen. Milchtüte sah aus wie ein echter Zombie – hellblaue Augen, weißblondes Haar, weißblonde Brauen, blutleerer Teint –, aber er war der misstrauischste, ungnädigste, schärfste und folglich unbeliebteste unter den Wachhunden, er war die Skylla, die sich ihre Opfer aus der Kontrollschleuse sog. Eskortiert von einem fetten, magenverstimmt aussehenden Polizisten, trat er vor das Wachhäuschen, ließ den Frühschichtspulk an seinem ausdruckslosen Gesicht vorüberdefilieren, bis Schönbach und die beiden Batteriewarte den Kontrollschlauch erreicht hatten, da malte sich ein Knusperhexen-Grinsen auf seine Leichenlippen, er streckte seine Hand und an dieser wiederum den zum Angelhaken gekrümmten Zeigefinger nach ihnen aus und sagte: »Kollege, kommen Sie bitte mal her.«

Schönbach glaubte schon, er sei mal wieder an der Reihe, und überschlug, wie viele Promille er wohl haben mochte und ob er das Röhrchen mit asthmatischem Schwächeln so weit übertölpeln könnte, dass es nichts anzeigte – aber von ihm wollte der Büttel gar nichts, denn er kommandierte: »Stellen Sie doch mal das Radio an.«

Teilnahmslos floss der Kollegenstrom weiter, und erleichtert tummelte sich darin ein Fischlein namens Schönbach. Undeutlich vernahm er noch die Worte: »Wie: Das Radio funktioniert nicht? Und der Kassettenrecorder auch nicht? Warum haben Sie ihn dann jeden Tag dabei? Kommen Sie mit in die Wache!«, da war er schon aus der Schleuse herausgespült worden – und hatte plötzlich begriffen. Na klar doch, dieser Schlauberger benutzte den Recorder zum Klauen! Er hatte offenbar das gesamte Innenleben ausgebaut, zwei Flaschen passten locker hinein, möglicherweise sogar drei. 10 Flaschen pro Woche – mehr brauchte nun wirklich niemand. Aber das hatte sich jetzt erledigt, man würde ihn feuern. In Fällen nichtspontanen Diebstahls war die Betriebsleitung dann doch gnadenlos.

Wie richtig Schönbach mit seinen Mutmaßungen lag, sollte sich daraus ergeben, dass weder der Stern-Recorder noch sein Besitzer je wieder in der Ladewerkstatt gesehen wurden. Bis man einen Nachfolger fand, gab es für kurze Zeit einen Batteriewart zu wenig im Zentrallager Spirituosen/Waren des täglichen Bedarfs Berlin.

3.
Die Großmeisterin hat keine Lust auf Sex (mit ihm)

Schönbach wohnte im Prenzlauer Berg. Ein Zimmer mit Küche und Außentoilette in der Dunckerstraße bot ihm, seinen Büchern und ein paar melancholischen Träumen Obdach. Er blickte auf einen teils gepflasterten, teils asphaltierten Hinterhof mit Teppichklopfstange und Mülltonnen, aber er tat dies aus der fünften – obersten – Etage, was bedeutete, dass seine anagogische Höhle auch in zeitweiliger Verbindung zur Sonne stand. Die Küche war groß genug, dass ein Tisch hineinpasste, und vom technologischen Triumph des DDR-Sozialismus über das Kaiserreich, in dessen Ära – genauer gesagt: in die des zweiten und finalen Wilhelm – die Erbauung des Hauses gefallen war, kündete eine Duschkabine, die neben der Spüle den einzig möglichen Platz gefunden hatte. Der Korridor war allenfalls groß genug, um Schuhe darin abzustellen, und im Grunde nur deshalb vorhanden, damit man vom Treppenaufgang nicht direkt in die Küche fiel. Aber das Zimmer! Es maß palastartige viereinhalb mal sechs Meter, und ein einzelnes Fenster hätte nicht ausgereicht, es bis in seine Tiefen zu erhellen. Das änderte freilich nichts an der Tatsache, dass nur eines vorhanden war. So blieben denn die letzten Winkel selbst bei Sonnenschein unausgeleuchtet, was der Bewohner als romantisch anzusehen sich entschlossen hatte. Zwangsläufig musste das einzige Zimmer die Schlafstatt mitaufnehmen, wodurch es etwas an Fläche verlor, aber in diesem Zusammenhang offerierten sich plötzlich die Vorzüge der mangelhaften Illumination von Seiten des daran absolut unschuldigen Tageslichts: Da Schönbach zwischen Bett und Fenster den größtmöglichen Abstand hergestellt hatte, weckte ihn normalerweise selbst dann die Sonne nicht, wenn er am Vorabend infolge alkoholinduzierter Schusseligkeit versäumt hatte, das Rollo herunterzulassen.

Um der Wahrheit die Ehre zu geben: Der Eindruck, das Zimmer sei in gewissem Sinne groß, blieb auf Schönbachs ersten Blick und auf den seinerzeitigen Leerstand der Wohnung beschränkt. Der Raum, den er an diesem frühen Nachmittag betrat, war mit Mobiliar, Wäsche, Flaschen, Büchern und allerlei Trödel so vollgestopft, dass man nur auf einer Art Trampelpfad von der Tür zum Fenster gelangte. Die in ihren Ausmaßen eindeutig als Beilager konzipierte Ruhestatt bestand aus Brettern, die der Hobby-Zimmermann Schönbach in einer Nacht-und-Nebel-Aktion unter mäßigem Herzklopfen von einem in der Nähe gelegenen Holzplatz entwendet hatte, während die beiden ebenfalls auf dem Diebeswege erworbenen Matratzen aus jenem Möbellager stammten, in welches ihn seine erste poststudentische Zwangsbesserungs-Etappe geführt hatte – eine kurze Etappe übrigens, weil er für einen Möbelpacker entschieden zu groß war und sein Rücken schon nach wenigen Wochen zu streiken begann, so dass er sich nach einem anderen Broterwerb umsehen musste. Mit seiner anerzogenen Scheu, sich Dinge anzueignen, die angeblich dem Volk gehörten, war es jedenfalls vorbei, seitdem man ihn der Uni verwiesen hatte.

Schreibtisch und Kleiderschrank hatte er im An- und Verkauf erworben, und dementsprechend sahen sie aus. Aber sie erfüllten ihren Zweck, und sie verbreiteten zudem durch ihre Wuchtigkeit eine die unausgeleuchteten Winkel sekundierende, raumgreifend düstere Stimmung, die der primären Gemütslage des Bewohners passgenau entsprach. Der ausladende Lesesessel mit den hölzernen Armlehnen stammte vom Sperrmüll; irgendein Narr hatte dieses Meisterwerk der Sitzkunst ausrangiert. Hin und wieder fielen unten ein paar Brösel sich zersetzenden, undefinierbaren Füllmaterials heraus, aber er roch nicht und bot einen Sitzkomfort, diese selten ideal justierte Melange aus solider Grundhärte, ausreichender Polsterung, Rutschfestigkeit und Rückenstabilisierung, die stundenlange Lektüre in ein und derselben Position schmerzfrei ermöglichte. Zu solch ausgiebiger Beschäftigung mit Literatur war es seitens seines Besitzers freilich schon lange nicht mehr gekommen.

Zwei der Wände standen bis zur niedrigen Decke voll mit selbstgebauten Regalen. Hätte im Hause Schönbach nicht jeder erdenkliche Mangel an Besuchern geherrscht, wären interessierten Gästen die enorme Sammlung antiker Autoren sowie mehrere Regalmeter Reiseliteratur aus allen Jahrhunderten aufgefallen. Mit Letzterer korrespondierten die beiden Globen auf dem Schreibtisch: ein fein gearbeitetes, auf vier gedrechselten Füßen stehendes antiquarisches Modell, ein Dachboden-Glücksfund, der über 100 Jahre alt sein mochte und die berühmte, für die Seefahrt bestimmte Weltkarte des Gerhard Mercator von 1569 zeigte (Schönbach bekam es nicht satt, festzustellen, dass darauf die DDR nicht existierte), sowie ein Exemplar neueren Datums, auf dem sich in grünlichem Ockergelb gehaltene Kontinente – ungefähr dieselbe Farbe entstand, wenn experimentierfreudige WtB-Angestellte drei Fünftel Rotwein mit zwei Fünfteln Eierlikör mischten – aus dem grellen Blau der Meere hoben. Von Moskau bis Zentralasien klaffte ein riesiger Krater; der Hausherr hatte ihn in einem geopolitischen Anfall hineingeschlagen, als er betrunken heimgekommen war. Ebenfalls im Bücherregal hatte der Schnaps seinen Platz gefunden, da kein Kühlschrank diese Mengen hätte fassen können. Im Gegensatz zu den Büchern, unter denen sich hin und wieder ein bezahltes Exemplar befand, handelte es sich bei den Flaschen, die zwei ebenerdige Regalfächer in soldatischer Geschlossenheit füllten, ausnahmslos um Diebesgut. Dennoch trank Johannes Schönbach nach Feierabend in ausgewählten Destillen immer noch so viel, dass sein Monatslohn nicht ausreichte, um das Wohnungsinventar erweiternde oder substituierende Anschaffungen zu tätigen.

Sein Vater Ferdinand Schönbach, SED-Mitglied, studierter Pädagoge, Oberstufenlehrer für Geschichte und Staatsbürgerkunde und stellvertretender Schuldirektor, hatte sich, als er das letzte Mal hier zu Besuch war, geweigert, vom gestohlenen Schnaps zu trinken, und während sein einziger Nachkomme sich desto eifriger daran gütlich tat, hatte er ihm ein eminent staatsbürgerkundliches Referat gehalten, in dem Begriffe wie Volkseigentum, Diebstahl, Polizei, Schande, Alkoholismus, Zukunft, Verwahrlosung sowie Fragen à la Wie-soll-ich-das-noch-länger-vor-meinen-Kollegen-vertreten? oder Was-soll-bloß-aus-dir-werden-Junge? derart gehäuft vorkamen, dass der traktierte Sohn sich in adäquater Häufigkeit fragte, aus welchem unsinnigen Grund er den Mann in seine Wohnung gelassen hatte. Ferdinand Schönbach war ein staatsfrommer, egozentrischer und vollendet amusischer Mensch von hohem Wuchs, aber ins Teigige spielender Konstitution. Sein nach hinten gekämmtes schwarzbraunes Haar mit den gewaltigen Buchten der Geheimratsecken verlieh ihm etwas Professorales, er hätte nur nicht diesen lächerlichen Schnauzbart tragen dürfen. Er besaß eine ausgemachte Vorliebe für grellfarbene Pullunder, die er selbst im Sommer anzog und unter denen sich sein Kugelbauch wellte. Alles, was dieser Mann vertrat, war Schönbach junior im Laufe der Jahre suspekt geworden: sein Kommunismus-Gedöns, seine habituelle Spießigkeit, seine Unmusikalität (das Einzige, was der Mann außer Schlagern hörte, war Dixieland), seine rund um die Uhr zur Schau gestellte Pädadogen- und Erzieher-Larve, der ganze Stumpfsinn des illiteraten Menschen, der seine Bildung und seine Vorstellungen von Erziehung aus SED-Periodika und den Ausgewählten Werken sozialistischer Klassiker bezog. Wenn Marlene Dietrich im Radio *Die Antwort weiß nur der Wind* sang, was ohnehin schon schlimm genug war, brachte er es fertig zu erklären, dass nicht der Wind, sondern Breshnew und Honecker die Antwort wüssten. Das Unangenehmste aber war, dass Ferdinand Schönbach seinen irdischen Wandel für vorbildhaft hielt. Des Zweifels Blässe kränkelte seinen Sozialistenschädel nicht an. Die Pose, in der er durch seines Sohnes frühes Leben stänkerte, war die des Agitators. Was hatte der Alte ihm zugesetzt, er möge sich mehr in der FDJ engagieren, möglichst schon mit 18 in die Partei eintreten, Gesellschaftswissenschaften, Ökonomie oder Außenpolitik studieren, um später eine Partei- oder Staatskarriere hinzulegen, die ihm ermöglichen würde, das väterliche Werk an noch exponierterer Stelle fortzuführen – und wer weiß, wie intensiv dieses Nötigungs-Stakkato ausgefallen wäre, wenn der Herr Papa nicht auch jeden Tag mehrere Stunden damit beschäftigt gewesen wäre, seinen Schülern vom gesetzmäßigen Sieg des Sozialismus zu künden, was seinem innerfamiliär-revolutionären Impetus womöglich etwas Energie entzog.

Johannes freilich enttäuschte ihn fortwährend. Er zeigte undankbarerweise keinerlei Interesse an *gesellschaftlicher Arbeit*, obwohl der sozialistische Staat ihm angeblich so viel ermöglichte und mächtig in seine Ausbildung investierte. Er entzog sich den kollektivistischen Prägungsangeboten, wo er nur konnte, las absurde Sachen, sogar die Bibel – ein Anlass endloser väterlicher Litaneien über *Opium für das Volk* und *falsches Bewusstsein* –, und studierte schließlich ein total abwegiges, bildungsbürgerliches, irgendwie vorgestriges, der kommunistischen Weltbewegung jedenfalls in keiner Weise dienendes Fach. Ja, und dann kam der Eklat …

Natürlich war es hart für einen Genossen, Pädagogen und anerkannten Vermittler der korrekten staatsbürgerlichen Gesinnung, dass sein Spross ihm als Staatsfeind, Säufer und Volkseigentumsdieb gewissermaßen dreifach in den Rücken fiel, und Schönbach versuchte, dem Vater die Last zu nehmen, indem er sagte: »Du musst vor deinen Kollegen überhaupt nichts vertreten. Ich bin seit Jahren deiner Hege entwachsen, und du bist damit jeder Zuständigkeit enthoben. – Du kannst ja im Zweifelsfall darauf insistieren«, setzte er boshaft hinzu, »dass sogar Stalins Sohn eine Pfeife war.«

Ferdinand Schönbach überging diese Worte und fragte: »Hast du dir schon mal überlegt, was passiert, wenn du betrunken Gabelstapler fährst und jemanden verletzt? Oder noch etwas Schlimmeres anrichtest? Es ist unverantwortlich! Eigentlich sollte ich deinen Chef darüber informieren.«

Schönbach junior lachte kurz auf und erwiderte: »Wärest du denn auch damit einverstanden, dass ich jedes Mal die Polizei informiere, wenn du angetrunken Auto fährst?«

Offenkundig war sich Vater Schönbach darüber bislang nicht im Klaren gewesen, denn er wurde sichtlich verlegen. »Ich trinke doch immer nur ein paar Bier«, murmelte er.

»Stell dir vor, du würdest jemanden verletzen oder Schlimmeres anrichten!«, erklärte sein Sohn mit genüsslichem Grinsen.

»Ich glaube nicht, dass man das vergleichen kann mit jemanden, der regelmäßig –«

»So regelmäßig nun auch wieder nicht. Du unterschlägst meine vielen unentschuldigten Fehltage.« Johannes Schönbach lallte bereits leicht, war aber umso amüsierter von der eigenen Witzigkeit.

»Du bist schon wieder besoffen!«, platzte es aus Ferdinand Schönbach heraus, dessen Gesicht plötzlich bis in die Mangrovenwinkel seiner Geheimratsbuchten in flamboyanter Röte stand. Nie hatte Schönbach junior den Vater auffahrend erlebt, denn ein Pädagoge, der etwas auf sich hielt, hatte seine Emotionen unter Kontrolle; selbst Ohrfeigen hatte er stets im Gestus sachlicher Gebotenheit verabreicht – aber nun bahnte sich die aufgestaute Enttäuschung über seinen missratenen Nachkommen den Weg aus seiner Missionarsbrust.

»Du solltest dich mal sehen!«, schrie er und führte auf der Kante des alten Lesesessels mit fuchtelnden Armen einen Sitztanz auf, dass es unter ihm zu schneien begann. »Du sitzt hier herum in deiner verstunkenen Bude, zwischen dreckiger Wäsche und geklautem Schnaps, und redest mit mir wie ein Schwachsinniger. Du findest das wohl auch noch komisch, wie? Weißt du, wie du aussiehst? Du siehst aus …«, brüllte er, senkte aber plötzlich überraschend die Stimme und zischte stimmlos, während sein Blick zwischen Wut und Abscheu oszillierte: »… wie eine Fotze!«

»O, da gibt es wunderschöne Exemplare …«, beteuerte sein Sohn, an dem der Efeu trunkener Gleichgültigkeit inzwischen schon wieder so weit emporgewachsen war, dass er den väterlichen Wutausbruch wie durch eine meterdicke Hecke wahrnahm.

»Schnaps klauen! Kein Schönbach hat je geklaut!« Ferdinand Schönbachs Stimme überschlug sich. Nun war er aufgesprungen, aber offensichtlich hatte die notwendige Entladung damit bereits zur Gänze stattgefunden. Da sich keine irgendwie stringente Fortsetzung anbot, tat er unbeholfen zwei Schritte nach hinten und setzte sich wieder.

»In welche Situation du mich bringst, interessiert dich wohl überhaupt nicht?«, fragte er tonlos.

In welche Situation brachte er den Vater denn? Möglicherweise verhinderte er indirekt seine Beförderung zum Schuldirektor. Gewiss schauten ihn ein paar Kollegen und Parteischranzen wegen seines Sohnes scheel an, manche bestimmt auch schadenfroh, weil der Strebergenosse ausgerechnet beim eigenen Nachwuchs versagte, aber letztlich konnte niemand etwas für die Umtriebe seiner erwachsenen Kinder. Also fragte er: »Interessiert dich denn *meine* Situation?«

»Was kann ich für deine Situation?!«

»Du bist nicht schuld an ihr, schon richtig, aber deine Genossen –«

»Selbstmitleid!«, stieß Ferdinand Schönbach hervor. »Andere verantwortlich machen! Erzählst du nicht immer, dass jeder für sich selbst zuständig ist? Hättest du dich doch an die Spielregeln gehalten!«

»Vielleicht müssen einfach die Spielregeln geändert werden?«

»Es geht hier um größere Dinge als …«

»… bloß um deinen läppischen Sohn?«

Wenig später war Ferdinand Schönbach gegangen und hatte den resümierenden Seufzer »Mein Sohn: ein Dieb, ein Trinker, ein Arbeitsbummler, eine verkrachte Existenz!« im Zimmer zurückgelassen, wo er in der Luft stand wie ein Gestank. Strenggenommen war gegen diese Charakteristik nichts einzuwenden. Genau so verhielt es sich.

Gleichsam über Nacht war Johannes Schönbach vom Teilprivilegierten zum Unterschichtsangehörigen geworden, wobei diese Bezeichnung weniger im Sinne irgendeines Sozialprestiges als vielmehr gesellschaftspolitisch zu verstehen war; Unterschicht insoweit, als er nun zu jener großen proletarischen oder quasiproletarischen, jedenfalls influiden Mehrheit gehörte, für die keinerlei berufsgestützte Persönlichkeitsentwicklung mehr vorgesehen war, sei es nun aus intellektuellen oder, seltener, ideologischen Gründen. Solange der Staat DDR ihn wenigstens noch mit einem Studium für all die Nachteile entschädigt hatte, die sein Bewohner Johannes Schönbach hinzunehmen gezwungen war, hatte dieser ihm gegenüber eine gewisse – sich verhängnisvollerweise nicht auf Privatgespräche erstreckende – Loyalität gewahrt. Dieser Kontrakt war einseitig aufgekündigt worden. Also brauchte Schönbach sich umgekehrt auch nicht mehr an die Regeln zu halten. Beispielsweise konnte er fortan stehlen, Volkseigentum sogar mit dem guten Gewissen der Rache, denn er war kaderpolitisch sowieso erledigt.

Schönbach stahl vor allem Schnaps und Bücher. Die wenigsten besaßen eine Vorstellung davon, was ein halbwegs bekleideter Mensch alles unsichtbar am eigenen Leibe verstauen konnte. Kaufe ein Buch, stehle zwei, lautete eine von Schönbachs Maximen, eingedenk des Umstandes, dass er in vielen Läden regelmäßig verkehrte. Auf diese Weise komplettierte er in Buchhandlungen und Antiquariaten binnen kürzester Zeit sein Klassiker-Sortiment. Da das Angebot wegen der herrschenden Zensur begrenzt war, aber gestohlen werden *musste*, eignete er sich sogar alle 39 Bände der Marx-Engels-Werkausgabe an, einen nach dem anderen (Lenin war ihm zu blöde, der kam nicht in seine Wohnung). Der Tatort seines fulminantesten Gratis-Lektüreerwerbs war indes eine Leihbücherei, und diesen Coup konnte er nur mit Hilfe eines Komplizen, im konkreten Falle: einer Komplizin, realisieren. Es handelte sich um eine Deborah, neben der Schönbach eines Morgens aufgewacht war, ohne sich über die Ereignisse der vorangegangenen Nacht lückenlos Rechenschaft geben zu können, ein unscheinbares, schmächtiges, beinahe brustloses Geschöpf, dem es augenscheinlich an Sozialkontakten mangelte. Diese Deborah fragte ihn an besagtem Morgen, während sie sich so talentlos wie heroisch an seinem Genital zu schaffen machte, ob er ihr nicht bei ihrem bevorstehenden Umzug helfen könne, sie habe sonst niemanden. Johannes Schönbach besaß ein weiches Herz, er war nicht imstande, eine jungen Frau, die ihm eine derartige Notlage anvertraute und überdies noch in seinem Bett lag, vor den Kopf zu stoßen. Er überlegte bloß, ob etwas für ihn dabei herausspringen könnte. Bei einer anderen hätte er an die mehrfache Wiederholung dessen gedacht, was sie ihm gerade zu verabreichen suchte, aber ihre Version überzeugte ihn nicht sonderlich. Da schoss es ihm wie Heilandsworte durchs Gehirn: Hatte sie nicht am Vorabend erzählt, sie sei Bibliothekarin?

»Bist du nicht Bibliothekarin?«, fragte er.

»Ja, wieso?«, erwiderte sie, und ihre Hand geriet ins Stocken. Womöglich glaubte sie, ihrem Broterwerb ermangle es an Sozialprestige.

»Ich will dir ein Geschäft vorschlagen. Du beschaffst mir ein paar Bücher, ich helfe dir beim Umzug. Einverstanden?«

»Was heißt beschaffen?«

»Beschaffen heißt: Besitzerwechsel.«

Sie stoppte ihr Treiben nun gänzlich, runzelte die Stirn – Hilfsbedürftigkeit rang mit andressierten Hemmungen – und sagte schließlich: »Ich weiß nicht, wie ich das machen soll.«

»Ganz einfach: Indem du sie mir ausleihst, ohne es zu registrieren. Sie sind dann einfach verschwunden. Das fällt doch überhaupt nicht auf zwischen tausenden Büchern.«

Schönbach pflegte ein ambivalentes Verhältnis zu Bibliothekarinnen, und zwar seit er als Fünfzehnjähriger in der Berliner Stadtbibliothek nach Nietzsches *Also sprach Zarathustra* gefragt hatte. Ein am Ausgabeschalter sitzender und unfassbare Schätze bewachender weiblicher Fafner fortgeschrittenen Alters hatte ihm damals den vielleicht folgenschwersten Satz seines jungen Lebens ins Gesicht geschleudert, einen Satz, der ihn von einer Sekunde auf die andere dazu gezwungen hatte, sein Verhältnis zu diesem Staat von Grund auf zu überdenken. Er lautete: *Das ist inhaltlich nicht freigegebene Literatur.* Noch viele Jahre später war der viele Jahre ältere Schönbach stolz auf die Antwort, die er der als Bibliothekarin verkleideten Bibliotaphin gegeben hatte, nämlich: »Sind Sie betrunken?« – woraufhin ihn die staatliche Literaturverwahrungsvettel, nachdem sie kurzzeitig die Fassung verloren hatte, aus dem Büchergefängnis brüllte. Das Gebrüll imponierte ihm wenig, aber der

Satz klang in seinen Ohren für anscheinend alle Zeiten nach. Seitdem er wusste, dass es inhaltlich nicht freigegebene Literatur gab, rumorte die Ahnung in ihm, *alles* in seinem Leben könne schiefgehen. Bis dahin war er der Klassenprimus gewesen und hatte den schulischen wie außerschulischen Sozialismus-Tamtam vom Fahnenappell bis zum FDJ-Nachmittag mit dem Schulterzucken eines Menschen hingenommen, der erstens aus seinem Elternhaus keine konträre Sicht gewohnt war, zweitens Wichtigeres zu tun (nämlich die Klassiker zu lesen) hatte und dem drittens Ausreden einfielen, wenn er unentschuldigt fehlte. Aber dass man ihm verbot, Nietzsche zu lesen, war zu viel. Bald hatte er herausbekommen, dass sich besagtes Verbot auf nahezu alle Autoren erstreckte, die nach Hegel nicht in marxistischer Richtung weitergedacht beziehungsweise nach Lenin überhaupt noch gedacht hatten. Mit fünfzehn begriff er wirklich, wo er lebte; nun musste er sehen, dass er aus seinem Herzen eine Mördergrube machte, um Akademiker werden zu können. Und vor dieser Einsicht standen die Bibliotheksfurie und ihr Satz: »Das ist inhaltlich nicht freigegebene Literatur!«

Die Hand der jüngeren Kollegin hatte den Betrieb wiederaufgenommen, während sie nachdenklich sagte: »Okay, du kommst morgen Vormittag vorbei, da bin ich alleine im Dienst, du tust, als wärest du Kunde bei uns, leihst dir ein paar Bücher aus und kommst niemals wieder – in die Bücherei, meine ich. Ich nehme die Belege mit nach Hause und schmeiße sie weg. Dann sind die Bücher eben geklaut worden. Wir sind unterbesetzt, wer kann schon darauf achten, was die Leute alles mitgehen lassen? Aber du musst mir ganz sicher versprechen, dass du mir beim Umzug hilfst!«

»Versprochen«, hauchte Schönbach brechenden Blicks, und seine auf Diebstahl sinnende bibliophile Seele fuhr als Sonnenstrahl durch ihre Faust.

Die Ärmste besaß ja keine Vorstellung, worauf sie sich eingelassen hatte. Tags darauf wuchtete der neue Leser der Stadtbezirksbibliothek nach nur fünfzehnminütiger ekstatischer Suche zwei randvolle Plastikkörbe auf den Ausleihtresen. Da sich noch drei oder vier andere Kunden zwischen den Regalen herumdrückten, formten ihre blassen Lippen bloß ein tonloses »Bist du wahnsinnig!«, während sie so panisch schaute wie in manchen Filmen die Bankangestellte, nachdem ihr ein einzelner Herr im Trenchcoat den Forderungszettel über den Schaltertisch geschoben hat.

»Ich werde übermorgen operiert und muss danach lange zu Hause bleiben«, sagte Schönbach, ohne die Stimme übermäßig zu heben, aber in der nur vom Ticken vereinzelter Holzwürmer untermalten Stille klangen diese Worte wie eine Lautsprecherdurchsage, »da brauche ich viel zu lesen.«

Seiner Mitverschwörerin trieb es Reuetränen in die Augen: Vor ihr lagen fünfundzwanzig zum Teil überaus schwergewichtige Bände, eine dreiteilige europäische Architekturgeschichte zum Beispiel, ein kiloschwerer Hieronymus-Bosch-Bildband und die Novellen Theodor Storms in vier Bänden. Angesichts der Tatsache, dass die übliche Ausleihfrist vier Wochen betrug, schien hier jemand wirklich Außerordentliches vorzuhaben.

»Kannst du nicht wenigstens die Hälfte …?«, flüsterte sie.

Er konnte nicht. Nicht bei Büchern.

»Aber bitte nicht den ganzen Storm, niemand leiht sich eine Werkausgabe aus …«

»Eben«, erwiderte er unerbittlich, »was soll sie dann hier?«

Letztlich ging alles gut. Schönbach half beim Umzug, und danach ging jeder seines Weges. Als er das schmächtige Geschöpf ein Jahr später zufällig in einem Café wiedertraf, erzählte sie ihm, sie sei inzwischen aufgestiegen und arbeite in einer viel größeren Bibliothek, doch als er ihr einen neuerlichen Handel vorschlug, hatte sie ihm einen Vogel gezeigt …

Daheim angekommen, stieg Schönbach sofort unter die Dusche, um sich das Lager aus den Haaren und aus den Poren zu spülen und es unter den Nägeln hervorzukratzen. Außerdem musste er sein apfelkornverkleistertes Hirn lichten. Dafür bedurfte es erfahrungsgemäß starker thermischer Reizungen. Er drehte das Wasser so heiß wie möglich, dachte an Giordano Bruno, bis er es nicht mehr aushielt, dann schreckte er sich kalt ab und begann das Spiel von neuem. Das wirkte immer. Obwohl er seine stattliche Größe bereits mit sechzehn Jahren erreicht und sich insofern an sie gewöhnt hatte, staunte er, wie weit entfernt seine Füße standen, und geriet dabei ins Grübeln über die Frage, ob sich die Füße weit entfernt *von ihm* – oder wovon sonst? – befanden und wo der Hauptsitz dieses Ichs angesiedelt sein mochte, das sich gerade darüber wunderte, Extremitäten zu besitzen; er rekapitulierte antike Vorstellungen vom Ort der Seele, verstrickte sich in Erwägungen, in welchem Maße sich der Durchschnitts-Hellene als autonomes Subjekt empfunden habe – eher mehr oder eher weniger als der durchschnittliche DDR-Bürger? –, sah wieder auf seine Füße und fremdelte bei ihrem Anblick. Dieses Fremdeln erstreckte sich bald auf seinen gesamten Körper. Sein Magen fühlte sich an wie innerlich mit der Drahtbürste aufgerauht; überhaupt bemerkte er ein generelles Wundheitsgefühl, das sich durch sein geschundenes Gekröse zog. Ihm fiel ein, dass er seit gestern Mittag nichts gegessen hatte. Vielleicht war es das, was ihm sein Körper mitteilen wollte.

Er stieg aus jener dichten Wolke, welche von der Duschkabine umklammert gehalten wurde, in die wasserdampfverhangene Küche, deren Fenster komplett beschlagen war, und trocknete sich ab. Vor dem Schnapslager hatte er relativ wohlgenährte sechsundachtzig Kilo von sich besessen. Seinerzeit war es seinem Körper sogar gelungen, so etwas wie Bauchspeck zu produzieren, der das Nichtvorhandensein von Muskulatur ebendort kaschierte. Inzwischen war diese Reserve aufgebraucht. Es fehlte ihm in einem Maße an Appetit, das nicht allein mit den Erzeugnissen der Betriebskantine erklärt werden konnte. Sein Körper produzierte einfach kein eindeutiges Hungergefühl mehr. Sein Bauch war eine von durchzählbaren Rippen überwölbte Grotte, die Hüftknochen stachen hervor, und welche Hälfte seiner Arme die obere war, würde sich allein am Umfang derzeit wohl nicht ermitteln lassen. Zugegeben, er besaß ziemlich kräftige Unterarme, aber trotzdem erschien der Bizepsmangel keineswegs nur als optische Täuschung, die aus der Tatsache resultierte, dass seine Oberarme länger waren als die der meisten anderen. Sie waren übrigens genau so lang wie eine Schnapsflasche, was den Diebstahl einer solchen beziehungsweise zweier solcher im Zusammenspiel mit dem fehlenden Bizeps sehr erleichterte; er musste nur eine Jeansjacke anziehen und darüber irgendeinen Mantel, die Flaschen mit dem Hals nach unten sozusagen als Oberarm-Ersatzmasse in die Jacke stecken, und keinem Betriebswächter fiel etwas auf.

Nachdenklich und wie in Erinnerung starrte Schönbach auf sein Geschlecht und überlegte, ob er onanistischer Entspannung bedürftig sei. Nachdem schließlich auch das mit viel Mühe erledigt war, musste er feststellen, dass sich sein Befinden nicht bessern wollte. Er besaß ein Gehirn aus Watte, und kein vernünftiger Gedanke fand einen Weg durch den Mulm. Am besten wäre es gewesen, sich hinzulegen, aber dann würde er abends aufwachen, in der Nacht nicht schlafen können und völlig erledigt zur Frühschicht erscheinen. Du musst essen, ermahnte er sich, briet Spiegeleier und würgte sie lustlos samt einem halben Butterbrot hinunter. Er legte Mozarts *c-Moll-Klavierkonzert* auf und setzte sich mit einer Tasse Kaffee ans Fenster. Sein müder Blick wanderte über den Hof, auf dem ein paar Kinder Gummihopse spielten. Das Vorderhaus verstellte ihm zwar jede Sicht, heimelte aber zugleich an; dieser enge, überschaubare Kiez mit seinem Kindergeschrei, Radiogedudel und den immergleichen Szenen hinter den Fenstern gegenüber war die bergende Bauchdecke, die sich um seinen kommunal verwalteten Ein-Zimmer-Uterus zog, und wenn er es sich recht überlegte, war seine Wohnung der einzige Ort, an dem er in den vergangenen Jahren mitunter so etwas wie Glück empfunden hatte. In diesem mickrigen Heim bewahrte er sich ein exklusives Ich. Schönbach war sozusagen klaustrophil. Als er noch nicht regelmäßig trank, hatte die heimische Horizontverengung nicht nur der Abschottung, sondern weit mehr seiner Horizont*erweiterung* gedient; viele Tage hatte er daheim verbracht, ohne mit jemanden zu sprechen, lesend, studierend, seinen Gedanken nachhängend, und es waren immer gute Tage gewesen.

Seit er im Schnapslager arbeitete und fast seine gesamte Freizeit in Kneipen verbrachte, hatte sich jedoch sein Vergesslichkeits-Koeffizient schwindelerregend oder auch deprimierend, jedenfalls rapide erhöht. Was für ein Unsinn, dachte er manchmal und jetzt wieder, erst jahrelang zu studieren, seinen Kopf zu trainieren – und dann dieses filigrane Hochleistungshirn Zelle für Zelle abzutöten. Was für ein Unsinn, hunderte Stunden mit netten, aber stumpfsinnigen Typen zu verbringen, anstatt beispielsweise Shakespeare oder mal wieder den guten alten Thukydides zu lesen. Allerdings: Wozu war diese Leserei nütze? Was hatte ihm seine amokläuferische Bücherfresserei gebracht? Verhielt es sich nicht so, dass alle Lektüre seine Unzufriedenheit immer nur gesteigert hatte? Und auf welches Ziel hin sollte ein Ausgestoßener wie er noch seinen Kopf füllen? An die Wiederaufnahme seines oder irgendeines anderen Studiums konnte kein Gedanke sein; publizieren würde er auch nie dürfen, er war ein Paria, von dem man nicht mal eine Betrachtung über das entweder abscheulich triviale oder aber welträtselhaft großartige zweite Fragment des Pythagoräers Alkmaion von Kroton drucken würde (»Die Menschen gehen deswegen zugrunde, weil sie es nicht verstehen, den Anfang an das Ende anzuknüpfen« – er hatte dazu einen knapp vierzigseitigen Kommentar verfasst). Außerdem war es unanständig, in diesem Lande zu publizieren, in dieses Sklavengesumm und Gesinnungsgeheuchel einzustimmen. Ausreisen? Oft hatte er darüber nachgedacht, aber er scheute davor zurück, nicht weil er, wie etwa Pinie, angesichts der imaginären Endlosschlange von Ausreisewilligen alle Hoffnungen aufgegeben hatte, sondern weil er einen abergläubischen Respekt vor den Selektionskriterien der freien Wirtschaft besaß. Was sollte er mit seinem abgebrochenen Philologiestudium im Westen denn anfangen? Schönbach hielt Westdeutschland für ein Land, in dem es nicht einfach war zu überleben; er hatte gehört, dass ein Großteil der Stadtstreicher *drüben* ehemalige Ostdeutsche seien, die allzu optimistisch ihr realsozialistisches Ställchen, wo sie immerhin grundversorgt wurden, verlassen und sich in eine Welt gewagt hatten, die sie heillos überforderte. Das leuchtete Schönbach absolut ein. Er wagte den Ausbruch nicht mal in Gedanken.

Zugleich machte er sich keine Illusionen darüber, dass er in einem Staat lebte, der moralisch kompromittiert, wirtschaftlich heruntergekommen und kulturell impotent war, den Launen einiger weniger Bonzen ausgeliefert, ein Staat ohne Sinn für Geist und Schönheit, der unter einer Eisdecke erstarrt war, unter einer Käseglocke verfaulte, hinter einer Dornröschenhecke ohne Aussicht auf den rettenden Kuss agonierte. Sein Gefängnis von Heimatland, mit dem er alternativlos verwachsen war, sank auf Dritte-Welt-Niveau, und er, Schönbach, sank mit. Er befand sich in der zunehmend perversen Situation, dass er, der DDR die Pest an den Hals wünschend und sich an den zunehmenden Niedergangssymptomen ergötzend, seinen eigenen Mitniedergang billigend in Kauf nehmen musste – denn wer sollte dieses Land retten? Zugleich belehrten ihn westdeutsche

Nachrichtensendungen und Fernsehmagazine darüber, dass es überhaupt keinen Sinn hatte, den Käfig zu fliehen, denn jenseits jener Mauer, die als unerschütterliches Apriori schon gestanden hatte, als er geboren wurde, ging es ebenfalls übel zu: Umweltverschmutzung, Waldsterben, Gift in Muttermilch und Textilien, Arbeitslose, Neue Armut, Neonazis … Davon abgesehen, dass beide Deutschländer mit aufeinander gerichteten Atomraketen zugestellt waren. Was blieb einem also übrig, außer zu saufen, als gäbe es kein Morgen, so wie die Kollegen in der Reklamationsabteilung, die überdies ihre gereimten Scherze mit der Weltlage trieben, indem sie beispielsweise dichteten: »Ist der Harz auch noch so dicht, Pershing 2 schafft wieder Licht.« Oder: »Der alte Stadtkern roch schon ranzig, das ist vorbei, dank SS-20.« Oder: »Im U-Bahn-Tunnel liegt der Kanzler, vorm Erstschlag aß er noch im Kranzler.« (Das Cafe Kranzler lag am Ku'damm, er hatte davon gehört; ein paar Kilometer von seiner Mansarde entfernt, aber so weit weg wie Australien …)

Schönbachs Wohnung kostete 26 Mark Monatsmiete; das waren seine einzigen Fixkosten. Eine bessere Bleibe würde er in absehbarer Zeit nicht bekommen. Er verdiente pro Monat, sofern er sich keine unentschuldigten Fehltage leistete, um die 900 Mark netto, und wenn er Sonderschichten schob, sogar noch mehr. Das war verhältnismäßig viel, da der Wareneingang rund um die Uhr, also auch an allen Sonn- und Feiertagen arbeitete, und wollte erst einmal vertrunken werden. Er hätte freilich das Zehnfache in der Lohntüte haben können, ohne dass er recht gewusst hätte, was er damit anfangen sollte. Reisen zum Beispiel führten nur gen Osten aus einem Elend ins andere, und Schönbach weigerte sich, ins *sozialistische Ausland* zu fahren, nicht weil ihn Ungarn oder Polen nicht interessierten, sondern weil er sich nicht diktieren lassen wollte, welchen Teil der Welt er bereisen dürfe und welchen nicht. Folglich blieb er daheim. Eine Fahrt an die polnische Küste mit seinen Eltern als Kind und einen Prag-Besuch als Abiturient ausgenommen, hatte er niemals die DDR verlassen. Von zwei, drei Touren an die Ostsee und einigen Klassenfahrten abgesehen, hatte er nicht einmal Berlin verlassen. Er konnte in den Weiten des homerischen Originaltextes navigieren, aber die Strecke von Berlin nach Dresden hielt er für eine große Entfernung. Nie hatte er in einem Flugzeug gesessen, nie ein richtiges Gebirge, nie einen großen Strom, nie eine Weltstadt gesehen. Dass die Alpen teilweise zu Deutschland gehörten, war ein abenteuerlicher Gedanke für ihn. Die Zugspitze, die er zum ersten Male in einem alten Lexikon bei seinen Großeltern gesehen hatte und die sich diesem Lexikon sowie anderen stichhaltigen Quellen zufolge in seinem auf Dauer geteilten Heimatland erhob, erschien ihm kaum minder exotisch als der Nanga Parbat. Er kannte nur Drinnen und Draußen, er war ein Weggesperrter, ein ewiger Zwangsprovinzler. Auf besonders unangenehme Weise wurde ihm das bewusst, wenn er in einer der besseren Kneipen im Stadtzentrum zufällig auf West-Touristen traf und ihnen sofort wieder aus dem Wege ging. Viele seiner Landsleute suchten solche Kontakte geradezu händeringend, einerseits weil sie Geld umtauschen wollten, aber auch, um wenigstens gesprächshalber einmal jene ihnen vorenthaltene Welt zu atmen, wobei die um ihr Herkunftsprivileg Angeschmachteten sich ihnen automatisch überlegen fühlen durften, mochten es noch so exorbitante Plattköpfe sein. Auf deren mitleidig-weltweises Getue konnte Schönbach gern verzichten.

Das Klavierkonzert war zu Ende. Wenn er jetzt nicht doch einnicken und hoffnungslos aus seinem Wach-Schlaf-Rhythmus fallen wollte, musste er etwas auflegen, das ihn munter hielt. Schönbach besaß ausschließlich Platten mit klassischer Musik, allesamt Gegenstand seines Kummers, weil allesamt Marke *Eterna*, wie sich der Staatsmonopolist nannte, aber dieser Schrott war schon nach dem dreißigsten Abspielen hinüber, was natürlich auch an den Abtastnadeln liegen mochte oder an beidem. Insbesondere die hohen Töne übersteuerten von Abspiel zu Abspiel mehr und mehr und erzeugten ein deprimierendes Knirschen und Knistern, an dessen Intensität sich zuletzt der fragliche Ton einzig bemaß; ein hochdramatischer Sopran, ein Chor-Fortissimo, ein Streichertutti, und schon klang es, als ob die Platte gerade dabei sei, sich vom Teller zu schälen. Da half es auch nicht, dass er ständig die Abtastnadeln austauschte und die Scheiben regelmäßig mit lauwarmem Wasser oder Alkohol abwusch. *Drüben* gab es inzwischen CDs, und oft dachte er kummervoll daran, dass seine knisternde, ihm aber partiell heilige Vinyl-Sammlung kaum mehr wert war als ein Haufen Hundescheiße gleichen Umfangs. Um sich einen CD-Player zu kaufen, hätte er, einen Schmuse-Umtauschkurs von 1:5 gerechnet, den kompletten Lohn eines Dreivierteljahres hinblättern müssen, aber erstens kannte er niemand, der ihm Geld tauschte, zweitens gab es in der DDR keine CDs, drittens hätte er auf das Gehalt eines Dreivierteljahres etwa drei Jahre sparen müssen. Also würde er sich wohl bis ans Ende seiner Tage mit stetig wachsenden Nebengeräuschen arrangieren müssen.

Einen gewissen schizophrenen Trost bot die Tatsache, dass die Platten nicht nur technisch von minderer Qualität waren – auch die Musik stammte in den seltensten Fällen von der interpretatorischen Weltspitze. Wer, bitteschön, wollte schon das singende Neutrum Peter Schreier mit seiner knäbischen, in der Höhe plärrigen Kühlschrankstimme als Tamino oder gar Don Ottavio hören? Wer wollte sein Ohr leihen, wenn sich Theo Adam durch die Partie des Wotan tatterte? Wer wollte zu allem Überfluss noch die ewigen Elogen auf die beiden DDR-Vorzeige-Sänger lesen, die jede Plattenhülle zierten? Ihr Repertoire uferte ins Gigantisch-Blödsinnige aus, sie schienen in der Tat vorzuhaben, *jede* Tenorpartie und *jede* Bass- beziehungsweise Bassbaritonrolle einzusingen und auf Platte zu verewigen, auf dass erstens ihr Ruhm wachse, zweitens der Staat Devisen beim Engagement von West-Interpreten spare und drittens Herr Schönbach in der Dunckerstraße allmählich wahnsinnig werde.

Schönbach legte den zweiten *Lohengrin*-Akt unter Rudolf Kempe auf und drehte den Lautstärkeregler bis kurz vor den Anschlag. Selbstredend sehnte sich Schönbach nach Bayreuth, doch Bayreuth lag unermesslich weit weg, irgendwo zwischen Forum Romanum und Nanga Parbat. Es gab im gesamten Ostblock keinen einzigen Heldentenor von Format, ein echtes Problem für einen eingemauerten Wagnerianer. Früher war er oft in der Staatsoper unter den Linden gewesen, inzwischen blieb er ihr fern, wie er allem Gesellschaflichen fernblieb. Die großen Tenöre kannte er, von den paar Platten abgesehen, die Eterna doch von ihnen gepresst hatte, aus der Musikkabine der Stadtbibliothek. Es war dieselbe Bibliothek, in der man ihm gesagt hatte, Nietzsche sei inhaltlich nicht freigegebene Literatur, nur eine Etage höher; dort lagerten unter anderem Musikalien, die gewissermaßen tonträgerisch nicht freigegeben waren, West-Platten also, die man nur in der Kabine hören durfte. Natürlich befanden sich auch diese Platten in miserablem Zustand, sie waren einfach zu oft abgespielt worden.

»Du fürchterliches Weib, was bannt mich noch in deine Nähe?«, sang Dietrich Fischer-Dieskau alias Friedrich Graf von Telramund. Bei diesen Worten musste Schönbach an Katja denken. Er hatte sie wohl mehrere Monate nicht gesehen, denn er besaß triftige Gründe, ihre wirklich faszinierende Gesellschaft zu meiden. Er kannte Katja von der Universität, wo sie *Gesellschaftswissenschaften* studiert hatte, ein veritables Arschlochstudium – aus den *Gewi*-Studenten rekrutierte sich der ideologische Wasserkopf des Landes, der Partei- und Staatsapparat. Tatsächlich war Katja eine Hundertprozentige, an der Universität hatte sie zur FDJ-Leitung gehört, und natürlich war sie SED-Mitglied. Sie war knapp vier Jahre älter als Schönbach und hatte zuerst ein paar Semester Elektronik in Dresden studiert, ehe ihr klargeworden war, dass ihre Lebensaufgabe darin bestand, dem Sozialismus unmittelbar, das heißt: als Funktionärin, zu dienen. In Wahrheit – und Schönbach kannte die Wahrheit, wenngleich nicht aus allernächster Nähe, so doch aus einer dieser Nähe sehr nahe kommenden Restdistanz – bestand der tiefe Grund ihres Daseins einzig darin, einem kleinen Teil der Männerwelt den Begriff und einem größeren Teil zumindest die Illusion davon zu vermitteln, was das eigentlich sei: Erotik.

Katja, das waren zunächst störrische schwarze Locken, nicht zu frisieren, nicht zu bändigen, der Teint einer Mulattin (zumindest in der warmen Jahreszeit) sowie blaue Augen, die inmitten der sie umgebenden Dunkelheit als teils irritierender, teils magischer Kontrast lebten, da der Betrachter automatisch braune erwartet hatte. Überdies waren sie so groß, dass ober- und unterhalb der Iris das Weiß des Augapfels hervorschien (Jahre später sollte Schönbach bei einem großen deutschen, in der DDR inhaltlich nicht freigegebenen Dichter lesen, dies sei der *Königsblick*). Das schillernde Aquamarin mit den hypnotischen Stecknadelköpfen von Pupillen inmitten gab Anlass zu wirklich jeder frivolen Vorstellung, wie keineswegs nur Schönbach fand. Katja war schlank, langbeinig, knabenärschig, auratisch, ihr Gang war eine einzige Provokation, um die sich freilich der solide Harnisch eines spöttischen Stolzes schloss. An ihr sahen sogar die Ost-Jeans gut aus. Ihr Mund unterschied sich – und zwar auch in jenen Momenten, wo sie ihn zum gedankenlosen Herplappern von Agitationsfloskeln zweckentfremdete – von den angeblich auf demselben physiologischen Bauplan beruhenden Kopföffnungen der meisten anderen Studentinnen vor allem darin, dass er ein primäres Geschlechtsorgan war, gewiss primärer als 99,4 Prozent der verschwitzten Primärspalten in den Auditorien und Seminarräumen. Im Grunde hätte sie ihn wie eine Muslimin verhüllen müssen, so war sie quasi dauernd *oben ohne* unterwegs. Sie war die optische Attraktion der Universität gewesen, der halbe Lehrkörper und die halbe Studentenschaft waren hinter ihr her (und der Rest hatte bloß kapituliert). Sie verkörperte das erträglichste Stück FDJ, das Schönbach je kennen lernte; kein Wunder, dass irgendein schlauer Fotograf sie im Blauhemd ablichtete, selbiges so weit aufgeknöpft, dass man ihre makellosen Brüste als zunehmende Halbmonde sah, und dieses Foto zu einem landesweit bekannten Propagandaplakat für irgendein FDJ-Festival avancierte, vor dem zwischen Rügen und Erzgebirge kleine und große Jungs einen Ständer bekamen. Ja, Katja war eine Überzeugte, und wer Mitte der Achtziger vom Unternehmen Sozialismus immer noch überzeugt war, hatte einen an der Waffel, aber das war Schönbach völlig egal.

Von ihrer frommen Verblendung abgesehen, war Katja kein dummes Mädchen, sie spielte beispielsweise exzellent Schach und hatte früher sogar Turniere bestritten. Im Übrigen war sie meist bestens gelaunt (kein Wunder, da sie jeden Morgen *sich* im Spiegel sah), von Amts wegen leutselig, überdies feierfreudig, also keineswegs per se hochmütig, aber sie hatte eine Art, jemandem, der ihr zu nahe trat, zweifelnd ins Gesicht zu schauen, als erwarte sie, derjenige möge sich jetzt entweder als Gott zu erkennen geben oder sich seiner Hybris schamvoll bewusst werden. Schönbach hatte zu denjenigen gehört, mit denen Katja sich auch privat abgab; das trug er vor den neidischen Blicken der anderen schon wie eine Auszeichnung. Er war der Primus bei den Philologen, soweit war ihr Interesse an ihm halbwegs begründet, außerdem mochte sie sich, nachdem sie ihn näher kennen gelernt hatte, in ihren Wuschelkopf gesetzt haben, ihn in Sachen Sozialismusgläubigkeit zu missionieren. Schönbach hatte sie für ihre Linientreue anfangs sanft verspottet, was sie sichtlich kränkte und strategisch betrachtet dumm war. Sie zahlte es ihm zurück, und zwar doppelt und dreifach, indem sie nicht mit ihm ins Bett ging, so sehr er auch warb und sich spreizte. Sie war nicht prüde, im Gegenteil, sie hatte ständig Verhältnisse, aber offenbar ließ sie sich nur von Parteimitgliedern vögeln. Ihr Ansehen bei ihm stieg angesichts dieser mutmaßlichen ideologischen Endogamie noch. Eine Zeit lang erwog er ernstlich, in die SED einzutreten oder nach dem unverdaulich aufgeblähten ersten *Kapital*-Band, unter dessen Fehlorakeln er noch heute zu leiden hatte, auch noch die anderen beiden Teile zu studieren; er hätte ihr Marxens c+v+m-Gleichungen gerne mit Lippenstift auf die Innenseite der Oberschenkel geschrieben. Sie wusste natürlich, welche Begehrensexzesse sich in ihm abspielten, und führte dem Schwerenöter die Überlegenheit ihrer in sozialistischen Diensten stehenden biologischen Waffen vor, indem sie die Gespräche zwischen ihnen immer wieder auf sexuell relevante Themen lenkte.

Eines Tages bekam Schönbach heraus, wie er sich rächen konnte. Sozialistin und Schachfreak in Personalunion, hatte Katja nie die eklatanten Niederlagen ihres Sowjetlieblings Boris Spasski gegen den exzentrischen Amerikaner Bobby Fischer verwunden, obwohl sie bei der Weltmeisterschaft 1972 gerade mal dreizehn Jahre alt gewesen war. Wie Schönbach mit bösem Vergnügen feststellte, konnte man ihr mit der bloßen Erwähnung dieser Duelle nahezu Qualen bereiten. Nun hieß es also, die Marter zu verfeinern und ins Detail zu gehen, aber offenbar hatte der gesamte Ostblock Spasskis Fiasko nicht verwunden, denn Aufzeichnungen der Partien waren nirgends zu bekommen (zu Archiven besaßen die Kommunisten ohnehin ein phobisches Verhältnis, weil sie dauernd ihre Vergangenheit und ihre Ziele änderten). Schönbach trieb schließlich einen Schachfanatiker in der Sportredaktion einer Blockpartei-Tageszeitung auf, der alles archiviert hatte, und gelangte so in den Besitz einer kompletten Folterkammer. Mit diesem Kompendium sublimster Torturen tanzte er bei Katja an. An jenem Abend war sie so deprimiert, besonders beim gemeinsamen Durchspielen der sechsten Partie, in der Fischer seinen Kontrahenten Schritt für Schritt zerlegt und am Ende regelrecht exekutiert hatte, dass Schönbach bereits der Illusion anhing, er werde eine Chance als Trostspender erhalten, doch statt sich an seine Brust zu kuscheln, fand das raffinierte Weib einen Weg, den Spieß umzudrehen und nunmehr seine Qualen ins Tantalushafte zu steigern. Sie schloss mit ihm eine Abmachung von zeitlich unbegrenzter Gültigkeit: Wenn er sie im Schach schlüge, würde sie ihm auf der Stelle sexuell zu Willen sein, sich sozusagen direkt neben ihren König legen.

Fortan spielte er Schach gegen sie, jedoch zu seiner grenzenlosen Demütigung gewann sie jedes Spiel, er schaffte nicht mal ein Remis. Bis zu drei Partien pro Treffen räumte sie ihm ein, dann schickte sie ihn heim. Es war zum Verzweifeln: Jedes der 64 Felder stellte seiner sexuellen Notdurft eine Falltür, jede seiner tollkühnen, ihm selbst mitunter unbegreiflichen Springer-Attacken und Damen-Vorspiele endete in einem spasskihaften Interruptus. Er las alle möglichen Bücher über Strategie und Taktik des Schachspiels, studierte die Partien der sowjetischen Großmeister, lernte die verschiedenen Varianten von Eröffnung und Endspiel, doch Katjas in Jugendjahren erworbener Vorsprung hatte sich als für ihn uneinholbar erwiesen …

Was die Alkoholverträglichkeit anbetraf, befand sich Schönbach in der Form seines Lebens, so dass seine brave Leber eine vormittags genossene Flasche Apfelkorn bereits am frühen Abend aus dem Blut gewaschen hatte und er sich wieder halbwegs munter fühlte. Unternehmungslustig wäre freilich die falsche Bezeichnung für diesen Zustand gewesen, er war in den letzten Monaten vielmehr unterlassungslustig geworden, denn ein zerebrales Taubheitsgefühl wich nicht mehr aus seinem Schädel. Mit zunehmendem Alkoholkonsum engt sich der Lebensraum des Trinkers immer mehr ein, nicht nur sein tatsächlicher Aktionsradius, sondern auch sein gedanklicher. Wie ein Einsiedlerkrebs zieht er sich vor der Welt zurück, körperlich und geistig. Am Ende bleiben nur noch ein paar Routinewege an dieselben Orte übrig, alles andere fällt weg. Schönbachs Sexualleben beispielsweise, sofern man darunter jenes zu zweit oder mehreren verstand, hatte seit ein paar Monaten zu existieren aufgehört.

Er schlurfte auf die Straße zum Münzfernsprecher. Wunderbarerweise funktionierte er, niemand hatte den Hörer abgerissen, den Münzschlitz verstopft oder auf andere Weise seinen Ärger darüber, dass es mal wieder etwas nicht zu kaufen gab oder im Viertel alle Kneipen gleichzeitig geschlossen hatten, an den Apparat delegiert. Katja war zu Hause, hatte aber anfangs Mühe, zu identifizieren, wer da eigentlich anrief. »Wo steckst du denn die ganze Zeit?«, maulte sie mit ihrer wie stets etwas belegt klingenden, nicht wirklich schönen Stimme, nachdem sie das Rätsel gelöst hatte. »Hättest ja mal anrufen können.«

»Ich habe irgendwie nicht bemerkt, dass Zeit vergangen ist.«

»Wie? Du hast nicht bemerkt, dass du mich beinahe ein geschlagenes Jahr nicht gesehen hast? Wie klingst du überhaupt?«

»Wie klinge ich denn?«

»Anders als sonst. Nicht unbedingt besser. Was hast du getrieben in diesem Jahr? Ist dir etwas nicht bekommen?«

»Das Aufstehen morgens bekommt mir nicht. – Siehst du eigentlich immer noch so hinreißend aus, dass man nur an das eine denkt?«

»Was soll ich dazu sagen? Das ist wie bei dem Witz, wo der frischgebackene Ehemann gefragt wird, wie seine Frau im Bett ist.«

»Und was antwortet er?«

»Er antwortet: ›Weiß ich auch nicht genau, der eine sagt so, der andere so …‹«

Er musste lachen, und Katja stimmte ein. Wenn sie lachte, warf ihre Stimme die Heiserkeit ab und klarte auf. »Komm einfach vorbei«, flötete sie. »Ich freu mich, dich mal wieder zu sehen.«

»Sofort?«

»Von mir aus sofort.«

Katja wohnte in der Kavalierstraße in Pankow, zwei Zimmer mit kleinem Balkon im zweiten Stock. Mit dieser Wohnung verband Schönbach eine unauslöschliche Erinnerung aus der Frühzeit ihrer Bekanntschaft. Sie waren zu dritt gewesen: Katja, ein männlicher Besucher namens Friedhelm, der ein bisschen wie George Harrison in den späten 60ern aussah, mit Schnauzbart und einer Art Schüttelfrisur, und ihr ganz offensichtlich den Hof machte, sowie er, Schönbach, der als unangemeldeter Spontanbesucher zu den beiden gestoßen war und aus Eifersucht keine Anstalten machte, wieder zu gehen. Vielmehr hatte er sein Geld zusammengekratzt und zwei Flaschen *Goldbrand* spendiert. Er vertraute, damals durch nichts begründet, auf seine Trinkfestigkeit (sowie auf seine Eloquenz und Attraktivität), ferner darauf, dass bereits eine Flasche genügen würde, um das nicht übermäßig robust wirkende Beatle-Imitat aus dem Wege zu räumen. Sie saßen, spielten Karten und tranken. Nachdem die zweite Flasche halbleer war und Friedhelm zur Toilette ging, raunte der damals in puncto Katja-Eroberung erstaunlich größenwahnsinnige Schönbach der Begehrten enthusiasmiert zu, der andere werde jetzt bald abgefüllt sein und entweder verschwinden oder einschlafen; dann könnten sie beide sich ja ein bisschen im anderen Zimmer hinlegen …

Als er wieder zu sich kam, war es, der Sonnenintensität nach zu urteilen, ungefähr Vormittag, und er lag, wie er nach anfänglichen Selbstverortungsschwierigkeiten herausfand, auf ihrem Wohnzimmersofa. Während sich Fetzen für Fetzen seine Erinnerung wieder zusammenfügte und dabei immer mehr einen dunklen Punkt ansteuerte, dem er, einer unbestimmten Ahnung folgend, lieber ausgewichen wäre, stand plötzlich Katja vor ihm, nur mit Slip und T-Shirt bekleidet. Wie es schien, war sie aufs Höchste amüsiert. Dafür, dass er jemanden unter den Tisch trinken wollte, sagte sie lachend, wobei sie sich etwas gekünstelt auf ihre die sofortige Meuchelung Friedhelms rechtfertigenden Schenkel schlug, habe er gleich zwei kapitale Fehler begangen, nämlich erstens deutlich mehr als die Hälfte selber getrunken und zweitens nicht bemerkt, dass der andere gar nicht mitzog, sondern das meiste heimlich weggekippt habe. Mit anderen Worten: Er sei gestern Abend der einzige Betrunkene gewesen, und zwar so besoffen, dass er auf dem Klo eingeschlafen sei …

»Moment«, unterbrach er sie, »ich bin auf dem Klo eingeschlafen? Wie: auf dem Klo?«

»Wir haben die ganze Zeit gewartet, dass du wiederkommst, und als es zu lange dauerte, habe ich geklopft, und da du nicht geantwortet hast, habe ich gedacht, dir ist was passiert, und bin reingekommen. Mein Gott, war das ein Gestank! Du hättest ja wenigstens spülen können!«

Ein Feuersalamander begann sich auf seinem Gesicht hin und her zu wälzen. Was für ein Auftritt bei einer Frau, die man um jeden Preis der Welt rumkriegen will! Eine Sekunde später kroch etwas leichenfingrig Kaltes seinen Rücken hinab bis zum Steiß, als ihm in den Sinn kam, dass einer, der über seinem Geschäft einnickte, ja eine entscheidende hygienische Verrichtung womöglich und zu befürchtender Weise nicht erledigt haben konnte, dass also … Ihn schauderte. Dem argen Verdacht, ohne sich zu bewegen, nachspürend, bemerkte er indes mit Verwunderung, dass sich sein Hinterausgang überraschend sauber, trocken, angenehm anfühlte.

»Und wie habt ihr mich geweckt?«

»Dich wecken? Das hätte kein Spielmannszug geschafft!«

»Wie bin ich dann auf dieses Sofa gekommen?«

»Da kannst du dich bei Friedhelm bedanken, er hat dich hierhergeschleppt.«

Schönbach nahm alle Courage zusammen und fragte mit erstickter Stimme: »Habe ich mir wenigstens den Hintern sauber gemacht?«

»Nein«, prustete sie, »das hat Friedhelm für dich getan.«

Der dunkle Punkt explodierte. Gepriesen sei der Restalkohol, dachte Schönbach und versuchte sich vorzustellen, wie der freundliche, wildfremde Friedhelm mit gerümpfter Nase in seinem Allerwertesten herumfuhrwerkte, nachdem er ein paarmal die Spülung betätigt hatte, während er, den Kopf zwischen den Knien und leise schnarchend, auf der Keramikschüssel hockte.

»Und wo ist Friedhelm jetzt?«

»Ich bin hier«, kam es aufgeräumt aus dem Schlafzimmer, dessen Tür offen gestanden hatte und wo Friedhelm, während der Möchtegern-Nebenbuhler Wand an Wand einen gewaltigen Rausch ausschlief, seinen ultimativen Triumph ausgekostet hatte. Auch er trug Slip und T-Shirt, und so standen sie vor Schönbachs Schlafstatt wie die beiden Königskinder, nachdem sie die böse Amme gerade rechtzeitig daran hatten hindern können, die Kerze zu löschen – es hätte bloß noch gefehlt, dass sie sich bei den Händen fassten. Dieser Anblick, verstärkt durch die eingebildete Witterung ihrer kaum verhüllten Genitalien, löste in der langgezogenen Schnapsleiche, deren Füße über das Sofaende ragten, tatsächlich Böse-Ammen-Gefühle aus, die jedoch von einer kreatürlichen Dankbarkeit niedergekämpft wurden.

»Danke, Friedhelm«, sagte Schönbach heiser, »danke fürs Arschabwischen.«

»Keine Ursache«, erwiderte Friedhelm feixend.

»Ja, bedanke dich ruhig bei ihm«, sagte Katja. »Er hat sich liebevoll um dich gekümmert, obwohl du nicht nett zu ihm warst.«

»Du lieber Himmel, was habe ich denn noch angestellt?«

»Nichts Schlimmes«, sagte Friedhelm, »du hast dich halt nicht mehr eingekriegt, weil ich nur einssiebzig groß bin.«

»Tut mir leid, ich kann mich an nichts erinnern. Was habe ich denn gesagt?«

»Och, du hast mich gefragt, wie einer sich fühlt, dem die Dackel ins Gesicht furzen.«

»Und mich«, erklärte Katja, »ob ich *gnomophil* sei!«

Und während sie seine Artigkeiten rekapitulierten, hatte Friedhelm ihn mit einem Blick angesehen, in dem geschrieben stand: *Ich* habe sie gefickt.

Schönbachs Sitzblockade bildete für längere Zeit die Quelle mehr oder weniger sublimer Scherze auf seine Kosten. Zwischen ihm und Friedhelm, der übrigens Ingenieur, SED-Mitglied und aussichtsreicher Anwärter für die Teilnahme an irgendeinem Nickelverhüttungsprojekt auf Kuba war, entstand sogar so etwas wie eine wechselseitige Sympathie, deren bindende Klammer natürlich Katja beziehungsweise die Passion für sie beziehungsweise das geteilte Leid wegen ihrer Flatterhaftigkeit waren. Viel zu klug, hübsch und launisch, um sich in die Hände nur eines Mannes zu begeben, hatte Katja bald einen neuen Liebhaber erkoren, so dass dem armen Friedhelm sein Triumph schnell schal wurde. Eine Parallel-Liaison sollte es nach ihrem divinischem Willen schon sein, allein deshalb, weil sie die beiden Verehrer gegeneinander ausspielen und die Früchte des permanenten Wettbewerbs um die jeweils nächste Nacht mit ihr ernten konnte; so marktwirtschaftlich dachte die schwarzlockige Sozialistin in Liebesdingen. Immerhin besaßen Schönbach und Friedhelm nun ein gemeinsames Hassobjekt, und beim Biere räsonnierten sie hämisch-bitter über den Neubuhler, seines Zeichens Dozent für Kunstgeschichte, ein distinguierter, wahnsinnig gestelzt redender, vollbärtiger Anzugträger, der einen 1600er Lada fuhr, meist teure Geschenke und stets einen Aktenkoffer dabeihatte und beim ersten Auftritt in Katjas Antiquitätenrumpelkammer von Wohnung total pikiert war, als er dort noch zwei andere Herren antraf, die seinen mitgebrachten *Krimsekt* wegsoffen, während Katja, leicht beschickert und jeden Weg durch die Wohnung im Tanzschritt zurücklegend, drei Typen gleichzeitig aufgeilte.

Schönbach bedurfte des Trostes einiger Kommilitoninnen, um sich in puncto sexuell gegründeten Selbstbewusstseins halbwegs ausgeglichen zu fühlen. Freilich suchte er solche Affären vor Katja zu verbergen, weil er sich ein wenig schämte – keine der Damen hätte sich ernstlich mit ihr messen können, es war reines Vorliebnehmen. Von einer hatte sie zufällig erfahren und mit ihrem boshaften Spott über das arme Mädel, deren Schönheit nicht ganz unwiderstehlich war, jeden Gedanken an eine Neuauflage jener speziellen Katja-Kompensations-Umarmung zerstört. Zuletzt hatte sie ihn höhnisch gefragt, was er eigentlich von ihr wolle, wenn er schon mit *so einer* vorlieb nehme. Und inwieweit sie selber sich als Objekt seiner Wahllosigkeit eher beleidigt fühlen sollte.

Die für Katjas außergewöhnlichen Qualitäten in Kauf zu nehmende Kehrseite bestand in dem unglaublichen Unsinn, den sie von sich gab, wenn politische Themen ins Gespräch und somit unter die Räder ihres marxistisch-leninistisch geschulten Bescheidwissens kamen. Dann hätte man ebenso gut das *Neue Deutschland* lesen können. Wer ihren auf Tatsachen- und Zweifelsresistenz fußenden Argumenten beipflichtete, wurde freilich mit Blicken belohnt, wie sie der Opposition nicht zu Gebote standen. Vermutlich wäre die Geschichte des *ersten Arbeiter-und-Bauern-Staates auf deutschem Boden* eine andere gewesen, wenn ihn nicht senile, bösartige Greise offiziell repräsentiert hätten, sondern zum Beispiel Katja Kommerell mit ihren panzerbrechenden Augen. Von der Grundüberzeugung unterschied man sich ja nicht sonderlich; dieses sexuelle Gravitationsphänomen von Frau war so honeckerhaft vernagelt, dass Schönbach nicht umhin kam, zuweilen an ihrem Verstand zu zweifeln. Etwa als Katja die Reaktorkatastrophe von Tschernobyl für eine Erfindung der West-Propaganda erklärte.

Die DDR-Medien hatten, in treuer Anlehnung an die sowjetischen und in bewährter Einhelligkeit, zuerst überhaupt nichts gemeldet – und dann, dass es im Grunde nichts zu melden gäbe. Dazwischen lag die Erklärung, die der sowjetische Generalsekretär Michail Gorbatschow im Fernsehen abgab, 14 Tage nach dem Unglück. War Katja anfangs nicht davon zu überzeugen gewesen, dass überhaupt etwas passiert war, so blieb von der Rede des Generalsekretärs nur die Formulierung *haltlose antisowjetische Kampagne* hängen. Selbst die eingestandenen Toten und Verletzten hatte sie sofort verdrängt.

»Das ist alles Stimmungsmache, Propaganda«, erklärte sie. »Der Westen will nur von den eigenen Problemen ablenken. Sie wollen unterstellen, sowjetische Reaktoren seien grundsätzlich nicht sicher und der Sozialismus sei nicht in der Lage, den technologischen Fortschritt zu meistern. Es geht darum, das sozialistische System *als grundsätzlich gefährlich* zu denunzieren.«

Schönbach, der sich angewöhnt hatte, sein Bild zusammenzubasteln, indem er den West-Nachrichten ungefähr die Hälfte glaubte und den Ost-Nachrichten ein Zehntel, entgegnete: »Es mag ja sein, dass der eine oder andere Kommentator in dieses Horn gestoßen hat, aber darum geht es gar nicht …«

»Und ob es darum geht!«

»Du sagst, sie wollen von ihren eigenen Problemen ablenken. Mich interessiert zunächst nur: Gab es einen Unfall oder nicht?«

»Es geht immer um Ideologie! Sie tun besorgt, aber in Wirklichkeit führen sie Krieg.«

»Aber Tschernobyl ist doch auch ihr Problem. Überall in Westeuropa hat man erhöhte radioaktive Belastungen gemessen …«

»Behaupten die West-Medien ...«

»Entschuldige mal, ist es nicht merkwürdig: Erst messen sie in Skandinavien und anderswo erhöhte Werte, und wenig später geben die Russen zu ...«

»... die Sowjets. Im speziellen Fall handelt es sich um einen Vorfall in der Ukraine.«

»Ja, von mir aus. Jedenfalls geben sie zu, dass sich ein Reaktorunglück ereignet hat. Und genau zu diesem Zeitpunkt erfindet jemand erhöhte Werte? Das glaubst du doch selber nicht.«

»Na, wenn schon. Diese angebliche radioaktive Belastung ist doch Hysterie. Die obersten Maxime der West-Medien ist bekanntlich der Antikommunismus ...«

»Kann ich nicht beurteilen, es gibt sie ja hier nicht.«

»Wir bekommen schon unsere Informationen, darauf kannst du bauen.«

»Wenn ich als Philologe so arbeiten würde: Texte bewerten, ohne sie zu kennen!«

»Halt jetzt mal die Klappe, du oller Klugscheißer, ich bin noch nicht fertig. Auch für Medien gelten die Gesetze der kapitalistischen Wirtschaft, das heißt, sie wollen um jeden Preis Skandale und Sensationen verkaufen, um sich selbst zu verkaufen. Hetze verkauft sich einerseits gut und erfüllt andrerseits den antikommunistischen Grundzweck – die ideale Kombination von politischem und wirtschaftlichem Interesse. Und dass da ein paar Hanseln mit Geigerzählern rumlaufen und sich um angeblich verstrahlte Milch sorgen, verbuchst du am besten mal unter Ulk. Die Leute in Kiew sind putzmunter, aber in München trauen sie sich nicht aus dem Haus, weil sie Angst vor radioaktivem *Fall-out* haben. Da greifst du dir doch an die Birne!«

Wie animierend sie aussah, wenn sie sich echauffierte! Wie ihre Augen blitzten! Wie sich ihr Näschen blähte! Erstaunlicherweise litt ihre Ausstrahlung überhaupt nicht unter dem

Blödsinn, den sie von sich gab – ein des Deutschen Unkundiger hätte jedes ihrer Worte vorbehaltlos unterschrieben.

Wollte er tatsächlich eine Frau vögeln, die derartigen Stuss redete? Ja, das wollte er. Und wie er das wollte.

Aber sie ließ ihn nicht, zur Strafe für seine konträren Ansichten, und schlief mit anderen, beispielsweise mit Friedhelm, der ihr immer nach dem Mund redete und einmal, als er es nicht tat, wie er Schönbach im Suff anvertraute, von ihr kurzerhand *eine Woche Leckverbot* erhielt.

»Und wenn du sie nicht lecken darfst«, sagte Friedhelm – und wer wollte ihm verübeln, dass er es mit einem gewissen überlegenen Seitenblick auf seinen Gesprächspartner tat –, »dann hast du überhaupt keine Chance, dich gegen sie durchzusetzen.«

4. Unser täglich Gift

Das Türschild war handgemalt, und Katjas Name stand nach wie vor solo dort: Kommerell. Die meisten seiner (und ihrer) Landsleute heirateten zwar schon mit Anfang zwanzig, doch Katja war nicht die Frau, die sich band, schließlich wollte sie, wie sie Schönbach einmal fröhlich versichert hatte, *noch viele Männer haben.* Schönbach hielt und verstand nichts von Psychologie, aber dass sie ihr Selbstwertgefühl vor allem über die Verehrung durch das andere Geschlecht bezog, kapierte sogar er. Katja war bei ihrer Mutter aufgewachsen, einer peu à peu absteigenden Chefsekretärin und sich peu à peu steigernden Trinkerin, die ehemals eine sehr schöne Frau mit undefinierbar südländischem Einschlag gewesen sein musste, allerdings seit der Geburt ihres Kindes an einer mysteriösen, anscheinend nicht erfolgreich behandelbaren Hautkrankheit laborierte. Dieser

Makel zerstörte mit der Zeit alles: das Selbstwertgefühl der Mutter, die Liebe zu ihrer Tochter (die sie wohl indirekt für ihr Leiden verantwortlich machte) und die nahezu ausschließlich auf Sex gegründete Beziehung der Eltern. Die Scheidung fand statt, als Katja gerade eingeschult worden war, und zum Schock, dass der Vater nicht mehr da war, hatte sich der des sozialen Abstiegs gesellt, das arme Kind musste mit zunehmender Trunksucht der Mutter immer schlechter gekleidet zur Schule gehen, und ihre Mitschüler nannten sie die *Lumpen-Kommerell.* Später lebte sie zeitweise bei ihrem Vater, der das Sorgerecht erstritten, dann wieder bei der Mutter, die sich stabilisiert hatte. Ihr Erzeuger war ein Hallodri und Frauenaufreißer, Chef aller öffentlichen Ostberliner Hallenbäder; Katja hatte ihm, in Konkurrenz zu den vielen Ersatzmüttern, die sie bei ihm kennen lernte, stets besonders gefallen wollen. Später entschädigten sie die schmachtenden Blicke und ohnmächtig gestammelten Liebesgeständnisse ganzer Männerscharen dafür, einst die geschmähte *Lumpen-Kommerell* gewesen zu sein.

Als Schönbach zum letzten Mal hier war, hatte Katja ihren erfolglosen Schachkontrahenten dermaßen vorgeführt, dass sich nur ein Masochist danach wieder bei ihr gemeldet hätte. Es war die verfahrenste Partie gewesen, die sie je gespielt hatten. Katja hatte Turm, Springer und vier Bauern eingebüßt, er nur einen Läufer und drei Bauern, zum ersten Mal sah es nach einem Sieg für ihn aus – da zog sie plötzlich wortlos und ohne eine Miene zu verziehen, Hemd und BH aus und spielte weiter. Ihren Brüsten sah man die Elastizität förmlich an, die Nippel standen wie ausgeklappte Luftmatratzenventile. Es war nichts als Folter.

»Hast du eigentlich«, fragte sie, ohne ihn anzusehen, »bei all unseren Spielen nie gehofft, ich würde dir nachgeben, *obwohl* du dauernd verlierst – ob nun aus Mitleid oder als Belohnung für deine Hartnäckigkeit?«

Für ein paar Sekunden hörte er auf, an seinen Hirnwindungen zu wringen, um den für ihren König tödlichen Gedanken herauszuquetschen, und suhlte sich stattdessen in der Illusion, sie werde aufgeben, und das sei die Eröffnung dazu.

»Schwimmen dir gerade die Felle davon?«, fragte er triumphierend.

Sie räkelte sich im Sessel. »Was würdest du überhaupt mit mir machen, wenn du es jemals schaffst, mich matt zu setzen?«

Schönbach versuchte, sich zu beherrschen und weiter die im Grunde unfehlbar auf Erfüllung seiner gesammelten Begierden abzielende Figurenkonstellation zu studieren, aber seine Konzentration war dahin. Augenscheinlich fehlte seinen Synapsen jenes Blut, das stattdessen seine Hose beulte. Diese kleine Bestie arbeitete mit allen Tricks.

»Hallo, großer Meister!«

»Lenk mich nicht ab.«

»Ich will nicht ablenken, im Gegenteil, ich will sogar die Prämie erhöhen. Hörst du? Sieh mich doch mal an!«

Er hob die Augen und sah, wie die ihren sich schelmisch auf seinen Ständer hefteten, der unter der Jeans deutlich zu erkennen war und nun, vom Wärmestrahl ihres Blickes angeflutet, zu schmerzen begann.

»Steht nicht irgendwo in den Schachstatuten, dass man seinen Gegner nicht ablenken darf?«

»Fischer hat Spasski auch abgelenkt«, entgegnete sie. »Ich will die Siegesprämie erhöhen.«

»Soso.«

»Wenn du mich heute schlägst«, sagte sie und schenkte ihm einen Blick, der sein sexuelles Interesse an anderen Frauen auf Monate einfror, »werde ich 24 Stunden deine Sklavin sein. Ich werde 24 Stunden lang alles, was du ejakulierst, schlucken, jedes Tröpfchen, und du würdest unglaublich viel spritzen, mein Lieber, du ahnst ja gar nicht, was ich alles aus dir herausmelken könnte …«

Wenige Züge später hatte er seine Dame verloren. Danach begann sie mit aufreizender Langsamkeit, sich wieder anzuziehen. Das hielt er nicht aus. Mit einem Satz kniete er vor ihrem Sessel, zerrte an ihrem BH, bis die Brüste heraussprangen – dieses Bild ging ihm tagelang nicht mehr aus dem Kopf –, doch Katja schaute ihn nur verwundert an, aus einer unausrechenbaren, aquamarinfarbenen Ferne, schüttelte den Kopf wie über einen kleinen Jungen, schob seine Hände beiseite und verstaute die beiden Beweisstücke der Kreationisten wieder in ihren Etuis. Dann knöpfte sie das Hemd zu. Sie tat es so entschieden, dass ihn alle Courage verließ. In einem Elendsanfall legte er den Kopf in ihren Schoß, sog den Duft ein und begann zu schluchzen, während sie ihm mit der Hand durchs Haar strich. »Es tut mir wirklich leid für dich«, flüsterte sie, »aber wir haben eine Abmachung.«

Danach hatte sie ihn wortlos zur Tür gebracht, und er hatte beschlossen, nie mehr hierher zurückzukehren.

Vor dieser Tür stand er nun doch wieder, was absurd genug, aber im Wortsinne verjährt war, und schaute auf die Uhr. Es war halb acht. Höchste Zeit, wieder etwas zu trinken, wie ihm sein Körper, einem ehernen Mechanismus gehorchend, signalisierte. Oder war es sein Kopf? Wer verschwor sich da eigentlich gegen wen?

Er klingelte.

Die ihm die Tür öffnete, hatte sich, außer dass sie das störrische Haar zum Zopf gebunden trug, im Vergleich zu damals kaum verändert, es war derselbe schlanke, braunhäutige Sog von Frau – aber die Verlegenheit, ja Bestürzung, die sich auf ihrer Miene zeigte, als sie ihn sah, traf ihn wie eine Ohrfeige. Anscheinend hatte das verstrichene Jahr an *seinem* Äußeren sehr wohl Spuren hinterlassen.

»Was ist? Stimmt was nicht mit mir?«, fragte er.

»Du siehst so anders aus …«

»Wie: anders?«

»Ungesund. So bleich. Mitgenommen.«

»Ja und? Scheint die Sonne nicht auch für diejenigen, die mitgenommen aussehen?«

»Ist ja schon gut. Komm erst mal rein.«

Früher hatte er ihre Wohnung gemocht, es war eine Studentenbude, so geschmackvoll wie ungerührt eklektisch mit antiquarischem, zum Teil ramponiertem Mobiliar ausgestattet, das sie sich zusammengeschnorrt oder auf Gerümpelaktionen und Flohmärkten besorgt hatte. Inzwischen waren erste Anzeichen einer beginnenden Verspießerung zu registrieren: An den Fenstern hingen Stores, und im vorderen Zimmer, wo er dermaleinst einen gewaltigen Rausch ausgeschlafen hatte, stand eine neue Couchgarnitur aus hellbraunem Kunstleder.

»Man scheint ordentlich zu verdienen an der Akademie«, sagte er.

Katja winkte ab. »Geht so. Warum?«

Er deutete auf die Sitzecke.

»Meinst du, ich kaufe mir so was?«, fragte sie und lachte ihr haltloses Lachen, die schönste horizontale Beschallung, die er sich vorstellen konnte. »Nein, die hat mir ein Verehrer geschenkt.«

»Geschenkt?«

»Klar. Was schaust du so zweifelnd?«

»Geschenkt heißt: ohne Gegenleistung?«

»Bist du eifersüchtig?« Sie strahlte ihn mit ihrem Königinnen-Blick an.

»Sagen wir: in Maßen.«

»Bist du gekommen, um Schach zu spielen?«

»Nein.«

»Ist auch besser. So wie du aussiehst, würde ich dich nie gewinnen lassen.«

»Wie sehe ich denn aus?«

»Wie ein Gespenst.«

Sie schrak gleichsam vor ihrer Offenheit zurück und setzte hinzu: »Sei mir nicht böse, wenn ich so ehrlich bin, aber du siehst zum Gruseln aus. Bist du krank?«

»Ich aber hatte Zahnweh im Herzen«, zitierte er. Katja verstand nicht.

»Na egal, stimmt ja auch nicht«, knurrte Schönbach. »Gibt's bei dir was zu trinken, oder wollen wir irgendwohin gehen?«

»Du kannst ja in der Kneipe gegenüber was holen, ich hab auch ein bisschen Geld.«

»Danke, Geld hab ich selber, das ist das Einzige.«

Eifersüchtig, dachte Schönbach, während er die Treppe hinuntertaperte, kann man im Ernst nur auf eine Frau sein, die man noch nicht hatte. Etwas überhaupt nicht zu besitzen, fühlte sich weitaus schlimmer an, als etwas teilen zu müssen.

Er kaufte in der Gaststätte gegenüber zwei Flaschen *Lindenblatt*, ein aus Ungarn stammendes weinartiges Getränk – er weigerte sich, das innerhalb seines Staatsgatters feilgebotene Gesöff als Wein anzuerkennen. Obwohl er keine Ahnung hatte, wie wirklicher Wein schmeckte, wusste er doch aus Büchern, dass dieser Säuerling weder dem von den Alten gepriesenen Göttertrank noch jenem Rebsaft, der in den Werken französischer Romanciers die Sorgen einsamer Protagonisten brach, auch nur ähneln konnte. Was aber immer seine Inhaltsstoffe sein mochten, Alkohol war jedenfalls dabei. Mit geradezu handgreiflichem Durst leerte er in einer knappen Viertelstunde die erste Flasche, und als er den Korkenzieher in die zweite bohrte, bohrte sich zugleich etwas in ihn. Es war Katjas Blick.

»Sag mal, spinnst du?«, raunte sie. »Ich habe noch nie einen Menschen so schnell trinken sehen.«

»Tatsächlich? Da solltest du mal Hotta erleben!«

»Wen bitte?«

Statt einer Antwort rülpste der Altphilologe leise, bekam aber noch rechtzeitig die Hand vor den Mund. *Lindenblatt* war wirklich nicht jedermanns Sache.

»Du siehst nicht nur zum Gruseln aus, du benimmst dich auch so. Kann es sein, dass dieses Getränkelager der falsche Ort für dich ist?«

»Was du hier vor dir hast«, erklärte er durchaus mit Pathos, »ist das Werk deiner Genossen.«

»Nun bemitleide dich mal nicht selbst«, fuhr Katja auf. »Jeder ist für das, was er tut und lässt, selbst verantwortlich.«

»Ich denke, die gesellschaftlichen Verhältnisse sind für alles verantwortlich?«

»Eben, mein Lieber, und die werden es nicht zulassen, dass einer wie du ins Bodenlose fällt – wenn derjenige selber mitzieht.«

»Na, von mir aus.«

Katja musterte ihn mit FDJ-Sekretärinnen-hafter Strenge.

»Du hast ein Problem mit Alkohol.«

»Das ist schon möglich – aber ohne Alkohol werden es mehr.«

Katja schaute den beschwipsten Kindskopf mit der ungesunden Physiognomie entrüstet und, wenn man es ganz genau nahm, sogar ein bisschen angewidert an. Schönbach war noch nicht betrunken genug, um einen solchen Blick misszuverstehen.

»Ich glaube, ich gehe besser«, sagte er und wollte sich erheben. Da nahm sie ihn bei der Hand, hockte sich neben ihn und streichelte seine glühend roten Wangen.

»Was ist los mit dir, erzähl es mir.«

Das wirkte. Er senkte den Kopf und sagte leise: »Ich hätte nie in diesem Lager anfangen dürfen. Nun weiß ich nicht, wie ich dort jemals wieder rauskommen soll.«

»Du kündigst einfach. Was ist das Problem?«

»Ich habe diverse Verweise wegen Trunkenheit am Arbeitsplatz, Lagerdiebstahl und unentschuldigten Fehlens. Mit *der* Kader-Akte nehmen sie mich nicht mal bei der Müllabfuhr ...«

»Aber wieso denn das?« Katja sah plötzlich regelrecht verwirrt aus. »Ich meine, du warst mal Beststudent!«

»Wieso was?«

»Wieso stiehlst du? Wieso fehlst du unentschuldigt?«

»Wird das jetzt ein Verhör, Genossin? Jawohl, ich stehle Volkseigentum! Was glaubst du denn, wie sich ein Mensch fühlt, der ursprünglich über die Vorsokratiker promovieren wollte und plötzlich Gabelstaplerfahrer sein darf? Was soll der anderes machen als saufen?«

Mit einer wütenden Bewegung zerrte er an seinem Hemdkragen, von dem er sich stranguliert fühlte – er hatte für den Besuch sogar ein Hemd angezogen, um nicht wie ein Penner auszusehen –, und sprengte dabei einen Knopf ab, der gegen Katjas Glas flog und mit brummendem Schädel davor liegen blieb.

»Ich kann nichts dafür«, sagte sie wie schuldbewusst. »Ich würde dir gern helfen.«

»Du musst mir nicht helfen, es ist schon alles in Ordnung.«

»Wieso hast du denn Fehltage, gehst du einfach nicht zur Arbeit? Weil es dich so ankotzt, dorthin zu gehen?«

Schönbach, dem ihr Mitgefühl wohl tat, beschloss, sich ein bisschen darin zu suhlen.

»Das ist ein Schnapslager, da gelten andere Regeln«, erklärte er mit erstickter Stimme. »Mitunter lassen sie einen vor der Schicht pusten, einfach auf Verdacht oder weil man zu spät kommt. Gerade vor Wochenend-Nachtschichten machen sie das gerne. Und wenn du was intus hast, schicken sie dich heim. Fehltag!«

»Und wieso gehst du angetrunken zur Nachtschicht?«, fragte sie. Was er erzählte, schien überhaupt nicht in ihre Welt zu passen. So ein loses Ding, dachte er, und auf der anderen Seite so pflichtbewusst und brav. Vielleicht, weil ihre Mutter Säuferin war. Katja würde bestimmt Karriere machen.

»Die Nachtschicht beginnt um 22 Uhr«, erwiderte er. »Um diese Zeit pflege ich angetrunken zu sein.«

»Jeden Tag?«

Sie hatte recht, diese Frage zu stellen. Es gab ja noch Leute, die nicht jeden Tag tranken. Er nickte.

Ihr Blick bewältigte bravourös den Nuancenwechsel von Mitgefühl zu Mitleid, freilich unter nunmehr kompletter Preisgabe des sexuell Erregenden. »Du bist krank«, flüsterte sie.

Er nickte wieder. Die Dunkelheit – im Zimmer brannten nur eine schummrige Stehlampe – tat ein Übriges. Ihm war zum Heulen.

»Und willst du, dass es aufhört?«

Er nickte zum dritten Mal.

»Ich weiß was!«, rief sie plötzlich und schnellte in die Höhe, dass ihre Mähne flog. »Ich frage meinen Vater, ob er dich irgendwo einstellen kann. Ich erzähle ihm, dass du ein Genie auf Abwegen bist, dann hat er für deine Lage bestimmt Verständnis. Du arbeitest ein halbes Jahr als Bademeister, sie nehmen die Verweise aus deiner Akte, schreiben dir eine gute Beurteilung, und dann nimmst du irgendeinen Bürojob an und beginnst ein Fernstudium. Oder du machst dein Fernstudium, während du als Bademeister arbeitest. Mensch!« – sie knuffte ihn kumpelhaft in den Oberarm – »Du musst da raus und wieder studieren! *Unser Staat* kann es sich doch nicht leisten, Leute wie dich verkommen zu lassen.«

Ein Strohhalm tanzte auf einmal direkt vor seiner Nase. Dort stand aber auch der Lindenblättrige, dessen Güte ab Mitte der zweiten Flasche beträchtlich zugenommen hatte. Wie Recht Katja hatte! Trotzdem beschlich ihn ein Gefühl adamitischen Paradiesvertreibungshorrors. Er sollte seine Kumpane verlassen, weniger Geld verdienen und für Schnaps plötzlich wieder bezahlen? Das klang ja fast wie Ausreise.

Andrerseits gab gewichtige Gründe für diesen Schritt. Vor ein paar Tagen oder Wochen hatte ihn zum Beispiel die Betriebsärztin, bei der er zu irgendeiner Reihenuntersuchung antanzen musste, unmittelbar nach seinem Eintreten bestürzt gefragt: »*Sie* sind Johannes Schönbach? Nicht zu glauben! Sie haben die Leberwerte eines Sechzigjährigen!«

»Und du meinst, dein Vater würde das für mich tun?«

»Wenn nicht für dich, dann sicherlich für mich.«

»Ich danke dir«, sagte Schönbach, den *Lindenblatt*, Abendschwere, Katjas Mitgefühl und die allgemeine Weltlage nun vollends sentimental stimmten, so dass er ergriffen hinzufügte: »Vermutlich bist du gerade dabei, mir das Leben zu retten.«

Danach hatten sie sich überraschend wenig zu sagen. Weder war er sonderlich an ihrer Tätigkeit als wissenschaftliche Mitarbeiterin an der *Akademie für Gesellschaftswissenschaften beim Zentralkomitee der SED* noch an der Diplomarbeit interessiert, mit der sie ihr Studium abgeschlossen hatte (deren Thema lautete: *Rolle und Bedeutung des 7. Plenums des Zentralkomitees der SED für die weitere Herausbildung der sozialistischen Jugendmusikkultur*). Es hätte ferner keinen Sinn gehabt, ihr von seinen erinnerlichen Erlebnissen des vergangenen Jahres auch nur eines anzuvertrauen. Wie beengt man in diesem Land aufeinander hocken mochte – ihre Wege hatten sich doch weitestmöglich getrennt. Er kam für sie nicht mehr in Betracht, dafür stand er jetzt zu tief unter ihr. Schönbach ließ einen Anstandsrest in der zweiten Flasche zurück, küsste Katja zum Abschied auf die Wange, ging nach Hause und onanierte gedankenvoll ins Waschbecken.

Als er danach auf die Uhr schaute, war es 22 Uhr 45 – seine Trinkerfamilie würde eben in die Bodega-Bar einfallen. Wie ein leitstrahlhöriges Flugzeug setzte er sich in Bewegung. Gegen Mitternacht trank er seinen achten Korn zum vierten Pils und fühlte sich großartig. Hotta saß am Nachbartisch und demolierte einem Kohlenträger den Mittelfinger, Pinie diskutierte mit zwei langhaarigen Gestalten, welche Pink-Floyd-Platte die beste sei. Gegen 0 Uhr 30, zur letzten Runde, bestellte Schönbach vier Korn auf einmal. Was er mit Katja besprochen hatte, hatte er vergessen.

5.
Von Chefs und Müllmännern

Schönbachs unmittelbare Vorgesetzte waren die Wareneingangs-Meisterin Traudel Holzapfel und der Schichtleiter Helmut Kiesewetter, denen man nachsagte, ein Verhältnis zu haben. Beide mochten ihn nicht und besaßen stichhaltige Gründe dafür. Zum Beispiel den, dass er an diesem Freitag wieder mal zu spät kam, genaugenommen zweieinhalb Stunden zu spät, um halb neun (die Holzapfel war stumpfsinnig genug, bei seinem Erscheinen ostentativ auf ihre Armbanduhr zu schauen, das tat sie jedes Mal, wenn einer zu spät kam). Sie hatten ihn quasi von Anfang an nicht gemocht, genau seit jenem Tag, als ihn die Wache pusten ließ und 2,5 Promille feststellte, was ihm neben des Betriebsdirektors plötzlichem Desinteresse an seinem beruflichen Werdegang auch einige anerkennende Blicke eintrug. Alle, die hier zu arbeiten anfingen, ließen wenigstens eine gewisse Karenzzeit verstreichen, bis sie zu trinken begannen; dass einer quasi vom ersten Tag an loslegte, war anscheinend noch nicht vorgekommen. Außerdem hielten ihn seine beiden Vorgesetzten für arrogant. Vieles von dem, was er äußerte, verstanden sie nicht. Insbesondere mit Traudel Holzapfel, einer Blondine in den Wechseljahren, deren Backen so feist waren, dass es ihre Augen zu Strichen zusammenquetschte, wenn sie den Mund öffnete, schien kaum Verständigung möglich.

Beispielsweise forderte sie ihn wiederholt auf (er war der einzige Unterstellte, den sie siezte): »Setzen Sie bitte Ihren Helm auf, Kollege Schönbach, wie oft muss ich Ihnen das denn noch sagen!«

»Aber Gevatterin, wie schaue ich denn aus mit Helm? Wie Wotan ohne Speer!«

»Ich bin nicht Ihre Gevatterin –«

»O Falschheit, o Tücke! Und ich hatte fest darauf gehofft! Weh dir, Primus Schönbacchus!«

Und schon war er mit seinem Stapler an ihr vorbeigebraust, ohne Helm natürlich und viel zu schnell, als dass sie auf ihren kurzen Beinen hätte folgen können. Wutschnaubend blieb sie stehen und wartete auf seine unvermeidliche Rückkehr. Nachdem er seine Palettenladung Magenbitter im Hochregallager abgestellt hatte, kehrte er wieder, diesmal freilich mit Helm. Als er an der Wutbebenden vorbeifuhr, legte er die Hand aufs Herz und sang aus voller Brust:

»Frau Holda kam aus dem Berg hervor,
zu ziehn durch Fluren und Auen;
gar süßen Klang vernahm da mein Ohr,
mein Auge begehrte zu schauen.«

Er nannte sie gern »Frau Holda« – »Guten Morgen, Frau Holda!«, »Wie geht es, Frau Holda?« –, und gern trällerte er auch: »Ich küsse Ihren Hund, Madame, und denk, es wär Ihr Mund, Madame …«

»Bleiben Sie sofort stehen!«, plärrte die Holzapfel. »Ich lass mich nicht von Ihnen auf den Arm nehmen! Was bilden Sie sich ein?!«

Mit einem Ruck stoppte er den Stapler und sah sie erstaunt an. »Was gibt es?«, fragte er.

Ja, was gab es eigentlich? Er hatte folgsam seinen Helm aufgesetzt, und Singen bei der Arbeit war nicht verboten. Sprachlos empört und mit roten Backen trabte die Meisterin ab.

Fünf Minuten später rumpelte er an ihrem Büro vorbei, ohne Helm, versteht sich.

Sie zog ihm zur Strafe 50 Mark vom Lohn ab. Am nächsten Tag brachte er ihr Blumen mit – und fuhr wieder ohne den gelben Plastikdeckel, den er fast so sehr hasste wie *Jugendmode*-Hosen.

Kiesewetter war von anderem Kaliber. Auch er war dick, aber dafür groß, fast so groß wie Schönbach und gewiss schwerer, wobei seine Dicke im Wesentlichen aus Bauchigkeit bestand: ein Riesenosterei auf Stelzen. Er mochte knapp über fünfzig Jahre alt sein, trug eine viereckige Funktionärsbrille, einen vierkantigen Schädel sowie die Würde seines Amtes. Immerhin war er, wie jeder der drei Schichtleiter, Herr über ungefähr 150 Proleten, und da hatte er keine Lust, sich von einem relegierten Studenten anblödeln zu lassen. Zum Beispiel ärgerte er sich gewaltig über Schönbachs Antwortseufzer auf die Frage »Haben Sie etwas zu Ihrer Rechtfertigung zu sagen, Kollege?«, die ihm Kiesewetter am Ende des ersten Disziplinarverfahrens stellte.

Der 2,5-Promille-Mann hatte nämlich geantwortet: »Factum illud; fieri infectum non potest.«

»Wie bitte?« Der Schichtleiter lehnte sich zurück, als habe ihm jemand ein unsittliches Angebot unterbreitet.

»Geschehen ist es, ungeschehen kann's nicht gemacht werden. – Plautus.«

»Wissen Sie, es ist mir vollkommen egal, wie gebildet Sie sind«, sagte Kiesewetter mit energischer Bassbaritonstimme und beugte sich wieder vor, um den Delinquenten eindringlich zu fixieren. »Ich will nur, dass Sie Ihre Arbeit vernünftig machen.«

»Ich mache meine Arbeit vernünftig.«

»Ich will, dass Sie sie nüchtern machen!«

»Ich werde mich bemühen.«

Das war von beiden Seiten bloße Rhetorik, und beide wussten es. Hätte irgendwer im Faultierhaus oder in der SED-Bezirksleitung beschlossen, Nüchternheit an diesem Ort zur Grundvoraussetzung zu machen, wäre Ostberlins Spirituosenversorgung zusammengebrochen. Auch in den Tassen, die auf den Schreibtischen von Meisterin Holzapfel und Schichtleiter Kiesewetter standen, befand sich nicht unbedingt Kaffee. Deshalb ging die Lagerleitung *arbeitsrechtlich* nur gegen Mitarbeiter vor, wenn ihre Trunkenheit zur Arbeitsunfähigkeit (oder -unwilligkeit) führte. Wer trank und trotzdem arbeitete, hatte in der Regel seine Ruhe – es sei denn, die unberechenbare Wache nahm ihn hops.

Wie auch immer, Schönbach hatte an diesem Freitag, am Morgen nach dem Hilfsangebot seiner Schachpartnerin Katja, das ihm nach dem Aufstehen wieder eingefallen war, verschlafen, Traudel Holzapfel hatte zwar auf die Uhr geschaut, war aber anscheinend guter Laune. Sie sagte nur: »Jetzt aber schnell! Auf Stellplatz zwölf steht *Rotkäppchen*-Sekt, der muss weg, bevor die neuen Waggons kommen.«

Die Kollegenschar hatte gerade ihr Frühstück beendet und quoll, ein blaues Knäuel mit gelben Helmköpfen, aus dem Aufenthaltsraum, der sich genau in der Mitte der Wareneingangshalle befand, neben den Büros der Kontrolleure sowie der Disponenten, und über dessen Tür eine der nimmermüden Kameras in luftiger Höhe ihre Spitzeldienste versah.

»Na Studiosus, verpennt, wa?«, rief Boxer-Mike, der Leithammel, ein merkwürdiges Zwitterwesen aus Bestarbeiter und Haudrauf, mehrfach ausgezeichnet und mehrfach vorbestraft (in biografisch umgekehrter Reihenfolge).

»Auch schon da?«, sekundierte der fette Schulze mit seiner Kastratenstimme und stieg auf einen Stapler, den Helm lässig verkehrt herum auf, was bei seinem Gesicht egal war.

Nicht nur Meisterin und Schichtleiter, auch die Kollegen hatten dem aus sonderbar fremden Sphären Hereingeschneiten gegenüber ihre Vorbehalte. Sie nannten ihn *Studiosus* und fanden das anscheinend komisch. Wie er zu seiner anfangs dummen Verwunderung feststellte, waren Eigenliebe und Selbstgerechtigkeit unter diesen Menschen genauso verbreitet wie anderswo; was für ein Unsinn, ausgerechnet von den Simplen zu denken, sie seien selbstironisch. In den Pausen saßen sie alle im Aufenthaltsraum, dessen dekorative Zumutungen hier übergangen werden sollen, verzehrten ihre mitgebrachten Brote, lasen Zeitung und führten Gespräche, denen Schönbach mit angewidertem Interesse lauschte. Regelmäßig wurden die Fernsehfilme des Vorabends ausgewertet, das heißt, man verständigte sich als Erstes darüber, wer was gesehen hatte, die dasselbe gesehen hatten, tauschten hernach ihr Urteil darüber aus, ob der Film *jut* oder *scheiße* gewesen sei, woraufhin die Detailkritik einsetzte, etwa ob *eine geile Alte* mitgespielt hatte, eine Bewertung, an welcher sich die beiden schmächtigen, der täglichen Duscherei mit Dauerwellen trotzenden Blaumannträgerinnen in der Runde nicht beteiligten. Als absolut sicher konnte gelten, dass die Staplerfahrer, Packer und RBG-Piloten in jedem Film ein oder zwei *Idioten* ausfindig machten, die Ausfindigmachung von Idioten und die nachfolgende Klassifizierung des jeweiligen Schweregrades von deren Idiotie waren integrale Bestandteile ihres selbstwertsuggerierenden Geredes (war es bei Akademikern vielleicht anders?). Nach denjenigen im Film nahmen sie sich die Idioten in ihrer unmittelbaren Umgebung vor, zunächst die Vorgänger-Schicht, dann die Chefs, zuletzt die im Raum Anwesenden. Unter den an sich gleichgestellten Kollegen herrschte eine strikte Hierachie, die sich insbesondere darin äußerte, dass die einen die anderen hänseln beziehungsweise beleidigen konnten, ohne ebenfalls angepflaumt zu werden. In dieser Hackordnung stand oben, wer kräftig war, schon lange hier arbeitete, wenig Fehltage hatte und seine Norm schaffte, ein Knastaufenthalt war dem allgemeinen Respekt auch nicht abträglich. Boxer-Mike, sozusagen der Klassenstärkste, wurde nie schräg angequatscht. Sein Spitzname rührte übrigens nicht daher, dass er mal geboxt hatte (obwohl er so aussah und gewiss gewaltig auskeilen konnte), sondern dass er zwei Boxerhündinnen besaß.

Schönbach genoss eine Sonderrolle, die Kollegen trietzten ihn nicht, sondern schnitten ihn eher. Vielleicht war seine höflich-bestimmte Ungeselligkeit der Grund, vielleicht, dass sich nie etwas gegen seine Arbeit sagen ließ, vielleicht auch, dass er gewissermaßen ein Politischer war, ein gefallener Engel, der etwas studiert hatte, das sie nicht mal aussprechen konnten.

Schönbach fuhr zum Stellplatz zwölf, um wie geheißen den *Rotkäppchen*-Sekt ins Hochregallager zu chauffieren. Da er als Letzter zur Schicht erschienen war, bekam er den schlechtesten Stapler, mit dem er gleich die erste Palette zu Bruch fuhr und sich genervt ans Umstapeln der Sektgebinde machte. Als er fertig war und das windschiefe Holzgestell in eine Ecke stellen wollte, wuchs urplötzlich Paletten-Joe neben ihm aus dem Boden und nahm es ihm wortlos ab. Er musste es förmlich wittern, wenn irgendwo eine Palette zu Bruch ging.

Paletten-Joe gehörte zu keiner Schicht, das heißt, er hatte im Grunde keinen Vorgesetzten, vermutlich unterstand er Haluschinsky persönlich, niemand wusste das genau. Seit Menschengedenken arbeitete er in diesem Lager und nagelte kaputte Paletten zusammen, aus vier mach drei, weshalb er stets mit Hammer und Nageltasche herumlief. Er war undefinierbaren Alters, klein, knarzig, ungewaschen, südländischen Typs, was Haarfarbe und Teint anging (es konnte aber auch Dreck sein), und sein hervorstechendstes Merkmal bestand darin, dass ihm alle oberen Schneidezähne fehlten. Dieses von ihm aus unbegreiflichen Gründen niemals behobene Handicap – Zahnbehandlung war so kostenlos wie jeder Arztbesuch – hatte zur Folge, dass er beständig versuchte, die Lücke mit der Zunge auszufüllen, wodurch sich seiner ohnehin harten Aussprache merkwürdige Platz- und Zischgeräusche beimischten. Seine Stimme war laut und scheppernd, wenngleich er sich mit Ausnahme seiner Standardfrage »Irjendwo zertöpperte Paletten jesehn?«, niemals an jemanden konkret wandte. Es konnte allenfalls passieren, dass er an einem vorbeilief und plötzlich losröhrte: »Trink *Engelhardt*, denn bleibt dein Chtengel hart!«

Sprach man ihn an, bekam man mit Sicherheit zur Antwort: »Det intressiert ma nich!«

Pro wiederhergestellte Palette erhielt er angeblich 50 Pfennige, manche meinten, es seien nur 30 Pfennige, wieder andere wollten gehört haben, man zahle ihm eine Mark pro Stück, was Schönbach für übertrieben hielt. Mit 50 Pfennigen fuhr er sehr gut, vorausgesetzt, es gingen ausreichend viele Paletten zu Bruch. Man munkelte, dass Joe betrog und mehr abrechnete, als er nagelte, oder sogar Paletten absichtlich zerstörte, um sie danach reparieren zu können. Das war möglich. Es war aber auch möglich, dass er sich einfach verzählte. Es gab niemanden, der seine Abrechnung anzweifelte. Was hätte man Paletten-Joe auch sagen sollen? »Ich glaube, Kollege« – wie er wohl in Wirklichkeit hieß? –, »Sie haben sich zu Ihren Gunsten verzählt.« – »Det intressiert ma nich!«

Im Grunde, dachte sich Schönbach, führte Paletten-Joe eine philosophische Existenz. Gelegentlich versuchte er sich vorzustellen, wie es um das Privatleben des koboldhaften Informationsaufnahmeverweigerers bestellt sein mochte. Ob er eine Frau hatte? »Alter, du machst mit deinen Schuhen den Teppich dreckig!« »Det intressiert ma nich!« Oder: »Schahatz, mir ist heute nach Kuscheln!« »Det intressiert ma nich!« *Was* Paletten-Joe interessierte, blieb sein Geheimnis, aber wenn Schönbach besonders gut aufgelegt war, neigte er zu der Vorstellung, es könne tatsächlich nichts sein. Wie lange hatte Gautama Buddha gebraucht, um so weit zu kommen?

Ein Leitmief nach Moder, Gerberei und vergammelten Pflaumen dominierte an diesem Vormittag das allzeit abenteuerliche Geruchsspektrum des Wareneingangs. Beim Öffnen der Waggons waren wie so oft mehrere Kollis auf die Schienen gefallen und hatten das Gleisbett, einen der alkoholgesättigtsten Orte des Universums, mit rumänischem Rotwein durchtränkt. Die Bahn nahm beim Rangieren wenig Rücksicht und ließ die Waggons fröhlich aufeinander krachen, drinnen flogen die lose gestapelten Kartons durcheinander, die man hätte besser sichern können und es vielleicht auch getan haben würde, sofern der Inhalt mehr wert gewesen wären als die Flaschen. Mitunter fuhren Waggons ein, aus denen der Wein wie aus einem Kelter troff. Kein Mensch scherte sich darum.

Schönbach hatte kaum die Hälfte der *Rotkäppchen*-Lieferung weggefahren, als Paletten-Joe mit einem Stapel Bruchholz ankam und sich auf Stellplatz zwölf ausbreitete.

»Die brauchen den Platz hier gleich für eine Waggon-Lieferung«, erklärte ihm Schönbach.

»Det intressiert ma nich!«

Gegen Mittag tauchte überraschend Pinies Rotschopf im Wareneingang auf. Schönbach stoppte sein Gefährt und fragte: »Was machst du denn schon hier?«

Sein Freund lächelte vielsagend. »Die Müllabfuhr kommt heute früher.«

»Neue Lieferung?«

»Aber hallo!«

Vor ein paar Monaten hätte sich Schönbachs Miene bei dieser Nachricht aufgehellt, diesmal blickte er eher gequält. *Neue Lieferung*, das hieß, am Nachmittag würden etwa 50 Flaschen Schnaps an Pinies Wohnungstür abgegeben. Schönbach konnte sich noch gut daran erinnern, wie diese wirklich geniale

Variante des Lagerdiebstahls geboren wurde. Es war ein fürchterlich kalter Januartag gewesen – so kalt, dass der Eiswind durch die Rampentore pfiff und die Arbeiter sogar in der Wareneingangshalle mit Wattejacken und Handschuhen ihren Dienst versahen –, und wie jedes Mal kamen zwei Müllmänner in die Reklamationsabteilung, um die Container abzuholen, ein stämmiger Glatzkopf und ein behaartes Urvieh, neben dem sich der schielende Koloss Röhm beinahe anmutig ausnahm: fett, riesig, mit behaarten Händen von Klodeckelgröße, das Gesicht total zugewachsen, wobei eine Vierkantbrille mit getönten Gläsern den nichtbehaarten Rest abdeckte, und da es so herzergreifend kalt war, fragte Pinie, im Allgemeinen für die Sozialkontakte zuständig, die beiden: »Wollt ihr nen Schluck zum Aufwärmen?«

»Wat habt ihr denn da?«, erkundigte sich der Glatzkopf. »Grog?«

»Nee, das riecht man ja meilenweit«, klärte ihn Pinie auf. »Wie wär's mit einem *Nordhäuser Doppelkorn*?«

»Klar. Wir müssen nur noch Orje Bescheid jeben, det der nicht in die Kälte rumsteht.«

Also kam auch noch Orje, der durstig blickende Fahrer, dem an der linken Hand zwei Finger fehlten. Man trank Korn zum Aufwärmen und unterhielt sich darüber, wie praktisch es doch sei, in einem Schnapslager zu arbeiten. Ob sie denn nicht noch ein Fläschchen für später, zum Mitnehmen, bekommen könnten, erkundigte sich Orje schelmisch, er müsse ja noch fahren und könne ihre Einladung kaum genießen.

»Klar«, sagte Hotta. »Wir geben euch ein paar Pullen mit.«

»Werdet ihr denn nicht am Ausgang kontrolliert?«, erkundigte sich Pinie.

Der Glatzkopf bejahte und sagte: »Manchmal kriechen die uns sogar ins Fahrerhaus und stülpen allet um.«

»Und wie wollt ihr den Fusel dann rauskriegen?«, hakte Hotta nach.

Da tat sich der Mund des behaarten Monstrums auf, unterhalb der Brille gähnte ein von braunen Zahnresten umstandenes Loch, und gurgelnd ertönten daraus die Orakel-Worte: »Im letzten Container.«

Mehrere Stunden später überreichte dasselbe Ungetüm Pinie an dessen Wohnungstür die ersten zwölf aus dem Müll erstandenen Flaschen, wobei sich so etwas wie ein Grinsen unter seinen Bartzotteln abzeichnete. Fortan verließen im letzten Container regelmäßig ein paar unbeschädigte Bouteillen das Lager, alibihaft unter einem Berg von Scherben liegend und sicher in Kartons verpackt. Besagter Container hing, mit den Rädern nach oben, aber mit geschlossenem Deckel, über dem Müllschacht des Autos. Wäre wirklich ein Wächter jemals auf die Idee gekommen, dass sich Diebesgut darin befinden könnte und hätte die Müllmänner aufgefordert, ihn herunterzulassen, weil er gern hineinschauen wolle, dann hätten diese *aus Versehen* den falschen Hebel betätigt, alles Beweismaterial wäre in die rotierende Trommel gefallen und zermalmt worden. Die einzige Passage, wo der Betriebsschutz theoretisch zuschlagen konnte, war der Weg des Containers von der Reklamationsabteilung zum Müllauto. Auf der Kippe holten die Jungs die Kisten aus den Scherben und brachten die Hälfte der Beute zu Pinie nach Hause, wo sie sein WG-Genosse Achim entgegennahm und schon mal ein paar Pullen kalt stellte. Das also bedeutete *neue Lieferung* – Lotte war übrigens bei der Geburt des Planes nicht anwesend und tat später so, als ob er von allem nichts wüsste, wenngleich er gelegentlich nach Kräften mitsoff –, und das wiederum bedeutete, wie sich Schönbach mit leiser Verzweiflung ausmalte, 48-Stunden-Party am Wochenende, wahrscheinlich Filmriss, fortwährende Verwahrlosung und, freilich offenbar nur bei ihm, alle Qualen des schlechten

Gewissens danach. Wie so oft in letzter Zeit würde er sich dagegen sträuben, am Ende aber doch mitmachen. Zu allem Übel hatte er am Wochenende auch noch frei, es gab kein Entrinnen …

6.
Frauenauflesen

Samstagabend saßen sie bei Pinie und Achim, die sich zwei Zimmer mit Küche und Bad und Innenklo in einer Parallelstraße der Schönhauser Allee teilten, zehn Minuten von Schönbachs Klause entfernt. Nichts in dieser Wohnung deutete darauf hin, dass die Mieter schon länger hier lebten beziehungsweise vorhatten, dies jemals zu tun, es gab weder Bilder an den Wänden noch Gardinen, noch irgendeinen anderweitigen Zierrat. Aber das Mobiliar hätte auch einem 50-jährigen Ehepaar gehören können.

Pinies Mitmieter, ein schmächtiger, notorisch klammer, notorisch unrasierter Geselle mit langem, gelocktem, braunem Haar und nicht unbeträchtlichem Charme, arbeitete als Techniker bei einer absolut unbekannten Rockband namens *Trampelpfad* und lief dementsprechend herum: mit allerlei Blech im Ohr, einer schweren Silberkette um den mageren Hals, einer mit Nieten und artverwandten Beschlägen besprenkelten Lederjacke samt passendem Gürtel sowie martialisch angespitzten Lederstiefeln.

Als der schizophrene Schönbach sich gegen seinen Willen einfand, traf er auf eine schon ziemlich bezechte Herrenrunde, die palavernd in der Küche saß. Der Schnaps floss ausgiebig, man trank Rum oder Wodka mit Cola, wobei Pinie mahnte, mit der Cola etwas hauszuhalten, die sei schließlich bezahlt. Aus seinem Zimmer dröhnte eben David Gilmours Gitarrensolo aus *Dogs*. Kurzum, alles war wie immer – aber etwas musste passiert sein, wie Schönbach ihrem Durcheinandergerede entnahm. Hotta etwa äußerte den kryptischen Satz, man werde *sie nachher auf den Tisch stellen und tanzen lassen* und erbot sich, *ihr eine Glühbirne in den Arsch zu stecken*. Brüllendes Gelächter folgte.

»Von wem redet ihr eigentlich?«, erkundigte sich Schönbach.

»Von dem dicken Vieh«, versetzte Hotta.

Wiederum Gelächter, wieder schwätzten alle durcheinander, doch schließlich konnte er dem kakophonen Gekakel entnehmen, dass im Nachbarzimmer – in Achims Zimmer – ein dickes Vieh lag.

»Ihr verarscht mich doch«, sagte Schönbach.

Sie prusteten und zuckten mit den Achseln. Da ging er nach nebenan, und tatsächlich lag dort, wie ohnmächtig auf ein paar alten Matratzen hingestreckt, eine dicke Frau. Sie mochte höchstens dreißig sein, trug einen verwaschenen Jeansanzug, hatte kurze, braune Haare und ein eher maskulin wirkendes, aufgedunsenes, dummes Gesicht. Jacke und T-Shirt waren nach oben gerutscht, so dass man ihren quellenden Hüftspeck sah. Sie schnarchte mit offen stehendem Mund und war augenscheinlich stockbesoffen.

»Wer ist das?«, fragte Schönbach entsetzt, der noch so gut wie nüchtern und damit moralischen Anfechtungen zugänglich war.

»Die haben wir mitgenommen«, erklärte Hotta triumphierend. Er hielt ein Glas in der Hand, in dem, wie an der Farbe zu erkennen war, der Wodkaanteil die 50-Prozent-Marke bereits überstieg. Pinie ergänzte feixend, es sei *eine klasse Aktion* gewesen, er, Schönbach, habe den besten Teil des Wochenendes schon verpasst, nämlich wie Hotta das dicke Ding, das bestimmt so viel wiege wie er selber, geschultert und mitgenommen habe.

»Der Raub der Sabinerin«, bestätigte Lotte. »Da haste echt was versäumt.«

»Was heißt, ihr habt sie mitgenommen?«

»Die saß auf der Straße und hat versucht, sich mit einem Ziegelstein die Pulsadern aufschneiden«, erklärte Hotta, indem er den Vorgang pantomimisch nachstellte. »Liebeskummer oder so was. Da haben wir sie gerettet.«

»Die ist doch völlig blau.«

»Absolut«, bestätigte Pinie. »Die stinkt wie ein ganzes Fass. Da sie vermutlich bald pinkeln wird, haben wir noch die Matratzen aus dem Sperrmüllcontainer mitgenommen.«

»Sagt mal, seid ihr irre? Ihr könnt doch nicht einfach jemanden kidnappen!«

»Kidnappen?«, knurrte Hotta aus den tiefsten Tiefen seiner Raucherbrust empört. »Wir haben sie gerettet!«

Der Dicken entfuhr in diesem Moment ein halblauter, sich beachtlich in die Länge ziehender und dabei an Tonhöhe zulegender Furz, dessen Ausklang ein gequetschtes Prasseln bildete.

»Es-Dur, würde ich sagen«, befand Pinie mit breitem Grinsen.

»Klingt, als wenn Erde nachgekommen wäre«, unkte Schönbach. »Die wird euch noch alles vollscheißen und vollkotzen.«

»Von mir aus. Ist doch Achims Zimmer.«

»Was ist mit meinem Zimmer?«, brüllte Achim aus der Küche.

»Dein Zimmer wird heute noch zugeschissen!«

»Das ist mir die Sache wert!«

»Ich habe damit nichts zu tun«, sagte Schönbach kopfschüttelnd.

Ein paar Gläser später sah er die Sache schon anders und rief: »Die Alte muss doch riesige Glocken haben!«

»Gigantische Euter«, brüllte Hotta, »die Dinger hingen mir ja um den Hals.«

Etwas später entschloss sich Schönbach, selbst nachzusehen. Die Dicke hatte ihre Jacke im Schlaf halb ausgezogen, und das T-Shirt war noch höher gerutscht. Sie schnarchte leise. Schönbach schaltete kein Licht an. Er setzte sich neben sie auf die Matratze, drehte sie ohne jede Zärtlichkeitserwägung auf den Rücken und schob das T-Shirt so hoch, dass ihre Brüste zum Vorschein kamen. Die eine war bereits zur Gänze aus dem BH geplumpst, die andere zeigte quellende Bereitschaft, dasselbe zu tun. Es waren in der Tat gewaltige Brüste, blass und erstaunlich fest, wie roher Hefeteig, mit großem Warzenvorhof. Dieses Weib ist potthässlich, dachte Schönbach, aber ihre Titten sehen sensationell aus. Das bestätigte seine Erfahrung, dass im Grunde jede Frau, zumindest jede halbwegs junge Frau, etwas besaß, sei es eine Region ihres Körpers oder irgendein sexuelles Talent, woran man sich eine Nacht lang klammern konnte.

Er wollte hineinlangen ins Volle, aber irgendetwas in ihm, ein Schamrest, ein Überbleibsel Preußentum, flüsterte plötzlich: *Das kannst du nicht bringen!* Schönbachs Griff gefror, seine Hand, über der teigig-prallen Versuchung schwebend, setzte zur Rückkehr an, ein paar Sekunden später würde er sich davongestohlen haben – aber genau in diesem Moment wurde die Dicke mit einem maunzenden Geräusch wach. Benebelt und angeekelt blickte sie Schönbach zuerst ins Gesicht, dann auf seine retirierenden Hände, lallte »Schwein!« und stieß ihn mit schier übermenschlicher Anstrengung von sich. Auf einen Ellenbogen gestützt, versuchte sie, den BH wieder zu füllen, was ihr kläglich misslang, aber das Shirt bekam sie halbwegs in Position; dann verließen sie die Kräfte, die Augen verdrehten sich, und sie sank schwer auf ihr Lager zurück, wobei ihre Hüften nachbebten.

Schönbach, der nicht damit gerechnet hatte, dass sie zur Besinnung kommen würde, verließ erschrocken und mit schlechtem Gewissen das Zimmer. Aber für Mittel zur Beseitigung solcher unzweckmäßigen Gefühle hatten Werktätige in volkseigenen Brennereien ja gesorgt, und schamtötend durchfloss der Lethestrom seine Gurgel.

»Welcher Strom?«, erkundigte sich Lotte.

»Hab ich was gesagt?«, fragte Schönbach erstaunt.

»Etwas wie Letestrom oder so.«

»Tatsächlich? War mir nicht bewusst. Lethe, Acheron und Styx: die Unterweltsströme. Wer aus dem Lethestrom trinkt, vergisst sein früheres Leben. Das funktioniert mit diesem Zeug aber auch ganz gut.«

Sie stießen an. Lotte schaute so, als würde er sofort mit ihm in die Kiste steigen wollen. Ansonsten sah er eher Achim, aber auch zahlreiche Frauen so an. Er war ein Panerotiker.

»Du bist ein Panerotiker, wie?«, fragte Schönbach, in dessen Schlund eine wodkagierige Charybde ihren gigantischen Ansaugwillen kundtat, »ein paranoider Panerotiker, bis zum Platzen priapisch paranoid.«

»Priapismus?«

»Satyriasis! Potz Fickerment!«

Lotte, der von den Anwesenden nach wie vor am wenigsten trank, verschränkte die Arme vor der Brust und sprach mit seiner sanften, leicht nasalen Stimme: »Sag mal, Johannes Odysseus Bacchus Schönbach, du bist doch ein gebildeter Mensch. Wie lange willst du denn diesen Blödsinn noch mitmachen?«

»Und du?«

»Eins, zwei Jahre, dann ist Schluss. Dann mach ich mich selbstständig. Ich weiß noch nicht, was, aber auf jeden Fall haue ich ab. Man wird da ja irre.«

»Du sagst das so einfach. Du hast dich halt besser zusammengerissen als ich. Du bist Abteilungsleiter, und du hast nichts auf dem Kerbholz …«

»Ach Gottchen!«

»In der Kaderakte nimmt sich das gut aus. Ich dagegen hab mir alles versaut.«

»Quatsch!«

Lotte konnte auf hinreißende Art empört tun. Wie überzeugend er dieses »Quatsch!« hervorstieß, es mit einer heftigen Ablehnungsgeste kombinierte, wie seine ganze Miene schmollend »Quatsch!« sagte, war bühnenreif. Nach einer angemessenen Pause folgte ein Schmunzeln, das den Flirt fortsetzte.

»Du lügst dir doch in die eigene Tasche mit deiner Akte«, sagte er. »Du musst halt sehen, dass du für ein Jahr irgendwo unterkommst, wo es nicht dauernd was zu trinken gibt, dann seid ihr beide, du und deine Akte, sauber, und dann siehst du weiter.«

»Ich habe was in Aussicht«, erklärte Schönbach. »Der Vater einer Freundin besorgt mir vielleicht eine Stelle in seiner Firma.«

»Was ist das für eine Firma?«

»Das nennt sich ›Sport- und Erholungsbäderbetrieb Berlin‹.«

»Na wunderbar! Den ganzen Tag am Beckenrand sitzen und den Mädels auf die Zwiebel schauen, hin und wieder eine retten, nach Feierabend ein bisschen schwimmen, was willst du mehr? Nach einem Monat kommt dir dieser Schnapsladen bloß noch wie ein Spuk vor. Außerdem ist der Anblick von Sportlerkörpern für einen Antikenfreund wie dich ein guter Wiedereinstieg.« Lotte lachte, ohne den Mund zu öffnen, ein kehliges Höhöhö.

»Was ich dich immer schon mal fragen wollte«, sagte Schönbach, »führst du eine glückliche Ehe?«

Der Pudelkopf sah ihn aus seinen kleinen dunklen Augen verwegen an und antwortete: »Ich bin zufrieden.«

»Und deine Frau, ist die auch zufrieden? Hat sie nicht Angst, dass du sie mal wegen eines Kerls verlässt?«

»Quatsch, das realisiert die gar nicht. Im Übrigen besteht die Gefahr auch nicht; Kerle sind nur was fürs Bett. Wobei« – etwas wie ein Schatten huschte über sein Gesicht –, »wenn Klausilein heute noch mal vor mir stünde und sagte: Komm, Junge, lass uns zusammenziehen, für immer! – ich glaube, ich würde schwach werden und die Alte verlassen …«

»Klausilein?«

»Der einzige Kerl, den ich je geliebt habe. Für ihn hätte ich alles getan.«

»Aber?«

Lotte machte eine wegwerfende Handbewegung, wie sie vielleicht Greta Garbo gemacht haben würde, wenn ihr ein Mann gesagt hätte, sie sei zu alt für ihn. Dann reckte er die Nase in die Höhe, verschränkte die Arme vor der Brust und sagte: »Egal. Alte Geschichten.«

Inzwischen hatte Pinie zur Gitarre gegriffen – ein Vorgang, der bei der Überschreitung einer gewissen Promillegrenze obligatorisch war – und begann Sachen zu singen wie *Eine neue Leber ist wie ein neues Leben* oder *Ich brech die Rippen der stolzesten Fraun*, was erträglich gewesen wäre, hätte man es erstens nicht zum soundsovielten Male gehört und waltete zweitens nicht die Gewissheit, dass er danach zur Bob-Dylan- und Neil-Young-Imitation übergehen würde, wobei er sich eines lächerlichen Pseudo-Englischs bediente, denn er konnte kein richtiges. Er pflegte diese Gesänge im sonoren Alt seiner Kopfstimme vorzutragen, die zu mögen, wie zumindest Schönbach fand, einiges an Indolenz voraussetzte.

»Sag mal, in Wirklichkeit kotzt dich das hier doch alles unendlich an«, hörte er Lotte sagen.

»Was?«

»Alles. Das Gelaber, wir Typen, der Job, der Suff. Alles.«

»Aber wieso denn?« Schönbach tat entrüstet. Es gelang ihm allenfalls mäßig.

»Hau ab, ehe es zu spät ist«, sagte Lotte ernst. »Nimm dieses Schwimmhallenangebot an, und dreh dich nicht einmal um. Es wäre schade um einen wie dich. Versteh mich nicht falsch, es ist auch schade um die anderen hier, aber um dich besonders. – Kein Wort mehr!«

Er machte eine großartige Geste, packte seinen Drink, erhob sich, kam ins Taumeln, sank zurück, grinste, versuchte es ein zweites Mal, hielt sich diesmal gut senkrecht und rief: »Meine Herren, erheben wir doch bitte einmal das Glas darauf, dass der Blitz den Genossen Honecker beim Scheißen treffen möge!«

Brüllend stießen alle an. Der Tisch troff vor Schnaps.

Schönbach spürte, wie die Gier nach Frauenfleisch in ihm auf- und niederstieg. Offensichtlich hatten die Brüste der Dicken ein Bedürfnis geweckt. »Ich versuche mal, ein paar Weiber zu organisieren«, sagte er, zog sich seine Jacke über und ging.

Bis zur Schönhauser Allee musste er nur ein paar Schritte laufen. Da lag sie, die schummrige Magistrale mit dem stählernen Dinosaurier-Skelett des U-Bahn-Viadukts in ihrer Mitte, und strahlte den ersten warmen Anhauch, den sie tagsüber empfangen hatte, in den Aprilabend zurück. Mehr strahlte hier freilich nicht. Die wenigen Kneipen schlossen teilweise bereits um zehn, die anderen um halb zwölf, die noch rareren Nachtcafés waren so überfüllt, dass nur noch Stammgäste hineinkamen. Menschen waren durchaus unterwegs, und was fast alle einte, war die bange Frage: Wohin? In dieser totgehaltenen Stadt liefen in diesem Augenblick hunderte Frauen herum, die sich gern amüsiert hätten, aber nirgends eingelassen wurden, deren Ansprüche also heruntergeschraubt waren auf einen Tisch und einen Drink in wie auch immer gearteter Gesellschaft – und hier würde Schönbach einhaken mit seiner Spontanparty-Einladung, die Verheißung von Gratis-Cocktails in unbegrenzter Anzahl eingeschlossen. Allerdings sorgte er sich etwas um den Eindruck, den er hervorrief, so befremdet, wie Katja ihn neulich angestarrt hatte. Prüfend musterte er sein Spiegelbild in einer Schaufensterscheibe, hinter welcher Fotografien von jenen Waschmaschinen hingen, die es hier theoretisch zu kaufen geben sollte, und fand sein Äußeres ganz passabel. Immerhin war er nur mäßig betrunken und hatte sich obendrein rasiert. Er steckte sich eine Zigarette an und musterte allfällige Passantinnen. Schon nahten zwei, denen die temporäre Unbehaustheit ins Gesicht graviert stand, die eine vielleicht eine Nuance zu füllig – egal! –, die andere bestimmt schon über vierzig – auch egal! – … Nein, die nächsten waren besser! Eine Blonde und eine Schwarzhaarige, vermutlich frustriert aus der Endlosschlange vorm *Café Nord* geschert, beide etwa Mitte zwanzig, beide schlank und in hautengen Hosen daherwedelnd. Oben polterte eine U-Bahn vorbei. Schönbach schlenderte lässig auf das Duo zu, eine Hand in der Hosentasche, in der anderen die Zigarette, bereit, sein Sprüchlein aufzusagen – da belehrte ihn ein Zuruf, dass die drei Typen, die in einiger Entfernung hinter den beiden liefen, offenkundig dazugehörten. Mist!, dachte er und ging teilnahmslos an den fünfen vorüber, Brust und Augen der Dunkelhaarigen mit einem unerwiderten Seitenblick streifend. Die hätte ihm gefallen.

Nun aber kamen die genau passenden Kandidatinnen: die eine blond, kurzhaarig, schlank, forsch und vielleicht Anfang dreißig, die andere jünger, rothaarig, etwas breitärschig, schüchtern und hilfsbedürftig. Auch über diesen beiden Fräuleins schwebte gewissermaßen ein Stoßseufzer, der dem bisherigen Verlauf des Abends galt. Schönbach ging auf sie zu, fixierte die Blonde und sagte: »Guten Abend, haben die Damen vielleicht Lust auf eine Party? Wir bieten Musik, jede Menge Drinks und angenehme Gesellschaft, also das absolute Kontrastprogramm zu dieser elenden Stadt hier, und von euch wollen wir nicht mehr als eure bezaubernde Gegenwart …«

Während die Blonde, die eine Hakennase hatte, aber schöne volle Lippen, ihn mit skeptischer Keckheit ansah, hielt ihre Begleiterin die Augen niedergeschlagen.

»Wer ist ›wir‹?«, erkundigte sich die offensichtliche Anführerin des Duos.

»Ein paar wohlerzogene Herren, denen es an nichts mangelt, die passende weibliche Gesellschaft für diesen Abend ausgenommen«, bekam sie zur Antwort.

»Was meinst du?«, fragte sie ihre Begleiterin. Die Rothaarige zuckte mit den Schultern.

»Es ist nicht weit«, säuselte Schönbach. »Keine Ahnung, was ihr jetzt von mir denkt, aber ich führe wirklich nichts Schlimmes im Schilde …«

»Na los, schauen wir uns die Herren mal an«, entschied die Blonde, und ihre Freundin stimmte, zu Boden blickend, zu. Auf dem kurzen Weg lästerte Schönbach in betont gepflegtem Deutsch über die Samstagabend-Ausgeh-Zumutung, der sie soeben entronnen seien, auf dass sein Fang nicht noch wankelmütig werde. Idealerweise öffnete Achim, der ein Frauentyp war, die Tür, und schon stand man im Flur, von wo aus die Schüchterne freilich als Nächstes Hotta erblickte, bei dessen inzwischen desolatem Anblick sie zu erwägen schien, ob sie nicht besser umkehren sollte.

»Das ist unser Literaturexperte«, beruhigte sie Schönbach, »und der da« – er deutete auf Pinie, der ein nicht genau nachvollziehbares Lied mit klagend hoher Stimme zur Gitarre sang – »wirkt nur so seltsam. Tatsächlich ist er ein herzensguter Mensch, der sein Leben der Erforschung von Suchtphänomenen gewidmet hat.«

Lotte gesellte sich mit Lausbubengrinsen und einem anheimelnd-zartschwul intonierten »Je später der Abend, desto schöner die Gäste« zu ihnen, und die Waagschale senkte sich zugunsten des Bleibenwollens. Schnell waren Gläser zur Hand, Drinks wurden gemischt, Scherze wechselten, und alle nahmen um den Küchentisch Platz. Dort riss Pinies Kontakt zu seiner Mitwelt allmählich ab, er verspielte sich dauernd auf seiner

Klampfe, bis er sie schließlich in die Arme schloss, als handle es sich um eine Frau, und an die Adresse der Damen etwas in der Art sagte wie: »Wer von euch beiden würde denn gern mit diesem Instrument tauschen und sich von mir bespielen lassen?« Doch selbst seine Zechbrüder konnten allenfalls ahnen, was das mit entgleisenden Lippen genuschelte »bschpieln« bedeutete. Als ihm niemand antwortete, versank Pinie in melancholisches Brüten, wobei sich sein blasses Rundgesicht in die Länge zog und immer fahler wurde.

Zwei Frauen und fünf Männer, das musste aufgeteilt werden. Die Blonde, dachte Schönbach, würde wohl Achim abfassen, dessen Charme mit Regelmäßigkeit siegte (sein einziges Handicap bestand darin, dass die besoffene Dicke in seinem Zimmer lag). Wie es aussah, hatte sie bereits angebissen. Das fand Schönbach, der sie immerhin akquiriert hatte, schade, denn sie besaß den appetitlicheren Hintern. Dafür war sie allerdings fast völlig brustlos. Blieb also die Rothaarige, bei der es sich genau andersherum verhielt, geteilt durch vier. Pinie fiel aus, der war nur noch pro forma anwesend. Also Hotta, Lotte und er. Hatte Hotta je Interesse an Frauen gezeigt? Die Frage beantwortete sich zumindest für diesen Abend, denn der Kampfdraht erhob sich wortlos, wankte ans Fenster, riss es mit plötzlicher Hektik auf und begann ein Gespräch mit einem Löwen auf dem Innenhof.

»Der schöne Schnaps!«, kommentierte Achim, während drei Stockwerke tiefer ein gewaltiges Plätschern anhub.

Nun ertönte ein Rumpeln im Flur, die Tür öffnete sich, und im dunklen Rahmen stand – das Haar verfilzt, das Antlitz leichenblass, die Augen zugequollen und auf der rechten Backe das Rautenmuster der Matratze – nicht etwa Lady Madeline von Usher, sondern niemand anderes als die Dicke. Sie sah zu ungefähr gleichen Teilen mitleid- und furchterregend aus. Alles verstummte. Der somnambule Blick der kolossalen Frauensperson schien nach jemanden zu suchen. Auf Schönbach blieb er haften. Megärisch streckte sie die Hand nach ihm aus und kreischte: »Du Schwein! Schwein! Schwein!«

»Wer ist denn das?«, hörte man die Blonde erschüttert fragen und mit Seitenblick auf das womögliche Schwein fügte sie hinzu: »Seine Frau?«

Nicht frei von Scham überlegte Schönbach, wie er die Elefantendame beschwichtigen könne. Vor allem sollte die Rothaarige, der sich menschlich zu nähern er im Begriffe stand, nicht erfahren, weswegen das Pummelchen so aufgebracht war. Erlösenderweise fühlte sich Hotta, der soeben den Druckausgleich beendet und seine Aufmerksamkeit wieder ins Innere der Wohnung gerichtet hatte, für sein Mitbringsel verantwortlich. Mit dem Handrücken seinen Mund wischend, schoss er wie eine Echse auf sie zu und fuhr sie an: »Halt bloß dein Maul, sag ich dir!«

Die Dicke erschrak fürchterlich und hörte sofort auf zu kreischen. Ein anscheinend harmloser Schubser genügte, und sie flog wie ein Strohballen in den Flur, wo freilich ein lautes Krachen das Stroh-Gleichnis ad absurdum führte. Der seltsam erprobt anmutende Schrei »Nicht schlagen! Bitte nicht schlagen!« war das Letzte, was man von ihr vernahm. Dann knallte die Tür.

»*Seine* Frau?«, fragte die Blonde.

Hotta kam zurück, entspannt und feixend, aber mit jenem kalten Feuer im Blick, das Schönbach nie geheuer war. »So ein Otterngezücht!«, grollte er und goss sich einen Schnaps ein. Schönbach empfand aufrichtige Dankbarkeit ihm gegenüber, konnte sie aber nicht mitteilen, denn nachdem Hotta das Glas in einem einzigen Zuge geleert hatte, krachte sein Kopf auf den Tisch, so dass Flaschen und Gläser gewaltige Hopser machten.

Also blieb noch Lotte beziehungsweise der heterosexuelle Teil von ihm übrig. Achim und sein Fang hatten sich inzwischen ineinander verbissen. Schönbach erfragte biografische Elementardaten der Rothaarigen, die schüchtern und folgsam Auskunft erteilte. Lotte wirkte wie zwischen beiden Paaren hin und her gerissen. Schönbachs momentane Favoritin hatte blassblaue, etwas zu stark geschminkte Augen, viele Sommersprossen, rissige Lippen, und ihre Unsicherheit besaß, wie ihr Gesprächspartner fand, schon wieder etwas Animierendes. Im Vakuum ausbleibender Instruktionen – ihre Begleiterin hatte ja zu tun – erinnerte sie an ein Reh, das sich auf eine Landstraße verirrt hatte. Vielleicht, dachte Schönbach, empfand sie das Geknutsche ihrer Freundin als Signal, ein Gleiches zu tun? Jedenfalls schien sie gefügig zu sein; wenn er ihr zuprostete, nahm sie folgsam einen Schluck, obwohl ihr die schnapslastigen Mischungen ersichtlich nicht behagten, und in ihrem Blick lag grenzenlose Demut. Sie war ein armes Würstchen, nicht hübsch, nicht sonderlich gut gebaut und ziemlich beschränkt, sie arbeitete in subalterner Rolle in einem Glühlampenwerk, zog dort die Drähte in die Birnen oder so; sie hatte keinen Freund, keine Illusionen, keinen Esprit, keine Meinung, aber das Entscheidende besaß sie doch. Als Schönbach sich sicher war, dass sie es nicht wagen würde, Nein zu sagen, forderte er sie auf, mit ins Nebenzimmer – Pinies Schlafgemach – zu kommen, und sie kam mit, nachdem sie noch einmal hilfesuchend zu ihrer Freundin geschaut und in deren Treiben offenbar die Bestätigung gefunden hatte, dass es jetzt an der Zeit sei, dem Vorbild zu folgen beziehungsweise gar voranzugehen. Diese beinahe wortlose Gefügigkeit schlug nebenan prompt in Beflissenheit um. Schönbach kam gar nicht dazu, sich den ungeschriebenen Gesetzen der paarungsbiologisch korrekten Reihenfolge entsprechend zunächst ihren Brüsten zu widmen; sofort hatte sie sich vor ihm hingekniet, seine Jeans geöffnet und begonnen, ihn zu fellationieren – eine Verrichtung, der Schönbach mit ambivalenten Gefühlen beiwohnte: Er sah gern zu, aber als Stimulans genügte es ihm nicht, vor allem, seit er so viel trank. Nachdem er sich ausreichend bedient fühlte, zog er sie aus und stellte verblüfft fest, dass sie überall rothaarig war. Er legte sie auf Pinies Bett und betete, dass dessen auf dem Küchensofa schlummernder Besitzer nicht gerade in diesem Augenblick Sehnsucht nach seinem Schlafpfuhl verspüren möge, als er bemerkte, dass sich Lotte, dem es zwischen den Schläfern offenbar langweilig geworden war, zu ihnen gesellt hatte, was Schönbach durchaus missfiel. Zwei Frauen zugleich, das war schon vorgekommen – aber so?

Er ließ von seinem Beutefräulein ab und sah teils befremdet, teils neugierig zu, wie Lotte jede Menge Spucke in ihrer Gesäßspalte verschmierte, ihr eines Bein anhob und Einlass in ihr Rektum begehrte. Abwechslungshalber sträubte sie sich mal und maunzte: »Niiicht!« Aber Lotte schob sich mit geradezu ringkämpferhafter Behendigkeit plötzlich unter die ganze Frau und spießte sie während dieser Bewegung auf wie ein Radieschen; danach zog er ihre Schenkel auseinander, so dass sich Schönbach der nicht alltägliche Anblick eines insektenhaften Doppelbeinpaars bot, zwischen dem eine geöffnete Vagina, ein gestopfter Hintern und ein platzepralles Skrotum lagerten.

»Los, fick sie«, raunte Lotte. »Ich halte sie so, und du fickst sie.«

Diese alte Tucke! dachte Schönbach und verharrte unschlüssig. Zwar zog die geöffnete Möse ihn magisch an, aber ihn schauderte bei der Vorstellung, durch die dünne Trennwand Lottes Genital zu spüren.

»Nun mach schon, sie will uns beide«, flötete dessen Besitzer.

In diesem Augenblick erscholl aus dem Nebenzimmer aggressives Lustgeschrei in einem beachtlichen Crescendo: Achim war mit seiner Zweikampfpartnerin offenbar in die Zielgerade eingebogen.

Unschlüssig und in nur mangelhafter männlicher Bereitschaft trat Schönbach an das noch der Deckelung bedürftige Sandwich. Die Rothaarige starrte ihn aus den matten wasserblauen Augen, unter denen die Schminke verlief, eher hilfesuchend an, sah aber nicht aus, als werde sie sich sträuben, wenn er Lottes Aufforderung nachkam. Schließlich beugte er sich über sie, da spürte er zwei Hände an seinem Hintern und zugleich zwei auf seinen Schultern. Das waren exakt zwei zu viel.

»Schluss jetzt«, rief er wütend, während er die Waffe vollends senkte, »du verdirbst uns die Nummer, merkst du das nicht?«

Lotte war pikiert. »Menschenskind, du hast dich ja«, maulte er, ließ aber augenblicklich von der Frau ab, indem er sich mit ihr auf die Seite rollte und auscheckte. Dann stieß er ein beleidigtes Pah! aus und trollte sich. Wenig später klappte die Wohnungstür.

»Bist du jetzt sauer?«, fragte Schönbach.

»Warum sauer?«

»Weil ich ihn weggeschickt habe. Wolltest du lieber zu dritt?«

Sie schüttelte den Kopf. »Ich mag das gar nicht, zu dritt nicht, und hinten rein sowieso nicht.«

»Warum hast du es ihm dann nicht verboten?«

»Er hätte es ja doch gemacht.«

Diese Auskunft fand Schönbach so animierend, dass er das Fräulein und eine angebrochene Flasche Cuba-Rum mit zu sich nach Hause nahm (obwohl dort weiß Gott an Getränken kein Mangel herrschte). Es war gegen vier Uhr morgens.

7.
Wie es dahin kam

Am frühen Sonntagnachmittag erwachte Schönbach aus einem Schlaf von todesverwandter Tiefe, weil heftig geklingelt und an seine Wohnungstür geklopft wurde. Er wusste zunächst nicht, wo er sich befand, dann schnitt Hottas schwerstbelegte Stimme schmerzhaft in sein Gehirn: »He, Odysseus, aufwachen! Du hast Durst!«

Schönbach richtete sich stöhnend auf und versuchte, Klarheit über seine Identität zu gewinnen. Vor seinen Augen verschwamm alles, die Bücher im Regal vereinten sich zu einer ausgelassenen Polonaise. Mit Ausnahme der Schuhe hatte er noch die gesamte Montur vom Vorabend am Leibe, die nach kalter Zigarettenasche stank, was sich aber vergleichbar harmlos anließ gemessen an jenem Geschmack nach Altbaukeller, Dörrobst und Fisch, der in seinem erstaunlich fremden Mund weste. Das war Frauenmitte, strenggenommen beidseitige Frauenmitte, überzogen von einem Pelz aus Rum und Rauch sowie der Säuernis angeätzter Magenschleimhäute. Die teilweise zum Geschmack gehörende Frau war freilich rückstandslos verschwunden.

Es bummerte erneut heftig an die Wohnungstür, seinen oblatendünnen, wiewohl einzigen Schutzwall gegen die Zumutung von Existenz.

»Johannes, bist du da?«, hörte er Pinie fragen. Und leiser: »Vielleicht vögelt er gerade.«

Stille trat ein. Offenbar lauschten sie, ob drinnen jemand vögelte.

Was in der späten Vornacht en détail geschehen war, entzog sich hartnäckig Schönbachs Erinnerung, aber bestimmt war er zu betrunken gewesen, um noch etwas mit der Frau anzustellen. Folgerichtig war sie gegangen. Da hatte er seit Ewigkeiten mal wieder eine abgeschleppt, und nun passierte so etwas.

»Quatsch, der pennt doch noch!«, bölkte Hotta und klingelte Sturm.

Nein, nicht schon wieder! Diesmal würde er nicht aufmachen, entschied Schönbach und zog sich die Decke über den schmerzenden Kopf …

Als er exakt vierundzwanzig Stunden später erneut in einem ähnlichen beziehungsweise noch jenseitigeren Zustande erwachte, war es Montag, und er hatte, was ihm noch nie (und auch noch keinem seiner absonderlichen Kollegen) gelungen war, den Beginn der Spätschicht verpennt.

Zweifelnd schaute er auf den Wecker, den er nicht gestellt hatte und dessen Zeiger es mit fünf vor drei beziehungsweise vierzehn Uhr fünfundfünfzig offenbar ernst meinten. Sein Stapler war bereits seit einer knappen Stunde herrenlos. Gequält dachte er an das Gesicht, mit welchem Traudel Holzapfel ihn empfangen würde, wenn er in ungefähr einer Stunde bei ihr aufschlüge. Er erhob sich ruckartig, aber ihn schwindelte so stark, dass er sich abstützen musste. Auf steilem Grat, vorbei an gähnenden Abgründen, torkelte er in die Küche, wo der Fußboden aus Glas war und freie Sicht bis zum Mittelpunkt der Erde bot. Seine Knie bestanden aus Gummi und wollten permanent einknicken. So also fühlte es sich an, wenn man alt war. In seinem Hirn arbeitete eine archimedische Schraube, und was sie zutage förderte, war der Unsinn, den er zu denken gezwungen war. Er verspürte Hunger. Hatte er gestern überhaupt etwas gegessen? Er konnte sich nicht erinnern. Der vergangene Tag war ein geronnener Klumpen Zeit, in dem ein Teil von ihm eingeschlossen war wie die Mücke im Bernstein und zu dem er vermutlich nie Kontakt würde herstellen können. Auf welche Weise mochte er ihn wohl verbracht haben? Eine düstere Ahnung, die irgendwie dem Geschmack im Mund entsprach, kreiselte in seinen Gedärmen oder sonst wo, jedenfalls nicht im Kopf. Schönbach empfand sein Vortags-Ich auf einmal als nackt und ungeschützt und wäre ihm gern zu Hilfe geeilt. Ein merkwürdiges Ding, dieses Gestern, dessen Existenz so logisch war, weil das trübe Heute sie zwingend voraussetzte, sich aber schwer nachweisen ließ. Seine Kindheit lag wie ein offenes Buch vor ihm, jedoch der gestrige Tag? Die vorige Woche? Versunken im Nebel. Eine spezielle Art temporärer Amnesie. Er streckte vorsichtig seine Tentakel aus und fühlte in die Tiefe der letzten zwölf, fünfzehn, zwanzig Stunden. Nichts. Keine Antwort. Kein Bild. Der Film war nicht belichtet.

Möglicherweise hatte er das Haus gar nicht verlassen, und es war immer noch Sonntag. Er stellte das Radio an. Es war Montag, behauptete der Fünfzehn-Uhr-Nachrichtensprecher, und es würde verdammt lange Montag bleiben. Draußen trommelte Regen gegen die Scheiben. Er würde mindestens zwei Stunden zu spät kommen. In dieses stinkige Lager mit seiner stumpfsinnigen Belegschaft. In dieses Purgatorium aus Dreck und Fusel, dessen Mief sich einem in die Kleidung, in Haut und Haare und irgendwann ins Gehirn fraß. Folgsam wie ein Muli stieg er täglich in diese Kloake hinab. Die Holzapfel würde wieder demonstrativ-blödsinnig auf ihre Uhr glotzen, es würde wieder irgendwelche lächerlichen Sanktionen von allerdings beträchtlicher Halbwertszeit geben, so und so würde er stundenlang auf dem Stapler hocken und einen weiteren Tag seines Dasein vertändeln. Warum tat er das? Wozu war er aufgestanden? War das das Leben?

Ein unfreundlicher Ozean umspülte sein Gehirn. Auf jedem Auge lastete ein Verschlussstein. Kälteschauer pflanzten sich auf seiner Körperoberfläche fort und hinterließen partielle Gänsehäute, die sich vereinigten und wieder auseinander fuhren. Warum war er nicht imstande, sich für immer in sein Gekröse zurückzuziehen? Er wäre gern implodiert. Nie mehr hinausgehen. Keine Berührung mehr mit dieser Welt und dem

Schmutz, den sie ihm fortwährend entgegenspie. Schluss machen mit alledem. Was für eine schäbige Existenz er führte. Was für ein überflüssiger Mensch er war. Wie lange sollte das noch weitergehen? Bis er sich von diesen Kellerasseln um ihn herum in nichts mehr unterschied? Bis seine Leber ein zerlöcherter Lappen war? Vielleicht sollte er einfach das Fenster aufmachen, wozu wohnte er im fünften Stock? Oder den Gashahn aufdrehen. Das musste ein ganz passabler Tod sein, man schlief ein und fertig …

Schönbach presste die Fäuste gegen die Schläfen und sah aus dem Fenster. Die Wolken hingen so tief, dass sie fast die Dächer zu berühren schienen, der Hof lag dunkel und verödet, mit Pfützen übersät. Es hatte den Anschein, als wüsche der Regen auch die letzten Farbreste aus der Welt und spülte sie in die umliegenden Gullis.

Mit enormer Kraftanstrengung zwang er sich, seinen Ersatz-Uterus zu verlassen und auf die Straße zu gehen. Seine Haut war so dünn wie die schillernden Ölfilme auf den Pfützen, sie würde heute keinerlei Schutz bieten. Er lief zur Straßenbahnhaltestelle. Der Boden unter ihm schien von tückischer Viskosität zu sein und jederzeit bereit, sich ihm zu entziehen. Schweres Gewölk hing zwischen seinen Neuronen und legte ihre Schaltkreise lahm. Während er die Stirn am Straßenbahnfenster kühlte, stellten sich einige wenige Erinnerungsreste ein, und er kam sich vor wie ein zeitweilig Umnachteter, der nach dem Wiedereinsetzen seiner Sinne feststellen muss, dass er coram publico onaniert hat – wobei er sich ja keineswegs an *alles* erinnerte. Er hatte diesen Verrückten also doch die Tür geöffnet. Er war selber schuld, er hätte daheimbleiben können, aber nein, ohne auch nur einen Gedanken an feste Nahrung zu verschwenden, hatten sie bereits gegen 16 Uhr, daran erinnerte er sich auf einmal genau, die ersten Schnäpse geordert. Etwas später – es war noch hell draußen – war er so betrunken gewesen, dass er es in der Kneipe nicht mehr ausgehalten hatte, er war auf die Straße gewankt und hatte sich direkt neben der Eingangstür auf einen Mauervorsprung gesetzt. Und dann, dann war er wohl eingenickt …

Sein Magen krampfte sich zusammen, als dieses Bild nun doch vor seinem inneren Auge erschien: Er lag zusammengerollt auf dem Bürgersteig vor der Bodega-Bar, wo sich üblicherweise die Hunde entleerten, und so real, wie es gewesen sein musste, war es zugleich nicht real, hatte er nie dort gelegen, oder es war zumindest nicht derselbe Johannes Schönbach gewesen, in dessen Körper er sich eben zur Arbeit bewegte. *Jemand* hatte vor der Spelunke geschlafen, und mochte sein Verstand auch behaupten, er sei es gewesen, gab es doch kein Gefühl, das dem entsprach. Die Bodega-Bar befand sich in einer Seitenstraße, aber ziemlich nahe an der Prenzlauer Allee, wo die Sonntagsspaziergänger unterwegs waren; wer weiß, wer ihn alles gesehen hatte. Er stellte sich vor, seine Mutter hätte ihn dort gefunden und aufgelesen, welch obszöne Pietà. Und mit diesen Klamotten bin ich ins Bett gegangen, dachte er seufzend. Es ekelte ihn, wenn er nur an sein Kopfkissen dachte, in das er sein ungewaschenes Haar gepresst hatte. Er musste sofort das Bett abziehen und seiner Mutter zum Waschen geben oder noch besser: in den Müll schmeißen. Zu Hause hatte er anscheinend allein weitergetrunken, denn auf dem Tisch stand eine angebrochene Flasche *Apfelkorn*, und auf dem Plattenteller lag das Finale der *Götterdämmerung*. Zu spät zur Spätschicht, das musste man schließlich erst mal schaffen.

Im Wareneingang interessierte sich aber niemand für sein außerplanmäßiges Erscheinen, weil niemand da war, der sich dafür hätte interessieren können. Die Riesenhalle schien wie ausgestorben, obwohl drei Waggons ungeöffnet ihre Entladungsbedürftigkeit kundtaten und auf der anderen Rampe sechs Container ihre Mäuler aufsperrten. Wo waren die bloß alle?

Schönbach hörte Stimmen aus dem Aufenthaltsraum, trat ein – und prallte zurück. Der gesamte Wareneingang inklusive Kontrolleuren und Disponenten war hier versammelt, zudem Halluschinsky, Kiesewetter, Traudel Holzapfel, der Betriebsparteisekretär, ein alter Zausel mit roter Nase und ungesunder Gesichtsfarbe, sowie drei gescheitelte Existenzen, denen man auch auf hundert Schritt Entfernung angesehen hätte, dass sie gewissen staatlichen Organen angehörten. Die drei, einer in Lederjacke, zwei im Anzug, bildeten gemeinsam mit Direktor, Schichtleiter und Parteisekretär sozusagen das Präsidium und saßen den anderen gegenüber. Schönbach quetschte sich hinein und blieb, da kein Stuhl mehr frei war, an der Wand stehen. Niemand beachtete ihn. Seinen Zustand in Rechnung gestellt, begriff er verhältnismäßig rasch, was hier ablief. Der in der Lederjacke war ein Kripo-Mann, die beiden anderen kamen vom *Ministerium für Staatssicherheit*. Irgendwer aus dem Wareneingang hatte am Wochenende irgendwas angestellt, etwas *Staatsfeindliches* – dieses Wort fiel soeben. Es war Kiesewetter, der es aussprach; er sagte, er sei entsetzt darüber – und er denke, er spreche für das gesamte Kollektiv –, dass es unter ihnen Kollegen gäbe, die staatsfeindliche Handlungen begingen. Offenbar war die externe Anklage beendet, und die Verteidigung kam zu Wort. Kiesewetter schien freilich drauf und dran, sich auf die Seite der Kläger zu schlagen, aber Halluschinsky schritt ein und sagte: »Entschuldige, Helmut, aber ich glaube nicht, dass wir Staatsfeinde unter uns haben, es ist wohl eher so, dass hier ein paar sehr dumme Jungs, nachdem sie sehr viel getrunken hatten, einen gehörigen Scheiß gebaut haben, für den sie einstehen müssen, aber das Kollektiv wird sie dabei unterstützen. Oder was meinen Sie, Genosse?«, wandte er sich an den Parteisekretär.

»Es wäre zumindest nicht schlecht«, antwortete der, »wenn das Kollektiv beschließen würde, für die beiden eine Bürgschaft zu übernehmen.«

Die beiden, das waren offensichtlich Boxer-Mike und Stahlberg, denn sie machten mit Abstand die betretensten Gesichter, obwohl ihnen Traudel Holzapfel kaum nachstand. Von einem der Anzugträger aufgefordert, pries sie jetzt die Arbeitsleistung der beiden in den höchsten Tönen (was im Falle Stahlbergs reichlich kurios anmutete) und erklärte die Angelegenheit zu einem gewiss einmaligen Ausrutscher.

Was war geschehen? Zunächst nichts weiter, als dass Boxer-Mike und Stahlberg am Samstag wegen enormen Waggonandrangs und zu befürchtender Standkosten an ihre reguläre Früh- noch eine Spätschicht gehängt hatten, was diesmal besonders gut bezahlt wurde, und da der Samstag damit sowieso im Eimer war, waren sie anschließend noch einen trinken gegangen. Nach Mitternacht hatten sie das Lokal verlassen und zunächst, so konnte man später im polizeilichen Bericht über den Vorfall lesen, der an der Wandzeitung ausgehängt wurde, »gegen die staatliche Ordnung der DDR gerichtete Parolen gegrölt«. Danach rissen die beiden »mindestens 15 DDR-Fahnen ab, die zur Dekoration für den bevorstehenden *Kampf- und Feiertag der Werktätigen* an Straßenlaternen befestigt waren, und urinierten darauf«. Bei dieser Untat wurden sie von einer Polizeistreife verhaftet, wogegen sich der Lagerist Stahlberg handgreiflich zur Wehr setzte.

Schönbach, dem sich dieser Hergang anhand der verschiedenen Äußerungen schrittweise erschloss, musste daran denken, wie er an einem Vormittag vor ungefähr zwei Jahren an der Humboldt-Universität zum *Direktor für Erziehung und Ausbildung* zitiert worden war. Als er in dessen Büro eintrat, saßen dort der Direktor, ein gewisser Schweigert, der Parteisekretär (jede Sektion beziehungsweise Fakultät hatte einen Direktor E und A und einen Parteisekretär), sowie der *Seminargruppenbetreuer.* Bei letztgenannten handelte es sich um einen Doktoranden, der vor kurzem noch selbst hier studiert hatte, jede Seminargruppe besaß einen solchen Betreuer, er fungierte als Scharnier zwischen Stundentenschaft und Lehrkörper, also zugleich als ein Art Kontrolleur und offizieller Zuträger. Schönbach wusste nicht, was die drei von ihm wollten, trotzdem hatte er ein schlechtes Gewissen. Beinahe jeder DDR-Bürger hatte in solchen Situationen ein schlechtes Gewissen, denn beinahe jeder dachte, redete und tat fortwährend Dinge, die nicht auf Staatslinie lagen und gegen ihn verwendet werden konnten. Aber was innerhalb weniger Minuten über ihn hereinbrechen sollte, das hätte er sich nicht alpträumen lassen. Damals hatte plötzlich und unvermittelt dasselbe Wort im Raum gestanden, unter dem gerade Boxer-Mike und Stahlberg zusammenzuckten. Der Direktor E und A war ein massiger Mensch mit Bürstenhaarschnitt und einem großen dunkelroten Leberfleck auf der Wange, aus dem Härchen wuchsen, und, statt ihn zu begrüßen, hatte der Fettwanst geschrien, er sei ein *Staatsfeind*, er betreibe *staatsfeindliche Hetze* an der Uni, und das nun schon seit Jahren, aber damit sei jetzt Schluss, er könne froh sei, wenn man nicht die Genossen vom Staatssicherheitsdienst einschalte, auf staatsfeindliche Hetze stünden bis zu zwei Jahre Haft. Für Schönbach, der fünf Minuten zuvor noch ein Referat über Hölderlins Übersetzung von Pindars Preisliedern vorbereitet hatte, war es ein schwerer Schock zu erfahren, dass er ein enttarnter Staatsfeind sei, dem zwei Jahre Gefängnis drohten. Was konnte der Direktor damit meinen? In rasendem Tempo spulte sein Gehirn alle Misshelligkeiten ab, die sich während seiner Studienzeit ereignet haben mochten. Von verschiedenen Professoren war er dafür gerügt worden, dass er oft und mitunter sogar zustimmend *bürgerliche Autoren* zitierte. Bürgerlich war fast so schlimm wie *faschistisch*, weil nämlich die Vorstufe, im Grunde inhaltlich nicht freigegebene Literatur. Im Philosophie-Seminar – strenggenommen hieß es *marxistisch-leninistische* Philosophie – hatte er sich mitunter despektierlich über das Klassenkampf-Schema geäußert und darauf insistiert, dass die Antike kaum Klassen-, aber jede Menge Völkerkämpfe gekannt habe und dass gerade rigide Klassengesellschaften wie das alte Ägypten zu beeindruckenden Gemeinschaftsleistungen zum Preise ihrer Götter fähig gewesen seien. Daraufhin hatte man ihn zurechtgewiesen, ihn über die religiöse Verblendung der Ausgebeuteten aufgeklärt und darüber, dass unter der Oberfläche der Kriege stets der Klassenkampf schlummere, ja dass die meisten Kriege nur geführt würden, um ihm aus dem Wege zu gehen und die berechtigten Aggressionen der Unterdrückten gegen ihresgleichen auf der vermeintlichen Feindesseite zu lenken. Möglich, dass er sich bei solchen Belehrungen uneinsichtig gezeigt hatte. Aber staatsfeindlich?

Da man ihm nicht mal einen Stuhl angeboten hatte, blieb er stehen und sagte: »Sie müssen sich irren, ich bin weder ein« – er schluckte – »Feind der DDR, noch habe ich –«

»Wir uns irren?«, brüllte der Direktor und sah seine Beisitzer mit einer Miene an, als wolle er sie auffordern, sich zu dritt auf den frechen Leugner zu stürzen. Und dann listete der oberste Sektions-Gesinnungswart Schönbachs Sündenregister auf. In der Mensa hatte er am soundsovielten das geäußert und am soundsovielten jenes, in der Kneipe X sich über dies beschwert und bei anderer Gelegenheit über jenes gelästert, bei der Wohnungseinweihungsfete des Studenten Sowieso waren folgende Sätze gefallen und so weiter.

Als wäre es gestern – nein, das nicht gerade –; als wäre es vor einem Jahr gewesen, konnte sich der Lagerist Schönbach noch genau an das Schwindelgefühl erinnern, das dem Studenten Schönbach damals beinahe die Beine wegrasiert hätte. Fast alle der gegen ihn in Stellung gebrachten Äußerungen hatte er in kleiner Runde, oft beim Bier, von sich gegeben, und nun erfuhr er, dass er alles ebenso gut bei der Universitätsleitung zu

Protokoll hätte geben können. Zum Beispiel, dass die Sowjetunion wegen des Hitler-Stalin-Pakts Mitschuld am Ausbruch des Zweiten Weltkrieges trage (es gab übrigens kein öffentlich zugängliches Schriftstück in der DDR, das diesen Pakt erwähnte). »Die friedliebende Sowjetunion, das Vaterland der Werktätigen!«, schrie der Direktor. »Die uns vom Faschismus befreit hat!«, sekundierte der Parteisekretär. Oder dass sowjetische Soldaten nach Kriegsende massenhaft deutsche Frauen vergewaltigt hätten (darüber besaß er detaillierte Schilderungen von seinem Großvater). »Wer hat denn die Sowjetunion heimtückisch überfallen?«, brüllte der Direktor außer sich. »Sie haben die schlimmste Nazi-Propaganda verbreitet«, erklärte der Parteisekretär, »niemals würden Soldaten einer sozialistischen Armee das tun – obwohl sie allen Grund dazu gehabt hätten!« Oder dass die Entdeckung des Mehrwerts, mit der Marx sich gebrüstet habe, ungefähr so sensationell sei wie die Entdeckung der Tatsache, dass Menschen sich paaren, um Kinder zu bekommen. »Von Wirtschaft verstehen Sie ja wohl jede Menge!«, höhnte der Direktor. Außerdem habe er wiederholt geäußert, er könne die marxistisch-leninistische Weltanschauung nicht bestätigen, da er sich die Welt ja nicht anschauen dürfe, sowie die Majestätsbeleidigungsphobien des römischen Kaisers Tiberius mit den Zuständen in der DDR verglichen. Jeden seiner Witze hatte jemand registriert und gemeldet. Seine Seminargruppe schien zur Hälfte aus Spitzeln zu bestehen.

Ferner brachte man gegen ihn vor, dass er wiederholt über das Mensa-Essen gelästert habe und bei den regelmäßigen Übungen der *Gesellschaft für Sport und Technik*, die jeder Student absolvieren musste, stets durch miserable Schießergebnisse aufgefallen sei. »Sie wollten damit offenbar demonstrieren, dass Sie nicht bereit sind, den Sozialismus mit der Waffe in der Hand zu verteidigen!«, bellte der Direktor.

Die Verlesung der Schnüffelprotokolle samt kommentierendem Geschrei hatte ungefähr zehn Minuten gedauert. In diesen Minuten hatte er vergessen, dass er angehender Philologe (gewesen) war. Gewaltig schnürten ihm die Schuldgefühle wegen seines Verrats an der Trägeridee des Menschheitsfortschritts, schmerzhafte Hämorrhoiden der Psyche, auf deren Entstehung die sozialistische Pädagogik viele Jahre lang hingearbeitet hatte, die restlichen Sinne ab. Seine Hände wurden nass, und er hatte Mühe, das Zittern seiner Knie unter Kontrolle zu halten. War das mit dem Gefängnis etwa ernst gemeint?

Nun erhielt der Seminargruppenbetreuer das Wort. Von ihm hatte sich Schönbach ein paar entlastende Worte erhofft, man kannte sich und hatte den einen oder anderen fachbezogenen Plausch gehalten, aber der Nachwuchs-Schleimer überbot seine Meister an Niedertracht.

»Ich würde gern etwas Positives über den Studenten Schönbach vortragen«, sagte er kalt, runzelte die Stirn, nahm seine Nickelbrille ab und strich sich den Kinnbart, »aber ich wüsste nicht, was. In seiner Seminargruppe ist er sehr unbeliebt. Er schließt sich vom Kollektiv aus und versucht vorsätzlich, möglichst viele gesellschaftliche Veranstaltungen zu versäumen. Seine arrogante Art und der Zynismus, mit dem er viele Dinge in ein negatives Licht rückt, haben ihn zum Fremdkörper in der Seminargruppe gemacht. Seine staatsfeindliche Haltung ist den meisten und leider auch mir zu lange verborgen geblieben. Wir haben anscheinend kurze Zeit vergessen, dass wir nicht nur Philologen sein dürfen, sondern auch wachsame Staatsbürger sein müssen. Selbst als Philologe war der Student Schönbach nur bedingt tauglich, weil er sich durch sein stures Beharren auf längst überholten Ansichten bürgerlicher und zum Teil auch faschistoider Autoren wie zum Beispiel –«

»Ist gut, Genosse, das reicht allemal«, unterbrach ihn der Direktor. »Haben Sie«, wandte er sich an den Angeklagten, »dazu noch etwas zu sagen?«

Was hätte er dazu sagen sollen? Wo beginnen? Er konnte im Detail ja nicht mal leugnen, was ihm vorgeworfen wurde. Er hatte doch gewusst – aber eben nicht geglaubt –, dass dergleichen möglich war!

»Ich möchte mich«, begann er, aber an seinem Hals drückte bereits die Schlinge, und er musste sich erst mehrmals räuspern, um seine Stimme zurückzugewinnen, »ich möchte mich gegen die Unterstellung verwahren, ich sei ein schlechter Philologe. Ich habe einen Notendurchschnitt von 1,2, in den rein philologischen Fächern 1,0 …«

»Ihre Zensuren sind vollkommen unwichtig«, fuhr der Direktor dazwischen, »Ihr Klassenstandpunkt ist das Einzige, was zählt. Aber dass Sie damit anfangen, anstatt« – seine Augen verengten sich böse, und seine Stimme wurde drohend – »hier auf den Knien zu rutschen und zu beteuern, all die Schweinereien über die Sowjetunion niemals oder besinnungslos im Suff gesagt zu haben, das beweist Ihre Verkommenheit!«

»Sie haben«, fuhr er fort, und seine Stimme wurde plötzlich förmlich, fast informell, »zwei Alternativen, Schönbach. Entweder Sie stellen sofort einen Antrag auf Exmatrikulation und lassen sich nie mehr in dieser Universität blicken, oder wir zeigen Sie wegen staatsfeindlicher Hetze an.«

»*Ich* soll mich exmatrikulieren lassen? Aber ich liebe dieses Studium.«

»Wir lassen nicht jeden Schmutzfink studieren, damit er zum Dank unseren Staat besudelt«, sagte der Parteisekretär mit angeekeltem Gesicht.

»Es ist Ihre Entscheidung«, sagte der Direktor. »So oder so, es wird Ihre letzte Entscheidung dieses Studium betreffend sein. Wenn Sie jemals wieder studieren wollen, sollten Sie sich zuvor mindestens ein paar Jahre in der Produktion bewähren, damit Ihnen dort die antikommunistische Scheiße aus dem Gehirn gespült wird.«

»Aber was soll ich denn als Begründung schreiben?«, fragte Schönbach verzweifelt.

»Schreiben Sie: persönliche Gründe, Umzug in eine andere Stadt, oder was Sie wollen. Hauptsache, man sieht Sie hier nicht mehr!«

Der Großinquisitor hatte geendet, das Tribunal war geschlossen. Mit einer barocken Geste seiner fleischigen Hand bedeutete der sozialistische Bernardo Gui, der Ketzer möge sich jetzt gefälligst trollen. Als Schönbach die Hand auf die Klinke legte, brüllte er ihm noch hinterher: »Und lesen Sie nicht immer solchen bürgerlichen Mist!«

Ein verratener, gebrandmarkter, erniedrigter Ex-Student verließ das Büro des Direktors.

An diesem Tag hatte man ihm einen Schlag versetzt, von dem er sich nicht mehr erholte.

Boxer-Mike und Stahlberg traf es glimpflicher. Da das Kollektiv für sie bürgte, man Ende der 80er wegen ein paar im Suff abgerissener Fahnen nicht mehr eingesperrt wurde und beide ohnehin an einem Ort arbeiteten, der eher den End- als den Ausgangspunkt von Strafversetzungen verkörperte, kamen sie mit jeweils zwanzig unentgeltlichen Arbeitsstunden für gemeinnützige Zwecke und Bewährungsauflagen davon. Davon kam darüber hinaus auch der Zuspätkommer Schönbach, denn die Holzapfel war viel zu durcheinander, als dass sie diese Bagatelle registriert hätte.

Wenn Schönbach aus einer gewissen zeitlichen Distanz an seine Studienzeit zurückdachte, wunderte es ihn am meisten, dass es bis zu seinem Rausschmiss überhaupt so lange gedauert hatte. Dass er die systematische Verlogenheitsdressur, die tägliche Propaganda-Mast, die Nebensächlichkeit des eigentlichen Studieninhalts, die jeden Anflug von Inspiration niederdrückende Gleichmacherei so lange ausgehalten hatte, sich so lange hatte verstellen können. Lag es daran, dass er dadurch beinahe jeden Tag Katja sehen konnte? Er hatte gehofft, bei den Altphilologen eine Pore gefunden zu haben, in die der Sozialismus nicht drang, aber das war ein gewaltiger Irrtum gewesen.

Er brach also *aus persönlichen Gründen* das Studium ab, erhielt aber zugleich eine Beurteilung, die nicht den Hauch eines Zweifels am wirklichen Grund des Ausstiegs ließ (und wer weiß, was zusätzlich noch in seiner Kaderakte stand), so dass er sich keine Mühe geben brauchte, die Exmatrikulation zu verschleiern. Ein neues Studium konnte er jedenfalls nicht beginnen. Er ging zum Arbeitsamt in die Maiglöckchenstraße – es gab in Ostberlin tatsächlich ein Arbeitsamt, obwohl offiziell keine Arbeitslosen existierten, und die offizielle Darstellung schien insofern zu stimmen, als er der einzige Kunde war.

Man bot ihm eine Stelle in einer Fräserei an.

Er könne aber nicht fräsen, erklärte Schönbach.

Was er denn von Beruf sei?

Er sei abgebrochener Philologe.

Was das denn sei?

Er erklärte es.

Das sei schlecht. Damit tauge er nur für die Kategorie Hilfsarbeiter. Ob er sich kräftig genug fühle, Möbel auszutragen?

So war er zunächst ins Möbellager geraten, von wo es bis zum Schnapsdepot nur ein kleiner Schritt war.

II.
Genossen

1.
Ein Naseweis wird eingenordet

»Sie können doch nicht einfach den *Ersten Sekretär* anrufen!«, schnaubte der Chefredakteur. Manfred Fleischer war ein baumlanger Mann von zweiundsechzig Jahren, der Schönbach, rein körperlich betrachtet, durchaus auf Augenhöhe hätte begegnen können, aber die merkwürdige Angewohnheit hatte, ständig den Kopf hängen zu lassen, vielleicht weil er sich als zu hochgewachsen empfand, vielleicht weil ihm seine Vorgesetzten aus der *Abteilung Agitation und Propaganda beim Zentralkomitee der SED* das Haupt dauernd neu zurechtsetzten, vielleicht auch aus genereller Daseinsbeschwerlichkeit. Überhaupt war er ein Mensch, dem es an Spannkraft fehlte. Seine Haut war weiß und teigig, sein Haar kaum noch vorhanden, er saß nie aufrecht auf seinem Chefredakteurs-Sessel, sondern hing eher darin, der Mund mit den hängenden Lefzen stand meist halboffen, und sein Händedruck war schlaff.

»Aber es war doch seine Rede«, erwiderte Schönbach etwas kleinlaut.

»Sie können nicht eben mal so den Ersten Sekretär anrufen«, wiederholte der Chefredakteur und sah Schönbach durch die einweckglasbodendicken Gläser seiner gewaltigen Brille an, wobei auch sein Blick wenig Furor ausstrahlte. Er war ein gebrochener Mann, zu lange schon Chef in einem Land, wo die Chefs von den vorgesetzten Funktionären fast nach Belieben gegängelt werden konnten. Aufbrausen und Rüffeln war im Grunde nicht seine Sache.

Anders verhielt es sich bei der dritten Person im Raum, einem kleinen Mann mit Lederjacke und hoher, faltenzerfurchter

Stirn, der eine frappierende Ähnlichkeit mit Louis de Funès besaß. Das war der stellvertretende Chefredakteur Walter Funkenkamp, und was ihm sein Wuchs an Ausstrahlung versagte, kompensierte er mit Elastizität und Strenge. Wohl niemand in der Redaktion hegte Zweifel daran, dass er der heimliche Chef des *Berliner Tageblatts* war. Er schien – im Gegensatz zu Fleischer, der dazu letztlich nicht imstande war – ernstlich böse auf Schönbach zu sein, funkelte ihn an und sagte mit leiser, aber dräuender Stimme und in messerscharfer Diktion: »Was denken Sie sich eigentlich, Kollege? Wo kämen wir denn hin, wenn hier jeder jeden anruft? Glauben Sie, der Erste Sekretär der SED-Bezirksleitung Berlin hat nichts Wichtigeres zu tun, als Ihre Anrufe entgegenzunehmen?«

Bestimmt hat er das, dachte Schönbach. Immerhin war dieser Staat am Kaputtgehen. Die Lage wurde von Tag zu Tag prekärer, die Verlogenheit der offiziellen Selbstdarstellung immer unerträglicher. Wie ein Sarkophagdeckel lastete die Herrschaft des greisen Politbüros auf dem Land. Die Existenz von Oppositionsgruppen ließ sich dennoch kaum mehr verheimlichen. Über das West-Fernsehen behaupteten deren Vertreter, bei den Kommunalwahlen am vergangenen Wochenende, bei denen angeblich mal wieder 98,85 oder auch 110 Prozent der DDR-Bürger für die *Kandidaten der Nationalen Front* votiert hatten, sei Betrug im Spiel gewesen. Außerdem hatten die Ungarn Anfang des Monats damit begonnen, den Eisernen Vorhang aufzuschneiden. Sie bauten einfach die Grenzbefestigungen ab, und keine russischen Panzer rückten ein, um sie daran zu hindern. Seitdem meldeten die West-Nachrichten jeden Abend neue Zahlen von DDR-Flüchtlingen, als würden sie Flusspegelstände bekannt geben. Natürlich stand nichts davon im *Berliner Tageblatt*, dem *Organ der SED-Bezirksleitung der Hauptstadt der DDR*, und in den Konferenzen sprach Funkenkamp abschätzig von *Leuten, die sich in Ungarn herumtreiben*, wenn die Rede ausnahmsweise mal darauf kam. Das wusste Schönbach von Jörg Helmer, einem Politikredakteur, mit dem er hin und wieder ein Bier trinken ging. Aber das Thema stand selten zur Debatte; man sprach in den Konferenzen vielmehr darüber, wie die Genossen Journalisten *noch besser* über die *immer bessere Befriedigung der Bedürfnisse der Werktätigen* berichten könnten. Parallel dazu entlarvten verdiente Leitartikler die *Hetze der West-Medien* gegen die *Errungenschaften des Sozialismus.* Dabei hetzten die West-Medien gar nicht, wie Schönbach fand; viele Medienvertreter schienen die DDR sogar mehr zu mögen als beispielsweise er selber, was daran liegen mochte, dass sie nicht in ihr lebten.

»Bestimmt hat der Erste Sekretär Wichtigeres zu tun«, sagte Schönbach einsichtig, »aber ich habe ihn auch nicht von seiner Arbeit abgehalten, es ist ja nicht der Erste Sekretär ans Telefon gegangen –«

»Das wäre ja noch schöner!«, schnauzte Funkenkamp. Er würde einen prima Kommissar in einem sowjetischen Revolutionsfilm abgeben, dachte Schönbach. Die passende Jacke hatte er schon an, es fehlte nur noch die Mauser an der Seite.

»Sie hätten mich anrufen können oder einen meiner Stellvertreter«, mahnte Fleischer.

Die Sache war die, dass Schönbach, der seit einem halben Jahr beim *Berliner Tageblatt* als Korrektor arbeitete, in dieser Eigenschaft auch eine Rede Korrektur las, die ebenjener Erste Sekretär, der obendrein Mitglied des Zentralkomitees der SED und des Politbüros war, gehalten hatte und die im *Tageblatt* abgedruckt werden sollte – wie nahezu jede Rede, die einer der *führenden Genossen* hielt, obwohl kein Mensch diese Endlos-Jucheis und Tätärätäs auf das welthistorische Schlaraffenland und Anti-Ausbeutungs-Bollwerk zwischen Erzgebirge und Ostsee las. In solchen Reden fanden sich stets einige Zitate sozialistischer Klassiker, und in jener, um die es ging, war ein Zitat von Friedrich Engels als eines von Karl Marx wiedergegeben gewesen, so dass sich Schönbach in seiner Eigenschaft als Korrektor bemüßigt gefühlt hatte, den Verfasser des Textes anzurufen. Und das war diesmal eben der Erste Sekretär gewesen – beziehungsweise dessen Büro, denn als Normalsterblicher wäre er nie und nimmer zum Ersten Sekretär durchgedrungen.

Ein Normalsterblicher gelangte freilich auch selten ins Büro des Chefredakteurs. Schönbach hatte hier anlässlich seines Einstellungsgesprächs gesessen, und ein zweites Mal war im Grunde nicht vorgesehen. In einem Detail unterschied sich das Büro des Chefredakteurs mit absoluter Sicherheit nicht von jenem des Ersten Sekretärs. Dieses Detail befand sich an der Wand Schönbach gegenüber und stellte einen Menschen am Eintritt des Greisenalters dar – graue, nach hinten gekämmte Haare, viereckige Hornbrille, freundliches, etwas verschlagenes Lächeln –, wie ihn manches Kind sich vielleicht als Opa gewünscht hätte, aber kaum ein Erwachsener als Regierungschef. Neben dem Konterfei von Erich dem Einzigen hing das des Ministerratsvorsitzenden Willi Stoph, der eine Nuance älter und noch opablöder wirkte als sein Generalsekretär. Das dritte Foto wiederum, eines in Schwarz-Weiß, zeigte den *symbolischen Händedruck* zwischen Wilhelm Pieck und Otto Grotewohl anno 1946, der seinerzeit im *sowjetisch befreiten Teil Deutschlands* die Vereinigung von Kommunisten und Sozialdemokraten zur SED besiegelte und dessen fokussiertes Abziehbild jeder der über zwei Millionen Genossen erbsengroß am Revers trug. Auf der den Bildern gegenüberliegenden Front des Zimmers legte eine dunkelbraune, mattglänzend lackierte und ansonsten jeder gestalterischen Idee bare Schrankwand stummes Zeugnis ab, warum manche Ostdeutsche ihre Suche nach ansprechendem Mobiliar bis über die ungarische Grenze ausdehnten. Im Regalteil standen die obligatorischen kommunistischen Klassiker, seit einiger Zeit vermutlich sogar für Fleischer zur Welterklärung total ungeeignet, ergänzt um die zwölfbändige politische Poesie des Genossen

Honecker, was wohl eines der traurigsten Papierschicksale war. Des Chefredakteurs hellbraunes Kommandopult bildete gemeinsam mit dem farblich abgestimmten Konferenztisch ein großes T; auf dem Querbalken standen zwei Telefone, zwei Fotorahmen, vermutlich die Gattin und die Enkelkinder, eine Puppe des *Leipziger Messemännchens*, eine bronzene Ernst-Thälmann-Büste und ein bananengroßes Modell der TU-144, auf dem Längsbalken außer zwei Aschenbechern nichts. Neben dem Fenster, das die gesamte Stirnseite füllte und mit Stores samt roten Übergardinen gegen die Sonne verhängt war, darbte ein Gummibaum. Auch die Bestuhlung war in aller Einheitsstillosigkeit vorgenommen worden, so dass sich Fleischers persönliche Note einzig in Gestalt des hölzern-geometrischen Sessels oder Lehnstuhls beziehungsweise Thrones manifestierte, auf dem er saß – oder besser: in dem er hing. Anscheinend verwehrte ihm seine Rückgratlosigkeit auch die Einnahme einer aufrechten Sitzposition, so dass er sich wie eine gewaltige Raupe, mit dem Hauptgewicht mal auf diesem, mal auf jenem Segment seines Körpers ruhend, über die gepolsterte Sitzfläche des mit gepolsterten Armlehnen und einer gepolsterten Rückenlehne versehenen Kolossalmöbels hin und her bewegte.

»Als Korrektor ist es Ihre Aufgabe, zu kontrollieren, ob der Setzer einen Fehler gemacht hat«, sagte Funkenkamp, »und nicht die Zitate des Ersten Sekretärs zu berichtigen, verstanden!«

»Jetzt ja«, erwiderte Schönbach. »Ich dachte nur … es ging ja nicht um ein Zitat des Ersten Sekretärs, sondern um eines von Karl Marx beziehungsweise eben nicht von ihm … Ich wollte ja nur … Soll denn der politische Gegner denken, wir zitieren unsere Klassiker nicht richtig?«

»Sie scheinen generell so ein Neunmalkluger zu sein«, knurrte Funkenkamp. »Wer hat Sie überhaupt eingestellt?«

»Das war ich, Walter«, sagte der Chefredakteur beschwichtigend.

Funkenkamp stieß heftig Luft durch die Nase und murmelte etwas Unverständliches.

In der Tat verhielt es sich, wie Fleischer gesagt hatte – wobei erstaunlich war, dass sich der senile Alte daran erinnnerte.

Anderthalb Jahre hatte Schönbach sein Dasein als Schwimmhallenwart gefristet, nachdem Katja Wort gehalten und ihm über ihren Vater diese Stelle vermittelt hatte. Anderthalb Jahre hatte er Bassins, Duschen, Umkleidekabinen, Toiletten, die Sauna und seine Kaderakte gereinigt, wobei es wenig Eindruck auf die Schwimmhallenbesucher gemacht hatte, dass die Klos von einem Altphilologen geputzt wurden; sie schissen sie trotzdem wieder voll. Er hatte in dieser Zeit gerade die Hälfte verdient wie im Schnapslager und kaum menschliche Kontakte gepflegt – das Geld reichte nicht, um öfter auszugehen –, aber Armut hin, Einsamkeit her, am Ende war aus dem bleichen, abgemagerten, triefäugigen, etwas ungepflegten Gespensterwesen peu à peu wieder ein recht ansehnlicher junger Mensch mit rosiger Gesichtsfarbe geworden, und da er wieder regelmäßig aß und jeden Tag eine Stunde schwamm, sah er bald nicht nur gesund, sondern sogar halbwegs kräftig aus. Zu seinen ehemaligen Zechgenossen unterhielt er keinerlei Kontakt mehr. Als die Kaderaktensäuberungsfrist verstrichen war, hatte er entschieden, nie wieder eine Arbeit anzunehmen, für die man sich umziehen musste. Über einen mit dem Chefgrafiker des *Tageblatts* befreundeten ehemaligen Studienkollegen hatte er erfahren, dass die Zeitung einen Korrektor suchte, weil einer weggestorben war, und sich beworben. Man gewährte ihm einen Vorstellungstermin, obwohl er kein SED-Mitglied war, aber anscheinend hatte sich kein Genosse als Alternative angeboten. Aus irgendeinem Grund kümmerte sich der oberste *Tageblatt*-Macher persönlich um die Sache, und der Zufall wollte es, dass Schönbach, während er im Vorzimmer auf die Audienz wartete, in der dort liegenden aktuellen Ausgabe auf der Titelseite zwei Druckfehler entdeckte. So konnte er die Eröffnungsfrage des Chefredakteurs – »Finden Sie denn überhaupt Druckfehler?« – für seine Person zufrieden stellend beantworten, und dass er halber Philologe war, verfehlte seine Wirkung nicht, wenngleich es die Frage aufwarf, die der Chefredakteur denn auch prompt stellte: »Und wieso haben Sie Ihr Studium abgebrochen?«

»Aus persönlichen Gründen«, hatte Schönbach genuschelt.

Seine Kaderakte hatte auf dem Schreibtisch gelegen, aber entweder hatte der konfuse Fleischer nicht hineingeschaut, oder aus den Begleitmaterialien der Universität ging doch nicht hervor, dass er hatte gehen *müssen*. Das Problem war, dass man nicht wusste, was alles in dieser Akte stand, die einem als stigmatisierende Klette lebenslänglich anhing.

So war Schönbach Korrektor bei einer SED-Zeitung geworden, was besser war, als Toiletten sauberzumachen, wenngleich auch der gedruckte Unrat zum Himmel stank und es alles andere als ein Vergnügen war, eine in der DDR erscheinende Zeitung Zeile für Zeile zu lesen. Die Arbeit war nicht ganz ungefährlich, es konnte richtig Ärger geben, wenn beispielsweise statt Erich Honecker *Erich Hocker* gedruckt stand, wie in einem norddeutschen Blatt geschehen, oder aus dem *Staatsratsvorsitzenden* der *Staatsratsvortzende* wurde; man war schnell bereit, den Beteiligten Absicht – das hieß: Sabotage – zu unterstellen. Gedrucktes besaß eine tempelreliefhafte Gültigkeit im Arbeiter-und-Bauern-Staat.

Aber wäre es nicht auch Sabotage gewesen, dem Ersten Sekretär ein Engels-Zitat als Marx-Zitat durchgehen zu lassen? Mitunter machte man es verkehrt, egal, was man tat.

Funkenkamp riss Schönbach aus solchen Gedanken, indem er ihn mit böse funkelndem Blick anknurrte: »Die Kulturredaktion hat sich beschwert, Sie würden dort dauernd Texte anbieten.«

Schönbach verstand nicht, was er damit zum Ausdruck bringen wollte, aber offenbar hatte man das Thema gewechselt. Fragend sah er die Chefs abwechselnd an.

»Zum Beispiel einen Beitrag über den Komponisten Schönberg«, fügte Fleischer hinzu, wobei er den Namen von einem vor ihm liegenden Zettel ablas. Wie es aussah, hatten die beiden eine generelle Abrechnung mit dem allzu diensteifrigen Korrekturleser vor.

»Ja, es ist vor kurzem eine Essaysammlung von Schönberg bei Reclam erschienen«, sagte Schönbach, »aber wieso haben die Kollegen sich beschwert?«

»Es ist nicht Ihre Aufgabe, Artikel zu verfassen«, klärte ihn Funkenkamp auf. »Sie sind hier als Korrektor angestellt. Wenn wir Redakteure bräuchten, würden wir Redakteure einstellen, Genossen, die in Leipzig Journalistik studiert haben und etwas von der Sache verstehen. Können Sie mir folgen?«

Schönbach schwieg bockig.

»Oder steht in Ihrem Arbeitsvertrag, dass Sie Artikel verfassen sollen?«

»Nein.«

»Sehen Sie. Also halten Sie sich daran.«

»Sie wissen doch«, ergänzte Fleischer, auf den Zettel vor sich blickend, »dass dieser Schönberg ein dekadenter bürgerlicher Individualist war.«

»Er war ein von den Nazis verfolgter Jude –«

»Unterbrechen Sie den Genossen Fleischer nicht«, unterbrach ihn Funkenkamp und ließ ein Knurren ertönen, das in ein kurzes, heftiges Ausstoßen der Luft durch die Nase mündete; es klang, als wolle er zugleich Tuba und Pauke imitieren und seine Aussagen akustisch unterstreichen. Dieser Tick, den er selbst vermutlich nicht mehr bemerkte, mischte sich immer in seine Rede, wenn er ungehalten wurde.

»Ein Jude, ja, schon«, sagte Fleischer, »aber er war ein bürgerlicher Deka-, na, Sie wissen das doch selber.«

»Ich verstehe unsere Verlage nicht«, maulte Funkenkamp in Richtung Chefredakteur, »ständig geben sie irgendwelchen West-Moden nach! Diese dreibändige Freud-Ausgabe zum Beispiel, die unlängst erschienen ist. Was sollen *unsere Menschen* mit diesem spätbürgerlich-parasitären Trieb-Geschwätz anfangen? Zwölftonmusik ist auch nichts anderes. Die Herren Künstler! Ablenkung vom Klassenkampf! Das müssen wir nicht noch rezensieren!« Gewittrig entlud sich das Zischknurren.

»Und nun«, ergriff wiederum der Chefredakteur das Wort, »haben Sie einen Artikel zum 20. Todestag von« – er schaute auf den Zettel – »Theodor Adorno angeboten.«

»Diesem Marxismusverräter und Opportunisten«, sekundierte Funkenkamp. »Sie glauben doch nicht, dass wir das drucken! Woher haben Sie überhaupt die Bücher?«

Schönbach antwortete nicht. Was sollte er auch antworten? Was er sagte, war falsch.

»Sehen Sie, Kollege Schönberg«, sagte der Chefredakteur, »wir wollen Sie hier nicht fertigmachen oder so, aber ich fürchte, Sie als Nichtgenosse sind sich nicht im Klaren darüber, dass wir in einer Zeit verschärfter Klassenauseinandersetzungen leben. Sehen Sie, diese verblendeten Leute, die in Ungarn die Grenzen verletzen und ihren Staat verraten, der ihnen alles finanziert hat: die Ausbildung, die Wohnung ...« Fleischer suchte ein paar Sekunden nach dem Beginn seines Gedankenfadens, dann fand er ihn und fuhr fort: »... dass diese Leute glauben, im Westen zu leben sei besser, als den Sozialismus weiter aufzubauen, das fängt an mit Artikeln über Schönbach und ... und ...«

»Adorno«, half Funkenkamp mit einem angewiderten Zug um den Mund nach.

»... mit solchen Artikeln fängt das an. Was sollen unsere Bürger denn denken, wenn ihnen die sozialistische Presse die bürgerliche Kultur andient?«, schloß Fleischer.

»Verstehen Sie?«, schnauzte Funkenkamp.

Dass Schönbach jetzt beharrlich schwieg, hielt Funkenkamp vermutlich für Verstocktheit, Fleischer dagegen schien beginnende Zerknirschung zu wittern.

»Auch Kultur ist Politik!«, raunte der Chefredakteur und blickte ihn mit Verschwörermiene an. »Sie glauben vermutlich, völlig unpolitisch zu handeln, wenn Sie der Kulturredaktion beispielsweise vorschlagen, über Opernsänger zu schreiben. Weit gefehlt! Denn was haben Sie vorgeschlagen? Na? Einen Artikel über einen West-Sänger!«

Er wollte die Pointe wirken lassen, doch Funkenkamp mischte sich ein und fragte unwirsch: »Verstehen Sie davon überhaupt was? Sind Sie ausgebildeter Sänger?«

»Wenn Sie schon diesen Schreibdrang verspüren, schreiben Sie doch über die vielen hervorragenden Sänger aus unserem Staat!«, empfahl Fleischer und lehnte sich, bei gleichzeitiger Vorwärtsbewegung der Hüfte, in seinem Herrschersitz so weit zurück, dass er fast lag: ein gigantischer Engerling, dessen dünnbehaarter fahler Kopf mit der riesigen Insektenaugenbrille aus der Körpermasse herausstand.

»Über wen denn?«, wollte Schönbach wissen.

»Über wen, über wen!« Der Chefredakteur gab die eben erst erlangte hochbequeme Position auf und sah hilfesuchend zu seinem Stellvertreter.

Der wusste auch diesmal Bescheid.

»Über Peter Schreier und Theo Adam zum Beispiel! Das sind Weltspitzensänger. Das heißt nicht, dass Sie jetzt über sie schreiben sollen, verstehen Sie den Chefredakteur nicht falsch, dafür gibt es Experten, und allzu viel scheinen Sie ja von der Sache nicht zu verstehen, wenn Ihnen nicht mal diese berühmten Namen einfallen.«

Die Sache war die, dass Schönbach der Kulturredaktion einen Artikel über den Tenor Peter Anders angeboten hatte, dessen sich nähernder 35. Todestag den Anlass bot und den die stellvertrende Abteilungsleiterin Helga Heinrich erst gelobt und sodann in den Druck gegeben hatte. Peter Anders für einen Westdeutschen zu erklären, erforderte eine arg selektive Wahrnehmung: Der Mann war 1954 gestorben und hatte somit den größten Teil seiner Karriere als himmelsrichtungspräferenzlos deutscher Sänger bestritten. Es war übrigens das erste Mal, dass der Name Schönbach in der Zeitung stand; am Erscheinungstag hatte sich der stolze Autor schon früh um sechs am Zeitungskiosk eingefunden, um so zeitig wie möglich den unbeschreiblichen Genuss auszukosten, seinen Namen gedruckt zu sehen. Mittags in der Kantine war ihm, als ob alle Redakteure auf ihn schauten und über seinen Text tuschelten, und auf der Heimfahrt in der Straßenbahn hätte es ihn nicht verwundert, wenn einer der Zeitungsleser auf ihn zugekommen wäre und gefragt hätte, ob er nicht der Autor des exzellenten Peter-Anders-Nachrufs sei. Aber diese Euphorie verflog schnell, am nächsten Morgen erschien eine neue Zeitung, und vergessen war sein hochbedeutender Zweispalter über einen Tenor, den in Wirklichkeit nur noch ein paar Rentner und Experten kannten. Das Gefühl musste also regelmäßig erneuert werden. Dafür bot sich einzig die Kulturredaktion an, die zwar auch zu fünfundsiebzig Prozent sozialistische Propaganda druckte, aber man konnte ja über zeitlose künstlerische Themen schreiben und in dem einen oder anderen Halbsatz die notwendigen politischen Konzessionen machen. Das war zwar peinlich, aber Korrektor zu sein, war auch peinlich. Sogar seinem Vater hatte Schönbach den Peter-Anders-Artikel mit geblähter Brust präsentiert; es musste eine evolutionäre Grundtatsache sein, dass der Sohn wünschte, väterlichen Stolz zu erwecken. Hätte der Artikel nicht in der Zeitung gestanden, hätte er ihn niemandem gezeigt, so gut war er nicht – insofern war die Wirkung von Gedrucktem unheimlich. Auf einmal war es ein Ritterschlag, in jenem von vorn bis hinten nahezu unlesbaren Propagandablatt zu stehen.

Aber niemand aus der Kulturredaktion hatte sich seine Schreib-Offerten verbeten. Umso mehr überraschten ihn die Vorwürfe, die nun gegen ihn erhoben wurden; außerdem war es peinlich, denn nun stand er da als der Korrekturfuzzi, der gern Redakteur sein wollte und den echten Redakteuren mit seiner Beflissenheit auf die Nerven ging. Mit anderen Worten: Er stand so da, wie er sich fühlte.

Aber das war erst einmal Nebensache, gemessen daran, was die beiden mit ihm vorhatten. Möglicherweise kam das dicke Ende noch. Er überlegte, was er dem Politikredakteur Helmer beim Biere so alles erzählt hatte. Vielleicht war Helmer ja ein Spitzel? Oder sollte sich das Strafgericht allen Ernstes in den Aufforderungen erschöpfen, er möge, erstens, niemals wieder den Ersten Sekretär anrufen und, zweitens, die unaufgeforderte Produktion von Artikeln einstellen?

Fast hatte es den Anschein, denn der Chefredakteur arbeitete sich in plötzlicher Hektik aus seinem Lehnstuhl, indem er etwas von Terminen brabbelte. Funkenkamp verstand und übernahm die Abservierung.

»Also, Kollege«, sagte er schmallippig, »ich hoffe, wir haben uns verstanden. Wenn Sie ein Problem mit einem Artikel haben, rufen Sie Ihre Vorgesetzten in der Redaktion an und sonst niemanden. Und was die Schreiberei betrifft, überlassen Sie das Leuten, die sich damit auskennen. – Sie können jetzt gehen.«

2.
Kantinengeflüster

Dass sich der Politikredakteur Jörg Helmer mit ihm abgab, hatte Schönbach anfangs mit einer gewissen Genugtuung erfüllt, was nicht an besonders herausragenden Qualitäten Helmers lag, sondern daran, dass sich Schönbach in seiner Rolle als Druckfehlersucher doch etwas minderwertig fühlte. Wenn er seine Korrekturen und auch den einen oder anderen (meist stillschweigend abgelehnten) Verbesserungsvorschlag durchs Telefon vortrug, meinte er zuweilen, einen ironischen Ton am anderen Ende herauszuhören. Die Damen und Herren der oberen Etagen – die Korrektoren saßen im untersten Stockwerk – hielten anscheinend große Stücke auf das, was sie ihren Schreibmaschinen anvertrauten, so unmündig-verklemmt und verheuchelt-staatsfromm diese Artikelchen auch sein mochten. Schönbach hatte das Phänomen des Gedrucktseins inzwischen als Grund für solche Gefühle identifiziert. Er wusste ebenfalls, dass sich in diesen Beiträgen kaum eigene Gedanken oder Formulierungen befanden und die Verfasser trotzdem damit rechnen mussten, von einem der Chefs zusammengefaltet zu werden, weil immer noch ein Hurra fehlte; so konnte er manchmal sogar verstehen, dass sie sich nicht obendrein von einem siebengescheiten Schnösel aus dem redaktionellen Souterrain belehren lassen wollten.

Das *Berliner Tageblatt* belegte drei von acht Etagen eines durchweg Zeitungsredaktionen vorbehaltenen Neubauquaders, dessen einziger Schmuck aus einem Gitterwerk anscheinend schwer zu reinigender und deshalb stets verdreckter Metall-Lamellen bestand, die in großzügigem Abstand vor der Fensterfront angebracht waren. Nur wenige hundert Meter weiter dräute für jedermann sichtbar der Klassenfeind in Gestalt des Axel-Springer-Verlagshochhauses. Schönbach gehörte mitsamt dem zweiten Korrektor, einem schon etwas senilen Graukopf namens Hugo Richter, zur Abteilung Texterfassung, was zur Folge hatte, dass heute wie jeden Mittag die Texterfasserinnen am Korrektorenzimmer vorbeikamen, um ihren Kollegen zur Kantine abzuholen (Richter verzehrte grundsätzlich nur Pausenbrote und blieb im Büro zurück). Der gruppendynamische Zwölf-Uhr-Auftrieb hatte etwas ungeheuer Verbindliches, und Schönbach folgte brav. Auch die Kollegen der Politikabteilung, der Kulturabteilung, der Lokalredaktion und so weiter traten stets kollektiv zur Speisung an, in diesem Punkte unterschieden sie sich in nichts von den Proleten im Schnapslager. Es gab vier Texterfasserinnen, drei nahe oder inmitten der Wechseljahre, die vierte Anfang zwanzig und jeden Tag bestrebt, so viel wie möglich von ihren Beinen herzuzeigen, wozu diese bleichen Stampferchen nur bescheidenen Anlass boten. Ihr mangelte es nicht allein an Pigmenten, sondern nicht minder an Konzentration; während die drei älteren die Redakteurstexte nahezu fehlerfrei in ihre Computer tippten, musste man bei ihr das Fehlen ganzer Absätze einkalkulieren. Dafür schwieg sie bei Tische. Die anderen drei rauchten, berlinerten, hatten farbig lackierte Fingernägel und redeten in der Mittagspause ohne Punkt und Komma. Durch die Sekretärinnen der einzelnen Abteilungen waren sie über jedes hausinterne Ereignis von Klatschrelevanz informiert, und der neue Korrektor wurde, ohne dass er sich erkundigen musste, stets ins Bild gesetzt. Auf diesem Weg war er mit den meisten Angehörigen der Redaktion etwas vertraut geworden, obwohl er sie nur vom Telefon kannte.

Zum Beispiel wusste er, dass der Sportredakteur Uwe Wimmer, ein blondgelockter Schönling und ehemaliger Zehnkämpfer, neuerdings mit der Sekretärin des Politikressorts liiert war, die sich angeblich lange geziert hatte, denn Wimmer genoss einen donjuanesken Ruf; es war schwerlich zu übersehen, dass die Texterfasserinnen, namentlich die jüngere, verklärte Augen bekamen, wenn er eintrat. Tatsächlich sah der Kerl geradezu widerwärtig gut aus, fand Schönbach. Vor allem sein V-förmiger Oberkörper und seine extrem definierten Bizepse machten ihn zum Solitär. Die Politiksekretärin war freilich kaum weniger attraktiv, eine schlanke, biegsame, schwarzhaarige Person mit tiefbraunen Augen, die immer hochmodisch gekleidet durch die Gänge schwebte und auf die Schönbach sofort ein Auge geworfen hatte.

Eine andere optische Attraktion des *Berliner Tageblatts* sah aus wie der Zwillingsbruder von General George Armstrong Custer, dem Verlierer der Schlacht am Little Big Horn anno 1876. Das war Axel Eggert, der Leiter der Wirtschaftsabteilung. Groß, hager, das schulterlange weiße Haar und der weiße Musketierbart in effektvollem Kontrast zum dunkelblauen Anzug, präsidierte er am Tisch der Wirtschaftsabteilung, an dem sich sonst niemand optisch hervortat. Hans Bäuerle wiederum, der nicht nur der zweite Stellvertreter des Chefredakteurs war, sondern sich obendrein für einen bedeutenden Theaterkritiker hielt, führte die Kulturredaktion ins allmittägliche Gefecht. Er war noch kleiner als der erste Stellvertreter Funkenkamp und trug dafür eine noch dickere Brille als der Chefredakteur, nur war die seine winzig und rund, so dass Bäuerles Augen einen wie gedoppelt oder wie Stielaugen anstarrten; sie blickten jedenfalls nicht aus dem Kopf, sondern aus den Gläsern. Im Gegensatz zum kernigen Funkenkamp war er von schwächlich-kränklicher Wesensart, er schlurfte durch die Gänge und sprach ein langsames, näselndes, immer wie Nörgeln anmutendes Sächsisch mit gewähltem Vokabular. Neben ihm saß eine mollig-mütterliche Blondine Anfang vierzig namens Helga Heinrich, die Schönbachs Blicken seit kurzem so konsequent auswich, dass er sich zu der Annahme gezwungen sah, sie sei diejenige, die sich in der Chefredaktion über ihn beschwert hatte. Aber vielleicht tat er ihr unrecht.

Am anderen Nachbartisch lümmelte der Wissenschaftsredakteur Gottfried Kühl, ein beleibter, bärbeißiger Vollbartträger mit kohlrabenschwarzem Haar und stechenden Augen, der in einem fort lästerte und Witze riss, über die er selbst am lautesten lachte. Den Bruchstücken, die Schönbach erlauschte, konnte er entnehmen, dass der Dicke gerade die Chefs im Hause durchhechelte, obwohl Bäuerle in Hörweite saß. Kühl kleidete sich nachlässig, trug Schlabberpullis, ausgebeulte Cordhosen und bis in die kalte Jahreszeit hinein Sandalen, um, wie er ganz ungeniert erklärte, seinen Schweißfüßen tagsüber in einem Ausmaß Belüftung zu verschaffen, das ihm nach Dienstschluss noch vereinzelte Sozialkontakte erlaube. Das hatte zumindest Helmer so wiedergegeben, bei dem sich Schönbach eingehend nach jenem Fleischberg, der mit rudernden Bewegungen die Gänge durchmaß und Sottisen in offene Bürotüren krähte, erkundigt hatte. Es passte zu Kühl, dass er nicht mit seiner Abteilung speiste, sondern mit dem Leiter der Grafik, Volker Herold, einem Vierkantholz von Mann, der einen viel zu engen Stone-washed-Jeansanzug trug und meistens sehr übbellaunig wirkte – wenn Herold mit jemandem redete, hatte man aus der Distanz oft den Eindruck, er sei gerade dabei, eine Schlägerei anzuzetteln. Er litt unter rapide fortschreitendem Verlust seines Haupthaares, allenthalben schimmerte es blass durch das schüttere Grauschwarz des sich verabschiedenden strähnigen Bewuchses, den er sich quer über seine expansive Kahlheit bügelte. Warum er sich freilich nicht einfach den Schädel rasierte, was seiner kernigen Maskulinität das Sahnehäubchen aufgesetzt haben könnte, blieb unerfindlich.

Nun aber tat sich die Eingangstür auf, und in die Kantine trat forschen Gangs ein weibliches Persönchen von höchstens fünfundzwanzig Jahren. Sie trug ihr braunes Haar zum Pferdeschwanz gebunden, war nicht sonderlich groß, besaß aber, wie es bei Kindfrauen gelegentlich vorkommt, beachtliche Brüste, die ihre Bluse wie ein Segel blähten und auf der zum Gürtel führenden Passage straff gespannt hielten. Mit heller, ein wenig glissandierender Stimme rief sie irgendein Scherzwort in Richtung Sportredaktions-Tisch, an dem der Schönling Wimmer mit seinen Bizepsen prahlte, und lief auf dem Weg zur Essensausgabe direkt an Schönbachs Platz vorbei, wobei sie ihn kurz und mit plötzlichem Ernst ansah. Sie hatte grüne Katzenaugen, die in fröhlicher Weltzugewandtheit unter kühnem Brauenschwung strahlten und eine gewisse Opposition zu ihrer problematischen, von einer nervösen Ader halbierten Stirn bildeten, sowie ein Stupsnäschen, auf welches das abgelutschte Attribut *süß* nun wirklich einmal zutraf. Neben ihrem kecken Mund blühten zwei heiter-frivole Grübchen, und auf der linken Wange saß direkt darüber ein kleiner, charaktervoller Leberfleck.

»Wer ist denn das?«, erkundigte sich ein sichtlich blitzverknallter Schönbach halblaut bei seiner über Interna stets am allerbesten informierten Tischnachbarin Anneliese Mahlzahn.

Die Mahlzahn, eine stark geschminkte Fünfzigerin mit kurzem schwarzgrauem Haar und einer heiseren Raucherstimme, war ein hausinternes Urgestein, langjährige Sekretärin verschiedener *Kollegiumsmitglieder* und gewissermaßen die Mutter der Texterfassungskompanie. Sie erriet instinktsicher den Hintersinn der Frage, förderte aus Klüften erinnerter Frivolität ein verschwiemeltes Lächeln zutage und flüsterte nornenhaft: »Det? Det is die Schanina Laboooh.«

»Aha«, machte Schönbach, dem die im Stil einer Adepteneinweihung vorgetragene Information einstweilen nicht weiterhalf, aber schon setzte die Kollegin Mahlzahn zu einer Kurzbiografie an. Schönbach erfuhr, dass Janina Labeau nicht nur, was er ja wohl bereits herausgefunden habe, die vielleicht hübscheste Redakteurin des Hauses war, sondern zudem als äußerst talentiert galt und fortan mit zwei ihr zur Seite gestellten erfahrenen Genossinnen die einmal wöchentlich erscheinende *Jugendseite* betreuen werde. Ihr etwas exotischer Name erklärte sich daher, dass sie von Hugenotten abstammte, die irgendwann nach Preußen eingewandert waren. Sie hatte ihr Studium vor einem guten halben Jahr beendet, sei aber zwischenzeitlich, wie bei Volontären üblich, damit sich *Nähe zur Arbeiterklasse* einstelle, bei einer Betriebszeitung eingesetzt gewesen.

»Woher weiß man denn, dass sie was kann?«, wollte Schönbach wissen, der angesichts dessen, was täglich über seinen Schreibtisch ging, nicht mehr so recht an eine Symbiose aus Begabung und Journalismus glauben mochte.

Das habe der Chefredakteur persönlich herausgefunden, lautete die Antwort. Die Labeau sei sozusagen sein Ziehkind.

Ob sie mit ihm verwandt oder man über ihre Eltern *beziehungsmäßig* verbandelt sei?

Nein, das wohl nicht. Offenbar habe man ihre Fähigkeiten schon aus den Studienarbeiten entnehmen können.

»Hm«, machte Schönbach und liebkoste währenddessen Janina Labeaus Po mit den Augen, bis sie ihn seinen Blicken entzog, indem sie sich achtlos auf ihm niederließ, und zwar ausgerechnet neben dem sportiven Wimmer, woraufhin der Tischnachbar von Anneliese Mahlzahn einen nur othellohaft zu nennenden Stich in seiner Brust empfand.

3.
Brüste und allerlei Hermetisches

Eingearbeitet wurde Schönbach vom Korrektoren-Urvieh Hugo Richter, der bis zu seinem Erscheinen, sichtlich überfordert, allein die Stellung hatte halten müssen. Der langgesichtige Alte, dessen graubrauner Backenbart samt dunkel getönter Brille einem auch ansonsten in unklar fernen Zeiten stecken gebliebenen Erscheinungsbild vorstand, war ein kentaurisches Wesen aus halb Mensch, halb Schreibtisch. Bevor er zum *Berliner Tageblatt* gekommen war, hatte er beim *Bauernecho* und davor beim *Freien Wort* in Suhl Korrektur gelesen. Er arbeitete noch mit dem Bleistift, den er jeden Morgen pedantisch spitzte, als gelte es, den orthografischen Endkampf auszufechten, und seine Korrekturzeichen sahen aus wie gedruckt. Er war allerdings nicht mehr sonderlich belastbar und konnte sich an einer Zwanzig-Zeilen-Meldung eine Stunde festbeißen. Sein Kopf barg eine Enzyklopädie historisch verbürgter Druckfehler und spezifischer Gefahren ihres Berufsstandes. So klärte er den neuen Kollegen beispielsweise darüber auf, dass der Begriff *Zentralkomitee* stets auszuschreiben sei, weil die Abkürzung *ZK* das Risiko eines Buchstabendrehers barg und *KZ der SED* gar nicht gut angekommen wäre bei den Parteioberen. Schönbach fand das komisch, aber Richter wies ihn zurecht. »Ihr Jungspunde habt es gut«, pflegte er zu sagen, »euch passiert nichts mehr, wenn ihr etwas überseht. Aber früher!« Und er erzählte vom Tod Stalins 1953 und davon, dass tags darauf im Aufmacher der Gewerkschaftszeitung *Tribüne* gestanden hatte, »der überragende Kämpfer für die Erhaltung und Festigung *des Krieges* in der Welt« sei dahingegangen. Da sei die Hölle los gewesen! Sofort sei die Stasi angerückt, in Kompaniestärke, und in der Redaktion sei ein kollektives Muffensausen ausgebrochen, wie er es ansonsten nur in den Bombennächten erlebt habe. »Der Schlussredakteur und der Setzer kriegten jeweils fünfeinhalb Jahre Zuchthaus«, schloss Richter mit Grabesstimme. Als er die Geschichte zum ersten Mal erzählte, hatte Schönbach noch Argwohn geäußert: Fünf Jahre Zuchthaus wegen eines Setzfehlers? »Man hat sie so lange verhört, bis sie zugaben, dass sie absichtlich ›Krieg‹ statt ›Frieden‹ eingesetzt haben«, klärte das Faktotum den Spätgeborenen auf. »Dann war es kein Druckfehler mehr, sondern *Boykotthetze*.«

Rein arbeitstechnisch wurde der Alte schnell zur Randfigur, denn sein Adlatus wollte fast alles allein korrigieren. Er setzte seinen gesamten frustrierten Ehrgeiz daran, das *Berliner Tageblatt* zur fehlerfreisten Zeitung des Landes zu machen. Als Fehler betrachtete er nicht nur die orthografisch-grammatikalischen, wie es seine Aufgabe gewesen wäre, sondern nicht minder schiefe Vergleiche, missglückte Metaphern, krude Zuordnungen und dergleichen mehr, und er litt innerlich darunter, wenn er mit seinen Erklärungen nicht zu den Redakteuren durchdrang. Journalisten schienen mehrheitlich Menschen zu sein, die Probleme mit ihrer Muttersprache hatten.

Natürlich ging Schönbach immer mal wieder ein Druckfehler durch die Lappen. Nicht dass die Redakteure dann bei ihm anriefen, dafür war er ein zu unbedeutendes Licht; sie beschwerten sich entweder auf den Konferenzen oder bei seinem direkten Vorgesetzten, einem hochstirnigen Griesgram namens Heinz Pastor, der aussah, als leide er unter permanentem Zahnweh und der Leiter der Produktionsabteilung, Doktor der Ökonomie sowie ewiges Beinahe-Kollegiumsmitglied war. Dann musste sich Schönbach anhören, er solle sich doch lieber statt um Dinge, die ihn ja eigentlich nichts angingen, um die korrekte Schreibweise kümmern.

Zu-viel-Wissen konnte auf verschiedene Weise mitten ins Fettnäpfchen führen. Zwei Wochen nach dem ersten Labeau-Sichtkontakt traf Schönbach den hochbedeutenden Theaterkritiker und zweiten Stellvertreter des Chefredakteurs Hans Bäuerle auf dem Gang vor der Kantine, und von der Höhe seiner Dienststellung blickte der Führungszwerg zu ihm hinauf und fragte: »Sagen Sie mal, Kollege, wieso haben Sie in dem Text gestern das Wort ›hermetisch‹ wieder eingefügt, das ich kurz zuvor herausredigiert hatte?«

Schönbach wusste sofort, was gemeint war. Erstens umfasste das *Berliner Tageblatt* wie alle DDR-Tageszeitungen an normalen Wochentagen nur acht Seiten, viele Möglichkeiten gab es also nicht, zweitens hatte er Bäuerle angerufen, um die Sache mit ihm zu klären, nur war der bereits auf dem Weg ins Theater gewesen. Ein Kulturredakteur hatte über einen längst verstorbenen, in seiner Eigenschaft als Vertreter des kritischen Realismus jedoch der Erwähnung für wert befundenen *bürgerlichen Dichter* geschrieben, er sei aus Gründen der Arbeitsruhe bestrebt gewesen, »sein Haus hermetisch gegen Besucher abzuschotten«. Diese Formulierung hatte Bäuerle für unsinnig erklärt, Schönbach dagegen, der das Manuskript parallel dazu Korrektur las, fand sie stimmig und überzeugte den Redakteur davon, sie stehen zu lassen. Vermutlich hatte der sein Fett inzwischen weg, und nun kam er an die Reihe.

»›Hermetisch‹«, näselte Bäuerle und starrte angesäuert aus seinen vergrößerten Glubschaugen auf Schönbach, »bedeutet ›luftdicht‹. Wer sein Haus luftdicht abschirmt, wird irgendwann ersticken, oder? Wie ätherisch mögen wohl Besucher sein, gegen die man sich luftdicht abschirmen muss?«

»›Hermetisch‹ bedeutet nicht ›luftdicht‹, zumindest nicht in erster Linie …«, widersprach Schönbach.

»So? Was denn sonst?«

»Etymologisch leitet sich der Begriff von Hermes Trismegistos her, wie die Griechen den ägyptischen Schriftgott Thot in den ersten Jahrhunderten nach Christus – ich meine«, korrigierte Schönbach sich ideologiekonform, »nach der Zeitenwende –, … in der Spätantike eben, nannten. Damals entstanden die Schriften des Corpus Hermeticum, Verkündigungen des Hermes Trismegistos, Mysterientexte …« Er sprach sehr schnell, um nicht von Bäuerle allzu früh unterbrochen zu werden: »Hermetisch heißt also zunächst, etwas ist in sich abgeschlossen, exklusiv, nicht jedermann hat Zugang, vor allem im spirituellen Sinne, im Sinne eines großen Geheimnisses; die Parallelbedeutung ›luftdicht‹ kam erst später in der Alchemie dazu …«

Bäuerle sah aus, als habe er wirklich Stielaugen. Welche Dreistigkeit! Der landesweit bekannte Theaterkritiker, belehrt von einem Interpunktions-Handlanger aus den unteren Etagen!

»Sie scheinen«, sagte er mit tadelndem Unterton, »ein sehr altes Lexikon zu benutzen. Inzwischen hat sich, scheint mir, die Bedeutung ›luftdicht‹ durchgesetzt!«

Er nickte wie sinnend mehrmals mit dem Kopf, dann ließ er Schönbach einfach stehen. Das war nicht schön, hatte aber einen bezaubernden Nebeneffekt, denn Janina Labeau war auf dem Weg zum Mittagessen direkt zwischen den aufeinander gerichteten Geweihen hindurch gelaufen, und gleich darauf an der Essensausgabe redete sie Schönbach in göttlicher Klassenschrankenferne an: »Was wollte denn der Bäuerle von dir?«

Der Korrektor, der auf den bisher erschienenen zwei oder drei Jugendseiten so fanatisch wie vergeblich nach Fehlern gesucht hatte, um endlich einen Anlass zu haben, mit der schönen Kindfrau ins Gespräch zu kommen, war so überrascht und entzückt, dass eine leichte Röte sein giraffenhoch über dem ihren befindliches Antlitz illuminierte.

»Ach«, sagte er mit aufgeworfenen Lippen, »wir waren bloß verschiedener Meinung über einen Begriff.«

»Und wer hatte Recht?«

»In aller Unbescheidenheit: ich. Wobei er das wohl nicht akzeptieren wird.«

»Ganz sicher nicht«, entgegnete sie und ließ ihre Grübchen in der Vorstufe eines Lächelns effektvoll erblühen.

Das machte Schönbach Mut, und er fragte betont gleichgültig: »Bist du mit jemandem hier, oder wollen wir ein spontanes Mittagsmahl-Gespann bilden?«

Ihr Blick sägte am Panzer seiner gespielten Indifferenz. »Nein, geht leider nicht, meine beiden Kolleginnen sitzen schon dort.«

»Wie schade.«

»Ja, schade«, sagte sie und bewegte sich langsam in Richtung Kasse. Sie trug diesmal Jeans und ein tiefrotes T-Shirt, über dessen vorderseitige Doppelwölbung sich ein Schriftzug schlängelte, aber titanisch zwang sich Schönbach, ihr ausschließlich ins Gesicht zu schauen. »Eine seltsame Sitte, abteilungsweise zu essen, als ob man sich nicht oft genug sehen würde«, setzte sie mit heiterer Nachdenklichkeit hinzu. Überhaupt schien sie ihre Tage im Zustand notorischer Gutgelauntheit herumzubringen, was für den leicht gemütsverschatteten Schönbach eine oasenhafte Anziehungskraft darstellte. Sie bezahlte ihr Essen, drehte sich noch einmal um und sagte: »Vielleicht ein andermal. Komm mich doch einfach in meinem Büro besuchen!«

»Wenn deine beiden Gouvernanten nichts dagegen haben.«

»Nicht doch, ich habe ein Einzelzimmer.«

Und weg war sie.

Schönbach ließ eine Anstandsfrist von fünfundzwanzigeinhalb Stunden verstreichen, bis er die zur Parteijournalistin verwunschene Prinzessin besuchte. Ihr Büro sah mit seinen zugeposterten Wänden in der Tat nach Jugendseite aus, wobei Fräulein Labeau ihr dienstliches Domizil keineswegs mit Plakaten von FDJ-Pfingsttreffen oder staatlich abgesegneten *Tanzmusikformationen* schmückte, sondern mit allerlei alternativem Zeugs, etwa dem Poster eines polnischen Jazzfestivals: ein Trompeter, dessen Mund eine Steckdose war und dessen Instrument folglich in einen Stecker auslief.

Seinen Antrittsbesuch absolvierte Schönbach in dem Gefühl eines Redakteurshandlangers, der sich in der Etage geirrt hat, was er mit Flapsigkeit zu kompensieren suchte. Zum Beispiel malte er Janina ein Dreieck an die Pinnwand, dessen Spitzen er mit den Worten *SED-Mitgliedschaft*, *Redlichkeit* und *Intelligenz* versah.

»Was malst du da?«, fragte sie, und während sie die Antwort abwartete, vertieften sich die Grübchen auf ihren Wangen.

»Das ist ein magisches Dreieck«, erklärte Schönbach.

»Ein Dreieck«, wiederholte er, »dessen magische Eigenschaft darin besteht, dass bestenfalls nur zwei der Komponenten bei einem Menschen auftreten, aber nie alle drei zusammen.«

Er wusste, das konnte Ärger geben, aber wie er sie einschätzte, war sie keine allzu Linientreue. Er hatte spitzbekommen, dass sie sich bislang erfolgreich dem Drängen der Chefredaktion widersetzte, *Kandidatin der SED* zu werden. Dafür konnte sie besser schreiben als die anderen, die wenigen Artikel, die sie bislang verfasst hatte, trugen trotz aller auch in ihnen enthaltenen FDJ-Phrasen und Pflicht-Bücklinge eine eigene Handschrift.

Janina war neben ihn getreten, um das Dreieck zu studieren, so nah, dass sie ihn beinahe berührte, derweil ein wohliges Gefühl an seinem Rücken hüftabwärts kroch.

»Stimmt«, sagte sie lakonisch.

»Gehen wir mal einen Kaffee zusammen trinken?«, fragte Schönbach.

Sie zeigte ihm einen Vogel. »Mit Leuten, die mir staatsfeindliche Piktogramme an die Wand pinnen, gehe ich doch nicht Kaffee trinken!«

Er schaute irritiert, nun ertönte ihr helles Lachen, das eine vielversprechende Ahnung davon vermittelte, wie die Frau im Bett klang, und sie sagte: »Klar gehen wir mal einen Kaffee trinken. Aber nicht heute, heute kann ich nicht. Ruf mich einfach an, okay?«

Janina Labeau war seit Katja Kommerell die erste Frau, in die Schönbach sich in gewissem Sinne verliebte, und vergleichbar aussichtslos schienen die Dinge für ihn zu stehen. Eine Redakteurin würde sich doch unmöglich mit einem Korrektor paaren, sagte er sich, schon gar nicht eine so gut aussehende, der viele andere Redakteure – und wer wusste, wer noch alles – den Hof machten. Schönbach musste in der Kantine oft genug mitansehen, wie sie, an den besseren Tischen sozusagen, beinahe kollektiv angeharft wurde. Aber irgendwie brauchte er das auch; wenn es möglichst aussichtlos war, loderte es gerade richtig in ihm.

Vermutlich hatte ihn seine erste oder Jugendliebe daraufhin konditioniert, wenngleich sie in seiner Empfindungswelt einiges zerstört hatte. Sie war sechzehn und unerreichbar gewesen. Sie ging in die zehnte Klasse, hieß Ina und war die Schönste an der Schule, wenn nicht auf dem gesamten Planeten, eine die Handflächen schwitzen machende Erscheinung, die der ein Jahr jüngere Schönbach aus frommer Distanz anhimmelte. Sie war schon eine richtige Frau und er noch ein weitgehend bartloser Schlacks, aber er genoss einen gewissen Ruf als Schlaukopf (und besaß bereits die erste Levi's). Nach monatelanger stiller Verehrung wagte er es, sie bei einer Schuldisco anzusprechen, und wunderbarerweise reagierte sie empfänglich. Sie trafen sich nach dem Unterricht. Sie gingen zusammen ins Kino. Sie hielten Händchen. Er schrieb ihr verliebte Gedichte und durfte sie küssen. Mehr lief freilich nicht, aber er war auch so glücklich wie vielleicht seither nie mehr. Zugleich platzte er vor Stolz, eine ältere und außerdem die allerschönste Freundin zu haben. Natürlich bleibt kein sechzehnjähriges Mädchen längere Zeit mit einem Fünfzehnjährigen zusammen, es gab einen Nebenbuhler, der bald der Haupt- und einzige Buhle wurde, vielleicht war er auch schon von Anfang an da gewesen, sie machte Schluss, und Schönbach zermalmte es das Herz. Er schrieb ihr weiter Gedichte und wohlformulierte Briefe, lag ihr am Telefon in den Ohren, drohte damit, sich umzubringen, kurzum, er benahm sich wie ein Idiot. Eines späten Abends sah er die beiden auf einer Parkbank sitzen. Sie hatten ihn nicht bemerkt, und er stahl sich im Gebüsch so nahe heran, dass er sie belauschen konnte. Der Konkurrent war deutlich älter als er, mindestens Anfang zwanzig, und ziemlich muskulös. Seine angebetete Ina schien dem Kerl regelrecht hörig zu sein, sie schmachtete ihn an, lachte über jeden seiner platten Witze und machte ihm devote Komplimente. Schließlich zauberte das Miststück auch noch das Gedicht herbei, das Schönbach ihr zuletzt geschrieben hatte, und las es unter beiderseitigem Gekicher vor, während der Verfasser im Gebüsch hockte und sich fühlte, als schnitte man ihm seine erbärmlichen Verse mit der kafkaschen Egge in die Haut. Dann fingen die beiden an zu knutschen, und er durfte nun auch noch zusehen, wie der andere ihr das T-Shirt lüftete und ihre süßen Brüste knetete, die er selbst nie hatte berühren dürfen. Als der Typ ihr die Hand in die Hose schob, und zwar alles andere als zärtlich, sträubte sie sich kurz, raunte etwas von Leuten, die vorbeikommen könnten, aber er knurrte unwirsch, sie solle sich nicht so haben, er brauche das jetzt, und wenig später saß sie auf seinem Schoß und ritt ihn, während sie sich gleich einem äsenden Reh fortwährend nach allen Seiten umschaute. Aber niemand scheuchte die Schändliche auf …

Für einen kurzen Augenblick hatte Schönbach es geil gefunden, dabei zuzusehen, wie jemand das Mädchen vögelte, dem er Verse schrieb, wenn er mit dem Wichsen fertig war. Zügig und mit mannhaft unterdrücktem Stöhnen spritzte der Burschi ab, und das war's. Kurze Zeit später verließen die beiden die Bank und verschwanden im Dunkel. Schönbach wartete lange, dann stand er auf und ging dorthin, wo sie es getrieben hatten. Auf dem Holz sah er ein zusammengeknülltes Blatt mit seiner Handschrift liegen und hob es auf. Es fühlte sich klebrig an. Es dauerte eine Weile, bis er kapierte, dass der Kerl sich den Schwanz mit seinem Gedicht abgewischt hatte. Wenig später hatte Schönbach auf den S-Bahn-Gleisen gelegen, um sich den Kopf abfahren zu lassen, aber als er das sich bedrohlich nähernde Rattern der Bahn hörte und die Schiene an seiner Kehle zu singen anfing, schaute er lieber, dass er wegkam.

Der heranwachsende Schönbach zog radikale Schlüsse aus diesem Vorfall. Mit jener Ina verschwand sein Glaube an die Schönheit der Frauenseele, wie er ihn in seiner geistigen Frühreife aus den Büchern der Romantiker destilliert hatte. Zwölf

Jahre später hatte er zwar mit jeder Menge Frauen geschlafen, aber nie mit einer, die er liebte, was eben daran lag, dass er nie geliebt hatte – sofern seine zerquält-vergebliche Passion für Katja nicht als Liebe gelten sollte. Sein Begierde nach der Inbesitznahme von Frauenkörpern dagegen war im Lauf der Jahre gewachsen, jedoch hatte sich parallel dazu nie auch nur ein Bedürfnis nach fortgesetzter Zweisamkeit eingestellt. Sein einzelgängerischer Geistesmenschenhochmut vertrug sich nicht mit all den zeitraubenden und kompromisslerischen Zumutungen, wie sie eine Partnerschaft unweigerlich mit sich brachte. Schönbach war sich allzeit selbst genug beziehungsweise wäre es gewesen, wenn ihn nicht jene täglich neu erstehende sexuelle Notdurft gebeutelt hätte …

So kam es, dass er, wenn er resümierend auf sein Sexualleben zurückblickte, ein Paradox überschaute: nämlich dass er zwar einer stattlichen Anzahl von Frauen zu Leibe gerückt war, es aber dennoch nur auf eine alljährliche Kopulationshäufigkeit brachte wie ein nicht unbedingt todesnahes, aber bereits sehr hochzeitsfernes Ehepaar. Keine seiner Frauenbekanntschaften hatte länger als zwei, drei Wochen gedauert, weil sich meist *post coitum* ein gewisser Ekel einzustellen pflegte. Natürlich lag dies vor allem am Alkohol und an einer gewissen Wahllosigkeit, ohne die ein solcher sexueller Lebensstil höchstens von einem bekannten Schauspieler oder Sänger oder unglaublich begabten Berufscasanova durchzuziehen gewesen wäre. So war es jedes Mal ein Ikarusflug, und regelmäßig stürzte Schönbach ab. Von einer Sekunde auf die andere schlug die äffische Lüsternheit um in schwärzeste Depressionen oder gar in einen würgenden Abscheu vor weiteren Berührungen, Worten, Gesten, Gerüchen … – es half nur, sich davonzumachen, bis die blinde Begierde wiederkehrte, und alles von vorn begann.

Nun aber stellte sich Schönbach in seinen Tagträumen auf einmal vor, wie es sei, wenn er mit Janina zusammenleben würde – obgleich auch in diesem Fall das Spektrum der halluzinierten gemeinsamen Beschäftigungen, bei aller Fulminanz, eher schmal blieb und ihn seine neuartigen Ambitionen kaum im Innersten erschütterten.

Bleibt die Frage: Warum konnte Schönbach nicht ernsthaft lieben? Warum empfand er selten Gefühle für seine Mitmenschen? Konnte eine enttäuschte halbblinde Jugendleidenschaft einen Menschen derart zeichnen? Hatte ihn seine Verkopftheit schon früh gewissermaßen in die Sphäre des ewigen Schnees geführt? Lag es daran, dass er daheim anstelle von Gefühlen den autoritär-pädagogischen Marxismus-Leninismus-Egozentrismus des Vaters sowie eine duldsam-strapazierfähige Leidenschaftslosigkeit mütterlicherseits erfahren hatte? Dass es seinen Eltern peinlich und unangenehm gewesen war, in ihren Gefühlen zu existieren, was sich auf ihn schon als Kind übertragen hatte …?

Aus welchen Gründen auch immer – Schönbach war halt so, und da es ihn nicht störte noch beeinträchtigte, unternahm er nichts dagegen.

Immerhin ging Janina ein paar Tage nach der Installation des magischen Dreiecks mit ihm nach dem Mittagessen einen Kaffee trinken. Wie so oft trug sie Jeans, eine – diesmal schwarze – Bluse und die Haare zum Pferdeschwanz gezurrt, während der hormonell überversorgte Schönbach sich mit der Frage herumschlug, ob es angemessen sei, den Wunsch vorzutragen, sie mit offenem Haar sehen zu wollen. Sicherheitshalber ließ er es bleiben. Die Labeau erwies sich auch in dieser Situation als erfrischend unkapriziös, sie plauderte munter drauflos mit ihrer sanguinischen Stimme und nahm ihm den Druck, sie unterhalten zu müssen. Sie erzählte die neuesten Schmonzetten aus der Redaktion: was der mal wieder nicht gedurft hatte und wofür jener gerüffelt worden war, und Schönbach erfuhr beiläufig zum ersten Mal, dass die Uniformität auf den Titelseiten der Gazetten daher rührte, dass jeden Nachmittag die *Agitations-*

kommission des ZK der SED bei den SED-Zeitungen anrief und nicht nur die Themen, sondern sogar Größe und Platzierung von Artikeln und Fotos anordneten.

»So kommen diese Honecker-Fotoalben zustande?«, fragte er. »Und ich dachte, die Zeitungen machen das selbstständig.«

»Würden sie auch«, erklärte Janina. »Ich glaube, wir sind längst so weit, dass sie auch dann alle identisch aussehen würden, wenn niemand anriefe. Die Zensur findet automatisch statt. Kein Wunder«, sagte sie und rührte versonnen in ihrem Kaffee, »dass die Selbstmordrate unter Journalisten so hoch ist.«

»Ist sie das?«

»Man sagt es zumindest. Es gibt ja keine offiziellen Statistiken.«

»Na ja, bei dem einen oder anderen fiele der Selbstmord unter Sprachpflege ...«

»Du bist ja böse!«, rief sie und lachte wie überrumpelt auf. »Wie kommst du eigentlich in diese komische Korrektor-Position?«

Erschrocken führte sie die Hand zum Mund. »Ich hoffe, ich habe dich jetzt nicht beleidigt ...«

»Quatsch. Ich musste halt irgendwo arbeiten.«

»Und was hast du vorher gemacht?«

Nein, Prinzessin, sagte er zu sich, ich werde dir nicht erzählen, dass ich Monatsbinden aus Duschabflüssen gepolkt habe, von solchen Händen würdest du dich doch nicht anfassen lassen, oder?

»Ich habe studiert.«

»Was?«

»Klassische Philologie.«

»Oh!« Anerkennend ruhte ihr Blick auf ihm. »Bist du da nicht etwas überqualifiziert für den Job?«

»Ach Gott, wo ein Dachdecker Staatschef ist ...«

Sie stieß ihr helles Lachen hervor, das ins Kehlige überging und plötzlich ein bisschen verrucht klang. Er begann zu träumen.

»Schon komisch«, bestätigte sie nachdenklich, und in der Mitte ihrer Stirn trat die kleine, sich schnurgerade ziehende Ader zutage, »vermutlich gibt es in keinem Industrieland mehr kaputte Dächer als bei uns.«

Die heikle Ader war übrigens nicht bläulich oder auch nur irgendwie gefärbt, sondern spielte einzig durch ihr Hervortreten in der physischen Geografie dieser unter nervöser Spannung stehenden Stirn die dominierende Rolle.

Janina zündete sich eine Zigarette an und fragte: »Es muss für dich doch ziemlich blöd sein, diese immergleichen Texte gegenlesen zu müssen.«

»Meistens. Aber hin und wieder kommt ja ein Labeau-Artikel.«

Sie lächelte geschmeichelt und machte zugleich eine ablehnende Handbewegung, eine hinreißende Miniatur in Schizophrenie.

»Das nennt sich nun Jugendseite, und das Durchschnittsalter der drei Redakteurinnen, die dafür schreiben, liegt bei Mitte vierzig! Ich krieg ja kein wirkliches Jugend-Thema durch.«

Es machte Spaß, Janina zuzusehen, wie sie sich sanft echauffierte. Leider hatte sie kaum Zeit und musste an ihre Planstelle zurück. Immerhin tat es dem geschundenen Korrektoren-Ego gut, an ihrer Seite in die Redaktion zurückzukehren.

4.
Zunehmende Erosionserscheinungen

Den Politikredakteur Helmer hatte Schönbach in jenem Bistro kennen gelernt, in welchem ein Teil der Redaktion gelegentlich die Mittagspausen oder den Feierabend überzog. Das Lokal war schmucklos und winzig – ein paar Barhocker, vier Stehtische –, aber es befand sich in unmittelbarer Nähe des Verlags, besaß ein großes Fenster zur Friedrichstraße, durch das man Leute beobachten konnte, und an guten Tagen wurde Tschechenbier, *Pilsner Urquell* nämlich, ausgeschenkt. Ansonsten gab es, ebenfalls aus der Flasche, *Berliner Pilsner Export*. Das war ein sehr herber Stoff, dessen Schaum sich nach wenigen Minuten leicht bräunlich verfärbte und als immer zäher und härter werdende, an die dichten Gespinste mancher Höhlenspinnen erinnernde Masse am Glas haften blieb, was vielleicht daran lag, dass das Zeug infolge akuten Hopfenmangels angeblich mit Rindergalle »gehopft« wurde. Man musste es zügig trinken und die Klärung nahrungsmittelchemischer Gretchenfragen seinem Magen überlassen. Insbesondere die Angehörigen der Politikredaktion fanden sich hier ein, denn deren Arbeit bestand im Grunde nur darin, die Meldungen der staatlichen Nachrichtenagentur ADN auf die passende Artikellänge zu kürzen und mit Überschriften zu versehen, wozu man weder viel Zeit benötigte noch nüchtern sein musste. Wenn ADN nicht selber kommentierte, taten es der Chefredakteur oder einer seiner Stellvertreter, und zwar so geschickt, dass ihre Kommentare denen von der staatlichen Nachrichtenagentur aufs Haar glichen. Nicht einmal Otto Stresemann, Spitzname Gustav, der stellvertretende Abteilungsleiter der Politikredaktion (ihr Chef war Funkenkamp), durfte Kommentare verfassen, obwohl er ein alter Genosse war. Zugleich war er ein Zyniker, dem man irgendwie anmerkte, dass er nicht zu denen zählte, die auf der Schleimspur der jeweils aktuellen SED-Richtlinie journalistisch dahinglitten, und deshalb würde er wohl nie Kollegiumsmitglied werden.

Stresemann war es, der den Korrektor aus der Schusslinie nahm, als dieser auf der Seite 1 einen Druckfehler übersehen hatte. Marxistisch-leninistische *Dialecktik* stand dort in einem Leitartikel, und Funkenkamp tobte, Druckfehler dürften einfach nicht passieren, schon gar nicht solche. »Schon richtig,

Walter«, hatte Stresemann lakonisch bemerkt, »aber Verkehrsunfälle dürfen eigentlich auch nicht passieren« – worauf selbst dem Gesinnungs-Zerberus keine andere Replik einfiel als ein ohnmächtiges Zischknurren.

Den Dialektik-Lapsus hatte der Redakteur Helmer zum Anlass genommen, mit Schönbach in Kontakt zu treten, als Letzterer in ebenjenem Bistro neben ihn an den Tresen trat und ein belegtes Brötchen bestellte.

»Sag mal, Kollege«, bemerkte Helmer und feixte ihn von der Seite an, »wer will denn Dias lecken?«

Schönbach verstand erst nicht, dann geriet er kurzzeitig in schweres Glucksen. *Dia-Leck-Tick*, da musste erst mal einer drauf kommen.

»Und das mit einem Kernbegriff sozialistischen Selbstverständnisses«, sagte er, »es ist mir peinlich. Können Sie das den Leuten in Ihrem Ressort ausrichten?«

»Nun hör auf, mich zu siezen. Ich heiße Jörg.«

Daraufhin gab Helmer grinsend und mit geringem schauspielerischem Talent den Funkenkamp-Stresemann-Dialog aus der Konferenz wieder. So hatten sie sich kennen gelernt.

Obwohl mindestens in Schönbachs Alter, besaß Helmer ein Jungengesicht. Er sah immer pennälerhaft und geschniegelt aus: schüttelfrisiert (hinten kurz, vorne lang), behemdet, bestoffhost, krawattiert; bartlos schien er ja von Hause aus zu sein. An seinem Sakko, das penibel über dem Barhocker hing, prangte das Parteiabzeichen. Er war von permanenter Aufgedrehtheit, freilich auf eine gewisse nervöse Art, und Schönbach vermutete, dass sein ungestillter Ehrgeiz ihn tänzeln ließ. Er nahm ständig *Simagel*-Tabletten, ein Mittel gegen Sodbrennen.

Diesmal trafen Schönbach und Helmer im Bistro auf Volker Herold, den stierhaften Leiter der Grafikabteilung, der gerade ein Mittagsbierchen zügig in seinem bartumstandenen Schlund verschwinden ließ, welchem daraufhin ein erlöstes Ahh! entstieg. Herold vermittelte auch heute den Eindruck, dass irgendein Vulkan in ihm brodelte und er nur mit äußerster Kraftanstrengung den Deckel draufhielt.

»Was gibt's Neues in der Politik?«, fragte er, nachdem auch die beiden Ankömmlinge bestellt hatten.

Helmer zuckte mit den Achseln. »Haben wir je was Neues gebracht? Wir fragen ja nicht: ›Was gibt's Neues?‹, sondern: ›Was gibt's Bewährtes?‹« Er grinste über beide Backen. »Da kommt übrigens Gustav«, sagte er, »offenbar ist ihm der Korn ausgegangen.«

Soeben passierte Stresemann die große Schaufensterscheibe des Bistros und steuerte zielstrebig den Eingang an.

Stresemann musste mindestens sechzig sein, jedenfalls war er mager und knochig wie der Tod. Zwei tiefe Furchen, die von der Nase zu den Mundwinkeln liefen, verrieten den chronisch Magenleidenden, und in der Tat besaß er nur noch ein Drittel seines primären Verdauungsorgans, was für ihn aber keinen Hinderungsgrund bedeutete, das postoperative Überbleibsel weiterhin täglich mit Korn zu traktieren. Er trug eine Hornbrille, rauchte stark, ach was, er atmete durch die Zigaretten, und wenn er mit den Endlos-Papierschlangen von Agenturticker und Fernschreiber kämpfte, auf denen ADN-Korrespondenten von den täglichen Triumphen des Sozialismus kündeten, die Fluppe im Mundwinkel und sorgsam darauf achtend, dass die Nachrichten nicht Feuer fingen, sah er aus wie der Hohepriester Laokoon in seiner letzten Verzweiflung. Stresemann war ein kontinuierlicher Trinker, der am frühen Nachmittag begann und dessen Verstand bis in die Nacht klar funktionierte, so dass man sein zahmes Laster getrost übersehen konnte. Dieses vertrug sich im Übrigen gut mit seinen in der Redaktion gern kolportierten Lakonismen, aus denen sich entnehmen ließ, dass ihn letztlich alle Welt mal kreuzweise konnte. Er habe, pflegte er beispielsweise zu sagen, in keinem einzigen Band der Marx-

Engels-Werkausgabe einen Hinweis darauf gefunden, dass man beim Aufbau des Kommunismus nüchtern zu sein habe. Sein Magenleiden nahm er mit Sarkasmus. »Geht ihr mal in die Kantine, ich verdaue noch das Essen von gestern«, sagte er öfter, und die mitfühlende Erkundigung einer Kollegin nach dem Grund seiner zunehmenden Magerkeit hatte er Helmer zufolge mit dem Satz beantwortet: »Ich will mal nicht so lange brennen.«

Stresemann beziehungsweise Gustav orderte einen Korn ohne etwas dazu, und Schönbach nutzte die Gelegenheit, um ihm mitzuteilen, dass er vor nicht allzu langer Zeit dort gearbeitet habe, wo unter vielen anderen auch dieses Getränk in gewaltigen Mengen umgeschlagen werde.

»Und eine solche Lebensstellung haben Sie aufgegeben?«, fragte der Alte. »Was meinen Sie: Ob die dort noch eine Stelle für mich frei hätten? Denn das einzig Verlässliche ist dieses Gesöff hier.« Und leise-grimmig fügte er hinzu: »Wir müssen aufpassen, dass sie uns nicht irgendwann aufhängen für den Mist, den wir täglich drucken.«

Schönbach stutzte. Hatte er richtig gehört? Herold, der soeben noch in das Studium einer draußen vorbeilaufenden Frau vertieft gewesen war, wandte seine Aufmerksamkeit ruckartig den Kollegen zu, wobei ein seliges Lächeln kurz seinen Mund umspielte. Helmers Augen indes verengten sich zu Strichen.

Stresemann sah die drei an, die wiederum, jeder auf seine Weise, ihn anstarrten, und raunzte: »Was glotzt ihr so? Hab ich was gesagt, das euch neu wäre?«

Während sich der Korrektor geehrt fühlte, dass ihm dergleichen sakrilegische Eröffnungen aus der exklusiven Sphäre eines sozialistischen Nebenolymps zuteil wurden, kratzte sich Herold am Kinn und entschied: »Scheiße! Nein!«

»Komm, Otto, lass mal gut sein«, sagte Helmer beschwichtigend. »Was ist denn passiert, dass du so schlecht drauf bist?«

»Was ist denn passiert in Peking?«, stieß Stresemann hervor und bestellte einen weiteren Schnaps. »Wie viele gehen drauf, wenn man mit Panzern in eine Menschenmenge hineinfährt? Und wir verteidigen das!«

»Die Demonstranten sollen angefangen haben«, widersprach Helmer.

»Klar«, höhnte Stresemann, »sie haben mit ihren Stirnbändern die Sehschlitze der Panzer blockiert.«

»In der Fernsehdokumentation war eindeutig zu sehen, wie sie gezielt Steine in LKW-Führerhäuser geschmissen haben, bis der Fahrer erledigt war«, beharrte Helmer.

»Die Frage ist, was man alles im Fernsehen *nicht* gesehen hat!«

»Det gloobick aba ooch!«, entfuhr es Herold, dann riss er sich zusammen und fragte düster, aber halbwegs hochdeutsch: »Wie soll das bloß weitergehen?«

Er starrte die anderen abwechselnd aus seinen leicht schielenden Augen an. Eine Antwort bekam er nicht.

Nach dem vierten Korn binnen einer Viertelstunde setzte Stresemann den dreien auseinander, dass er noch vor einem Jahr den offiziellen Darstellungen über die Ereignisse auf dem »Platz des himmlischen Friedens« geglaubt haben würde, aber seit dem Verbot des *Sputnik* … – Dass die Genossen eine sowjetische Zeitung vom Markt genommen hatten, schien für Stresemann das Schlüsselerlebnis gewesen zu sein. Seitdem war er in die innere Emigration gegangen, so zumindest bezeichnete er sein Verhältnis zum Staat, bevor er den fünften Schnaps hinunterstürzte.

»Und wir fanden das natürlich gut«, knurrte Stresemann, »o ja, wir haben es sogar verteidigt, wir haben der eigenen Knebelung beflissen zugestimmt. Wir lügen immer für die Wahrheit.«

»Du solltest heute nichts mehr trinken, Otto«, mahnte Helmer.

»Mehr als fünf hintereinander trink ich nie.«

Schönbach, der sich mit kolossaler Willensanstrengung immer noch an seinem zweiten Pils festhielt, überlegte, ob er erzählen sollte, dass und weswegen er von der Uni geflogen war. Immerhin sollte der *Sputnik* in der für die Indizierung ursächlichen Nummer dem Gerücht zufolge über den Hitler-Stalin-Pakt berichtet haben, den es DDR-offiziell nie gegeben hatte. Aber das hätte zugleich bedeutet, seine Exmatrikulation an die große Glocke zu hängen, und er ließ es lieber. Am Ende würde er sich nur schaden, vielleicht war Stresemann seine Offenheit schon am nächsten Tag unangenehm, und bei Helmer war er sich nicht hundertprozentig im Klaren, zu welcher Seite er gehörte.

5.
Nicht mal ein Rendezvous klappt

In den Konferenzen äußerte Funkenkamp unverhohlen seine Sympathien für das, wie er formulierte, *entschlossene Durchgreifen* der chinesischen Führung gegen die protestierenden Pekinger Studenten. Es war Janina Labeau, die Schönbach davon berichtete. »Genossen, wo kämen wir hin, wenn sich bei uns ein paar tausend Staatsfeinde und Asoziale auf dem Alexanderplatz zusammenrotten würden, um sonst was zu fordern?«, rief sie, Funkenkamp imitierend, und hieb mit ihrer kräftigen kleinen Faust auf den Tisch. Sie senkte die Stimme, zog den Kopf ein und sagte: »Es sollen tausende umgekommen sein. Ob die das hier genauso machen würden?«

»Nein, nein«, beschwichtigte Schönbach, »hier wird niemand mehr gekillt, hier werden die Abweichler kompromittiert oder bestochen oder in den Westen abgeschoben.«

»Und wenn tausend zusammenstehen – wie kompromittiert oder kauft man die?«

Da konnte er nur noch mit den Schultern zucken.

Statt das Prozedere wie üblich telefonisch zu erledigen, war Schönbach mit seinen Korrekturen und Änderungsvorschlägen für die Jugendseite persönlich in Janinas Büro aufmarschiert, eine gute Gelegenheit, mit ihr über das Blatt abzulästern und sie zugleich ein bisschen mit den Augen zu verschlingen. Diesmal hatte sie inmitten der üblichen Meldungen über FDJ-Initiativen, kollektive Selbstverpflichtungen zur Produktionssteigerung und Treffen mit Komsomolzen immerhin das Porträt eines offenbar schwerstbegabten Nachwuchsmusikers unterbringen können, der zugleich als Pianist, Klavierpädagoge und Dirigent eines Jugendorchesters wirkte, von ihr selbst verfasst und durchaus eigenwillig formuliert, worauf sie, das merkte er ihr an, stolz war. Er nutzte die Chance, ihr deshalb zunächst das verbale Äquivalent von drei Dutzend Honigwaben ums grübchenflankierte Maul zu schmieren und sodann ein Gespräch über klassische Musik anzuknüpfen, dem er entnehmen konnte, dass sie zum einen etwas davon verstand (was ihre Attraktivität um eine weitere Nuance steigerte) und zum anderen Gustav Mahler sehr schätzte.

»Vor allem das *Lied von der Erde*«, sagte sie.

»Was, so ein fröhliches Mädchen wie du mag dieses Melancholiker-Stück?«

»Ich liebe den *Abschied*«, erklärte sie so enthusiastisch und hingabebereit, dass ihr Gesprächspartner zum ersten Mal in seinem Leben Eifersucht auf ein Musikstück empfand.

»Ich bevorzuge das *Trinklied vom Jammer der Erde*«, sagte er. »Apropos und nebenbei: Hätten Sie denn mal einen Abend für mich frei, Mademoiselle?«

Das sollte locker klingen, kam aber aus zugeschnürter Kehle.

Das Grün ihrer Augen, das in Wirklichkeit, wie er bei dieser Gelegenheit feststellte, ein Grünblau war, aber mit eindeutiger

Dominanz des Ersteren, heftete sich mit kühler Neugier auf ihn. Es schien, als ob sie ihn in diesem Augenblick erst richtig wahrnähme. Es war ein Blick durchs Mikroskop, schwer auszuhalten, kaum zu parieren. Er versuchte es dennoch.

»Einen ganzen Abend, Monsieur? Ich weiß nicht. Was hat Ihre Frage übrigens mit dem Jammer der Erde zu tun?«

»Er fasst mich an, wenn Sie nicht vorbehaltlos bejahen«, erwiderte er und verbohrte sich in ihren Augen. »Ich nähme aber auch mit einem halben Abend vorlieb, vorausgesetzt, Sie schenken mir die spätere Hälfte.«

»Und womit verbringen wir ihn?«

Ha! Sie sagte zu!

Zum Austragungsort seines zweiten Treffens und ersten Rendezvous mit Janina Labeau erkor Schönbach die Weinstube im *Palast der Republik*. Das Besondere an diesem Lokal auf der Spreeseite des Renommierklotzes bestand darin, dass es kaum Weinstuben in Ostberlin gab, denn es gab ja kaum Wein. Außerdem wurden dort einheimische Rebsäfte feilgeboten, die man sonst nur unter der Hand bekam und die nicht ganz so miserabel schmeckten wie jenes Gesöff aus den südosteuropäischen sozialistischen Bruderstaaten, welches im Schnapslager mitunter das Gleisbett getränkt hatte. Schönbach war von seinen Eltern zu seinem 27. Geburtstag dorthin eingeladen worden; zuvor hatte er die Weinstube gar nicht gekannt, denn er mied den *Palast des Volkes*, weil ihn dessen kitschige Architektur und die Menschenmassen anwiderten, die sich in den Foyers herumdrückten oder vor den Restaurants anstanden. Ferdinand Schönbach hatte den Kontakt zu seinem Sohn reaktiviert, seit dieser, wie er meinte, zur Vernunft gekommen war. Er fand es sehr löblich, dass Johannes bei jener Zeitung arbeitete, die er neben dem *Neuen Deutschland* abonniert hatte, und er würde schwer begeistert gewesen sein, wenn dort mehr Artikel unter dem Namen Schönbach gedruckt worden wären als nur der eine, wenngleich der Lehrer in ihm auch an der Tätigkeit eines Korrektors Gefallen fand. Naturgemäß hatte Ferdinand Schönbach den gesamten Abend, während er Pils und die anderen beiden *Saalhäuser Sonnenwinkel* tranken, einen vergleichsweise lieblichen Weißwein ohne Rebsortenangabe aus dem Saale-Unstrut-Tal, mit Vehemenz versucht, seinem Sohn einzureden, er möge doch Journalist werden, wer, wenn nicht er, nun arbeite er doch bei der Presse und habe einen Fuß in der Tür, er könne doch so gut formulieren, er müsse doch nur ein Fernstudium beginnen, als Korrektor könne man doch nebenher ein Studium absolvieren, das sei doch kein Problem, die andere Sache sei doch längst verjährt – und was an *Dochs* sonst noch so aufzubieten war. Um der Wahrheit die Ehre zu geben, hatte Schönbach junior solche Gedanken längst erwogen. Aber er musste nur an die unvermeidliche Gesinnungsheuchelei denken, zu welcher er gerade als Journalist genötigt werden würde, um diese Gedanken sofort zu verwerfen. Dennoch kehrten sie regelmäßig wieder. Mach deinen Frieden mit diesem Staat, du bist bald dreißig, flüsterten sie, ein Mann muss sich irgendwann mit den herrschenden Verhältnissen arrangieren, nur Kinds- und Knallköpfe rennen dauernd gegen Wände an.

»Mach deinen Frieden mit unserem Staat, du bist bald dreißig«, echote sein Vater, dessen Schädel an diesem Abend besonders kolossalstatuenmäßig wirkte. »Man kann nicht ewig in postpubertärer Rebellion leben.«

»Ich mache meinen Frieden, wenn die Mauer weg ist«, trotzte der Sohn. Er wusste, dass diese Bemerkung den Alten wie nichts anderes traf – sein Selbstverständnis hing an dieser Mauer. Die Stimmung kippte sofort.

»Dann wirst du auf ewig Hilfsarbeiter bleiben müssen«, sagte der Staatsbürgerkundelehrer mit versteinerter Miene. Es war Anfang April 1989.

Da alles wieder auf Konfrontation hinauslief, hatte seine Mutter zu schlichten versucht. Maria Schönbach war eine inzwischen leidenschaftslose, verblühte Schönheit, fünf Jahre jünger als ihr Mann, die als rassige Zwanzigjährige dem damals wohl nicht unbeträchtlichen Charme des Pädagogikstudenten Ferdinand Schönbach erlegen war. Von ihr hatte Johannes die schwarzbraunen Haare und die feingliedrigen Hände geerbt. Seine Mama hatte nach seinerzeitiger Üblichkeit und Übereinkunft ihre Reize ausschließlich und so lange ihrem Gatten geschenkt, bis sie nicht mehr vorhanden waren. Die schlanke, immer adrett gekleidete Frau arbeitete als Halbtags-Sekretärin bei der Gesellschaft für deutsch-sowjetische Freundschaft, reiste mit dem Alten regelmäßig in die Sowjetunion, kochte, putzte, wusch die Wäsche, las Romane und redete nie viel. Ihre Pflichten als Muttertier hatte sie mit an Indifferenz grenzender Engelsgeduld und amöbenhafter Nachgiebigkeit erfüllt.

»Fangt bitte gar nicht erst an, euch zu streiten«, mahnte sie. »Ich finde nicht, dass ein Korrektor ein Hilfsarbeiter ist, und du, Johannes, sei nicht so verbittert. Du hast dein ganzes Leben noch vor dir. Außerdem sollten wir allmählich etwas zu essen bestellen, der Kellner guckt schon komisch.«

Aus Gründen der Aufrechterhaltung des fragilen Familienfriedens und vor allem dieser Tischrunde verkniff sich Johannes Schönbach damals die Bemerkung, dass die Kellner in diesem Land durch die Bank komisch glotzten und er sie genauso widerlich finde wie die Polizisten und vor allem die Pädagogen. Stattdessen vertiefte auch er sich in die Speisekarte, und am Ende war der Abend halbwegs manierlich, das heißt unter Aussparung aller politischen Themen, über die Bühne gegangen.

Was ihm seinerzeit halbwegs zugesagt hatte, war das Lokal. Man saß bei flirtgeeigneter Beleuchtung und mit Blick auf die Spree ganz angenehm, obwohl die schmiedeeisernen Stühle so gewöhnungsbedürftig waren wie die gläsernen Tischplatten, und verglichen mit dem, was ansonsten so unter dem Oberbegriff Wein zirkulierte, hatte der *Sonnenwinkel* ganz passabel gemundet, wenngleich sich nach ein paar Gläsern Sodbrennen einstellte. Aber gab es eine Wahl? Dorthin also lud er Janina ein.

Es war Samstagabend, und obwohl Schönbach vorbestellt hatte, mussten sie warten, weil ihr Tisch noch nicht frei war. Damit die obligatorische Warteschlange nicht bis hinaus auf die Spreeterrassen von der Kluft zwischen Angebot und Nachfrage kündete, existierte ein Extra-Vorraum, der die potenziellen Restaurantbesucher aufnahm. Diesmal trug Janina einen knielangen Rock und eine hochgeschlossene Bluse, beides in dunkelstem Bordeaux, und das Haar raffiniert hochgesteckt – ein Sowohl-als-auch: halb einladend, halb distanzierend. Während Schönbach an ihrem Erscheinungsbild erotische Hermeneutik trieb, überlegte er zugleich, wie er die peinliche Situation des In-der-Schlange-Stehens überbrücken sollte. Zwar stand man als DDRler dauernd in irgendwelchen Schlangen – die Schlange hätte geradezu zum Wappentier dieses Staates getaugt –, aber doch bitteschön nicht ausgerechnet an diesem Abend und mit dieser Frau!

Die drinnen saßen, schauten durch die nur teilweise von einem schweren roten Vorhang verdeckte Scheibe auf die Stehenden draußen, und man hasste sich gegenseitig, die einen, weil die anderen gerade bekamen, worauf sie selber warteten, es ihnen in gewissem Sinne also wegnahmen, die anderen, weil sie sich durch die Blicke der Ausharrer genötigt und in ihrer Bequemlichkeit beeinträchtigt fanden, von jenen Perversen abgesehen, die es genossen, dass sie es gut hatten, während andere warten mussten, und der anstehende Beinahe-Philologe gedachte der Bemerkung des Kirchenvaters Tertullian, die Seligkeit derer im Himmel gründe insbesondere darauf, dass sie aus ihrer komfortablen Situation den Qualen der Verdammten zuschauen durften. Ohne Zweifel war die Position draußen für ein beginnendes Rendezvous die denkbar ungeeignetste, schon deswegen, weil jedes Wort, das man in diesem Vorraum sprach, von dem runden Dutzend knurrmagiger, mürrischer, gelegentlich wie zur Seufzervorbereitung hörbar tief durchatmender, irgendwie unbelehrbarer Samstagabend-Ausgänger zwangsläufig mitgehört wurde. Also harrte man kollektiv in schweigsam-frustrierter Demut seiner Erwählung.

Konnte aber ein Mann, der eine Frau zum ersten Mal ausführen wollte und bereits seine elementarsten Wünsche zerplatzen sah, obendrein noch schweigen wie ein Schaf? Doch wohl nicht. »Tja, da stehen wir nun hier dumm herum«, sagte Schönbach so laut, dass eine ältere, wasserstoffblondierte Frau vor ihm zusammenfuhr. »Dabei sind wir doch die nächsten Gäste dieses Lokals. Sollten die da drinnen sich nicht ein bisschen um uns kümmern?«

Jetzt glotzten ihn alle an, vierzehn, vielleicht auch sechzehn Leute, durch die Bank Pärchen. Auch zwei verschämte Knutscher ließen voneinander ab.

Im Taumel wilder Entschlossenheit winkte Schönbach einer Kellnerin, die eben an der Glastür vorbeilief, und sie steckte sogar den Kopf heraus.

»Gute Frau«, sagte er und räusperte sich, »hier stehen sich jede Menge Freunde Ihres Lokals die Beine in den Bauch und leiden Durst, manche sogar, obwohl sie reserviert haben. Meinen Sie nicht, dass Sie uns vielleicht einen Aperitif bringen könnten? Also wir beide würden zumindest einen nehmen – ich weiß nicht«, wandte er sich an die Runde, »wie es mit Ihnen steht …«

Zögerliche Bewegung entstand, zwei oder drei der Umstehenden äußerten schüchtern zumindest theoretische Zustimmung, andere Gesichter warfen einen Lidschlag lang ihre Starre ab, um einer gewissen Verblüffung Ausdruck zu verleihen, und ein schmallippiges Männlein in blaugrauem Anzug, eine Hornbrille auf der Nase, oberhalb deren eine wahre Turniernarbe von Zornesfalte klaffte, bedachte den unverschämt aus der Reihe tanzenden Frager mit einem so bösen Blick, als gehöre ihm der Laden. Der Kellnerin entgleiste das matte Standardgrinsen zu einer kuhmäßigen Grimasse.

»Ich soll Ihnen Getränke hier raus bringen?«, fragte sie, ein ohnehin untilgbares, durch die soeben vorgetragene Zumutung aber wohl besonders hervorgekitzeltes Sächseln in der Aussprache.

»Warum nicht? Es würde uns die Warterei versüßen.«

»Und wer bezahlt das?«

»Sie können es ja mit auf die Rechnung setzen.«

»Und wenn dann jemand einfach, ohne zu bezahlen, abhaut?«

»Gute Frau, ein bisschen Vertrauen sollten Sie schon haben. Oder meinen Sie, die Leute stehen hier an, weil sie Sie um einen Cocktail prellen wollen?«

»Da muss ich den Geschäftsführer fragen«, beschied sie und schlug die Tür zu.

»Sie haben sie überfordert«, sagte ein langhaariger und auch sonst irgendwie renitent wirkender Mensch in Schönbachs Alter, der zu denen gehörte, die seinem Vorschlag beigepflichtet hatten, während der zornesfaltige Kleinmann seiner nicht minder verbissen wirkenden Begleiterin etwas zuraunte wie: Es sei doch unglaublich, was manche Leute sich herausnähmen, nur um aufzufallen.

»Im Leben bringen die uns hier nichts raus«, murmelte Janina.

Schon nahte ein untersetzter Herr mit geföntem Seitenscheitel, Schnauzbart, weißem Hemd, hellblauer Krawatte und Rausschmeißermiene, der sich als Restaurantleiter vorstellte.

»Was kann ich für Sie tun?«, wandte er sich an alle, aber mit einer gewissen Bevorzugung desjenigen, der die anderen um Haupteslänge überragte.

Schönbach wiederholte sein Begehr.

»Das geht nicht«, entschied der Chef.

»Warum nicht?«

»Hier draußen ist kein Restaurant.«

»Sondern? Wozu gehört dieser Raum denn sonst?«

»Getränke vor die Tür bringen, so was hab ich ja noch nie gehört!«

»In den Zwanzigern soll das noch Usus gewesen sein.«

»Wir leben aber nicht in den Zwanzigern!«

»Schade eigentlich«, ließ sich der Langhaarige von vorhin vernehmen. »Dann könnte man jetzt einfach die Warterei beenden und auf den Ku'damm essen gehen.«

Anzeigewillig dräute der Blick des Stirnfaltenmännleins, während eine junge Frau loskicherte. Sie traf der böse Blick als Nächstes.

»Na ja, einen Versuch war es wert«, seufzte Schönbach.

»Hatten Sie nicht reserviert?«, fragte der Gaststättier in plötzlicher Verbindlichkeit und fuhr gönnerisch fort: »Dann habe ich eine gute Nachricht für Sie: Sie können gleich mit reinkommen, Ihr Tisch wird eben frei.«

Und er schaute dazu, als habe er die Plätze persönlich freigekämpft.

»Du kannst doch von denen nicht erwarten, dass die etwas außer der Reihe für ihre Kunden tun«, bemerkte Janina, als sie endlich saßen. »Denen ist es doch wurscht, der Laden ist ja immer voll ...«

»... nun sitzen wir ja endlich, und wir haben sogar einen guten Tisch erwischt ...«

»... und selbst wenn er nicht voll wäre, wäre es ihnen wurscht.«

»Du als Redakteurin der führenden Berliner SED-Zeitung wirst doch jetzt kein Plädoyer für die freie Markwirtschaft halten, oder?«

»Ich plädiere für die Speisekarte. Ich habe nämlich Hunger.«

Sie studierten die Karte, die ihnen dieselbe Serviererin brachte, der Schönbach seinen unsittlichen Wunsch angetragen hatte. Sie schien deswegen immer noch beleidigt zu sein und nahm mit gleichsam maulender Miene die Bestellungen entgegen. Man hatte die Auswahl zwischen mehreren Steaks, zu denen Kroketten und ein Einheits-Salat gereicht wurden; in der gängigesten Variante war sogenanntes Würzfleisch darüber verteilt, das Ganze wurde mit Käse überbacken und nannte sich *Steak au four*; das Würzfleisch ohne Steak trug den Namen *Ragout fin* und wurde als Vorspeise verkauft, ferner gab es Braumeistersteak, Steak mit Champignons, Steak mit Paprikasauce, gemischte Steakplatte, überbackenen Camembert, Gulaschsuppe, Soljanka, gemischte Käseplatte und Käsesnacks, da unterschied sich die Weinstube nicht sonderlich von anderen Restaurants mit gehobener Küche. Sie bestellten jeder ein Steak und dazu *Saalhäuser Sonnenwinkel*, auf dessen Etikett zwei beschwipste Putten verheißungsvoll unter Rebranken lümmelten. Janina, deren Gaumen nicht durchlitten hatte, was Schönbach dem seinen einst zugemutet hatte, bemängelte sanft, dass der Wein doch arg süß sei und darüber hinaus nicht viel Geschmack aufweise. Das kränkte den Spendierer. Und sekundenlang beutelte ihn ein inbrünstiger Hass, der einmal mehr diesem Staat galt, in dem er nun schon seit siebenundzwanzig Jahren existierte, ohne beispielsweise je einen Hummer oder eine Auster auch nur gesehen oder einen jener seit Menschengedenken gepriesenen Rebsäfte getrunken zu haben, die einem solchen Abend, vielleicht auch dem Dasein überhaupt, den rechten Glanz verliehen. Er konnte dieser anbetungswürdigen Kindfrauenprinzessin nur Minderwertiges auffahren lassen, kommunistischen Schweinefleischeinheitsfraß und flirtbegleitungsunwürdiges Zuckerpappgesöff. Er kam sich ziemlich beschissen vor.

»Wir sind halt Dritte Welt«, sagte Schönbach, während er ungläubig mit halbem Ohr gen Nachbartisch lauschte, wo das inzwischen ebenfalls platzierte Stirnfaltenmännlein seiner verhuschten Begleiterin den *erstklassigen DDR-Wein* anpries.

»Aber«, fuhr er, sich gleichsam selbst ermahnend, fort, »seien wir brave Epikuräer, indem wir nicht das Vorhandene beschmutzen durch die Begierde nach dem Nichtvorhandenen, sondern bedenken, dass auch das Vorhandene zum Wünschenswerten gehört.«

»So?« Sie sah ihn skeptisch an. »Sagt das Epikur?«

»Ich hoffe, dein zweifelnder Blick gilt in diesem Moment nicht mir, sondern ihm.«

»Da könntest du Recht haben. Aber beschmutzen wir das Vorhandene nicht. Zum Wohl!«

Mochte der *Sonnenwinkel* nun pappig sein oder nicht, beschwipst machte er doch, und er löste Schönbach allmählich die Zunge. Da sie es möglicherweise für Angeberei halten mochte, dass er ihr mit Epikur kam, verfiel er nun aufs blanke Gegenteil und erzählte seiner Tischdame von Paletten-Joe, der, ohne es direkt zu suchen, das Nirwana gefunden hatte, vom traurigen Trinker Pinie und vom illiteraten Fingerhakler Hotta, was Janina mit dem einen oder anderen Lacher belohnte, aber auch mit einem mehrfachen »Unglaublich!« samt hervortretender Stirnader kommentierte. Nachdem er damit den unrühmlichen Teil seines Vorlebens preisgegeben hatte, schämte sich Schönbach ein wenig – vielleicht tat sie ja bloß aus Höflichkeit interessiert, während sie in Wahrheit gelangweilt und abgestoßen war? Er überlegte, mit welchem Gesprächsgegenstand er den nun allfällig schlechten Eindruck kompensieren könne, als Janina fragte: »Wohin fährst du eigentlich im Urlaub?«

»Nirgendwohin.«

»Du bleibst zuhause?«

»Zwangsläufig.«

»Warum?«

»Ich mag mir nicht vorschreiben lassen, wohin ich fahren darf und wohin nicht.«

»Ja, da hast du wohl Recht«, sagte Janina nachdenklich.

»Und du?«

»Ach, ich fahre Anfang August nach Ungarn. Ich fahre jedes Jahr nach Ungarn. Wohin denn auch sonst? Ich finde, es ist das einzige erträgliche Ostblock-Land.«

»Wird man dort als Zoni nicht wie der letzte Dreck behandelt? Und darf nur begrenzte Mengen Geld umtauschen?«

»Schon richtig. Wenn die Einheimischen hören, dass du deutsch sprichst, fragen sie dich: ›Ost oder West?‹ Und wenn du ›Ost‹ sagst, sind sie ganz enttäuscht.«

»Sie wollen doch nur die West-Kohle. Mit wem fährst du, wenn die Frage erlaubt ist?«

»Mit einer Freundin.«

Das klang vielversprechend nach einem möglichweise durch ihn, Johannes Schönbach, zu behebenden Mangel.

»Sag mal«, scherzte er, »dürfen Journalisten überhaupt noch nach Ungarn fahren?«

»Ich spekuliere schon auf den Empfangs-Blumenstrauß, den ich bei der Rückkehr bekomme. Sozusagen als Wiedereinreise-Belohnung.«

Sie lachten und nippten mit unterschiedlicher Intensität an ihrem *Sonnenwinkel.* Nach einer Pause fragte Janina: »Hast du eigentlich gewählt? Ich meine: die Kandidaten …?«

Sekundenlang sahen sie sich an, zuerst todernst und forschend, dann wurden die Blicke allmählich verschmitzt, und schließlich prusteten beide los.

»Es ist unglaublich«, sagte Janina, »aber man weiß einfach nicht, wem man trauen darf.«

»Dann gehen wir doch einfach davon aus, dass wir beide brav gewählt haben.«

Was Schönbach betraf, so war er bei der Volkskammer-Wahl

vor drei Monaten *in die Kabine gegangen* und hatte alle Kandidaten durchgestrichen. Normalerweise hatte man den Wahlschein lediglich zu falten und in die Urne zu werfen, und vermutlich wurde jeder registriert, der in die Kabine ging. Die Stimmung im Wahllokal war gereizt gewesen, im Prenzlauer Berg gab es wohl einige, die die Kabine aufsuchten. Schönbachs Hand hatte hektisch gezittert, als er die Namen summarisch durchstrich; bei aller Feindseligkeit gegen den Staat und seine Volkskammer war er nicht frei von dem propagandistisch dauerinduzierten Gedanken, dass er in diesem Moment gegen den Weltfrieden und den Menschheitsfortschritt votierte.

Janina wechselte das Thema, indem sie fragte: »Warum schreibst du nicht mehr für uns? Du hattest doch mal einen Artikel im Blatt.«

Da erzählte er ihr, wie er vor ein paar Tagen beim Chefredakteur hatte antanzen müssen und wie Fleischer und Funkenkamp über ihn hergefallen waren, wobei er die Dialoge in der Wiedergabe ein wenig zu seinen Gunsten färbte. Bei dieser Gelegenheit fragte er sich, ob man seine Chefs möglicherweise davon unterrichtet hatte, dass er *in die Kabine gegangen* sei.

»Alles in allem«, schloss er, »ich soll nicht schreiben. Ich bin dafür nicht qualifiziert. Das ist mir jetzt von höchster Stelle bescheinigt worden.«

»Wie dumm«, seufzte Janina, »das tut mir leid. Fleischer ist ja schon ein bisschen senil und eher harmlos, aber bei Funkenkamp muss man aufpassen. – Und du hast echt einen Artikel über Adorno vorgeschlagen? Na, ich hätte Funkenkamps Gesicht sehen mögen.«

Sie blickte ihn beinahe bewundernd an. Das schien ihm der geeignete Augenblick, zum eigentlichen Thema das Abends zu kommen. Mit dem Selbstbewusstsein, das ihm seine zahlreichen Spontan-Eroberungen und der *Sonnenwinkel* verliehen, ergriff er Janinas Hand, sah ihr in die Augen und sagte (während irgendetwas in seinem Inneren ob der Abgeschmacktheit der Szene ein Gelächter anstimmte): »Du bist wunderschön, Janina … Ich weiß, es klingt trivial, aber manche Wahrheiten sind schrecklich trivial … Ich könnte dich einfach nur anstarren. Du bist die bezaubernste Frau, die ich kenne …«

Eine der merkwürdigsten Grundtatsachen der Welt besteht darin, dass Frauen der Wirkung von Komplimenten schutzlos ausgeliefert sind. Das Weib war noch nicht geboren, das Schmeicheleien, wie haltlos sie auch sein mochten, keinen Glauben schenkte. Doch ausgerechnet bei der Labeau schienen seine Worte nicht anzukommen. Oder zumindest nicht zu wirken. Sie schüttelte den Kopf und zog die Hand aus der seinen. Etwas verlegen nahm sie ihr Glas, trank aber nicht, sondern starrte hinein. Dann schlug sie die Augen auf und sagte: »Tut mir leid, es geht nicht.«

»Was geht nicht?«

»Das, was du von mir möchtest.«

»Ich möchte nur hier sitzen und mich an deinem Anblick weiden.«

»Dann wärest du der Erste, der es dabei bewenden lassen will. Aber das ist es gar nicht.«

»Sondern?«

»Ich will nicht, dass …«

»Was?«

»Ach nichts.«

Der Rest des Abends verlief unter dem Austausch von Belanglosigkeiten und zog sich nicht sonderlich in die Länge, obgleich Schönbach bemüht war, seine Enttäuschung mit Gleichmut zu überspielen. Aber er war zutiefst deprimiert.

6.
Noch ein Sonderling

Gottfried Kühl kam morgens meist mit einem uralten Wolga vorgefahren, dessen ursprüngliche Farbe auch bei genauer Betrachtung kaum mehr zu erkennen war, so viele Ausbesserungen hatte der Lack hinter sich. Faustgroße Roststellen zeugten vom dennoch unaufhaltsamen Zerfall der einstigen Nobelkarosse. Ihren Besitzer bekümmerte die äußerliche Unattraktivität seines Gefährts anscheinend so wenig wie die eigene; gelegentliche Spötteleien pflegte er mit der lauten Bemerkung abzuschmettern, dass er in seinem Auto wenigstens *sitze* und nicht *hocke*. Von Hause aus studierter Physiker, sagte er ferner von sich, er sei schon als Diplomand zu dämlich für die exakte Forschung gewesen, weshalb er sich unter die bloßen Vermittler naturwissenschaftlicher Erkenntnisse begeben habe, und jetzt als *präseniler Mittdreißiger* könne er froh sein, wenn er überhaupt noch etwas von dem kapiere, was sich in seinem einstigen Studiengebiet abspiele. Kühl gehörte zu den wenigen Nicht-SED-Mitgliedern der Redaktion. Helmer hatte erzählt, dass er ein komischer Kauz und unter den Kollegen umstritten, aber lexikalisch gebildet sei, außerdem ein fröhlicher Zecher von, wie man ja sehe, maßloser Gefräßigkeit. Dieser Fleischberg, so Helmer weiter, sei mit einer Frau von total entgegengesetzter Statur verheiratet, einer wahrhaft winzigen Person, mit der er zwei Söhne und eine Tochter aufzog, sieben, fünf und zwei Jahre alt.

Kühls Büro – ein, dunkler, chaotischer Raum, vollgestopft mit Büchern, Zeitschriften und allerlei Papierkram – befand sich Wand an Wand mit dem Archiv, wo der schlaumeierische Korrektor eines Tages wegen eines Artikels über die Französische Revolution, in welchem er einen Zahlenfehler vermutete, nach einem Datum forschte.

»Was suchen Sie denn?«, fragte der Dicke durch die offene Tür.

»Ach, ich will nur schauen, was der 18. Brumaire des Jahres Acht nach gewöhnlicher Zeitrechnung für ein Datum war ...«, murmelte Schönbach zerstreut.

»Der 9. November 1799«, sagte Kühl. »Ein Samstag.«

Schönbach glaubte, sich verhört zu haben. Er schob einen Lexikonband zurück ins Regal, steckte den Kopf durch die Tür von Kühls Büro und fragte den hinter seinem Schreibtisch in die Lektüre irgendeines Wälzers vertieften Insassen: »Im Ernst? Wirklich ein 9. November?«

»Ja, warum?«

»Ich wundere mich nur, dass Sie das im Kopf haben.«

»Was ist daran besonders?«, fragte Kühl aufblickend und funkelte ihn an. »Haben Sie vielleicht geglaubt, Deutschland besitzt ein historisches Exklusivrecht auf dieses Datum?«

»Aber dass es ein Samstag war ...«

»Halb so wild«, sagte Kühl, lehnte sich zurück und blickte selbstgefällig. »Geschichte hat mich schon als Kind interessiert, und die napoleonische Ära gehörte zu meinen Lieblingsthemen. Meine Geschichtslehrerin war immer völlig irritiert, dass ich die absurdesten Sachen auswenig hersagen konnte, zum Beispiel alle Napoleon-Marschälle ...«

»Alle?«, unterbrach ihn Schönbach, aber diesmal nicht erstaunt, sondern vielmehr herausfordernd.

»Alle«, bestätigte der Dicke.

»Davout!«, rief Schönbach.

Kühl schaute ihn einen kurzen Moment irritiert an, dann begriff er und konterte: »Murat!«

»Augereau!«

»Ney!«

»Berthier!«

»MacDonald!«

»Bessières!«

»Jourdan!«

»Lannes!«

»Soult!«

»Lefèbvre!«

»Marmont!«

»Masséna!«

»Oudinot!«

»Victor-Perrin!«

»Bernadotte!«

»Das Verräterschwein«, kommentierte Schönbach. »Was ist mit der Pfeife Grouchy?«

»Zur Hölle mit ihm!«, brüllte Kühl.

»Wie wär's mit Desaix?«

»Na ja, fast. Postum meinetwegen.«

»Haben wir alle?«

»Mortier fehlt noch«, sagte Kühl.

»Stimmt. Der in Moskau zurückbleiben musste.«

»Poniatowski!«

»Der war's ja bloß fünf Tage.«

»Aber er war's. Moncey können wir, glaube ich, vernachlässigen …«

»… wie die traurige Figur Brune.«

»Aber Suchet!«

»Nicht schlecht«, sagte Schönbach anerkennend.

Kühl lief zu großer Form auf und ergänzte: »Saint-Cyr!«

»Und Caulaincourt?«

»Der war nur General!«

»Stimmt.«

»Und was ist mit Francois-Etienne Kellermann?«

»Wenn wir die Pensionäre mitzählen, fehlt noch Serurier.«

Kühl reichte Schönbach begeistert die Hand. »Sehr gut, ausgezeichnet. Lassen wir das alberne Gesieze. Ich heiße Gottfried.«

»Johannes.«

Später erzählte Kühl, der übrigens sieben Jahre älter war als Schönbach, er habe ursprünglich Geschichte studieren wollen, seine historischen Neigungen hatten sich bis in die Abiturzeit mit seinem naturwissenschaftlichen mindestens die Waage gehalten, doch während ihm die Physik nur so nebenher unterkam, hatte er sich für die Geschichte wirklich und schon als Kind begeistert. Er war, obwohl das im Grunde nicht zusammenging, zugleich Napoleon- und Preußen-Verehrer, kannte sich in der griechisch-römischen Antike aus und erwies sich obendrein als Freund und Auswendigwisser der gereimten deutschen Klassik sowie vor allem der historischen Shakespeare-Dramen, so dass an Gesprächsstoff zwischen ihnen kein Mangel herrschte.

Schönbach sprach die Vermutung aus, dass es vielleicht gerade Kühls schöngeistige Neigungen gewesen seien, die ihm die Physiker-Laufbahn zerstört hätten, denn selbst der begabteste Mensch brächte heutzutage ohne ausgeprägtes Fachidiotentum keine wissenschaftliche Karriere mehr zustande. Das könne durchaus sein, träfe aber auf ihn nicht zu, hatte Kühl geantwortet, er sei zu blöde für die Physiker-Laufbahn gewesen, sei es heute nicht minder, und damit basta.

»Bereust du denn, dich damals nicht fürs Geschichtsstudium entschieden zu haben?«, wollte Schönbach wissen.

»Nicht die Spur«, knarzte Kühl. »Hättest *du* hier Geschichte studieren wollen? Sollte ich mich von diesen Kommunisten darüber aufklären lassen, dass die eigentliche Geschichte um 1917 beginnt und der Rest bloß Vorgeschichte war, die Überreichung der Gesetzestafeln durch Moses Marx mal ausgenommen?« Er lachte bitter. »Mir hat die Schule gereicht. Ich habe mich *nolens volens* für ein Studienfach entschieden, wo nicht alles Interpretation und Wirklichkeitszurechtbiegerei sein konnte. Mein Gott, was bin ich in der Schule zusammengeschissen worden, weil ich Preußen mit Hegel einen Vernunftstaat und Friedrich Zwo *den Großen* genannt habe! Was ich mir dabei dächte! Preußen sei der Hort der Reaktion und des Militarismus und des Junkertums und des Spießrutenlaufs und des Kadavergehorsams gewesen, ohne Preußen kein Hitler und so weiter. Die haben sich nicht mal entblödet zu behaupten, Preußen sei ein Zensurstaat gewesen, in dem die geistige Freiheit unterdrückt wurde; das ist, als ob ich dir vorwerfen würde, du seiest fett. Ich bekam in Geschichte immer Zweien und Dreien, während ich sonst fast nur Einsen hatte – außer in Sport natürlich. Allein dass ich alle Preußenkönige samt Lebens- und Regentschaftsdaten auswenig wusste, war den sozialistischen Pädagogen verdächtig.«

In der Regel fanden diese Gespräche während der Mittagspause im Bistro oder in Kühls Büro statt, denn der geschichtsbeflissene Physikus hatte nach Feierabend mit der Aufzucht seines Nachwuchses zu tun. Er habe vorsätzlich drei Kinder in die Welt gesetzt, erklärte er, und wenn es nach ihm gegangen wäre, hätten es auch vier oder fünf sein können, denn indem man eine möglichst große Nachkommenschaft zeuge, schaffe man sich seinen eigenen Mikrokosmos und könne beziehungsweise müsse sich sogar weitgehend von der Welt absentieren, was insbesondere dann ratsam sei, wenn besagte Welt einen eher ankotze. Aber an einem Tag in der Woche hatte er Ausgang (und seine Gattin an einem anderen Tage ebenso), und da sich sein Durst bis dahin stets gewaltig aufgestaut hatte, saßen er und Schönbach und manchmal auch Helmer öfter beim Bier in einer der redaktionsnahen Kaschemmen.

Eine dieser Feierabend-Trinkereien führte die drei in eine auf Altberliner Schick getrimmte Kneipe im Nikolaiviertel. Hier wurde Schönbach weiter in die Bewandtnisse der Reaktion eingeweiht, vor allem durch den dröhnenden Kühl, der mit verblüffender Lebensechtheit den weichknochig-vertrottelten Chefredakteur, seinen lokomotivischen Ersten Stellvertreter oder den spinnerten Theaterkritiker parodierte.

Schönbach lauschte auf kathartische Weise amüsiert und brachte irgendwann die Rede auf Eggert. Was das für einer sei, erkundigte er sich.

»Ein Nickesel«, beschied Kühl. »Noch nie hat er einem Vorgesetzten widersprochen.«

»Aber kein Wichtigtuer«, räumte Helmer ein und lockerte, unter der Anbrandung des Bieres schwitzend, die Krawatte am rosigen Hals.

»Wer sich so frisiert, ist per se ein Wichtigtuer«, knurrte Kühl.

Schönbach erfuhr, dass Eggert seine Artikel noch per Kugelschreiber verfasste, und zwar in solch kryptischen Schnörkeln, dass einzig seine Sekretärin imstande war, sie zu dechiffrieren. Eben diese Sekretärin tippte Eggerts Ergüsse dann auf der Schreibmaschine ab, worauf sie zu den Texterfasserinnen kamen, die sie wiederum dem Computer anvertrauten. Da seine Sekretärin älter war als er, würden Eggert-Artikel wohl nicht mehr gedruckt werden können, wenn sie in Rente ging; mit dieser Arbeitsweise, höhnte Kühl, liefere der Wirtschaftsabteilungsleiter ein geradezu idealtypisches Abbild hiesiger Wirtschafterei. »Ja, wenn er wenigstens ein Genie wäre!«, brüllte er. »Aber lies mal seine Artikel!«

»Ich *muss* sie sogar lesen«, stellte Schönbach klar.

»Armer Kerl!«, sagte Kühl überraschend sanft und wischte sich den Schaum vom Bart.

Helmer wiederum gab Kunde von den erotischen Konstellationen im Hause. Schönbach tat nur mäßig interessiert, aber er harrte inständig des Augenblicks, da der Name Janina Labeau fallen würde. Eben wurde Katharina Viehweger durchgehechelt. Helmer nannte sie faul und dämlich, und nach Schönbachs Eindruck war hier möglicherweise die Rede von zu sauren Trauben. Dann fiel der Name ihres *Stechers*, des Schönlings

Uwe Wimmer, dem, laut Helmer, Schwarm sämtlicher Redaktionsdamen …

»Sämtlicher?«, erkundigte sich Schönbach.

»Absolut«, bestätigte Helmer, der beobachtet haben wollte, dass Wimmer inzwischen, wer mochte es ihm verdenken, ein Auge auf, na auf wen schon, auf die Labeau geworfen hatte.

»Die ist hübsch«, befand Schönbach und tat gleichgültig, aber natürlich versetzte ihn diese Mitteilung in gewaltige Unruhe.

»Tolle Titten!«, rief Kühl verzückt, »mehr als ich, und strammer vor allem!« Und er presste seine fleischigen Hände auf die paarige Puddingdüne oberhalb seines Wanstes.

»Wimmer wird sie flachlegen«, entschied Helmer. »Er legt sie alle flach.«

»Ist die Labeau denn schon öfter – flachgelegt worden? Ich meine von Kollegen?«, fragte Schönbach.

Helmer lachte sein Jungenlachen, während sich sein Backpfeifengesicht mit themenrelevanter Röte überzog. »Nö, glaube ich nicht«, sagte er, »die ist doch eingebildet wie zehn nackte Neger. Aber Wimmer wird sie kriegen.«

»Die ist gar nicht eingebildet, die kann nämlich was«, widersprach Kühl.

»Ach Gottchen, die mit ihrer albernen Jugendseite …«

»Was kann denn die Labeau dafür, dass Jugend hier nur ein anderes Wort für *Kampfreserve* ist? Was möglich ist, macht sie.«

»Aber man sagt, der Wimmer sei ein bisschen beschränkt«, mischte sich Schönbach ein.

»Ein bisschen?«, fragte Kühl. »Wer hat *ein bisschen* gesagt?«

»Sie gefällt dir wohl, was?« Helmer grinste schlüpfrig.

»Klar.«

»Dann beeil dich, bevor Wimmer seine Finger dran kriegt.«

»Ich habe leider keinen Redakteursbonus.«

»Blödsinn!«, schnaufte Kühl. »Es muss Malus heißen! Wir sind Tintenkulis, Schreibhuren, verstehst du? Kompromittiert bis zum Jüngsten Tag! Frag den Genossen Helmer, der wird es dir bestätigen.«

»Lass gut sein, Gottfried, ich habe heute keinen Bock auf deine Selbstzerfleischung.«

»Wir hätten jeden Grund dazu!«

»Apropos: Was war denn neulich mit deinem Chef los?«, wandte sich Schönbach an Helmer.

Der wirkte auf einmal ziemlich gereizt. »Was weiß ich denn?«, maulte er. »Stresemann ist schon ein bisschen durch den Wind. Die Sauferei und so. Außerdem haben sie ihn seit der letzten Eiszeit nicht mehr befördert. Funkenkamp hat ihn ausgebootet. Eigentlich sollte Stresemann Stellvertreter werden, aber Funkenkamp hat wohl seine ideologische Zuverlässigkeit in Frage gestellt. Und dann haben sie ihm später noch Bäuerle vor die Nase gesetzt. Deshalb ist er verbittert.«

»Von Hierarchieproblemen hat er aber gar nicht geredet. Er sprach vom Lügenverbreiten und Aufhängen ...«

»Vielleicht hat er an den 17. Juni gedacht!«, rief Kühl.

»Würdest du bitte nicht so herumbrüllen!«, zischte Helmer und sah sich aus den Augenwinkeln um. Dann griff er in die Tasche, förderte zwei seiner Anti-Sodbrenn-Pillen zutage und warf sie ein.

Kühl nahm dem Kellner, der eben vorbeikam, ein neues Bier aus der Hand und leerte es in zwei Zügen. Sichtlich hatte er sich warm getrunken und fand es angezeigt, die Schlagzahl zu erhöhen. Es lief einfach so hinein in seinen Riesenleib, keiner der beiden am Tisch konnte diesem mörderischen Tempo folgen.

»Und was ist Bäuerle für einer?«, erkundigte sich Schönbach.

»Ganz eindeutig der bedeutendste Theaterkritiker auf seiner Etage«, erklärte Kühl, verschränkte die Arme, reckte das Kinn und sächselte durch die Nase: »Da muss ich wohl mal wiedor eine Deadorgridigg schrei'm.«

»Ich finde seine Beiträge nicht sonderlich bedeutend«, gestand der Korrektor.

»Du liest sie ja auch«, lachte Helmer. »Warst du schon mal in seinem Büro?«

»Ich hatte nicht das Vergnügen. Wieso?«

»Es hat eine verblüffende Ähnlichkeit mit dem Arbeitszimmer Brechts, das du in der Chausseestraße besichtigen kannst. Sofa, Schreibtisch, alles sieht so ähnlich aus. Tja, und da sitzt er nun und popelt in der Nase.«

»Er popelt tatsächlich«, erklärte Kühl, »auch in aller Öffentlichkeit. Und dann beglotzt er zweifelnd seinen Fang. Ich sage euch, selbst seine Popel taugen nichts. Im Übrigen«, wandte er sich an Schönbach, »ist Bäuerle eine rückgratlose Molluske und lässt einen halbwegs in Frieden. Er hasst Konfrontationen.«

Das Gespräch wurde unterbrochen, weil der Redakteur Uwe Seehafer in der Tür des Lokals erschien, ein kleiner, etwas rundlicher Frühdreißiger mit Bürstenhaarschnitt, der die närrische Angewohnheit hatte, einen Bügel seiner Brille im Mund zu tragen, so dass die Gläser unter seinem Kinn hingen. Wenn er redete, nahm er die Brille wie ein Pfeife aus dem Mund; er brauchte sie nur zum Lesen. Seehafer arbeitete, seitdem er von der *Parteischule* zurück war, als stellvertretender Abteilungsleiter der Redaktion *Parteileben,* wobei sein persönlicher Verantwortungsbereich die Rubrik *Aus den Grundorganisationen* war. Seit kurzem amtierte er zugleich als stellvertretender Parteisekretär des *Berliner Tageblattes,* wobei das »stellvertretend« wohl bald aufgehoben werden würde, denn der nominelle Sekretär, ein uralter, gewissermaßen bemooster Redakteur mit echter Nazi-Zuchthaus-Erfahrung, setzte kaum noch einen Fuß in die Redaktion. Seehafer war der Prototyp des jungdynamischen Genossen, ein ärmelaufkrempelnd-forscher und gern auf Kumpel machender, penetranter Geselle mit temporären Kommissars-Allüren, immer im Dienst und allzeit bereit, ideologische Verfehlungen zu korrigieren oder zu ahnden, der es als zu seinem Amt gehörend betrachtete, überall dabei zu sein. Das schien er auch an diesem Abend vorzuhaben, denn nachdem sein suchender Blick die drei entdeckt hatte, trat ein Lächeln auf sein Gesicht, und zielstrebig steuerte er ihren Tisch an.

»Woher weiß dieser Schnüffler denn schon wieder, dass wir hier sind?«, knurrte Kühl.

»Keine Ahnung«, erwiderte Helmer. »Ich habe nur Gustav und Volker Herold Bescheid gesagt, falls sie nachkommen wollen.«

Seehafer hatte den Tisch erreicht und sagte aufgeräumt: »Wusste ich doch, dass ich euch hier finde, 'n Abend, die Herren! Na, fleißig beim Bier? Schöner Laden hier, da soll mal einer sagen, es ginge nicht vorwärts *bei uns*. Ist noch ein Plätzchen frei?«

Und schwupps hockte der Gesinnungsholzbock bei ihnen, schwupps hatte er die Brille im Mund hängen, und schwupps erlahmte das Gespräch. Überall, wo Seehafer auftauchte, erlahmten die Gespräche.

»Ach, der Dia*leck*tiker ist auch da«, sagte er, als ob er den schwer übersehbaren Korrektor erst jetzt entdeckte und obwohl die Sache schon Wochen zurücklag.

»Ja«, seufzte Schönbach, »das kommt davon, wenn man den lieben langen Tag nur ans Lecken denkt.«

Während Helmer und Kühl grinsten, wurde Seehafer verlegen.

»Na, Sie sind mir ja einer«, murmelte er. »Aber so was darf nicht passieren!«

»Ans Lecken denken?«, erkundigte sich Schönbach.

»Nun mal Schluss mit den Scherzen! Immerhin produzieren wir eine politische Tageszeitung, auf uns schaut man, da muss Verlass sein!«

»Die Konferenz ist seit über neun Stunden vorbei«, sagte Kühl und tippte auf seine Uhr.

»Ein Journalist ist immer im Dienst.«

Da nun ein ungemütliches Schweigen entstand, wollte der stellvertretende Parteisekretär wissen, worüber man sich vor seinem Erscheinen denn unterhalten habe.

»Och«, sagte Kühl, »über nichts Besonderes. Zuletzt sprachen wir, glaube ich, davon, wer nach dem Sturz des Politbüros in die Übergangsregierung kommen sollte.«

»Darüber macht man nicht mal Scherze«, entgegnete Seehafer streng.

Aber etwas ritt Kühl. »Da bin ich ganz deiner Meinung«, sagte er, »ich musste auch Helmer in die Schranken weisen, denn der hat allen Ernstes dich als Minister für Fragen des deutschen Zusammenwachsens vorgeschlagen.«

Seehafers Miene vereiste. Kühl klopfte ihm auf die Schulter und brummte: »Nun guck mal nicht so böse. War bloß ein Witz!«

Es war wirklich schwierig, mit diesem Kontrollstoffel am Tisch die Laune oberhalb des Gefrierpunktes zu halten.

»Wißt ihr eigentlich schon«, sagte Seehafer plötzlich, und ein zufriedenes Strahlen erschien auf seinem Gesicht, »dass die Labeau jetzt doch in die Partei eintritt?«

Schönbach war perplex. Mit ihm hatte sie ganz anders geredet. Wer jetzt noch in die SED eintrat, musste einen an der Waffel haben. Versprach sie sich allen Ernstes einen Vorteil davon? Für eine Weile entglitt das Tischgespräch seiner Aufmerksamkeit.

Als er wieder daran teilnahm, hörte er Seehafer sagen: »Ich will gewisse Mängel gar nicht bestreiten. Aber gerade weil wir in Schwierigkeiten stecken, dürfen wir uns nicht in fruchtlosen Fehlerdiskussionen verzetteln. Dieses Negativ-Gerede macht alles nur noch schlimmer. Konstruktive Kritik, sage ich. Wir müssen zusammenstehen. Schulterschluss heißt die Parole. Konstruktiv!«, wiederholte er eindringlich.

Was für ein Dummschwätzer, dachte Schönbach. Ersichtlich fiel er auch den beiden anderen gewaltig auf die Nerven, aber Helmer wusste das Gespräch so zu steuern, dass es Minuten später beim Fußball angekommen war. Schönbach hielt generell nichts von Sport. Er betrachtete es als enorme Zeitvergeudung und Verblödungshingabebereitschaft, dass Menschen nicht nur stundenlang ihren Körper trainierten, sondern noch weitaus länger andere bei dergleichen Leibesübungen begafften – obwohl das auch seine antiken Griechen getan hatten, aber man musste auch bei diesen nicht alles goutieren, sonst hätte er ja auch deren zwanghafte Vorliebe für das männliche Rektum teilen müssen. Das Einzige, was er über Fußball wusste, war, dass die im Westen drei Klassen besser spielten und im Osten immer der BFC Dynamo Meister wurde, weil es der Lieblingsverein des Staatssicherheitsministers Erich Mielke war. Wie sich herausstellte, war Seehafer – naturgemäß – BFC-Anhänger, Kühl hielt aus Opposition zum Berliner Lokalrivalen 1. FC Union, was schon fast ein Affront gegen Staat und Partei war, und Helmer schwor auf Dynamo Dresden. Aber das waren Dinge, die Schönbach nun wirklich nicht interessierten.

7.
Späte Höhepunkte des Sozialismus

Der Tag, an dessen Ende die schöne Jungredakteurin mit dem Korrekturleser ins Bett gehen sollte, begann als azurner Augustmorgen mit drückendem Zentralgestirn und stehender Luft. Schönbach war sehr früh aufgewacht. Er stellte das Radio an und erwischte die Sieben-Uhr-Nachrichten auf SFB II. Das

Außenministerium warf der Bundesregierung wieder mal vor, sich aufs Gröbste in die inneren Angelegenheiten der DDR einzumischen. Inzwischen saßen seine Landsleute zu hunderten in den BRD-Botschaften zu Prag und Budapest, sogar die Ständige Vertretung der Bundesrepublik in Ostberlin hatten sie besetzt. Um das Schicksal der Fluchtwilligen, erklärte der Nachrichtensprecher, werde in diesen Stunden verhandelt. Wäre es nach Funkenkamp gegangen, hätte man überhaupt nicht verhandelt und zumindest die Ständige Vertretung sofort gestürmt und danach für immer geschlossen. Im Übrigen, erzählte Kühl, der es wiederum von Stresemann wusste, habe Funkenkamp im Kollegium dafür plädiert, endlich die Grenzen dichtzumachen, insbesondere die zur ČSSR, damit keiner dieser *Landesverräter* mehr nach Ungarn durchkomme, mit den *Konterrevolutionären* in Budapest zu verhandeln, sei ja wohl inzwischen sinnlos, überhaupt seien diese magyarischen Gesinnungshuren von jeher die unsichersten Ostblock-Kantonisten gewesen, immer habe man dortzulande mit dem Westen geäugelt, und die Sowjetunion zeige derzeit leiderleider eine erschütternde Lethargie. Fleischer, so Kühl, habe auf seine vertrottelte Art Ähnliches geäußert. Selbstredend wurden im *Tageblatt* nur die zentral vorgegebenen Verlautbarungen abgedruckt, und Schönbach las sie gallig Korrektur, zum Beispiel die irre Story über einen Touristen, den angeblich jemand in Ungarn mit K.o.-Tropfen abgefüllt und auf österreichisches Territorium verschleppt hatte und der jetzt dringend in sein sozialistisches Heimatland zurückzukehren verlangte. Die DDR blutete aus, und den Führungsgreisen fiel nichts Gescheiteres ein, als sich schlechte Märchen auszudenken. Und er, Schönbach, gab diesen Lügen den Segen der Imprimatur, anstatt, beispielsweise, die Redaktion in Brand zu setzen …

Schönbach verließ zeitiger als sonst das Haus und ging zu Fuß zur Arbeit. Die Augustsonne versuchte ihm zu suggerieren, dass er in einer schönen Zeit lebe. Sein Fußmarsch führte ihn über den Alexanderplatz, vorbei am Nikolaiviertel auf die Leipziger und schließlich zur Friedrichstraße. Er betrat das mit dunklem Kunststein ausgekleidete Entree des Pressehauses, zückte am stets doppelt besetzten halbrunden Pförtnertresen seinen Betriebsausweis und fuhr mit dem Lift in den ersten Stock. Es war Viertel vor neun und die Redaktion noch weitgehend leer; desto mehr überraschten ihn die erregten Stimmen, die von dorther kamen, wo sich sein Büro und das der Texterfasserinnen befanden und wohin der Knick des Flures ihm momentan die Sicht versperrte. Die Sprechenden konnte er schnell identifizieren; es waren das heiser-quetschkommodige Organ seines unmittelbaren Vorgesetzten Heinz Pastor sowie das etwas asthmatisch klingende des Wirtschaftsabteilungsleiters Axel Eggert. Die Delikatheit ihres Dialogs erlauschend, verlangsamte Schönbach seine Schritte und blieb kurz vor der Biegung stehen.

»Also bitte, Axel, wir kennen uns seit fast zwanzig Jahren, und du weißt, dass ich meinen Marx gelesen habe, aber so kann es ja wohl nicht weitergehen!«

»Schrei doch nicht so …«

»Unsere Berichterstattung ist ein Hohn!«

»Schon richtig, aber die warten drüben nur darauf, dass wir uns selber zerfleischen.«

»Wir können uns nicht immer auf den Westen herausreden!«

»Schau, wir haben beide –«

Eggert blieb das Wort im Halse stecken, als Schönbach um die Ecke bog und freundlich einen guten Morgen wünschte. Er schloss sein Büro auf und zog die Tür hinter sich zu.

»Der hat alles mitgekriegt!«, hörte er Eggert draußen raunen und musste grinsen.

Die Stimmung in der Redaktion wurde von Tag zu Tag gereizter; Gedanken wie jene, die Pastor eben vorgetragen hatte, krochen förmlich unter den Bürotüren durch, und dass sogar der windelweiche Eggert ihnen im Grunde widerspruchlos zuhörte, war ein verheerender Befund für die Linientreue des Organs der SED-Bezirksleitung Berlin. Ein anderer, ähnlich desaströser bestand darin, dass sein Korrektorenkollege Hugo Richter in später und demonstrativer Opposition gegen Arbeit im Allgemeinen und die Parteilinie im Besonderen begonnen hatte, im Büro Robert Musils Roman *Der Mann ohne Eigenschaften* zu lesen, der zwar nicht direkt verboten, aber bürgerlich-dekadent und in Buchhandlungen beziehungsweise Bibliotheken nicht erhältlich war.

Eine Texterfasserin brachte den Kulturaufmacher. Schönbach sah ein, dass sein Gegenüber unmöglich dafür die Lektüre unterbrechen konnte, und begann zu lesen. Eine Professorin vom Zentralinstitut für marxistisch-leninistische Philosophie der Akademie der Wissenschaften wütete gegen ein angeblich drohendes *Viertes Reich*, das die *aggressivsten Kreise des westdeutschen Monopolkapitals* zusammen mit Revisionisten, Neofaschisten, Vertriebenenpolitikern und sonstigem nationalistischem Raubgesindel anstrebten, worauf sie messerscharf schloss, dass jene Republikverräter und Grenzverletzer, die der DDR und dem Sozialismus den Rücken kehren wollten, *objektiv* den *Weltfrieden gefährdeten* und deshalb nicht mit Schonung rechnen dürften. Der letzte und ambitionierteste Satz ihres nebenher noch auf einen Kurzabriss der Geschichte des Kommunismus hinauslaufenden Artikels lautete: »Wir Kommunisten hatten bei allem, was wir taten, stets Recht und unsere Gegner stets Unrecht.« Der Witz war, dass dieser Nonsens im Präteritum vorgetragen wurde, die Verfasserin schien zu ahnen, dass es vorbei war, und intonierte nur noch einen hysterischen Abgesang. Aber der arme Schönbach bekam trotzdem Magenschmerzen davon, derweil sich Hugo Richter stillvergnügt in seinen Musil vertiefte.

Es war Janinas letzter Arbeitstag vor ihrem Urlaub, was des Korrektors Laune nicht hob. Er ging am Nachmittag zu ihr hinauf, um eine gute Reise zu wünschen. Aber ihm brannte noch etwas anderes auf der Zunge.

»Sag mal, trittst du in die Partei ein, damit sie dich auch in Zukunft noch ins Ausland lassen?«, begrüßte er sie bemüht ironisch.

Janina sah ihn erstaunt und ein bisschen überrumpelt an.

»Woher weißt du's denn?«, fragte sie.

»Dass du Kandidatin geworden bist? Von Seehafer.«

»So ein geschwätziger Typ! Das geht doch keinen was an, oder?«

»Ich bitte dich, in diesen Zeiten schwenken sie triumphierend jeden Skalp«, entgegnete er. »Oder wolltest du unbedingt die Letzte sein? Die letzte Genossin?«

»Der Letzte macht das Licht aus«, sagte sie launig. »Was schaust du auf dein Dreieck? Willst du jetzt wissen, ob's mir an Redlichkeit mangelt oder doch bloß an Intelligenz?«

Da er nicht antwortete, begann sie so geschwollenes Zeug zu reden wie: Sie sei der Meinung, dass man die Geschehnisse nur beeinflussen könne, wenn man sich dort befinde, wo die Hebel angesetzt würden, dieses Land sei nur vom Kopf her reformierbar, sie glaube, man erreiche mehr, wenn man *Mitglied* sei und so weiter.

»Du bist verrückt«, seufzte Schönbach und setzte sich auf ihre Schreibtischkante.

»Kann sein«, sagte sie. »Hast du für heute Abend schon was vor, oder magst du ihn mit mir verbringen? Ich bin immerhin die nächsten drei Wochen nicht da.«

»Klar mag ich ihn mit dir verbringen«, antwortete er grinsend, »ich hätte doch ansonsten nur die Option auf Nicht-Genossen.«

Das Cafe Scala in der Schönhauser Allee, ein zweietagiges Lokal mit einer Treppe dazwischen, auf welcher sich im Laufe des Abends die unausweichliche Schlange bildete, war der Schauplatz ihres spontanen Zweittechtelmechtels. Da sich der Wein als noch ungenießbarer erwies als im Republikpalast, stiegen sie auf Gin Tonic um. Der Kellner war schwul, flink und sogar nett.

»Nun ist ja die Jugendseite für ein paar Wochen vollständig in Seniorinnenhand«, hub Schönbach mit dem Abschiednehmen an.

»Von mir aus«, lachte Janina. »Was heißt übrigens Senioren? Wir sind doch ein Land von Berufsjugendlichen, schau dir Egon Krenz an.« Und sie trällerte: »Wir sind die junge Ga-harde des Proo-letaa-riaats!«

»Die Vorfreude verleiht dir etwas Durchgängerisches ...«

»Absolut. Aber warum redet heute bloß alle Welt über meinen Urlaub?«

»Weil du die Letzte bist. Nicht bloß die letzte Genossin, sondern vermutlich auch die letzte Ungarn-Reisende.«

»Meinst du allen Ernstes, dass die hier die Grenzen dichtmachen?«

»Ich traue diesen Knallköpfen alles zu. Die schließen am Ende auch noch die zu den Tschechen.«

»Und Urlaub macht der gemeine Zonendödel dann kollektiv an der Ostsee oder im Erzgebirge? Nee, das glaube ich nicht. Das wäre ja so, als ob du einen Kessel auf den Herd stellst, der keine Öffnung hat. Dann explodiert er.«

»Und wir können später sagen, wir seien dabei gewesen, als er in die Luft flog. Reinlassen werden sie dich ja wohl wieder, Genossin.«

»Hör doch mal auf damit!«

»Womit?«

»Mit diesem ewigen ›Genossin‹!«

»Ich glaube, du hast mich falsch verstanden, weil die Musik zu laut ist. Ich sagte: ›Göttin‹.«

Ihr Blick verschleierte sich. Sie ließ ihre Augen eine Weile auf ihm ruhen, dann griff sie nach seiner Hand, beugte sich zu ihm und flüsterte: »Gib mir einen Kuss.«

Er traute seinen Ohren nicht.

In den folgenden Stunden traute er zeitweilig seinem gesamten Sinnesapparat nicht, obwohl der so überzeugend mit Reizen versorgt wurde, dass er aus einem Evidenzerlebnis ins nächste taumelte. Es war kein sonderlich weiter Weg vom Scala zur Dunckerstraße, aber er zog sich etwas hin, da Janina mehrmals stehen blieb und ihn auf eine Weise küsste, die etwas von nahendem Fronturlaubsende hatte. In seiner Wohnung angekommen, fiel sie so wildentschlossen über ihn her, als hätte sie etwas gutzumachen. Mit einer gewissen Fassungslosigkeit ließ er sich mitreißen; trunkenen Blicks erkundete er ihren kleinen, marmorbleichen Körper, nach dem er sich wochenlang verzehrt hatte, den festen Bauch und die schweren Brüste darüber, er spürte ihre klugen Hände und sah ungläubig zu, wie sich ihre Lippen – die Lippen Janina Labeaus! – um seinen Schwanz schlossen, während ihre Katzenaugen interessiert in seiner Miene die unmittelbaren Auswirkungen erforschten. Er kam ein ums andere Mal, er hatte nicht gewusst, dass er *so* oft konnte, aber sie ließ nicht locker. Sie saugte ihn aus, öffnete ihm jede ihrer Poren und füllte sein Zimmer mit dem lüsternen Glissando ihrer Stimme. Erst vier oder fünf Stunden später, gegen drei Uhr in der Nacht, brach sie auf, und er ging mit ihr hinunter, um ihr ein *Schwarztaxi* anzuhalten. Sie presste ihre Lippen auf seine und küsste ihn so innig, dass ihm die Luft wegblieb, stieg in einen Wartburg, der auf sein Zeichen gestoppt hatte, und winkte ihm beim Davonfahren lange zu. Schönbach, die Geschmäcker sämtlicher Janina-Labeau-Kontinente im Munde, fühlte sich wie ein Olympiasieger, wie ein Nobelpreisträger, ach was, wie Dschingis Khan. Nachsichtig lächelnd, dachte er an den Schönling Wimmer …

Und ausgerechnet jetzt fuhr sie in den Urlaub. Du lieber Himmel, was war er verknallt!

8.
Europa

Wie immer brannte das Hoflicht nicht. Schönbach drückte mit dem Fuß die große Flügeltür auf, die in den Torweg zur Straße führte und deren Klinke er nie anfasste, seit er von seinem Ausguck im fünften Stock beobachtet hatte, wie Kinder sie mit Hundescheiße beschmierten. Die Abenddämmerung befand sich bereits in ihrem Endstadium, üblicherweise warfen die Straßenlaternen ein trübes Licht durch die verdreckten Scheiben des Ausfahrttores und woben Muster auf den Steinfußboden der Durchfahrt. Aber diesmal versperrte eine konturlose, den gesamten Torweg ausfüllende dunkle Masse die Sicht, vor der Schönbach zurückprallte wie vor der Inkarnation des eigenen schlechten Gewissens. Dank jenes Fledermaus-Sensoriums aus der stammesgeschichtlichen Erbmasse, auf dessen Unterstützung der Mensch auch im Dickicht der Großstädte zuweilen unbewusst zurückgreift, spürte er, dass sich jemand im Torweg aufhielt. Außerdem roch es nach Zigaretten. Er tastete sich vorwärts, berührte einen Körper und zog reflexhaft die Hand zurück.

Eine Taschenlampe strahlte auf und ihm direkt ins Gesicht, dass er neuerlich zusammenschrak und nun erst recht nichts mehr sah.

»Genosse Oberleutnant«, sagte eine noch jugendlich klingende Männerstimme, »wir sollten das Standlicht anmachen, sonst laufen uns dauernd Bürger gegens Auto.«

»Warum lässt sich dieses verdammte Tor auch nicht abschließen?«, moserte eine zweite Stimme.

»Machen Sie irgendeine Kette davor, mir reicht es jetzt. Das Licht bleibt aus!«, herrschte eine dritte.

Der Strahl der Taschenlampe wanderte an Schönbach hinab zur Erde und von dort zur Wand.

»Gehen Sie hier entlang, Bürger«, sagte die erste Stimme, »immer an der Wand, dann kommen Sie am Wagen vorbei.«

Allmählich hatten sich Schönbachs Augen so weit an die Finsternis gewöhnt, dass er die schwarze Masse als einen LKW mit planenüberspannter Ladefläche identifizieren konnte, in deren Tiefe an mehreren Stellen Zigaretten aufglommen. Das Licht der Taschenlampe riss einen uniformierten Burschen von höchstens zwanzig Jahren aus dem Dunkel, der dem Bürger Platz machte. Er trug die graublaue Uniform der Bereitschaftspolizei, hielt einen weißen Rundhelm mit Plexiglasvisier in der Hand, und an seinem Koppel hing ein Gummiknüppel.

Man schrieb den 7. Oktober 1989. Schönbach hatte den *Tag der Republik* daheim im Bett verbracht und keine Lust verspürt, sich unter das Publikum trübseliger Volksfeste zu mischen; nun aber hatte sich ein maßvoller Bierdurst eingestellt. Wie alle Kollegen war auch er zur Teilnahme am obligatorischen gemeinsamen Aufmarsch sämtlicher Mitarbeiter des *Tageblatts* genötigt worden. Von vornherein Nein zu sagen, war unklug, denn es konnte Sanktionen nach sich ziehen; am besten man erklärte tags darauf, man sei aufgrund des unglaublichen Andrangs leider verspätet am verabredeten Treffpunkt erschienen, habe im Gedränge euphorisierter Sozialisten die eigene Truppe nicht mehr gefunden und sei allein, aber geborgen im Großenganzen, an den *führenden Genossen* vorübergezogen.

Das Einfahrtstor fiel hinter ihm ins Schloss und verschluckte den uniformierten Spuk. Von draußen sah alles aus wie immer, solides Grau. Was, fragte sich Schönbach mit einer gewissen

Bangigkeit, machte die *Bepo* mit einem Überfallwagen in seiner Hauseinfahrt? Ging es los?

Ging *was* los?

Die gewittrige Stimmung im Land war ja mit Händen zu greifen, jeder spürte, dass *etwas in der Luft lag.* Die versteinerten Verhältnisse schienen plötzlich wie auf Treibsand gebaut. Inzwischen hatte die Regierung das allgemeine Reiseverbot tatsächlich auch noch auf die Tschechoslowakei ausgeweitet, nirgendwohin durfte mehr gereist werden, der mit Resten deutscher Gründlichkeit bewirtschaftete Witzstaat war nunmehr komplett eingemauert – ganz wie er gegenüber Janina geunkt hatte.

Janina ... Vor drei Wochen hatte Schönbach eine Ansichtskarte aus seinem Briefkasten gefischt, die noch immer daheim auf seinem Schreibtisch lag. Sie zeigte eine Nordseelandschaft, trug einen Hamburger Poststempel, und auf ihr stand geschrieben: *Es tut mir leid!!! Janina.*

Die schöne Kindfrau war für immer verschwunden, nicht mehr vorhanden, sie lebte jetzt auf der anderen Seite der Mauer, gewissermaßen auf einem anderen Planeten. Obwohl Schönbach zu dem Zeitpunkt, als die Karte eintraf, längst Bescheid wusste (sie hätte ruhig eher schreiben können!), war es wie eine Todesnachricht für ihn gewesen. Eines Septembermorgens hatte Kühl grinsend verkündet, der Chefredakteur habe mit dem äußersten Grad an Empörung, zu welchem der schlaffe Mann fähig sei, offiziell bekannt gegeben, dass die Kollegin Labeau nicht mehr zur Redaktion gehöre; sie habe ihren Ungarn-Urlaub dazu missbraucht, sich in den Westen abzusetzen. In den folgenden Tagen hatten sich zwei betont unauffällige Herren in der Redaktion herumgetrieben, aber einen Korrektor als Informanten oder gar zu verhörende Person anscheinend nicht in Betracht gezogen.

Bäuerle war es, der Schönbach fragte: »Sie kannten die Kollegin Labeau doch gut, oder?«

Das war eine Gewissensfrage in einem Haus, in dem noch die Stasi herumschnüffelte. Hatte nicht sogar Petrus geleugnet, den Heiland zu kennen? Und trug nicht der Papst trotzdem seinen Ring?

»Ich kannte sie, wie ein Mann eine Frau eben kennt«, hatte Schönbach starren Blicks erwidert.

Gut gebrüllt, dachte er noch im Nachhinein.

Die beiden Schnüffler fanden nichts irgendjemanden Belastendes – was sollten sie auch bei Kollegen finden, wo die Republikflüchtige nicht mal ihre Beischlafpartner eingeweiht hatte? Sie konsfiszierten den Inhalt des labeauschen Schreibtisches (an den sich fortan, als sei er mit staatsfeindlichen Mikroben kontaminiert, niemand mehr setzte) und zogen ab, denn es gab für sie andernorts zu tun, schließlich kehrte andauernd jemand nicht aus Ungarn zurück. Funkenkamps Exorzismus war freilich erst gestillt, als jede Erinnerung an die einst auch von ihm als Talent gelobte Verräterin getilgt war, wozu er unter anderem die Abteilungsleiterin des Archivs anwies, die Fotoalben, in denen Betriebsfeiern, Umtrünke anläßlich runder Geburtstage oder Aufmärsche der Redaktion zum *Tag der Republik* dokumentiert waren, nach Bildern der Dissidentin zu durchsuchen und dieselben schleunigst zu vernichten. Dass die Archivarin seiner Forderung nur halbherzig nachkam, die meisten Fotos, auf denen die Labeau zu sehen war, in der Sammlung beließ und allenfalls jene herausnahm, auf denen sie allzu sehr im Mittelpunkt stand, sie aber keineswegs wegwarf, sondern aufhob und eines sogar Schönbach, der sie darum gebeten hatte, schenkte, das alles zeigte nur, wie weit es mit dem Ungehorsam und der allgemeinen Disziplinlosigkeit in der DDR bereits gekommen war.

Schönbach seufzte leise, schob die Gedanken an Janina sanft in die Erinnerungs- und Traumareale seines Hirns und konzentrierte sich auf seine unmittelbare Gegenwart zwischen Staatsnotstand und Bierdurst.

In letzter Zeit war in den West-Nachrichten verstärkt von Oppositionsgruppen zu hören, die sich vor allem in Leipzig und Berlin formiert haben sollten. Angeblich wollten diese Bürgerbewegten, von denen es aus der Chefredaktion des *Berliner Tageblatts* hieß, sie seien *vom Westen gesteuerte Provokateure*, gegen die *mit aller Entschiedenheit vorgegangen* werden müsse, die Anwesenheit des sowjetischen Staats- und Parteichefs Michail Gorbatschow bei den Jubiläums-Feierlichkeiten nutzen, um sozusagen unter dem Protektorat des Sowjet-Reformers öffentlich gegen die SED-Führung zu demonstrieren. In der Redaktion war in diesem Zusammenhang der Begriff *chinesische Lösung* gefallen, Schönbach wusste nicht mehr, aus wessen Mund er ihn zuerst gehört hatte, das Wort stand einfach im Raum, als nicht auszulüftende Drohung. Funkenkamp, berichtete Kühl, hatte unter Zischknurr-Salven angekündigt, man werde sich nicht ausgerechnet den Republikgeburtstag, den 40. obendrein, *von irgendwelchen Kriminellen besudeln lassen*, Fleischer hatte seinem Stellvertreter beigepflichtet, sich aber wenigstens noch in kopfschüttelnd und fragmentarisch vorgetragenen Reflexionen darüber verloren, ob es denn wirklich so weit kommen müsse und warum es überhaupt so weit gekommen sei. Der Dritte im Bunde, Bäuerle, enthalte sich in letzter Zeit jedes Kommentars, verriet Kühl.

Es war eine Zeit, in der Schönbach erstmals bedauerte, keinen Fernseher zu besitzen. Er hätte zu seinen Eltern gehen können, aber es hätte einen enormen Kraft- und Nerveneinsatz bei ungewissem Resultat erfordert, sie davon zu überzeugen, West-Nachrichten zu schauen. Er hatte seinen Vater speioft litaneien hören, dass *jeder* Sendung des Westfernsehens, sogar dem Kinderprogramm, ideologische Manipulation in exakt abgestuften Dosierungen beigemischt sei und wer sich dem aussetzte, er mochte in Marx ruhen wie ein Muslim in Allah, automatisch infiltriert werde; es gab kein Mittel dagegen außer DDR-Fernsehen. So begnügte sich Schönbach damit, Radio zu hören, die Sender Westberlins, des Brückenkopfs (von dem sein Vater früher, als Johannes noch klein war, gesagt hatte, man sollte ihn einfach überrollen, kein Ami werde für Westberlin seine Knochen hinhalten), und auch dort hörte er die fatale Formulierung – in der erweiterten Version *Angst vor einer chinesischen Lösung*.

Ob hier, überlegte Schönbach, in allen Häusern Überfallwagen standen? Die Einfahrten kamen ihm plötzlich wie Drachenhöhlen vor. Warum lauerten die Bullen ausgerechnet hier, wo weit und breit keine Veranstaltung stattfand, die irgendwer stören konnte? Gewiss, der Prenzlauer Berg war der funktionärsfreiste, vermutlich DDR-feindlichste und somit kontrollierwürdigste Bezirk der Stadt. In Pankow zum Beispiel oder in den Plattenbaubezirken war die Mehrzahl der Wohnungen *beflaggt*, während hier nur ein paar vereinzelte schmuddlige Fahnen aus den Fenstern hingen. Daheim bei Schönbachs zeigte man selbstredend immer Flagge, am 7. Oktober ebenso wie am 1. Mai, und auch des *Tages der Befreiung vom Hitlerfaschismus* am 8. Mai gedachte die Familie des Staatsbürgerkundelehrers allgemein sichtbar, wobei die beiden Fahnen der Einfachheit halber vom 1. Mai an durchhingen.

In der Schule waren sie gehalten zu singen:

»Hammer und Zirkel im Ährenkranz,
Zeichen des Glücks an der Wiege,
Weit über die Grenzen des Heimatlands
trägt es den Ruhm unsrer Siege ...«,

und der kleine Johannes hatte oft überlegt, welche Siege es wohl sein mochten, deren Ruhm über die Grenzen getragen wurde, und bei sich entschieden, dass wohl die der Sportler gemeint sein mussten.

Schönbach erreichte die Stargarder Straße. Er hatte den Spuk im Hausflur beinahe schon wieder vergessen, aber eine

Reihe von paarweise herumlungernden jungen Männern mit Kurzhaarschnitt und sportlich-legerer Kleidung aus einheimischer Produktion reaktivierten seinen Widerwillen. Es war kurz nach halb acht. Er lief in Richtung Schönhauser Allee und passierte den roten Klinkerbau der Gethsemane-Kirche, in der viele Lichter brannten und über deren Portal ein weißes Stofftransparent hing, auf dem »Mahnwache« geschrieben stand. Der gesamte Eingangsbereich stand voller brennender Kerzen. In kontinuierlichen Schüben hasteten Menschengrüppchen in die Gottesherberge. Gethsemane, dachte Schönbach, dort hatte der Heiland, an den er nicht glaubte, seine letzte Nacht in Freiheit verbracht, dort hatte er gebetet: »Mein Vater, lass diesen Kelch an mir vorübergehen«, und war trotzdem des Nachts von den Häschern der Hohepriester verhaftet worden.

Schönbach empfand keinerlei Sympathien für Kirche und Christentum. Ungeachtet seiner realen Situation und seiner ungleich stärkeren Verachtung für Apparatschiks und Spitzel, blickte er geringschätzig auf die Kerzenaufsteller und Fürbittbeter, es waren für ihn Schafe, Schlechtweggekommene, Bodensatzaufleser; er wollte mit ihnen keinerlei Ansicht teilen, nicht einmal die, dass die DDR auf den historischen Müll gehörte. In dieser Leute Engagement gegen die staatliche Bevormundung und Unterdrückung hasste er sein eigenes Unterdrückt- und Bevormundetsein.

Unschlüssig, welches Lokal er ansteuern sollte, bog er in die Schönhauser Allee. Was er nun sah, ließ ihn erbleichen. Auf der Magistrale reihten sich die Überfallwagen, als würden sie hier irgendwo vom Band gehen, dazwischen präsentierte der eine oder andere Wasserwerfer sein schwenkbares Scheitelhorn. Unter dem stählernen U-Bahn-Viadukt, der die Allee-Mitte überwölbte, wimmelten Polizisten wie Insekten. Von ihrer Nahkampfbereitschaft zeugten Helme mit Plexiglasvisieren, Schilde und Schlagstöcke, viele führten Hunde an der Leine. Der Platz unter dem Viadukt reichte nicht aus, all die Uniformierten zu fassen, so dass sie auch Teile der Straße versperrten. Der Staatsjubilar schien es tatsächlich ernst zu meinen mit seiner Neigung zur Chinoiserie.

An der Vorderseite einiger Lastkraftwagen waren übermannshohe Gitterzaunsegmente befestigt. Dergleichen Gefährte hatte Schönbach noch nie zuvor gesehen, sie sahen aus wie überdimensionierte Kuhfänger, und ihr Sinn konnte einzig darin bestehen, als Straßensperren oder Menschenmengenschieber eingesetzt zu werden. Nur: Wo war der Gegner? Die paar Hanseln in der Kirche? Das hätte bedeutet, mit Stalin-Orgeln auf Republikflüchtlinge zu schießen. Hatte sich vielleicht irgendwo in der Innenstadt ein Demonstrationszug formiert? Wie 1953? Was damals geschehen war, wusste Schönbach nur vom Hörensagen. Nach offizieller Version war nämlich überhaupt nichts geschehen. Im Geschichtsunterricht fand der 17. Juni nicht statt, kein Wort war je über diesen Tag gefallen.

Innerlich weglaufbereit und zugleich irgendwie sensationsgierig schlenderte Schönbach auf das Heerlager zu, wobei es ihn nicht gewundert haben würde, wenn man ihm erklärt hätte, er habe auf der Schönhauser Allee nichts zu suchen und möge gefälligst verschwinden. Während die Straße für den Verkehr gesperrt war, hasteten auf den Bürgersteigen ein paar verstörte Passanten vorbei. Schönbach war jetzt nahe genug, dass er einzelne Gesichter ausmachen konnte. Bei den meisten Polizisten handelte es sich um junge Burschen, die nicht sonderlich glücklich aussahen, manche wirkten wie Oberschüler vor einem Examen, auf das sie nicht vorbereitet waren und vor dem sie gewaltigen Bammel hatten. Ganz anders die Typen in Zivil, die sich zwischen den Uniformierten herumdrückten: Deren Münder waren mehrheitlich wie von gerechtem Zorn auf irgendwen verzerrt, und sie schienen darauf zu brennen, dass man sie endlich von der Leine ließ.

Eine Straßenbahn rumpelte langsam durch den Kordon, der sich wie ein Reißverschluss öffnete und hinter ihr wieder schloß. Unmittelbar neben Schönbach kreischte ein Funkgerät. »Zwei mehrere hundert Mann starke Gruppen bewegen sich durch Prenzlauer Allee und Schönhauser Allee Richtung Norden, vermutlich Richtung Gethsemane-Kirche«, schnarrte eine Männerstimme. »Die Genossen vom MfS treiben Keile in die Bande, wir haben mit der Zuführung begonnen. Lassen Sie niemanden durch!«

»Verstanden!«

Der Offizier, der den Befehl entgegennahm, war ein verärgert, aber staatstragend schauender Mensch mit hängenden Backen und einem enormen Wanst, den das Koppel horizontal spaltete, so dass er wie ein um neunzig Grad gedrehtes Hinterteil aussah. Schönbach stand keine fünf Schritte von ihm entfernt, und in der Sekunde, als ihre Blicke sich trafen, sah der andere aus, als fühle er sich ertappt. Aber im Nu hatte er sich wieder am Riemen und schnauzte: »Stehen Sie hier nicht herum, Bürger! Gehen Sie lieber nach Hause, hier wird's gleich ungemütlich!«

Keine schlechte Idee, dachte Schönbach. Es war ja ohnehin klar, wie die Sache ausgehen würde; die eine Partei war viel zu schwach, um der anderen wirklich Schaden zuzufügen. Es schien jedoch keineswegs ratsam, zwischen die Fronten zu geraten.

Er verließ die Magistrale auf demselben Wege, auf dem er gekommen war, und hörte, wie aus mehreren, nicht eindeutig zu ortenden Richtungen der Geräuschpegel anschwoll. Vom Ende der Stargarder, dort wo sie in die Prenzlauer Allee mündete, nur zwei-, dreihundert Meter von ihm entfernt, ertönte Gesumm, und plötzlich war die Straße schwarz vor Menschen. Sie kamen direkt auf ihn zu – das hieß: auf die Gethsemane-Kirche, die er soeben, nicht ohne vorher die Straßenseite zu wechseln, passiert hatte. Es waren überwiegend junge Männer, denen die Verbotenheit ihres Tuns in die gehetzt blickenden Gesichter geschrieben stand, die vorderen Reihen hielten sich untergehakt, und aus der Menge ertönten Sprechchöre: »Keine Gewalt! Keine Gewalt!« – »Neues Forum! Neues Forum!« – »Kommt heraus! Schließt euch an!« Sie liefen schnell und hektisch, wie Menschen eben laufen, die wissen, dass ihrem Frevel nur ein kurzer, besinnungsloser Augenblick beschieden ist und jeden Moment der alles beendende Prankenschlag der Staatsgewalt droht. Sie trugen weder Fahnen noch Transparente, noch andere Utensilien, die man von offiziellen Demonstrationen derart gewohnt war, dass ein Menschenauflauf ohne sie von Hause aus anrüchig wirkte. Das Schummerlicht der Straßenlaternen und die Farblosigkeit des Zuges verstärkten diesen Eindruck. Schönbach war angewidert und fasziniert zugleich. Ohne Zweifel gehörte eine gehörige Portion Mut dazu, sich diesem Pulk anzuschließen, dennoch waren ihm der halb aggressive, halb ängstliche Habitus der Marschierer, die sklavische Empörung, das Aufbegehren im Schutz der Gruppe, wahnsinnig suspekt. Wehe, wenn sie losgelassen, dachte Schönbach. Nicht dass sie ein Blutbad anrichten würden, so sahen sie keineswegs aus. Aber sie würden ihr kleinliches privates Glück einfordern.

Er drückte sich an eine Hauswand und ließ den Zug passieren, der nach den untergehakten ersten Reihen rasch an Kompaktheit verlor. Überall gingen Fenster auf. Mehrere Fotografen, ein Kamerateam und die Stasi-Pärchen rannten wie konkurrierende Hirtenhunde neben den Demonstranten her. Jemand entfaltete irgendein Transparent – Schönbach konnte nicht erkennen, was darauf stand –, der Scheinwerfer des Fernsehtrupps strahlte auf, aber sofort drängten sich ein paar der kurzgeschorenen Zivilisten in die Menge und rissen dem Träger sein Spruchband aus den Händen. Es gab eine Rangelei, der

Zug stockte, Pfiffe ertönten, wieder wurde »Keine Gewalt!« skandiert – offenbar wollten die Stasi-Typen den Transparententfalter gleich mitnehmen. Das Pfeifkonzert gellte ohrenbetäubend. Die Masse wälzte sich weiter. Schönbach sah, dass, im Rücken der Demonstranten und ihm den Heimweg versperrend, Polizei aufmarschierte. Die aus den Hauseinfahrten, schoss es ihm durch den Kopf, sie hatten den richtigen Riecher gehabt. Zur Dunckerstraße kam er jetzt nicht mehr durch.

Er wandte sich nach rechts, lief in die nächste Seitengasse, aber hier standen sie auch schon: zwei der kentaurischen Gitterschieber, von Polizisten mit Plexiglas-Schilden flankiert. Wie zum Gruß blendeten die Autos ihre Scheinwerfer auf. Schönbach riss die Hände vors Gesicht und stand starr. Vielleicht hätte er auf sie zugehen und Durchlass begehren sollen, immerhin war er ja ein Anwohner auf dem Heimweg, aber so reflexartig, wie er die Hände nach oben gerissen hatte, drehte er sich um und rannte davon. Er rannte tatsächlich, und währenddessen dachte er erschrocken: Warum renne ich Blödmann eigentlich? Wer vor ihnen weglief, machte sich ja verdächtig. Aber da er einmal damit begonnen hatte, rannte er weiter, die Stargarder ein Stück hinauf und hinein in die nächste Seitenstraße, wo sich ihm das gleiche Bild bot. Er blieb, heftig atmend, stehen. Ich muss irgendwie erklären, dass ich hier wohne, dachte er, doch ehe er auf die Plexiglas-Phalanx zugehen konnte, hatte sich diese in Bewegung gesetzt und kam ihm wie ein flexibler Planierschild entgegen. Im selben Moment strömten in seinem Rücken Dutzende Menschen um die Ecke, ein kollektiver Aufschrei ertönte, als sie sahen, dass die Querstraße blockiert war, die vorderen Reihen wandten sich zur Umkehr, aber von hinten schoben die Nachdrängenden, so dass ein Gerangel, Fluchen und Klagen entstand und manche zu Boden stürzten.

Schönbach ließ sich vom Strom in die Stargarder Straße zurücktreiben und versuchte, sich zu orientieren. Wo er hinschaute, schoben sich vergitterte Polizeiwagen aus den Seitenstraßen. Langsam wurde die Situation unbehaglich. Sie haben alles *hermetisch* abgeriegelt, dachte er und musste trotz seiner Lage grinsen. Er saß mitsamt diesen Protestlern in der Falle, und kurioserweise war das erste Gefühl, das ihn angesichts dieser Tatsache ergriff, Scham. Die herrschte allerdings nicht sonderlich lange vor und wurde vom elementareren und weitaus angebrachteren Affekt der Furcht abgelöst.

Schönbachs Blick suchte krampfhaft nach einem Offizier, dem er erklären könnte, dass er nur zufällig hier hineingeraten war, als es schlagartig finster wurde. Ein paar Frauen kreischten auf. Nur aus den umliegenden Wohnungen drang noch matter Lichtschein auf die Straße. Es dauerte ein paar Sekunden, bis die Eingekesselten begriffen, dass keine einzige Laterne mehr brannte. Jemand hatte sie abgeschaltet!

Offenbar wünschten die Genossen keine Augenzeugen bei dem, was nun folgte.

Von allen Seiten ertönte der Ruf »Schlagstock frei!«, und neuerlich erhob sich ein kollektiver Entsetzensschrei, der über die Köpfe in den Nachthimmel stieg. Stiefelgetrappel ertönte, Hundegebell, Befehlsgebrüll, gellendes Protestpfeifen, die Menge geriet in wogende Bewegung, es war ein Keuchen, Hetzen, Stürzen, dazwischen immer wieder Schmerzensschreie ... Rufe aus den Fenstern ... Häscher in Zivil packten Leute, rissen sie zu Boden, zerrten sie aus der schützenden Menge ... Ein Mann wehrte sich, sie schlugen auf ihn ein, legten ihm Handschellen an ... Die verzweifelten »Keine Gewalt!«-Rufe wirkten wie groteske Konterkarierungen des Geschehens. Oben gingen immer mehr Fenster auf, man sah Anwohner erschrocken und empört hinunterschauen auf das, was in ihrer Straße geschah.

Ein Polizeiriegel hatte sich zwischen die illuminierte Gethsemane-Kirche, aus der die Gottesdienstteilnehmer geströmt kamen, und die Demonstranten geschoben. Offenbar waren auch dort drüben die Verhaftungen in vollem Gange. Langsam, aber unerbittlich rückten die Absperrgitter vorwärts. Die Schilderwand öffnete und schloss sich wie ein lebender Organismus, wenn die Greiftrupps hervorstießen oder hinter den Plexiglasschutz zerrten, wen sie gekascht hatten.

Schönbach sah, wie ein Polizist eine blonde Frau abführte, der dabei die Umhängetasche herunterfiel. Sie versuchte, stehen zu bleiben und nach ihren Sachen zu greifen, doch der Kerl kniff ihr mit der freien Hand so heftig in die Brust, dass sie aufschrie und ihren Weg fortsetzte.

»Meine Tasche!«, wimmerte sie.

»Halt 's Maul!«

»Ihr Schweine!«, rief jemand von oben.

»Dich holen wir auch noch!«, brüllte eine der Stasi-Figuren zurück.

Man hörte ein Fenster zuschlagen.

In ihrer Panik rannten sich manche der Eingeschlossenen gegenseitig um. Schönbach quetschte sich an die Hauswand und spürte sein Herz rasen. Vor ihm wurde einem schmächtigen, akademisch aussehenden Herren im Gedränge die Brille von der Nase geschlagen, offenbar eine sehr starke Brille, denn sein Laufen war plötzlich nur noch ein Tasten und Wanken, seine Hand suchte nach einer Stütze … Klatsch! sauste ein Schlagstock auf seinen Oberarm. Ein dünner Schrei quoll aus dem Mund des Männleins; der Polizist, viel größer als sein Opfer, holte schon wieder aus. Jemand sprang oder geriet dazwischen und wurde zu Boden geworfen. Fluchen, Jammern, Getümmel …

Ein erzener Klang drang an Schönbachs Ohren, surreal und erhaben zugleich. Er übertönte das schändliche Treiben wie ein Gebot höherer Ordnung und füllte über den Köpfen von Verfolgern und Verfolgten die Kuppel der Nacht. Glockengeläut! Die Gethsemane-Kirche! Der Klang schwoll immer mehr an.

Die Glocken läuteten Sturm, und das geduckte Ostberlin hallte wider: Heraus, Bürger, zum Aufstand, der Feind ist mitten in der Stadt!

Auf einmal verspürte Schönbach keine Angst mehr. Ich bin einsfünfundneunzig und wiege sechsundachtzig Kilo, sagte er sich, und die Glocken läuten Sturm. Er ging auf den Polizisten zu, der das Brillenmännlein geschlagen hatte und schon wieder nach irgendwem ausholte, bekam den Schlagstock zu packen und zerrte mit aller Kraft daran. Der Büttel taumelte, und hinter dem Plexiglasvisier erblickte Schönbach ein zu Tode erschrockenes Teenagergesicht, dem lediglich der lederne Kinnschutz etwas Martialisches verlieh. Was mochten sie diesen Dummköpfen bloß erzählt haben, dass sie auf die Demonstranten eindroschen, als seien sie auf der Kirmes? Der Bursche war anscheinend gut trainiert und dachte gar nicht daran, loszulassen. Das ist *Widerstand gegen die Staatsgewalt*, schoss es Schönbach durchs Hirn, das Strafgesetzbuch hatte beachtliche Knast-Offerten dafür. Er hielt fest und keuchte. Wie an einer Schrotsäge zogen sie an dem Hartgummiprügel, hilfesuchend sah das behelmte Großkind nach seinen Genossen. Da nahten auch schon zwei, im Laufschritt und schlagstockschwingend. Schönbach ließ den Knüppel sausen, sein Widerpart strauchelte, verlor die Balance und stürzte zu Boden.

»Schnappt euch den da!«, brüllte er. »Er hat mich angegriffen!«

Seine beiden Kameraden fielen über Schönbach her. Der zog den Kopf ein und verbarg ihn wie ein unterlegener Boxer hinter der Doppeldeckung aus Fäusten und Unterarmen. Er wurde gepackt, in die Kniekehle geschlagen, umgeworfen, man drehte seine Arme auf den Rücken, was schneidend schmerzte, und legte ihm Handschellen an. Schönbach hatte noch nie in seinem Leben Handschellen gesehen, er wusste nicht, wie weh es tat, wenn man sie zu eng schloss, mit jedem *Klick* schnitten sie schmerzhafter ins Handgelenk, und da er einen der ihren attackiert hatte, schienen sie es darauf anzulegen, ihm Schmerzen zuzufügen. Er bekam Panik vor diesen sich in seine Gelenke fräsenden Metallmardern, er brüllte, riss sich los, drehte sich auf den Rücken und versuchte, aufzustehen, aber ein exakter Stiefeltritt in seine Kronjuwelen zerriss ihm den Atem. Funken tanzten vor seinen Augen.

»Ich bin Philologe, ihr Schweine«, zischte er in hilfloser Wut.

»Du bist gleich Eunuch«, bekam er zur Antwort.

Wieder wurde er gepackt und diesmal hochgezerrt. Der Polizist, den er angegriffen hatte, verpasste Schönbach einen rächenden Schlag in die Magengrube, dass ihm die Knie versagten; hätten ihn die beiden anderen nicht festgehalten, wäre er aufs Gesicht gefallen. Mund und Augen zusammengekniffen, wartete er auf den nächsten Schlag, der ihn erledigen würde. Aber es folgte keiner.

Es war keine gute Idee, noch ein Bier trinken zu wollen, dachte er, während man ihn hinter die Schilderwand schleifte und der Schmerz langsam nachließ. An der Rückseite eines LKW mit herunterhängender Ladeklappe nahm man ihm die Handschellen ab und schubste ihn so heftig auf die Ladefläche, dass er seiner ganzen Länge nach hinschlug. Es war ein Mannschaftswagen wie der in der Hauseinfahrt; er kannte diese Gefährte aus seiner Armeezeit. »Hinsetzen!«, kommandierte einer der Uniformierten, die am Auto standen. Schönbach gehorchte aufs Wort. Alle Augenblicke wurden nun neue Gefangene gebracht – als solche hatten sie sich ja wohl zu betrachten –, und schnell füllten sich die Sitzbänke. Wer danach kam, musste sich auf den Boden setzen. Durch die Plane drang noch immer das Sturmgeläut der Kirche, aber auf der Ladefläche herrschte Totenstille. Ein Mädchen oder eine junge Frau, keine zwanzig jedenfalls, weinte leise.

»Was werden die mit uns machen?«, flüsterte jemand und erhielt keine Antwort.

Als der Wagen voll war, sprangen vier oder fünf Polizisten auf, die Klappe wurde geschlossen, die Plane heruntergelassen, und der Motor rumpelte an. Schönbach hörte von irgendwoher das Wort *Schnellgericht*. Es klang wie *Standgericht*. Sein rechtes Schienbein brannte, mit ihm war er gegen die Kante der Ladefläche gestoßen, als sie ihn auf den Wagen geschmissen hatten. Auch wo die Schläge und Tritte ihn getroffen hatten, summte der Schmerz in dumpfer Kakophonie. »Sie haben gesagt, diesmal machen sie Ernst«, flüsterte jemand irgendwo im mittigen Dunkel des Gatters. Die Polizisten brannten sich Zigaretten an und glotzten teilnahmslos; von denen war keine Auskunft zu erwarten. Schon gar nicht an *Staatsfeinde*.

Ob sie alle im Gefängnis landen würden? Summarisch abgeurteilt? Schönbach sah in verzweifelte Gesichter, in manchen las er noch schlimmere Vorstellungen. Eiskalt kroch es seinen Rücken hinauf. Wie war das mit der chinesischen Lösung …?

Wir sind hier in Mitteleuropa, versuchte er sich zu beruhigen, die knallen hier doch niemanden einfach ab, das können die sich gar nicht leisten, vor den Augen der Weltöffentlichkeit, nein, nein, sie werden uns eine Weile festhalten, die Personalien aufnehmen, dann lassen sie uns gehen. Er trug ja nicht mal mehr die Handschellen, keiner wusste, dass er sich an einem Volkspolizisten vergangen hatte. Jeder wird einen Strafbescheid kriegen und ein Bußgeld zahlen müssen, dachte er. Und die Arbeitsstelle werden sie benachrichtigen. Du lieber Himmel, wenn Funkenkamp das erfuhr, konnte er gleich seine Sachen packen! Aber das war momentan relativ egal, wenn er bloß schnell wieder nach Hause käme.

Doch eine Demonstration am 40. Republikgeburtstag, mitten in der Hauptstadt, *staatsfeindliche Zusammenrottung*, das war kein Pappenstiel, das war so ziemlich das Schlimmste. Satzbrocken wie *entschiedenes Durchgreifen* oder *harte Bestrafung* flirrten ihm durchs Hirn. Vielleicht haben sie meine Attacke auf den

Polizisten nur deshalb nicht eigens registriert, grübelte er, weil ohnehin alle dran sind, ohne Unterschied? Summarisch abgeurteilt von Schnellgerichten? Vielleicht schaffen sie uns allesamt nach Rüdersdorf, in den Zementknast, oder nach Bautzen, zu den schweren Knackis, die jeden Neuankömmling reihum in den Arsch ficken? Die Politischen legten sie doch sowieso gerne zu den Schwerkriminellen, das wusste doch jeder! Diese Vorstellung machte ihn schwach. Er musste darauf beharren, auf dem Nachhauseweg nur *zufällig* in den Schlamassel geraten zu sein. Und das stimmte ja auch! Seine Adresse war sein größter Trumpf!

Der LKW hielt. Nein, es ging schon wieder weiter. Wohl nur eine Ampel. Wo mochten sie sich gerade befinden? Ein Blick nach draußen war von seiner Position aus nicht zu erhaschen. Dort saßen die braven Bürger in ihren Wohnungen, tranken Bier, aßen Abendbrot, sahen Westfernsehen und bereiteten sich auf den Feiertagsgeschlechtsverkehr vor, und der arme Johannes Schönbach wurde irgendwohin weggekarrt. Auf einmal kam ihm das normale Zonenleben geradezu paradiesisch vor; Mauer hin, Lügenpresse her, wie schön wäre es doch, daheim zu sitzen, 45 Quadratmeter nur für sich allein, und mit der inhaltlich freigegebenen Literatur vorlieb nehmen zu dürfen!

Der Wagen fuhr jetzt stur geradeaus, offenbar hatten sie die inneren Bezirke der Stadt verlassen. Hier gab es keine Westkameras mehr und keine Zeugen an den Fenstern …

Die Fahrt dauerte ein Äon, ohne dass auf der Ladefläche etwas anderes geschah, als dass die Gefangenen einander verstohlen musterten. Die junge Frau hatte zu weinen aufgehört und starrte ungetröstet ins Leere. Schönbach sah auf die Uhr und stellte fest, dass sie kaputt war, zersprungen, wahrscheinlich hatte sie das Handschellenanlegen nicht verkraftet. Wie lange mochten sie schon unterwegs sein? Berlin war von Kasernen umstellt, Sowjettruppen, Nationale Volksarmee, Bereitschaftspolizei, und gewiss besaß auch die Stasi jede Menge Objekte in Reichweite der Hauptstadt – Zielorte gab es für diese Menschenladung also mehr als genug. Der Wagen stoppte wieder, Stimmen ertönten, dann rumpelte er über irgendein Kleinst-Hindernis, fuhr ein kurzes Stück, beschrieb einen großen Bogen und hielt. Der Motor ging aus; sein finales Rumpeln ließ die Ladefläche vibrieren. Man hörte das Getrampel von Stiefeln.

Die Ladeklappe wurde geöffnet.

»Alles absitzen! Runter vom Wagen!«, brüllte jemand von draußen.

»Los, raus hier!«, sekundierten die Polizisten drinnen und saßen als Erste ab.

An die drei Dutzend Zivilisten stiegen hastig, mit weichen Knien, aber soldatisch folgsam von der Ladefläche.

Ein paar Meter weiter hielt ein zweiter LKW, aus dem, von identischem Befehlsgebell begleitet, verschüchterte Menschen kletterten, unter denen sich sogar ein Rollstuhlfahrer befand. Vier Uniformierte, zwei oben, zwei unten, hoben ihn vom Wagen.

»Die Frauen nach links! Die Männer nach rechts!«, kommandierte dieselbe Stimme, die sie empfangen hatte. Sie gehörte einem kernigen Hauptmann der Bereitschaftspolizei mit getönter Brille und schmalen Lippen. Unweit von ihm stand ein fetter Major, der mit unbewegter Miene, das Gesicht auf dem qualligen Doppelkinn wie in einem Kissen ruhend, die Ankömmlinge musterte. Hohe Laternen warfen ihr trübes Licht auf einen gepflasterten Platz, den garagenartige Hallen umstanden. In der Ferne zeichneten sich die Konturen eines Wachturms ab. Man befand sich entweder in einem Gefängnis oder in einer Kaserne – was vorerst auf dasselbe hinauslief.

Der LKW fuhr wieder ab und ließ zwei zusammengedrängte Grüppchen, das kleinere aus Frauen bestehend, zurück. Die Polizisten, die sie von nun an bewachten, trugen gefleckte

Kampfanzüge und Maschinenpistolen, zwei von ihnen führten Schäferhunde an der Leine. Es begann zu nieseln. Die Offiziere redeten halblaut miteinander. Dann trat der Hauptmann ein paar Schritte auf die Menschenhäufchen zu und erklärte in scharfem Ton: »Sie befinden sich auf einem Objekt des Ministeriums des Innern! Sie sind vorläufig festgenommen und bleiben hier, bis über Ihren weiteren Verbleib entschieden worden ist! Bei Fluchtversuch wird von der Schusswaffe Gebrauch gemacht! Verstanden?«

Naturgemäß antwortete niemand, denn niemand in dieser willkürlich zusammengewürfelten und verängstigten Schar wollte auffallen und das erste konkrete Gesicht im einstweilen noch anonymen Ganzen abgeben.

»Ich denke, Sie haben verstanden«, setzte der Hauptmann etwas leiser hinzu. Er war ein wirklich schneidiger Endzwanziger mit mächtiger Kieferpartie und einem spöttischen Zug um den Mund, der Stolz jeder Einheit, ein wie zum Befehlen und Gehorchen geschaffener Mensch.

Eines der Hallentore wurde geöffnet, und der Hauptmann befahl: »Marsch! Dort hinein! Die Frauen an die linke Wand, die Männer an die rechte! Marsch, marsch!!«

»Und zwar dalli!«, meldete sich nun auch der fette Major mit durchdringender Stimme zu Wort.

Die Hunde begannen zu bellen, und im Laufschritt hasteten die vorläufig Festgenommenen in das Gebäude, das sonst wohl als Fahrzeughalle diente.

»An die Wand!«

Jeder suchte sich einen Platz, aber offenkundig stand keiner so, wie die Aufseher es wünschten.

»Kopf zur Wand!«, kommandierte einer der Maschinenpistolenträger.

Niemand begriff, was dieser Befehl sollte, ratlos und verschüchtert starrten alle zu Boden oder schielten zum Nebenmann, was der wohl mit der kryptischen Weisung anfange. Ein junger Bursche mit strähnigem Haar wollte sich besonders willig anstellen, er lehnte den Kopf weit ins Genick und tippelte so lange rückwärts, bis sein Schopf die Wand berührte.

»Mit dem *Gesicht* zur Wand!!« Die Stimme des Majors überschlug sich.

Hastig drehte sich alles um. Schönbach hatte Mühe, ein Lachen zu unterdrücken. O ja, das kannte er. Das erinnerte ihn daran, wie er in der Zeit, als ihm der Sinn am allerwenigsten nach Heiterkeit stand, während seiner achtzehn Monate Grundwehrdienst, so viel gelacht hatte wie seither nie wieder in seinem Leben. Es war ein fassungsloses, verzweifeltes, aber auch kathartisches und deshalb schwer zu bändigendes Gelächter gewesen, das ihn meist vor dem Einschlafen schüttelte, wenn er die grotesken Tageseindrücke verarbeitete, und das von den Mitinsassen seines Zimmers – oder, wie es dort hieß: seiner *Stube* – in Bezug auf seinen Geisteszustand skeptisch kommentiert wurde. Der Anblick der Uniformen, das Gebrüll, der armeespezifische Gestank der Halle: diese ganze Kasernenhoftrostlosigkeit förderte die rabenschwarzen Gefühle von damals wieder zutage.

»Im traurigen Monat November war's« – Schönbach hatte im Sonderzug Heines *Wintermärchen* gegen das Schädelweh vom Abschiedsbesäufnis gelesen, und zwar ebenfalls im November, jenem von 1981. Das Jahr 1982, dachte der Neunzehnjährige seinerzeit ahnungsschwer und mit guten Gründen, würde er komplett abhaken können (er hakte dort in seinem Taschenkalender tatsächlich jeden der insgesamt 547 Armeetage einzeln ab). Die Bahn hatte ihn und all die anderen schweigsamen Schicksalsgefährten nach Eggesin gebracht, ein republikweit bekanntes Kaff im Oderhaff inmitten eines Kasernenarchipels von übelstem Ruf, im Zug galten für sie bereits die Militärgesetze, wer versucht hätte, wonach jedem zumute war, nämlich davonzulaufen, wäre ein Deserteur gewesen, aber immerhin hatten sie noch Zivil getragen, noch herrschten in ihren Köpfen zivile Vorstellungen, noch waren sie eine sehr große Gruppe, ein ganzer Personenzug voller der Armee fremd gegenüberstehender Wesen, aber bald, so viel war allen von vornherein auf diffuse Weise klar, würden aus der bergenden Schar ein paar verstreute Einzelne werden, der Moloch würde sie schlucken und assimilieren, bis sie sich von denen, die schon länger dort waren, in nichts mehr unterschieden, würde sie in einer Weise gleichmachen, die selbst ein an Appelle, Aufmärsche und dergleichen Kollektivismen gewohnter DDR-Bewohner als grotesk, skandalös, ja als Vergewaltigung empfinden würde; jeder hatte mit jemanden geredet, der es schon hinter sich hatte, und alle, sogar mittelschwere Herkulesse, fürchteten sich.

Sofort nach der Ankunft hatte ein Entpersönlichungsvorgang der krassesten Art begonnen. Binnen weniger Stunden waren sie in jederzeit anbrüllbare Nichtsubjekte verwandelt worden, die bald auf Pfiffe und Kommandos in sklavisch-apathischer Kollektivdynamik reagierten, als sei das die normalste Sache der Welt. Noch am Ankunftsabend hatte jeder Neuankömmling seine gesamte persönliche Habe in einem Paket zu verschnüren, das sofort nach Hause geschickt werden musste, damit nichts zurückblieb, was daran erinnerte, dass es draußen so etwas wie ziviles Dasein gab. Fortan gellten durch Pfiffe avisierte Befehle durch die widerhallenden Flure, die Neuen waren die ersten Tage quasi nur im Laufschritt unterwegs, so dass ihnen ihre Verwandlung erst auffiel, als sie bereits vollzogen war und sie zu jenem, wie es hieß, *jederzeit gefechtsbereiten* militärischen Gesamtkörper gehörten.

Männer unter sich, das war, als wenn nur Wirbel existierten und keine Bandscheiben dazwischen, ein einziges schmerzhaftes Sich-Reiben und Sich-Beschädigen, zuweilen mit bleibenden Verletzungen, denn naturgemäß entartete der Beschäftigungszwang zur Quälerei, insbesondere nach Dienstschluss, wenn sich die Offiziere in ihre Wohnkasernen verzogen und die Soldaten unter sich blieben. Schon am ersten Tag waren dem Rekruten Schönbach die verachtenden, bösartigen, mitunter auch gierigen Blicke aufgefallen, mit denen viele der nunmehrigen Absolventen des dritten Diensthalbjahres – die so genannten *Entlassungskandidaten*, kurz *EKs* – die Neuankömmlinge musterten; diese bereits selber Geschurigelten konnten es kaum erwarten, nun ihrerseits zu erniedrigen, anderen das Leben zur Hölle zu machen, sie sehnten sich danach, endlich auch zu denen zu gehören, die heimzahlen und ihr ramponiertes Selbstwertgefühl auf diese Weise wiederherstellen durften. Es war kein sonderlich erhebender Anblick, wenn ein Familienvater in Unterwäsche, Stiefeln, den Stahlhelm auf dem Kopf und auf diesem eine brennende Kerze, zum *Bandmaßanschnitt* in die Stube der Genossen *EKs*, ging und dort unter allgemeinem Gelächter einen Vers aufsagte, der mit den Worten *Ich bin ein kleines Spritzerschwein* begann. Oder wenn der solchermaßen zum Arsch Gemachte nachts geweckt wurde, um die unvermeidliche Kotze neben einem Bett oder die Pisse unter der Heizung aufzuwischen, weil einer der Besoffenen versehentlich oder auch bloß aus Spaß Zimmer und Klo verwechselt hatte. Und das waren noch die harmloseren Gängeleien.

Wenige Orte nur konnten übler sein. Einer davon war – der Knast.

Die Steherei begann unbequem zu werden. Schönbach stützte sich mit den Händen an der Wand ab und blickte um sich. Wie es sich anließ, würde er und seinen Mitverhafteten wohl die gesamte Nacht Zeit haben, ihre Lage zu reflektieren oder sich an vergleichbar trostlose Situationen zu erinnern. Zu seiner Linken, die Arme vor der Brust verschränkt, war ein Mann von vielleicht vierzig Jahren mit raspelkurzem Haar, üppigem schwarzem Vollbart und runder Brille in finsteres Brüten versunken, während auf der anderen Seite ein spindeldürrer junger Spund von beinahe schönbachscher Länge nervös auf seiner Unterlippe kaute. Ersichtlich litt er bis an die Grenzen seiner Durchhaltefähigkeit unter der Situation. Einmal drehte er den Kopf zur Seite, Schönbach sah in ein schmales Gesicht mit einer Art Ziegenbart am Kinn und mattgrauen Augen, die ihn für Sekundenbruchteile hilfesuchend anstarrten, bevor sie sich jäh wieder abwandten.

Da man deutlich mehr Männer als Frauen verhaftet hatte, war die Reihe, in der sie standen, viel länger als die an der anderen Wand gegenüber, die genau auf Schönbachs Höhe, etwa zwanzig Schritte von ihm entfernt, bereits endete, während die seiner Geschlechtsgenossen sich im Halbdunkel verlor. Die Frau, die den Abschluss bildete, trug einen Pferdeschwanz, Schlabberhosen und war ziemlich dick.

Schönbach hatte zu den wenigen gehört, die das Glück besaßen, von der *EK-Bewegung* weitgehend verschont zu bleiben, denn seine Einheit war kompanieweise nach Diensthalbjahren separiert, und jede Kompanie blieb die meiste Zeit für sich. Aber ein Stockwerk tiefer konnte er verschüchterte Neusoldaten den Fußboden auf Hochglanz polieren sehen. Schon in seinen ersten Nächten hatte Soldat Schönbach die betrunken aus dem Ausgang zurückkehrenden EKs lärmen gehört, sie grölten immer, das schien eine Gesetzmäßigkeit zu sein, und immer drehte sich ihr Geschrei um den Kernbegriff *Schwein*; sie keiften: »Ihr glatten Schweine!« oder »Nachtruhe beenden, ihr Spritzerschweine!«, und man konnte sich im ersten Stock ausmalen, wie eine Etage tiefer ein paar zitternde, wegen des tagtäglichen Terrors ohnehin todmüde Gestalten in ihren Betten auffuhren und der Schikanen harrten, die sich die besoffene Horde diesmal einfallen lassen würde.

Merkwürdig war nur, dass Schönbach, kaum dass er ein halbes Jahr bei diesem Verein diente, betrunken vom Ausgang zurückkehrend, ebenfalls »Ihr Schweine!« gegrölt hatte – wobei er freilich niemanden speziell meinte, sondern alle, gewissermaßen auch sich selbst mit, und nicht im Traum auf die Idee gekommen wäre, jemanden zu gängeln, bloß weil der noch nicht so lange hier herumlungerte wie er selber. Aber irgendein Weltgesetz gebot, dass er zu grölen hatte, ebenso wie er eines Nachts, gleich unzähligen Soldaten vor ihm, im Suff an die Heizung harnte (wobei er seine Ergießung selber wieder wegwischte).

Bewegung in seinem Rücken riss Schönbach aus solchen Erinnerungen. Er drehte den Kopf, um zu sehen, was sich hinter ihm abspielte. Anscheinend wurden ihre Bewacher ausgetauscht. Die neuen Aufseher, die durch das Tor hereinströmten, unterschieden sich auf den ersten Blick nicht von ihren Vorgängern, auf den zweiten in einem winzigen Detail: Ihre Schulterklappen waren, im Gegensatz zum Grasgrün der Bereitschaftspolizei, blauviolett; außerdem trugen sie ein silbernes S darauf. Das Buchstabensymbol kannte Schönbach von der Armee, dort rannten die Offiziersschüler damit herum. Es handelte sich also um irgendwelche angehenden Offiziere, was auf eine Behandlungsverschärfung hindeutete, denn ihre Vorgänger waren normale Wehrdienstleistende gewesen.

Der Bärtige rechts, der seinen forschenden Blick richtig deutete, raunte ihm halblaut zu: »Strafvollzug!«

Knastwärter-Anwärter! Das waren ja schöne Aussichten. Wenn die *Bepo*-Typen von Strafvollzugsbeamten abgelöst wurden, konnte das nur bedeuten, dass man sie am Morgen in irgendein Gefängnis bringen würde.

Die neuen Wächter, die von einem dünnen, extrem o-beinigen Oberleutnant kommandiert wurden, führten sich gleich angemessen ein. Einige der vom stundenlangen Stehen Ermüdeten hatten es gewagt, ihre Position zu verändern, sich hinzuhocken oder gar zu setzen, wie das einsetzende Kommandogeschrei verriet. Stiefel trappelten, und die halb eingedösten Gefangenen kamen im Schrecken wieder zu sich. Nun nahm man ihnen Ausweise, Gürtel, Zigaretten und Feuerzeuge ab. Wer fortan Müdigkeit zeigte, hatte die *Fliegerstellung* einzunehmen, das heißt, sich mit erhobenen, weit ausgebreiteten Armen gegen die Mauer zu lehnen, die Beine gespreizt und die Füße schön weit weg von der Wand, so dass ein leichter Tritt gegen einen Fuß genügte und der Malträtierte zu Boden ging. Derselbe Effekt trat natürlich auch ein, wenn einer von alleine schlappmachte. Manche klappten alle zehn Minuten zusammen und wurden mit Püffen und Gebrüll wieder in die schikanöse Stellung zurückbugsiert.

Von der anderen Seite der Halle hörte Schönbach eine Frau wimmern: »Ich bin schwanger, ich kann so nicht stehen.«

Er wandte den Kopf. Es war die Dicke mit dem Pferdeschwanz, die den Abschluss ihrer Reihe bildete. Aber von wegen dick! Diese Schergen hatten eine Hochschwangere hierher geschleppt!

Er bekam einen Stoß in den Rücken, dass er mit der Stirn gegen die Mauer schlug. »Gesicht zur Wand war befohlen!«, schnauzte es dazu. Mit äußerster Mühe unterdrückte Schönbach den Reflex, sich umzudrehen und dieser Kreatur die Zähne einzuschlagen. Reiß dich zusammen, sagte er sich, die warten doch bloß darauf.

Die Schwangere erhielt währenddessen den Bescheid, sie solle sich eben an die Wand knien, wenn sie nicht mehr stehen könne.

»Bitte! Ich bin im achten Monat!«, flehte sie.

»Zur Demo hast du's doch auch geschafft«, knurrte jemand – und ein anderer fügte hämisch hinzu: »Wirst dein Kind wohl im Knast zur Welt bringen!«

Kurze Zeit später kam der Oberleutnant auf die Idee, *alle* Verhafteten *den Flieger machen* zu lassen, wie er sich ausdrückte. Für einen Lulatsch wie Schönbach war diese Haltung besonders unangenehm, schnell ließ seine Körperspannung nach, Nacken, Füße, Schultern und vor allem die Lendenwirbelsäule begannen zu brennen. Er fragte sich, wie lange er wohl diese Tortur aushalten würde und was ihm drohte, wenn er es nicht mehr konnte. Während sein Nachbar zur Rechten trotz der unbequemen Stellung keine Miene verzog, kämpfte der Spund auf der anderen Seite mit den Tränen und ging dauernd in die Hocke, weil seine dünnen Ärmchen ihn nicht mehr halten konnten. Er schluchzte verzweifelt, wenn die Wächter kamen, um ihn wieder hochzuzerren, und winselte wie ein gepeinigtes Hündchen, wenn sie ihm dabei in die Rippen boxten. Sein Gesicht wurde im Laufe der Nacht immer länger und blasser, zuletzt sah er aus wie ein El Greco'scher Schmerzensmann, wobei sich der Ausdruck grundlosen Leidens allmählich ins Apathische wandelte. Gegen Morgen blieb er einfach liegen; mochten diese Teufel ihn piesacken, wie sie wollten.

»Genosse Oberleutnant, der kann nicht mehr!«, meldete der Posten.

»Wer sich zusammenrotten kann, der kann auch stehen!« Die Stimme des Offiziers näherte sich. »Hoch, Bürschchen! Gegen das, was dir bevorsteht, wird dir das bisschen An-der-Wand-Lehnen noch wie Urlaub vorkommen! Das gilt für euch alle! Steh auf, Mensch!«

Er hatte den Zusammengebrochenen erreicht, der sich jetzt wie ein Igel einrollte, trat ihm mit der Stiefelspitze, zuerst noch sachte und wie tastend, in den seitlichen Bauch, und dann, da keine Reaktion erfolgte, *mit Schmackes* in die Nierengegend. Ein spitzer Schrei entfuhr dem Liegenden, er griff mit der Hand an die schmerzende Stelle, worauf der O-Beinige nur gewartet zu haben schien: Sofort versenkte er seinen Stiefel mit voller

Wucht im nunmehr ungeschützten Bauch. Im selben Moment ließ sich Schönbach fallen, und fast gleichzeitig tat der Bärtige neben ihm dasselbe.

»Hehe, seht ihr nicht, was denen blüht, die hier schlappmachen?«

Schönbach wurde getreten, gepackt, emporgerissen, er knallte mit dem Hinterkopf gegen die Wand, dass es dröhnte. Er taumelte und schlug wohl auch ein bisschen mit den Armen um sich, aber ein gut gezielter Faustschlag auf seine Leber nahm ihm die Luft. Er sackte neuerlich zu Boden, ein Stockhieb krachte auf seine rechte Schulter, der Schmerz durchzuckte die gesamte Seite, sein Arm fiel kraftlos und taub herunter. Dann spürte er etwas Kaltes unter seinem Kinn. Es war die Spitze eines Schlagstocks. Schönbach blickte in das verzerrte Bubigesicht eines dieser Offiziersschüler, dem kaum ein Bart wuchs und dessen mahlende Kieferknochen von mühsam kontrollierter Aggressivität kündeten.

»Steh auf, du Schwein«, zischte das Bübchen, in dessen Augen Hass lohte.

»Ich fühle meinen Arm nicht mehr«, stammelte Schönbach.

Der Druck des Knüppels auf seinen Schluckapparat nahm zu; er suchte, ihm zu entweichen, und erhob sich stöhnend.

»Dreh dich zur Wand!«

»Seit wann duzen wir uns, Genosse Offiziersanwärter?«

Schönbach verstand selbst nicht, was in ihn gefahren war und woher er ausgerechnet in diesem Augenblick den Stolz nahm. Du darfst dir das nicht gefallen lassen, sprach etwas in ihm, komme, was wolle, aber du darfst dir das um keinen Preis gefallen lassen! Ein Faustschlag traf seine linke Wange, dass es knirschte; er hatte die Arme nicht schnell genug vors Gesicht bekommen, da er noch den Bauch zu schützen versuchte. Sofort schmeckte er Blut. Es waren zwei, die vor ihm standen und sich beim Zuschlagen abwechselten.

»Wie war das, du Drecksau?«

»Seit wann duzen wir uns, Genosse Offiziersanwärter?«, wiederholte Schönbach.

Den Schlag des Kindgesichtigen konnte er mit dem linken Unterarm abfangen, aber der andere traf seinen ungeschützten Bauch. Pfeifend entwich die Luft seiner Lunge, Schönbach beugte sich nach vorn, um den Schmerz zu lindern und sein Gesicht zu schützen. Dabei sah er, dass sein bärtiger Nachbar ebenfalls von zweien dieser jugendlichen Schläger traktiert und in die Fliegerstellung zurückbugsiert wurde. Blut lief ihm aus der Nase und tropfte auf den Betonfußboden, und er sagte tatsächlich, Schönbach traute seinen Ohren nicht: »Vater, vergib ihnen, denn sie wissen nicht, was sie tun!«

Zur Strafe hämmerten sie ihm den Schlagstock von hinten zwischen die gespreizten Beine, dass er gellend aufschrie.

»Dafür werdet ihr eines Tages bezahlen«, keuchte Schönbach.

Ein Tritt in den Unterleib raubte ihm die Sinne. Als er ein paar oder auch sehr viele Sekunden später wieder zu sich kam, lag er auf dem Boden. Offenbar hatte man seine Lektion als vorerst abgeschlossen betrachtet und sich anderen Nachhilfekandidaten zugewandt. Er betastete vorsichtig seinen Schritt. Seine Hoden surrten wie eine Trafostation und fühlten sich zugleich beängstigend taub an. Da hatte er also binnen weniger Stunden zweimal Prügel bekommen, zweimal hatte man ihm in die Eier getreten, es war unglaublich – und doch empfand er es nicht als überraschend, was mit jener emotionalen Imprägnierung zusammenhängen mochte, die man ihm vor ein paar Jahren verpasst hatte, als er selber Uniform trug.

Er sah sich um. Seine beiden Nachbarn knieten mit dem Gesicht Richtung Wand, der Jüngere wimmerte leise, der Bärtige stillte mit einem Taschentuch Blutungen im Gesicht. Schönbach bemerkte etwas Loses in seinem Mund und spuckte einen halben Backenzahn aus. Dann sah er nach der Schwangeren auf der anderen Seite: Sie saß teilnahmslos, an die Wand gelehnt, auf dem Boden, und ein Fleck zwischen ihren Beinen verriet, dass das schnöde verwehrte Bedürfnis seinen Weg gefunden hatte.

Nein, du Jesus-Imitat, dachte Schönbach, die wissen sehr wohl, was sie tun.

Draußen brach unwillig der Morgen an. Der 8. Oktober 1989 war ein Sonntag. Einstweilen würde ihn niemand vermissen.

9.
Erzieherdämmerung

Auf das Greisenantlitz des Chefredakteurs malten sich Erstaunen und Verwirrung. »Aber Genossen … Kollegen … Kinder … – das geht doch nicht …«, stammelte Manfred Fleischer und blickte hilfesuchend um sich. Seine Worte blieben ohne Wirkung, der Strom von Mitarbeitern, denen sonst allenfalls nach wochenlanger Voranmeldung und natürlich nur einzeln Zutritt gewährt worden wäre, ergoss sich unaufhaltsam ins Chefredakteursbüro, wobei die an der Spitze so schauten, als bäten sie um Entschuldigung dafür, dass sie von den nachdrängenden Kollegen immer weiter ins Allerheiligste der Redaktion des *Berliner Tageblatts* geschoben wurden, wo soeben die tägliche Abteilungsleiterkonferenz stattfand.

Damit niemand mitbekam, welche Staatsgeheimnisse in Fleischers riesigem Arbeitszimmer erörtert wurden, besaß es eine Doppeltür, deren äußere zudem extra gepolstert war. Im vorgelagerten Sekretariat wachte ein dreiköpfiger Lindwurm, bestehend aus der Chefsekretärin, ihrer Assistentin sowie dem Empfangsfräulein, dessen Aufgabe darin bestand, Kaffee zu kochen, Besucher vom Pförtner abzuholen sowie teils abweisend, teils dekorativ dreinzuschauen. Fürs Abweisen war ansonsten Fräulein Schertal zuständig, die Chefsekretärin, ein furchteinflößendes, mittelaltes, pferdezähniges Geschöpf, das niemals lachte, nadelspitze Antworten gab und vermutlich von der Schusswaffe Gebrauch gemacht haben würde, um Fleischer vor Störenfrieden zu beschützen, hätte sie eine besessen. Aber wenn nicht einmal der *antifaschistische Schutzwall* dem Druck der Straße hatte standhalten können, wie sollte es da die arme Schertal?

Am Konferenztisch saßen neben Fleischer und Funkenkamp der glubschäugig durch seine runde Brille stierende und das Kinn in die rechte Hand stützende Bäuerle, der inzwischen zum Parteisekretär aufgestiegene Seehafer, neben ihm Eggert, dessen zwischen hellstem Blond und blondestem Grau changierendes und sich auf den Kragen seines dunkelblauen Samtsakkos wellendes Haar samt korrespondierendem Musketierbart den konkurrenzlosen optischen Mittelpunkt der Sitzrunde bildete, ohne dass sein Träger in der Lage gewesen wäre, seiner königlichen Optik habituell auch nur im Ansatz gerecht zu werden, ferner der Lokalredaktionsleiter Rolf Terletzki, ein stattlicher, aber proletenhafter Mittfünfziger mit Schnauzbart und kräftiger Stimme, der auch als Oberkellner oder Bahnhofsvorsteher durchgegangen wäre, der leicht verkaterte, vom Einfall der im weitesten Sinne werktätigen Massen am wenigsten überraschte Stresemann sowie die vor kurzem zur Leiterin der Kulturredaktion beförderte vormalige Literaturredakteurin Helga Heinrich, für die beeindruckende Unentschiedenheit ihrer Urteile bekannt. Die hereinströmenden Kollegen hatten kraft ihrer schieren Menge die zeternde Chefsekretärin einfach beiseite gedrückt. Der körperlich spürbare Andrang der ansonsten Ausgeschlossenen, die dem erlesenen Zirkel auf einmal förmlich im Genick standen, schien vor allem Fleischer zuzusetzen, der wie immer mehr in seinem pontifikalen Lehnstuhl gehangen hatte, als darauf zu sitzen, und sich jetzt mühsam emporarbeitete, um Haltung zu zeigen. Möglicherweise fühlte er sich durch diesen Einmarsch an den Mauerdurchbruch vor fünf Tagen erinnert. Jetzt wagte sich das Volk sogar auf die Kommandobrücke! Seine trüben Augen machten die Runde. Da standen die jahrelang so fügsamen Redakteure plötzlich – aber gemessen an dem, was draußen im Lande schon alles passiert war, reichlich verspätet – vor ihm, um aufmüpfig zu werden. Obwohl die meisten überhaupt nicht so aussahen, sondern eher verlegen wirkten. Ungefähr vierzig Kollegen waren mitgegangen, der Rest war krank, dienstlich unterwegs, hatte zu arbeiten oder sich nicht getraut. Aus der Menge ragte Schönbach in physischem Sinne hervor, und er bemerkte als Erstes den hellen Fleck an der Wand, wo einst Honeckers Konterfei gehangen hatte, direkt neben dem des Ex-Ministerpräsidenten Willi Stoph, der zwar auch gerade zurückgetreten war, aber so rasch schaltete Fleischer wohl nicht mehr. Der *historische Händedruck* zwischen Wilhelm Pieck und Otto Grotewohl hing ebenfalls noch an seinem Platz. Normalerweise hätte sein Distinktionsgefühl Schönbach verboten, sich als Korrektor unter rebellierende Redakteure zu mengen, aber Kühl hatte darauf bestanden – mit der Begründung, dass er viel zu intelligent und demzufolge viel zu wichtig sei, um diesen Auftritt den anderen zu überlassen, bloß weil sie sich Journalisten nennen durften und ein paar Jahre länger auf dieser Galeere dienten. Außerdem sei er ideologisch vollkommen unbelastet.

Fleischer besaß nicht die nötige Spannkraft, um sich länger als ein paar Sekunden aufrecht zu halten, er sank wieder in seinen Stuhl zurück, parallel dazu entglitt auch der Unterkiefer seinem haltenden Willen, und er bot ein jämmerliches Bild präseniler Verdatterung. Funkenkamp dagegen vibrierte förmlich vor Zorn. Bäuerle wirkte sehr nervös und bohrte vor aller Augen in der Nase. Seehafer, einen Bügel seiner Brille im Mundwinkel, vermittelte den gewohnten blöde-engagierten Eindruck, den die neben ihm sitzende Kollegin Heinrich mit einer Miene allumfassenden Verständnisses konterkarierte. Eggert sah ungefähr aus wie General Custer, als er am Little Big Horn allmählich um seinen Skalp fürchtete, Terletzki stierte finster in seine Kaffeetasse. Nur Stresemann wirkte entspannt und blickte mit heiterer Neugier in die nähere Zukunft.

»Was soll dieser Aufmarsch?«, fragte Funkenkamp äußerst unwirsch und schoss eine dreifache Zischknurr-Salve ab. »Ich erwarte eine Erklärung!«

Da er sich an niemanden konkret wandte, bekam er keine.

»Genosse Arndt, erklären *Sie* mir, was ihr hier zu suchen habt!«

Funkenkamp war clever, er hatte sich einen der größten Feiglinge herausgepickt und ihn obendrein strafend-distanzierend gesiezt, ihm damit gewissermaßen die Genossenschaft gekündigt. Arndt war ein ältliches, verhuschtes, dickbebrilltes Bürolebewesen in einem heute besonders schlecht sitzenden Anzug, dem x-mal das Rückgrat gebrochen worden war und das zuletzt unter Seehafers engagierter Fuchtel die Jubelberichte für die Seite *Aus den Grundorganisationen* redigiert hatte. Er stand hier nur, weil er zu feige gewesen war, *nicht* mit den anderen mitzugehen, und nun druckste er mit weinerlicher Miene herum, brachte aber keine interpretationsfähige Formulierung zustande.

Dem peinlichen Anblick entzog Kühl die allgemeine Aufmerksamkeit, indem er sagte: »Wir sind hier, weil wir den Eindruck haben, dass die Ereignisse der letzten Tage und Wochen –«

»Sie habe ich nicht gefragt!«, schnitt Funkenkamp ihm gallig das Wort ab.

»Kollege Funkenkamp«, antwortete Kühl mit tremolierender Stimme, während ihm, wie Schönbach erschüttert feststellte, die Haare leicht zu Berge standen, »Ihre Politbüro-Allüren können Sie sich sparen, Sie werden nichts daran ändern, dass auch diese Redaktion in den längst überfälligen Dialog eintreten wird – ob nun mit Ihnen oder ohne Sie …«

Kühls Gesicht war bei diesen Worten rot geworden, und Schweißperlchen standen auf seiner Stirn. Die Kinder lehnten sich gegen die Erzieher auf.

Holla, dachte Schönbach, der geht aber ran. *Mit Ihnen oder ohne Sie.* Er hatte zwar in den Tagen zuvor einiges von den Planungen dieses Auftritts mitgekriegt und auch an einer erregten Kneipendiskussion mit einem knappen Dutzend Kollegen teilgenommen, wo es darum ging, was unbedingt alles zur Sprache kommen müsse, aber von einer Ablösung Funkenkamps, wie bitter nötig sie den meisten auch erscheinen mochte, war nicht andeutungsweise die Rede gewesen, so gefürchtet war der Mann immer noch. Kühls Drohung bezog ihre einzige Legitimation aus dem Redakteursauflauf, der sich freilich jederzeit infolge eines funkenkampschen Machtwortes zerstreuen konnte – einige Kollegen waren bei seinen Worten bereits sehr blass geworden. Katharina Viehweger, die schöne Politiksekretärin, die in der ersten Reihe stand und ihre makellos geformten Beine präsentierte, die in schwarzen Leggins steckten und von einem Minilederrock nur andeutungsweise bedeckt wurden, legte erschrocken den Finger auf die Lippen, und der arme Arndt klammerte sich so fest an die Lehne des vor ihm stehenden Stuhles, dass dessen Inhaber Seehafer mit unwilligem Gebrummel die Alleinherrschaft über sein Sitzmöbel einklagte.

»Was wollt ihr, Kollegen, was, schnell bitte, wir müssen doch arbeiten …«, maulte Fleischer.

»Wir wollen wissen«, erklärte Kühl, während er nervös Miniaturzöpfchen in seinen Bart drehte, »wie sich die veränderte gesellschaftliche und, ich möchte formulieren: weltpolitische

Lage auf unser Blatt auswirken wird. Bislang tut sie es nämlich nicht.«

»Veränderte weltpolitische Lage?«, fragte Terletzki und blies die Backen auf, dass sein Schnauzbart wie ein Doppelsegel darauf tanzte.

»Ihnen als Berlin-Chef sollte es aufgefallen sein«, versetzte Kühl. »Ihr Ressort umfasst inzwischen vier Millionen Menschen.«

»Das ist immer noch Ausland!«, ereiferte sich Terletzki.

»In wessen Namen führen Sie hier eigentlich das große Wort?«, wandte sich Funkenkamp an den fülligen Häresiarchen.

»Betrachten Sie mich als Sprecher der Redaktionsmehrheit!«

»Sie sind mir schon so eine Mehrheit!« Funkenkamp blickte finster in die Runde. »Hat er euer Mandat? Habt ihr keinen Würdigeren gefunden?«

Eine Pause folgte. Keiner wagte den Blick des Stellvertreters zu erwidern, auch Schönbach nicht, der sich fest vorgenommen hatte, heute bei der Abrechnung mit den Führungsfiguren ein Wörtchen mitzureden. Stattdessen schwieg er mit den anderen. Jetzt musste sie Funkenkamp nur noch zum Verlassen des Chefredakteursbüros auffordern, und aus wäre es mit der Meuterei.

»Meins hat er«, sagte endlich Herold, der bullige Chefgrafiker.

Katharina Viehweger entfuhr ein Seufzer, der Schönbach für Sekundenbruchteile vom Thema ablenkte. Kühl zog ein Blatt Papier aus einem Schnellhefter, den er unter dem Arm getragen hatte, und hielt es in einer Pose lutherischen Trotzes den drei Chefs hin. Ihm zur Seite tretend, baute sich Herold monolithisch vor dem Führungstrio auf, und seine wuchtige Körperlichkeit erinnerte augenblickshalber daran, dass man sich letztlich ja irgendwie in einer revolutionären Situation befand – also einer Situation, in der es nach allen historischen Erfahrungen auch schon mal handgreiflich zugehen konnte.

»Wir haben eine Unterschriftenaktion in der Redaktion durchgeführt«, erklärte Kühl mit bebender Stimme.

»Wer ist *wir?*«, fragte Funkenkamp.

»Eine Reihe von Redakteuren.«

»Und zu welchem Zweck führt ihr Unterschriftenaktionen durch, Kollegen?«, erkundigte sich Fleischer väterlich-mahnend.

»Lies doch einfach vor!«, sagte Herold.

Und Kühl las:

»Mit wachsender Bestürzung müssen wir feststellen, dass die Krise der DDR in den Spalten des *Berliner Tageblatts* nicht stattfindet. Stattdessen betreibt unsere Zeitung weiterhin eine unerträgliche Schönfärberei offen zutage liegender Missstände. Wir, die Unterzeichner, wollen am gesamtgesellschaftlichen Dialog über notwendige Reformen des Sozialismus teilnehmen, haben jedoch den Eindruck, dass die Redaktionsleitung weder über den Ernst der Lage noch über die Stimmung in der Redaktion im Bilde ist. Wir fordern daher auf diesem Wege, dass sich unsere Zeitung dem Dialog mit allen Reformkräften guten Willens öffnet. Wir fordern, dass die Chefredaktion mit einem gewählten Mitarbeiter-Beirat einen runden Tisch bildet, um den zukünftigen Kurs der Zeitung zu diskutieren. Wir fordern des Weiteren, dass dieser Beirat in alle Entscheidungen der Chefredaktion einbezogen wird.«

Der Dicke sah auf. »Das haben 46 Kollegen unterschrieben – eine deutliche Redaktionsmehrheit.«

»Das heißt«, fragte Funkenkamp mit einem ironischen Lächeln, »Sie wollen mal eben so die Chefredaktion an die Kandare nehmen, indem Sie ihr eine Art Aufsichtsgremium vorsetzen?«

»So ungefähr«, bestätigte Kühl.

»Aufgrund welcher Kompetenzen?«

»Was sind denn Ihre?«

Funkenkamp kniff die Augen zusammen und schrie: »Nun werden Sie mal nicht frech, Freundchen! Sie sind doch der

Letzte, der in diesem Laden die große Lippe riskieren dürfte! Was haben Sie denn schon geleistet in Ihrem Leben?«

Kühl lief neuerlich und diesmal beängstigend knallrot an und erwiderte mit gepresster Stimme: »Ich bin nicht Ihr Freundchen, Sie aufgeblasener Zwerg!«

In das entsetzte Schweigen, das diesen Worten folgte, schnitt ein nervöses Kichern des Kollegen Schönbach.

»Aber Genoss-, Kollegen, lasst uns doch sachlich bleiben und nicht beleidigend werden«, mahnte die Abteilungsleiterin Kultur und machte ein betroffenes Gesicht.

»Kühl ist beleidigend geworden«, plärrte Seehafer und setzte seine Brille auf.

»Wir sehen ja, wer diese Fronde anführt«, sagte Funkenkamp bitter. »Ein politisch unzuverlässiger Redakteur, den wir jahrelang mit durchgefüttert haben. Lächerlich!«

Er erhob sich und stützte beide Fäuste vor sich auf den Tisch. »Genossen«, wandte er sich an die Umstehenden, »es ist der falsche Weg, den ihr gewählt habt. Wir sehen uns doch regelmäßig in den Parteiversammlungen, und dort können wir über alles reden, ohne dass wir denen ein Schauspiel bieten, die dem Sozialismus schaden wollen und ihn zum Teufel wünschen. Seht ihr nicht, was gespielt wird? Überall sickert der Klassenfeind in unser Land, aber in diesem Haus soll er keinen Brückenkopf vorfinden! Sie wollen den realen Sozialismus abschaffen! Sie wollen unser Land zerstören und enteignen! Das werden wir nicht dulden!«

»Sehr richtig, Walter!« Fleischer klopfte mit den Fingerknöcheln auf den Tisch wie ein Student, der seinem Professor applaudiert.

»Und jetzt Schluss mit dem Unsinn«, fuhr sein Stellvertreter sanfter fort, »geht wieder an eure Arbeit, morgen muss schließlich eine Zeitung erscheinen. Die Zeiten sind schwierig genug. Ihr seht ja, die Konterrevolution streckt ihre Krallen schon in unsere Redaktion aus, wir müssen wachsam sein. – Kühl!«, rief er scharf. »Sie kommen um 16 Uhr in mein Büro! Allein!«

Wieder herrschte sklavisches Schweigen. Keiner fühlte sich bemüßigt, den beiden Rädelsführern beizustehen, obwohl doch fast alle unterschrieben hatten, nicht mal Helmer machte den Mund auf, sondern nestelte nervös an der Knopfleiste seines Hemdes, während sich der Kollege Arndt bereits arbeitseifrig in Richtung Tür durchschlängelte. Was für ein feiges Gesindel, dachte Schönbach, und was für eine unsinnige Idee, in einer jahrzehntelang gleichgeschalteten Redaktion, die zudem fast ausschließlich aus Genossen bestand – Journalisten *und* Genossen zugleich, Lumpen in Potenz –, Reformen durchsetzen zu wollen! In dieser Sekunde erfasste ihn ein würgender Abscheu, der den Schnapslager-Ekel weit übertraf.

Aber Kühl, dessen Bart mit all den Miniaturzöpfchen und partiellen Kräuselungen inzwischen aussah wie der eines afrikanischen Dorfzauberers, war durchaus nicht gewillt, Funkenkamp das Feld zu überlassen. Tollkühn wie Ney bei Waterloo ging er zur Attacke über und fragte dreist: »Wie kommen Sie auf die Idee, Sie besäßen um 16 Uhr noch ein Büro?«

»Ich weiß nicht, wer Ihnen etwas anders vorgaukelt«, erwiderte Funkenkamp, dessen Mundwinkel zuckten.

»Wenn die Chefredaktion unsere Fragen nicht beantworten will«, legte Herold nach, »dann muss sie eben abgewählt werden.«

Schönbach sah gerührt und begeistert auf die beiden Unverzagten, er wollte ihnen gern zu Hilfe eilen, und sein Hass auf diesen formatlosen, schäbigen, verlogenen Staat konzentrierte sich auf die drei Miniatur-Tyrannen, die ihn an diesem Ort vertraten, er hörte die Glocken der Gethsemane-Kirche und das Blut in seinen Schläfen rauschen und fragte böse: »Warum wählen? Warum prügeln wir sie nicht einfach raus, so wie hunderte harmlose Bürger am 7. Oktober von Polizisten aus Berlin geprügelt wurden?«

Tumult brach los. Arndt, der schon die Türklinke in der Hand hatte, zuckte zusammen wie unter der Peitsche. Auf die Gesichter der Führungsriege, Stresemann ausgenommen, trat Entsetzen, schlug um in Empörung, und während Bäuerle dem in zeitweiliger Absenz versunkenen Chefredakteur offenbar wiederholen musste, was soeben Ungeheuerliches geäußert worden war, gab nahezu jeder Einzelne der Anwesenden seinem Drang zur Kommentierung dieser Worte nach; Bekundungen des Abscheus mischten sich mit mannhaften Ordnungsrufen, mehrfach ertönte der Seufzer »Um Gottes willen!«, was zumindest merkwürdig war in einer marxistisch-leninistisch geschulten Redaktion, wobei der Kanon auf die erregte Mahnung hinauslief, das ginge ja nun wirklich zu weit. Interessanterweise hagelte es nicht ausnahmslos Protest, sondern eine kleine, stark geschminkte Kulturredakteurin mit kurzen schwarzen Haaren namens Vera Breitenbach pflichtete Schönbachs Vorschlag vehement und lautstark bei.

Funkenkamp war aufgesprungen und stand in würdevoller Starre und stummer Anklage. Über das Getöse erhob sich das Blöken Kühls, der so lange »Ruhe!« brüllte, bis sie tatsächlich eintrat.

»Keine Gewalt«, erklärte Kühl heiser, »wir werden uns nicht derselben Methoden bedienen wie dieser Polizeistaat. Ich bitte dich«, wandte er sich an Schönbach, »dich zu mäßigen.«

»Es war ein Scherz«, sagte Schönbach trocken. »Ich fasse doch keine Greise an.«

»Ein äußerst geschmackloser Scherz«, bemerkte Helga Heinrich mit kummervollem Blick.

»Über Geschmack ein andermal«, sagte Kühl. »Wir streiten schon viel zu lange. Was jetzt folgt, ist die Wahl einer neuen Chefredaktion …«

»War es auch ein Scherz mit dem Zusammengeschlagenwerden am 7. Oktober?«, fiel ihm jemand ins Wort – Wimmer war's, der Schönling aus der Sportredaktion, auf den die nicht minder schöne Sekretärin abfuhr, was zu bedauern Schönbach in diesem Augenblick keine Muße hatte, denn Seehafer verkündete erregt: »Das würden Volkspolizisten nie tun!«

Ein Gemurmel vager Zustimmung folgte. Schönbach warf dem teigigen Parteisekretär einen gewaltbereiten Blick zu und sagte: »Das ist ja inzwischen besser dokumentiert als euer letzter Parteitag, ihr müsst es nur mal zur Kenntnis nehmen.«

»Propaganda!«, rief Seehafer.

»Ich bin selber verhaftet und misshandelt worden!«

Alle Augen hefteten sich auf Schönbach, voran die tiefbraunen von Katharina Viehweger, die ihn beinahe so anschaute, als sei er ein Held.

»Sie sind von Volkspolizisten geschlagen worden?«, fragte Helga Heinrich überrascht, worauf ihre Miene ins Teilnehmend-Leidende umschlug.

»Will jemand behaupten, dass ich lüge?«, rief Schönbach und starrte dabei Seehafer an.

»Na ja«, stammelte der und wand sich, »es wird ja so viel übertrieben, von Personen, die feindlich gegen unseren Staat eingestellt sind, und von den West-Medien sowieso …«

»Soll das heißen, dass ich lüge?«, wiederholte Schönbach drohend.

»Es gab Festnahmen, ja, aber es wird auch Gründe dafür gegeben haben …«

»Sie haben Frauen geschlagen, sie haben sogar Krüppel und Schwangere verhaftet!«, erklärte Schönbach bitter. »Gibt es Gründe, Schwangere zu verhaften?«

»Ammenmärchen«, knurrte Funkenkamp.

»Das ist vielleicht ein Versehen gewesen …«, sagte irgendwer.

»Aber sicher, jeder einzelne Schlag, den ich abbekommen habe, war ein Versehen«, höhnte Schönbach.

»Bitte, man wird doch in der Hauptstadt der DDR nicht einfach so mir nichts, dir nichts von Polizisten geschlagen!«, beschwor Helga Heinrich und faltete flehentlich die Hände.

»Ich bin auf dem Heimweg auf der Stargarder Straße in den Demonstrationszug geraten …«

»Jaaa, Demonstrationszug …«

»… hunderte sind verhaftet, zusammengeprügelt und in Kasernen verschleppt worden! Das war Bürgerkrieg!«

»Behaupten die West-Nachrichten«, beharrte Seehafer.

»Irgendwas werden Sie schon angestellt haben, Golleesche«, murmelte Bäuerle.

»Ammenmärchen«, wiederholte Funkenkamp.

10.
Europa (Fortsetzung)

»Name!«

»Johannes Schönbach.«

»Jahrgang!«

»1962.«

»Arbeitsstelle!«

»Berliner Tageblatt.«

Der Strafvollzugsbeamte, ein Hauptmann von ungefähr fünfzig Jahren, der sein fettiges Haupthaar lächerlich penibel gescheitelt hatte und dem allerlei Gestrüpp aus den Nasenlöchern wucherte, blickte auf.

»Sind Sie Journalist?«

»Nein. Ich bin Korrektor.«

»SED-Mitglied?«

»Nein, leider nicht. Hören Sie, ich bin dort zufällig vorbeigelaufen, weil –«

»Reden Sie, wenn Sie gefragt werden!«

»Ich will mit der ganzen Sache nichts zu tun haben.«

An der linken Hand des Strafvollzugsbeamten fehlten der Zeigefinger ganz und vom Mittelfinger die Hälfte, weshalb er etwas ungelenk auf die Schreibmaschine einschlug. Er lächelte zynisch und sagte: »So ist das immer: Wenn man euch erwischt, wollt ihr nichts damit zu tun haben. Aber das zieht bei uns nicht mehr.«

»Ich war auf dem Nachhauseweg, ich wohne in der Dunckerstraße –«

»Halten Sie jetzt Ihren Mund!!«

Spitz und mit abgehackten Vokalen schoss der Befehl zwischen den sich kaum bewegenden Lippen des Hauptmanns hervor. Ebenso routiniert wirkte der wissend-geringschätzige Blick, mit dem er Schönbach bedachte und aus dem ungefähr die Worte sprachen: Du wirst hier schon noch lernen, zu schweigen, du komischer Vogel, du hast ja keine Ahnung, was wir alles mit dir anstellen können.

Wieder stieg diese Ganzkörperangst in Schönbach auf, die man *scheißende Angst* nennt, weil sie stets genau am Austritt ihren Anfang nimmt, ehe sie alle inneren Schranken einrennt. Ihm war, als werde sein Gedärm mit Kohlensäureschnee gefüllt, die Kälte kroch bis in die Lendenwirbelsäule. Er hatte immer noch keine Ahnung, wo er sich genau befand, nur dass es sich um eine Haftanstalt handelte, konnte als sicher gelten. Mehr als einen schmutzig roten Klinkerbau mit vergitterten Fenstern hatte er nicht sehen können, nachdem er aus dem Häftlings-Transporter gestiegen und in ebenjenen Bau hineingejagt worden war. Alle Gefangenen hatten am Morgen solche Gefährte besteigen müssen, womit sonst Kriminelle transportiert wurden, aber als solche galten sie ja inzwischen wohl. Da die Fahrt schätzungsweise anderthalb Stunden gedauert hatte, zog Schönbach in Gedanken einen Kreis mit einem Radius von 100 bis 120 Kilometern um Berlin, darin musste das Gefängnis liegen. Auf Bautzen, das berüchtigste ostdeutsche Zuchthaus, traf das gottlob nicht zu. Aber Knast war Knast, war man erst mal drin, kam man schwer wieder raus. Schönbach fühlte sich, als ob er auf einer heißen Herdplatte säße. Ihm wurde speiübel, und kalter Schweiß trat auf seine Stirn.

Bei der Ankunft hatten die Genossen Offiziersschüler eine Gasse gebildet, durch welche die Gefangenen getrieben wurden; von seinen historischen Vorgängern unterschied diesen Spießrutenlauf lediglich, dass er im Laufschritt stattfand und den Delinquenten nicht der Oberkörper entblößt wurde. Schönbach empfing mehrere Knüppelschläge auf seinen Rücken, aber am wirkungsvollsten war ein Stoß, der seinen rechten Oberschenkel mit der Innigkeit eines Huftrittes traf. In demselben Maße, wie sein zeitweise lahmgelegter Arm wieder an Fühlvermögen gewann, steigerte sich der Schmerz im Oberschenkel, er konnte die Stelle bald nicht mehr anfassen. Danach waren sie in Zellen gesperrt worden. Schönbach teilte sich eine mit drei anderen. Einer war der dürre Bursche mit dem Ziegenbart, der sich nicht mehr im Vollbesitz seiner Sinne befand und so stark zitterte, als sei er an einen Stromkreis angeschlossen. Schönbach hatte mit einer gewissen hämischen Genugtuung an seinen Vater denken müssen. Wenn der Alte erfuhr, dass sein Sohn im Gefängnis saß, weil er sich gegen die DDR, den Sozialismus, den Menschheitsfortschritt und den Weltfrieden zusammengerottet hatte, würde er sich wohl von ihm lossagen und fortan leugnen, ihn jemals gezeugt zu haben. Die Handlanger deiner Genossen, sprach er in Gedanken zu ihm, haben mich zusammengeschlagen und ins Loch gesteckt; ich war bloß auf dem Nachhauseweg. Die Frage war nur, ob und wann er dazu kommen würde, seinem Vater auseinanderzusetzen, was passiert war.

Der Strafvollzugsbeamte hatte fertig getippt und wollte sich ihm wieder zuwenden, als das Telefon klingelte. Er nahm den Hörer ab und offenbar einen Befehl entgegen, der ihn befremdete, jedenfalls verzog sich sein Gesicht entsprechend, während er zwei- oder dreimal »Jawohl!« und »In Ordnung!« sagte; nach einem abschließenden »Verstanden!« warf er den Hörer auf das Gerät, blickte sekundenlang mit sphinxhafter Miene durch Schönbach hindurch, ehe er sich zusammenrappelte und bitter sagte: »Glück gehabt, Freundchen … Ihr habt alle verdammtes Glück gehabt!«

Schönbach begriff nicht, aber irgendetwas schien dieser Anruf zu seinen Gunsten bewirkt zu haben. Er hätte allzu gern gewusst, was.

»Sie können gehen. Sie sind frei.«

»Wie bitte?«

»Es konnte Ihnen keine Straftat nachgewiesen werden, weshalb auch kein Strafverfahren gegen Sie eingeleitet wird.«

Schönbach sackte zusammen wie eine Marionette, der ein Teil der Fäden gekappt wurde, atmete tief durch und sagte leise: »Aber Sie haben doch nicht einmal versucht, mir eine Straftat nachzuweisen.«

»Passt Ihnen das etwa nicht? Wollen Sie lieber hier bleiben?«

Schönbach begann zu begreifen. Wenn sie ihn gehen ließen, dann ließen sie alle gehen, denn etwas Konkretes hatten sie auch gegen die anderen nicht in der Hand. Das bedeutete, dass sie einfach viel zu viele hatten verhaften müssen oder dass irgendwer aus der Führung in dieser Nacht das Ruder umgelegt hatte. Ein solcher Befehl konnte nur von ganz oben kommen. Jedenfalls handelte es sich um ein Eingeständnis: Die Genossen waren mit ihrem Latein am Ende. Die chinesische Lösung fand nicht statt! Vermutlich würden sie jetzt fordern, dass man Stillschweigen über die Vorkommnisse bewahrte, aber er würde den Mund nicht halten. Oder machte sich da eben ein Gefühl von Dankbarkeit in ihm breit, Dankbarkeit darüber, dass man ihn *nicht* einsperrte? Schönbach kämpfte es nieder.

»Gilt das für alle Verhafteten?«, erkundigte er sich.

»Das geht Sie nichts an!«, fauchte der Beamte.

Schönbach bekam Oberwasser; er sagte: »Hören Sie, ich bin auf dem Heimweg eben mal so verhaftet und ein paar Mal zusammengeschlagen worden, glauben Sie wirklich, dass die Sache mit einem saloppen ›Sie können gehen‹ erledigt ist?«

Der Hauptmann lächelte knüppelsehnsüchtig.

»Für zwei Mal zusammengeschlagen sehen Sie ganz gesund aus. Was wollen Sie denn? Treiben Sie sich nicht auf der Straße herum, wenn sich dort Gesindel sammelt, dann geschieht Ihnen auch nichts.«

»Ich werde mich beschweren!«

Der Offizier wurde blass und schrie: »Verschwinden Sie, ehe wir's uns anders überlegen!«

Schönbach erhob sich. »Wo bin ich hier überhaupt?«

»Sie befinden sich in der Strafvollzugsanstalt Rüdersdorf.«

»Und wie komme ich nach Hause?«

»Das ist Ihre Sache.«

Wenig später schloss sich das Eingangstor der Haftanstalt hinter Schönbach und einer Hand voll ungläubig erlöst dreinblickender Vortags-Demonstranten. Offenbar ließ man die Leute schubweise frei. Ihre Habseligkeiten hatten sie zurückbekommen. Das Wetter war trübe, der Staub aus dem Zementwerk, in welchem auch die Knastinsassen arbeiteten, überzog das Kopfsteinpflaster der Straße und die parkenden Autos wie Puderzucker. Viele Enden der Welt lagen in der DDR.

Schönbach drehte sich noch einmal um. Düster dräute der Zellenbau, es war, als ob der Himmel verhindern wolle, dass allzu viel Licht auf ihn falle. Böse blickte ihm das Monstrum aus seinen hundert vergitterten Augen nach, mürrisch verzog es sein stählernes Maul, das ihn aus irgendeinem höheren Grund unverdaut hatte wieder ausspeien müssen. Links und rechts davon schied Stacheldraht die Sphären, es war das ganze Land nochmals als Miniatur.

Daheim hörte er die Nachrichten des Berliner Rundfunks. In den Abendstunden des 7. Oktober hätten *Randalierer* versucht, die Volksfeste zum 40. Jahrestag der Deutschen Demokratischen Republik zu stören, sagte der Sprecher und fuhr fort: »Im Zusammenspiel mit westlichen Medien rotteten sie sich am Alexanderplatz und Umgebung zusammen und riefen republikfeindliche Parolen. Durch die Besonnenheit der Sicherheitsorgane kamen die beabsichtigten Provokationen nicht zur Entfaltung. Die Rädelsführer wurden festgenommen.«

Er ging zum Münzfernsprecher und rief seine Eltern an.

»Ihr habt immer gedacht, aus mir wird nichts«, sagte er, »aber heute ist euer Sohn in den Nachrichten!«

11.
Erzieherdämmerung (Schluss)

Funkenkamp ließ bedrohlich sein Zischknurren ertönen und herrschte Kühl an: »Ich weiß nicht, wer Ihnen eingeblasen hat, man könne eine Chefredaktion einfach so wählen oder abwählen; jedenfalls befinden Sie sich gewaltig im Irrtum, wenn Sie glauben, dass es hier so funktionieren wird. Diese Zeitung gehört …«

»Dem Volk!«, rief Kühl, der wirklich seinen jakobinischen Tag hatte.

»… der Sozialistischen Einheitspartei Deutschlands!«, donnerte Funkenkamp.

»Kommen Sie uns nicht mit der Bezirksleitung, die hat inzwischen andere Sorgen«, sprang Herold dem Meuterer bei. »Was wir wollen, ist Pressefreiheit! Sie stehen ihr im Wege! Die Redaktion soll entscheiden, wie lange noch.«

Der Schock darüber, was ihm am Republikgeburtstag widerfahren war, hatte sich bei Schönbach erst in den Tagen nach seiner Freilassung eingestellt und war insofern mit den Schmerzen vergleichbar, die er auch erst in der Folgenacht richtig spürte. Er konnte weder auf dem Rücken noch auf der rechten Seite schlafen, und der handtellergroße Bluterguss auf seinem Oberschenkel stand wiederum der Bauchlage im Wege. Zudem ließ das Taubheitsgefühl an den Genitalien nur äußerst langsam nach und fügte dem handgreiflichen Weh die Sorge um eventuelle künftige Empfindungsbeschränkungen allerheikelster Art hinzu. Er musste nacheinander einen Orthopäden, einen Urologen sowie einen Zahnarzt aufsuchen. Zwei der drei Ärzte, beide praktizierten im Prenzlauer Berg, hatten über die Herkunft seiner Beschwerden übrigens sofort korrekte Vermutungen angestellt. Bis er vor den mehr oder weniger putschentschlossenen Kollegen jene Kurzversion kundtat, hatte Schönbach nur Kühl und seinen Eltern davon erzählt, er war auch nicht den allenthalben munkelnd durchsickernden Aufrufen gefolgt, seine Erlebnisse als *Gedächtnisprotokoll* der Kirche und damit einer gewissen Öffentlichkeit anzuvertrauen. Ferdinand Schönbach war hin und her gerissen zwischen väterlichen Beistandsgefühlen und linientreuer Lagebeurteilung, zwischen leiser Empörung und grundüberzeugtem Nichtglaubenwollen. Ganz anders Kühl, der die Propaganda sowieso nicht glaubte, der war schier vor Wut geplatzt, als er den Bericht seines Freundes hörte, er hatte es vor Erregung nicht auf seinem Stuhl ausgehalten, war mit geballten Fäusten im Büro umhergelaufen und hatte ein Bild von so leidender Ohnmacht abgegeben, dass der Erzähler zuletzt lachen musste. Kühl schloss sich als neben Herold vermutlich einziger Mitarbeiter des Organs der SED-Bezirksleitung Berlin den Demonstrationen an, die etwa ab Mitte Oktober, nach dem Rücktritt Honeckers und dem ultimativen Einknicken der Staatsmacht, immer mehr

Leute anzogen und, wie der sich abseits haltende Schönbach spottete, zur konstantesten spätsozialistischen Folkloreveranstaltung avancierten. Sogar in der Nacht, als die Mauer fiel, war der fernseh- und telefonlose Schönbach nicht auf den Beinen gewesen; er verpennte sie in seiner Hinterhofwohnung buchstäblich und erfuhr erst am nächsten Morgen davon, als Helmer mit einer druckfrischen *Bild*-Zeitung aufkreuzte, die er aus Westberlin mitgebracht zu haben vorgab und auf deren Titelseite alle nötigen Informationen so prägnant versammelt waren, dass Schönbach nach einer Weile glaubte, was er da las …

»Kinder, wir müssen aufpassen, dass wir nicht in richtungslosen Journalismus verfallen, es sind schwierige Zeiten, und die Feinde des Sozialismus schlafen nicht«, brabbelte Fleischer, die Augen mühsam hinauf zu Kühl und Herold gedreht, die ihm vis-à-vis und einen Schritt vor den restlichen Redakteuren in aufrührerisch-sturer Haltung verharrten.

»Wir wollen nur die Richtung ein kleines bisschen ändern«, versetzte Kühl.

Der Chefredakteur schüttelte den Kopf und versank wieder blöde glotzend in seinem Stuhl.

»Wir fordern, dass die Chefredaktion so geschlossen zurücktritt wie die Regierung Stoph, damit wir eine neue wählen können!«, fuhr Kühl fort.

»Und zwar unverzüglich!«, sekundierte Herold.

Bäuerle wurde aschfahl.

Nun geschah etwas Merkwürdiges. Innerhalb der gesichtslosen und meinungsfluiden Resonanzmasse der Redakteure breitete sich beifälliges Gemurmel aus. Die Stimmung kippte auf einmal, obwohl nichts weiter geschehen war, als dass die Forderung nach dem Rücktritt der bisherigen Führung nochmals hatte straflos wiederholt werden können, und vielleicht genügte genau das. Die bislang unentschiedene Hospitantenschar, die sich vor ein paar Minuten vermutlich widerstandslos hätte fortschicken lassen, schien plötzlich zu begreifen, dass diese Chefredaktion tatsächlich sturmreif war. Fleischers seniles Gebrabbel, Bäuerles ostentatives Sich-Heraushalten, die stummen oder lavierenden Abteilungsleiter, das alles roch nach Kapitulation. Der Einzige, der den Status quo wirklich verteidigte, war Funkenkamp.

»Wer dafür ist, dass Kollege Fleischer weiterhin als Chefredakteur die Redaktion führt, den bitte ich um das Handzeichen!«, befahl Kühl.

Seehafers Arm zuckte nach oben, verharrte auf halber Höhe und zog sich dezent wieder zurück. Nur die Proletenpranke Terletzkis stand einsam in der Luft – nein, nicht ganz einsam, im Rücken der Versammlung reckte sich eine knochige Frauenhand zur Decke: Fräulein Schertal hielt ihrem Chef auch in dieser bitteren Stunde die Treue.

Kühl starrte fragend auf Funkenkamp, der seine Arme vor der Brust verschränkt hatte und hochmütig das Kinn reckte.

»Sie glauben wohl nicht«, knurrte er, »dass ich diesen Blödsinn mitmache!«

»Das ist die absolute Mehrheit«, kommentierte Herold lakonisch. »Damit ist der Kollege Fleischer abgewählt.«

Diese Mitteilung löste beim Chefredakteur, der an diesem Vormittag sozusagen minütlich alterte, heftige Bestürzung aus. »Aber, Kinder«, grummelte er, und sein Mund mit den hängenden Lefzen mahlte greisenhaft dabei, »Kinder … Mehrheit? … Bolschewiki! … Ich bin doch euer Chef …«

Funkenkamp sah ihn angeekelt an, dann musterte er die ursprünglichen Konferenzteilnehmer, einen nach dem anderen, als wolle er abwägen, von wem noch Unterstützung zu erwarten war, und vielleicht ging ihm in diesem Augenblick auf, was dabei herauskam, wenn man Opportunisten züchtete, denn alle – außer dem sichtlich heiteren Stresemann – wichen seinem Blick betreten aus. Insbesondere vom Zweiten Stellvertreter schien er keinerlei Rückendeckung erwarten zu dürfen: Bäuerle hielt einen Popel zwischen Daumen und Zeigefinger, in dessen Betrachtung er ungefähr so vertieft war wie Hamlet im letzten Akt in die der Totenschädel. Entweder war er ungeheuer clever oder verrückt geworden.

»Wer dafür ist«, fuhr der unerbittliche Kühl fort, »dass Kollege Funkenkamp weiterhin als stellvertretender Chefredakteur die Geschicke der Redaktion lenkt, den bitte ich jetzt um das Handzeichen!«

Keine Hand regte sich.

Für Fleischer war das alles zu viel. »Ich war wie ein Vater zu euch all die Jahre«, stammelte er und raffte sich empor, »ich habe jeden von euch eingestellt. Jeden Einzelnen. Ich war immer gut zu euch … Ihr habt ja keine Ahnung, wie es zugegangen ist, früher …«

Er schüttelte den Kopf und stierte ausdrucksleer in die Runde.

»Ich will nach Hause«, entfuhr es ihm plötzlich in einem so jammervollen Ton, dass man meinte, ein Kind rufen zu hören. Es war ein erbarmungswürdiger Anblick, wie er halt- und hilfesuchend die Arme ausstreckte.

Jemand rief nach der Schertal, aber die bahnte sich längst den Weg zu ihrem degradierten und in mysteriöser Geschwindigkeit degenerierten Chef, nahm ihn bei der Hand, half ihm aus dem Stuhl und in den Mantel, wonach sie ihn in stummer Ergebenheit und mit verachtungsvollen Seitenblicken auf ausnahmlos alle Anwesenden zur Tür hinausführte.

»Ihr erstes Opfer!«, sagte Funkenkamp schneidend zu Kühl.

Doch der Dicke war einfach nicht zu bremsen. Er begann lauthals zu singen:

»Wenn der Genosse fällt,
neben dir,
dann bleibt zum Abschied keine Zeit.
Die Fahne, die er hält,

die tragen wir
in eine bessere Welt!«

»Das geht jetzt aber wirklich zu weit«, maulte Helga Heinrich.

»So ist die Konterrevolution, sie geht über Leichen!«, schrie Funkenkamp.

»In welcher Eigenschaft schreien *Sie* hier eigentlich noch herum?«, erkundigte sich Stresemann, der sich zur Seite gedreht hatte und leger den Arm über die Stuhllehne hängen ließ.

»Fällst *du* mir auch in den Rücken, Otto?«, fragte Funkenkamp erschrocken.

Was musste Stresemann auf diesen Moment gewartet haben! Jede Silbe wie einen besonders edlen Schnaps genießend, sagte er: »Das penetrante Geduze können Sie sich schenken, mein Herr. Sie sind abgewählt. Diese Redaktion verzichtet künftig auf Ihre Kommandos.«

Funkenkamps Blick erlosch. Die Elastizität wich aus seiner Haltung. Die Schlacht war geschlagen. Seine Offiziere hatten ihn fallengelassen. Terletzki spielte abwesend mit seinem Kugelschreiber. Helga Heinrich sah belämmert ins Leere. Eggert wühlte interessiert in seinen Unterlagen. Bäuerle breitete seine aufgestützen Unterarme aus und näselte: »Das wirst du wohl akzeptieren müssen, Walter.«

»Du Billig-Brutus!«, fauchte Funkenkamp, und die Zornesadern an seinen Schläfen schwollen entsetzlich an. »Das ist die neue Kommunistenverfolgung!«, stieß er hervor und wies mit dem Zeigefinger Richtung Fensterfront. »Draußen marschieren die Wiedervereinigungs-Faschisten! Und die Bundeswehr steht Gewehr bei Fuß vorm Brandenburger Tor! Spielt dem Vierten Reich nur in die Hände! Ihr werdet schon sehen!«

Mit einem plötzlichen Entschluss raffte er die Papiere zusammen, die vor ihm lagen und murmelte Satzbrocken wie »Macht doch euren Quatsch alleine … Grenzöffner … mich längst zurückziehen sollen … Schnauze voll …« Mitten in der Bewegung hielt er inne, zog ein aktuelles Exemplar des *Tageblatts* aus dem Stapel, starrte es an wie eine Geistererscheinung – und warf es verächtlich auf den Tisch zurück. Danach verließ er mit energischen Schritten das Zimmer, ohne sich noch einmal umzublicken, knallte aber die Tür hinter sich zu, dass die Kaffeetassen auf dem Konferenztisch klirrten.

Sein Abgang hinterließ ein atmosphärisches Vakuum, welches sich nur allmählich in einem allgemeinen Durchatmen auflöste, an dem sich sogar Bäuerle aktiv beteiligte. Der Zweite Stellvertreter und nunmehrige Ranghöchste schob Fleischers verwaisten Lehnstuhl vom Konferenztisch weg, wobei er erklärend »Privateigentum« näselte, und nötigte Kühl, Helmer und Herold sodann mit einladenden Handbewegungen, sich zu setzen. Tatsächlich folgten die drei seinen Winken, und insbesondere Eggert beeilte sich, Platz zu machen, indem er beiseite und seinem Nachbarn Stresemann auf den Leib rückte, was dieser mit der Bemerkung quittierte: »Hör mal, Axel, verlässt du gerade deinen Stuhl, oder willst du meinen erobern?«

Der exklusive allmorgendliche Zirkel hatte sich damit gewissermaßen in das Lieblingskommunikationsmodell der agonierenden DDR verwandelt: in einen *runden Tisch.*

»Nachdem das erledigt ist, müssen wir klären, wie es mit unserer Zeitung weitergeht«, sagte nun ausgerechnet Seehafer. »Ich könnte meinen Einfluss beim Parteivorstand geltend machen und –«

»Dich hätten wir beinahe vergessen«, unterbrach ihn Herold barsch.

»Wie meinst du das?«, fragte Seehafer und wurde blass.

»Einen Parteisekretär werden wir hier nicht mehr brauchen«, klärte ihn Kühl auf und strich sich den Bart halbwegs wieder in Form.

Seehafer tat empört und rief: »Aber ich bin doch schließlich auch Journalist!«

»Die Seite *Aus den Grundorganisationen* werden wir wohl auch nicht mehr brauchen«, ergänzte der pünktliche Bratenriecher Helmer.

»Aber –« Seehafer schwieg verwirrt.

»Lösen wir uns denn von der Partei?«, kam es bang aus der Runde.

»Eine normale Zeitung ist überparteilich«, erklärte Stresemann, dem es sichtlich großartig ging.

»Die Schrift müssen wir auch ändern!«, brüllte Herold. Einer spontanen Grafikerinspiration folgend, griff er eines der auf dem Konferenztisch verstreuten Exemplare und vertiefte sich in dessen Anblick. »Nicht diese alles erdrückenden Lettern«, murmelte er, »lockerer, offener, freier. Liberaler!«

»Ich fürchte, dass wir tatsächlich jemanden brauchen werden, der uns bei der Bezirksleitung vertritt und erklärt, was hier passiert ist«, näselte Bäuerle. »Es könnte sonst Ärger geben!«

»Wir sind die Zeitung!«, rief Kühl. »Wir schreiben sie, wir stellen sie her. Was geht uns die Bezirksleitung an?«

»Druckerei und Redaktionsgebäude gehören der Partei«, gab Stresemann zu bedenken.

»Die zahlen auch unsere Gehälter«, raunte jemand – Wimmer war's.

»Die Immobilien sind doch alle nur zusammengestohlen!«, rief Vera Breitenbach. Leises Protestgemurmel folgte. Helga Heinrich schüttelte vorwurfsvoll den Kopf. Sieh da, dachte Schönbach, eine richtige Antikommunistin, mitten in der Redaktion, und keiner hat's gewusst.

»Ich könnte bei der Bezirksleitung erklären, dass wir uns an die Spitze der Reformbewegung setzen wollen und deshalb die Chefredaktion ausgewechselt haben«, klammerte sich Seehafer an den Strohhalm seiner Brauchbarkeit. »Nur das mit *überparteilich* … ich weiß nicht …«

»Das ist Bedingung«, erklärte Helmer, der sich endgültig zur Oppositionsfronde geschlagen hatte – wobei der Begriff, wie Schönbach fand, schon wieder seine Gültigkeit verloren hatte, denn wie sollte eine Mehrheit, die gesiegt hatte, als Opposition bezeichnet werden?

Hilfesuchend sah Seehafer zu Bäuerle.

Der überlegte ein Weilchen, ehe er vorschlug: »Wollen wir nicht erst das eine und später dann das andere tun? Zuerst sollen die Genossen damit fertig werden, dass die Chefredaktion eine *etwas* andere Besetzung aufweist, der Untertitel kann sich doch irgendwann später ändern. Warten wir einfach, wie sich die Situation entwickelt. Wozu schlafende Hunde wecken und sich in unnötige Konfrontationen stürzen? Soll doch der Gen-, der Kollege Seehafer bei der Bezirksleitung in diesem Sinne gute Stimmung für uns machen.«

»Von mir aus«, brummelte Kühl.

»Einverstanden«, entschied Stresemann.

Das Bündnis Bäuerles mit den Umstürzlern funktionierte erstaunlich reibungslos. Die Revolte war in die friedliche Phase von Nachfolgeregelung und Richtungsdiskussion getreten.

An die Spitze der Redaktion wurde – ohne Gegenstimmen, bei einigen nicht ausgezählten Enthaltungen – ein gleichberechtigtes Direktorium gewählt, das aus Stresemann, Bäuerle und Kühl bestand, deren Kompetenzen vorerst nicht voneinander abgegrenzt wurden. Als erste Amtshandlung ernannte Stresemann Helmer zu seinem Nachfolger als Leiter der Politikabteilung. Eggert und Helga Heinrich blieben im Amt, Terletzki vorerst auch, aber er verließ die Versammlung als echter Wackelkandidat. Ein Kollege aus der Wirtschaftsabteilung warf den Gedanken auf, dass man künftig so etwas wie ein separates Auslandsressort einrichten müsse, was allgemein als bedenkenswert eingestuft wurde, wie auch der Vorschlag von Katharina Viehweger, das Blatt um eine wöchentliche Reiseseite zu erweitern, denn reisen werde man als DDR-Bürger in Zukunft ja wohl etwas mehr als früher.

Es folgte eine sehr lebhafte Diskussion um den künftigen politischen Kurs der Zeitung, die sich bis 15 Uhr hinzog, weshalb man die beiden verbliebenen Bewacherinnen des verwaisten Chefbüros beauftragte, auf Redaktionskosten belegte Brötchen und Getränke herbeizuschaffen. Während dieser Diskussion wurden in oftmals leicht hysterischem Brustton Ansichten vorgetragen wie:

»Der Kapitalismus kann die Probleme der Menscheit nicht lösen!« – »Wir müssen verhindern, dass die BRD die DDR schluckt!« – »Die DDR muss die basisdemokratische Alternative zur von der Deutschen Bank unterhaltenen Demokratie der BRD bleiben!« – »Der Papier- und Energieverbrauch des Westens ist skandalös!« – »Marx darf nicht Recht behalten mit seiner Feststellung, dass die Deutschen die Freiheit immer nur am Tag ihrer Beerdigung erleben!« (Der Kulturredakteur, der diesen Gedanken aussprach, blickte danach mit einem gewissen Stolz in die Runde.) – »Vergessen wir niemals die Schattenseiten des Westens: Arbeitslosigkeit, Kriminalität, Drogen, Prostitution!« – »Nicht alles war schlecht bei uns!« – »Beide Systeme können voneinander lernen!« – »Diese verdammte DDR ist am Ende. Sie läuft aus. Sie bricht zusammen. Es ist vorbei ...«

Es war Schönbach, der die letzte Wortmeldung in die Runde stieß, nicht nur, weil er glaubte, dass es sich so verhielt – er hatte diesem durch jahrlange Mast an ideologischen Futtertrögen offenkundig total verblödeten Redakteurshornvieh schon immer mal die Meinung sagen wollen. Neuerlich löste er allgemeinen Tumult aus. Manche sahen ihn an, als würden sie ihn gern lynchen.

Stresemann würgte den Lärm ab, indem er auf seine Armbanduhr trommelte und daran erinnerte, dass auch morgen eine Zeitung erscheinen müsse, worauf sich die Versammlung in

Sekundenschnelle auflöste, freilich nicht ohne dass man beschlossen hatte, sie nach Redaktionsschluss fortzusetzen.

»Wer ist heute Chef vom Dienst?«, fragte Stresemann beim Gehen.

»Axel Eggert«, antwortete Bäuerle. »Warum?«

»Wir können doch unmöglich weiter die Anweisungen der Agitationskommission entgegennehmen! Wenn Eggert Chef vom Dienst ist, passiert nichts.«

Stresemann hatte richtig vermutet. Als pünktlich um 18 Uhr irgendeiner dieser Einpeitscher im CvD-Zimmer des *Tageblatts* anrief und wie zu Honeckers Zeiten ins Telefon schnarrte, man habe morgen dreispaltig mit dem neuen Ministerpräsidenten Hans Modrow aufzumachen, darunter mindestens zweispaltig den ADN-Kommentar zur Vorbereitung auf den SED-Sonderparteitag zu übernehmen und so weiter, da hörte sich das rückgratlose Custer-Imitat alles mit Leidensmiene an, ein doppelt würdeloses Bild, weil die Macht am anderen Ende der Leitung nur noch ein Popanz war. Obendrein hatte der Mann mit der imposanten Physiognomie Publikum, neben den beiden Redakteuren und dem Korrektor Schönbach, die mit ihm Dienst taten, hatten sich überraschend Herold und Kühl eingefunden. Letzterer wollte seinen großen Tag anscheinend mit einem würdigen Abschluss krönen; er riss Eggert ingrimmig den Hörer aus der Hand und schrie mit sich überschlagender Stimme hinein: »Ihr könnt eure Vorgaben an den Südpol übermitteln, ihr Penner, oder den Vatikan anrufen, aber nicht mehr uns, verstanden! Vielleicht hören die beim *Neuen Deutschland* noch auf euch, aber wir nicht! Nie wieder! Es ist vorbei! Finito! Ihr Arschlöcher!«

Der Dicke ließ den Hörer sinken. Die Anwesenden starrten ihn erschrocken und erlöst an. In Kühls Augen irrlichterte es, als stünde er kurz davor, durchzudrehen. Er hob nochmals die Sprechmuschel an den Mund und wiederholte halblaut: »Habt ihr verstanden, ihr Arschlöcher?«

III.
Unter Aufgeklärten

1.
Ein Wiedersehen

Als er den Saal betrat, erblickte Schönbach als Erstes diesen Hintern. Eine augenscheinlich hochsolide Muskulatur hielt die beiden formvollendeten Halbkugeln, die ohne jeden Ansatz von Wulst aus kerzengeraden Beinen wuchsen, in sozusagen sprungbereiter Spannung, und unter der schwarzen Stoffhose zeichnete sich ein String-Tanga ab. Der erbauliche Anblick bot sich ihm inmitten einer Wahlkampfveranstaltung der *Partei des demokratischen Sozialismus*, kurz PDS, weshalb der Raum in Rot schwamm, mit neckischen Blautupfern garniert, denn einige mehr oder weniger jugendliche Närrinnen trugen FDJ-Hemden, ihre eigenen oder die ihrer Mütter. Neben verbiesterten Lemuren aus den Reihen der ehemaligen Staatspartei, von denen manche noch ihre Hammelmarke mit den sich schüttelnden Händen am Revers trugen (man hätte sie an ihren »Ja, aber ...«-Mienen auch so erkannt), rannte jede Menge für egalitaristischen Unfug empfängliches Jungvolk herum, und obwohl Dutzende weibliche Hinterteile der verschiedensten Güteklassen miteinander in Konkurrenz traten, hatte dieses eine Schönbachs Blick wie ein geheimnisvolles Leuchtfeuer sofort auf sich gezogen. Er wurde sich seines ferngelenkten Glotzens aber erst bewusst, als sich dessen Objekt von ihm wegdrehte und ihn ein Augenpaar zu fixieren begann.

Es war Katja.

Sie winkte ihrem einstigen Schach-Herausforderer beiläufig zu, als hätten sie sich nicht seit Jahren, sondern seit gestern nicht gesehen. Währenddessen händigte sie irgendwelchen Leuten irgendwelche Papiere aus und musste anscheinend auch noch erklären, was draufstand. Wie es aussah, gehörte sie zu den Ausrichtern dieser Veranstaltung, wenngleich das einstige Staatsjugendtracht-Model *kein* Blauhemd trug, sondern ein weißes. Als sie mit den Erklärungen fertig war, kam sie freudig auf den in der Menge leicht zu erspähenden Verehrer zugeeilt.

»Hal-looo!«, sagte sie mit ihrer belegten, diesmal ein bisschen nach Migräne klingenden Stimme, während ihr Blick prüfend an ihm auf und ab wanderte. »Was machst du denn hier? Willst du einen Aufnahmeantrag stellen?«

Mit der Routiniertheit des Ex-Adepten erkannte Schönbach, dass sie beschwipst war. Ihre normalerweise kaum auslotbaren Hologramme von Augen wirkten getrübt und verschlossen, als habe sich eine hauchzarte Eisschicht darauf gebildet, und die Oberlider berührten den Rand der Pupille, so dass sie mit ihrer schlaffen Schwere den einstigen Königsblick verhängten. Es mochte sein, dass der frühnachmittägliche Schwips diesen Effekt hervorbrachte, jedenfalls hatte die Zeit mit ihrem boshaften Expressionistengriffel inzwischen auf Katjas müde wirkendem Gesicht in äußerst vager, nur Kennern sichtbarer Skizzenhaftigkeit angedeutet, welches Antlitz die lasterhafte Schöne in vielleicht fünfzehn oder zwanzig Jahren dem Spiegel beziehungsweise ihrer Mitwelt präsentieren würde, und ahnungsvoll-bitter dämmerte Schönbach das Bild einer dünnen, blass gewordenen Frau mit kaum mehr glänzendem, stellenweise sogar aschenem schwarzem Haar, Marskanälen unter den Augen und winterlichen Krähenlandeplätzen an den Scharnieren der Lider. Er erschrak vor seiner Vision, denn Katja stand noch erfreulich frisch und animierend vor ihm. An ihrer Brust baumelte ein Kärtchen, auf welchem unter dem PDS-Symbol gedruckt stand: »Katja Ludwig, Bezirksverband Pankow«. Ludwig also, nicht mehr Kommerell.

»Na, wir haben uns ja eine Ewigkeit nicht gesehen«, sagte sie aufgeräumt, aber etwas an ihr war anders als früher, und dieses

Etwas stumpfte ihrer Attraktivität den Stachel. Es war nicht das Ältergewordensein, sondern etwas anderes: Selbst wenn sie ihre perlmuttenen Zähne aufscheinen ließ, träufelten die Augen eine Dosis Traurigkeit hinzu.

»Das letzte Mal 1988«, rechnete Schönbach vor.

»Vor fünf Jahren! Und was führt dich hierher?«

»Ich bin sozusagen dienstlich hier – was heißt sozusagen, ich bin dienstlich hier. Meine Partei ist das nämlich nicht, wie du dir vielleicht denken kannst.«

Sie zuckte mit den Schultern und fragte: »Wieso dienstlich?«

»Eigentlich bin ich mit eurer Obernase verabredet, aber der scheint nicht da zu sein …«

»Mit dem Parteivorsitzenden?«

Schönbach nickte.

»Was will denn der von dir?«

»Ich will ihn ein paar Sachen fragen. – Ich arbeite beim *Tageblatt*, inzwischen.«

»Echt? Oho! Gratuliere!«

»Ob einem dazu nun gratuliert werden muss …«

»Na hör mal, du warst Hilfsarbeiter! In solchen Zeiten ist eben alles möglich … Und jetzt bist du gekommen, um gegen uns zu hetzen?«

»Wir führen das Zauberwort ›überparteilich‹ im Titel …«

»Gegen *uns* hetzt ihr! Gegen uns hetzen doch alle!«

Jetzt war es an Schönbach, mit den Schultern zu zucken. Viel lieber hätte er von ihr erfahren, warum sie um diese Zeit schon beschickert war, auf welche Weise sich das Leben unterdessen an ihr vergangen hatte und wie man den Hintern so hinbekam, dass er stramm stand wie eine preußische Schildwache.

Er deutete mit dem Finger auf den Umbenennungsnachweis an ihrer Brust und fragte: »Du hast geheiratet?«

Sie nickte.

Er musste verwundert feststellen, dass ihn diese Mitteilung immer noch ein bisschen eifersüchtig machte. Wie ja kaum anders zu erwarten war, hatten es inzwischen wieder ein paar Herren mehr ins Bett dieser Sirene geschafft und einer davon sogar ins ehelich veredelte Beilager.

»Meinen Glückwunsch!«, summte Schönbach.

Sie winkte ab. »Nicht nur einmal übrigens.«

»Dann gestatte ich mir, den Glückwunsch zu potenzieren. Wie viel Männer hast du denn verschlissen in der Zwischenzeit? Oder darfst du dazu nichts sagen, weil dein aktueller Gatte es nicht erträgt?«

»Ich bin nicht mehr verheiratet, wenn du's genau wissen willst.«

»Mit anderen Worten: Ich habe mindestens zwei Hochzeiten und mindestens zwei Scheidungen verpasst? Aber deiner alten Partei bist du, wie ich sehe, treu geblieben.«

»Es ist eine erneuerte und insofern neue Partei«, erwiderte Katja mit der für sie in diesem Punkte offenbar immer noch typischen Dämlichkeit und fügte hinzu »Und es war nur eine Scheidung. Mein erster Mann hatte einen Unfall.«

»Oh, entschuldige, das konnte ich nicht wissen …«

»Ist schon in Ordnung«, girrte sie und schnitt dazu ein Gesicht wie jemand, der aufs Meer oder in eine vergleichbar uferlose Weite schaut. Es mochte alles Mögliche ausdrücken, nur eines ganz sicher nicht: dass alles in Ordnung sei.

»Und der zweite Gatte?«

»War ein Irrtum. Aber ich glaube nicht, dass das hier der richtige Ort ist für …« Sie sann eine Weile nach dem passenden Wort, aber etwas anderes schien ihr stattdessen durch den Wuschelkopf zu rauschen, denn plötzlich zuckte ein ganz und gar undamenhaftes Grinsen um ihren Mund, und sie fragte: »Spielst du eigentlich noch Schach?«

Schönbach, dem sofort das Blut ins Souterrain schoss, wo ein großer Hund erregt die Ohren spitzte und nervös zu knurren begann, machte sich seinen Reim auf diese Anspielung, indem er dachte: Sie will dich schon wieder demütigen. Dich, der du ihr nie hörig warst, hat sie genau deshalb gedemütigt; sie ist an der Uni nicht mit dir ins Bett gegangen, weil du der Primus warst, der Überlegene, und außerdem ihre politische Meinung nicht teilen wolltest. Den Job als Hallenwart hat sie dir mit dem schönen Gefühl besorgt, über dir zu stehen, und jetzt, wo sich alles umgekehrt hat und sie für diese Blödenpartei Papiere verteilt, fällt ihr wieder das verdammte Schach ein. Anscheinend würde sie gern wieder von vorne anfangen. Plötzlich wünschte er, der Winter möge schneller ihr Antlitz beschneien und die Krähen mögen früher landen.

Aber eine andere Erwägung drängelte sich gebieterisch vor und flüsterte: Ganz im Gegenteil, jetzt auf einmal will sie dich, jetzt, wo sie nicht mehr richtig jung und knackig ist, zwei Ehen hinter sich und vermutlich auch Kinder hat, bist du ihr gut genug. Hüte dich vor Frauen, die dich in ihrer besten Zeit verschmäht haben und sich dir später an den Hals werfen wollen, aber lege sie wenigstens einmal flach!

Ein dritter Gedanke, welcher darauf hinauslief, seinen beiden Vorläufern Unangemessenheit zu bescheinigen, blieb Fragment.

»Schach? Nö. Mir fehlt inzwischen die Zeit für solche Eingemauerten-Spiele«, antwortete er (was für eine strunzdämliche Bemerkung, schoss es ihm sofort durchs Hirn).

»Holla, wir sind wohl ein schwerbeschäftigter Weltmann geworden!«, spöttelte sie.

»Katja, 'tschuldigung, wir brauchen dich mal«, polterte jemand von der Seite, ein Terletzki-Klon mit PDS-Erkennungskärtchen, schnurrbärtig, prollig und offenbar absolut distinktionsresistent, ein Sozialist eben.

Schönbach blickte, betont von oben, auf den schuppigen Scheitel des Störers hernieder und sagte: »Ich brauche die Dame auch. Wat nu?«

»Ja, aba …«

Katja lachte. »Ich komme gleich«, sagte sie.

Der Typ schwirrte ab.

»Sauft ihr eigentlich viel bei der PDS?«, erkundigte sich Schönbach launig.

Ein skeptischer, dem königlichen noch weiter als bislang entfernter Blick traf ihn.

»Du meinst, weil ich schon leicht einen in der Krone habe? Merkt man das so deutlich?« Das diese Worte begleitende Lächeln war feucht, vollzogen von Lippen, die sich selbstständig gemacht zu haben schienen. »Wir sind hier ein ganz lustiger Haufen, da wird schon mal die eine oder andere Flasche geköpft. Ich hoffe, du bist kein militanter Abstinenzler geworden. Gründe dafür hättest du ja.«

Irgendwie wurden sie nicht mehr warm miteinander. Außerdem war Katja sichtlich auf dem Sprung. Schönbach musste sich schnell entscheiden: Sollte er sich verabschieden und gehen? Oder sie zum Essen einladen?

Er entschied sich für Variante zwei.

»Wie lange wirst du hier gebraucht?«

»Noch ein paar Stunden. Warum?«

»Magst du mit mir zu Abend essen? Es wäre schön, wenn du Zeit hättest, wo wir uns derart lange nicht gesehen haben.« –

»Warum hast du denn die Nase voll vom politischen Journalismus?«, fragte Katja Stunden später in einem italienischen Restaurant am Gendarmenmarkt.

»Weil mir der Meinungsanteil zu hoch ist. Die meisten politischen Journalisten hierzulande meinen dauernd etwas, fühlen sich berufen, den Leuten zu erklären, was richtig und falsch ist, mit allen Folgen fürs geistige Klima. Die freie Presse ist nämlich gar nicht frei …«

»Das ist ja meine Rede!«, schalmeite Katja aufbrausend, und während sie ihr drittes Glas Rosso di Montalcino mit beachtlichem Tempo hinunterstürzte, hielt sie ihrem Gastgeber mit dieser etwas kränkenden Rücksichtslosigkeit ein Referat über die *Einschränkung der Pressefreiheit in der BRD*, welches letztlich aber bloß auf die belanglose Erkenntnis hinauslief, dass sie ihre verhinderte Unterdrücker-Partei für unterdrückt hielt. Schönbach (der Hund döste inzwischen) unterbrach sie mit der Frage, warum sie denn früher niemals Anstoß an der gar nicht erst vorhandenen Pressefreiheit in der DDR genommen habe. Das sei doch wohl Vergangenheit, lautete die Antwort, man könne sich ja nicht permanent mit dem Hinweis auf Missstände in der DDR die kritische Sicht auf die BRD verbieten lassen. Jedenfalls sei die ganze Pressefreiheit nur eine Chimäre, wo, bitteschön, fände man denn in den West-Medien dezidiert linke, das System als solches und den *widerwärtigen Vereinigungsnationalismus* in Frage stellende Artikel?

»Was Letzteren angeht: überall«, antwortete Schönbach verwundert.

»Deutschland ist doch wohl wiedervereinigt worden, oder?!«

»Gegen den Willen vieler Meinungsführer …«

»Ich habe die schwarz-rot-goldenen Titelseiten noch im Kopf, mein Lieber!«

»Gegen ein Naturereignis kann man halt nichts tun. Aber es zu bejammern und die schlimmsten Folgen anzukündigen, das war mehrheitsfähig.«

»Niemand darf die Großkonzerne kritisieren!«

»Gewiss doch, manche Fernsehmagazine oder der *Spiegel* tun das regelmäßig …«

»*Uns* kritisieren sie ständig! Weil wir die einzige Partei sind, die das Großkapital attackiert.«

Während sie so eiferte und maledeite, dachte Schönbach: Katja, Katja, noch hören sich Kerle wie ich deinen erektionsfeindlichen kommunistischen Nonsens klaglos an, aber nur noch ein paar Jährchen, dann ist es aus damit.

»Was denkst du gerade?«, erkundigte sie sich, während ihr rechter Zeigefinger den Rand des Glases umrundete.

»Dass du dich kaum verändert hast und eigentlich viel zu schön bist, um –«

»Du Lügner!«, rief sie in Maßen scherzhaft. »Ich sehe längst nicht mehr so gut aus wie damals, glaubst du, ich wüsste das nicht?«

»Du hast nach wie vor den sensationellsten Arsch aller Hemisphären«, legte er nach.

»Fitness-Studio«, sagte sie. »Der Westen hat ja nicht nur Quatsch eingeführt. Ich bin in die Abwehrschlacht gegen das Altern eingetreten. Leider gibt es Regionen, die man nicht trainieren kann.«

Mit einem unterdrückten Gähnen stellte sie fest: »Ich brauche jetzt dringend einen doppelten Mokka, sonst penne ich dir an Ort und Stelle weg.«

Schönbach winkte nach dem Kellner.

»Wie bist du überhaupt Journalist geworden?«, fragte sie, als der gewünschte Muntermacher zumindest psychisch zu wirken begann.

»Du hast es doch bereits angedeutet«, erwiderte er, »in Umsturzzeiten wird das Unterste nach oben gekehrt, und so bin ich in dieser haltlosen Wende nach oben gespült worden. Schreiben lag mir ja schon immer.«

»Und worüber schreibst du so?«

»Ich kann es mir meist aussuchen. Ich bin Reporter.«

»Das heißt, du reist in der Welt herum?«

»Na ja, manchmal auch in der Welt.«

Und Schönbach erzählte, dass er zuletzt in New York gewesen war, um über einen deutschen Dirigenten zu schreiben, der bei den dortigen Philharmonikern den Stab führte. Bei dieser Gelegenheit hatte er in der Philharmonie einer Probe der *Matthäus-Passion* beigewohnt, was ein abenteuerlicher und wahrhaft surrealer Kontrast zur draußen surrenden Megalopolis war, obwohl die Enstehung dieses Grand Canyons aus Stahlbeton und Glas mit dem besungenen Geschehen ursächlich in Verbindung stand, vollkommen egal, ob es sich wirklich ereignet hatte. Während Schönbach die ihm seit Jugendtagen vertrauten ungeheueren Choräle hörte, stellte er sich vor, er könnte den Zimmermannssohn aus Galiläa, diesen milden Spinner und Spuckeheiler, bei der Hand nehmen und durch die Städte des Abendlandes führen, könnte ihm die Kirchen und Dome zeigen, die ihm zu Ehren errichtet wurden, ihm von den Päpsten, den Missionaren, den Kreuzzügen, von der Eroberung und Ausmordung Amerikas in seinem Namen erzählen und ihm sagen: »Siehe, dies ist dein Werk. Kein Sterblicher hat das Antlitz der Erde mehr geprägt als du! Dafür bist du am Kreuz gestorben!« Er würde vermutlich auf der Stelle wahnsinnig werden.

Natürlich hatte ihn das menschenwimmelnde Häusergebirge beeindruckt, wie jeden, der zum ersten Mal nach Manhattan kam, aber er schützte sich durch eine vorgefasste keusche Abwehrbereitschaft vor jeder Art maulaufsperrender Begeisterung; New York konnte ein Irrtum sein, wie São Paulo, wie Mexico City. Was der Aufenthalt für ihn dennoch bedeutete, offenbarte eine winzige Geste. Als er am ersten Abend in seiner Herberge saß, im 16. Stock des Mayflower-Hotels mit Blick auf den Central Park und die ihn umkränzende, sich allmählich illuminierende Skyline, griff er zum Telefon und fragte seine Mutter auf der anderen Seite des Atlantiks staunend: »Sag mal, weißt du eigentlich, *wo ich hier gerade bin …?«* – Der klaustrophile Ossi am Hotelfenster zwischen der 61. und der 62. Straße, das war auch eine Art Freiheitsstatue.

»Und du?«, fragte er. »Wie ist es dir ergangen seit dem Fall des antifaschistischen Schutzwalls?«

Obwohl er das keineswegs ironisch sagte, fühlte sie sich angegriffen.

»Hör mal, die Mauer habe ich nie verteidigt.«

Vier Jahre nach der welthistorischen Niederlage des Kommunismus empfand Schönbach es als taktlos, Katja daran zu erinnen, was sie alles zwecks Mauerverteidigung dahergeredet hatte.

»Täuscht mich der Eindruck«, erkundigte er sich ausweichend, »dass deine Partei vorwiegend von Leuten gewählt wird, die sie gerne wiederhaben würden?«

»Weil sie von der Wiedervereinigung überrollt wurden!«

»Die Armen. Hat man ihnen den Zellenschlüsselbund und den geliebten Schäferhund weggenommen?«

Katja machte ein begriffsstutziges Gesicht, was an dem enormen Rotweinquantum liegen mochte, das sie bereits konsumiert hatte. Ihr Blick war verhangen, und das Gewusel ihrer schwarzen Locken schien steinschwer auf ihrem Kopf zu lasten. Dann hatte sie verstanden, sie verzog den Mund zu einer zitronigen Grimasse und sagte: »Du fühlst dich jetzt wohl, als hättet ihr gewonnen, was?«

»Ich weiß nicht, wer das sein soll: ›wir‹ …?«

»Die Utopie von einer gerechten Gesellschaft wird nie sterben, nie!«

»Zumindest die Stacheldraht-Industrie wird sich an dieser Prognose aufrichten. Aber eigentlich hatte ich nur fragen wollen, was du mit der offenen Grenze anstellst.«

»Nichts. Ich hab doch kein Geld. Ich bin schließlich alleinerziehend …«

Schlagartig hatte sich ihr Tonfall geändert, und eine tiefe Niedergeschlagenheit sprach aus ihren Worten. Das Schicksal war eine viel zu majestätische Instanz, um irgendwelchen Gesinnungen das Feld zu überlassen.

»Richtig, du sagtest ja: zwei Ehen, ein Kind. Ein Junge oder ein Mädchen?«

»Ein Mädchen.«

»Wie alt?«

»Sie wird fünf.«

»Ist sie vom ersten oder zweiten Ehemann?«

»Vom ersten.«

»Der verunglückt ist?«

Sie nickte.

»Wie ist das passiert?«

»Er ist betrunken Motorrad gefahren. Ich war im achten Monat.«

»Ach du Scheiße ...«

Es folgte ein langes Schweigen. Dann erzählte Katja unaufgefordert weiter: von der Geburt, die sie allein hatte durchstehen müssen, weil im November 1989 niemand bereit war, sich für ihre Niederkunfte zu interessieren, und ihre Mutter, die inzwischen dement in einem Heim verdämmerte, sich damals in einer neuerlichen Phase besinnungsloser Trunksucht befand; von Brian, einem australischen Videokünstler, dem schönsten Mann beziehungsweise Männerkörper, den sie je gesehen und den sein brennendes Interesse für die Wiedervereinigung nach Deutschland geführt hatte, der sich aber davonmachte, als sie versehentlich schwanger wurde und dessen Frucht sie 1992 abtrieb, weil sie nicht wusste, wie sie mit zwei kleinen Kindern *im Kapitalismus* durchkommen sollte, zumal sie inzwischen arbeitslos war, denn eine Gesellschaftswissenschaftlerin vom einstigen Zentralinstitut für Marxismus-Leninismus war für nichts mehr zu gebrauchen. Zuletzt sprach sie mit forcierter Bitternis von

Rainer, ihrem zweiten Ehemann, Aufnahmeleiter beim Fernsehen, der Prinz mit dem Porsche, ein Saarländer, der sich als psychopathischer Spieler und kokainsüchtiger Schuldenmacher entpuppt habe und den wieder loszuwerden ein Horrortrip gewesen sei, er habe ihr zum Beispiel angedroht, ihr *die Brüste abzudrehen*.

»Das war der Herr Ludwig?«

»Ja.«

»Und warum trägst du noch seinen Namen?«

Sie machte eine Egal!-Handbewegung.

Nach einer Pause fragte er: »Wie geht es deinem Vater?«

Sie schüttelte den Kopf, ohne ihn anzusehen, und sagte: »Ich habe keine Ahnung, wo er ist und ob er überhaupt noch lebt.«

Schönbach fragte nicht weiter und betrachtete sie voll pikierten Mitgefühls. Angesichts dieses desaströsen Gesamtgeschicks rückte selbst der Versuch einer Verführung in die Nähe einer Missetat. Der Hund legte sich für diesen Abend zur Ruhe. Die arme Noch-Schöne hatte Eltern, die sich nicht um sie kümmerten und es im Grunde nie getan hatten, ihr Kind war eine Halbwaise, ihr Gesellschaftssystem hatte abgewirtschaftet, ihre Ausbildung war im Nachhinein so viel wert wie eine Salzsee-Durchquerung, und ihre einst schöpfungsprototypischen Brüste hatten nach der Traktierung durch Dutzende Genossen, ein Kind und einen australischen Bodybuilder anscheinend eine Form angenommen, die dem fluchwürdigen Zweitgemahl zumindest die Idee eingab, man könne sie abdrehen.

Zum Glück, dachte Schönbach nun taktlos und gleichsam kompensatorisch, wird an Brüsten generell und global nie Mangel herrschen, sie würden in mannigfaltiger Immergleichheit neu erstehen ewiglich, vielleicht war das ja die wahre Unsterblichkeit, aber trotzdem war es ein Jammer und eine Amfortaswunde, dass diese Frau ihm die ihren zu ihrer Hochblütezeit vorenthalten hatte, bis zum Jüngsten Tag würde er hin und wieder daran zu knabbern haben …

Katjas trunkene Müdigkeit erreichte einen Grad, der es dringend angezeigt erscheinen ließ, dem Abend zu seinem Ende zu verhelfen.

»Und was wirst du morgen Gehässiges über meine Partei schreiben?«, lallte sie halb flüsternd, dann fiel ein gewaltiges Gähnen sie an, das sie mit heftigem Wedeln der rechten Hand offenbar gleichzeitig zu bekämpfen und zu entschuldigen suchte.

»Vermutlich gar nichts«, erwiderte Schönbach. »Wie heißt deine Tochter denn?«

»Anja.«

»Tja, dann grüße sie mal von mir. Vielleicht lernt man sich ja bei Gelegenheit kennen.«

»Ja«, erwiderte Katja, während sie sich zu einem letzten, ultimativen Gähnen sammelte, »vielleicht.«

2.
Wende-Wirren

Er war also aufgestiegen, der einstige Korrektor. Überhaupt war einiges anders geworden beim *Berliner Tageblatt*. Die lokalen SED-Spitzen hatten bereits im Mauerfall-November kaum noch ein Ohr für Interna aus ihrem Verlautbarungsorgan. Mehr pro forma und wie um sich das Thema vom Hals zu schaffen, wurde ein Genosse aus Leipzig abkommandiert, Alfred Löwe mit Namen, Journalismusdozent von der pleißestädtischen Karl-Marx-Universität und vormaliger Chefredakteur der dortigen *Volkszeitung*, der sollte das *Tageblatt* über die Wirren des Zusammenbruchs in die neue Zeit führen. Oder mit ihm zur Hölle fahren.

Löwe war ein aufgeschwemmter, behäbiger, pensionsnaher Graukopf von ungesund blassvioletter Gesichtsfarbe, der ein leipzigerisch eingefärbtes Thüringisch sprach und in einem Anzug steckte, dessen Farbe die seines Teints nahtlos – oder, wie Helga Heinrich formuliert haben könnte: spielerisch – fortsetzte. Außer Bäuerle kannte ihn niemand in der Redaktion; die beiden artikulierten sich nicht nur in einem verwandten Idiom, sondern hatten in Leipzig auch öfter gemeinsam im Theater gesessen, und kurzzeitig schien es, als schwanke der Kritikerzwerg, ob er in dem Neuen einen Verbündeten gegen die anderen Interims-Triumvirn sehen oder sich doch lieber mit jenen gegen diesen verbünden sollte. Auf Geheiß der Bezirksleitung rutschte Löwe als Chefredakteur ins Impressum, während Bäuerle, Stresemann und Kühl seine Stellvertreter wurden (was übrigens der allerletzte Eingriff der Partei in die Belange der Redaktion sein sollte), und damit bestand permanent die Option zwischen einer 2:2 oder 3:1-Konstellation, je nachdem, ob Bäuerle sich auf Löwes Position schlug oder nicht. Jedenfalls befand sich der neue Chef mit seiner Meinung nie in der Mehrheit, sofern er kein Machtwort sprach, aber das war nicht des schwanken Löwes Sache. Statt zu führen, gab er den zentralen Herumsitzer auf den zahllosen Konferenzen der Wendezeit, und hin und wieder schrieb er einen zu Ausgewogenheit und Mäßigung aufrufenden ausgewogenen und mäßigen Kommentar, im Grunde zu jedem Thema leicht variiert denselben. Die Konferenzen eröffnete er stets mit den Worten: »Liebe Freunde und Kollegen«, und sehr gern gebrauchte er die Formulierung *in den Zeiten des Dialogs.* Das waren Zeiten, in denen plötzlich allerlei möglich war, zum Beispiel die ehedem verpönten *Fehlerdiskussionen*, Hauptsache, es blieb beim Dialog, der Dialog war die neue Heilsbotschaft, an seiner Konstruktivität würde der Sozialismus schon irgendwie genesen. Wenn es etwas zu bestimmen galt, zum Beispiel mit welchem Thema die Seite 1 aufgemacht oder welche politischen Geschehnisse kommentiert werden sollten, konnte es eine Ewigkeit dauern, bis Löwe seine Entscheidung in Form einer windelweichen Empfehlung gefällt hatte. Weit lieber segnete er die Vorschläge seiner Stellvertreter ab. Kurz: Dieser Löwe war ein Hase.

Den endgültigen Beweis seiner Harmlosigkeit lieferte Schönbach, allerdings ohne das direkt beabsichtigt zu haben. Der Casus Belli war ein Leitartikel, Schönbachs erster überhaupt, in welchem er die religiöse Dimension der kommunistischen Weltbewegung thematisierte. Analog zur jüdisch-christlichen Religion, schrieb er, hatten die Kommunisten heilige Schriften (Marx-Engels gewissermaßen als das Alte, Lenin als das Neue Testament) und daraus abgeleitete Katechismen besessen, sie hatten unfehlbare Statthalter auf Erden (von Stalin bis Honecker) und eine verbindliche Ikonografie installiert, sie hatten Exegeten ausgebildet, mit Endkampferwartung und Paradiesverheißung operiert, regelmäßige Gottesdienste abgehalten, Märtyrer und Heilige verehrt, Ketzer unnachsichtig verfolgt und Glaubenskrieger in großer Zahl rekrutiert. Nicht gekannt habe der Kommunismus, auch dies der Religion vergleichbar, die Relativität aller Wahrheiten, Individuen, Rechtssubjekte und Lohn im Diesseits. In der Realität habe sich die kommunistische Heilsbewegung zunächst als massenmörderischer Kreuzzug erwiesen; danach hätten priesterliche Wirklichkeitsverweigerer das eroberte Weltreich ins wirtschaftliche und ökologische Elend geführt. Ohne den blinden Glauben von Millionen Menschen sei ein derartiger Irrationalismus nicht möglich gewesen; deshalb müsse, schloss Schönbach, »unter heutigem Blickwinkel, Gerechtigkeitsutopien hin, Alternativen zum Kapitalismus her, *Vernunft antisozialistisch sein*«.

Der Chefredakteur war entsetzt, als er das Manuskript las. Für Sekunden geriet er ins Stammeln wie der selige Fleischer, dann sprach er sich mit einer für ihn ungewöhnlichen Verve gegen diese These aus, beging jedoch den Fehler, seine Ablehnung in die Worte zu fassen: »Das ist ohnehin zu philosophisch und nichts für die Kommentarseite.«

Aber Schönbach hatte vom Blut des Umsturzes genascht. Mit Hilfe der nach wie vor oppositionswütigen Redakteurin Vera Breitenbach platzierte er den Text einfach unter der von ihnen spontan geschaffenen Rubrik *Kulturkommentar* auf der Kulturseite und servierte ihn so doch der hauptstädtischen Leserschaft. Offenbar war des Pro-forma-Chefs gesamte Energie mit dem Verbotsversuch bereits aufgebraucht, tags darauf, als alle sich das Maul zerfetzten, verzichtete er auf jede Maßregelung, nur ein müder Tadel kam über seine blutleeren Lippen, dass es ja wohl nicht anginge, über seinen Kopf hinweg einfach … – mit anderen Worten: Als Autorität war der Mann erledigt. Vielleicht fühlte er sich sogar erlöst.

So weit die interne Wirkung des trojanischen Leitartikelgauls. Draußen im jahrzehntelang auf die penetranteste Weise mit der exakt gegenteiligen Version behelligten Leserland schlug er offenbar wie der Blitz ein. Insgesamt siebenundvierzig Leserinnen und Leser kündigten in den Folgetagen ihr Abonnement, hunderte wütende aber auch beipflichtende Zuschriften sowie ein paar nachdenklich-erboste Schreiben christlicher Zeitgenossen, die von dem Vergleich wiederum auf ihre Weise pikiert waren, gingen bei der total überforderten Leserbriefredakteurin ein. Die alte Dame hatte weder eine solche Postmenge noch ein derartiges pluralistisches Stechen je erlebt; man hätte die gesamte Zeitung mit Briefen zu diesem Kommentar füllen können. Auch in manchen West-Medien wurde er zitiert. Schönbach war eine kurzzeitige lokale Berühmtheit geworden.

»Weitermachen!«, empfahl Kühl. »Wir müssen diese Bande kaputtkommentieren! Sie sitzen doch noch überall.«

Und Schönbach füllte die Kommentarspalten. Endlich konnte er *coram publico* fordern, dass sofort sämtliche ostdeutschen Bibliotheken ihre Giftschränke zu öffnen hätten und man die *Gesinnungsgouvernanten*, die sich anmaßten, den Lesern Bücher vorzuenthalten, *aus den Literaturtempeln jagen* solle (drei Abonnements-Kündigungen). Jenen *spätberufenen Kassandras* in den Reihen der inzwischen SED-PDS geheißenen einstigen Staatspartei, deren Hauptbeschäftigung darin bestünde, *panikverbreitend in Troja-Ost umherzuirren und zu zetern: »Hilfe, der Kapitalismus will uns fressen!«*, bescheinigte er: »Na, euch frisst er vielleicht.« (168 Abo-Kündigungen, erste Dauerbestellungen in Westberlin.) Und nachdem er erfahren hatte, dass die Mitglieder des Ersten Strafsenats des Obersten Gerichts, die aus politischen Gründen Aberdutzende Jahre Gefängnis verhängt hatten, künftig am selben Ort als wissenschaftliche Mitarbeiter tätig sein sollten, giftete er: »Wer auch immer in Kürze die Herkules-Arbeit auf sich nimmt, diesen Augiasstall auszukehren, wird angesichts der sich skrupellos an ihren Pfründen festkrallenden einstigen Rechtsbeuger feststellen, dass der vielbeschworene eiserne Besen zu grob fegt. Um hier Sauberkeit zu schaffen, muss so etwas wie ein *Läusekamm* her.« (17 Kündigungen.)

Das, sagte Helga Heinrich auf der Konferenz des Folgetages mit kummervoller Miene, sei *die Sprache des Unmenschen*. Schon der PDS-Artikel sei zu weit gegangen. So dürfe man mit den ehemaligen Genossen nicht umgehen, man könne sie doch nicht außer Landes jagen!

»Warum eigentlich nicht«, knurrte Kühl. »Immerhin hat dieses Pack im Laufe der Jahre ungefähr drei Millionen Menschen außer Landes gejagt.«

Helga Heinrich verschlug es die Sprache, Löwe schaute gequält.

»Aber, aber, Kollege«, mahnte Bäuerle.

Nun warf Axel Eggert die Frage auf, inwieweit es wirtschaftlich sinnvoll sei, Kommentare zu drucken, die regelmäßig Scharen von Abbestellungen nach sich zögen.

»Wir haben fast eine halbe Million Leser«, entgegnete Schönbach, der inzwischen zum Verantwortlichen für die Seite 3 aufgestiegen war und den Abteilungsleiterkonferenzen beiwohnte, »und darunter befinden sich eben auch ein paar alte Betonschädel. Wollen wir uns nach denen richten?«

»Sie überfordern die Leute mit Ihrem Tempo«, sagte Bäuerle. »Manche brauchen ein bisschen länger.«

Und der Chefredakteur empfahl: »Etwas Mäßigung beim Kommentieren, bitte!«

Schönbach bemühte sich, das einzusehen, obwohl er glaubte, dass die Kollegen nur neidisch auf seine Flügelentfaltung und die daraus resultierende Leserresonanz waren.

»Vielleicht«, sagte er, »sollten wir grundsätzlich weniger kommentieren und dafür mehr recherchieren.«

Tags darauf stand Löwe in der Tür seines Büros und machte ein Gesicht, als habe er Zahnschmerzen.

»Wir sind angezeigt worden«, sagte er.

»Angezeigt?« Schönbach sah ihn erstaunt an. »Von wem denn?«

Löwe erklärte ihm, dass eine Gruppe von Richtern und Staatsanwälten den Verfasser des *Läusekamm*-Artikels wegen staatsfeindlicher Hetze und Verleumdung verklagt habe und er als Chefredakteur sei für den Inhalt der Zeitung schließlich verantwortlich und automatisch mit dran.

»Wir beide haben für übermorgen 15 Uhr eine Ladung ins Polizeipräsidium Keibelstraße zur Anhörung«, schloss Löwe betrübt, und sein Hasenblick bangte: Das haben *Sie* uns eingebrockt!

»15 Uhr, die spinnen wohl, da produzieren wir gerade«, entgegnete Schönbach, obwohl ein abruptes Vakuumgefühl in seiner Körpermitte eintrat und sich behelmte Schlagstockschwinger durch seine Phantasie prügelten. »Die sollen den Termin gefälligst auf einen Vormittag legen. Und wir müssen einen Anwalt mitnehmen, das macht Eindruck.«

Löwe sah ihn bewundernd an. »Meinen Sie, wir können einfach den Termin absagen?«

»Warum denn nicht? Wenn es denen nicht passt, können sie ja vorbeikommen und uns verhaften. Sagen Sie ihnen, wir warten mit einem Dutzend Fotografen.«

Etwas wie Hoffnung huschte über das gramblasse Antlitz seines nominellen Vorgesetzten.

»Ein Anwalt ist eine gute Idee. Vielleicht sollten wir überhaupt mal einen anstellen.«

Getröstet schlurfte er von dannen.

Als er weg war, verstärkte sich das nicht hundertprozentig lokalsierbare mulmige Gefühl in Schönbachs Eingeweiden, und er trug es ins Nachbarzimmer zu Kühl, der gerade in einem Aktenstapel blätterte.

»Glaubst du, die können uns was?«, fragte er, nachdem er dem Dicken den Fall geschildert hatte.

»Quatsch!«, raunzte Kühl. »Dieses Gesindel! Versuche mal, ob du die Namen von den Klägern rauskriegst, die haben doch mit Sicherheit Dreck am Stecken, wer weiß, wen die alles hinter Gitter gebracht haben. Die hängen wir hin. Die schlachten wir!«

Wie gut, dass es den Kollegen Kühl gab!

So nahte der Tag, als Schönbach der neu terminierten Vorladung ins hauptstädtische Polizeipräsidium folgte, um sich in Sachen Volksverhetzung zu äußern. Löwe stand schon mit Kapitulantenmiene bereit, neben ihm der Anwalt, ein etwas angegammelter Fünfziger mit nikotingelben Fingern, der einen Schnauzbart, ein schlecht sitzendes beiges Sakko, eine braune Aktentasche sowie unterm Arm ostentativ das Bürgerliche Gesetzbuch trug (obwohl es hier noch gar nicht galt, aber man konnte ja mal mit dem Zaunpfahl winken). Der hauseigene Chauffeur kutschierte die drei in die Keibelstraße, wo Volks- und Kriminalpolizei in einem furchteinflößenden Gebäude mit unzähligen kleinen Fenstern über die Sicherheit der Hauptstadt der DDR wachten. Natürlich hätte sich noch vor ein paar Monaten nicht die Kripo, sondern die Stasi mit dem Fall beschäftigt, aber die Genossen Kundschafter hatten inzwischen selber unter Tiervergleichen zu leiden, namentlich durch die Westpresse, wobei sie als kollektiver *Krake* immerhin ein paar Nuancen eindrucksvoller wegkamen als die von Schönbach geschmähten Rechtsverdreher.

Auf den Gesichtern der Wächter im vergitterten Postenzimmer und der Beamten auf den Gängen lag nur noch ein matter Nachglanz der alten Bullenphysiognomie, die aggressive Blasiertheit war verschwunden und einer nervösen, sich gleichsam ständig nach allen Seiten umdrehenden Unsicherheit gewichen. Nachdem die *Tageblatt*-Abordnung ein paar endlose Korridore durchschritten hatte, wurde sie in einem kahlen Zimmer mit heruntergekommenen Mobiliar von einem Kripo-Mann empfangen, der ein bisschen verlegen wirkte und von der gegen sie erhobenen Anschuldigung wie von einem schlechten Scherz sprach, aber es müsse halt sein, eine Formalie und so weiter. Eine Stenotypistin vervollständigte die Runde, und zu aller Beteiligten Erleichterung war die Befragungs- oder Einvernehmungsprozedur rasch vorüber, nachdem der Beamte diktiert hatte, dass es tatsächlich die durch Vorzeigen ihres Personalausweises legitimierten Herren Chefredakteur Löwe und Redakteur Schönbach waren, die sich eingefunden hatten, um sich zu den gegen sie erhobenen Vorwürfen zu äußern, was, wie der wackere Anwalt sogleich kundtat, sie genau nicht tun würden.

»Die Beschuldigten machen von ihrem Aussageverweigerungsrecht Gebrauch«, diktierte der Kripo-Mann und lächelte die Aussageverweigerer dabei so verständnisvoll an, als beglückwünsche er sie zu dieser Entscheidung und bedaure, die frechen Kläger nicht auf der Stelle einbuchten zu können. Das wiederum ermutigte Schönbach, aus dessen Gedärm die beim Eintreten in die Trutzburg der Staatsgewalt durchaus noch vorhandene Flauheit gewichen war, den Mann zu fragen, wer denn die Herrschaften seien, die ihn verklagt hätten.

»Das darf ich Ihnen leider nicht sagen«, bedauerte der Beamte irgendwie aufrichtig.

»Wir könnten uns Ihnen und Ihrer Behörde gegenüber auch erkenntlich zeigen … ich meine, falls Sie mal Medienunterstützung brauchen …«

Löwe sah seinen vorwitzigen Untergebenen verdutzt an, Anwalt und Stenotypistin taten, als hätten sie nichts gehört, aber der Kriminalpolizist hob bittend die Hände, als habe der Frager eine Schusswaffe auf ihn gerichtet, und wiederholte fast schon weinerlich: »Ich darf nicht!«

Als er aber die Hände wieder auf dem Tisch hatte und ein paar abschließende Formalitäten diktierte, schob er wie unbewusst die dort liegenden Papiere in Richtung Schönbach, der es anfangs überhaupt nicht bemerkte, und deutete mit dem Zeigefinger der rechten Hand auf eine Stelle. Endlich kapierte der Läusekamm-Propagierer und las den ersten dort stehenden Namen: Dr. jur. Egon Schreckensteiner.

Weiter kam er nicht, denn es klopfte, die Tür ging auf, Hand samt Unterlagen sausten über den Tisch zurück in ihre Ausgangsposition, und eine eindeutig als solche zu identifizierende Vorgesetztenstimme erkundigte sich: »Wie lange brauchen Sie noch?«

»Wir sind gerade fertig«, erwiderte der nette Kripomann devot.

Augenblicklich überkam Schönbach ein tiefes Mitgefühl, denn er stellte sich vor, dass ihr Vernehmer in Wirklichkeit der einzige Gerechte in diesem Hause war, der schon zu DDR-Zeiten im Rahmen seiner bescheidenen Möglichkeiten für seine Klienten gesorgt hatte und deswegen von seinem altneuen

Chef permanent schikaniert und nie befördert wurde. Aber das war möglicherweise absoluter Quatsch und durfte auf keinen Fall den Namen verdrängen, den er eben gelesen hatte: Egon Schreckensteiner.

»Deswegen haben die uns also hierher beordert: damit sie feststellen, dass Sie Schönbach heißen und ich Löwe und dass wir beide beim *Tageblatt* arbeiten«, maulte der Chefredakteur, als sie wieder auf der Straße standen.

Der Anwalt schien zufrieden mit dem Verlauf und verstaute das BGB in seiner Aktentasche, während Schönbach dachte: Schreckensteiner.

»Den Typen kenn ich«, brummte Kühl, als er in der Redaktion Rapport erstattete. »Der war Richter am Stadtbezirksgericht Pankow und später Direktor des Bezirksgerichts Lichtenberg. Pankow und Lichtenberg, musst du wissen, das waren die beiden Gerichte, an denen sie bevorzugt die Politischen verknackt haben, wenn der Fall fürs Oberste Gericht zu banal war. In Juristenkreisen hat man sie hinter der Hand die *Stasi-Gerichte* genannt. Kannst du dich noch an die Frau erinnern, die im Januar bei der Liebknecht-Luxemburg-Demo an der *Gedenkstätte der Sozialisten* verhaftet wurde?«

»Die mit dem Plakat: ›Freiheit ist immer die Freiheit der Andersdenkenden‹ …?«

Kühl nickte und blätterte in seinem Notizbuch. »Mit der habe ich letzte Woche telefoniert, deswegen bin ich etwas im Bilde. Die hat ein halbes Jahr Gefängnis bekommen und will jetzt ihren Fall wieder aufrollen. Der Richter hat ihr unter anderem vorgeworfen, ihre Plakat-Aktion sei ein« – Kühl hatte die Seite gefunden und zitierte – »›schwerer Missbrauch der den einheitlichen Willen der Arbeiterklasse zum Ausdruck bringenden sozialistischen Kundgebung‹ sowie eine ›schwerwiegende Missachtung der gesellschaftlichen Disziplin‹ gewesen. Und dieser Richter war kein anderer als Herr Egon Schreckensteiner.«

»Den kaufen wir uns!«, frohlockte Schönbach.

Telefonnummer und Adresse von Dr. jur. Egon Schreckensteiner herausbekommen war nicht schwer, denn er stand ganz normal im Telefonbuch seiner Heimatgemeinde Königs-Wusterhausen. Da Kühl sich die Bloßstellung der *Justiz-Laus* nicht entgehen lassen wollte, fuhren sie in seinem ramponierten Wolga zu dritt – ein Fotograf war mit von der Partie – in den Berliner Süden. Aller äußerlichen Mitgenommenheit zum Trotz glitt das mächtige Gefährt inmitten der Trabbis, Wartburgs und Skodas dahin wie ein Linienschiff zwischen Fischerbooten. Es stammte aus den frühen 60er Jahren und besaß vorn eine ähnlich komfortable, durch nichts unterbrochene Sitzbank wie hinten; man fand auf beiden jeweils bequem zu dritt Platz. Schönbach ließ sich gern in der gemütlichen alten Mühle herumkutschieren, denn es war der einzige Pkw-Typ, in dem er seine langen Hachsen bequem verstauen konnte, ganz abgesehen davon, dass in diesem Wagen Unterhaltungen auch während der Fahrt möglich waren. Wenn sie an einer Ampel hielten, sah Kühl von seinem mobilen Thron spöttisch auf die Autos neben sich herab, versicherte zum x-ten Mal, der *Wolodja* sei das einzige jemals im gesamten Ostblock in höherer Stückzahl gefertigte Auto, mit dem man herumfahren könne, ohne sich zu schämen, und setzte die betagte Nobelkarosse zügig in Bewegung – die beiden auf Räder montierten Sofas brachten es mit ein bisschen Ächz und Gebrummel auf immerhin 140 Stundenkilometer.

Der Richter lebte in einem jener geschmacklos dekorierten Flachdachbauten, wie sie seit den 70er Jahren als Inbegriff bonzengerechten Wohnens errichtet worden waren: einstöckig, mit rotem Klinkersockel, ockergrauem Rauhputz, Butzenglasscheiben in Eingangstür und Windfang sowie vorgelagerter Kunststein-Treppe, unter der es in den Keller ging, aber sehr lauschig am Waldrand gelegen inmitten eines weitläufigen

Grundstücks. Aus dem geöffneten Garagentor schauten das Hinterteil eines Volvo und das Vorderteil eines Polski-Fiat.

»Schaut euch das an«, knurrte Kühl, »jeder Quadratmeter Grund und Boden das Honorar für ein Jahr Bautzen.«

Im Unterschied zu ihren Nachbarn, wo niedriger genügt hatte, schützte ein Maschendrahtzaun von Manneshöhe Schreckensteiners Großparzelle, hinter welchem ein noch nicht ganz ausgewachsener, aber bereits sehr bissfest anmutender Dobermann nervös auf und ab tänzelte.

»Scheiße, ein Köter!«, rief Kühl, während er sein Schiff gemächlich am Grundstück vorbeirollen ließ. Er wendete außer Sichtweite und parkte auf der anderen Straßenseite. Während der Fotograf sich in Position brachte, marschierten der große und der dicke Journalist auf Schreckensteiners Gartentor zu, wovon der Dobermann sofort Notiz nahm; er kam mit pfeilgerade stehenden Ohren herbeigeeilt, öffnete und schloss in einem fort das Maul und trommelte mit seinen Vorderpfoten in den Sand, als wolle er steppen. Insgesamt vermittelte er aber einen eher bestürzten als feindseligen Eindruck.

»Du bist aber ein feiner Schnuffi«, schmeichelte Schönbach.

»Das ist kein Schnuffi, das ist eine gemeingefährliche Bestie«, maulte Kühl.

Der Hund blickte schuldbewusst und legte die Ohren an.

»Der ist doch nett«, widersprach Schönbach.

»Also eins kannst du wissen: Das Grundstück betrete ich nicht. Wer weiß, ob nicht noch mehr von diesen Viechern hier herumlungern!«

Aufmerksam sah der Dobermann zu, wie Schönbach klingelte. Nur ein kommentierendes »Wuff!« konnte er sich denn doch nicht verkneifen.

Nach einer Weile ging die Haustür auf, und ein ungefähr zehnjähriges blondes Mädchen erschien auf der Treppe.

»Zu wem wollen Sie?«, plärrte die Kleine.

»Wir suchen Herrn Schreckensteiner.«

»Papa, da sind zwei Männer für dich!«

»Papa? – So transzendiert die Laus zum Menschen«, murmelte der Dreifachvater Kühl.

Nun erschien der Hausherr selber in der Tür, ein mittelgroßer, schlanker Graukopf mit schwarzer Hose, weißem Hemd und Goldrandbrille, wobei die Farbe seines Haupthaars dem allmählichen Ergrauen eines ursprünglich wohl ohnehin schon äußerst hellen Blond zuzuschreiben war, denn der Mann dort auf der Treppe zählte noch keine sechzig. Er sah zuerst nach beiden Seiten, ob sich jemand auf seinem Territorium befand, danach die Straße hinab, und erst dann fragte er: »Was wollen Sie von mir?«

»Wir sind vom *Berliner Tageblatt* und würden Ihnen gern ein paar Fragen stellen«, erklärte Kühl und ließ den Hund dabei nicht aus den Augen.

Sofort verfinsterte sich das Gesicht des ehemaligen Richters. »Warum sollte ich mit Ihnen reden?«

»Weil gegen Sie Vorwürfe erhoben werden und journalistische Redlichkeit es gebietet, auch die Gegenseite zu hören, ehe wir mehrere hunderttausend Leser damit konfrontieren«, erklärte Kühl, und Schönbach sah ihn beifällig von der Seite an.

Schreckensteiner schien zu überlegen. Schließlich fragte er: »Was sind das für Vorwürfe?«

»Können wir nicht reinkommen? Die Schreierei ist ein bisschen anstrengend.«

Wieder überlegte Schreckensteiner eine Weile, dann kam er die Treppe herunter, wobei ihn der Dobermann merkwürdigerweise anknurrte.

»Hasso, still!«, zischte er.

Fragend sah der Besucherschreck erst zu Schönbach, dann zu Kühl, danach marschierte er etwa zwanzig Schritte vom Tor weg und legte sich hin. Sein Herrchen schenkte ihm einen wütenden Blick. Anscheinend hatte Schreckensteiner das Tier erst vor kurzem erworben, um solche Besucher abzuschrecken, wie er sie gerade zu empfangen im Begriffe stand.

Ein paar Schritte vorm Tor stoppte er abrupt und fragte: »Von welcher Zeitung, sagten Sie, kommen Sie?«

»Berliner Tageblatt.«

»Nein!«, rief Schreckensteiner und machte halb auf den Hacken kehrt. »Mit Ihnen rede ich nicht. Sind Sie nicht von der Zeitung, die diesen schrecklichen Kommentar gedruckt hat?«

Kühl fixierte ihn scharf und fragte: »Sind Sie nicht der Richter, der noch Anfang '89 eine junge Frau hinter Gitter gebracht hat, weil sie ein Plakat mit der Forderung nach Meinungsfreiheit trug?«

»Aber bloß für ein halbes Jahr«, erwiderte Schreckensteiner, wie aus einem Traum erwachend.

Das verschlug selbst Kühl die Sprache.

»Wissen Sie eigentlich, welchem immensen Druck wir Juristen ausgesetzt waren?«, fragte der Graukopf plötzlich mit einer so großartig gespielten Traurigkeit, als habe man nicht Richter Schreckensteiner vor sich, sondern mindestens Laurence Olivier.

»Nein«, sagte Kühl kalt. »Was hat Sie denn gedrückt? Das Platzproblem in Ihrer Garage?«

Schreckensteiner tat, als habe er nichts gehört, kam zwei vertrauensvolle Schritte näher in Richtung Zaun und raunte verschwörerisch: »Ich weiß genau, welche junge Frau Sie meinen! Die Stasi wollte ja, dass ich sie mindestens für ein Jahr einbuchte, aber ich habe mich nicht von meiner Linie abbringen lassen. Geht es ihr denn gut? Können Sie ihr beste Grüße ausrichten …? – Man darf doch niemandem ein Jahr für ein Plakat aufbrummen, oder? Aber der Staatsanwalt hat es gefordert. Die Schöffen übrigens auch! Ich schwöre Ihnen: Alles Stasi! Aber nicht mit einem Schreckensteiner, hab ich mir gesagt! Die arme Frau tat mir leid!«

In dieser Sekunde kam Schönbach eine folgenreiche Idee. Zuerst nahte sie auf Elefantenfüßen in Gestalt des Verdachtes, dass dieses Land überwiegend von Wahnsinnigen verwaltet worden war, in ihrer zweiten, etwas moderateren Form lautete sie: Dieses System hat die Menschen auf eine Art deformiert, die unbedingt festhaltenswert ist, und zwar im jeweiligen Einzelfall. Es war Unsinn, als Journalist seine Meinung über Kreaturen wie diesen auf verfolgte Unschuld machenden Oppositionelleneinsperrer zu verbreiten, viel besser wäre es, die Kreatur selber zu präsentieren. Schönbach beschloss, die Kommentiererei einzustellen und stattdessen eine Porträtgalerie sozialistischer Menschen zu schaffen, um die ein Otto Dix ihn beneiden würde.

Aber wenn er mit Schreckensteiner anfangen wollte, musste er zuerst Kühl von ihm weglotsen; der zerstörte sonst das zarte Pflänzchen plötzlichen Beichtvertrauens mit seiner inquisitorischen Art. Er konnte ja später allein wiederkommen und Schreckensteiner aus seiner Mödergrube ein Herz machen lassen …

»Komm, lassen wir den armen Mann in Frieden, der hat genug an seinem schlechten Gewissen zu tragen«, sagte er, zog den Dicken am Arm zum Auto und beobachtete aus dem Augenwinkel, wie Verblüffung unter des Graukopfs Betroffenheits-Larve hervortrat. Kühl wiederum glotzte den Freund an, als habe der den Verstand verloren.

»Sag mal, bist du irre? Weshalb hauen wir denn plötzlich ab?«, zischte er.

»Ich weiß genau, was ich tue, glaub mir«, flüsterte Schönbach.

»Sehr ergiebig war das ja nicht«, sagte Kühl, nachdem der Wolga das schreckensteinersche Anwesen hinter sich gelassen hatte. »Und dafür reißen wir einen halben Tag ab. Irgendwas machen wir falsch, rein journalistisch betrachtet, meine ich.«

»Wenigstens habe ich ihn abgeschossen«, ließ sich der Fotograf vernehmen. »Ein paar Mal hab ich eure Hinterköpfe mit drauf, aber es sind mindestens zwanzig Bilder von ihm im Kasten.«

»Ausgezeichnet, ich weiß bloß nicht, was wir damit anfangen sollen, nachdem der Gevatter hier das Gespräch abgewürgt hat«, brummelte Kühl.

»Ich fahre allein wieder her, wenn du nichts dagegen hast«, sagte Schönbach. »Zwei Journalisten verträgt der nicht. Unter vier Augen redet der sich um Kopf und Kragen, das schwöre ich dir.«

3.
Schönbachs ganz privater Mauerfall

Die Wundernacht vom 9. auf den 10. November, in der sich die Geschichte oder der Weltgeist oder die Idee der Freiheit oder was auch immer in Gestalt mauerbrechender Ossi-Ströme materialisierte und die Fernsehbilder davon um den Erdkreis gingen, dieses vermutlich einzige welthistorisch relevante Ereignis in seinem Leben hatte Schönbach also verschlafen. Aber hatte er seine Schritte sofort an einem der darauffolgenden Tage in den Westteil der Stadt gelenkt …? Nein, das hatte er nicht. Im Gefühl entschiedener Nichtzugehörigkeit zu den artikulationsunfähig jauchzenden, heulenden, brachialseligen und schließlich begrüßungsgeldcontainerbelagernden Horden war er tagelang stur in seinem piefigen Osten geblieben. Dass er Artikel schreiben konnte, die auch noch gedruckt wurden, war ihm einstweilen Freiheit genug. Erst nach einigen Wochen, als der große Ansturm auf die vom Sozialismus umspülte Märcheninsel allmählich abebbte, an einem Vormittag Mitte Dezember, trabte schließlich auch der DDR-Bürger mit der Personalausweisnummer A 1294481, der sich unter einem Recherchevorwand von der Arbeit absentiert hatte, zum nächstbesten Grenzübergang. Das Wetter war trübe, und vereinzelte Schneeflocken fielen.

Als er den ersten Betonwall passiert hatte, geschah in seinem Kopf ungefähr dasselbe wie nach dem Aufsetzen der Brille beim Anschauen eines 3D-Filmes: Es entstand Raum, wo vorher keiner war. Die Mauer hatte das Ende der Welt markiert, und nun erstand ein Dahinter, zunächst der Todesstreifen, ein Niemandsland, an dem gemessen der Südpol heimelig wirken mochte, danach die zweite Mauer, und auf einmal lag auch die hinter ihm, er marschierte einfach hindurch, der Volkspolizist, der seinen Ausweis stempelte, tat, als sei alles völlig normal, als habe er nie etwas anderes getan, und Schönbach betrat zum ersten Mal in seinem Leben nichtsozialistisches Territorium.

Er wartete, ob ihn jetzt ein Antäus-Gefühl durchflösse, aber dazu kam es nicht, denn ein paar direkt hinter dem Übergang stehende junge Menschen lenkten ihn von Selbstbetrachtungen ab. Mit irgendwie abgerichtet wirkendem kollektivem Grinsen auf den Gesichtern umringten sie eine Palette mit Büchern, und eine junge Frau fragte: »Guten Tag, mein Herr! Hatten Sie jemals das Gefühl, dass Sie in Ihrem Leben etwas davon zurückhält, das zu sein, was Sie gern sein wollen?«

»Ich glaube, da bin ich eben durchgelaufen«, gab Schönbach hauchzart zur Antwort.

Sie verzog keine Miene und fuhr fort: »Es gibt eine einzige Quelle für alle Probleme, für Anspannung, Niedergeschlagenheit, Selbstzweifel: Sie wird der reaktive Verstand genannt. Das ist ein versteckter Teil Ihres Verstands, der alle schmerzvollen Erfahrungen aufzeichnet und sie dann gegen Sie verwendet …«

»Gute Frau, mein Verstand hatte jahrelang alle Gründe, reaktiv zu sein. Was soll der Vortrag?«

»*Dianetik* beseitigt den reaktiven Verstand. Sie ist die einzige Methode, mit der das erreicht werden kann.«

»Was soll das heißen: Dianetik? Ich kenne lediglich die *Dianoetik,* die Denkfähigkeit, die Aristoteles in seiner *Nikomachischen Ethik* zu den Tugenden zählt, aber damit werden Sie nicht viel am Hut haben, wie?«

Ihr Gesicht erwachte zu selbstständigem Leben. »Das weiß ich nicht«, gestand sie kleinlaut. »Aber ich kann gern für Sie nachfragen.«

»Vielen Dank, das ist nicht nötig«, erwiderte Schönbach und ließ die Grinsefrau stehen.

Alle zwanzig Schritte warteten diese Menschenfischer mit ihren Paletten und versuchten, den Ossis ihre Lebenshilfe-Schwarten anzudrehen. Der erste Eindruck war verdorben.

Über Bellevue und Tiergarten fuhr Schönbach mit der S-Bahn zum Zoologischen Garten, wo er ausstieg. Er hatte kein bestimmtes Ziel, er wollte lediglich irgendwo sein Begrüßungsgeld abgreifen, ein bisschen neue Welt besichtigen und einen Buchladen finden. Als er auf dem Bahnsteig stand, empfand er zum ersten Mal seit der Schulzeit seine Körpergröße als unangemessen auffällig; ihm schien es, als ruhte jeder zweite Blick auf dem längst als solcher identifizierten überlangen Ossi, und hätte jemand in seinem Rücken gelacht, er hätte es unweigerlich auf sich bezogen. Aber allmählich wurde ihm klar, dass sich hier niemand um ihn kümmerte, weil sich niemand um überhaupt jemanden kümmerte. Die Menschen nahmen keine Notiz voneinander, einzig der trotz Wattejacke frierende Schwarze, der mit einem Reinemachwägelchen angefahren kam, bat ihn mit den Augen, beiseite zu gehen. Auf dem Nachbargleis spie eine S-Bahn Passagiere aus, zwischen denen unsichtbare Welten zu liegen schienen; dieser Bahn entstieg keine auf einen gemeinsamen Nenner zu bringende Gruppe zwangsverähnlichter Wesen wie in Ostberlin, sondern lauter unzusammengehörige Daseins-Fragmente, sie unterschieden sich nicht nur nach Kleidung, Zeitung, Milieu und Hautfarbe, jeder Einzelne schien zudem noch einen anderen Lebensentwurf zu repräsentieren. Schwer vorstellbar, dass sie jemals gemeinsam »Wir sind das Volk!« rufen würden …

Solche Erwägungen endeten eine Treppe tiefer jäh. Hier hockten verkommene Existenzen wärmesuchend in Nischen und Winkeln, an denen die Passagiere vollkommen teilnahmslos vorüberliefen, als gehörten sie nicht zur selben Gattung, auch das gab es im Osten nicht, die Volkspolizei hätte diese Kreaturen längst weggekarrt und einem Zwangsresozialisierungsprogramm unterzogen. Schönbach hatte im Schnapslager und in den einschlägigen Kneipen die stumpfen Augen und ausgezehrten Körper zahlloser Säufer gesehen, aber was ihn plötzlich umkroch und um Geld anbettelte, war von anderem Kaliber – hinter manchen dieser Augen schienen nie Gehirne existiert zu haben. Hier hatte König Alkohol einer anderen Majestät das Feld überlassen müssen. Mitleidig und zugleich angeekelt durchschritt Schönbach die infernalische Zone, hinter welcher auf einmal wieder Bahnhofs-Normalität herrschte, mit Fahrkartenschaltern, Zeitungsstand und Imbiss-Restaurant, und für einen Augenblick fand er das Vorurteil bestätigt, der Westen sei kalt und grausam.

Ganz so grausam konnte er aber auch wieder nicht sein, sonst hätte nicht auf dem Bahnhofsvorplatz einer dieser hellblauen Begrüßungsgeld-Container gestanden, an denen sich theoretisch mehr als zehn Millionen erwachsene Ossis ihren Volkszugehörigkeits-Obolus abholen durften, was insgesamt ja ein riesiger Batzen Geld war, ungefähr so viel, wie der bayrische Ministerpräsident zwei Jahre vor dem Mauerfall der DDR geliehen hatte. Schönbach musste seinen Entschluss, den Bettelcontainer anzusteuern, erst gegen eine Schamblockade durchsetzen. Soll mir der Westen ruhig Geld schenken, sagte er sich schließlich, immerhin habe ich siebenundzwanzigeinhalb Jahre auf der Seite gelebt, die die Kriegsschuld abgetragen hat, was ungefähr 3 Mark 60 pro Jahr ergab. Er schlug den Kragen seines alten Wollmantels hoch, und kurz darauf hielt er einen echten Blauen mit dem Konterfei des Bibelübersetzers und Baretträgers Sebastian Münster in den Händen, 100 deutsche Mark, was beim aktuellen Umtauschkurs von 1:10 dem Monatsgehalt von anderthalb Korrektoren oder dem eines gestandenen Redakteurs entsprach.

Da sich der Platz vorm Bahnhof Zoo als ähnlich uninteressant erwies, wie Bahnhofsvorplätze eben zu sein pflegen, lenkte Schönbach seine Schritte unter der Bahnbrücke hindurch und dann irgendwohin, so dass er zunächst eine Stunde ziel- und orientierungslos in Charlottenburg umherirrte. Die Sonne drängelte sich durch die Dezemberwolkendecke, was Letztere nicht hinderte, hin und wieder ein paar Schneeflocken über die Passanten zu stäuben. Die meisten Geschäfte fingierten Weihnachtsstimmung, freilich in einer aufdringlichen, jedes Zaubers baren Art und Weise, überall glitzerte und singsangte es weihnachtlich, und auf jedem Warenstapel hockte eine rotmützige Santa-Claus-Puppe. Überhaupt glitzerte er ziemlich stark, der Westen; namentlich die Einkaufspassage, in der sich Schönbach eben befand. Etwas irritiert gewahrte er zwischen Edeka-Markt und Jeansshop die Bilder barbusiger Damen, deren eine sinnigerweise eine Weihnachtsmannzipfelmütze trug, während eine andere ihr von einem roten Slip mehr geteiltes denn verhülltes Gesäß dem Betrachter entgegenreckte. Ein Fotogeschäft? Wohl nur im weitesten Sinne. »Beate Uhse Sexworld« stand in Leuchtschrift über der offen stehenden Tür, die ein schwarzer Vorhang gegen Blicke schirmte.

An einem Imbissstand blieb er stehen. Der Verkäufer, ein angeschmuddelter Halbglatzkopf, aus dessen Händen Nahrung entgegenzunehmen eine gewisse Unempfindlichkeit voraussetzte, wie sie dem durchschnittlichen DDR-Bürger infolge der dortzulande herrschenden Imbisszustände freilich in Fleisch und Blut übergegangen war, weshalb sich Schönbach nichts dabei dachte; der Verkäufer also schien unschlüssig, ob er sich eines einzelnen Kundens wegen tatsächlich erheben sollte, schließlich aber tat er's schnaufend, wischte sich mit dem Handrücken die Nase und fragte: »So, bitte?«

Die Sache war die, dass der hochgewachsene Ost-Exot gar nichts essen (und schon gar nicht sein Westgeld in eine schnöde Currywurst investieren) wollte, sondern seit einiger Zeit einen ganz anderen Wunsch in sich hegte.

»Eine Büchse, äh, eine Dose Cola.«

»Allet?«

Schönbach nickte.

»Det macht achtzig Pfennige.«

Schönbach verabschiedete sich von Sebastian Münster und schob ihn über die klebrige Theke.

»Hamset nich kleena?«

»Leider nicht«, beteuerte Schönbach und sah seinem ersten und vielleicht für lange Zeit einzigen West-Blauen wehmütig in diesen Schmuddelfingern verschwinden und durch einen roten 50er, zwei grüne 20er sowie etwas Kleingeld substituiert werden. Er stellte sich an einen der schmuddeligen Stehtische und betrachtete die Cola-Dose. Wie man das Ding wohl öffnete? Er konnte ja unmöglich jemanden fragen. Er studierte die Dose und konstatierte, dass der Öffnungsmechanismus zweifelsfrei mit jenem Ring zu tun haben musste, der sich an der strukturierteren der beiden Rundflächen befand. Er schob den Fingernagel sachte darunter, und tatsächlich ließ sich das Teil bewegen. Schönbach, vollkommen in sein Werk vertieft, beging nun einen schweren Fehler, indem er den Mechanismus um 45 Grad drehte und kräftig zog, was zwar ein kurzes Zischen zu Folge hatte, aber statt dass der Quell zu sprudeln begann, hielt er den abgerissenen Ring in der Hand. »Mist!«, fluchte er leise. Ohne Werkzeug war jetzt wohl nichts mehr zu machen.

Verstohlen sah er sich um, aber natürlich hatte niemand Notiz von seinem Malheur genommen. Er packte die widerspenstige Dose und verzog sich mit ihr auf eine Bank. Was hatte da gezischt? Er betrachtete aufmerksam die runde Fläche, in deren Mitte die Halterung des Ringes lose hin und her wackelte, und bemerkte, dass ein klitzekleines braunschwarzes Tröpfen in der Rille am Dosenrand perlte. Er führte die Dose zum Mund. Ja, das schmeckte nach Cola. Noch war das Werk also nicht gescheitert; es gab irgendwo ein Leck. Direkt unterhalb der Ringhalterung zeichnete sich ein elliptisches Stück vorgestanzten Blechs ab, von der Form jener Plastikchips, mit denen Leute wie sein alter Kumpel Pinie Gitarre spielten, es sah ein bisschen aus wie eine geschlossenen Falltür. Dort musste der Eingang beziehungsweise Ausfluss sein. Schönbach drückte vorsichtig mit dem Daumen auf das Plättchen. Es schien nachzugeben. Er drückte kräftiger; ein befreiendes Zischen folgte, lauter als vorhin, und diesem wiederum ein »Autsch!« aus dem Munde Schönbachs, welchen er sogleich mit seinem schmerzenden Daumen verschloss. Aber das Plättchen war verschwunden, und aus dem entstandenen Loch trat Schaum. Es war vollbracht!

Nachdem er die Dose geleert hatte, ging Schönbach, um eine Illusion ärmer, weiter, überquerte irgendwann ziellos die Kantstraße und fand sich zu seiner Überraschung plötzlich auf dem Kurfürstendamm wieder, sofern er den Schildern Glauben schenkte, denn nach Magistrale und Welt-Boulevard sah die Straße nicht aus. Linker Hand schien die Geschäfts- und Passantendichte allerdings zuzunehmen, also schlug er diese Richtung ein. Als er ein paar hundert Meter gelaufen war, ohne ein Auge für all die Mode- und Schmuckläden, die sich inzwischen aneinander reihten, erblickte er ein Musikgeschäft. Mit einem Griff in die Hosentasche vergewisserte er sich, dass sein Geld noch immer vorhanden war und sich nicht wie im Märchen in

Stroh zurückverwandelt hatte, dann trat er ein. Der schummrige Laden präsentierte ein Klassik-Sortiment von so schlaraffiger Fülle, dass der 99-Mark-Besitzer Schönbach Qualen bislang ungekannter Art litt. Aus dem jahrelangen Beinahe-Nichts war er unvermittelt in ein Vielzuviel geraten. Wonach sich sein traurig Herz seit Jahren verzehrte, hier stand es in Reih und Glied, wo immer er hingriff, förderte er eine Trouvaille zutage. Es gab *alles*. Nach einer atemlosen halben Stunde, in der Schallplatten und CDs für vielleicht fünftausend Mark durch seine Hände gegangen waren, ließ sich Schönbach entnervt auf einen Hocker sinken. Er besaß ja nicht mal einen CD-Player. Freilich existierten die meisten Aufnahmen auch auf Schallplatte, aber es wäre gröbster Unfug gewesen, das gute Westgeld noch in ein Produkt der aufnahmetechnischen Kreidezeit zu investieren, das zumindest auf dieser Seite der Mauer im Aussterben begriffen war. Er würde den Laden also mit leeren Händen verlassen müssen.

War das menschenmöglich?

Nein, das war es nicht.

Eine Platte musste er wenigstens mitnehmen. Nach nochmals halbstündiger Auswahl-Marter erwarb er Mahlers *Lied von der Erde* in der Einspielung mit Klemperer und Fritz Wunderlich für 16,99 Mark und verließ todtraurig das Geschäft.

Dasselbe Problem beutelte ihn etwas später in einer gut sortierten akademischen Buchhandlung unweit des Wittenbergplatzes, und allmählich hatte er die Nase voll vom Westen. Nach endlosen inneren Monologen und Kämpfen trugen Heideggers *Sein und Zeit* (34 Mark) sowie eine Taschenbuchausgabe von Nabokovs *Lolita* (16,90 Mark) den Sieg über Nietzsche, Kierkegaard, Foucault, Spengler und all die anderen bislang für Schönbach inhaltlich nicht freigegebenen Autoren davon, denen gegenüber er nun ein schlechtes Gewissen hatte. Er besaß also noch 31,31 Mark. Da er nicht vorhatte, etwas übrig zu behalten, kaufte er einen *Spiegel*, den *Stern*, die *FAZ* und die *taz*, gewissermaßen um die künftige Konkurrenz zu studieren, las flüchtig vom *Geschenk der möglichen Einheit trotz Auschwitz*, aber es war zu kalt für weitere Lektüre, und er stopfte die Zeitungen in die Büchertüte. Zum zweiten Mal blieb er an einem Imbissstand stehen. Diesmal wurde hinter dessen Scheibe ein Elefantenbein gegrillt, *Döner Kebab* stand auf dem Schild, es roch hinreichend appetitlich, und Schönbach, dem inzwischen der Magen knurrte, erwarb eines der fleischgefüllten Riesenbrötchen für umgerechnet 55 DDR-Mark.

Später irrte er wieder in Nebenstraßen herum. Schon nach wenigen Minuten hätte er nicht mehr sagen können, in welcher Richtung sich der Ku'damm befand. Augenscheinlich besaß er nicht das geringste Orientierungsvermögen. Durch die bisherige und von ihm selbst noch forcierte Beengtheit seiner Existenz war er in diesem Punkte wohl in gewisser Weise geistig zurückgeblieben. Glücklicherweise gähnte ihn plötzlich die U-Bahn-Station Uhlandstraße an. Unten wartete das nächste Problem: Die Zugtüren besaßen keine Griffe, Schönbach stand vor der U-Bahn und wusste nicht, wie er in sie hineingelangen sollte, denn niemand stieg aus. So tat er, als wolle er gar nicht einsteigen, und hielt tapfer dem Blick eines ungefähr zehnjährigen Jungen stand, der ihn von drinnen anstarrte und wohl auch durchschaute. Einen Zug später kam er im Schlepptau einer jungen Frau mit, die den Öffnungsmechanismus mit einem simplen Fingerdruck auslöste.

Schönbach fuhr zurück zum Wittenbergplatz. Er hatte jetzt noch dreizehn Mark in der Tasche und steuerte deshalb Geschäfte an, in denen Nichtkaufenkönnen keine seelischen Krisen bei ihm auslöste, bestaunte in Maßen die Auslagen der Bekleidungs- und Schuhgeschäfte und blickte mitunter pikiert auf sein Spiegelbild. Er durchstreifte einen Supermarkt, wie hier die Lebensmittelgeschäfte hießen, und stellte fest, dass es im Westen ungefähr so viel verschiedene Brotsorten gab wie auf seiner Seite der Mauer Nahrungsmittelsorten insgesamt und dasselbe für Wurst, Käse und Schokolade galt; überhaupt leuchtete ihm hier der Sinn des Warenregals ein, der ja kaum darin bestehen konnte, dass ein und dieselbe endlos gereihte Mehl- oder Konservensorte den Mangel auf raumfüllende Weise kundtat. Aus einem Bekleidungsgeschäft warnte ein gestrenger Pappkamerad, der einen Richter oder Staatsanwalt darstellen sollte, hier werde jeder Ladendiebstahl zur Anzeige gebracht, was Schönbach daran erinnerte, dass er es in der präventiv gerügten Art des Warenerwerbs einst zu einer gewissen Meisterschaft gebracht hatte – aber er wollte nicht in einem Land stehlen, das ihm gerade 100 Mark geschenkt hatte. Zuletzt verbrachte er eine Stunde im KaDeWe, wo er die Marx'sche Verelendungstheorie erwog und gern einen Anzug anprobiert hätte, aber er fürchtete, die Verkäuferinnen würden ihn sofort als einkaufsirrelevante Person identifizieren und zu den Grabbeltischen schicken. Hier wie überall traf er auf seine Landsleute in ihrer teils schüchtern-verklemmten, teils geräuschpegelintensiv staunenden Unverkennbarkeit. Etage für Etage arbeitete er sich nach oben, immer gegen das Bewusstsein kämpfend, dass er als nur glotzender Ossi sanft verachtet wurde, bis er schließlich in der Feinschmeckerabteilung stand. Dort tat sich sein Geldmangel in Form vergeblich geweckten Appetits kund und trieb ihn wieder auf die Straße.

Da ihm die Füße schmerzten und es allmählich Abend wurde, setzte er sich irgendwo zwischen Tiergarten und Schöneberg in eine studentisch wirkende Kellerkneipe, bestellte einen Viertel Chardonnay für sechs Mark und betrachtete versonnen seine Schätze. Der Laden war schummrig und leer, auf den Tischen lagen keine Tischdecken, aber der Wein schmeckte besser als im Palast der Republik, richtig nach Trauben und überhaupt nicht süß.

»Bist du von drüben?«, fragte die Kellnerin.

Schönbach bejahte peinlich berührt. In dieser Sekunde begann er zu ahnen, dass ihn diese Frage auf Jahre verfolgen würde.

»Und das« – sie beugte sich über den Tisch – »hast du dir von deinem Begrüßungsgeld gekauft?«

Dieses Verhalten erschien ihm etwas zu kindergärtnerinnenhaft, doch was sollte er tun? Er zuckte mit den Schultern und hob wie zum Geständnis die Hände mit der Fragerin zugekehrten Innenseiten. Dabei musterte er ihre kleinen, vulkanartigen Brüste, auf die er jetzt durch den Ausschnitt ihres Pullovers freie Sicht hatte und dachte: Dort hört die Trennung in Ost und West auf.

»Heidegger und Mahler? Stark! Die meisten kaufen sich doch bloß irgendeinen Scheiß von ihrer Kohle!« Sie lächelte ihn gewinnend an. Sie war nett und fragte bestimmt in edelster Absicht.

»Es kauft eben jeder, was ihm am meisten fehlt«, erwiderte Schönbach und prostete ihr mit seinem Chardonnay zu.

»Das kann ich verstehen!«, sagte sie mitleidig. »Mein Gott, ihr Armen, all die Jahre da drüben weggesperrt, furchtbar, dieser Honecker, diese Unterdrückung … Ich studiere an der FU, weißt du, ich hab 'ne Schwäche für intellektuelle Bedürfnisse!«

Höflich erkundigte sich Schönbach, was sie denn studiere.

»Kunstgeschichte.«

»Im wievielten Semester?«

Sie winkte ab. »Ich werde wohl nie fertig … Den Chardonnay brauchst du übrigens nicht zu bezahlen, der geht aufs Haus, als Begrüßungstrunk.«

»O, vielen Dank«, erwiderte Schönbach, »dann nehme ich noch einen, aber den bezahle ich dann, okay?«

»Okay«, sagte sie und verschwand hinter dem Tresen.

Er hätte sie gern auf ein Glas eingeladen, aber der Herr Redakteur aus dem Osten konnte der kellnernden West-Studentin keinen Wein spendieren. Diese Konstellation war zu frustrierend, als dass er sie allzu sehr ausdehnen wollte.

So hatte sich Schönbachs erster Westberlin-Besuch vollzogen, dem für längere Zeit kein weiterer folgen sollte.

4. Unähnliche Landsleute

Ein paar Wochen nach dem Mauerfall, sobald man die zu Grenzübergängen deklarierten Mauerbreschen aus westlicher Richtung ansteuern konnte, ohne fortgespült zu werden, kreuzten die ersten Westberliner beim *Tageblatt* auf: neugierige Studenten und Nachwuchs-Redakteure, die sich ein realsozialistisches Pressemuseum angucken wollten. Mit Regelmäßigkeit kamen derer zwei. Der eine, Medienwissenschaftler im achten Semester und Juso-Funktionär, hieß Christian Schilling und war ein adrettes, fönfrisiertes Bürschlein, das beim Laufen die durchgedrückten Arme vom Leib spreizte wie ein Pinguin. Es war einleuchtend, dass ein West-Sozialdemokrat zum Proselytenmachen unter die Ex-SEDler ausschwärmte, nur bei Kühl und Schönbach, denen offenbar sein besonderes Interesse galt, biss er auf antisozialistischen Granit. Immerhin brachte er frischen Wind und eine Ahnung von Weltläufigkeit in die Redaktion, Letztere etwa, wenn er von seinen Tauchferien auf den Malediven und der Begegnung mit leibhaftigen Tigerhaien erzählte, womit verglichen ein Bulgarienurlaub doch etwas verschnarcht wirkte. Er nahm mit einer Selbstverständlichkeit an Versammlungen teil, als gehöre er seit Jahren zum Redaktionsinventar, und tat dort wohlartikuliert seine Ansichten kund. Er ermunterte die Genossen Ost-Journalisten, sich nicht mit den offiziellen Erklärungen der jeweils aktuellen Volksvertreter zu begnügen, sondern, wie er es nannte, *nachzufassen.* Es genüge beispielsweise nicht, erklärte Schilling, dass der neue Innenminister versichere, er löse die Stasi auf, man müsse diesen Vorgang *kritisch begleiten*, da zu allen Zeiten gemauschelt und Macht missbraucht werde. Außerdem müsse man gerade das Thema Stasi besetzen, weil es die Republik noch Jahre beschäftigen werde. Das verstand in der Redaktion kaum jemand, für die meisten hatte sich der Fall bereits erledigt, als das berüchtigte Ministerium seines obersten Verhafters beraubt und in ein *Amt für nationale Sicherheit* umgewandelt wurde (bei welcher Gelegenheit mit Sicherheit auch für den einen oder anderen der einstigen Parteijournalisten ein heimliches Nebentätigkeitsverhältnis stillschweigend erlosch). Die Artikel, die Schilling ins Blatt brachte und für die er unter anderem auf Pressekonferenzen lauthals nachfasste, bekam er in Ost-Mark bezahlt, und mit dem für ihn ansonsten nutzlosen Geld lud er seine neuen Kollegen zum Bier ein. Schönbach war fasziniert von Schillings Selbstbewusstsein und von seiner Eloquenz, die sich freilich nur auf das gesprochene Wort erstreckte; die Artikel, die er schrieb, waren verblüffend uninspiriert und auch rhetorisch dürftig. Vielleicht schadete es ja dem Schreibvermögen, wenn einer zu gut reden konnte. Bei den Kneipendiskussionen mit dem Juso wiederum musste Schönbach pikiert feststellen, dass seine Kenntnis der neueren Geschichte noch rudimentärer, löchriger und beschnittener war, als er befürchtet hatte. Selbst der durchschnittliche West-Intellektuelle konnte ihn kraft seines Informationsvorsprungs unterbuttern; er würde viele Jahre lesen müssen, um ein satisfaktionsfähiges Level zu erreichen.

Dasselbe schien Kühl zu empfinden, der sich neben seinen Führungsobliegenheiten neuerdings der Mission verschrieben hatte, die sozialistisch zurechtgefälschte Geschichte der vergangenen hundert Jahre quasi im Alleingang zu korrigieren. Zu diesem Zwecke hatte er mit Stresemanns Unterstützung und

Löwes apathisch vorgebrachtem Segen eine einmal wöchentlich erscheinende Zeitgeschichts-Seite im Blatt installiert, für die er selber verantwortlich zeichnete und für die neben ihm unter anderem Schönbach und Schilling schrieben. Die Naturwissenschaften schien Kühl darüber vergessen zu haben, er widmete sich mit Eifer nur noch der neueren Geschichte und war kaum mehr zu einem Kneipenbesuch zu überreden; er las und schrieb sich die DDR von der Seele, und da er sich keine West-Bücher kaufen konnte, saß er vor der Arbeit und nach Feierabend in Bibliotheken jenseits der bröckelnden Mauer und trieb Quellenstudien. Er verfasste Artikel über den GULag und die stalinschen Schauprozesse, über die Internierungslager in der Sowjetischen Besatzungszone und die einzigen freien Wahlen, die jemals in Ostdeutschland abgehalten worden waren, das Landtagsvotum vom Oktober 1946, bei dem die SED in keinem der fünf Parlamente die absolute Mehrheit erreichte. Da die kommunistische Historiografie aber immer noch zahllose Gehirne beherrschte, gerade in der Redaktion, wurden diese Artikel heftig diskutiert, teils hinter vorgehaltener Hand, teils auf den Versammlungen, und viele Kollegen erhoben den Vorwurf, man dürfe doch nun, nachdem man es zugegebenermaßen jahrelang auf dem linken Auge gewesen sei, nicht auf dem rechten Auge blind werden.

Der zweite aktive Hospitant aus dem anderen Teil Berlins war, obwohl ebenfalls eher der Linken zuzuordnen, von gänzlich anderem Schlage als der Juso Schilling, mit dem er lediglich den publizistischen Eifer teilte. Es handelte sich um ein extrem dünnen, allzeit unrasierten und, wie Schönbach fand, irgendwie harlekinesken Endzwanziger namens Gregor Piepenburg, dessen schulterlangen braunen Locken die Farbe seiner Lederklamotten entsprach, in die er sich ausschließlich hüllte und die von teilweise abenteuerlich geflochtenen Nähten zusammengehalten wurden. Er behauptete von sich, Soziologie-Student zu sein, bewarb sich in der Chefredaktion um ein Volontariat und erzählte im kleinen Kreis kettenrauchend von *Demos, Bullen, Hausbesetzungen, Spontis* und den Zeiten der APO, wobei man nie sicher sein konnte, ob er eben autobiografisch oder allgemein historisch-anekdotisch parlierte.

»Was bedeutete eigentlich APO?«, erkundigte sich Schönbach einmal.

»Wie, du weißt nicht, was APO ist?«

»Ach Gott, ich wusste bis vor kurzem auch nicht, wer Günter Grass ist.«

»Wie, du wusstest nicht, wer Grass ist?«

»Aber Habermas kenne ich inzwischen.«

»Wie, du kennst Habermas?«

»Leider gibt es ja keine deutsche Übersetzung von ihm ...«

»Wie, es gibt keine deutsche Übersetzung von Habermas?«

Na ja, der Bursche nahm halt Drogen, was von den Ossis in der Redaktion natürlich zunächst keiner mitbekam. Als Schilling die anderen darauf aufmerksam machte, war es bereits zu spät.

Piepenburg verfolgte alles in allem zwei publizistische Ziele. Erstens verstand er sich als Propagandist der Hanf-Nutzung, er pries *Cannabis sativa* als die Wunderpflanze schlechthin, mit der nicht bloß alle Rohstoffprobleme des Planeten gelöst werden könnten, sondern deren Wirkstoff THC überdies ein medizinisches Allheilmittel sei, wirksam gegen Krebs, Grippe, Depressionen, Impotenz, Krieg und was nicht alles. Zweitens wollte er nachweisen beziehungsweise wenigstens verbreiten, dass die amerikanischen Mondlandungen in Wirklichkeit nie stattgefunden hatten. Da in dieser Zeit aus allgemeiner Unsicherheit sowie dem plötzlichen Mangel an ADN-Meldungen so ziemlich jeder Unsinn gedruckt wurde, insbesondere wenn er von drüben kam, und Piepenburg seiner Selbstauskunft zufolge in der linksalternativen Medienszene als *journalistische*

Edelfeder galt, erschien zuerst sein großer Hanf-Artikel, dessen Stil sich in etwa auf den Nenner *Hemingway ohne Verben* bringen ließ. Dann stellte ausgerechnet Kühl der Theorie von den getürkten Mondlandungen eine halbe Zeitgeschichts-Seite zur Verfügung. Dies war Piepenburgs zweiter und letzter Artikel, und er führte dazu, dass sich die amerikanische Botschaft, das Max-Planck-Institut für Luft- und Raumfahrt sowie diverse Naturwissenschaftler leserbrieflich beschwerten, Kühls Stellung intern und das kurioserweise seriöse Image des *Berliner Tageblatts* extern etwas litten – aber man gewann drei neue Abonnenten aus dem Westen dazu und erhielt zweieinhalb Wochen später einen begeisterten Leserbrief aus Nashville/Tennessee. Kühl beharrte in der Abteilungsleiterkonferenz darauf, auch abseitige Theorien zu drucken, denn es seien stets die Abwegigkeiten gewesen, die die Wissenschaft vorangebracht hätten; im Übrigen habe bis vor kurzem noch die Mehrheit der Redakteure dieser Zeitung geglaubt, dass der Sozialismus das überlegene Gesellschaftssystem verkörpere, was ja wohl noch eine Spur absurder gewesen sei als Piepenburgs These.

Zusammen mit Schillings Hinweis auf den Drogenkonsum des Volontärs in spe führte der Artikel dazu, dass Löwe den Mondflug-Leugner zu einem kurzen Gespräch unter vier Augen in sein Büro bat, woraufhin sich Piepenburg abschiedsgrußlos für immer absentierte. Seine Mission war ja erfüllt.

Den Westdeutschen, die dieser skurrilen Vorhut folgen sollten, eilte ein Gerücht voraus, welches Helga Heinrich, seinerzeit notwendig noch blind gegen die spätlibidinösen Offenbarungen, die ihr beschieden sein würden, auf einer Redakteursversammlung in die Klage fasste: »Ein Westverlag will uns kaufen? Dann ist die eben gewonnene Freiheit wohl wieder dahin …«

Das war Ende April 1990, und Schönbach fragte sich, worin die kurze Freiheit der Kollegin Heinrich wohl bestanden haben mochte. Gelesen hatte er jedenfalls nichts von ihr, das auf libertinäre Anwandlungen hindeutete; wenn sie sich zu einem Streitpunkt geäußert hatte, waren es vor Ausgewogenheit triefenden Platitüden gewesen.

Aber die Kulturchefin sprach aus, was fast alle empfanden: Angst vor dem bösen Wolf aus dem Westen, der sich das *Tageblatt* einverleiben würde, mit wer weiß welchen Konsequenzen für die Mitarbeiter.

»Die wollen nur die Immobilie und den Namen«, wusste zum Beispiel Wirtschaftsexperte Eggert, »die Zeitungen selber machen sie dicht, und dann ziehen sie mit ihren eigenen Blättern hierher.«

»Niemand, der alle Tassen im Schrank hat, stellt eine Zeitung mit 257000 Abonnenten und lokalem Monopol ein«, widersprach Stresemann.

Es folgte eine Debatte darüber, ob man sich einem kapitalistischen Verlag anschließen solle beziehungsweise keinesfalls unterwerfen dürfe, wobei die exzessivsten Imstromschwimmer und Klappehalter der Einheitspartei-Ära am vehementesten für die Unabhängigkeit votierten.

»Fakt ist: Die Partei will und muss verkaufen«, näselte Bäuerle.

Das allgemeine Informationsdefizit offenbarte sich in Form allgemeinen Schweigens, in welches Löwe, sichtlich genießend, dass man ihm mal zuhörte, sein Wissen entlud. Durchaus messianisch erklärte er: »Es handelt sich um den Verlag Grube & Tag. Das ist einer der großen BRD-Verlage, aber einer mit linksliberalem Profil. Angesichts unserer guten Position auf dem Zeitungsmarkt« – das Wort klang in seinem Mund seltsam gekünstelt – »gibt uns Grube & Tag eine Reihe von Bestandsgarantien. Zum Beispiel wird in den nächsten drei Jahren niemand entlassen. Die Gehälter werden nach der Währungsunion 1:1 in Westmark weitergezahlt und dann allmählich auf 80 Prozent des westlichen Tarifs angehoben, was darüber hinausgeht, ist für jeden frei verhandelbar. Was Grube & Tag natürlich will, ist die journalistische Hoheit, aber es handelt sich wie gesagt um ein linksliberales Haus.«

»Ich wiederhole noch einmal: Verkauft wird das *Tageblatt* sowieso, da ist ein linksliberaler Verlag besser als ein rechter«, sagte Bäuerle und blickte sowohl den Kollegen als auch der ehernen Notwendigkeit abgeklärt ins Auge.

»Was meinst du?«, raunte Helmer in Schönbachs Ohr.

»Je schneller wir im Westen ankommen, desto besser«, wisperte der zurück. »Nur dass sie niemanden rausschmeißen wollen, gefällt mir gar nicht.«

»Du Arsch!«, flüsterte Helmer feixend.

Wie es aussah, war das Thema durch. Die verwaisten Redakteure fühlten sich letztlich zu schwach, im scharfen Wind der Marktwirtschaft, der sich demnächst erheben würde, ohne elterlichen Beistand zu manövrieren. Murrend, aber widerstandlos gingen sie unters neue Joch. Grube & Tag konnte seine Kolonialtruppen schicken.

5.
Château Auschwitz

Der Grube-&-Tag-Statthalter hieß Alexander Müller-Giordano, und er war, dachte Schönbach schon beim ersten Anblick, aus jenem Holz, aus dem man den Übermenschen schnitzen würde, wenn er jemals in Serie ginge: ein Mann in den besten Jahren, groß, schlank, energisch, sportlich (er joggte jeden Morgen eine Dreiviertelstunde), jahreszeitunabhängig gebräunt, mit tadelloser Haltung in tadellosen, stets einfarbigen Anzügen, ein Antlitz wie gemeißelt unterm allzeit frisierten, mit erlesenen Grautönen durchwirkten dunklen Haar, distinguiert, eloquent, selbstsicher. Das Beste freilich war sein rollender schwarzer Bariton, metallisch, sonor, bei Bedarf der reine Samt – jede Armee, jedes Theater und jeder Callboy-Ring hätten viel für ein solches Organ gegeben. Lobte diese Stimme, rann es einem wie Honigseim durch die Kehle, brachte sie einen Begehr vor, gehorchte man in willenlosem Glück, erwog sie Dinge, saßen alle wie die Schüler des großen Pythagoras gewissermaßen zu Füßen des Sprechers. Und bei Helga Heinrich hatte man den Eindruck, sie könne jeden Augenblick mit einem seligen Seufzer zu Boden sinken, wenn Müller-Giordano zu reden anhob.

Da der Mann aus Hamburg kam, sprach diese Stimme mit hanseatischem Akzent, und sie tat es von derselben Stelle aus, von wo einst Fleischer seine schlaffen Idiotien abgesondert hatte. Der Stuhl freilich war inzwischen ein anderer, wenngleich nicht weniger abgehobener, ein eigens eingeflogenes Designer-Modell aus dunkelbraunem Leder und mit einer Eiger-Nordwand von Lehne – »wie der Mensch sitzt, so denkt er«, pflegte sein Besitzer zu sagen. Der tiefere Sinn dieses Angebermöbels schien freilich in Müller-Giordanos Bandscheiben-Problemen zu liegen, vielleicht auch darin, dem neben ihm sitzenden Noch-Chefredakteur dessen minderen Rang vor Augen zu führen. Von Löwe wurde Müller-Giordano offiziell mit den Worten eingeführt: »Das ist Herr Müller-Giordano von Grube & Tag, der gekommen ist, *um sich in unserer Redaktion ein bisschen umzuschauen.«* Irgendein Schelm verpasste ihm den Spitznamen *der Friseur*, der sich ursprünglich wohl nur auf das inmitten habitueller Gepflegtheit noch besonders gepflegte Haar bezog, von einigen misstrauischen Redakteuren indes sofort dahingehend uminterpretiert wurde, dass der Mann gekommen sei, um alte Zöpfe und vielleicht aber auch ein paar Hälse abzuschneiden.

Aber nichts schien Müller-Giordano ferner zu liegen. Er hospitierte mal in dieser, bald in jener Abteilungskonferenz, fragte viel und hörte aufmerksam zu, ließ sich auch die kleinste Kleinigkeit erklären und zeigte sich enorm neugierig, was die Zustände anbetraf, die früher hier geherrscht hatten. Er erläuterte in wohldosierten Portionen, was man drüben unter journalistischer Arbeit verstand, und widersprach geduldig auch den dümmsten Vorstellungen über die West-Presse an sich (etwa dass alle Stellenanzeigen redaktionell produzierte Fakes seien, um den Menschen zu suggerieren, es gäbe Arbeitsplätze). Er schnitt oder bevorzugte niemanden, spielte sich nicht auf und war zu jedermann auf die gleiche ausgesuchte Weise höflich, was vor allem die ehemals strammsten Genossen erleichtert zur Kenntnis nahmen, bevor sie dem neuen Gott hemmungslos verfielen. Der schenkte ihnen in einer Minute so viel Aufmerksamkeit und Verständnis, wie es ein Funkenkamp in all den Jahren seiner Quasi-Regentschaft nicht getan hatte. Dem skeptischen Schönbach schien es allerdings mitunter, als fingiere der Hamburger Herrenmensch sein Interesse nur, während er das Ostvolk in Wirklichkeit – halb Geschäftsmann, halb Ethnologe – einzig auf seine Marktwirtschaftstauglichkeit prüfte.

Müller-Giordano nannte die Abteilungen *Ressorts* und die Konferenzen *Ressortleiterkonferenzen*, weshalb sie ab sofort offiziell so hießen. Neu war ferner, dass er an zwei Abenden der Woche einen für alle Mitarbeiter zugänglichen so genannten *Jour fixe* abhielt; jeder, der mochte, konnte daran teilnehmen, und fast alle mochten. Hier referierten die Damen und Herren Redakteure über jedes Thema, das zwischen dem globalen Elend und dem künftigen Wert ihrer Sparkonten Platz fand, und Müller-Giordano hörte mit Engelsgeduld zu. Natürlich brachte dieses basisdemokratische Ritual unterm Strich nichts als die Fortsetzung des uferlosen Wende-Geschwätzes, aber als Ego-Therapie für die orientierungsbedürftigen und absolutionsgeilen Ex-SEDler taugte das Brimborium am Ende wohl doch.

Das erste Unter-vier-Augen-Gespräch mit dem *Friseur* führte Schönbach, als dieser einen Artikel von ihm gelesen und den Autor zu sich gebeten hatte. Müller-Giordano residierte in Funkenkamps ehemaligem Büro, aus welchem der DDR-Dekorationsplunder zwar entfernt, aber durch nichts ersetzt worden war, weshalb der Raum noch ungemütlicher als vorher und sein Inhaber in seinem todschicken dunkelblauen Anzug wie ein Handlungsreisender wirkte, der hier nur eben mal hereingeschneit war. Schönbach sah, dass der Hospitant sein Manuskript mit Randbemerkungen verunziert hatte, und die autorentypische Abwehrhaltung gegenüber jedem Eingriff ins Heilig-Selbstverfasste faltete ihm die Stirn.

Müller-Giordano lächelte allerdings entwaffnend und sagte: »Sie sind also der Mensch, der am Chefredakteur vorbei Kommentare ins Blatt schmuggelt?«

»Ja, das bin wohl ich«, sagte Schönbach, während er grübelte, ob es sich eher um Lob oder Tadel handelte.

»Setzen Sie sich doch!«

Er gehorchte.

»Sie schreiben sehr gut. Wo haben Sie das gelernt?«

»Glauben Sie, dass man schreiben *lernen* kann?«, fragte Schönbach mit reservierter Arroganz.

Wieder lächelte Müller-Giordano, zündete sich eine Zigarette an und sagte: »Ich schätze es, wenn Leute selbstbewusst sind. Offen gestanden sind Sie nach Herrn Kühl der erste selbstbewusste Mensch, den ich in diesem Hause kennen lerne. Sie haben Recht, letztlich kann einer schreiben, oder er kann es nicht. Aber man kann das journalistische Handwerk lernen. In welchem Ressort haben Sie vor der Wende gearbeitet?«

»Ich war Korrektor«, erwiderte Schönbach.

»Ach was. Und *davor*?«

»Habe ich Toiletten saubergemacht.«

Mit diesem Satz gelang es ihm, Müller-Giordano stutzen zu lassen.

»Das hört sich ja nach einer echten Karriere an«, sang der Bariton verständnislos. »Wenn man etwas konnte, hat man hier wohl nichts werden dürfen?«

Schönbach zuckte mit den Schultern.

»Aber Sie haben doch studiert, oder? Dieser Wortschatz muss ja irgendwo herkommen …«

»Ich bin exkommunizierter Altphilologe. Man hat mich von der Uni geschmissen, weil ich vor allem in historischen Fragen mit der Parteilinie über Kreuz lag.«

»Ein Altphilologe, der Toiletten saubermacht?« Müller-Giordano schüttelte den Kopf und murmelte: »Ich liebe dieses Land.«

Ein paar Sekunden des Schweigens folgten, dann ergriff der designierte Chef in wiederbelebter Förmlichkeit das Wort und kam zum eigentlichen Thema: dem Artikel. Wie sich zeigte, hatte der Mann eine hilfreiche und jeder Kränkung abholde Art, auf Verbesserungswürdigkeiten hinzuweisen. Er monierte den Aufbau des Textes, allerdings nicht in der vor kurzem hier üblichen Zusammenfaltmanier, sondern mit motivierenden Einschüben, denen ein Schlaukopf wie Schönbach natürlich sofort das Einstudierte und Didaktische anmerkte, aber das lag ungefähr auf der Ebene eines vorgetäuschten Orgasmus, immerhin machte der Mann sich überhaupt die Mühe. Außerdem, bemerkte Müller-Giordano, sei der Einstiegssatz schief. Der lautete: »Am 8. Juni 1986 machte Frau Bettina M., Lehrerin an der Betriebsberufsschule des VEB Robotron Sömmerda, von ihrem verfassungsmäßig verbrieften Wahlrecht Gebrauch, indem sie ihm nicht nachkam.« Müller-Giordano erklärte, man könne einem Recht nicht nicht nachkommen, sondern es lediglich nicht in Anspruch nehmen, was der Autor, bestürzt darüber, dass sich die alte Untertanenmentalität in seine Formulierung eingeschlichen hatte, sofort einsah. In seinem Büro brachte er den Artikel in die gewünschte Form und stellte fest, dass er dadurch besser geworden war.

Bald rief die einst furchtsam erwartete Epiphanie des West-Journalismus allgemeine Verzückung und sogar Anbetung in der Redaktion des *Berliner Tageblatts* hervor. Aber offiziell firmierte Müller-Giordano nach wie vor lediglich als *der Mann von Grube & Tag* und tauchte im Impressum nicht auf.

Schilling, der bislang den Westen vertreten hatte, litt unter seinem plötzlichen Bedeutungsverlust. Er war einfach ein paar Nummern zu klein, seine Ratschläge fanden kaum noch Gehör, und sein Tauchurlaub im Indischen Ozean verblasste neben der Tatsache, dass Müller-Giordano den heiligen Berg Kailash im Himalaya umwandert, halb Afrika umsegelt und schon einmal den Nordpol überflogen hatte.

Eines Tages erschien der Juso auf einen Schwatz in Schönbachs Büro und fragte nach einer Weile beiläufig: »Was hältst du eigentlich von Müller-Giordano?«

»Ich kann nichts Schlechtes über ihn sagen«, bekam er zur Antwort.

»Meinst du, dass er der richtige Chefredakteur für euch wäre?«

»Warum nicht?«

Schilling legte wortlos die Kopien zweier Zeitschriftenseiten auf Schönbachs Schreibtisch.

»Dann lies mal.«

Beide Artikel stammten von Müller-Giordano. Der eine, gedruckt Ende Oktober 1989, auf dem Höhepunkt der Montagsdemonstrationen, sprach sich gegen die deutsche Wiedervereinigung aus. Das sei keine 50 Jahre nach Auschwitz und Weltkrieg unmöglich, Deutschland möge seine Strafe akzeptieren, geteilt bleiben und seine Zukunft zweistaatlich gestalten. Der andere, zwei Jahre zuvor im selben großen Wochenmagazin anlässlich von Honeckers Staatsempfang in der Bundesrepublik erschienen, war deutlicher. »Der Besuch des Generalsekretärs«, stand dort schwarz auf weiß zu lesen, »ist ein Debakel für all jene Ewiggestrigen, die noch immer von der Wiedervereinigung träumen. Ein dauerhafter Frieden in Europa setzt die deutsche Teilung aber geradezu voraus.«

Schönbach las und staunte.

»Wie findest du das?«, fragte Schilling.

»Ich beginne, etwas mehr über die Bundesrepublik zu lernen. Wenn ich die Sache richtig verstehe, war die Teilung Buße für Auschwitz, nur dass eure Buße Tauchurlaube und Wanderungen um heilige Himalaya-Berge beinhaltete.«

Der Juso schaute etwas betreten bei diesen Worten (ein paar Tage später beim Bier verplapperte er sich und gestand, dass er die Artikel seinerzeit nur kopiert hatte, weil er mit dem Autor vollkommen einer Meinung gewesen war; er hatte sie sogar bei verschiedenen Anlässen als beispielhaft zitiert).

»Ich danke für die Aufklärung«, sagte Schönbach und wollte die Kopien zurückgeben, aber Schilling winkte ab: »Die kannst du behalten.«

Schilling war clever, er hatte nur zweierlei nicht bedacht: zum einen, dass es in der DDR keine Kopierer gab – so blieben Kühl und Helmer, denen Schönbach die Texte zeigte, die einzigen Mitwisser –, zum anderen, dass diese Kommentare Müller-Giordano in einer Redaktion kaum schaden konnten, die zur selben Zeit mit vergleichbarer Vehemenz gegen die deutsche Einheit polemisiert hatte.

Schönbach beschloss, den Chef in spe bei Gelegenheit unter vier Augen auf den Grund seines inzwischen eingetretenen Sinneswandels anzusprechen. Die Gelegenheit bot sich, als dieser ihn und Kühl ohne nähere Angabe von Gründen zum Abendessen einlud. Es war ein regnerischer Abend Anfang Juni, Müller-Giordano hatte ein französisches Restaurant am Savigny-

Platz ausgewählt, aber an diesem Tag war ein Virus über zwei der kühlschen Kinder hergefallen und beutelte insbesondere die kleine Frederike so heftig, dass die ebenfalls infizierte Mama mit ihr zum Notarzt und der Papa unter heftigem Bedauern für den Abend absagen musste. Also marschierte Schönbach allein mit Stadtplan und Schirm zum angegebenen Ort. Der Regen bekleckerte seine helle Hose, die einzige Nicht-Jeans, die er besaß und die er für seinen ersten Westberliner Restaurantbesuch als tauglich befunden hatte, aber das fiel nicht weiter ins Gewicht, denn unmittelbar vor dem Lokal bemerkte er, dass er sich in der S-Bahn auf ein frisches Sprayer-Opus gesetzt hatte und dieses nun spiegelverkehrt auf seinem Hintern trug. Die Hoffnung, das Missgeschick könne eventuell unbemerkt bleiben, zerstob angesichts des Lokals: es war ziemlich schick und äußerst hell.

Ein Mercedes hielt direkt neben ihm.

»Warum gehen Sie denn nicht schon rein bei dem Sauwetter?«, fragte Müller-Giordano.

»Mir ist ein Malheur passiert.«

»Was denn?«

Wortlos deutete Schönbach auf sein Hinterteil.

»Was ist das? Designerware? Oder haben Sie die Hose zusammen mit einem Tuschkasten gewaschen?«

»Jemand hat den S-Bahn-Sitz besprüht. Ich hab's nicht bemerkt.«

»Haben Sie kein Auto?«

Schönbach schüttelte den Kopf.

»Dann hätte ich Sie doch von der Redaktion mitnehmen können. Warten Sie, da drüben ist ein Parkplatz. Ich habe noch einen Mantel im Wagen, den ziehen Sie einfach über, dann sieht es keiner, wenn Sie reingehen.«

Kurz darauf umschmeichelte ein so feiner Stoff Schönbachs Schultern, dass er meinte, ein Spinnennetz zu tragen, ungemein leicht und dennoch flauschig – er hätte den Mantel am liebsten gar nicht mehr ausgezogen. Er passte nur leider so gar nicht zu seiner Hose.

Das Lokal wurde durch drei Stufen und eine Balustrade in zwei Hälften geteilt. Im vorderen Teil zog sich ein dunkelrotes Ledersofa an der gesamten Wand entlang, über dem Spiegel hingen, und man saß an bloßen Holztischen. Hinter der Balustrade waren die Tische gedeckt, und die Wände holzgetäfelt. Hier saßen vier Herren beim Wein sowie ein Pärchen, das irgendwelche Muscheln speiste und dazu Champagner trank, er mindestens Ende fünfzig und gut und gern zwanzig Jahre älter als seine Begleiterin, die blond war und ihren Gepardinnenleib in einem schulterfreien grünen Schlauchkleid entzückend detailliert darbot.

Müller-Giordano parlierte französisch mit dem Personal und wurde beflissen an einen Zweiertisch im oberen Teil eskortiert. Ein Kellner wollte Schönbach aus dem Mantel helfen, doch der hob erschrocken die Hände und wich ihm so energisch aus, dass er beinahe die Blondine gerammt hätte, die freilich intensiv mit dem Ausschlürfen einer Muschel beschäftigt war und nichts mitbekam. Der Kellner schaute befremdet, und Schönbach errötete. Er lief um den Tisch und drehte sich so, dass niemand seine Hinterfront sehen konnte; erst dann legte er ab und hielt dem Ober, der ein paar Schritte entfernt stehen geblieben war, das gewünschte Kleidungsstück hin, aber nun wollte der auch nicht mehr, so dass Schönbach sekundenlang ziemlich dumm dastand; dann legte er den Mantel einfach über die Stuhllehne und setzte sich. Sein Gastgeber hatte bereits Platz genommen. Jetzt nahte der Kellner doch und deutete fragend auf den Mantel. Schönbach nickte, und als das edle Gespinst davonschwebte, fiel ihm ein, dass er das Lokal ja auch wieder verlassen musste. In diese Erwägung schlug der Blick der zwei Tische weiter und ihm schräg gegenüber sitzenden Blondine eine regelrechte Schneise. Sie hatte blaue Augen, und unter dem Kleid trug sie, zumindest was den bei Tische sichtbaren Teil ihres Körpers betraf, nichts. Ihre Brüste waren nicht sehr groß, aber extrem prall. Für Sekundenbruchteile vergaß Schönbach, weshalb und mit wem er hier war.

»Na, bewundern Sie die Silikon-Fraktion?«, fragte Müller-Giordano heiter.

Schönbach riss seine Augen von den stoffumspannten Pneus und fragte verwirrt: »Was meinen Sie?«

Er erhielt keine Antwort, denn der Kellner brachte soeben die Weinkarte, während ein zweiter, den Müller-Giordano *Maître* nannte, mit einer schwarzen Schiefertafel anrückte, die er ihnen gegenüber auf einen freien Stuhl stellte. Darauf waren mit Kreide Rätselworte geschrieben, etwa »Coquilles St. Jacques sautées«, »Terrine de foie de volaille«, »Rôti de Lotte«, »Truffes sous la cendre«, »Poularde en demi-deuil«, »L'épaule d'agneau de Pauillac, rôti boulangère« oder »Bouillabaisse«. Hier half auch kein großes Latinum, die französische Gastronomie hatte sich weitgehend unabhängig von Rom entwickelt, lediglich in »agneau« und »volaille« schien ein lateinischer Stamm zu schlummern. Während die »Terrine de foie de volaille« offenbar irgendein Federvieh beinhaltete, erinnerte die »épaule« des Lammes an die Epaulette und meinte mithin also wohl des Tieres Schulter (*Steak au four* gab es hier übrigens nicht).

Weil Müller-Giordano französisch sprach, hielt es der Maître nicht für nötig, sein Speiseangebot zu erläutern. Da saß Schönbach nun auf seiner versauten Ost-Hose, deretwegen er sich bereits wie ein Verrückter aufgeführt hatte, und verstand die Karte nicht. Offenbar führte ein steiniger Pfad der Demütigungen in die Genüsse des Westens.

»Eh bien«, sagte Müller-Giordano, der parallel Karte und Tafel studierte. »Essen Sie lieber Fisch oder Fleisch?«

»Eher Fleisch.«

»Und als Vorspeise?«

»Vorspeise?«

»Gab es so was in der DDR nicht?«

»Doch, doch«, murmelte Schönbach und fügte in kindischem Trotz hinzu: »Wir hatten sogar Strom.«

Müller-Giordanos Gutgelauntheit nahm einen Wimpernschlag lang die Form von gekitzelter Albernheit an, aber schnell fing er sich wieder und vollführte nur noch ein dezent-distanzierendes Einbahnstraßenlächeln, das sich jede Fraternisierung verbat und stattdessen forderte: Los, weiter, amüsiere mich, es gefällt mir!

Aber Schönbach stieg nicht darauf ein, sondern schwieg verstockt.

Ein paar peinlich stumme Sekunden verstrichen, dann fragte Müller-Giordano: »Sind Sie damit einverstanden, dass wir mit einem Weißen als Aperitif beginnen? Wie wäre es mit einem Chablis – oder lieber ein Mersault?«

»Das überlasse ich alles Ihnen«, sagte Schönbach, der sich entschlossen hatte, die ihm vom Schicksal zugewiesene Rolle offenherzig zu spielen. »Ich bin nämlich zum ersten Mal in meinem Leben in einer Gaststätte dieses Kalibers.«

Ein Blick prüfenden Mitleids traf ihn.

»Entschuldigen Sie, ich vergaß. – Une bouteille d'eau minérale et un Chablis Grand cru«, wandte sich Müller-Giordano an den Maître, und nachdem dieser enteilt war, verdolmetschte er dem Zonendödel die Tafel.

Schönbach entschied sich für Ziegenkäse auf Salat und Lammschulter.

»Ich werde Jacobsmuscheln und dann auch das Lamm nehmen«, sagte sein Gastgeber im Ton einer gewichtigen Entscheidung. »Dazu brauchen wir dann einen schönen Roten aus dem Pauillac.«

Er rieb sich zufrieden die Hände und erklärte seinem journalistischen und nunmehr auch kulinarischen Eleven, der Norden sei nun mal traditionell frankophil, während der Süden der Nähe wegen mehr auf Italienisches *abfahre.*

Schönbach hatte etwas anderes auf dem Herzen. »Was kostet eigentlich so ein Mantel?«, erkundigte er sich.

»Gefällt er Ihnen?«

»Durchaus.«

»Der kostet um die zweitausend Mark.«

»O je!«

»Keine Sorge, bei Ihrem Schreibtalent können Sie sich bald solche Mäntel leisten«, prophezeite Müller-Giordano, und sein warmer Bariton streichelte Schönbachs geplagtes Ego.

»Finden Sie wirklich, dass ich schreiben kann?«

»Das wissen Sie doch selber.«

»Viele Kollegen scheinen es nicht so zu sehen.«

»Wie würden Sie sich als gestandener Redakteur fühlen, wenn plötzlich der Korrektor kommt und bessere Artikel schreibt als Sie selbst?«

»Danke für die Blumen«, murmelte Schönbach geschmeichelt. Es war, als würde er auf einen Schlag für Jahre der Gängelei und Zurücksetzung entschädigt.

Der Kellner brachte den Weißwein, entkorkte die Flasche und goss Müller-Giordano einen Schluck ein. Der führte das Glas zur Nase, beschnüffelte ausgiebig seinen Inhalt, nahm ein winziges Schlückchen, ließ es im Mund kreisen, als wolle er gurgeln, schluckte und spitzte nachschmeckend die Lippen. Dann endlich nickte er. Der Kellner schenkte beide Gläser zur Hälfte voll und stellte die Flasche in einen Eiskübel. Währenddessen brachte Müller-Giordano offenbar seinen Rotwein-Wunsch vor.

Appetitlich funkelte die goldgelbe Flüssigkeit in den Gläsern, die unter ihrem Andrang beschlugen. Schönbach nahm einen meditativen Schluck. Es schmeckte nach Glanz und Wonne. Nach Metall und Frucht. Nach dem Gesang der Dichter. Nach Welt.

»Und?«, erkundigte sich der Gastgeber.

»Hinreißend«, sagte Schönbach. »Ich habe unlängst einen Chardonnay getrunken, der war auch sehr gut. Aber der hier …«

»Das ist ein Chardonnay.«

»Ich denke, ein Chablis?«

Müller-Giordano lächelte nachsichtig. »Chablis heißt die Region, Chardonnay die Rebsorte.«

»Aha.«

Die Vorspeisen wurden aufgetragen. Schönbach bekam seinen Ziegenkäse auf einem Salatkränzchen. Zwischen all dem Grünzeug lagen schwarze Miniatur-Eier mit stellenweise leicht gerunzelter Oberfläche. Er nahm eines davon auf die Gabel und kostete vorsichtig. Es war eine Frucht, bissfest, ölig, fast fleischig, leicht bitter, kein Gemüse, erst recht kein Obst, und doch von beidem etwas. Sie traf genau seinen Geschmack, ohne dass er von der Existenz eines solchen Geschmacks je eine Ahnung gehabt hatte.

War das die Frucht des Ölbaums …?

In der Tat, der Herr Gräzist verspeiste soeben die erste Olive seines Lebens.

»Ich wollte Sie und Herrn Kühl heute einmal in Ruhe sprechen«, sagte Müller-Giordano kauend und spülte genüsslich und auch irgendwie genusssicher eine Jacobsmuschel mit Weißwein hinunter, »um mit Ihnen über Ihre Zukunft und die des Blattes zu sprechen, was für meine Begriffe zum Teil zusammengehört. Schade, dass Kühl verhindert ist.«

Schönbach verstand die Worte nur akustisch, er war zu beschäftigt mit seinem jahrzehntelang betrogenen Gaumen, als dass er sich auch noch hätte darauf konzentrieren können. Außerdem schoss ihm in dieser Sekunde eine Idee durchs Hirn, nämlich dass Müller-Giordano seine Anzüge (und Mäntel) in erster Linie als Rüstung trug, hinter der man sich im Gefühl, gut gekleidet zu sein, den Anfechtungen des Alltags gegenüber gewappnet fühlte und Distanz zum Gesindel herstellen konnte; in Badehosen oder wenn er morgens seine Hämorrhoidensalbe auftrug, würde der Mann so albern und angreifbar wie alle anderen wirken, mochte er sein Fett wegjoggen, wie er wollte. Es mussten freilich tadellose Anzüge sein, nicht diese brettsteifen Narrenkostüme, in denen früher DDR-Funktionäre herumrannten.

»Sie sollten wissen, dass ich mich noch nicht entschieden habe, ob ich das *Tageblatt* übernehme«, hörte er sein Gegenüber sagen, dessen Nimbus durch solche Erwägungen etwas angeschrammt wurde, obwohl er ihn in dieser Form nicht geschaffen hatte. Auch seine Solarium-Bräune und seine unumstößliche Frisur dienten dem Zweck, Bastionen um sich aufzubauen, erwog Schönbach. Es war alles Fassade und Firlefanz! Aber dieser Wein war echt, der führte einen in die Nähe des Daseinsgrundes. Und dass Müller-Giordano so etwas von jeher trinken durfte, gehörte wohl ebenfalls zu den Ursachen seines staunenswerten Selbstbewusstseins. Überhaupt, dachte Schönbach, schien Selbstbewusstsein die deutsch-deutsche Schlüsseleigenschaft zu sein, im Vorhandensein wie im Fehlen, die eine Seite hatte es jahrein, jahraus in hohen Dosen verabreicht bekommen, der anderen war es mit allen Mitteln entzogen worden; die einen nahmen sich kolossal wichtig, die anderen hielten sich für nichtswürdige Existenzen; die einen waren darauf konditioniert, möglichst aus der Gruppe hervorzustechen, die anderen, in ihr zu verschwinden. Aber waren nicht beide Varianten Schwachsinn?

»Ich habe den endgültigen Vertrag noch nicht unterschrieben«, sagte aus weiter Ferne Müller-Giordano, »nicht weil es ein Risiko wäre, das ist es ganz und gar nicht, das *Tageblatt* besitzt in Ostberlin das absolute Monopol, so viele Leser können überhaupt nicht wegbrechen, als dass die Sache wirtschaftlich kritisch wird. Aber wirtschaftliche Solidität ist die eine Seite, journalistisches Niveau die andere. Was mir ein bisschen Kopfzerbrechen bereitet, ist das Personal.«

Mir bereitet Sorgen, dass der Wein gleich alle ist, dachte Schönbach und ließ dennoch einen besonders üppigen Schluck über seine begeisterten Geschmackspapillen rinnen. Dann riss er sich zusammen und fragte: »Sie meinen, mit dem vorhandenen Stamm kann man keine akzeptable Zeitung produzieren?«

»Ganz so krass würde ich es nicht formulieren«, entgegnete Müller-Giordano. »Es gibt eine Reihe von Redakteuren, denen ich den *Turnaround* zutraue. Sogar manchen älteren.«

Er lehnte sich zurück und verschränkte die Arme hinter dem Kopf. Schönbach, geschmeichelt von der Initiation und berauscht von diesem Wein, lauschte ergriffen.

»Grube & Tag will diese ehemalige Parteipostille so *pushen*, dass es *die* überregionale Zeitung aus Berlin wird. Kein dröges Verlautbarungsblatt, sondern ein *investigativer Opinionleader.* Eine deutsche *Washington Post*! Aber wie Sie vielleicht wissen, mussten wir uns verpflichten, der gesamten Belegschaft für drei Jahre eine Arbeitsplatzgarantie zu geben.«

Er brannte sich eine Zigarette an, deutete auf die Schachtel und sagte: »Bedienen Sie sich!«

Schönbach bediente sich. Allerdings blieb der erste Zug völlig folgenlos, er zog energischer, doch es schien nichts aus der Zigarette herauszukommen. Brannte sie überhaupt? Seltsamerweise entwich nun Rauch seinem Mund. Er betrachtete die Schachtel. »Auslese« hießen die Dinger. Ein neuerlicher Zug brachte das identische Resultat. Dass er inhaliert hatte, sah er am Qualm, aber er merkte es nicht.

»Die sind Ihnen zu mild, was?«, erkundigte sich Müller-Giordano.

»Mild ist gut, ich habe das Gefühl, gar nicht zu rauchen.«

»Es sind die leichtesten, die es gibt, Sportler-Zigaretten sozusagen. Aber zur Befriedigung oraler Gelüste reichen sie.«

Schönbach blickte unschlüssig auf den Glimmstengel in seiner Hand, dann riss er kurzentschlossen den Filter ab.

»Schon besser«, stellte er fest – aber eine richtige Zigarette war es immer noch nicht.

»Sie sollen wissen«, griff Müller-Giordano das ursprüngliche Thema wieder auf, »dass ich den Laden nur übernehme, wenn *toughe* Leute wie Sie und Kühl dabei sind. Ich möchte von Ihnen wissen, ob Sie vorhaben, in Berlin zu bleiben, oder ob Sie in den Westen gehen wollen.«

»Darüber habe ich offen gestanden noch nicht nachgedacht«, erwiderte Schönbach und fand diese Tatsache auf einmal ziemlich bescheuert.

»Das sollten Sie aber«, insistierte sein Gegenüber, der vom Chablis allenfalls ein Drittel abbekommen hatte.

»Ich werde bleiben«, erklärte Schönbach mit Entschiedenheit, »ich habe hier noch einiges zu erledigen. Ich meine: journalistisch.«

»Gut«, sagte Müller-Giordano und nickte zufrieden. »Dabei kann ich Ihnen zur Seite stehen.«

»Na ja, und Gottfried, ich meine Herr Kühl, der wird wohl auch bleiben, er hat ja Frau und Kinder hier.«

Entweder hatte der Maître – es war diesmal wieder der Maître – Schönbachs enormen Durst gespürt, oder die Flaschenablösung war ohnedies gerade angezeigt, jedenfalls stand er nun wieder am Tisch, präsentierte die Bouteille wie einen Schatz und sagte ölig: »Grand-Puy-Lacoste, Monsieur.«

Müller-Giordano warf einen Blick aufs Etikett und sagte sehr behaglich: »Der 85er, ausgezeichnet. Vous pourriez décanter, s'il vous plaît?«

»Oui, Monsieur.«

Der Chef machte dem Kellner ein Zeichen, worauf dieser verschwand, aber sofort mit einem Kolben in der Hand wiederkehrte, dessen Form Schönbach an jene Gefäße erinnerte, in welche Frischoperierte männlichen Geschlechts ihre Blase zu entleeren pflegten, nur dass bei diesem ein kleiner Silberdeckel die kurzhalsige runde Öffnung verschloss. Die Prozedur von vorhin wiederholte sich, wobei der Maître das Entkorken diesmal ausgiebiger zelebrierte; der Korken war auch deutlich länger, und er verließ die Flasche ohne *Flupp.* Der Mundschenk schnupperte an ihm, dann reichte er ihn Müller-Giordano, der sich nicht lumpen ließ und ebenfalls seine Nase kennerisch zum Einsatz brachte. Sodann probierte er den anscheinend obligatorischen winzigen Schluck, den der Maître vorher im Glas mit geübtem Schwenken einige Steilkurven hatte absolvieren lassen, schnalzte mit der Zunge und nickte. Nun floss der Nektar in die Ente, und aus dieser wiederum verabfolgte der Maître zwei Portiönchen in ihre Gläser.

Schönbach hätte sich gern auf den Rotwein konzentriert, aber vorerst irritierte ihn, dass Müller-Giordano sein noch halbvolles Glas Chablis weit von sich geschoben hatte, als wollte er dem Kellner signalisieren, er möge es mitnehmen. Das empfand er als arge Verschwendung, und gern hätte er seinen designierten Chef gefragt, ob er statt seiner das Glas leeren dürfe, aber das war wohl keine gute Idee. Er sandte dem schnöde verschmähten Goldnektar einen wehmütigen Abschiedsblick über den Tisch zu und nippte zerstreut am Grand-Puy-Lacoste.

Der erste Schluck war etwas enttäuschend, dünn, fast fade, doch auf mysteriöse Weise endete er nicht und schmeckte immer noch, obwohl er den Gaumen längst passiert hatte. Schönbach nippte ein zweites Mal. Woran erinnerte ihn dieser Geschmack bloß? Saftiges Gras unmittelbar nach dem Regen? Den dritten Schluck behielt er länger im Mund. Der Graseindruck verschwand und wich einem nicht aufzudröselnden Spektrum von Fruchtaromen, es fühlte sich an, als ob der Stoff im Mund an Fülle zunähme. Zugleich zogen sich die Schleimhäute wie unter Wonneschauern zusammen, und ein beeriger Geschmack breitete sich aus. Schönbach besah den rubinroten Saft, der Schlieren an der Wand des Glases zog und dem ein betörender vegetabiler Geruch entstieg. Nun war Schluss mit Nippen – er goss sich den Mund richtig voll. Wie das schmeckte und schmeckte und gar nicht mehr aufhörte zu schmecken! Er hätte vor Begeisterung losbrüllen können. Und so etwas hat man mir beinahe dreißig Jahre vorenthalten und hätte es gern in alle Ewigkeit so fortgesetzt, dachte Schönbach; kein Nietzsche, kein Nabokov, das war übel genug, aber dass sie einen von solchen Tränken wegbetoniert hatten, dafür sollte man das verdammte Kommunistenpack noch nachträglich massakrieren.

»Saalhäuser Sonnenwinkel«, murmelte er und kicherte närrisch vor sich hin.

»Wie bitte?«

Ach ja, Müller-Giordano war ja auch noch da. Schönbach sandte ihm einen verklärten Blick zu.

»Das war ein Wein, den ich zu DDR-Zeiten getrunken habe«, erklärte er. »Hätte ich gewusst, dass es so etwas gibt« – er deutete auf sein Glas – »ich wäre wohl auch auf die Straße gegangen.«

Das Lamm wurde aufgetragen. Von so viel Gaumenstreichelei überwältigt, wäre Schönbach am liebsten auf den Stuhl gestiegen und hätte »Vive la France!« gerufen, aber es war mindestens eine Flasche zu früh dafür. Allmählich hatte sich der vordere Teil des Lokals gefüllt. Die Blondine im grünen Schlauchkleid stöckelte zur Toilette. Schönbach sah ihr nach und freute sich auf die Währungsunion.

»Sie gehörten nicht zu den Montagsdemonstranten?«, nahm Müller-Giordano den Gesprächsfaden wieder auf. »Ich hätte Sie für einen gehalten.«

»Tatsächlich? Wieso denn?«

»Wer an seinem Chefredakteur vorbei Kommentare ins Blatt schleust …«

Das schien ihn zu beschäftigen.

»Ich wollte mit diesen Oppositionellen nichts zu tun haben«, erklärte Schönbach.

»Heißt das, Sie wollten die Wiedervereinigung gar nicht?«

»Doch. Aber nicht um den Preis, dazuzugehören.«

»Das verstehe ich nicht.«

»Es ist eine sehr abstrakte und unrealistische Haltung, ich weiß. Nun haben die, die ich meinte verachten zu müssen, die Dreckarbeit erledigt, und ich darf die Früchte mitgenießen.«

Sein Gastgeber schien entweder diese Worte zu bedenken, oder aber das Lamm, dem er sehr distinguiert zu Leibe rückte, verlangte seine gesamte Aufmerksamkeit. Er kaute und schwieg.

»Und warum wollten *Sie* nicht wiedervereinigt werden?«

Die Übermenschenherrlichkeit zerstob auf einen Schlag. Müller-Giordano wurde verlegen wie ein Schuljunge, er errötete sogar ein wenig oder vielleicht auch heftig; bei seiner Gesichtsbräune war das schwer zu sagen. Er trank nervös einen Schluck, betrachtete sein Gegenüber forschend und fragte schließlich: »Sie spielen auf meinen Bekenntnisaufsatz vom Oktober an?«

Schönbach bejahte.

»Woher kennen Sie den denn?«

In Erwägung, dass der emsige Schilling vielleicht noch den einen oder anderen Artikel im *Tageblatt* unterbringen wollte, behauptete Schönbach: »Also hundertprozentig dicht war der antifaschistische Schutzwall nun auch wieder nicht.«

»Tja, das war sicherlich mein dümmster Artikel«, seufzte Müller-Giordano (»Ihr zweitdümmster«, dachte Schönbach). »Ich hing damals der fixen Idee an, ein vereintes Deutschland würde in Europa isoliert dastehen und wieder auf verhängnisvolle Sonderwege geraten. Ich hatte Bedenken, dass der deutsche Nationalismus noch stark ist und wieder gefährlich auflodert … Aber wie es aussieht, haben vier Jahrzehnte demokratische Erziehung diesem Volk politische Manieren beigebracht, zumindest in unserem Teil.«

»Und wie es denen jenseits der Mauer ging, hat Sie nicht interessiert?«

»Ich habe mehr versucht, die Dinge aus der gesamteuropäischen Perspektive zu betrachten. Wissen Sie, ich habe ein Häuschen im Périgord, wo die SS das Nachbardorf vor fünfundvierzig Jahren ausgeräuchert hat, und dass ich als Deutscher dort heute wieder willkommen bin, ist das eigentliche Wunder.«

Na immerhin finden deine Wunder im Périgord statt, dachte Schönbach; du bist in deinen Daimler gestiegen, nach Frankreich gefahren und hast bei einem guten Glas Rotwein Kommentare über die Teilung als gerechte Strafe für Hitler geschrieben, und nun gibst du dem Ossi sogar vom Wein ab, obwohl die SS das Nachbardorf plattgemacht hat. Laut sagte er: »Ist es für Europa nicht besser, wenn die Deutschen aufhören, sich gegenseitig mit Atomraketen zu bedrohen, die obendrein nicht mal ihre eigenen sind?«

»Sofern sie nicht stattdessen andere bedrohen, gewiss.«

Müller-Giordano hatte seine Souveranität zurückgewonnen, Schönbach insistierte nicht weiter, denn er hoffte auf eine dritte Flasche und wollte dem Mann nicht die Laune verderben. Außerdem schmeckte dieser Wein viel zu gut, als dass man seinen Genuss mit politischen Debatten trüben sollte.

Der Kellner erschien und fragte: »Désirez-vous du fromage? Ou bien un dessert?«

»Möchten Sie ein Dessert? Oder etwas Käse?«, übersetzte Müller-Giordano.

»Käse, warum eigentlich nicht?«, antwortete Schönbach.

Müller-Giordano bestellte Käse und für sich eine Crème brulée.

Schönbach sah zum Tisch der Blondine, deren Galan inzwischen mit erwartungsfroher Greisengeilheit ihr Händchen tätschelte. Der Kellner brachte eine zur Hälfte aufklappbare Käseglocke und einen Teller. Schönbach war bestürzt über die Menge, außerdem hatte von der Platte schon jemand gegessen (von wegen vornehmes Lokal!). Aber da Müller-Giordano, der seine Crème brulée bekommen hatte, daran nichts Anstößiges zu finden schien, fragte auch sein Gast nicht nach und stellte sich der Herausforderung. Schnell war sein verbliebener Appetit gestillt, nur aus Pflichtgefühl und um den netten Maître nicht zu kränken, schob er weiter ein, was eben ging und noch ein paar Bissen darüber hinaus, bis ihm allmählich übel wurde. Er verspeiste etwa ein Pfund Käse, doch es war einfach zu viel. Jetzt werden sie sauer sein, dass sie so viel wegschmeißen müssen, dachte er. Aber wie konnte man auch einen solchen Montblanc als Nachtisch servieren?

Der Kellner blickte eher erstaunt als erbost auf das Schlachtfeld, das Schönbach hinterlassen hatte, und trug die Platte kopfschüttelnd zu der zunehmend betrunkener werdenden Herrenrunde. Nun verstand Schönbach überhaupt nichts mehr. Wieso brachte man seine Essensreste an einen anderen Tisch? War das so Sitte in Frankreich? Hatten sie diesen Brauch vielleicht von ihrem Algerien-Abenteuer mitgebracht?

Er fragte Müller-Giordano, der statt einer dritten Flasche leider bloß die Rechnung in Auftrag gegeben hatte und in ein selbstgefälliges Gelächter ausbrach.

»Ihr Ossis seid doch zu goldig«, rief er. »Jetzt haben Sie gleich drei Klischees auf einmal bedient: verfressen, weltfremd, gehorsam. Um Himmels willen, dieser Käse ist für alle da! Die Platte macht die Runde, und jeder schneidet sich ein paar Stückchen ab.«

»Und ich dachte, sie würden böse sein, weil ich nicht aufgegessen habe.«

»Ha ha ha!«

Die Rechnung kam, Müller-Giordano zückte mit gleichgültiger Miene fünf Hunderter und legte sie auf das Tellerchen.

Schönbach schluckte. Hatten sie allen Ernstes in zweieinhalb Stunden das Begrüßungsgeld von fünf Ossis verprasst? Über Gehaltsfragen hatten sie dummerweise nicht gesprochen, aber es hob Schönbachs Selbstwertgefühl, dass Müller-Giordano so viel Geld für ihn ausgab.

»Ich danke für die Einladung«, druckste er, »aber ist das nicht ein bisschen zu teuer gewesen. Ich meine, Sie –«

»Das zahlt die Firma«, unterbrach ihn Müller-Giordano und lächelte generös.

»So etwas geht?«

»Aber was denken Sie denn? Die meisten Abendessen hierzulande gehen auf Firmenkosten.«

Erst als der Kellner mit dem Mantel kam, fiel Schönbach seine verdorbene Hose wieder ein. Aber inzwischen war es ihm egal, und er reichte das noble Stück an seinen Besitzer weiter. Der sah ihn fragend an.

»Und Ihre Hinterfront?«

»Ich werde es überleben.«

»Wo müssen Sie jetzt hin?«

»Zum Prenzlauer Berg.«

»Soll ich Sie ein Stück mitnehmen? Ich wohne im Grand Hotel Friedrichstraße, da sind Sie wenigstens auf sicherem Ost-Terrain.«

Und eine weitere Premiere dieser premierenreichen Tage fand statt: Schönbach fuhr zum ersten Mal in einem Mercedes mit. Was nach dem Osterwunder des Mauerfalls für 90 Prozent seiner Landsleute gewissermaßen das Pfingstereignis der Wiedervereinigung gewesen wäre, ließ ihn allerdings kalt. Vom Selberfahren verstand er nichts, und als Beifahrer saß man in Kühls altem Wolga fast genauso gut.

6.
Und ein groß Gejammer hub an

Trotz der Novemberkälte draußen war es im überfüllten Keller des Studentenclubs so heiß, dass Kondenswasser von den Wänden troff. Auf der Tanzfläche agierten unter anderen Schönbach und die Politiksekretärin Katharina Viehweger. Wie sie sich bewegten, hatte das Vorspiel bereits begonnen. Katharina Viehweger konnte sich anschmiegen, dass nirgends der kleinste Zwischenraum blieb, sie fügte sich wie Modelliermasse. Wenn man jetzt ihren Körper mit Gips ausgösse, dachte Schönbach, würde unweigerlich eine Statue mit dem Negativ seines Vorderprofils entstehen, freilich nur ein Torso, ungefähr bis zur Brust, denn weiter hinauf reichte Katharina Viehweger nicht, so dass er sich weit zu ihr hinabbeugen musste, und wenn sie redete, streichelten ihre Lippen seine Wange, während ihr heißer Atem wie Wüstenwind in sein Ohr blies. Er verschloss ihr den Mund und küßte mitten hinein in blanke Bereitwilligkeit. Triumphierend schoß ihm das Blut ins Körperzentrum, die Schlangenfrau spürte die Veränderung und erhöhte sanft den Druck an der fraglichen Stelle. Er packte ihren Po mit beiden Händen, denn dafür hatte Gott ihn schließlich säuberlich in zwei Teile gespalten, und ihre Zungen umschlängelten einander. Ein Schweißtröpfchen fiel von seiner Stirn exakt auf ihr zur Hälfte freiliegendes Schlüsselbein, war dort für einen Sekundenbruchteil unschlüssig, welchen weiteren Weg es nehmen sollte und rann schließlich hinab in den Spalt zwischen ihren Brüsten. Schönbach folgte seinem Weg mit der Zungenspitze, und ein Schauer lief über die gesamte Frau.

Zum ersten Mal seit seiner Exmatrikulation befand sich der einstige Philologiestudent wieder in einem Gebäude der Humboldt-Universität. Es war eine Rückkehr ohne Bitterkeit gewesen, nicht nur, weil sich diese Trophäe seines sozialen Wiederaufstiegs vorfreudespendend an ihn schmiegte, sondern weil er sich seit einiger Zeit fragte, ob es am Ende nicht besser gewesen sei, dass er sein Studium weiland nicht hatte abschließen dürfen – als Philologe wäre diese Wende vermutlich folgenfrei an ihm vorbeigegangen. Dass ihm die nach Janina Labeaus Desertion konkurrenzlos attraktivste Frau des Hauses seit einiger Zeit schöne Augen machte, war der sinnfällige Ausdruck für Schönbachs *gewachsenes Standing* (um eine Lieblingsformulierung seines neuen Chefredakteurs zu verwenden) in der Redaktion. Es hatte übrigens eine Weile gedauert, bis er endlich bemerkte, dass sich ihm da jemand auf dem Silbertablett darbot; er hatte einfach viel zu viel zu tun, den kompletten Zusammenbruch eines Staates und seine Übernahme durch den bisherigen Erzfeind erlebte man in seinem Leben schließlich nur einmal. Außerdem galt sie ja als Geliebte Wimmers, doch dem hatte sie zwischenzeitlich den Laufpass gegeben. Schließlich kapierte Schönbach, dass er nur die Hand ausstrecken musste, und an diesem Abend hatte er die Gelegenheit genutzt, sich mit der elastischen Schwebegängerin von einem Kneipenausflug der jüngeren *Tageblatt*-Belegschaft absentiert und schon beim ersten Kontakt mit der fordernden Nachgiebigkeit ihres Körpers seine verspätete Vermutung bestätigt gefunden.

Schönbach, der inzwischen Angestellter des Hamburger Verlages Grube & Tag war, bekam zu seiner einstweilen nicht endenden Verwunderung monatlich 3500 Westmark auf sein Konto überwiesen, mehr als fast alle seiner Kollegen, und von diesen 3500 Mark musste er an Fixkosten nichts als die auf 55 Mark erhöhte Miete für seinen Adlerhorst in der Dunckerstraße berappen. So kam es, dass er an diesem Abend einen nagelneuen stahlgrauen Anzug aus knitterfrei fließendem Stoff trug, den er in einem Westberliner Laden namens *Schnäppchenmarkt* erworben hatte, darunter ein knallbuntes Hemd, dessen Motive der atztekischen Ikonografie entlehnt sein mochten und das ihm die Verkäuferin mit den Worten »Dieses Hemd sieht 'n Hammer aus!« angedreht hatte (in Wirklichkeit sah es eher zum Schießen aus). In seiner rechten Hosentasche befand sich, sozusagen komplementär zum Ständer links, ein Päckchen zusammengerollter Geldscheine, und diese Doppelpräsenz verschaffte dem Besitzer ein Gefühl von Großartigkeit.

»Weißt du«, raunte er seiner nach wie vor lückenlos an ihn gepressten Begleiterin genüsslich ins Ohr, während er ihre strammen und dennoch nachgiebigen Pobäckchen so zurechtschob, dass beider Vorderseiten exakt zueinander fanden, »was ich in ungefähr einer Stunde mit dir machen werde?«

»Was denn?«, fragte sie gaumig.

»Zuerst werde ich dich lecken, bis dir die Himbeere summt, und dann werde ich dich vögeln bis in den Morgen ...«

»Ich bitte darum«, schnurrte sie.

Ein bisschen zieren könnte sie sich schon, dachte er und raunte: »Lass uns gehen, ich will dich jetzt sofort.«

Die schmiegsame Katharina machte ihre Sache so gut, dass sich Schönbachs sexueller Abschied vom ersten sozialistischen Staat auf deutschem Boden gewissermaßen in Raten vollzog. Mit anderen Worten: Es wurde eine regelrechte Affäre, die sich auch in der Redaktion herumsprach, was mit Blick auf Wimmers Bizeps möglicherweise riskant war – aber der enteierte Hübschling hatte wohl genug damit zu schaffen, dass Müller-Giordano ihn wegen beharrlicher Nichteignung als Leiter des Sportressorts abgesetzt hatte und er wieder als simpler Redakteur Dienst schieben musste; jedenfalls tat er keinen Zuck.

Katharina, das war ein Einerseits und ein Andrerseits. Zwar bot die Bieg- und Schmiegsame sich Schönbach im Bett und anderswo in all ihrer wandlungsfähigen Perspektivenschönheit dar, aber sie las zum Beispiel seine Artikel nicht, er hatte es durch gezieltes Nachfragen getestet – und in dieser Zeit empfand sich Schönbach vor allem als die Summe seiner Artikel.

Zumindest las sie die Texte nicht zu Ende, obwohl deren Resultat, nämlich das besagte berufliche Standing des neuen Liebhabers, bei ihrer Entscheidung für diesen doch wohl die entscheidende Rolle gespielt hatte. Wobei sie keineswegs speziell seine Texte nicht las, sie las überhaupt nichts, was über 50 Zeilen hinausging. Mit guten Gründen mutmaßte Schönbach, dass sie nicht einmal seine vielgelobte Reportage über das von ihm inszenierte Zusammentreffen der Ostberliner Bürgerrechtlerin Tamara Rothe mit ihrem Verurteiler, dem nachträglichen Widerständler, dem Richter Egon Schreckensteiner, zu Ende gelesen hatte, dieses kleine Kunstwerk aus subtiler Beschreibung der dreiviertelstündigen Gesprächs-Groteske und eingestreuten Rückblenden, auf das der Autor sich einiges zugute hielt (Richter Schreckensteiner hatte der fassungslosen Frau zuletzt sogar seine Freundschaft angetragen). Auf Müller-Giordanos Drängen hatte Schönbach diese Reportage für irgendeinen westdeutschen Journalistenpreis eingereicht. Katharina dagegen interessierte sich für Klamotten, Kosmetikartikel, Marokko-Reisen und Busfahrten nach Paris, damit lag sie ihm in den Ohren, aber Schönbach wollte nicht verreisen. In diesen Tagen stellten sich die beruflichen Weichen auf Jahre, und vögeln konnte man schließlich auch in Berlin.

Grube & Tag hatte also das *Berliner Tageblatt* gekauft, und plötzlich galten die Gesetze der Marktwirtschaft. Nun stellte sich allmählich heraus, dass die meisten Redakteure zwar alles mögliche konnten – zum Beispiel närrisch auf den Fluren umherrennen und über den unglaublichen Stress klagen, der mit der *Wende* hier eingezogen sei –, nur eben weder recherchieren noch schreiben; sie vermochten weder eine Nachricht auf ihre Relevanz zu beurteilen, noch waren sie in der Lage, in einem Kommentar anstelle der alten Einheitsmeinung eine eigene neue zu formulieren. Zwar wurde ihr journalistisches Repertoire um die vorher so gut wie unbekannte Kategorie des Interviews erweitert, aber in den Fragen lebte die jahrelang eingeübte Untertanen-Mentalität gegenüber jeder Instanz und Behörde. Und erst die Majestäten von West-Politikern! Der imposante Axel Eggert beispielsweise, von Müller-Giordano beauftragt, einen *ehemaligen* Wirtschaftsminister am Rande einer FDP-Veranstaltung über die Finanzierungsprobleme der deutschen Einheit zu befragen, kehrte ohne das gewünschte Interview zurück, weil er sich, wie sein Chef unter Weh und Ach aus ihm herausbekam, *nicht getraut hatte*, den seiner Auffassung nach unnahbar hohen Herren anzusprechen. Dabei war der arme Eggert wirklich inständig bemüht, sich in der neuen Zeit zurechtzufinden; auf seinem Schreibtisch hatte Schönbach einmal ein säuberlich mit Folie ummanteltes Blatt Papier gesehen, auf das der Ressortleiter Wirtschaft Worttranskriptionslisten notiert hatte, zum Beispiel: Abteilung = Ressort, Überschrift = Headline, Plaste = Plastik, Betrieb = Unternehmen, Kooperation = Joint-venture, Stellungnahme = Statement, Büchse = Dose, Gaststätte = Restaurant, Kosmonaut = Astronaut und so fort.

Mit seinen permanenten Forderungen nach immer neuen, selbstrecherchierten und zu allem Übel möglichst exklusiven Geschichten zerstörte Müller-Giordano in der Folgezeit seinen Nimbus als Segensbringer allmählich selbst. Warum, maulten die Kollegen auf dem Flur, hatten ausgerechnet sie einen Chefredakteur abbekommen, der ihr Schnarchblatt in eine deutsche *Washington Post* umwandeln wollte? Die Klage über das täglich wiederkehrende Arbeitspensum unterm Gesamtfluch der ohnehinnigen Umwertung aller Werte bildete wochenlang den Generalbass in der hausinternen Kommunikation. Der eine stöhnte, dass er einen allzu undistanzierten Bericht noch einmal neu zu schreiben hatte, der andere, weil er eine Agenturmeldung nicht einfach abdrucken durfte, sondern eine Folgerecherche anstellen sollte, eine Redakteurin war böse, weil sie überhaupt recherchieren sollte, denn das zog unweigerlich die Verlegung eines kompletten Friseurtermins nach sich, und Kollege Nummer vier kaute verbittert auf der Unterlippe, weil sein bislang wunderbar stringenter Artikel dadurch, dass der Chef ihn gebeten hatte, doch auch die Stimme der Gegenseite einzuholen, vermutlich komplett umgeworfen würde. Immer mehr Mitarbeiter verließen mit eingeschnappten Gesichtern Müller-Giordanos Büro.

In Momenten, da er sich unbeobachtet wähnte, konnte man den Chefredakteur bisweilen mit einem Gesicht sehen, in welches erste Zeichen danaidischen Grames eingeschrieben standen. Dermaßen zäh und unformbar hatte er sich die menschliche Konkursmasse des Zentralorgans der SED-Bezirksleitung wohl nicht vorgestellt. Seine Untergebenen stöhnten ja nicht nur, sie schossen auch veritable Böcke. Die Wirtschaftsredakteure verwechselten schon mal Millionen mit Milliarden Mark, das Auslandsressort erfand ganze afrikanische Bürgerkriege und schob den USA die Schuld an ihnen zu, und nie wurde der Zufallsgenerator entdeckt, der im Politikressort darüber entschied, welche Meldung ins Blatt kam und welche nicht. Wenn Müller-Giordano sie sanft tadelte, klagten die Kollegen über den unglaublichen Stress.

In dieser Zeit begann Helga Heinrich erstens enorm abzunehmen, sich zweitens mondäner zu kleiden und drittens regelmäßig Blumen ins Chefredakteursbüro zu stellen. Letztgenanntes mochte der Grund sein, warum Müller-Giordano nie etwas über *ihre* Artikel sagte, die vor Nischen-Innigkeit und allgemeiner Menschheitsliebe troffen. Aber das Feuilleton war Müller-Giordanos geringstes Problem, er war froh, wenn auf den ersten drei Seiten alles halbwegs stimmte, mochten die hinten in den Spezialressorts ihren Spaß haben.

Wenn er seine Artikel zu ihm trug, traf Schönbach den Chef mitunter in durchaus düsterer Stimmung an, und einmal seufzte er mit grämlichem Herrscherantlitz: »Wissen Sie, worauf ich mich immer am meisten freue, wenn ich am Wochenende nach Hamburg fliege? Dass ich wieder Frauen sehe, die den Kopf zurückwerfen, sich entspannt durchs Haar streichen und aus vollem Hals lachen!«

Der Mann, konstatierte Schönbach, flog also jeden Freitag gewissermaßen zur mentalen Dialyse nach Hause, um sein mit Ossi-Phlegma und Ossi-Larmoyanz vergiftetes Blut wieder aufzufrischen, und am Montag kehrte er randvoll mit jener nahezu allen Wessis eigentümlichen Dynamik zurück. Waren es die entspannten West-Frauen, aus denen er die Energie schöpfte? Die bessere Luft? Oder die gesündere Ernährung?

Vater Schönbach behauptete ja, er werde vom Westen vergiftet. Seitdem er all das eingeschweißte Zeug mit seinen Konservierungsstoffen und Geschmacksverstärkern essen müsse, stinke seine Scheiße nach Parfüm. »Das ist alles Chemie!«, brüllte er, »und wir älteren DDR-Bürger, die sich über viele Jahre natürlich ernährt haben und die Umstellung auf diese parfümierte Pappe nicht mehr schaffen, wir werden daran krepieren.«

Jetzt, wo er sein Überbrückungsgeld in West-Mark erhielt und kiloweise West-Wurst, West-Käse und West-Schokolade in seinen Kullerbauch stopfte, hatte er es auf einmal mit der Chemie.

»Es schmeckt ja gut«, sagt er, »aber es ist Gift. Wie das gesamte System: außen hui, innen pfui. Einen auf demokratisch machen, und die Menschen zu tausenden in die Arbeits- und Zukunftslosigkeit schicken. Vorn die Glitzerfassaden, hinten die Obdachlosen und Drogenabhängigen.«

Der ehemalige stellvertretende Schuldirektor und Staatsbürgerkundelehrer war noch vor der Wiedervereinigung entlassen beziehungsweise einfach nach Hause geschickt worden, weniger weil er als besonders extremer Hetzer galt, sondern weil sozialistische Staatsbürgerkunde nicht mehr auf dem Stundenplan stand. Höhnisch sagte er von sich, er gelte als *mittelschwer belastet.* Nun kommentierte er die politischen Ereignisse von seinem Wohnzimmerfernsehsessel aus und trank Dosenbier dazu; es war ein Schmierentheater. Allerdings pflegte Maria Schönbach ihrem Mann neuerdings zu widersprechen, sowohl was die vermeintlich gesunde DDR-Nahrung als auch was den bösen Westen betraf. Zwar hatte sie ebenfalls ihre Stelle verloren – die Gesellschaft für deutsch-sowjetische Freundschaft war nicht zuletzt aufgrund der Selbstauflösung des sowjetischen Partners obsolet geworden –, aber sie fühlte sich noch zu jung, um dieses Ende mit ihrem eigenen zu verwechseln. Vehement vertrat sie die Ansicht, dass man, bevor man sie verlasse, etwas von der Welt gesehen haben müsse, und wer reisen wollte, brauchte Geld; folglich suchte sie sich eine neue Anstellung und arbeitete ganztags als Verkäuferin in einem privaten Getränkeladen, dessen Besitzer, ein gehbehinderter, aber sehr artiger älterer Herr, das Familiengeschäft durch vierzig DDR-Jahre gerettet hatte und von seiner Verkäuferin so angetan war, dass er schon nach ein paar Tagen ihr Gehalt erhöhte. Da ihr Gemahl stur im Sessel verharrte, reiste Mutter Schönbach die ersten Male allein, mit dem Bus durch Süddeutschland, mit dem Bus nach Rom, nach Paris, anstrengend, aber billig, und sie schien glücklich zu sein. Für Anfang März hatte sie eine Südsee-Reise gebucht, auf die sie sich wie ein Kind freute, diesmal für zwei Personen.

In der unmittelbaren Wendezeit war Ferdiand Schönbach noch schwer verbittert darüber gewesen, dass sein *eigen Fleisch und Blut* in aller Öffentlichkeit beispielsweise die Identität von Vernunft und Antisozialismus verkündete oder einen Läusekamm zur Entfernung verdienter DDR-Juristen aus ihren Ämtern forderte, und er hatte sich verbeten, dass der Sohn jemals wieder die elterliche Wohnung betrete (seine Mama steckte ihm aber, dass der Alte zugleich wahnsinnig stolz auf ihn sei und jeden Artikel ausschnitt). Diesen umgekehrten Stubenarrest konnte Ferdinand Schönbach indes nicht lange aufrechterhalten, denn seine täglich an Selbstvertrauen zulegende Gattin drohte, sie werde ihn verlassen, wenn er nicht aufhöre, die Familie mit seinen *politischen Privatmeinungen* zu spalten. Gewiss spielte die trübe Aussicht, künftig mutterseelenallein vor der Röhre zu sitzen, bei Vater Schönbachs geistiger Volte eine Rolle, auf jeden Fall war er schon ein halbes Jahr später der Ansicht, dass sein Sohn zumindest mit dem Läusekamm-Kommentar absolut Recht habe. Die DDR-Führung samt ihren Handlangern, sagte er bitter, sei eine gewissenlose Gaunerbande gewesen, sie habe die Idee des Sozialismus missbraucht, besudelt, auf Jahrzehnte diskreditiert und vor allem seine, Ferdinand Schönbachs, *Ideale von einer gerechteren und menschlicheren Welt* verraten. Dieser neue Blickwinkel behagte ihm sichtlich, er blühte auf unter dem warmen Regen des Selbstbetrugs; nun konnte er nach Herzenslust über die DDR herziehen, ohne den religiösen Kern seines Sozialistentums mit drangeben zu müssen. Sein Sohn ward zum Familienversöhnungsbraten geladen und durfte seither den väterlichen Tiraden wieder lauschen und sogar widersprechen. Schönbach junior, der keinen Grund sah, sich als derjenige aufzuspielen, der am Ende Recht behalten hatte, amüsierte sich vielmehr darüber, wie der Alte eine Lebenslüge durch die nächste, etwas mildere, aber kaum weniger plumpe ersetzte.

Und so hatte der Staatsbürgerkundelehrer sie am Ende gedanklich doch noch mitvollzogen, die sogenannte friedliche Revolution, die in Wirklichkeit ja bloß ein von crescendierendem Geschnatter begleiteter, verblüffend unblutiger Staatskollaps mit anschließender maßvoller Schändung der wurmstichigen Leiche war.

7.
Noch jemand

Es war Antipathie auf den ersten Blick. Schönbach mochte Theo A. Lohmann nicht, den Mann, der neuerdings in den Konferenzen an der Seite von Müller-Giordano saß und von *Diskursen* redete. Lohmann trug einen erst unterhalb der Schulterblätter endenden Zopf, obwohl er die vierzig überschritten hatte und sein dünnes dunkelbraunes Haar an vielen Stellen schon grau schimmerte. Er war ein spilleriges Intellektuellenwesen mit übertrieben länglichem, pergamentfarbenem und für sein Alter viel zu knittrigem Gesicht, dessen Nord-Süd-Ausdehnung durch das straff nach hinten gezurrte Haar zusätzlich betont wurde. Sein schmaler, des Lachens wohl eher unkundiger Mund, den freundlich zu konterkarieren die klugen, aber teilnahmslosen Augen hinter der runden Nickelbrille nicht die geringsten Anstalten machten, redete gern und viel. Lohmanns Schädel war sehr lang, und dies waren auch seine Zähne: Hinter schmalen Lippen lauerte ein mächtiges Gebiss. Ferner besaß der Zopfträger auffallend lange Finger von derselben Färbung, die sein Teint aufwies, mit denen er beim Reden die Luft in seiner näheren Umgebung durchstach. Es kostete nicht viel Phantasie, sich auszumalen, wie das gesprenkelte Haar ihm ins Gesicht wuchs, dreieckige Lauscher sich aufrichteten, die Zähne sich in Raffer und die Finger in Krallen verwandelten und die gesamte knochige Person zu einem dürren, knurrenden Wolf transformierte …

Im Gegensatz zu Müller-Giordano kleidete sich Lohmann unprätentiös und ging seinen diskursiven Geschäften in Jeans, weißem Hemd und schwarzer Lederweste nach. Ohne diese Weste beziehungsweise eine ähnlich ausschauende aus Stoff sah man ihn nie, weshalb sich für den allerneuesten Personalimport anfänglich zwei Spitznamen einbürgerten: *der Zopf* oder *die*

Weste. Allerdings wurden sie bald durch seinen Vornamen verdrängt, denn Lohmann war auch im täglichen Umgang unprätentiös, er duzte jedermann wie selbstverständlich und stellte sich jedem mit »Ich bin der Theo« vor.

Theo A. Lohmann werde als Leitender Redakteur ohne speziellen Geschäftsbereich allen Ressorts künftig beratend zur Seite stehen, hatte Müller-Giordano, der ihn schon länger zu kennen schien, erklärt; er sei ein Mann mit langjähriger journalistischer Erfahrung und werde in der Branche wegen seiner Kreativität und seiner *Nase für Themen* geschätzt. Das sei auch der Grund, warum Grube & Tag ihn hierhergeschickt habe. Der Zopf kam als künftiger Stellvertreter des Chefredakteurs, das war eindeutig, und nicht anders führte er sich auf. Er war überall dabei, redete überall hinein und gab den Ressortleitern wie selbstverständlich Anweisungen. Lohmanns Lieblingsworte waren *diskursiv* und *d'accord* (Letzteres in seinem Munde ein reiner Bluff-Begriff, denn stets folgte ein richtungsänderndes *aber*). Gespräche mit ihm gerieten regelmäßig zu Belehrungen, vorwiegend über im Westen bereits stattgehabte Diskurse, die man hier halt noch nachholen müsse, wozu leider momentan keine Zeit zur Verfügung stünde. Seine Hauptbeschäftigung – und, wie Schönbach mutmaßte, der letztliche Zweck seiner Anwesenheit – bestand freilich darin, den Redakteuren Dampf zu machen. War beispielsweise eine Person Tagesgespräch in Berlin oder im Lande, genügte es Lohmann keineswegs, wenn das jeweilige Ressort pflichtschuldig darüber berichtete, sondern er forderte ein Interview mit der oder dem Betreffenden; stand jemand im Ruch, inoffiziell für die Stasi gearbeitet zu haben, wollte er nicht die Nachricht, sondern die Akte, mindestens aber den Führungsoffizier. »Der *Spiegel* hat es am Montag!«, pflegte er zu prophezeien beziehungsweise zu drohen. Natürlich wurden seine Wünsche nur in den seltensten Fällen befriedigt, und auch im *Spiegel* stand die Geschichte am Montag meistens nicht, aber er piesackte die Kollegen so lange, bis sie freiwillig das Haus verließen und lieber dem Teufel hinterherrecherchiert hätten, als sich weiter von ihm traktieren zu lassen. Immerhin stieg seit Lohmanns Erscheinen die Zahl von *Tageblatt*-Exklusivmeldungen rapide an.

Da waren's schon zwei Wessis an der Redaktionsspitze, mal sehen, wann der dritte kommt, unkte es in Schönbachs (und gewiss nicht nur in seinem) Ossischädel. Er dachte es zunächst ohne Groll, denn an personellen Alternativen herrschte unter den Eingeborenen schließlich ein deprimierender Mangel, aber auf eine ihm selbst nicht ganz eindeutige Weise nahm er doch Anstoß daran. War es Ressentiment? Oder ein antikolonialer Affekt?

Lohmann machte zwar einen auf Ich-bin-der-Theo, hielt sich die Kollegen aber ansonsten vom Leibe. Gespräche über Privates, und sei es nur über die Bundesliga-Spiele vom Wochenende, hörte Schönbach ihn nie führen, und wenn die noch nicht pensionsnahen *Tageblatt*-Mitarbeiter nach Feierabend in einem der die Redaktion umlagernden Lokale ihr Tagwerk und die Weltlage durchhechelten, war zwar Müller-Giordano gelegentlich mit von der Partie, meistens an der Seite von Helga Heinrich, aber den Zopf suchte man dort vergeblich.

Erst im Anschluss an den letzten Jour fixe des Wiedervereinigungsjahres, als an die zwanzig Kollegen inklusive Chefredakteur spontan zu einem vorweihnachtlichen Umtrunk aufbrachen, hielt er es für geboten, sich abwechslungshalber einmal anzuschließen.

Müller-Giordano stand, wie immer erstklassig gewandet, auf dem ehemaligen Todesstreifen, musterte sein Detachement und stellte bedauernd fest, dass ein derart großer und unvorangemeldeter Trupp leider Gottes keinerlei kulinarische Ansprüche stellen dürfe. So ergab es sich, dass man mit einem griechischen Restaurant namens Poseidon vorlieb nehmen musste, nur wenige hundert Meter hinter dem ehemaligen Check-Point Charlie, in das alle hineinpassten, denn es war so gut wie leer. Das, seufzte der Chefredakteur beim Hineingehen, lasse bestürzende Rückschlüsse auf die gastronomische Qualität zu; ein Türke tauge schon nichts, und ein Grieche sei sowieso bloß ein schlechter Türke, man könne sich also ausmalen, wie es bei einem schlechten Griechen schmecken werde. Die Kellner, die ja nicht ahnen konnten, was der späte Edelgast über ihre Küche dachte, schoben zuvorkommend und froh über den unverhofften Besuch vier Tische zu einer Tafel zusammen, an deren einer Seite Müller-Giordano präsidierte, während Lohmann an der anderen einen Teil der Aufmerksamkeit auf sich lenkte. Neben dem Chef saß Helga Heinrich, die nach Ablegen des Mantels überraschenderweise ein erstaunlich enges und möglicherweise etwas zu tief dekolletiertes schwarzes Kleid präsentierte, das sie tagsüber noch nicht getragen hatte. Es war das erste Mal, dass Schönbach sie als Frau wahrnahm; das einstige Kulturpummelchen hatte sich, was den körpermittigen Umfang betraf, binnen eines halben Jahres ungefähr halbiert.

Müller-Giordano studierte kopfschüttelnd die Karte und brummelte, der Grieche sei zum Weinanbau seit mindestens 2000 Jahren nicht mehr imstande, er werde wohl Bier trinken müssen. Die drei anwesenden Frauen sowie ein paar Entschlossene um Lohmann wollten dem inkriminierten attischen Rebensaft dennoch zusprechen. Während auf Müller-Giordanos Seite bald über Himalaya-Tourismus gesmalltalkt wurde, führte sein Zenturio auch hier den kritischen Journalismus im Munde. Ein Preußen-Artikel auf der letzten Zeitgeschichtsseite hatte anscheinend Lohmanns schwerstes Missfallen auf sich gezogen. Dieser Artikel sei *gegenaufklärerisch* und *vergangenheitsverklärend*, dozierte er in die Runde und an niemand Spezielles gewandt, obwohl Kühl, der Verfasser, nicht weit von ihm entfernt saß. Der hatte sich in besagtem Text über das DDR-Preußenbild mokiert. Was an seinem Artikel denn nicht stimme, erkundigte sich der Dicke nun grollnah quer über den Tisch hinweg, und die gesamte Runde wurde aufmerksam.

Lohmann legte sein Wolfsgebiss frei und sagte: »Jetzt, wo ihr euch gerade Gleichschritt, Kadavergehorsam und all diese preußischen Tugenden vom Hals geschafft habt – müsst ihr da ihren Ursprung preisen? Preußen war ein durch und durch autoritärer und militaristischer Staat, das Militär war überall präsent und hat letztlich jede politische Entscheidung bestimmt …«

»Während bekanntlich«, unterbrach ihn Kühl mit blitzenden Augen, »in der französischen Oberklasse des 18. und 19. Jahrhunderts Uniformen tabu waren und die englische Armee immer erst basisdemokratisch abstimmte, ehe sie in einen Krieg zog.«

Alles lachte, sogar Müller-Giordano musste grinsen. Nur Lohmann fand das gar nicht komisch. »Und am Ende«, knurrte er, »plädieren wir im *Tageblatt* noch dafür, den Staat Preußen wiederherzustellen, was?«

»Keine üble Idee«, versetzte Kühl streitlustig. Dieser Punkt ging an ihn.

»Wie schmeckt der Wein?«, fragte der biertrinkende Schönbach seine Nachbarin, die ihre Hand nicht von seinem Bein ließ.

»Och«, erwiderte sie, »ich weiß nicht. Magst du mal?«

Der Altphilologe probierte und staunte. Woher wussten die Griechen, wie in der DDR Wein gemacht wurde? Der einzige Unterschied bestand darin, dass dieser hier obendrein nach Harz schmeckte.

»Laß uns nach Frankreich fahren, da gibt es bestimmt besseren Wein«, raunte Katharina und schenkte ihm einen Blick, der jede zumindest für sie denkbare Gegenleistung verhieß.

»Aber doch nicht mitten im Winter.«

Schmollend zündete sie sich eine Zigarette an.

Dem Zopf indes schien das Gesöff zu munden, sein Teint färbte sich rosig, sein Blick lebte auf, die freudlosen Lippen verformten sich ins ahnungsweise Heitere. Er trank wohl selten Alkoholisches, denn zügig stellte ein leichter Schwips sich ein. Der hinderte ihn nicht, über dies und das zu referieren, beispielsweise darüber, dass die DDR einfach ihren Teil an der *deutschen Schuld* auf den reuebereiten, weil *zivilgesellschaftlich aufgeklärten* Westen abgeladen und den Antisemitismus der Nazis als Antizionismus fortgesetzt habe. Aber gerade dem Judenstaat gegenüber besitze Deutschland eine *ewige Verantwortung*.

»Und wat die mit den Palästinensern machen, iss wohl wurscht, wie?«, fragte der bullige Herold.

»Weltweit werden Minderheiten unterdrückt, aber der gute Deutsche interessiert sich zufälligerweise ausschließlich für die Palästinenser«, entgegnete Lohmann spöttisch.

Schönbach lauschte abwechslungshalber in die andere Richtung, wo wiederum der Chefredakteur aufklärte, nämlich Helmer über die Qualitätsunterschiede zwischen Kaschmir und Schurwolle. Helmer trug übrigens zur Jeans ein zweireihiges bordeauxfarbenes Sakko, welches er ausgezogen und, beabsichtigt oder nicht, so über die Stuhllehne gelegt hatte, dass jedermann das KaDeWe-Etikett sehen konnte. Auch Schönbach besaß inzwischen mehrere Sakkos, die zwar von pittoresker Auffälligkeit waren – königsblau bis lachsfarben –, aber leider meist am Rücken zu kurz und im Sitz nicht mit jenen vergleichbar, die sich an Müller-Giordanos jogginggestählten Body schmiegten.

»Wir sind von der Wiedervereinigung überrascht worden«, erklärte Lohmann am anderen Tischende, und prompt lenkte Schönbach seine Aufmerksamkeit wieder dorthin.

»Wir auch«, bestätigte die Kulturredakteurin Vera Breitenbach, die den inoffiziellen Ersten Stellvertreter irgendetwas gefragt und diese Antwort erhalten hatte. »Das konnte ja keiner erwarten. Mit dem Zusammenbruch haben wir gerechnet, aber nicht damit, dass Westdeutschland sich uns noch so verbunden fühlt, dass es sogar sein Geld mit uns teilt. – Wo haben Sie denn den Mauerfall erlebt?«

»Wir können ruhig Du sagen. Ich heiße Theo. Ich saß mit ein paar Freunden in Hamburg an einem neuen Wochenblatt für Grube & Tag. Es sollte ein ganz anderer Typ Zeitung werden, linksliberal, emanzipatorisch, auf die Bedürfnisse einer ausdifferenzierten Gesellschaft zugeschnitten – kein deutsches Blatt, sondern ein europäisches, mit Blick auf den gesamten Globus. Aber quasi über Nacht gab es auf einmal kein Geld mehr für so etwas, Zeitungen für den Osten waren plötzlich das einzig relevante Thema. In gewissem Sinn«, schloss der Zopf nachdenklich, »hat uns der Mauerfall *zurückgeworfen*.«

Ob das alles gewesen sei, was er angesichts der Grenzöffnung empfunden habe, erkundigte sich Vera Breitenbach etwas pikiert.

»Ich habe mich *selbstverständlich* gefreut«, versicherte Lohmann rosenwangig. »Ich habe mich für die Ostdeutschen gefreut«, präzisierte er. »Ich bin Radikaldemokrat und freue mich über jede Befreiung. Aber die Einheit war für mich kein Thema. Begriffe wie Nation, deutsches Volk oder Deutschland haben für mich überhaupt keine Bedeutung. Die Toskana, Andalusien oder die Äußeren Hebriden lagen meiner Generation bisher unendlich viel näher als solche obskuren Ländereien wie Sachsen oder Thüringen. Für uns gab es nichts Unzusammengehörigeres als DDR und BRD. Ob die Deutschen in zwei oder sechzehn Staaten lebten, war uns total schnuppe. Am 17. Juni sind wir baden gegangen.«

Der Zopf hatte sich in Fahrt geredet; nun hielt er inne und sah ein bisschen bestürzt in die Runde. Von mehreren Seiten blickte es bestürzt zurück. Auch der Chefredakteur hatte den Sakkoqualitätsdiskurs unterbrochen und sah seinen Stellvertreter fragend an. Lohmann lachte gekünstelt und knurrte wölfisch: »Aber jetzt ist ja alles gut geworden, und ich lerne endlich auch die neuen Bundesländer Thüringen und Sachsen kennen.«

»So neu sind die gar nicht«, klärte Kühl ihn auf, »das Königreich der Thüringer entstand schon im 5. Jahrhundert, und die alten Sachsenstämme werden von antiken Chronisten bereits ab dem 2. Jahrhundert erwähnt.«

»Danke für die Aufklärung.« Der Zopf lächelte unfroh. »Wie soll ich die fünf Länder also nennen? Ostelbien? Oder Neu-Kernland?«

»Mitteldeutschland tut's auch«, versetzte Kühl.

Eisig musterte ihn Lohmann und schwieg.

Der Abend war etwas weiter fortgeschritten, als die Knoblauchmengen in Moussaka und Vorspeisenplatte Schönbach aufs Klo nötigten, und während er dort relativ anlassfrei darüber nachsann, warum bei Homer fast nie Fisch gegessen wurde, quietschte die Tür und jemand trat vors Pissoir.

»Das ist wie eine Reise in die 50er«, hörte er Lohmann sagen. Ein unverständliches Brummeln folgte, als dessen Quelle unschwer der Bariton Müller-Giordanos zu identifizieren war, während ein Strahl nach anfänglichen Unsicherheiten geräuschkonstant sein Ziel hielt.

»Hier wird der ganze geistige Unrat hervorgeschwemmt, den wir bei uns mühsam eingedämmt haben«, seufzte der Zopf, und kontrapunktisch setzte eine zweite Plätschermelodie ein.

»Seien Sie geduldig«, mahnte Müller-Giordano, »es hat keinen Sinn, diese Leute zu überfordern. Ich könnte auch jeden Tag zehnmal in die Tischkante beißen. Die sind einfach ein bisschen überfordert und ein bisschen zukurzgekommen ... – aber auch ganz folgsam und wißbegierig. Die werden es *step by step* kapieren.«

»Auf einen wie den Kühl dürfte das kaum zutreffen. Manchmal frage ich mich, was ich hier überhaupt zu suchen habe.«

»Tja, ich würde auch lieber *Le Monde* machen, aber hier spielt nun mal zurzeit die Musik.«

Halbwegs synchron endete das Plätschern. Zwei Reißverschlüsse surrten. Im Gehen sagte Lohmann: »Die hatten kein Achtundsechzig. Ich prophezeie Ihnen: Dieses Ostvolk wird der geistigen Hygiene der Republik mehr schaden als alle Deutschtümler bei uns zusammen.«

»Behutsam, mein Lieber, behutsam.«

Wieder quietschte die Tür, und Stille kehrte ein. Schönbach beschloss, kein Wort über dieses Gespräch zu verlieren, ließ ein paar Minuten verstreichen und kehrte, von niemandem beachtet, an seinen Platz zurück. Dort hielt er Katharina seine Uhr vor die Nase und raunte ihr ins Ohr, sie möge sich schon mal darauf einrichten, dass er ihn exakt um 23 Uhr 30 reinstecken werde.

8.
Schönbach wird als Sexist überführt

Lohmanns Auftauchen zog bald personelle Umbesetzungen nach sich. Die stellvertretenden Chefredakteure wurden abgeschafft, stattdessen erschien der Neue als *Stellvertreter des Chefredakteurs* im Impressum direkt unter jenem. Kühl fand sich neben Schönbach in der Funktion eines *Chefreporters* wieder, was insofern kurios war, als es keine *Reporter* gab. Löwe avancierte zum *Berater der Chefredaktion*; das hieß, er hatte überhaupt nichts mehr zu sagen. Bäuerle schrumpfte zum einfachen Kulturredakteur und wurde somit seiner einstigen Untergebenen Helga Heinrich unterstellt. Der öffentlichen Verkündung seines nachgeholten Sturzes wohnte der Theaterzwerg mit versteinerter Miene bei, danach schlurfte er in sein Büro, dessen Tür sich gewissermaßen für immer hinter ihm schloss. Außerdem fungierte der Zopf als kommissarischer Leiter des in dieser Form ebenfalls neuen Ressorts *Politik und Seite 3*, während Schönbach von der Last besagter Seite befreit worden war, damit er, wie Müller-Giordano sich auszudrücken beliebte, *sein Schreibtalent ausleben* könne. Er hätte das gern geglaubt, nur hatte Katharina Lohmann zu Müller-Giordano sagen hören, die Seite 3 sei das Aushängeschild jeder Zeitung und wenn das *Tageblatt* tatsächlich mehr als eine bessere Provinzgazette werden solle, dürfe man diesen Job nicht *irgendeinem ahnungslosen Ossi* überlassen.

Kurz darauf verschwand Axel Eggert aus dem Impressum und versah seinen Dienst fortan als simpler Wirtschaftsredakteur. Ihm vor die edle Nase gesetzt wurde der von Schönbach bereits herbeigeunkte dritte Wessi, ein bassstimmiger Westfale mit enorm dichtem schwarzem Haar. Er hieß Siegfried Sylvaner und kam von einer linksalternativen Berliner Tageszeitung, die kaum Leser, aber viele Verehrer unter Journalisten besaß und von Lohmann sehr geschätzt wurde – es geschah selten, dass er bei der morgendlichen Konferenz nicht aus ihr zitierte.

Der nächste West-Import war weiblich, sehr ansehnlich und stieß im März 1991 zum *Tageblatt*. Anne Schnitter stammte aus Hannover und schob sich im Impressum direkt vor Schönbach, denn sie war ebenfalls als Chefreporter beziehungsweise, wie sie sofort monierte, Chefreporter*in* eingestellt worden. Fortan stand im Impressum das merkwürdige Konstrukt *ChefreporterInnen* vor den Namen Kühl, Schnitter und Schönbach, und für den Dicken war es ein Quell ununterbrochener Heiterkeit, sich mit »Ich bin eine der drei *Tageblatt*-Chefreporterinnen mit großem I« vorzustellen. Exakt in dieser Zeit begann Schönbachs Körperfreundschaft mit Katharina ihrem Ende entgegenzustreben, was unter anderem daran lag, dass die Schöne immer wieder Reisethemen zur Sprache brachte, ihr Galan aber nach wie vor nicht wusste, was er einen ganzen Urlaub lang mit sich – geschweige denn mit ihr – anfangen sollte.

Anne Schnitter war eine extrem schlanke und, wie Schönbach fand, hinreißend hochmütige Blondine jenseits der dreißig, die ihr Haar meist zum Pferdeschwanz gebunden trug. Zu herb, um als hübsch durchzugehen, besaß sie ein sehr markantes Gesicht mit hoher Stirn, hohen Wangenknochen, schlangenhaften grünen Augen, einem ernsten Mund und ein paar Sommersprossen drumherum. Ihre Arme waren dünn, aber drahtig, ihre Beine kerzengerade, ihre Brust vorhanden, ihr Hintern eine Sensation.

Er hatte die ihn sofort für sich einnehmende Herbschöne kennen gelernt, als Lohmann sie Kühl und ihm im Foyer vorstellte.

»Das ist Anne Schnitter«, sagte er, »früher *Spiegel TV* und *Hannoversche Allgemeine*. Sie wird bei uns Seite-3-Geschichten schreiben.«

Da der Erste Stellvertreter es aus unerfindlichen Gründen nicht für nötig hielt, die beiden Kollegen vorzustellen, reichte Kühl der Neuen brav die Hand und sagte: »Guten Tag. Kühl.«

»Finden Sie?« Sie legte die Hände über Kreuz auf ihre Oberarme. »Hier drinnen geht's eigentlich.«

Schönbach brach in ein haltloses Gekicher aus, woraufhin ihn zum ersten Mal der giftige Blick der grünen Augen traf. Nun griff Lohmann erklärend ein und stellte die beiden Herren mit Namen vor. Anne Schnitter machte keinerlei Anstalten, das aufgelöste Missverständnis mit Heiterkeit zu quittieren; stattdessen fragte sie Schönbach, ob sie ihn nachher wegen einiger Telefonnummern in seinem Büro besuchen kommen dürfe.

Sie könne ihn auch ohne jeden Anlass besuchen, lautete die Antwort. Aber Schönbach schäkerte gegen eine Wand, und ihre Miene erkaltete vollends.

Eine halbe Stunde später verließ die neue Kollegin erbost sein Büro, weil sie ihm nicht glauben wollte, dass er weder die

Telefonnummern sämtlicher Stasi-Generale noch die aller ehemaligen Politbüromitglieder besaß. Er sei unkollegial, erklärte sie, und so könne man nicht zusammenarbeiten, aber bitte, dann kooperiere man eben nicht. Sie schien äußerst ehrgeizig zu sein, was ihr Misstrauen erklärte, und Schönbach blieb nichts weiter übrig, als bedauernd mit den Schultern zu zucken. Was er besaß – die Nummern von drei Generälen und zwei Politbürokraten –, hatte er ihr gegeben.

Sein nächster Versuch freundschaftlicher Kontaktaufnahme ging ein paar Tage später daneben, als er die blonde journalistische Kampfmaschine morgens an der Treppe traf. Er lud sie ein, voranzugehen, und säuselte: »Bitte, Ladies first! Das gehört sich erstens so, und zweitens verschafft es mir die Gelegenheit, Ihre bezaubernde Rückansicht zu studieren.«

Mit einem Zischen fuhr Anne Schnitter herum. Sie hatte sich in eine Königskobra mit aufgestellter Haube verwandelt.

Schönbach ahnte noch immer nicht, in welcher Gefahr er schwebte, und sagte: »So werden Sie nicht vorankommen, Teuerste.«

»Du sexistisches Arschloch!«, fauchte sie, und ihre grünen Augen starrten so biestig, dass ein Angstlustzucken sein Genital durchfuhr. »Untersteh dich, mir auf den Hintern zu glotzen!«

»Nun mal langsam: Die Blicke sind doch wohl frei, oder?«

Sie presste sich ans Geländer und befahl: »Geh du vorneweg!«

Sie sagte Du, das ermutigte ihn.

»Möchtest *du mir* auf den Hintern schauen? Auch in Ordnung.«

»Dein Hintern interessiert mich einen Dreck!«

»Ich sollte ihn trainieren, nicht wahr?«, erwiderte Schönbach. »Wo hast du eigentlich diese sensationellen Arme her?«

»Ich glaub's nicht«, sagte sie etwas weniger aggressiv und schüttelte den Kopf.

»Gehen wir mal einen Kaffee zusammen trinken? Ich meine, wo wir beide schon nebeneinander im Impressum stehen …«

»Sag mal, spinnst du? Wenn du nicht sofort aufhörst, mich anzumachen, werde ich mich beim Chefredakteur beschweren. Glaubst du, Frauen sind Freiwild, oder was?«

Nun war es an Schönbach, den Kopf zu schütteln; er stieg an ihr vorbei die Treppe hinauf und sagte im Vorbeigehen nicht, was er sagen wollte, sondern entschied sich für die Version: »Du lieber Himmel, Entschuldigung, Asche auf mein Haupt – dann sei halt unbewundert schön.«

Aus den Augenwinkeln sah er, wie der frostige Abwehrpanzer ihres Antlitzes verblüfft aufbrach, aber sofort wiederhergestellt wurde. Später, auf einer Ressortleiterkonferenz, an der sie teilnahm, weil jeder Redaktions-Wessi irgendwie als Führer durchs allgemeine Dunkel galt, bemerkte Schönbach, dass sie ihn sekundenlang verstohlen musterte. Es war offenbar nicht so, dass diese Frau ihn schlechtweg unsympathisch fand; hier schien ein anderes Problem vorzuliegen.

In dieser Ansicht sah er sich bestärkt, als sie mit heftigen Worten eine Bildunterschrift des Sportressorts unter anderem als *sexistisch* und *frauenverachtend* rügte. Die drei diskursiv vorbelasteten Herren am Konferenztisch stimmten zerknirscht zu. Der Westen, fand Schönbach, war mitunter sehr rätselhaft.

Eine nächste Gelegenheit, sich der attraktiven Sexismus-Aufklärerin zu nähern, erhielt er auf Müller-Giordanos *Housewarming*- oder eben auch Wohnungseinweihungs-Party, zu der von den *Tageblatt*-Mitarbeitern außer ihm nur Kühl, Helmer und Helga Heinrich geladen waren, wie der Gastgeber im Vorfeld durchblicken ließ – eben jene Kollegen, die letztlich die Ursache dafür gewesen seien, dass er in Berlin geblieben und nunmehr vom Hotel in eine dauerhaftere Bleibe übergesiedelt war. Da es zu dieser Zeit allgemein als originell galt, im Osten Vereinigungsdienst schiebenden Westlern DDR-Devotionalien zu schenken, eine Stasi-Verdienstmedaille beispielsweise oder eine NVA-Uniformjacke, opferte Schönbach für seinen trotz des Pissoir-Dialogs noch immer geschätzten Chef etwas, das er eigentlich nie hatte hergeben wollen, nämlich sämtliche Nummern des *Neuen Deutschland* vom August 1961, die er vor Monaten säuberlich gebunden und zwischen zwei schlichte grauschwarze Pappdeckel gepresst im Keller des Redaktionsgebäudes gefunden hatte.

Müller-Giordano wohnte in der Budapester Straße, aber keineswegs, wie Schönbach gemutmaßt hatte, in einer Villa – Villen gab es hier nicht –, sondern in einem von DDR-Vergleichen zunächst kaum freizusprechenden Betonhochhaus. Er musste mehrmals klingeln, ehe eine überrascht klingende Stimme durch die Wechselsprechanlage fragte, wer denn dort sei. Der Besucher glaubte schon, er habe sich im Datum geirrt, doch Müller-Giordano forderte ihn auf: »Steigen Sie in den Lift, ich hole Sie hoch.«

Während Schönbach sich fragte, was das nun wieder bedeuten sollte, kam der Fahrstuhl. Drinnen war aber niemand. Müller-Giordanos Namensschild hatte auf der Klingeltafel unter dem neunten Stock gestanden – die Etagenknöpfe endeten allerdings beim achten. Schönbach wollte eben die 8 drücken, als der Lift von allein losfuhr. Mysteriöserweise hielt er im achten Stock nicht, sondern setzte seine Fahrt fort, obwohl es ja eigentlich nicht mehr weiterging. Das Ding schien sich selbstständig gemacht zu haben und würde wohl in wenigen Augenblicken die Decke durchbrechen und bei einem Ufo andocken. Schließlich stoppte der Fahrstuhl aber doch, die Tür ging auf – und hier stand nun wirklich Müller-Giordano, allerdings nicht in einem Hausflur, vielmehr führte hinter ihm eine gläserne Doppeltür auf ein hellblaues Ledersofa zu, welches wiederum direkt vor einem riesigen Terrassenfenster stand, und rechts erstreckte sich eine weitläufige Küche. Außerdem hielt der Mann ein Geschirrtuch in der Hand. Das war seltsam, und Schönbach verharrte irritiert in der Kabine.

»Wollen Sie nicht reinkommen?«, fragte sein Chef lächelnd.

Schönbach gehorchte und verließ den Lift, dessen Tür sich surrend hinter ihm schloss – und der Fahrstuhl war verschwunden. An seiner Stelle befand sich nun eine ganz normale weiße Eingangstür, der freilich Klinke und Schlüsselloch fehlten. Er war mitten in eine Wohnung gefahren.

»Was ist mit Ihnen?«, erkundigte sich Müller-Giordano.

Schönbach hörte auf, die Tür anzustarren und sagte: »Nichts. Ich bin nur überrascht von Ihrer privaten Fahrstuhlanbindung.«

»Das ist ein Penthouse«, erklärte dessen Besitzer mit einem freundlichen Ethnologengrinsen.

»Ah, da gibt's ja auch eine Zeitschrift«, erwies sich Schönbach im Bilde.

»Na ja«, sagte Müller-Giordano und lächelte nunmehr nachsichtig, »das ist aber ein eher gynäkologisches Blatt.«

Schönbach hielt einen Themenwechsel für angezeigt und überreichte sein Einzugsgeschenk. Der Hausherr nahm das Konvolut mit fragendem Blick entgegen, blätterte kurz darin, was bei dessen Ausmaßen im Grunde kaum möglich war, ohne dass man es vorher irgendwo ablegte, und sagte: »Das ist ja toll! Ich schau es mir nachher an, ja?«

Es war keineswegs klar, ob er das Präsent nun extrem originell fand oder bereits überlegte, wo er es am schnellsten entsorgen könne.

Aus der Küche kam eine ansehnliche Frau mit kurzen schwarzen Haaren und einer Proseccoflasche in der Hand, die sie samt Korkenzieher wortlos dem Hausherren hinhielt. Danach reichte sie Schönbach die Hand und sagte: »Guten Abend! Müller-Giordano.«

Der Chef stellte vor: »Herr Schönbach, die *Edelfeder* des *Tageblatts* – meine Gattin.«

»So sehen Edelfedern aus! Schön, dass Sie da sind.«

Das war also die Frau des Chefredakteurs, die Zarin gewissermaßen. Schönbach hatte nicht gewusst, dass Müller-Giordano verheiratet war, der Mann sah schließlich mehr nach Harem aus.

Frau Müller-Giordano riss den Gast aus solchen Überlegungen, indem sie fragte: »Möchten Sie ein Glas Prosecco?«

Sie war eine gewinnende Erscheinung, nicht mehr taufrisch, aber sozusagen aus kontrolliertem Anbau, an ihr stimmte einfach alles: Haltung, Figur, Lächeln, Make-up, das Timbre der Stimme, das legere Kostüm, der dezente Schmuck. Diese Frau, das spürte Schönbach, war absolut blamageresistent und nicht aus der Fassung zu bringen, man hätte mit ihr sofort und ohne protokollarische Initiation einen Staatsbesuch absolvieren können.

»Das Angebot gilt freilich nur, sofern mein Mann die Flasche aufbekommt«, fügte sie hinzu.

»Ich könnte allenfalls einspringen – ich meine: ein bandagierter Chefredakteur, wie sieht denn das aus?«, ging Schönbach auf ihren Scherz ein, und sie lohnte es ihm mit einem fotogenen Blecken ihrer perlweißen Zähne.

Als er mit einem Glas Prosecco in der Hand den Hauptraum der Dachwohnung betrat, ein mindestens vierzig Quadratmeter großes, sparsam möbliertes Zimmer mit weißem Kunststeinfußboden, weißem Kamin und riesigen Fenstern –, stellte Schönbach fest, dass er der erste Besucher war.

»Wollen Sie sich setzen oder sich ein wenig umschauen?«, fragte Müller-Giordano. »Wir müssen nämlich noch das Buffet vorbereiten.«

Ganz schön auf den letzten Drücker, dachte der pünktliche Besucher. Auf der Einladung hatte gestanden, die Party steige ab 20 Uhr, und um 20 Uhr hatte er sich eingefunden, soviel Preußentum musste nach seiner Meinung sein. Schönbach ging auf die Dachterrasse, von der man den Zoologischen Garten überblickte. In der Ferne ragte die Siegessäule aus dem Grün des benachbarten Tiergartens. Die Terrasse umlief das gesamte Haus und war an der Stelle, wo die Nachbarwohnung begann, durch eine Wand aus Glasbausteinen unterbrochen. Er schlenderte auf ihr umher und nutzte die Gelegenheit, die Wohnung seines Chefs zu mustern, indem er in die Zimmer schielte. Es gab im Grunde keine einzelnen Fenster, sondern nur eine hin und wieder unterbrochene Glasfront, die von der Decke bis zur Erde reichte. Insgesamt, überschlug der staunende Ossi, umfasste dieser unsozialistische Wohntempel mindestens 150 Quadratmeter – ohne Terrasse. Du solltest dir eine neue Wohnung suchen, und zwar im Westteil, dachte er als Nächstes. Sein Kabuff in der Dunckerstraße – der ihm liebgewordene Ausdruck *Adlerhorst* verbot sich angesichts dieses Ausblicks hier – entsprach nun wirklich nicht mehr dem Habitus eines Chefreporters.

Eine halbe Stunde später saß er noch immer als Solist im Kaminzimmer, inzwischen mit dem dritten Glas Prosecco – Frau Müller-Giordano hatte ihm die Flasche gleich dagelassen –, und als der Gastgeber einmal den Kopf durch die Tür steckte und sich erkundigte, ob alles in Ordnung sei, gestattete er sich die Frage, wo denn die Gäste blieben, man sei doch auf 20 Uhr eingeladen worden. Nun endlich verklickerte ihm Müller-Giordano, dass man im Westen üblicherweise eine Stunde später beginne, als auf der Einladung stünde.

»Aber da kann man doch gleich 21 Uhr schreiben«, wunderte sich der als Naivling überführte Praecox-Gast.

»Dann kommen sie um 22 Uhr«, belehrte ihn Frau Müller-Giordano, die plötzlich auch in der Tür stand, während der Hausherr scherzte, es werde dermaleinst vielleicht zu den bleibenden Verdiensten der Ostdeutschen zählen, dass sie neben dem grünen Rechtsabbiegerpfeil den verbindlich mitzuteilenden Partybeginn in die vereinigte Republik eingebracht hätten.

Nun endlich klingelte es, und plötzlich erwies sich Schönbachs verfrühtes Erscheinen als Glücksfall.

»Alles Gute in der neuen Wohnung«, hörte er niemand anderes als Anne Schnitter sagen, zwei Küßchen ertönten, ein Rascheln, ein »Oh, vielen Dank!«, dann fragte sie: »Bin ich zu früh?«

»Nein, einer ist schon da«, erwiderte Müller-Giordano.

Sie betrat das Zimmer, und Schönbach erhob sich. Er achtete genau auf ihre Miene, als sie seiner ansichtig wurde, und siehe da: Es war ein verkapptes Lächeln, etwas ironisch, aber wohlwollend.

Sie, die in der Redaktion immer in Hosen herumlief, trug heute ein direkt überm Knie endendes Kleid, dessen Farbe zwischen Olivgrün und Gold changierte, was ausgezeichnet zu ihren Augen passte. Dazu hatte sie sich allerdings ein Tuch ins Haar gebunden, das zwar perfekt saß, die Stirn bis zur Schädelmitte bedeckte und dann das Haar freigab, allerdings so pinkstichig war, dass Schönbach mit leichter Rührung auf eine gewisse Farbenblindheit seiner Trägerin schloss.

In diesem Moment ertönte aus der Küche ein erschütterndes Klirren, das die beiden zusammenzucken ließ, weshalb der Händedruck entfiel; die berühmte Stille nach dem Knall folgte, bis Frau Müller-Giordano sie mit einem mütterlich-tadelnden »Ach, Alexander!« beendete.

»Sollen wir helfen?«, rief Anne Schnitter sprungbereit.

»Danke, nicht nötig, wir schaffen das schon!«, antwortete die Hausherrin. »Nehmen Sie sich doch einen Prosecco!«

»Ich unaufmerksamer Esel!«, reagierte Schönbach. »Entschuldigung, darf ich dir einen Prosecco einschenken?«

»Du brauchst dich nicht entschuldigen, ich bin doch erst seit zehn Sekunden hier«, erwiderte sie und ließ sich auf einem Ledersessel nieder. »Ja, bitte.«

Schönbach nahm ein Glas vom Tablett und goss ein.

»Danke, nicht so viel!«, rief sie.

Schönbach prostete ihr zu, während in der Küche eine Kaskade aus Scherben in den Mülleimer rauschte.

Anne Schnitter sah mit gerunzelter Stirn auf ihre Armbanduhr und stellte fest: »Wir sind zu früh. Für Berliner Verhältnisse womöglich viel zu früh.«

»Ich habe mich auch schon aufklären lassen müssen, dass man es mit den Startzeiten hier etwas lax nimmt«, gestand Schönbach.

»Laß mich raten: Du warst auf die Minute pünktlich!«

»In der Tat.«

Sie schaute belustigt. »Und in der Zwischenzeit hast du bereits diese Flasche geleert? Wie dumm, dann bist du ja betrunken, wenn die Gäste eintreffen.«

»Nicht die Spur«, prahlte er, »wo ich herkomme, hat man dieselbe Menge zum Frühstück getrunken, allerdings in Form von Schnaps.«

»Das ist ja ekelhaft.« Sie zog die Schultern zusammen, als ob sie fröstelte.

»Zumindest gewöhnungsbedürftig. – Warum, teuerste Kollegin, warst du neulich auf der Treppe bloß so ungehalten über mich?«

Ihre Augen verschleierten sich, und ihr Mund wurde spitz, als sie antwortete: »Das war doch wohl eindeutig, oder? Ich mag es nicht, wenn man mir auf den Hintern starrt.«

»Die Gefahr droht ja jetzt gottseidank nicht, denn Sie sitzen drauf.«

»Du brauchst mich deswegen nicht gleich zu siezen.«

»Frauen, die mir sogar den Blick auf ihr Gesäß vorenthalten wollen, sieze ich grundsätzlich.«

»Geht das schon wieder los?« Sie schaute betont genervt, er fing ihren Blick auf und verbohrte sich in ihm, bis sie auswich und erklärte: »Diese Anmache hat vielleicht bei euch im Osten funktioniert –«

»Und wie funktioniert es im Westen?«

»Das musst du schon selber rausfinden – aber bitte nicht bei mir. Ich finde, du missbrauchst die Situation, mein Lieber.«

»Es war übrigens keine Anmache. Wenn ich die Deckengemälde der Sixtinischen Kapelle anstarre, mache ich sie doch nicht an, oder?«

»Du trägst ein bisschen dick auf, wie?«

»Wenn ich den Sonnenaufgang bewundere –«

»Es ist gut, okay?«

»Dieses Tuch kleidet dich übrigens ausgezeichnet, es betont dein charaktervolles Gesicht, wenngleich die Farbe – ich weiß nicht, grüne Augen, pinkes Tuch und grünes Kleid …«

»Du meinst, die Farbe steht mir nicht?«, fragte sie, und die plötzliche Unsicherheit fand er umwerfend.

»Das Tuch ist noch nicht gewebt, dass dir nicht stehen würde – ich meine nur, dass es nicht zum Kleid passt.«

Sie sah ihn hilfesuchend an, zuckte mit den Schultern und streifte den Fummel ab. Dann fuhr sie sich mit beiden Händen durchs Haar, fasste es zusammen, legte es über die linke Schulter; ein kurzer Blick streifte ihn, als wolle sie fragen: Besser?, schließlich lehnte sie sich zurück und nippte an ihrem Prosecco.

»Darf ich eine Frage stellen?«, erkundigte sich Schönbach.

»Sind wir in der Schule?«

»Ich schon. Ich lerne den Westen verstehen.«

»Dann stell deine Frage.«

»Ist es auch sexistisch, wenn ich dein Haar oder deine Augen anschaue? Ich meine«, beeilte er sich, hinzuzufügen, als er sah, wie sie tief Luft holte, »findest du vielleicht bloß sexistisch, was andere fetischistisch nennen würden, nämlich wenn ich nur eines der zahllosen Details deines Körpers bewundere, anstatt dich als bestrickendes Ganzes anzuschauen?«

»Hör jetzt endlich mit diesen Schmeicheleien auf!«

»Das sind keine Schmeicheleien …«

»Ich habe keine Lust, mit dir über meinen Körper zu reden! Glaubst du vielleicht, damit erreichst du irgendetwas bei mir? Waren die Frauen im Osten wirklich so blöd, dass sie auf so etwas hereingefallen sind?«

»Teils, teils. Deinen letzten Artikel fand ich übrigens nicht besonders.«

Sie stutzte. »Wie bitte?«

»Den hätte ich noch mal streng redigiert.«

»Willst du mich jetzt beleidigen?«

»Nein, ich stelle nur die Schmeicheleien ein.«

Anne Schnitter sah ihn empört an. »Was hat dir denn nicht gefallen?«

»Er war lieblos geschrieben.«

»Ha! Meinst du etwa, dass du es besser kannst?«

»Es ist in Ordnung, dass du dich am Besten orientierst. Die Geschichte war perfekt recherchiert und gut erzählt, aber sie hat verloren, weil sie lieblos geschrieben war.«

Anne Schnitter war auf die Vorderkante des Sessels gerutscht und stützte kampfbereit die Hände auf die Oberschenkel. »Also das muss ich mir von dir Ossi nicht bieten lassen«, japste sie. »Du bist doch bloß sauer, weil du bei mir abgeblitzt bist, und jetzt willst du meine Arbeit schlechtmachen! Du kannst es wohl nicht verkraften, dass eine Frau im Impressum neben dir steht!«

»Das Impressum interessiert mich nicht. Die Frau vielleicht.«

»Ist bei euch alles okay?«, rief Müller-Giordano aus der Küche.

»Vollkommen«, rief Schönbach zurück.

»Und du meinst also, du bist der Beste?«, fragte Anne Schnitter und gab sich Mühe, ironisch zu schauen.

»Das wisst Ihr doch selber, ungnädige Frau. Spricht nicht der Spiegel allmorgendlich zu Euch: Frau Schnitterin, Ihr seid die Beste hier, aber der Schönbach von hinter den Bergen, von den ostzonalen Zwergen, kann noch ein kleines bisschen besser schreiben als Ihr.«

»Zwerg?« Sie lachte kurz auf und sagte: »Jedenfalls leidest du im Gegensatz zu den meisten Ossis offenbar nicht unter Minderwertigkeitsgefühlen.«

»Wie gern du mir mein Herkunfts-Stigma unter die Nase reibst, obwohl du doch gleichzeitig so heftig gegen das Geschlechts-Stigma kämpfst.«

»Du hast Recht, entschuldige«, sagte sie teils kalt, teils verwirrt.

»Ich habe kein Problem damit, denn beides sind Tatsachen. Ich habe ja eben selber damit kokettiert.«

Der hochbedeutsame Dialog wurde durch das Ertönen der Klingel unterbrochen, die von nun an nicht mehr schwieg. In immer neuen Schüben spie der Fahrstuhl Besucher aus, die mehrheitlich das Ideal eines möglichst perfekten Aussehens zu verfolgen schienen. Die meisten Herren waren dynamischen Wesens, blendender Laune, redeten laut, trugen fachmännisch gestylte Frisuren sowie eine frappierende Vielfalt von Designerbrillen, an ihrer Seite wandelten wahre Selbstbewusstseinsfestungen von Frauen, die an ihrem Äußeren hervorgehoben und weggemakelt hatten, was ging, jede war ein kleines Kunstwerk. Lauter lackierte Oberflächen, resümierte der Hospitant Schönbach, der ja nicht wusste, was im Westen Standard war und was Schickeria (das hier war nichts als Standard), und er sah mit Wohlgefallen auf die eine oder andere vergrübelte Natur in Jeans und schlechtsitzendem karierten Sakko, die dazwischen umherstrich. Aber bei der Mehrheit der Anwesenden schien jedes Accessoire, ob modisch oder habituell, dazu zu dienen, um jeden Preis Verschiedenheit und damit zugleich auch Distanz herzustellen – wobei nicht sicher war, ob es sich bei dem zweiten Effekt um einen erwünschten oder nur einen in Kauf zu nehmenden handelte. Das wirklich Merkwürdige und geradezu

Dialektische an dieser Partygesellschaft bestand freilich darin, dass die Gäste trotz aller inszenierten Individualität eine relativ homogene Gruppe bildeten. Ihr Nonkonformismus hatte etwas eminent Konformistisches. Mit einer Designerbrille fiel man hier nicht auf. Am meisten scherte wohl er, Schönbach, aus dem Rahmen.

Zumindest bis Kühl kam. Der Dicke traf gleichzeitig mit Helmer ein, und während Letzterer mit Eifer an seiner zumindest äußerlichen Verwestlichung arbeitete – Anzug, Frisur und Armbanduhr waren neu und sein Grinsen irgendwie auch –, sah der Dicke aus wie ein Clochard, der gerade ein paar neue Turnschuhe gestohlen hatte. Seine Cordhose wirkte in diesem Umfeld noch ausgebeulter als sonst, sein Pullover noch schlabberiger, außerdem war er bereits beschwipst. Vielleicht hat er sich Mut angetrunken, dachte Schönbach, verwarf diese Idee aber sofort wieder – wer ohne ersichtliche Ego-Einbrüche ständig so herumlief, besaß Courage für zwei. Irgendeinem Weltgesetz folgend, saßen die drei Ostberliner kurz darauf separiert zusammen, und während Helmer diese Absonderung in scharrende Unruhe versetzte, raunte Kühl Schönbach zu: »Großer Gott, was sind denn das alles für Lackaffen? Sieht so die West-Journaille aus?«

»Nicht nur die«, antwortete Schönbach, der bis dato den Gesprächen und wechselseitigen Vorstellungen gelauscht und bereits einen gewissen Überblick gewonnen hatte. Die Journalisten stellten zwar eine leichte Mehrheit, aber die Herrschaften, die Kühl bei seinen despektierlichen Worten gemustert hatte, stammten aus der Grube-&-Tag-Verlagsleitung. Außerdem waren ein paar Leute aus der Westberliner Politszene anwesend – darunter eine leibhaftige Abgeordnete der Grünen Alternativen Liste, ansonsten Pressesprecher, Referenten und ähnliche Säulen des Parlamentarismus –, ferner eine Hand voll Juristen, für die Kühls Lackaffen-Prädikat hundertzehnprozentig zutraf. An Zeitungen war so ziemlich alles vertreten, was als linksliberal galt, zum Beispiel stand dort der berühmte *Spiegel*-Reporter Michael Mattuschke, der die Journalistenpreise nur so abräumte, und redete mit dem unbedeutenderen Ostberlin-Korrespondenten der *Frankfurter Rundschau* seit ungefähr einer halben Stunde über sich. Auch ein relativ bekannter Literaturkritiker lungerte ersichtlich zweckfrei herum, den gesamten Kopf pavianesk behaart und mit einem befremdet-überraschten Gesichtsausdruck. Die Frauen waren leider unterrepräsentiert, und fast alle befanden sich in Begleitung, neben Anne Schnitter gab es nur zwei, die allein gekommen waren, beide der guten Anne insofern nicht unähnlich, als sie den Eindruck amazonischen Ehrgeizes und resignativer Ernsthaftigkeit vermittelten, nur waren sie nicht vergleichbar attraktiv.

Schönbach brachte diesen Gedanken zum Ausdruck, und Helmer fragte grinsend: »Die Schnitter gefällt dir wohl?«

Statt einer Antwort warf Schönbach die Lippen auf.

»An der wirst du dir die Zähne ausbeißen«, orakelte Helmer. »Ich habe erlebt, wie sie Wimmer zur Schnecke gemacht hat. Dem ist echt die Spucke weggeblieben.«

Das hörte Schönbach gern. Diese reizende Megäre hatte also nichts speziell gegen ihn.

Die in Rede stehende Person kam in diesem Moment aus dem Flur und gesellte sich zu einem diskutierenden Quintett, zu welchem der unvermeidliche Lohmann gehörte und aus dem man den Satzfetzen vernahm, in Deutschland sei *Nation stets ein Gegenbegriff zu Gesellschaft* gewesen.

»Wie gefällt euch die neue Herrschaftselite?«, fragte Kühl höhnisch.

»Besser als die alte«, erwiderte Helmer.

»Aber auch irgendwie ekliger, oder?«

»Wieso?«

»Schau dir doch diese Kreaturen an: Die haben alle Bescheidwissenschaft studiert.«

»Kommen jetzt wieder deine Anti-West-Tiraden?« Helmer tat genervt. »Dann entferne ich mich mal vorsichtshalber.«

Und assimilationssehnsüchtig gesellte er sich Lohmanns diskursivem Grüppchen bei.

»Gibt's auch was anderes als Prosecco?«, knurrte Kühl. »Pils zum Beispiel?«

Er erhob sich ächzend und taperte los.

»Ist hier ein Gerstengetränk feil?«, hörte Schönbach ihn in der Küche fragen. »Ich nehme im Zweifelsfall auch eine ganze Kinderbadewanne. Am liebsten natürlich *Radeberger*.«

Der Dicke kehrte mit zwei Flaschen *Becks* wieder, leerte die erste in gierigen Schlucken, öffnete sofort die zweite, und Schönbach begann sich ein bisschen für seinen Tischgenossen zu schämen.

»Was ist los mit dir?«, erkundigte er sich. »Du wirkst so übellaunig.«

»Ich will dir was sagen«, erklärte Kühl mürrisch, »die schöne Zeit, wo man auf eigene Faust Journalismus machen konnte, ist vorbei. Jetzt beginnt die ganze Bevormundungsscheiße wieder von vorne.«

»Geht's etwas konkreter?«

»Ach, ich hatte wieder mal ein Problemlein mit Müller-Giordanos Funkenkamp.«

»Mit Lohmann?«

»Genau, mit Lohkamp. Hast du von dem Streit gehört zwischen der Jüdischen Gemeinde und Sch'ma Israel?«

»Adonai hu ho elohim«, erwiderte Schönbach und schüttelte zugleich den Kopf. »Worum zanken die Chabiren sich denn?«

»Also, Sch'ma Israel, das ist so ein Trüpplein Orthodoxer mit Ostberlin-Anbindung, und die Jüdische Gemeinde West verweigert ihm die Anerkennung und hat den Senat auf ihrer Seite. Das ist ein bisschen Alleinvertretungsanspruch, ein bisschen Lobbyismus, ein bisschen Ost-West-Konflikt, alles vor historischem Hintergrund, denn unser guter Kaiser hat Sch'ma Israel einst als Körperschaft öffentlichen Rechts anerkannt – jedenfalls ein erzählenswerter Vorfall. Fand ich zumindest, und ich habe einen freien Journalisten, den ich gut kenne und der mir das Thema angeboten hat, beauftragt, es für uns zu recherchieren. Aber wie reagieren der Chef und Lohkamp, als ich die Geschichte vorschlage? Sie legen die Stirn in Falten, wiegen mit den Köpfen, verziehen ihre Münder und haben allerlei Bedenken, ob man darüber schreiben oder die lieber die Finger davon lassen solle.«

Kühl machte eine Pause und halbierte das zweite Becks.

»Die Sache ist die«, fuhr er fort, »dass der Chef der kleinen Gemeinde der großen vorwirft, sie vollende an seiner Organisation das Werk der Nazis, ihre Offiziellen als *Staatsjuden* beschimpft und was in Schlammschlachten eben an rhetorischen Stilmitteln eingesetzt wird und unseren hochaufgeklärten Wessis ungeheuerlich vorkommt. Nun hat Lohmann vorgeschlagen, die Geschichte besser auf sich beruhen zu lassen und dem Freien ein Ausfallhonorar zu zahlen, und der Chef hat zugestimmt. Die Vertreter des Judentums beschimpfen sich, hat Lohmann gemosert, und der deutsche Antisemit sitze daheim auf dem Sofa und lache sich ins Fäustchen. So sei es immer, wenn zwei sich streiten, entgegne ich. Ich möge doch bei diesem Thema keine Normalität vorgaukeln, zwischen Juden und Deutschen gebe es nach allem, was passiert sei, nun mal keine Normalität mehr. Also sprach Theo A. Lohkamp. – Tja, weiter sind wir nicht gekommen«, schloss Kühl und leerte die Flasche. »Aber wie stehe ich jetzt vor meinem Kumpel da? Was sage ich dem, warum seine Geschichte nicht gedruckt wird?«

»Die Wahrheit. Es ist halt ein Minenfeld«, sagte Schönbach.

»Na, sind die Herren beim Problemwälzen?«

Lohmann stand vor ihnen, durchaus aufgeräumt die Wolfszähne bleckend, ein Pils in der Hand. Schulterklopferisch sagte er zu Kühl: »Ich weiß übrigens, wie wir die Geschichte doch retten können.«

»Da bin ich aber gespannt«, antwortete Kühl.

Lohmann nahm einen Stuhl und setzte sich. »Habt ihr diese Antisemitismus-Umfrage gelesen, die letzte Woche veröffentlicht worden ist?«

»Die mit ›Haben nach Ihrer Meinung Juden zu viel Macht‹ beginnt?«, zeigte sich der Dicke informiert.

»Genau die. Das ist übrigens die erste zu dem Themenkomplex, die den Osten mit einbezogen hat. Ich glaube, es waren 31 Prozent, die darauf mit Ja geantwortet haben. Das heißt, beinahe jeder dritte Deutsche denkt in antisemitischen Stereotypen. Lasst uns diese Umfrage einfach als Kasten mitten in den Artikel stellen, mit der Überschrift: ›Jüdisches Leben in Deutschland: Noch immer fern aller Normalität‹ – und niemand kann uns an den Karren fahren.«

»Also das verstehe ich nicht«, entgegnete Kühl. »Was hat der Streit zweier jüdischer Gemeinden mit einer Antisemitismus-Umfrage zu tun? Und überhaupt, was soll das sein: zu viel Macht? Wer bestimmt denn, was zu viel oder gerade genug Macht ist? Diese Umfrage besitzt doch nicht den geringsten wissenschaftlichen Wert.«

»Das subjektive Empfinden ist entlarvend genug, und in seriösen Zeitungen kombiniert man eben auch mal verwandte Themen, wenn es sich anbietet«, erklärte Lohmann, dessen Aufgeräumtheit nachließ. »Die Umfrage stammt von einem anerkannten Meinungsforschungsinstitut.«

»Es ist außerdem unseriös, von vornherein auszuschließen, *dass* die Juden zu viel Macht haben könnten«, beharrte Kühl.

»Also du meinst, es könnte sich so verhalten?«, fragte der Zopf starren Blicks.

»Ich bin Naturwissenschaftler. Ich ziehe jede These in Betracht.«

»Jede?«

»Jede!«

»Du würdest auch die *Auschwitz-Lüge* in Betracht ziehen?«

»Ich sagte doch: Jede!«, erwiderte Kühl bockig.

»Also das geht jetzt wirklich zu weit«, beendete Schönbach den absurden Dialog.

Lohmann erhob sich und sagte schulterzuckend: »Das war nur ein Vorschlag von mir. Wenn du nicht magst, lassen wir es halt.«

»Dieser erpresserische Ton erinnert doch stark an früher, findest du nicht?«, knurrte Kühl, nachdem der Stellvertreter gegangen war. »Jetzt brauche ich noch ein Bier.«

Da sich der Dicke auch vier Flaschen später auf dieser Party nicht heimisch fühlte, verließ er sie alsbald. Schönbach blieb allein in seiner Sofaecke und beobachtete eine Weile, wie der chamäleoneske Helmer sich am Kamin um Ossikopf und Zonenkragen redete. Bei dieser Gelegenheit fiel ihm auf, dass Helga Heinrich nicht gekommen war. Anscheinend wollte sie Frau Müller-Giordano nicht kennen lernen.

Schönbach konstatierte, dass er nicht mehr genug Elan besitze, um seine relative Isoliertheit an diesem Abend aufzubrechen – da setzte sich ausgerechnet der behaarte Literaturkritiker zu ihm, was bezüglich des Sichniederlassens für diesen höchste Zeit wurde. Trüben Blicks musterte das haarige Wesen seinen neuen Sitznachbarn und sagte schwerzüngig: »Sie stammen aus der DDR, junger Mann? Ah, die DDR! Ein Scheißstaat fürwahr, aber die Leute haben noch gelesen dort.«

Und ohne eine Antwort abzuwarten, schlief er ein.

9.
Makabres

Der wirkliche Ärger begann damit, dass Kühl, der seit anderthalb Jahren historische und zeitgeschichtliche Bücher wie im Weltneuschöpfungsrausch verschlang, auf einer Konferenz eine Serie zur deutschen Geschichte von den Anfängen bis zur Gegenwart vorschlug, um der jahrzehntelang kommunistisch indoktrinierten Ost-Leserschaft eine alternative Gesamtsicht auf die Vergangenheit ihres nunmehr glücklich wiedervereinigten *Vaterlandes* anzubieten. Müller-Giordano hieß die Idee gut, und Helga Heinrich erklärte, sie sei bekannt mit einem Geschichtsprofessor und Mitglied der Akademie der Wissenschaften.

»Der«, unterbrach sie Kühl, »würde uns nur die alte marxistische Soße mit allenfalls marginalen Verfeinerungen auftischen. Ich will die Serie selber schreiben, gemeinsam mit Schönbach.«

Die Heinrich schwieg beleidigt.

»Aber können Sie das denn?«, fragte der Chefredakteur skeptisch. »Die gesamte deutsche Geschichte?«

»Es wird höherer Schulfunk, mehr nicht, wir sind ja eine Publikumszeitung und kein Fachblatt«, beruhigte ihn Kühl. »Außerdem interessieren wir beide uns von Kindsbeinen an für Geschichte, und wenn wir nicht weiterwissen, fragen wir halt einen Professor.«

»Es gibt ja genug Gesamtdarstellungen, an die wir uns halten können«, pflichtete Schönbach bei.

Die Chefs waren einverstanden. Der erste Teil über germanische Frühgeschichte und Völkerwanderung fiel ohnehin noch in den Zuständigkeitsbereich des Antikenkenners, der sich darüber hinaus erbot, den Teil über die Reformation sowie den abschließenden über die DDR zu verfassen. Der Neuzeit gegenüber fühlte sich Kühl halbwegs gewappnet, und für das undurchsichtige Mittelalter wusste er einen Nachwuchs-Mediävisten.

Die ersten Folgen erschienen ex- und intern unbeanstandet – Müller-Giordano und sein Stellvertreter ließen den Autoren freie Hand –, aber ab dem 20. Jahrhundert wollte Lohmann plötzlich die Manuskripte sehen.

Kühl witterte Arges. »Vielleicht will er mir wieder einen Kasten reindrücken wie neulich bei der Juden-Geschichte«, unkte er. »Aber diesmal werde ich mir das nicht bieten lassen, das ist *meine* Serie – beziehungsweise unsere –, diesmal beschwere ich mich beim Chef.«

Der Zopf segnete das Manuskript zum Ersten Weltkrieg mit der Einschränkung ab, dass Kühl leider die *Kriegsschuldfrage* ausgespart habe – was der Autor mit den Worten konterte, dies sei ein historischer Text und keine Predigt, er erzähle schließlich, wie es zum Krieg gekommen sei, und der Leser könne ja eins und eins zusammenzählen. Der Eklat ereignete sich beim Teil über das Dritte Reich. Bereits wenige Minuten nachdem er das Manuskript empfangen hatte, bat Lohmann Kühl telefonisch zu sich, und nach einer Dreiviertelstunde kehrte der Dicke zurück, die Wangen gerötet, Zöpfchen im Bart und das Manuskript unterm Arm, er setzte sich und sagte seinem Intimus: »Du hast den Text doch gelesen. Ist dir darin etwas Schlimmes aufgefallen, etwas Absurdes, die Fakten Verdrehendes, Staatsgefährdendes?«

Schönbach verneinte.

Die Sache war die, dass Lohmann gar nicht weiter gelesen hatte als bis zu der Stelle, wo Kühl schrieb, eine Mehrheit der deutschen Bevölkerung habe dem Antisemitismus der Nazis reserviert bis ablehnend gegenübergestanden. Wegen dieser Formulierung, erzählte Kühl, sei der Stellvertreter regelrecht ausgerastet; das sei nicht wahr, habe er gebrüllt, Juden seien auf offener Straße erschlagen worden, und, so Lohmann wörtlich, *die Leute fanden es geil!*

»Weiß ich nicht«, sagte Schönbach. »Ist so etwas vorgekommen?«

»In Litauen und vielleicht in der Ukraine, aber nicht im Reichsgebiet«, erwiderte der Dicke, dessen Wangen immer noch in Hitze standen. »Ich habe zumindest nichts über solche Vorfälle gelesen, und ich kann ja nur schreiben, was ich auch belegen kann.«

»Und nun?«

Kühl zuckte mit den Schultern.

Am nächsten Vormittag wurde Schönbach gebeten, zum Chef zu kommen. Dort traf er Müller-Giordano, Lohmann und Kühl, und alle drei zogen Gesichter, als stünden Entlassungen an, der Artikelverfasser mit rotfleckigen Wangen, als handele es sich um die seine. Auf dem Tisch lagen lose Manuskriptseiten. Frage- und Ausrufezeichen umzüngelten den schwarzen Textkorpus.

»Setzen Sie sich zu uns«, sagte Müller-Giordano. »Ich möchte, dass Sie als Co-Autor der Serie bei diesem Gespräch dabei sind.«

Kühl wechselte einen Blick mit Schönbach, der nichts Gutes verhieß, und der Co-Autor nahm Platz.

»Sie kennen den Artikel?«, fragte der Chefredakteur.

Schönbach nickte.

»Und Sie finden nichts Ungewöhnliches daran?«

»Nein. Sollte ich?«

Nun wechselten die beiden Wessis einen vielsagenden Blick, und Lohmann sagte wie sinnend: »Ich weiß nicht, bislang lief die Serie ja wirklich gut, aber ich befürchte, für das allzu komplexe 20. Jahrhundert hätten wir sie doch in die Hand studierter Historiker legen sollen.«

»Wir haben aber nur noch zwei Tage Zeit für diesen Teil«, stellte Müller-Giordano klar. »Es ist Journalismus, keine Doktorarbeit, einen anderen Anspruch hatten wir ja nicht, und ich bin, dass wir uns da bloß nicht missverstehen«, wandte er sich an die beiden Autoren, »sehr zufrieden mit der Serie. Das Niveau ist nicht das Problem.«

»Was ist denn das Problem?«, fragte Schönbach.

»Beispielsweise die Behauptung«, sagte Lohmann, »dass die Mehrheit der Bevölkerung nichts vom Holocaust wusste. Ursprünglich«, erklärte er den beiden anderen, »hatte Kühl nämlich geschrieben, dass die Mehrheit die Judenverfolgung ablehnte, und nachdem ich das kritisiert hatte, ist diese Variante entstanden. Das ist ein klassischer Topos der Rechten, um das deutsche Volk von seiner Schuld reinzuwaschen. Meine Sorge bei diesem Text ist, dass man den Eindruck gewinnen könnte, der Autor will den Holocaust relativieren.«

Schönbach sah den Zopf erstaunt an und fragte: »Wie geht das?«

»Indem man …«, Lohmann suchte nach Worten, »indem man ihn …«

»… kleiner macht, als er war«, kam ihm der Chef zu Hilfe und zündete sich eine seiner superleichten, aber die orale Lust befriedigenden Zigaretten an.

»Reden wir vom selben Text, den ich auch gelesen habe?«, fragte nun Schönbach. »Wo wird denn dort der Holocaust verkleinert?!«

»Also ich fände es einen Skandal, wenn ein Artikel über das Naziregime die Begriffe Auschwitz, Holocaust, Gaskammer noch nicht einmal erwähnt«, sagte Lohmann

»Moment, geht es hier um Begriffe?«, mischte Kühl sich ein. »Ich habe von der ›Endlösung‹, der ›Judenvernichtung‹ und den ›Todeslagern‹ geschrieben, ich treibe doch hier kein, mal neudeutsch geredet, *Name-Dropping*!«

»Ob ›Endlösung‹ oder ›Holocaust‹, das hängt vom *Point of view* ab«, erklärte Müller-Giordano (war das grammatikalisch richtig: *Point of you?*, überlegte Schönbach). »Sie haben den Terminus der Täter übernommen.«

»Der Begriff der Opfer wäre Shoa, den versteht hier in der ehemaligen DDR niemand«, verteidigte sich Kühl, während er nervös an seinem Bart drehte. »Aber kein Mensch sprach damals vom Holocaust. Das ist ein nachträgliches Kunstwort.«

»Du nennst den Holocaust oder die Endlösung außerdem ein *Detail* des Zweiten Weltkrieges«, monierte Lohmann.

»Das *schrecklichste Detail* habe ich geschrieben, ja. Detail heisst: Teil eines Ganzen, aber eben nur Teil …«

»Das ist Verharmlosung!«

»Was war er denn sonst? Das zentrale Ereignis?«

»Das größte Verbrechen der Menschheitsgeschichte ist kein Detail!«, brauste Lohmann auf.

»Was die Größe der Verbrechen angeht, hat wohl Väterchen Stalin die Nase vorn«, wandte Kühl ein.

»Gewiss hat der Stalinismus politische Methoden angewandt, die zum Tode von Millionen Menschen führten«, erklärte Lohmann und stach den Zeigefinger in die Luft, »aber dass ein Staat beschließt und ankündigt, eine bestimmte Menschengruppe restlos zu töten, sie entrechtet, an ferne Orte deportiert und dort fabrikmäßig mit Gas ermordet, das ist singulär.«

»Entrechtet und deportiert haben alle modernen Diktatoren«, hielt wiederum Kühl dagegen, »und den Tod von Millionen von Klassenfeinden haben die Bolschewisten ebenfalls vorher angekündigt.«

»Aber sie haben nicht Millionen vergast«, zischte Lohmann.

»Wenn die Vergasungen das Singuläre ausmachen, haben auch die vergasten Zigeuner Anspruch auf singulären Opferstatus, nicht wahr? Und die von den Einsatzgruppen erschossenen Juden wiederum nicht, denn dieser Methode bedienten sich bekanntlich auch die Kommunisten.«

Müller-Giordano sagte beschwörend: »Herr Kühl, so kommen wir nicht weiter, wir müssen die Serie fortsetzen.«

Aber der Dicke war wieder einmal nicht zu bremsen. »Ich bin gleich fertig, Chef«, erwiderte er, um, an Lohmann gewendet, fortzufahren: »Und die zigtausend Juden, die in den Lagern an Typhus oder Fleckfieber eingingen, sind leider auch keinen singulären Tod gestorben, wie? Interessieren die dich überhaupt? Was würdest du denn sagen, wenn mehr an Krankheiten krepiert wären als im Gas?«

»So wie«, versetzte Lohmann und bleckte sein Wolfsgebiss, »gewisse Auschwitz-Leugner behaupten?«

»Vom rein humanitären Standpunkt aus betrachtet, ist es ja vollkommen egal, Mord ist Mord«, wischte Kühl die Bemerkung fort, »aber« – er senkte auf einmal die Stimme und gab ihr ein unbehagliches Tremolo, während sich sein Kohleblick an Lohmann festsaugte – »um den humanitären Standpunkt geht es dir doch gar nicht, Theo, du empfindest wie ein christlicher Fundamentalist, wenn man ihm sagen würde, der Heiland sei möglicherweise gar nicht am Kreuz, sondern bereits bei der Geißelung gestorben, du brauchst die vergasten Juden wie andere den Gekreuzigten, nicht wahr?«

Müller-Giordano und Schönbach starrten Kühl an, der eine befremdet, der andere fasziniert. Lohmann war blass geworden und ein nervöses Grinsen irrlichterte um seinen Mund.

»Also das ist zu viel«, sagte er bebend, »dir scheint es an sittlicher Reife für ein solches Thema zu fehlen. Wir haben uns im Westen jahrelang intensiv mit diesen Verbrechen und ihren Ursachen auseinandergesetzt, die Diskussion um den Judenmord ist keine Hanswurstiade oder Zahlenspielerei, wie du zu glauben scheinst, die Zivilität dieser Republik beruht darauf. Das lassen wir uns nicht von Aufrechnern aus dem Osten kaputtmachen!«

»Sag ich's doch: Religion«, versetzte Kühl gallig, aber der Chefredakteur schlug mit der flachen Hand auf den Tisch und rief: »Schluss jetzt!« Müller-Giordano straffte den Oberkörper. »Diese Diskussion führen Sie bitte nach Dienstschluss weiter. Ich will, dass der Artikel heute in eine für alle Beteiligten akzeptable Form gebracht wird. Herr Kühl, Ihre Ansichten, die ich zynisch finde, in allen Ehren, aber Sie schreiben für das *Berliner Tageblatt* mit mehreren hunderttausend Lesern, und da sollten Sie schon mal auf einen erfahreneren Journalisten wie Lohmann hören. Die Nazi-Zeit ist ein heikles Thema, keines, das sich dafür eignet, mit dem Kopf durch die Wand zu rennen. Wir tragen auch eine journalistische Verantwortung.«

»Oder willst du das *Tageblatt* zum trojanischen Pferd der Rechten machen?«, sekundierte Lohmann.

»Ich verstehe die Frage nicht«, sagte Kühl und brachte diesen Sachverhalt auch mimisch zum Ausdruck.

»Mein lieber Herr Kühl«, sagte Müller-Giordano nunmehr sehr sanft, »ich möchte, dass Sie Lohmanns Anmerkungen wohlwollend prüfen und weitgehend in Ihr ansonsten nach wie vor respektables Werk übernehmen, insbesondere dort, wo Sie durch interpretatorische Kühnheiten eventuell dem Ruf unserer Zeitung schaden könnten, einverstanden? Klären Sie das beide untereinander?«

Er blickte demonstrativ auf seine Uhr, und das Gespräch war beendet.

»Bring mir einfach die Endfassung noch mal vorbei«, sagte der Zopf auf dem Gang zu Kühl, stieß ihn kumpelhaft in die Rippen und raunte: »Komm schon, das wird eine Super-Serie. Wir können über alles reden. Du kennst dieses Milieu noch nicht, das im Westen solche Artikel liest – willst du denen Futter geben?«

»Es war ein Fehler, dass diese Revolution so friedlich verlaufen ist«, sagte der Dicke, dem Stellvertreter nachblickend und so laut, dass er es noch hören konnte, zu Schönbach. Leiser setzte er hinzu: »Meinst du, dieser Diskurshugo würde mir seine Meinung aufdrücken, wenn mir der Ruch anhinge, ich hätte den Stellvertreter des alten Chefredakteurs persönlich aus dem Fenster gestürzt? Auch diese Bundestagsspießer würden übrigens nicht so herablassend auf ihre Ost-Kollegen gucken, wenn einer am Rednerpult stünde, von dem sie wüssten, dass er dabei war, als das halbe Politbüro umgelegt wurde.«

Schönbach musste lachen, und Kühl ging etwas weniger wütend die, wie er es nannte, *Geßlerhutgrüße* in seinen Text einbauen.

10.
Auf dem Journalistenparnass

Schnitter-Castle schien von jenem Tag an nicht mehr uneinnehmbar, als Müller-Giordano die Redaktion zusammentrommelte, um eine Neuigkeit mitzuteilen, die wenig später auch die Nachrichtenagenturen pflichtgemäß meldeten, zwar nur am Rande, aber immerhin, nämlich: Für seine Reportage über die Verurteilung der Bürgerrechtlerin Tamara Rothe durch den SED-Richter Egon Schreckensteiner und beider neuerliches Zusammentreffen nach der Wende hatte die Jury dem *Tageblatt*-Redakteur Johannes Schönbach den Hardy-Worm-Preis zugesprochen, die bedeutendste deutsche Journalistenauszeichnung.

Der Preisträger wurde von dieser Nachricht genauso überrumpelt wie seine Kollegen, denn er hatte längst vergessen, dass er den Artikel auf Rat von Müller-Giordano vor etwa einem Jahr an irgendeine Jury geschickt hatte. Alle starrten ihn an, ein beachtlicher Prozentsatz nicht eben freundlich, irgendwer begann zu applaudieren, und artig zog das Kollektiv mit. Schönbach fühlte sich, als habe die Sonne vorübergehend beschlossen, nicht nur auf ihn, sondern zugleich aus ihm zu scheinen. Vor kurzem hatte er noch die Texte der Applaudierer Korrektur lesen müssen. Linkisch nahm er die Gratulationen entgegen, ließ sich von Müller-Giordano und Lohmann die Hand schütteln, wobei Letzterer ihm mehrfach auf die Schulter klopfte. Schönbach hatte den zweiten Platz belegt, an dem 15000 Mark Dotierung hingen, und der nach wie vor über jede einzelne wundersam auf ihn herabregnende West-Mark erstaunte jahrelange Hinterhofbewohner stellte spontan 1000 davon für einen abendlichen Umtrunk zur Verfügung, was Herold mit Hochrufen und der Chefredakteur mit der Bemerkung quittierte, alles darüber Hinausgehende werde zur Feier des Anlasses der Verlag übernehmen.

Während der Glückwunsch von Kühl sichtlich von Herzen kam, war sich Schönbach bei Helmer nicht hundertprozentig sicher. Katharina gratulierte biegsam und zugleich schwermütig, Herold lärmend, Stresemann wortlos nickend, Helga Heinrich mit mütterlichem Kondolenzgesicht. Auch die Kollegin Schnitter drückte ihrem zeitweiligen Belästiger die Hand und schenkte ihm dabei einen anerkennenden Blick, in dem ungefähr der Gedanke *Du Ossi kannst ja wohl doch was* mitschwang. Den ganzen Tag riefen Kollegen von anderen Zeitungen und TV-Stationen an, auch Chefredakteure, und zwar meistens bei Müller-Giordano, der die Verbal-Lorbeeren brav und ein bisschen stolz an *seinen Reporter* weiterreichte. Der Vorstandschef von Grube & Tag freilich bestand darauf, seine Gratulation dem Preisträger persönlich durchs Telefon zu plärren.

»Gehen Sie dem *Tageblatt* nicht zu schnell von der Fahne«, rief der Mann kernig, nachdem er sich kernig vorgestellt und *»Congratulation!«* in den Hörer geschmettert hatte. »Jetzt werden die anderen Magazine anrufen und Ihnen gutdotierte Jobs anbieten, aber auch Grube & Tag hat für einen talentierten Journalisten wie Sie immer interessante Perspektiven.«

»Geht sowieso nicht«, erwiderte der Preisträger, »ich habe dem Chefredakteur versprochen, dass ich beim *Tageblatt* bleibe.«

Der Vorstandschef lachte, als habe Schönbach einen Witz gemacht, wünschte weiterhin viel Erfolg und legte dynamisch auf.

Die bei weitem pikanteste Nebenwirkung seiner journalistischen Nobilitierung entnahm Schönbach indes der Schilderung eines Gesprächs, das Kühl ihm ein paar Stunden später auf dem Restaurant-Klo wiedergab. Müller-Giordano hatte nämlich Vera Breitenbach, Anne Schnitter und den Dicken selbst in seinem Auto mitgenommen, und während der Fahrt, so Kühl, habe sich in etwa folgender Wortwechsel entsponnen:

Vera Breitenbach (zum Chefredakteur): »Haben *Sie* je einen Journalistenpreis bekommen?«

Müller-Giordano (hauchzart indigniert): »Nein, bei mir hat man das immer mit Geld erledigt.«

Vera Breitenbach: »Der bedeutendste deutsche Journalistenpreis für ein Ostblatt, das ist doch Klasse.«

Müller-Giordano (verschwörerisch): »Ich will Ihnen mal was sagen, aber erzählen Sie es niemandem weiter: Dass Schönbach bei einer Zeitung von Grube & Tag arbeitet, war seiner Wahl nicht gerade unförderlich. Diese Preisverleihungen sind nämlich der blanke Inzest.«

Kühl: »Aber vergangenes Jahr hat doch ein Journalist vom *Stern* den Preis erhalten.«

Müller-Giordano: »Da steckt Grube & Tag als Gesellschafter drin.«

Aber dann, berichtete Kühl, habe Anne Schnitter zu einem Plädoyer angesetzt, es sei förmlich aus ihr gesprudelt. Sie habe selten einen derart packenden, entlarvenden und desillusionierenden Text gelesen, außerdem habe sie aus diesen paar hundert Zeilen mehr über den Osten erfahren als aus sämtlichen Artikeln zuvor, die Jury hätte gar nicht anders entscheiden können, und sie glaube nicht, dass der Erstplatzierte wirklich besser sei. Bei diesen Worten, raunte Kühl, habe die sonst so biestige

Schnitter ausgesehen wie seine Gattin, wenn sie sich gerade einen Film mit Richard Gere anschaue.

»Die steht auf dich«, fasste er seinen Eindruck zusammen. »Gratuliere! Die ist bestimmt noch Jungfrau.«

»Willst du mich verkuppeln?«, scherzte Schönbach geschmeichelt, während sich ein eitles Gefühl in ihm blähte, das niederzukämpfen ihm nicht gelang. Bekam er tatsächlich zur Auszeichnung gleich noch die Frau dazu?

Auf Wunsch des Chefs saß man diesmal bei einem Italiener. Auch hier hatten die Kellner ohne Aufhebens mehrere Tische zusammengeschoben. Dem Helden des Tages behagte die Mittelpunktrolle zunehmend, und er begann sie auszufüllen, indem er alte Schnapslagergeschichten zum Besten gab; auf dem bisherigen Höhepunkt fiel ihm der bisherige Tiefpunkt seines Lebens ein. Er erzählte von betrunkenen Gabelstaplerfahrern, diebischen Batteriewarten und von Paletten-Joe, dem *Seneca des Lagers*, wie er ihn nannte. Wenig später kündigte Lohmann an, sich nun leider verabschieden zu müssen, was Schönbach mit einem »Det intressiert ma nich!« kommentierte, aber in Wahrheit interessierte es ihn durchaus, denn auf diese Weise wurde der Platz neben Anne Schnitter frei. Ungefähr sechseinhalb Minuten später startete er die Rochade; plaudernd und scherzend und weitere Gratulationen mit ostentativer Bescheidenheit entgegennehmend, umrundete er scheinbar ziellos die Tafel, bis er schließlich wie zufällig am begehrten Stuhl stand und in die begehrten grünen Augen blickte, die sofort hochmütig kaschierten, dass sie einen Sekundenbruchteil lang erfreut aufgeleuchtet waren.

»Schöne Frau, darf ich meine Gastgeberrolle missbrauchen und mich zu Ihnen setzen? Ist Ihnen meine Gesellschaft heute ausnahmsweise erträglich?«

»Warum sollte sie? Nur weil du diesen dämlichen Preis gewonnen hast?«

»Ich gestatte mir eine klitzekleine Korrektur: Ich habe ihn nicht *gewonnen*, er ist mir verliehen worden. Was aber Ihre Zuneigung angeht, so werde ich sie wohl nur durch einen glücklichen Zufall gewinnen können; verliehen wird sie mir, fürchte ich, nie.«

»Den Platz hast du fürs Erste gewonnen«, entgegnete sie, und spornstreichs nahm er selbigen ein.

»Die Geschichte ist übrigens brillant, ich wusste gar nicht, dass du so gut schreiben kannst.«

»Das muss wohl daran liegen, Madame, dass Sie die eigene Zeitung nicht lesen, eine allerdings unter Journalisten weitverbreitete Unsitte. Aber ich danke kniefällig und gegebenfalls auch fußküssend für Ihre Worte, die mir tausendmal mehr bedeuten als der alberne Preis.«

»Du hörst damit nicht auf, wie?«

»Womit, Madame?«

»Mich zu belästigen.«

»Tat ich das?«

»Klar. Du hast angedroht, meine Füße zu küssen.«

»Lediglich als zeitgemäße Variante der klassischen Fußwaschung. Als Maria, die Schwester des Lazarus, die Füße Jesu mit Salböl reinigte, hat sie ihn da belästigt? Hat Kundry Parsifal belästigt, indem sie ihm die Füße wusch?«

»Das waren Frauen, die …«

»Ist es nicht im Ihrem Sinne, Madame, dass die Rollen neu verteilt werden?«

Ein Lächeln umspielte ihren Mund.

»Was willst du bloß von mir, du komischer Ossi?«

»Zum Beispiel, dass wir beide mein Preisgeld gemeinsam durchbringen.«

»Du Spinner, kauf dir doch einen Gebrauchtwagen davon.«

»Ich brauche nichts Gebrauchtes, schon gar kein Auto. Wenn Sie bislang Männer kennen gelernt haben, denen ein Auto mehr bedeutete, als sich beispielsweise auf Capri oder in Venedig Ihrer Gesellschaft zu erfreuen, würde ich gern stellvertretend diese Schande von meinem Geschlecht – will sagen: von meinen Geschlechtsgenossen – waschen.« Bei diesen Worten sah er aus den Augenwinkeln ein paar Plätze weiter die Viehwegerin in ein Gespräch mit Wimmer vertieft, und der Giftbiss des bösen Gewissens durchzuckte ihn.

»Hör jetzt auf damit«, log sie – ihr Blick sagte das exakte Gegenteil –, »ich bin nämlich –«

»Verheiratet?«

»Nein, wie kommst du darauf?«, fragte sie irritiert.

»Was spricht dann gegen Italien?«

»Sag mal, bist du verrückt?«

»Vielleicht nach Ihnen, Madame«, antwortete er und brachte seine türkisfarbene Zwillingskanone zum Einsatz.

Sie lächelte ungläubig und runzelte gleichzeitig die Stirn, was ein Bild von so bezaubernder Kleinstkonfusion ergab, dass Schönbach sie am liebsten auf der Stelle geküßt hätte; dann sagte sie: »Die Telefonnummern von Stasi-Generälen will er mir nicht geben, aber mich nach Italien einladen …«

»Ich habe Ihnen alle Nummern gegeben, die ich besitze«, beteuerte Schönbach. »Ich bin betrübt, dass Sie mir diese Schändlichkeit zutrauen.«

»Tatsächlich?«

Er antwortete mit seinem innigsten Blick.

»Warst du denn schon mal in Italien?«

»Es ging doch nicht.«

»Hätte ja sein können, die Mauer ist doch schon seit zwei Jahren gefallen …«

»Aber Sie, Madame, sind erst seit ein paar Sekunden bereit, mich zu begleiten.«

»Unglaublich«, sagte sie und schüttelte den Kopf.

II. Positano

Ein hellblauer Fiat Uno schlich die tatsächlich atemberaubende Ausblicke gewährende, aber gefährlich kurvige Straße am Steilufer des Golfo di Salerno entlang. Am Steuer saß eine schlanke, blonde Frau, neben ihr stützte ein großgewachsener Mann das Kinn auf sein rechtes Knie. Beide schwiegen und zogen lange Gesichter, die nicht recht passen wollten zu dem herrlichen Himmel, der in wölkchenfreier Makellosigkeit die Küste von Amalfi überkuppelte.

Schönbach und Anne Schnitter befanden sich auf dem Weg von Pompeji nach Positano. In der Ruinenstadt hatte Schönbach noch ausgiebig geredet, zum Beispiel hatte er Plinius den Jüngeren und Cassius Dio über die damalige Katastrophe zitiert oder die Unterschiede einer Wanddekoration dritten und vierten Stils dargelegt (er hatte vor Antritt der Reise noch einmal sämtliche Pompeji-Texte seiner heimischen Bibliothek studiert, um hier den Cicerone machen zu können). Auf dem Rückweg hatten sie in Ravello gestoppt und den Park der Villa Rufolo besichtigt, und auch dort hatte Schönbach viel gesprochen, aber nun schwiegen beide, und in diesem Augenblick, der wie seine Vorgänger und Nachfolger die beiden Fiat-Insassen dermaßen mit landschaftlicher Schönheit überflutete, dass zumindest der männliche vor Begeisterung am liebsten losgeheult hätte, in diesem Moment also mochten beide wohl dasselbe denken: nämlich dass diese Reise eine einzige Katastrophe war und sie so schnell wie möglich ihre Sachen packen und heimfliegen sollten.

Verwundert sah der Himmel auf die Brütenden herab. Ihre Hirnwände hatten sich aufgeladen wie Kondensatorplatten – man konnte förmlich spüren, wie es dazwischen knisterte. Von ihrer löste sich der erste Funken, begleitet von der Frage:

»Und, bist du jetzt ultimativ sauer, weil du für dein Geld nicht bekommst, was du dir vorgestellt hast, du blöder Macho-Arsch?«

Das Problem bestand darin, dass es sich ungefähr genau so verhielt. Schönbach war sauer – so sauer, wie ein Mann eben ist, wenn eine begehrenswerte Frau drei Nächte lang neben ihm in einem Luxushotelbett liegt, mit Blick aufs Mittelmeer, und sich beharrlich weigert, das zu tun, was in solchem Fall nach Schönbachs Ansicht nun mal des Weibes edle Aufgabe und schöne Bestimmung war. Des Einladenden Vorstellung, dieser Urlaub stünde eindeutig unter erotischen Vorzeichen, man werde in Positano ankommen, ins Bett steigen und erst mal eine zünftige Kennenlernvögelei hinlegen, gehörte also zu den grundlegenden Missverständnissen desselben. Das Schlimmste daran war, dass sie es vorsätzlich tat beziehungsweise nicht tat, aus irgendeiner Gesinnung heraus und keineswegs, weil sie nicht mit ihm ins Bett wollte – sie lag ja nachts an seiner Seite und präsentierte ihm tagsüber am Strand ihren schlanken Körper in einem Bikini, dessen Stoffmenge kaum für eine Augenbinde gereicht hätte.

»Unterstell mir bitte nicht, dass ich dich kaufen wollte, das ist mir zu blöde«, entgegnete Schönbach. »Ich bin sauer, weil ich glaube, dass du mir nur irgendeinen Unsinn demonstrieren willst.«

Stirnrunzelnd legte sie sich in eine besonders enge Kurve und blies dabei ein Haar, das sich gelöst hatte, aus dem Gesicht. Hundert Meter unter ihnen rauschte das Meer. Er fand es erregend, ihren drahtigen Armen beim Lenken zuzusehen. Sie trug ein kurzes Röckchen und ein weißes T-Shirt mit nichts darunter. Ihr Verhalten war eindeutig schizophren. Noch am Vorabend hatte sie ihm ein Plädoyer darüber gehalten, dass eine Frau anziehen könne, was sie wolle, ohne dass ein Mann irgendein Recht habe, sich davon animiert zu fühlen.

Nachdem Anne an jenem Preisverleihungsverkündungsabend zu seinem Vorschlag nicht Nein gesagt hatte, war Schönbach zum Chefredakteur gegangen und hatte ihn gefragt, welcher Ort in Italien am besten geeignet sei, um mit einer schönen Frau ein paar tausend Mark Preisgeld in umwerfender Atmosphäre durchzubringen. Müller-Giordano war über die Frage zuerst verwundert gewesen, dann aber hatte er mit einem Blick, in dem durchaus Achtung lag, geantwortet: »Das Sirenuse in Positano.«

Natürlich war Sirenuse im Juli total ausgebucht, aber ein sublimer Zufall in Form einer kurzfristigen Absage half, und Schönbach konnte buchen.

Am nächsten Morgen erschien er im Büro der Kollegin Schnitter und legte ihr wortlos Flugtickets und Hotelunterlagen auf die *Frankfurter Rundschau*, die zu studieren sie soeben im Begriffe stand.

Anne Schnitter schluckte, doch ehe sie sich äußern konnte, sagte Schönbach: »Da wäre nur ein Problem: Ich kann den Leihwagen nicht fahren, das müsstest du übernehmen. Ich habe keine Fahrerlaubnis.«

»Führerschein«, hauchte Anne.

»Wie?«

»Im Westen sagt man Führerschein … Aber ich werde natürlich nicht mitkommen.«

»Warum nicht?«

»Weil ich das nicht annehmen kann.«

»Unsinn. Du packst deinen Koffer, und alles Weitere geschieht wie von selbst.«

Selbstverständlich kam sie mit. Nicht mal die aufgeklärteste oder zumindest engste ihrer Freundinnen unterstützte die Ablehnungsvariante. Im Gegenteil, die arme Anne musste sich sagen lassen, sie verdiene nichts als Schläge, wenn sie ein solches Angebot ablehne. Diesen Dialog gab sie Schönbach im Flugzeug wieder, als beide noch, jeder auf seine Weise, hoffnungsfroh waren, und vielleicht wäre es tatsächlich ein Liebesurlaub geworden, dachte Schönbach noch am vierten Tag, wenn er etwas raffinierter vorgegangen wäre …

Inwieweit sich der Chef seinen Reim darauf machte, dass die Kollegin Schnitter exakt in derselben Woche Urlaub nahm wie der erklärte Preisgelddurchbringer, musste dahingestellt bleiben. An seinem Rat lag es jedenfalls nicht, dass bislang alles schief gegangen war. Positano mit seinen Orangen- und Zitronenhainen und den wie erstarrte Kaskaden eines Wasserfalls an der Steilküste klebenden Häusern gehörte gewiss zu jenen Orten, an die man sich noch im Sterben erinnert, wenn es einen hart ankommt im Gedanken daran, was man nun verlassen muss. Auch das Sirenuse hielt, was Müller-Giordano verhießen hatte. Schönbach dachte zwar zuerst, man habe sich in der Adresse geirrt, dieser zweistöckige Bau könne doch unmöglich ein Weltspitzenhotel sein, aber drinnen klärte sich alles auf: Der Lift fuhr *nach unten*, die Treppe führte *nach unten*, das gesamte Hotel führte nach unten, es war Etage für Etage wie ein Vogelnest an den Berg geklebt. Der Portier musterte von den Neuankömmlingen vornehmlich den männlichen, und zwar von Kopf bis Fuß, wo schließlich sein Blick grübelnd verharrte, als bedauere er, dass dieser Teil des Gastes im Bett wohl keinen Platz mehr finden würde. Dann wanderte sein Auge zur Begleiterin, wohl um sich zu vergewissern, ob sie den Mangel ablenkend auszugleichen in der Lage sein würde, und lächelnd händigte er den Schlüssel aus.

Sie fuhren vier Etagen abwärts. Schönbach trug das Gepäck, Anne schloss das Zimmer auf, durchquerte es, öffnete die Lamellentür zum Balkon, so dass das Licht hereinstürzte, und sie sahen sich um. Bett und Schrank im Zimmer gehörten wie die Truhen auf dem Flur zur Gattung Bauernkitsch, aber was in Deutschland wie eine brachiale Gemütlichkeitsnötigung gewirkt hätte, gewann unter südlicher Sonne verblüffend an Grazie. Der Fußboden war aus Stein, die Badewanne ein Whirlpool. Ansonsten hatte der Italiener sich in dekorativer Zurückhaltung geübt, der Ausblick war Dekoration genug. Unten brandete das Mittelmeer an den schwarzen Sandstrand, und vom Balkon aus sah man die Fähre nach Capri ablegen. In der Ankunftsminute auf besagtem Balkon beging Schönbach den vermutlich spielentscheidenden Fehler, indem er neben Anne trat, die sich auf die Brüstung stützte und »Herrlich!« seufzte, und ihr sachte an den Hintern fasste. Keine zwei Flaschen La Scolca, keine Seezunge, kein Schwärmen und Gesäusel, kein Abendwind samt Wellenrauschen waren nachher imstande, diesen Missgriff zu kompensieren.

»Lass das, ich bin keine Hure!«, hatte sie gefaucht und ihre Hand in seinen Unterarm gekrallt, dass die Fingernagelspuren noch tags darauf zu sehen waren – und Schönbach begriff, worauf er sich eingelassen hatte.

Nachdem das Entscheidende schiefgelaufen war, hatte sich tags darauf während der Überfahrt nach Capri jener Gesprächsthemenmangel eingestellt, der die Zeit so zäh werden ließ, als läge ein Ölfilm auf ihr. Sie waren aber auch von grotesker Verschiedenheit. Das begann bei den Büchern, die auf den Nachtschränkchen zu beiden Seiten des tatsächlich recht kurzen, dafür aber wieder ziemlich breiten Bettes lagen: auf der einen Band II der Tagebücher Cosima Wagners sowie Italo Svevos *Zeno Cosini*, auf der anderen Andrea Dworkins *Ice and Fire* sowie die *Deutschstunde* von Siegfried Lenz, den der Viel- und Nachhol-Leser Schönbach bereits als einen der größten Idioten der deutschen Nachkriegsliteratur identifiziert hatte (Frau Dworkin zu kennen, besaß er noch nicht das Vergnügen). Anne war, was Schönbach anfangs kaum glauben konnte, ein komplett unhistorischer Mensch, die Weltgeschichte begann für sie mit dem Sündenfall der Nazizeit, das Davor interessierte sie nicht, sie las nur Bücher von lebenden Autoren, interessierte sich nicht für klassische Musik und ausschließlich für die moderne oder avantgardistische Kunst. Letztgenanntes hatte den beiden übrigens schon in Berlin ihren bis dato einzigen gemeinsamen Abend verdorben, denn Schönbach war in der Neuen Nationalgalerie achtlos an einer Beuys-Installation vorbeigelaufen, weil er meinte, der Raum werde gerade umgebaut. Von ihr auf seinen Lapsus hingewiesen beziehungsweise wegen desselben angenölt, hatte er sich obendrein noch über den *Vernissagen-Pöbel* lustig gemacht, der andächtig um solches *Müllkippeninventar* herumschleiche und sich irgendwie angesprochen fühle, worauf die moderne Anne schwer beleidigt war. Sie sprach fließend Englisch und passabel Französisch, und mehrfach fiel sie bei ihren Unterhaltungen in eine der beiden Sprachen, aber erst in Pompeji dämmerte es Schönbach, dass sie sich anscheinend ihrer Herkunft schämte, denn immer wieder, wenn andere Besucher näherkamen, bat sie ihn, seine historischen Exkurse doch weniger lautstark vorzutragen, oder sie beschleunigte plötzlich ihre Schritte, bis die anderen außer Hörweite waren.

Anne verabscheute Fleisch auch in zubereiteter Form, sie aß überwiegend vegetarisch, ein Fisch wie besagte Seezunge war schon die Ausnahme, während Schönbach gern auch mal einen Braten genoss. Sie konnte stundenlang am Strand in der Sonne liegen, was ihr Begleiter keine zehn Minuten aushielt, dann trieben ihn Hitze und geistiger Beschäftigungszwang in den Schatten. Dafür wurde sie bei Tische unruhig, wenn er sich gerade warmgetrunken hatte, oder sie blieb vor Design-Geschäften stehen, deren Auslagen ihn in schwerste Gattungszweifel stürzten. Kurz, zwischen ihnen stimmte nichts.

Frustriert lag er in der vierten Nacht neben der gutgewachsenen Anne und fragte: »Was ist eigentlich Frau Dworkin für eine?«

»Jedenfalls keine Männerdomestikin wie Cosima Wagner«, schnappte es zurück.

»Ach Gott, Lakai bei einem Genie, das mag noch angehen …«

»Genie, dass ich nicht lache! Es gibt keine Genies. Dieser Kult ums Genie, der Glaube an große Männer, das ist alles 19. Jahrhundert!«

»Ich liebe das 19. Jahrhundert«, antwortete Schönbach unbeirrt. »Weisst du, dass Wagner seinen *Parsifal* gar nicht weit von hier zu Ende komponiert hat?«

»Das hast du mir doch vorhin schon erzählt.«

»Nein, vorhin habe ich erzählt, dass ihn dieser Park zu der Klingsor-Szene inspirierte.«

»Es ist mir offen gestanden egal, wo dieser antisemitische Opernkomponist seine Monströsitäten ausgebrütet hat.«

»Das ›Opernkomponist‹ kannst du auch weglassen«, spöttelte Schönbach.

»Auf deinen Bildungsschrott brauchst du dir nichts einzubilden. Du hast dir den Kopf zugemüllt mit Platon, mit Wagner, mit … – na, was weiß ich, womit noch. Es hindert einen am Verstehen des Neuen, wenn man zu viel alten Ballast mit sich herumschleppt, man nimmt dann auch die *Patterns* aus vergangenen Jahrhunderten mit. Genie! Lies mal Foucault oder Derrida! Du solltest allmählich in der Gegenwart ankommen. Die Mauer ist weg, es gibt keinen Grund mehr, in der Vergangenheit zu leben.«

»Du meinst, sobald ein Autor oder Künstler tot ist, taugt er nichts mehr?«

»Doch, fürs Museum. Logisch, dass ihr Ossis dafür empfänglich seid, man hat euch ja eingeredet, dass ein seit hundert Jahren toter Marx die Antwort auf alle eure Probleme wüsste.«

»Schön, dass mir mal jemand meine Ost-Existenz erklärt. Foucault ist übrigens auch schon tot.«

»Aber nicht seit hundert Jahren.«

»Und wie ist das mit Svevo, darf ich den noch lesen? Der ist jetzt, Moment, vor 63 Jahren gestorben …«

»Ach, laß mich doch in Ruhe, und lies, was du willst.«

Sie drehte sich zur Seite und ihm den Rücken zu. Dieser Rücken samt Schulterpartie besaß die kalte Wohlgeformtheit einer thorwaldsenschen Skulptur des frühen 19. Jahrhunderts, ergänzt und vollendet durch die serielle Bräune des späten 20. Jahrhunderts. Dass eine fremde, unverheiratete Frau mit ihm hier im Bett lag, war ebenfalls spätes 20. Jahrhundert, dass sie partout nicht vögeln wollte, hätte eventuell wieder ins 19. gepasst, dass sie, statt zu vögeln, eine feministische Autorin las (so viel hatte Schönbach heimlich via Klappentext eruieren können) beziehungsweise genau deswegen nicht vögeln wollte, war wiederum 20. Jahrhundert und hoffentlich die allerkürzeste von allen historischen Episoden …

In dieser Nacht ging Schönbach in der Wahl seiner Mittel bis zum Äußersten. Nachdem sie noch ein halbes Stündchen ihre Dworkin und er zur Abwechslung und Einstimmung auf das Folgende einmal gar nichts gelesen hatte, improvisierte er fünf Minuten nach Erlöschen des Lichtes zunächst ein tonloses Schluchzen, welches er bald darauf so steigerte, dass es seinen gesamten Körper schüttelte und auf der anderen Seite des Bettes keinesfalls unbemerkt bleiben konnte. Es fiel ihm erstaunlich leicht, die Situation war ja zum Heulen. Und dann geschah das Wunder: Auf einmal presste sie sich an ihn, küßte ihm die Tränen vom Gesicht und hörte nicht einmal auf damit, als sie bemerkte, dass dort gar keine Tränen waren …

Die folgende Strafe für den Betrug gebärdete sich anfangs noch als Erfüllung seiner Wünsche. Aber nachdem er sie ungefähr eine Stunde lang oral bedient hatte ohne ein anderes erkennbares Ergebnis, als dass sich die Steife von dort, wo sie geboten war, allmählich in sein Genick verlagerte, verweigerte sie den im Gegenzug allfälligen Blow-Job mit der Begründung, sie habe immerhin einen Hochschulabschluss und so etwas nicht nötig, sie müsse würgen, wenn sie nur daran denke. Mühevoll sammelte er sich wieder und wollte zunächst auf die konventionellste Weise zum Vollkontakt übergehen, doch Madame legte entschiedenen Wert darauf, selber obenauf zu sein; sie ritt ihn allerdings so hölzern-enthemmt, dass er um sein Liebstöckel bangte. *A tergo* mochte sie nicht, vermutlich weil es die Tiere so trieben. Als er es schließlich durchgesetzt hatte, sie in der irgendwie kennenlerndienlichen Missionarsstellung zu penetrieren, freilich ohne ihre kavalleristische Hektik, und ihr voller Erleichterung, dass er wider Erwarten doch noch so weit kommen sollte, ein brünstiges »Ich spritz dich jetzt voll!« zuraunte, bäumte sie sich auf wie ein Pferd vor der Eisenbahn, warf ihn ab und versicherte ihm neuerlich, sie sei doch keine Hure.

Ein derart grundlegend versauter Orgasmus bringt auch den Frömmsten in den Harnisch. »Vielleicht solltest du das nächste Mal mit einer Frau verreisen«, tremolierte Schönbach wütend, »und ich auch.«

»Du wolltest doch unbedingt, dass ich mitfahre«, entgegnete sie schnippisch und wischte mit seiner Bettdecke einen Spermaspritzer von ihrem Oberschenkel.

In Erwägung, dass es wenig Sinn hatte, in dieser Unterhaltung fortzufahren, drehte sich Schönbach zur Seite.

Minutenlang herrschte Stille. Dann sagte sie: »Es tut mir leid.«

Nein, nicht auch das noch, fuhr es ihm durch den Kopf.

»Ist schon in Ordnung«, entgegnete er. »Wir passen halt nicht zusammen.«

»Und was machen wir jetzt?«

»Abreisen, was sonst.«

»Schade eigentlich.«

»Ich bin kein Masochist, Anne, und Frau Dworkin kannst du auch zu Hause weiterlesen.«

Aber die stattgehabte Intimität schien die ganze Frau verändert zu haben. Sie kuschelte sich an ihn und schnurrte: »Es tut mir leid … es war ja schön … Lass es uns doch noch mal versuchen …«

»Ich will nicht«, knurrte Schönbach.

Ihre Hand hatte erstaunlich zielsicher gefunden, was sie suchte.

»Du willst doch«, stellte sie fest.

Was für ein kurioser Szenenwechsel! Auf einmal stand Schönbach vor dem haargenau umgekehrten Problem wie ein paar Stunden zuvor; hatte er sie eben noch *um jeden Preis* rumkriegen wollen, musste er ihr nun erklären, dass an eine Wiederholung dieser Tortur *um keinen Preis* zu denken war. Er schob ihre Hand weg, arbeitete sich langsam im Bett empor und betrachtete seine missratene Beute. Sie lag auf der Seite, ihr Haar ergoss sich über die wohldefinierten Schultern, das Grün ihrer Augen leuchtete gewinnend, und man sah ihr keineswegs an, dass sie eine erotische Null war – diesen Selbstvorwurf konnte Schönbach sich ersparen. Vermutlich war sie auch keine, sondern hatte sich nur dazu machen lassen, aber das sollte ein anderer geraderücken. Er empfand auf einmal nichts als Aversion. Warum hatte er diese Frau bloß so fanatisch begehrt?

»Wir fahren morgen«, sagte er bestimmt.

Sie verzog den Mund und drehte sich mit einem Ruck weg.

Schönbach blieb hart, obwohl ihn Schuldgefühle plagten.

Du wolltest den Westen ficken, sprach es aus irgendwelchen Tiefen zu ihm, das ist alles. Aber diese Vereinigung war ein Witz.

12.
Finis Germaniae?

Im Frühjahr 1994, auf dem Höhepunkt der von Skinhead-Anschlägen auf Asylbewerberheime begleiteten Einwanderungswelle nach Deutschland, verfasste der *Tageblatt*-Redakteur Kühl einen Kommentar.

Kaum jemand käme auf die Idee, schrieb er, den Bettler aus der Einkaufspassage bei sich daheim aufzunehmen, erstens, weil er fremd sei und vielleicht stehle, zweitens, weil man sich mit einigem Recht nicht für dessen Elend verantwortlich fühle, drittens, weil die meisten ohnedies nicht finanzkräftig genug seien, um jemanden aufzunehmen, und gerade selber so durchkämen. Niemand umgebe sich auf Dauer mit Leuten, die nicht willens und imstande seien, ihre Rechnungen selbst zu bezahlen. Aber wenn ein Gemeinwesen groß genug sei, tauchten plötzlich Figuren auf, die es den Armen der Welt zur Verfügung stellen wollten – die eigenen vier Wände natürlich ausgenommen –, und zwar mit der Begründung, das Elend auf dem Planeten lindern zu wollen. Für diese Forderung ließen sie sich von einem schreibenden und politisierenden Teil des Gemeinwesens, der persönlich auch nichts mit den Bettlern zu tun bekomme, als Tugendhelden feiern. Am Ende entstünde daraus ein regelrechtes Gewerbe. Der arbeitende und etwas ärmlichere Teil des Gemeinwesens müsse dann die fremden Bettler integrieren, und zwar unter strenger Kontrolle durch die Fremdgeldverteiler und Hypermoralisten, die von ihren besseren Wohngegenden aus darüber wachten, dass sich die Unterklassenangehörigen auch anständig gegen ihre neuen Konkurrenten benähmen. Und wehe, wenn nicht! Dann würden sie öffentlich als Ausländerfeinde, Rassisten, Nationalisten und so weiter verunglimpft.

Seit der Wiedervereinigung, schloss der Text, seien über eine Million Ausländer in Deutschland eingewandert. Während der gesamten Menschheitsgeschichte sei wohl noch nie eine Landnahme in dieser Größenordnung derart wohlwollend hingenommen worden. Statt immer wieder mit ihrer vermeintlichen Ausländerfeindlichkeit behelligt zu werden, hätten die Deutschen vielmehr kollektiv den Friedensnobelpreis verdient.

Mit dem fertigen Kommentar ging der nach wie vor dicke, vollbärtige, nachlässig gekleidete, aber insgesamt etwas erschlafft wirkende Kühl ins Büro seines Kollegen Johannes Schönbach. Nachdem der den Text überflogen hatte, sagte er: »Ich glaube nicht, dass der Zopf oder irgendwer sonst aus der Chefetage diesen Kommentar zum Druck freigibt.«

Er sah seinem Freund nachsichtig in die Augen. Dort irrlichterte und brodelte es.

»Ich weiß«, erklärte der Dicke eisig. »Aber es ist das, was ich zu diesem Thema zu sagen habe.«

»Man wird dir vorwerfen, dass du den Neonazis in die Hände arbeitest.«

»*Wasser auf die Mühlen,* nicht wahr? Diesen gleichgeschalteten Idioten fallen ja nicht mal neue Formulierungen ein. In der DDR war Kritik am Politbüro immer gleich weltfriedensfeindlich, und heute ist jede Kritik an der Einwanderung automatisch nazistisch.«

Schönbach bemerkte, wie er innerlich von Kühl abrückte, ihn gewissermaßen in seinem Deutschland zurückließ, und sagte: »Du solltest vielleicht etwas ausgewogener formulieren. Wenn du gleich den verbalen Baseballschläger rausholst, lieferst du die Ablehnungsargumente ja in der Silberschüssel.«

Kühl stand starr wie ein Zinnsoldat, nur sein schwarzer Bart zitterte sacht, als er sagte: »Darf ich dich daran erinnern, was ich in diesem Blatt bereits alles nicht schreiben durfte? Ich meine: nach der Wende?«

Das war eine Menge, Schönbach erinnerte sich wohl der endlosen, zermürbenden Debatten zwischen dem störrischen

Dicken und Lohmann, sobald es um Themen ging, die mit der Nazi-Ära und ihren politischen Folgen für die deutsche Innen- und Außenpolitik zu tun hatten. Der Zopf trug seit einiger Zeit keine Lederweste mehr, dafür aber einreihige Anzüge sowie die inhaltliche Verantwortung für das Blatt. Müller-Giordano widmete sich zunehmend repräsentativen Aufgaben, für die er schließlich wie kein Zweiter geschaffen war. So kam es, dass der Chef öfter im Fernsehen, bei irgendwelchen Aufsichtsräten oder beim Regierenden Bürgermeister war als in der Redaktion, womit die Interessens- und Meinungsgegensätze zwischen den beiden ohne seinen vermittelnden und abfedernden Einfluss stattfanden, in einem monatelangen Kleinkrieg, den Kühl nur verlieren konnte. Während Schönbach von Erfolg zu Erfolg eilte, wurde der Dicke von Lohmann ausgebremst und kujoniert.

Schönbach, der in der Regel weder Lohmanns noch Kühls Meinungen teilte, dem die Sache indes näher ging, als er sich den Anschein gab, denn er lehnte als gebranntes DDR-Kind *jede* Meinungsunterdrückung ab, hob neuerlich die Schultern und sagte: »Es ist halt *deren* Zeitung.«

»Ich wollte frei sein«, flüsterte Kühl, »deshalb habe ich damals gegen Funkenkamp und Fleischer gemeutert. Ich wollte endlich nach bestem Wissen und Gewissen über Dinge schreiben, die mich interessieren. Nun gibt es wieder jede Menge Themen, über die man sich nicht äußern darf, wieder gefährde ich gewissermaßen den Weltfrieden und werde mit scheinmoralischen Argumenten erpresst, wieder stehe ich inmitten von angepassten Speichelleckern …«

»Sei doch nicht so pathetisch, jedes System hat seine Eckwerte, alles andere widerspräche der Conditio humana.«

»Ist es notwendig, dass es ein deutsches Volk gibt und eine deutsche Kultur?«

»Nein. Kein Volk und keine Kultur sind notwendig. Jedem Volk ist seine Frist gesetzt, sagt der Prophet.«

»Ich gestatte mir, die Frage umzuformulieren: Hält es Johannes Schönbach für erstrebenswert, dass ein deutsches Volk sei, oder nicht?«

»Sorry, Herr Fichte, für den nationalen Widerstand bin ich wohl verloren«, antwortete Schönbach. »Mich ödet dieses Gerade-wir-als-Deutsche-Geschwätz zwar genauso an wie dich, und ich kriege bei mancher ausländischen Gaunervisage das Kotzen, aber ich weiß auch, dass viele dieser Zuwanderer arme Würstchen sind, die ihre Heimat verlassen haben, was ja wohl nicht einfach ist, so wie zum Beispiel du an deiner hängst …«

Kühl wollte etwas sagen, aber Schönbach hob energisch-abwehrend die Hände – er hatte den Eindruck, dass dieses Gespräch finalen Charakter besaß – und fuhr fort: »Ich habe keinen Plan und vor allem keine Ahnung, wie die Welt laufen soll, ich weiß nicht, ob es schlimm ist oder bloß phänomenal, wenn Deutschland multikulturell oder amerikanisiert wird, ich habe meine Zweifel, ob dieses deutsche Volk wirklich noch die deutsche Kultur trägt oder ob diese Kultur nicht ohnehin längst eine Archiv-Existenz führt und zum allmählichen Aussterben verurteilt ist, wie jede Kultur halt irgendwann mal ausstirbt, ich bin nicht eingeweiht in die Pläne des Weltgeistes …«

»Alle Achtung«, höhnte Kühl, »du hast schon mehr Bundesrepublik im Leibe als DDR-Schnaps. Man kann sich immerhin dagegen wehren oder es zumindest versuchen.«

Seit einem knappen Jahr musste Kühl einen Co-Verantwortlichen für die Zeitgeschichtsseite neben sich dulden, den Lohmann dem Hausquerulanten nach vorheriger Abstimmung mit Müller-Giordano aufgehalst hatte, einen Neuzeithistoriker aus Westberlin, der über Wehrmachtsverbrechen promoviert hatte, die Diskussionen mit Kühl nun stellvertretend für den Zopf – aber, wie Kühl versicherte, hundertprozentig in dessen Sinne – ausfocht und immer häufiger seine akademischen Freunde ins

Blatt brachte. Alles laufe darauf hinaus, orakelte der Teilverstoßene, ihm die Seite häppchenweise wegzunehmen, und zwar mit der am Ende jeder fruchtlosen Diskussion von seinen Gegnern vorgebrachten Erklärung, er sei halt Naturwissenschaftler und kein Historiker und verstünde von alldem letztlich zu wenig. Der Neue war nach Kühls Darstellung auch dafür da, Lohmanns permanentes Argument einzulösen, dies und jenes sei *kein Thema* – und zwar dadurch, dass er selber andere Themen vorschlug. So setzte er mit höchster Unterstützung eine mehrteilige und mitunter hymnische Serie über die westdeutschen 68er durch (»Das kennt hier keiner«, lautete seine Begründung), statt, wie Kühl es vorgeschlagen hatte, über die Vertreibung der Deutschen aus den ehemaligen Ostgebieten zu berichten (»Das kennt hier auch keiner«).

Der Dicke reagierte, wie er es in der DDR gelernt hatte: mit ohnmächtigem Sarkasmus. Wie früher krähte er nun wieder seine Sottisen in jede offene Tür, zum Beispiel fragte er, wann in Berlin endlich die große Zentralmoschee errichtet werde, oder er schlug vor, in der Schule die Fächer Deutsch durch *Landessprache, Klammer auf: jeweilige*, und Geschichte durch *Deutsche Verbrechenskunde* zu ersetzen.

Kühl stand auf und begann, im Zimmer auf und ab zu watscheln.

»Früher«, sagte er, »habe ich Hitler und seine Bande gehasst, wie jeder sie hasst, der alle Tassen im Schrank hat. Nachdem ich nun mehrere Jahre die demokratische und vor allem die linksliberale Westpresse konsumiert und den nachgeholten deutschen Widerstand kennen gelernt habe, fällt es mir zunehmend schwer – zumindest mag ich's nicht artikulieren, weil ich keine Lust habe, mit diesem wohlfeilen Gesindel verwechselt zu werden. Ich habe keine Lust mehr. Ich werde kündigen.«

»Hast du denn was anderes?«

»Bevor sie mich hier völlig aus dem Impressum kegeln, werde ich doch hoffentlich etwas gefunden haben. Jedenfalls wird es höchste Zeit.«

»Dann warte solange mit deinem Kommentar.«

»Lohkamp und Fleischer-Giordano sollen mir ins Gesicht sagen, dass sie ihn nicht drucken.«

»Das werden sie.«

Kühl blieb stehen und starrte den Freund auf einmal mit einem vor Verachtung übergehenden Blick an.

»Du bist ein Opportunistenschwein«, flüsterte er. »Ich hätte es nicht geglaubt.«

Schönbach glaubte, sich verhört zu haben.

»Wie bitte?«

»Ein elendes Opportunistenschwein«, wiederholte Kühl.

So trennten sich ihre Wege.

Selbstverständlich wurde der Kommentar nicht gedruckt, und drei Wochen später reichte der Dicke seine Kündigung ein. Als offiziellen Grund gab er an: Umzug in eine andere Stadt.

»Also ich finde es gut«, sagte Helga Heinrich, als in der Ressortleiterkonferenz der Fall Kühl im Sinne des wirklichen Kündigungsgrundes zur Sprache kam, »dass die neue Chefredaktion so antifaschistisch denkt wie die alte. Es war schließlich nicht alles schlecht in der DDR.«

Einzig der Chefreporter Schönbach erlaubte sich die Frage, ob der Geschmähte denn nach ihrer Meinung ein Faschist gewesen sei, was die Feuilletonchefin sofort heftig verneinte, indem sie ihre Aussage ins unbestimmt Allgemeine verdrehte.

Als Schönbach Katja auf der PDS-Veranstaltung wiedertraf, wohnten Kühl und seine Familie schon nicht mehr in Berlin.

IV.
Gosse, zum Zweiten

1.
Proktologisches Präludium

»Ihre Hämorrhoiden sehen aus wie saftige Feigen«, sagte der Doktor.

Schönbach, der mit angewinkelten Beinen wie ein umgedrehter Maikäfer vor ihm auf dem Behandlungstisch lag, wusste nicht, was er von dieser Bemerkung halten sollte; also nahm er sie einfach als klassisches Proktologen-Kompliment.

Außer ihm und dem Arzt befand sich noch eine Assistentin im Raum, eine angehende Frau Doktor, vielleicht Anfang dreißig, rotblond, keineswegs unattraktiv, und gemeinsam mit ihrem Chef starrte sie dem Patienten hochkonzentriert und ohne konkrete Kennenlernabsicht ins Rektum. In dieses hatten sie vorher eine Art Metallrohr eingeführt.

Der Behandlungsraum war fensterlos, indirekte Beleuchtung hielt ihn dezent im Halbdunkel, damit sich der Patient nicht durch allzu viel Licht noch extra exhibitioniert fühle, und im Hintergrund lief, eher erahn- als hörbar, das Adagio aus Bruckners Achter Sinfonie. Nur dort, *wo gearbeitet wurde*, sorgte ein kleiner Scheinwerfer für Helligkeitsverhältnisse wie auf dem Rasen des Münchner Olympiastadions bei einem Champions-League-Spiel. Möglicherweise sollte das herrschende Dämmerlicht auch verhindern, dass die Kundschaft sich von einigen Details des Behandlungszimmers abgestoßen fühlte. Da waren zum Beispiel die schwarzen Vipern, die Miniaturkameras in ihren Mäulern trugen und bis zur nächsten Endoskopie an Wandhaken hingen, ferner allerlei metallene Gerätschaften, mit denen sich der Doktor gewaltsam Zutritt in gewisse Körperöffnungen verschaffte – eines dieser Instrumente sah wie ein Vogelschnabel aus –, und an der Wand war in Kniehöhe ein waagrechter Glaszylinder von vielleicht fünf Liter Fassungsvermögen angebracht, in dem ein Schlauch endete und eine gallertartige, teils durchsichtige, teils mit bräunlichen Flözen durchsetzte Masse sich sammelte. Schönbach hatte den mysteriösen Kolben längst erspäht, weil schräg über ihm sein dunkelgrauer Boss-Anzug und sein schwarzer Versace-Mantel hingen; anhand des Schlauchverlaufs hatte er inzwischen auch dessen Zweck – und somit die Herkunft des Gallerts – enträtselt. Es handelte sich um eine Art Staubsaugerbeutel, ein bisschen Schleim darin stammte von ihm, ein paar Tröpfchen, im Gegensatz zu einigen seiner Vorgänger hatte er ordnungsgemäß abgeführt, und nur einmal war von dorther, wo die beiden Weißkittel hantierten, jenes Schmatzgeräusch ertönt, das sich ungefähr anhörte wie der Speichelabsauger beim Zahnarzt. Seine Markenklamotten in unmittelbarer Nähe dieser anscheinend jederzeit explosionsbereiten Rektalschleimgranate zu wissen, erzeugte in Schönbach ein Unbehagen, das jenem gleichkam, welches ihm gerade körperlich bereitete wurde.

»Schuss!«, kommandierte der Doktor, ein schnappendes Geräusch ertönte, dem ein brennendes Gefühl folgte, und wieder war, offenbar, eine der Feigen geerntet.

»Halten Sie es noch aus, oder sollen wir eine kleine Pause machen?«, fragte der Doktor.

»Ich beginne gerade, es zu genießen«, erwiderte Schönbach heroisch, und er sah, wie ein kurzes Lächeln über das konzentrierte Antlitz der Erntehelferin flog. Wie kam die Frau bloß dazu, sich für einen solchen Beruf zu entscheiden?

»Schuss!«

Ungefähr als Sechzehnjähriger hatte er in Ostberlin eine vergleichbare – und auch wieder nicht vergleichbare – Prozedur über sich ergehen lassen müssen. Der erste Unterschied bestand darin, dass er diesmal gefragt worden war, ob er eine Kurznarkose wollte (Schönbach hatte aus Kontrollgründen abgelehnt), der zweite, dass er hier halbwegs komfortabel auf dem Rücken lag, während die DDR-Version eine Art umgekehrten Gynäkologen-Stuhl für die Behandlung vorsah, auf dem er bäuchlings kniete, den Hintern wie eine läufige Katze nach oben gereckt, die Hände an Metallgriffen. Noch heute erinnerte er sich an die Scham, die er empfunden hatte, und zwar anfangs weniger wegen der Position, sondern wegen seiner an den Hacken bereits durchgelaufenen Socken, die auszuziehen er in seiner Aufregung vergessen hatte – und dort war der Raum taghell erleuchtet gewesen. Der dritte Unterschied betraf die Art des Abführens; der Bundesbürger durfte sie erstens wählen und zweitens die Sache daheim selbst in die Hand nehmen, in der Zone bekam man seinen Einlauf auch in diesem Fall verpasst. Unterschied Nummer vier betraf den Querschnitt des Metallrohres; bei seiner ersten Spiegelung hatte Schönbach geglaubt, der Arzt habe nebenher irgendeine dringende Klempnerarbeit zu verrichten, bis er sich plötzlich ankündigungslos gepfählt sah. Fünftens und vorerst letztens kamen diesmal auch keine Medinzinstudenten rein, um mal eben durchs Rohr zu gucken, jenes Rohr, wohlgemerkt, welches dem erhöht Knieenden mit seinem hochgeschobenen Hemd und seinen durchgelaufenen Socken so schmerzhaft im Gesäß steckte, dass er sich nicht rühren konnte. Unwürdiger konnte kein Anblick sein, es waren ja Studentinnen dabei.

»Wir sind fertig«, erklärte der Doktor.

Er hatte fünfmal »geschossen«.

»Wissen Sie eigentlich«, sagte Schönbach zum Abschied, als ihm der Proktologe wieder ins Gesicht schaute, »dass wir verwandte Berufe ausüben?«

Sein Rektum fühlte sich an, als müsse er eine glühende Kohle vor dem Herausfallen zurückhalten.

»Tatsächlich? Sie sind, wenn ich richtig im Bilde bin, Reporter bei *V.I.P.*?«

»Sie sind richtig im Bilde.«

Der Doktor grinste. »Verstehe«, sagte er. »Aber meine Frau liest Ihr Blatt gern.«

2.
Rosentreter

»Stefanie, Espresso!«, brüllte der Chefredakteur. Sekunden später surrte im Sekretariat die Kaffeemaschine, und der ungeschlachte Mann grunzte zufrieden. Joseph Rosentreter rief ungefähr jede volle Stunde »Espresso!« und hängte je nachdem, ob die Tages-, Abend- oder Nachtsekretärin Dienst tat, den entsprechenden Vornamen an, wobei er die Namen gelegentlich durcheinander brachte, vor allem zu späterer Stunde, wenn er von Wein auf Schnaps umstieg und dazwischen eine geschmacksneutralisierende Mundspülung brauchte. Da Rosentreter von zehn Uhr bis mindestens Mitternacht in der Redaktion saß, lief die Kaffeemaschine ungefähr zehnmal am Tag, was nicht gesund war, schon gar nicht für einen Mann jenseits der fünfzig, so wenig wie die 40 Zigaretten, die er täglich rauchte, die ein bis zwei Flaschen Wein und die halbe Flasche Grappa oder Whisky, die er täglich trank. Da er das sehr wohl wusste, verspeiste er jede Menge Beta-Blocker und Multivitamintabletten, außerdem musste ihm die jeweilige Tagessekretärin pünktlich zum Dienstbeginn einen frisch gepressten Orangensaft auf den Schreibtisch stellen, wobei er ihr auf die Titten glotzte – für ihn existierten nur Titten, keine Brüste – und gelegentlich Komplimente oder abfällige Bemerkungen über deren Größe, Form und mutmaßliche Konsistenz machte. Da er sie halbwegs gut bezahlte, ertrugen die meisten Sekretärinnen solche Zumutungen und wechselten selten.

Rosentreter war beim Texten. Wenn *er* dabei war, hieß es: Der Chef ist am *Dichten*. Es gab sonst nur noch zwei Mitarbeiter bei *V.I.P.*, dem eminent erfolgreichen Münchner People-Magazin, denen dieses Prädikat zustand, zumindest gelegentlich. Der eine war Heribert Scharrnagel, die rechte Hand des Chefs und sein blattmacherisches Alter Ego, der andere Johannes Schönbach. Beide saßen mit um den Tisch, an welchem der Chef dichtete, denn er tat dies nie ohne Publikum. Als vierter männlicher Standardherumsitzer gab sich Kuno Schattenkircher die Ehre, ein teigiger Österreicher, Wiener von Geburt und Weltbild, der in Rosentreters Entourage eine Außenstehenden nicht ganz einleuchtende Beraterrolle im Niemandsland zwischen Spezl und Watsch'n-August spielte und den Chefredakteur mit *Sepp* anreden durfte. Unter seinem Schwingsessel schlief ein Pekinese.

Die Abend-Sekretärin brachte den Espresso, und Rosentreter befahl ihr, sich einen Notizblock und danach Platz zu nehmen. Die Runde wurde komplettiert durch eines der Recherche-Mädels, die *Recherche-Hühner* genannt wurden. Sie hieß Ulrike Schneyder, ihre Oberweite genoss unter den Herren im Hause einen legendären sowie allzeit zotenkompatiblen Ruf, und Schönbach besaß eine Nutzungsberechtigung. Er hatte keine Ahnung, weshalb. Keines der sexuellen Verhältnisse in diesem Haus leuchtete ihm ein.

Rosentreter, dessen mürrische, ins Brutale spielende, breitmündig-kinnlastige Physiognomie leichte Reizbarkeit signalisierte, suchte nach irgendeinem Wort.

»Was flüstert man einer Frau ins Ohr, um sie scharf zu machen?«, fragte er.

Da niemand antwortete, starrte er Ulrike Schneyder fragend an beziehungsweise auf die Brust.

»Hä?«

»Ich liebe dich, Schatz«, flötete sie.

»Blödsinn!«, grunzte Rosentreter nach einer Sekunde Verblüffung. Da sonst nichts kam, hielt er Einkehr und sah sich gewissermaßen hinter die eigenen Stirn. Ungeduldig wedelte er dabei mit der Rechten, in der er einen Designerfüllfederhalter hielt – er dichtete niemals am Computer, und da er seine Schrift nur mit Mühe und nach der zweiten Flasche Wein überhaupt nicht mehr lesen konnte, musste immer mindestens eine Sekretärin dabei sitzen, die seine Eingebungen notierte –, aber die erwünschte Inspiration stellte sich nicht ein. Die eben noch autistisch in sich gekehrten kalten stahlblauen Augen stellten wieder auf Außenbetrieb um.

»Du bist die schönste Frau«, sagte Scharrnagel, »bei der ich –«

»… jemals Erektionsprobleme hatte«, unterbrach ihn Schönbach.

»Johannes, laß den Scheiß«, rügte Scharrnagel, während Rosentreter sich grinsend eine Zigarette anbrannte, weil die im Aschenbecher liegende ihr Dasein ausgehaucht hatte. Scharrnagel war etwa zehn Jahre älter als Schönbach und stets überakkurat gekleidet, Krawatte und Weste waren Standard, auch im Hochsommer, aber eine gewisse Grundschmierigkeit legte er nicht ab. Da außer Kopf und Händen alles an ihm mit feinen Stoffen verhüllt war, musste sie dort ihren Sitz haben. Seine übertriebene Solariumbräune verlieh dem Mann etwas Zigeunerhaftes, zumal er zudem sein regelmäßig nachgefärbtes tiefschwarzes und leicht gelocktes Haar unter Zuhilfenahme enormer Gelmengen nach hinten kämmte. Er wirkte wie ein Mann, der Luxuslimousinen zweideutiger Herkunft verkaufte, und exakt so schrieb er. Sein Mund war sinnlich, aber oft zu einem öligen Grinsen verzogen, während eine Schwäche der Lider oder des Charakters die Pupillen nur zur Hälfte freigab, was zugleich schläfrig-abwesend und hochgradig blasiert wirkte. Wenn sich unter seinen Fingernägeln kein Gel sammelte, obwohl er sich dauernd durchs Haar fuhr, lag es daran, dass sie total abgeknabbert waren. Scharrnagel wohnte am Starnberger See und wusste so ziemlich alles von der Welt, denn seine Golf- und Segel-Freunde kamen aus den besten Kreisen und erzählten es ihm. Er wusste, welche Marken man gerade trug oder wo man sich seine Anzüge schneidern ließ. Er wusste, welches Lokal und welche Speisen angesagt waren, welche Filme man gesehen haben musste, welche Sportarten gesund waren und welche nicht, welcher plastische Chirurg der beste war, welches Auto man warum fahren müsse und warum die deutsche Wirtschaftspolitik falsch war. Durch seine Golf- und Segel-Freunde besaß er überdies erstaunliche Kenntnisse, wie es den so genannt einfachen Leuten ging, deren Kontakt er peinlichst mied; Scharrnagel hatte einen Horror vor Menschenmengen mit niedrigem Durchschnittseinkommen, öffentlichen Verkehrsmitteln und Nichtautofahrern.

Rosentreter wiederum legte aus einem mysteriösen Grund großen Wert auf gepflegte Hände und ließ zweimal monatlich zwecks Maniküre eine ältere Dame kommen, die ihm auf Firmenkosten die Nägel feilte; ansonsten betrachtete er seinen vierschrötigen Körper augenscheinlich ganz kirchenväterlich als jenen guten Esel, der den Geist durchs irdische Dasein schleppte und übermäßiger Pflege nicht bedürftig sei. Zwar spielte er jeden Morgen zwei Stunden Tennis, von sieben bis neun Uhr (und das, obwohl er selten vor eins und immer betrunken zu Bett ging), aber dieser Ausnüchterungs- und Entgiftungsvorgang diente im Wesentlichen seiner Hirnverfassung, damit er ab zehn Uhr im Büro sitzen, nach Espresso brüllen, Untergebene anpöbeln und bis nach Mitternacht dichten konnte – daheim wartete niemand auf ihn.

Während Scharrnagel also den Eindruck vergeblich kaschierten menschlichen und geistigen Angeschmuddeltseins verbreitete, war Rosentreter geradezu demonstrativ ungepflegt, ungehobelt, frei von Manieren, er besaß den Charme eines

T-34-Panzers, doch unter der abstoßenden Schale verbarg sich etwas desorientiert Genialisches, ein ins Boulevardeske verirrter Geist von gelegentlich hervorbrechender Zartheit, und es mochte vielleicht seine gleichgültige engere Mitstreiter-Crew verwundern, aber keinesfalls den in diesem Punkte sensitiven Schönbach, dass Rosentreter vor seiner Karriere als Boulevard-Journalist zwei Gedichtbändchen veröffentlicht hatte, die ein Kritiker mit der frühen Lyrik Thomas Bernhards verglich, aber niemand kaufte. Vielleicht war es der Misserfolg als Dichter gewesen, der ihn zur Asphaltpresse getrieben hatte, und anstatt weiter über *Die traurigen Augen des Mädchens am Morgen danach* oder den *Tag, an dem ich noch nicht sterben wollte* – so hießen zwei seiner besten Gedichte – zu schreiben, ging er zum Beispiel als Erfinder des *Luders* in die Annalen der bundesrepublikanischen Gesellschaftsgeschichte ein (auch wenn Scharrnagel gelegentlich behauptete, er sei es gewesen), und zwar in allen seinen Variationen, ob nun als *Umkleidekabinen-, Besenkammer-, Cockpit-* oder *Fahrstuhl-Luder.* Rosentreter erfand Rubriken wie »Mit wem würden Sie gern eine Nacht verbringen?«, »Der Höllensturzkandidat der Woche« oder »Diese Woche kann ich nicht leben ohne …«, und der genreversetzte Lyriker brachte es schon mal fertig, einer Luxushotel-Reportage die Überschrift »Auf den Marmorklos« zu verpassen. In seiner Grappa-Trance erfand er Zeilen wie »Exzesse mit der Ex«, »Parade der Pistengockel« oder »Blond bis in die Bandscheiben«, und eine besonders müde Party überschrieb er mit »Hier feiert das Jetlag-Set«.

»Ost-Frau oder West-Frau?«, erkundigte sich Schönbach.

Der Chef glotzte fragend aus seinen blutunterlaufenen Augen, in seinem Mundwinkel die Zigarette, das weiße Hemd bis zur graudominant befellten Brustmitte geöffnet, das Haar beethovenwirr.

»Ist da ein Unterschied?«

»Ja. Der Ost-Frau flüstert man ins Ohr: ›Ich leck dich, bis dir die Himbeere summt‹.«

Schönbach legte eine Kunstpause ein. »Und der West-Frau?«

»Die macht nur ein Wort geil.«

»Welches?«

»Unterhalt«, flüsterte Schönbach

»Hähähä!« Das war ein Gag nach Rosentreters Geschmack, »hähähä!«, kam es ihm aus tiefster Brust, nur setzte das Lachbeben dort allerlei teerhaltigen Bronchialschleim in Bewegung, so dass es allmählich in ein abgehacktes und würgendes Husten überging, bis sich der Reiz in einem schmerzhaft rauhen, aber letztlich befreienden Bellen entlud. Unbeeindruckt von diesem Orkan, schaute Ulrike Schneyder beleidigt, während die Sekretärin erklärte, das sei gemein, schließlich bringe die Frau die Kinder auf die Welt und müsse sich die meiste Zeit um sie kümmern.

»Welche Kinder, Stefanie?«, erkundigte sich Rosentreter hämisch, und die zu erwartende Wirkung in der Mimik seiner Abendsekretärin trat ein.

Draußen wehte der Novemberwind nasse Schneeflocken an die Fensterscheiben, wo sie kleben blieben und langsam zerliefen. Im Zimmer stand der Rauch.

»Was sitzt du eigentlich hier herum?«, fuhr Rosentreter plötzlich die Sekretärin an.

»Ich sollte doch mitschreiben«, piepste sie erschrocken.

»Du siehst doch: Mir fällt nichts ein. Hol mir 'nen Grappa!«

Schmollend ging sie ins Vorzimmer.

»Alles nur, um einem die Kohle aus 'm Kreuz zu leiern«, flüsterte Rosentreter somnambul, während er auf ihren Hintern starrte. Die Sekretärin kehrte mit einer halbvollen Flasche Grappa und Gläsern zurück.

»Will noch einer?«, fragte Rosentreter barsch, nachdem er sich eingeschenkt hatte. Scharrnagel hob den Finger, und er schob ihm die Flasche hin. Dann kippte er sein Glas mit einem Zug runter, ächzte leise-wohlig, unterdrückte einen Rülpser und bedeutete Scharrnagel, er möge ihm nachgießen.

Es klopfte.

»Herein!«, grölte der Primatissimus und nahm Stierhaltung an.

Der Chef-Layouter steckte seinen Kopf durch die Tür. »Darf ich?«

»Was ist los?«

»Ich bringe eine Seite.«

»Was für eine?«

Der Chef-Layouter, nicht zu verwechseln mit dem Art-Director, war jenem unterstellt und verdiente auch bloß die Hälfte, obwohl er das doppelte Quantum an Arbeit verrichtete. Er war ein hagerer, rotblonder Schwuler britsch-irischen Typs, der unter Rosentreters unberechenbar-brachialem Führungsstil ebenso litt wie unter der Tatsache, dass der Art-Director alle wirklich neuschöpferischen Aufgaben selbst verrichtete, während ihm bloß die Umsetzung fremder Ideen blieb, die er naturgemäß uninspiriert, billig, eng, kleinlich und demzufolge verbesserungsbedürftig fand, wie man ihn gelegentlich lästern hörte. Er brachte das Layout für eine Interview-Doppelseite, wobei es üblich war, dass die Grafiker dem Chef pro Seite drei Entwürfe anzubieten hatten, von denen er einen auswählte. Besagtes Interview war mit einer jungen Frau und ehemaligen Miss Deutschland geführt worden, die sich aufgrund nicht eindeutig erklärbarer Fähigkeiten als eine Art Markenprodukt in der Öffentlichkeit spreizte.

»Die *Geldmusch*!«, krähte Rosentreter rostig. Er griff sich die Seiten, starrte eine nach der anderen so finster an, als werde er darauf persönlich beleidigt, und raunzte schließlich: »Warum haben wir kein Foto, auf dem sie ungeschminkt ist? Ungeschminkt sieht die doch bestimmt richtig scheiße aus!«

»Alle Frauen sehen ungeschminkt scheiße aus«, bemerkte Scharrnagel.

Rosentreter schien etwas zu erwägen, das ihn von dieser Idee fortführte. »Frigide Ziege!«, brummelte er. »Also mit der, mit der will ich nicht ins Bett! Mit der nie!«

»Mei, Sepp, wahrscheinlich wirst ja net müss'n«, beruhigte ihn Schattenkirchner.

»Die Seite sieht scheiße aus. Die machst du neu!«, befahl der Chef dem zusammenzuckenden Layouter. »Großzügiger, weiter – nicht diese Briefmarkenbilder. Die sieht eh immer gleich aus. Dieses Rot ist auch scheiße. Da capo, avanti!«

Er schmiss die Ausdrucke auf den Tisch, von wo sie weiterglitten und zu Boden segelten. Der Grafiker bückte sich und sagte beim Aufsammeln vorwurfsvoll: »Die Seite muss morgen Vormittag raus.«

»Dann beeil dich!«, schnauzte Rosentreter.

Der Seiten-Bote trabte ab und dachte dabei vermutlich über sämtliche Stellenangebote nach, die er vergangene Woche gelesen hatte. Dass alle drei Entwürfe durchfielen, geschah zwar hin und wieder, aber als er das letzte Mal hier oben war, hatte der Chef gebrüllt, er wolle mehr Fotos, schließlich bezahle er dafür genug Geld, und das Publikum sei geil auf viele bunte Bilder.

Scharrnagel, der die ganze Zeit aus dem Fenster in den stärker werdenden Schneeregen gestarrt hatte, sperrte plötzlich den Mund auf und sprach die geheimnisvollen Worte: »Bora Bora.«

Niemand nahm Notiz.

»Bora Bora«, wiederholte er erregt.

»Hä?«, grunzte Rosentreter.

»Flüstere ihr Bora Bora ins Ohr.«

»Der Geldmusch?«

»Nein, der Frau, die du geil machen willst.«

»Ha!« Der Chef hatte kapiert. »Gute Idee!«

Er breitete die Arme aus, als wolle er eine Fliege mit den flachen Händen fangen, aber es war eine Formulierung, nach welcher er haschte. Sein Blick verklärte sich trancenah, sodann senkten sich seine Arme wie die eines Dirigenten, der sein Orchester ins Pianissmo führt, und er flüsterte: »Sag im Schneematsch leise: Bora Bora.«

Er kam wieder zu sich. »Hast du das aufgeschrieben?«, blaffte er die Sekretärin an, die zusammenfuhr und das Versäumte eilig nachholte.

»Sepp, des g'follt mer«, sagte Schattenkircher schläfrig. »Aber ob wir in drei Tagen noch Schnee hob'n wer'n?«

Rosentreter ignorierte Lob wie Einwand und knurrte: »Deine Töle hat schon wieder gefurzt!«

»Ge, Sepp, des warst wohl selber.«

»Ich werde dieses furzende Dreckvieh aus dem Fenster schmeißen!«

Der Hund verstand alles und verkroch sich noch tiefer unter Schattenkirchers Stuhl. Der beugte sich zu seinem Pupsi, kraulte ihn und sagte: »Schatzi, des mocht der fei net! Herrchen poaßt auf.«

Rosentreter grollte Kryptisches, beruhigte sich aber, während er wie ein Baby an seinem Grappa nuckelte.

»Welchen Text nehmen wir uns als Nächstes vor?«, grölte er unvermittelt.

»Es ist gerade keiner da«, erklärte Scharrnagel. »Heute muss auch keiner mehr raus. Wir können nach Hause gehen.«

»Nach Hause, nach Hause! Dein Zuhause ist hier!«, schrie Rosentreter. »Unser aller Zuhause ist hier! Wenn euch irgendetwas fehlt, sagt Bescheid, das hole ich her. Ich habe euch alles beschafft: Tischfußballspiel, Bierautomaten, Tittenmagazine, Lieferservice von ›Käfer‹, Weiber … Aber erzählt mir nichts von Nachhausegehen! Dafür bezahle ich euch, dass ihr hier zuhause seid!«

»Ge, Sepp, Facchetti bezohlt uns, net du«, summte Schattenkircher.

»Facchetti? Der würde doch einer Knallcharge wie dir keinen Pfennig zahlen! Wofür denn? Dafür, dass du fett hier herumsitzt mit deiner furzenden Töle?«

»Sepp, du tust mir weh!«, klagte der Pekinesenbesitzer und schnitt ein Gesicht wie bei der Wurzelbehandlung.

»Ohne mich säßet ihr alle nicht hier!«, brüllte Rosentreter. »Zumindest nicht mit diesen Gehältern! Niemals mit diesen Gehältern! Ohne mich wärt ihr doch alle impotent! Geistig und körperlich impotent! Geht doch woanders hin!«

Giftig starrte der Chef aus nunmehr leicht gelbstichigen Augen auf die ihm gegenüber Versammelten. Die Schneyder war blass geworden, der Rest, derlei mehr als gewohnt, wartete gelangweilt auf das Ende der Eruption.

»Stefanie, ruf an, ob die Geschichte über St. Moritz endlich fertig ist. Oder haben wir einen Reger da, einen echten verquasten Reger?«

Schönbach erschrak beim letzten Vorschlag. Nein, nicht auch das noch heute, dachte er, keine halböffentliche Regertextverstümmelung. Oberon Reger war der einzige Hirnbesitzer in der Redaktion, der Einzige, mit dem er geistigen Austausch pflegte, gewissermaßen sein Freund, eine etwas tragische Figur, die nur zufällig durch einen Schicksalsschlag und die allgemein um sich greifende mediale Geistfeindlichkeit auf dieses Narrenschiff geraten war. Aber der Chef wollte einen Text umschreiben, und niemand würde ihn daran hindern können. Umschreiben war seine Leidenschaft, erstens, weil er glaubte, es besser zu können, zweitens, weil er seine Untergebenen herzensgern demütigte, zum Dritten, weil er ein Schauspieler war und seine Auftritte brauchte. Das Ritual sah vor, dass niemand währenddessen die Runde sprengte und heimging. Es mochte halbwegs komisch sein, wenn er einen der normalen Autoren oder Reporter umschrieb, aber wenn er einen Regertext auf *V.I.P.*-Format stauchte, würde Schönbach leiden. Gottlob brachte Stefanie nach wenigen Minuten den geforderten St.-Moritz-Artikel, den einer dieser schmerzunempfindlichen und vor allem schamfreien Nachwuchsschmieranten verzapft hatte, von denen es hier ein knappes Dutzend gab. Sie wollte ihn dem Chef übergeben, doch der knurrte: »Ich brauche den Kopf frei!«

Die Sekretärin verstand nicht und blieb unschlüssig am Schreibtisch stehen. Sie besaß wirklich einen hinreißenden Hintern; man müsste sie mit der Schneyder kreuzen, dachte Schönbach träumerisch.

»Setz dich hin, und lies den ersten Satz!«, befahl Rosentreter.

»Thomas Mann beschrieb St. Moritz als ›schönsten Aufenthalt der Welt‹«, las Stefanie laut vor.

Rosentreter sah Schönbach an und fragte: »Woher kennen Angestellte dieses Hauses auf einmal Thomas Mann? Steckst du dahinter?«

»Das wird wohl in irgendeinem Katalog gestanden haben.«

Ein unwilliges Grunzen war die Antwort, dann erging der sofortige Streichbefehl an die Sekretärin. Rosentreter wiegte den massigen Oberkörper und soufflierte halblaut den neuen Einstieg: »Hier trifft sich die *High-Snowciety* …«

»Sepp, des g'follt mer«, sagte Schattenkircher.

Rosentreter setzte neuerlich seinen Oberkörper in Pendelbewegung, diesmal nicht zur Seite, sondern nach vorn und hinten, ungefähr wie ein orthodoxer Jude an der Klagemauer, und begann mit der Beschreibung der *Perle des Oberengadins.* Im Nobelhotel Badrutt's Palace, dessen Bild mit raschen Pinselstrichen dem Leser vors hoffentlich neidische Augen gestellt ward, musterte zunächst einmal der Concierge den fiktiven Berichterstatter so scharf, dass dem die Knie weich wurden.

»So mancher«, dichtete Rosentreter, »ritt hier ein wie Julius Cäsar in Rom – wann war das, Johannes?«

»Was?«

»Wann ritt Cäser in Rom ein?«

»Mehrmals. Cäser hat insgesamt vier Triumphe in Rom gefeiert …«

»Ich meine, als er den gordischen Knoten zerschlagen hat.«

Schönbach grinste. »Das war, keine 300 Jahre nachdem Alexander der Große den Rubikon überschritten hatte.«

»Ja, sind wir hier denn im Proseminar? Dann eben ohne Datum«, grunzte Rosentreter unwillig und fabulierte weiter: »Mancher ritt hier ein wie Cäsar und verließ Badrutt's Palace wie, wie …«

Er starrte in die Runde.

»Napoleon Waterloo«, schlug Scharrnagel vor.

»Von mir aus wie Napoleon«, sagte Rosentreter, der bereits die nächste Eingebung verfolgte. »In anderen Hotels«, diktierte er, »stehen Menschen an der Pforte, im Baldrutt's Palace dagegen Analytiker, Meister der psychologischen Sekundendurchleuchtung, hochsensible Sozialprestige-Detektoren … – Nicht wer sich eine Nacht hier leisten kann, darf passieren, sondern einzig, wen der Concierge für wert befindet, hier logieren zu dürfen. – Schreib das auf!«, bellte er die Sekretärin an, die immer noch zusammenzuckte, obwohl sie sich schon seit Jahren für fünfeinhalbtausend Mark brutto anschreien ließ.

Rosentreter nutzte die Denkpause, um sich eine Zigarette anzuzünden, und dichtete weiter. Sein fiktiver Erzähler fand Gnade vor den Zerberussen am Eingang zur obersten Oberwelt, und so schlief er in der folgenden Nacht Wand an Wand mit dem Fiat-Chef auf der einen, dem König von Spanien auf der anderen Seite, Ivana Trump traf er morgens im Lift, Barbra Streisand am Frühstücksbuffet, und spätabends tanzte er im King's Club mit Elle McPherson. Nie war Rosentreter in St. Moritz gewesen, er verabscheute Wintersport, wie er die Promi-Szene überhaupt verabscheute, aber nun schilderte er sogar das Fahrgefühl auf dem neuen und, wie der Autor kundig niedergeschrieben hatte, *extrem taillierten Carving-Kurzbrett* – »die Rita Hayworth unter den Ski«, machte Rosentreter daraus; er war halt nicht mehr der Jüngste. Jeden einzelnen Satz schrieb er um und verwandelte ihn in einen Rosentreter-Satz. Als er mit dem Text fertig war, machte er sich über die Bildunterschriften her. Zu Pamela Anderson etwa, die blond und sonnenbebrillt wie gewohnt, aber mit einem roten Skioverall ungewöhnlich oberbekleidet abgelichtet war, diktierte er: »Abfahrtsbereit: Pistenwatcherin Pam.«

»Des musst härter moch'n«, urteilte Schattenkircher.

Rosentreter überlegte, starrte auf die Brüste der Schneyder, nicht lüstern, sondern eher fragend, bis sie errötete und die Arme davor beziehungsweise darunter verschränkte, und röchelte schließlich, ohne den Blick abzuwenden: »Verkehrssicher: Pam mit doppeltem Aufprallschutz.«

Und so weiter.

Wie gewohnt zog sich der Abend in die Länge.

»Stefanie, Textpause. Mach 'nen Espresso!«

Woche für Woche hechelte Rosentreter die sieben, acht Dutzend deutscher Prominenter durch, presste sie in das ihm jeweils passend erscheinende Thesenkorsett, in irgendeinen Trend, den er sich entweder komplett ausdachte oder zu dem eine Leithammel-Berühmtheit den Anlass gab, den Trend zum Vollweib-Sein beispielsweise oder zum Seitensprung mit einem Vollweib, wenig später verkündete *V.I.P.* den ultimativen Triumph des androgynen Frauentyps; jede Woche mischte Rosentreter die Promis neu, immer nach seiner jeweiligen These wurden alle über diesen Kamm geschert, zuerst herrschte die neue Simplizität, ein paar Wochen später war Luxus wieder tragbar; man lebte (als Promi) neuerdings wieder in der *Pfefferminztee-Beziehung*, also treu bis zum Tod; man lebte (als Promi) neuerdings wieder in der sündhaft-spannenden *Fremdgeh-Gesellschaft*; »Lomi-Lomi«-Massagen auf Hawaii waren eines Tages unverzichtbar, ein andermal die morgendliche Wanne Moorschlamm, aber dann sorgte eben doch einzig die Thalasso-Behandlung im französischen Quiberon für perfekte Entspannung; man feierte Weihnachten (oder Silvester) nicht mehr in Deutschland; man feierte Weihnachten (oder Silvester) wieder in Deutschland – und endlos so weiter.

Der Große Selektor im fünften Stock schied nicht nur Trends gemäß dem thesenorientierten Manichäismus seiner Ins und Outs, sondern selbstredend auch seine Klientel, mit der er freilich persönlich nichts zu tun haben wollte; den Kontakt hielten einzig die Recherche-Hühner. Eine Woche pamperte Rosentreter diesen Prinzen oder jene Sängerin, die nächste Woche zog er sie durch den Dreck. Die Zitate, die Rosentreter seinen Reichen und Schönen in den Mund legte, stammten nur partiell von ihnen, er ließ sie sagen, was ihm passte, so dass die Rechtsabteilung des Hauses reichlich zu tun hatte, und die Recherche-Hühner, die ständigen telefonischen Kontakt zu den *Importants* halten mussten, hatten die telefonischen Beschimpfungen zu ertragen, während der skrupellose Umschreiber eine Etage über ihnen nach *Statements* für seine nächste Geschichte drängelte. Aber diese Bagage war so begierig darauf, in Rosentreters buntem Magazin aufzutauchen, dass kaum einer von ihnen lange schmollte; viele riefen sogar von alleine an und fragten, ob *V.I.P.* nicht mal wieder über sie berichten wolle, man habe doch ein neues Haus in Südfrankreich, einen neuen Film, einen neuen Partner, eine neue Krankheit, einen neuen Bekleidungsgeschmack.

Gegen halb ein Uhr nachts gefielen Rosentreter drei der St.-Moritz-Fotos nicht mehr, und er rief in der Bildredaktion an, wo tatsächlich eine schläfrige Redakteurin den Hörer abnahm und müdigkeitsauflösend angeschnauzt wurde, sie möge gefälligst andere besorgen, die hier seien der letzte Dreck. Der Preis solcher Eskapaden interessierten Rosentreter nicht, wenn es ihm passte, ließ er sogar noch die Druckmaschinen stoppen und änderte irgendeine Überschrift, er wusste um das perverse Branchen-Axiom, dass nur der als wirklich gut galt, der ausreichend Kosten verursachte, und der Beste zwangsläufig zugleich der größte Geldvernichter sein musste.

Gegen eins hatten das betageblockte und espressoforcierte Grappa-Wein-Gemisch Rosentreters Willensfundamente unterspült. Auf beide Unterarme gelehnt, wuchtete sein Oberkörper auf der Tischplatte, und mit viel Mühe gelang es ihm, sich eine letzte Zigarette anzuzünden, wobei er den Mund Richtung Hand bewegte. Trübe stierten seine Augen weniger nach draußen als vielmehr in den Kopf hinein; der klobige Mann sah aus, als könne er jeden Augenblick implodieren, in sich zusammenstürzen, zur Punktmasse schrumpfen und alle am Tisch mit sich ins tiefste Nichts reißen.

»Eigentlich«, murmelte es plötzlich anlasslos aus alkoholvernebelten Klüften seiner Seele, »eigentlich bin ich ja Lyriker, ihr Penner!«

3.
Warum nur?

Die *V.I.P.*-Redaktion befand sich in der Schwabinger Römerstraße, in den beiden oberen Stockwerken eines von Altbauten umgebenen fünfetagigen Gebäudes aus den späten 80er Jahren, dessen glatte Fassade im Grunde nur aus getöntem Glas bestand und sich entsprechend von seiner steinernen Umgebung abhob. Auf der Kommandobrücke im fünften Stock saßen außer der Chefredaktion die Ressortleiter, Autoren, Reporter und Interviewer, eine Etage tiefer die Rudersklaven: Rechercheurinnen (es waren in der Tat nur Frauen), die Fotoredaktion und die Layoutabteilung. Die monatlich erscheinende Frauenzeitschrift *Catwalk*, die Schönbach immer nur kopfschüttelnd las und für deren Hochglanz-Flachsinn er das Bannwort *frauenfeindlich* zur Abwechslung einmal für angebracht gehalten haben würde, belegte den zweiten und teilte sich mit der Verwaltung den dritten Stock, während parterre der *Wochendurchblick für coole Teens* namens *Candy* aus infantilisierten Erwachsenenhirnen gewrungen wurde. Alle drei Magazine gehörten zum Mailänder Gianni-Facchetti-Verlag. Der Facchetti-Konzern vereinte ein knappes Dutzend Sport-, Mode- und Designblätter sowie einen TV-Kanal unter seinem symbolischen Dach und zählte mit einem Jahresumsatz von umgerechnet dreieinhalb Milliarden Mark durchaus schon zu den Großen seiner Branche. Das 1994 ins Leben gerufene und seit 1996 von Rosentreter geführte *V.I.P.* war inzwischen mit durchschnittlich 750000 wöchentlich verkauften Exemplaren Deutschlands auflagenstärkstes *People-Magazin*.

Der Chef der Münchner Facchetti-Dependance hieß Alessandro Balli. Er war ein umtriebiger und hibbeliger Endvierziger, dessen Faible für das eigene Äußere mindestens so ausgeprägt war wie sein Interesse an der Auflage der ihm unterstellten Magazine. Seine maßgefertigten Anzüge saßen so leger und zugleich millimetergenau, als käme er gerade von einem der Mailänder Laufstege. Mittelgroß und von schlankem Wuchs, besaß er einen edlen Römerschädel, lockiges schwarzes Haar und einen sinnlichen Mund, allerdings trübten eine spitze Pinocchio-Nase und beachtliche Tränensäcke den chevaleresken Gesamteindruck. Die Letztgenannten hatte auch ein chirurgischer Eingriff, über dessen Unsinnigkeit er mitunter freimütig klagte, nicht beseitigen können. Sein anthrazitfarbener Maserati war das einzige Auto, das im Innenhof parken durfte, denn diesen

Hof hatte Balli im Dienste der von ihm verfochtenen *Corporate Idendity* ansonsten parklückenlos mit Tischen, Bänken, Sonnenschirmen, Blumenkübeln sowie einem schmiedeeisernen Baldachin italienisieren lassen. Dort hatten Mitarbeiter aus allen drei Redaktionen, sogar Rosentreter und die Chefredakteurinnen von *Catwalk* und *Candy*, im Sommer 1996 gesessen und die Fußballeuropameisterschaft verfolgt, hier hatten sie ein Jahr später Borussia Dortmund, sehr zum Leidwesen Ballis, das Finale der Champions-League gegen Juventus Turin gewinnen sehen – und stets war Schönbach mit von der Partie gewesen. Der einstmals bildungseherne Altphilologe hatte Sport-Interesse freilich nur fingiert. Im Übrigen betrachtete Balli den Hof als sein Revier, und der Beifahrersitz seines Maserati hatte schon manchen Journalistinnenhintern (sehr gern auch: Volontärinnenhintern) aufgenommen. Ob der Facchetti-Statthalter wirklich ein guter Verleger war, würde sich allenfalls in einer Krise erweisen; so blieb es fraglich. Schönbach hegte jedenfalls Zweifel, denn er hatte nie ein gescheites Wort aus dem Munde des windigen Mannes gehört, dessen Aufgedrehtheit und schon Tic-haftes Wippen mit dem Fuß des jeweils übergeschlagenen Beines ihn irritierten, zumal er einen Zusammenhang mit Ballis notorischem Nasehochziehen herstellte …

Allmählich verlangt eine Frage Beantwortung, die sich auch Schönbach mit Regelmäßigkeit selber stellte, nämlich: Was hatte er in diesem Irrenhaus verloren?

Es war ein weiter Weg gewesen vom hinterhofbewohnenden Wagner-Hörer und Platon-, auch Plotin-Leser bis zu jenem Menschen, der in einer Designerwohnung lebte und mit wehendem Designermantel, in der einen Hand das Designerköfferchen, in der anderen das Handy, über Flughäfen eilte, wobei er sich ziemlich bedeutend vorkam, und in manchen Momenten fragte sich Schönbach, ob diese Metamorphose nicht eher eine Fehlentwicklung war. Anfangs hatte er sich noch schwer getan mit den sie begleitenden Zumutungen, nicht nur den beruflichen, sondern den alltäglichen. Besagte Zumutungen resultierten aus der himmelschreienden Obszönität dieser Branche sowie überhaupt der sogenannten Öffentlichkeit, egal, worauf sie das alles entzaubernde Scheinwerferlicht ihrer Aufmerksamkeit lenkte. Es gab anscheinend nichts, was hinreichend heilig gewesen wäre, nicht in dieses Licht gezerrt zu werden, keine Idee, keinen Satz, keine Melodie, kein Bild, kein Gesicht, keinen Körper. Zum Beispiel musste Schönbach Dante Gabriel Rossettis Schmerzensgemälde *Beata Beatrix*, das er seit Prenzlauer-Berg-Zeiten liebte, obwohl er damals nur eine handtellergroße Abbildung davon in einem Buch gesehen hatte, gekreuzigt auf das Cover irgendeines Kitschromans in der untersten Etage eines Kaufhauses liegen sehen, wo Leute nebenan an Grabbeltischen wühlten und im Etagenfunk Howard Carpendale dudelte. Oder er hörte eine Supermarkt-Kette mit dem Slogan werben: *Hier bin ich Mensch, hier kauf ich ein*, und er fragte sich, warum ihn das eigentlich empörte, wo diese Version doch so viel stimmiger war als das goethesche Original.

Dergleichen Entheiligungs-Schocks hatten Schönbach nach einiger Zeit bis zur gern auch Zynismus genannten Erschütterungs-Resistenz gegenüber den Rasereien marktwirtschaftskompatibler Blasphemie abgestumpft. Hatte nicht schon der Rauschebart aus Trier geschrieben, *dass die Bourgeoisie alle ehrwürdigen Vorstellungen und Anschauungen auflöse, alles Ständische und Stehende verdampfe, alles Heilige entweihe?*

»Dass die Deutschen immer niveauvoll sein wollen!«, spottete Rosentreter, als Schönbach einmal darauf zu sprechen kam. »In den USA macht man seinen Job, und wenn einer ihn gut erledigt, ist er ein guter Junge. Kein Mensch dort würde verstehen, warum sich ein Mann grämt, der ein erfolgreiches Produkt herstellt und dafür ordentlich bezahlt wird. Hier wird erst mal das Produkt schlechtgemacht, und je erfolgreicher es ist, desto doofer ist es anscheinend. Das sind doch Wichser, Johannes! Es ist außerdem unprofessionell, wenn man einen Vertrag bei einem Hersteller von Hühneraugenpflaster unterschreibt und darunter leidet, dass man keine chirurgischen Präzisionsinstrumente produziert. Nur weil du keine Hühneraugen hast, glaubst du, die Pflaster seien überflüssig. Lass dir gesagt sein: Es sind die besten weit und breit. Sie retten kein Leben, aber Leute mit Hühneraugen mögen sie!«

Warum also tat Schönbach sich das an?

Es gab ein Knäuel von Gründen, jeder einzelne war schwach, und alle zusammen wirkten auch nicht wirklich überzeugend, aber hinreichend stark, dass er blieb, wo er sich befand. Im Nachhinein fand Schönbach es lächerlich, mit welcher Naivität er hierher aufgebrochen war. Rosentreter hatte ihn im März 1996, als er gerade Chefredakteur von *V.I.P.* geworden war, nach München eingeladen, hatte ihn im Bayrischen Hof unterbringen lassen, hatte ihn zu Käfer und ins Schumann's geschleppt und ihm Reporter-Perspektiven vorgegaukelt, die Schönbachs Intentionen abgelauscht schienen: freie Themenwahl, keine Politik, Reisen, wohin er mochte, dazu ein offenes Spesenkonto; außerdem stellte er ein üppigeres Gehalt in Aussicht, als so genannte seriöse Magazine es geboten hatten. *V.I.P.* war damals ein unlesbar dümmliches Blatt gewesen; Rosentreter, der in der Branche als bester deutscher Boulevardjournalist, ja als genial galt und obendrein im Ruf eines auflagensteigernden Brachialsanierers stand, versprach Schönbach beim Hummer, er werde aus diesem Schnarchblatt nach Austausch der halben Belegschaft *Deutschlands führendes Infotainment-Magazin* machen, und von Schönbach auf die schon im Titel manifeste thematische Schmalspurigkeit angesprochen, erklärte der verlogene Schuft dröhnend, *Important People* könnten auch Physik-Nobelpreisträger, Urwaldarzt oder Mansarden-Lyriker sein, die einzige konzeptionelle Beschränkung bestünde darin, dass die

Geschichten personalisiert werden müssten. Schönbachs Sympathie für die süddeutsche Phäakenstadt war schon während des Fluges bestärkt worden, der aus dem regnerisch-klammen Berlin durch dichte Wolkenfelder führte, bis südlich der Mainlinie allmählich der Himmel aufriss und schließlich die perspektivenschöne Kleinstmetropole sonnenbeschienen und südländisch zu seinen Füßen lag, hinter sich ein Alpenpanorama von fast schon kitschigem Zauber. Hier war der Himmel blauer als anderswo, hier gab es auffallend viele schöne Frauen und auffallend wenige Penner, Freaks und andere aus Überzeugung hässliche Existenzen, wie sie die einstige Preußenhauptstadt in Scharen bevölkerten, man legte hier offenbar grundsätzlich mehr Wert auf Gepflegtheit. Der Fön hatte den Frühlingstag in einen Frühsommertag verwandelt, die Leute saßen bereits im Freien und tranken Bier aus Eimern. Warum nicht hier leben?, war es dem stationären Ossi spontan durch den Kopf geschossen. Wie geistlos diese Stadt war, wusste er damals noch nicht, und es würde ihn auch nicht interessiert haben, weil er zwischenzeitlich mehr oder weniger bewusst entschlossen war, selber ein bisschen unernster, unpreußischer, heiterer, genießerischer zu werden. Außerdem hatte die Geistlosigkeit ihre guten Seiten, der Kult des schlechten Gewissens, mit dem man sich weiter nördlich gern die Daseinsfreude vergällte, fand hier kaum Nahrung. In der Folgezeit belehrte ihn jede Bergwanderung, jede Hütteneinkehr, jeder Italien-Kurztrip, jeder Spaziergang an der Isar oder am Tegernsee, jeder Biergartenbesuch, jeder sonnige Herbsttag (mit parellelem Blick auf die gesamtdeutsche Wetterkarte), dass die Donau sein Rubikon und eine Rückkehr in nördlichere Gefilde ausgeschlossen war.

Rosentreter hatte einen Narren an dem Hardy-Worm-Preisträger gefressen, ihn beleidigte er nie, *das ist mein Mozart*, pflegte er zu sagen, aber er versuchte, ihn sachte dorthin zu leiten, wo er ihn haben wollte, er hatte anscheinend vor, einen

Klon von sich herzustellen, was naturgemäß zu Schwierigkeiten führte, obwohl Rosentreter Schönbach, wenn beide allein waren, so sanft und schmeichlerisch behandelte, wie man es ihm niemals zugetraut hätte, und das Geld mit vollen Händen über ihn ausstreute. Schönbach, der in der DDR nie ein Flugzeug bestiegen und fast nie seine Stadt verlassen hatte, bewegte sich fast nur noch per Taxi und Flieger von der Stelle, wohnte in noblen Hotels, speiste in den besten Lokalen und trank die besten Weine. Wenn er morgens aus dem Haus ging, überschlug er den Gesamtpreis seiner Garderobe: Obwohl die Armbanduhr bloß 700 Mark gekostet hatte – Uhren waren ihm so egal wie Autos –, trug er an manchen Tagen 6500 Piepen am Leib, das war ein gutes Gefühl, wenn man auf die Straße trat. Für solchen Unsinn gab er also sein Geld aus, aber er besaß ja genug davon, und da er außer der Miete für seine schnieke Drei-Zimmer-Altbauwohnung in der Schwabinger Bismarckstraße immer noch keinerlei Fixkosten zu zahlen hatte, wurde das Geld einfach nicht alle.

Außerdem hatte Schönbach die Nase voll vom politischen Journalismus, er wollte sich für Meinungen künftig noch weniger interessieren als ohnehin. Und sein neuer Broterwerb war ja letztlich so übel nicht, dachte er oft, die Zeitung an sich war eine Katastrophe, ein intellektueller Offenbarungseid, er hätte sich früher nicht mit Leuten an einen Tisch gesetzt, die so etwas herstellten, aber er, der Chefreporter Schönbach, hatte mit Rosentreters thesenorientierten Titelgeschichten und all dem anderen Humbug ja wenig zu schaffen, außer dass er gelegentlich ihrer Entstehung hospitierte; er konnte in der Welt herumreisen und sich den weitgefassten VIP-Begriff insofern zunutze machen, als er zum Beispiel einen berühmten US-amerikanischen Dirigenten traf und mit ihm über Mahler und Wagner sprach – wovon freilich keine Silbe im Blatt erschien, stattdessen wurde jener Teil des Gesprächs abgedruckt, der sich mit den

Lebensverhältnissen und der Lebensart des Herrn Kapellmeisters beschäftigte, insbesondere mit dessen Leidenschaft für den Surfsport. Ein Dirigent, der dirigierte, war ja nichts Besonderes, ein Dirigent, der surfte, dagegen schon, wobei Kritiker dieses Stabführers (zu denen Oberon Reger gehörte) meinten, er sollte besser die Zeit, die er aufs Surfen verwenden, aufs Partiturenlesen oder Dirigierenüben verwenden, und dem Mann unterstellten, sein internationaler Ruf als Dirigent gründe auf der Tatsache, dass der internationale Konzertsaal- und Opernhauspöbel es sexy finde, wenn ein Kapellmeister einen für einen Kapellmeister beachtlichen Teil des Jahres badebehost an den angesagtesten Surfplätzen dieser Erde verbringe, weshalb der *V.I.P.*-Chefredakteur absolut richtig lag, als er das Interview thematisch auf die Surfleidenschaft des Maestros reduzierte. Auch ein paar Lebensweisheiten sonderte der surfende Kapellmeister zu späterer Stunde ab, nichts Eindrucksvolles, Dirigenten waren ja oft eher dumme Menschen, ihre Spezialbegabung schien ihr Gehirn in der Regel völlig auszulasten, und vom Surfen wurde es auch nicht besser. Es war staunenswert genug, dass einer eine Partitur aufschlug und imstand war, zu *hören*, was dort notiert stand, bis zur letzten Bratsche, aber die Leute draußen waren verrückt nach Lebensweisheiten aus dem Munde Prominenter, denn Prominente waren Menschen, die es geschafft hatten.

Sehr amüsant und in gewissem Sinne kathartisch waren Schönbachs regelmäßige Kurz-Interviews mit einem bekannten Biologen und Verhaltensforscher, dessen Institut in Murnau vor den Toren Münchens seinen Sitz hatte. Professor Eusebius Gralssucher, ein knorriger, am Beginn des siebenten Lebensjahrzehnts stehender Herr, war Konrad-Lorenz-Schüler, Verfasser von Standardwerken zum tierischen und menschlichen Verhalten und bereiste trotz seines Rentenalters alljährlich noch eines jener Evolutionsresiduen, an welchem die letzten Naturvölker in relativer Ursprünglichkeit überlebt hatten, um ihre Lebensgewohnheiten zu studieren. Schönbach hatte den Mann überredet, mit demselben Forscherblick das öffentliche Auftreten der hiesigen Prominenz zu betrachten und vergleichend zu analysieren, zum Beispiel die von Rosentreter entdeckte und benamste Verluderung, und Gralssucher kommentierte diese Vorgänge todernst aus der Warte des Verhaltensbiologen, was mitunter zum Schießen komisch war. Selber über diese banalen Vorgänge schreiben mochte Gralssucher nicht, deshalb hatten sie die Interview-Form gewählt, meistens per Telefon, aber es kam auch vor, dass Schönbach nach Murnau zum Institut fuhr, wo die Interviews dann bei einer vom Reporter mitgebrachten Flasche Rotwein und vom Gastgeber gestelltem Schinken stattfanden.

Schönbach lernte auch die Partys der von Rosentreter analysierten Klientel selber kennen, was in der Regel enttäuschend war, denn zwischen Prominenz und Intelligenz ergab sich keine allzu große Schnittmenge, bestenfalls waren die Leute nett, selten stilvoll, noch seltener bescheiden, hingegen oft dermaßen überdreht und von so gespreizter Hohlheit, dass er ihnen die Pest oder doch wenigstens einen ordentlichen Krebs an den Hals wünschte, damit sie im Leiden an Würde und Lebensernst gewönnen. Aber Langeweile hin, Verlogenheit her, eine nur euphemistischerweise so zu nennende *Augen*weide waren die dort reichlich vorhandenen Edel-Groupies, von denen Schönbach freilich auf eine Weise übersehen wurde, die ihn an indische Kastensysteme denken ließ, und vor allem deshalb gingen sie dem großgewachsenen Tschandala lange nicht mehr aus seinem über den Dekolletés schwebenden Kopf.

Einer der letzten Anfälle bildungsbürgerlichen Abscheus gegen die nun auch von ihm verantworteten Produkte des Boulevard-Journalismus befiel Schönbach, als Rosentreter einen Artikel von ihm über die Bayreuther Festspiele total verstümmelte. Die Rosentreter-Version hatte auf einmal überhaupt nichts mehr mit der Musik und nicht einmal mit ihren Interpreten zu tun, bis ins letzte Detail waren des Autors Anspielungen auf Wagners weidliches, wunderliches, weltescheneinäschernd-wüstes wie weltwirksam-weihvolles, wenngleich womöglich wichtigtuerisches Werk weggemerzt. Stattdessen handelte der Beitrag nunmehr ausschließlich von der auf dem Grünen Hügel versammelten Schickeria, die bei Schönbach nur ganz am Rande vorgekommen war, natürlich hatte Rosentreter alles frei erfunden, jedes Zitat war ein Fake, und darunter stand Schönbachs Name; obendrein hatte das Scheusal hineingeschrieben, Wagner habe *dem Thema Gralssuche* eine gesamte Oper, nämlich den *Lohengrin*, gewidmet. Zwei, drei solcher Artikel, und sein Ruf in der Branche werde für immer ruiniert sein, erklärte der ergrimmte Reporter nach seiner Rückkehr einem auf schuldbewusst machenden Chefredakteur, und da er erstens nicht vorhabe, seinen Ruf komplett zu versauen, und sich zweitens in Grund und Boden schäme bei der Vorstellung, dass draußen im Land jetzt mindestens ein Dutzend Menschen glauben mussten, er wisse nicht, was im *Lohengrin* passiere, werde er die Gelegenheit zur Kündigung nutzen. Rosentreter reagierte, wie nur er es fertigbrachte: Er schenkte seinem Liebling ein Penthouse. Das heißt: Er (beziehungsweise Facchetti) bezahlte Umzug, Makler und die monatliche Miete für dessen künftigen Bewohner, sofern und solange dieser Reporter bei *V.I.P.* blieb. Auf diese Weise ergab es sich, dass Schönbach seine drei Zimmer in der Bismarckstraße aufgab und nach Neuhausen in die Blutenburgstraße umsiedelte, wo er, wenn er morgens aufstand und wütend bis gequält an sein Tagwerk dachte, dies im Obergeschoss eines ausgebauten Altbaus tat, vor einem offenen Kamin und vom Himmel durch das schmiedeeiserne Gitter der Dachterrasse getrennt. Es gab immer wieder Argumente für diesen Job.

Das fand auch seine erste Besucherin, eine Redakteurin namens Claudia, die bei *Catwalk* das nicht zu unterschätzende Thema Trendsportarten journalistisch bearbeitete und irgendwie stolz darauf war, in einer solchen Premium-Behausung herumstöhnen zu dürfen. Es war animierend und zugleich unangenehm, nicht im körperlichen Sinne, sondern wegen der den Koitus in seltener Klarheit begleitenden Vorstellung, dass dieser kaum stattfinden würde, wenn er nicht Gutverdiener und Penthousebewohner wäre, sondern beispielsweise ein klaustrophiler Prenzlauer-Berg-Ossi, und dass die hübsche Claudia deshalb besonders laut stöhnte, weil sie an alldem zu partizipieren wünschte.

Schönbach hatte eine Reihe von Affären und musste jedes Mal erschüttert feststellen, dass keine der Damen wirklich hundertprozentig an seinem Genital interessiert war, sondern eben doch mehr an den Begleiterscheinungen seines Kontostandes. Viele Frauen machten ihre Willigkeit so entschieden von der Aussicht einer gemeinsamen und vor allem finanziell gesicherten Zukunft abhängig, dass Schönbach von manchem *Date* den Eindruck zurückbehielt, soeben einer Geiselnahme entronnen zu sein. Als alleinstehender, durchaus gutaussehender, kinderloser, gesunder und am Ende sogar noch intelligenter Gutverdiener im gesegneten Alter von Mitte dreißig war er ein idealer Dauerpartnerschafts- und Kinderwunscherfüllungs-Kandidat, was ihm zahlreiche versuchte Geiselnahmen einbrachte. Auch diese Claudia hatte viel zu lange im Fitness-Studio an ihrem Körper gearbeitet, um diesen Köder nun einfach ohne Gedanken an eine adäquate Gegenleistung wegzuschenken, sie war aber bereits beim Anblick seiner Luxus-Klause schwach geworden. Ganz anders als ihre kurzzeitige Nachfolgerin, eine Anwaltskanzleibesitzerstocher – die machte erst der wahrlich ekelhaft verlogene Satz »Hier könnte einmal ein Kinderbett stehen« gefügig. Später schämte sich Schönbach dafür. Aber was sollte er denn tun? Etwa auf Sex verzichten? Absurde Idee. Zu Huren gehen? Schon die Vorstellung ekelte ihn. Nicht so hübsche und folglich weniger komplizierte Frauen verführen? Oder sich auf jene kaprizieren, die es hinter sich hatten, Mütter beziehungsweise solche, die es nicht geworden waren, stramme Vierzigerinnen, längst vergeben, desillusioniert, nebenwirkungsfrei, in erotischen Fragen vollkommen im Bilde und zugleich dankbar? Aber er hatte weder an der einen noch an der anderen Klientel Interesse, sein Frauenkörpergeschmack war inzwischen zu sehr mediengeprägt, er mochte keine untrainierten Gesäße, keine Hautrisse am Bauch und keine ausgesaugten Brüste, da schaute er so genau hin wie Vater Schönbach beim Weihnachtsbaumkauf. Mit halbwertszeitlosen Zwanzigjährigen, deren Gelaber sich um die Wörter *cool* und *total geil* rankte, hielt er es jedoch keine zehn Minuten aus. Folglich gaukelte er den Frauen vor, was sie so offensichtlich haben wollten: eine eventuelle gemeinsame Perspektive.

4.
Der fortgesetzte Untergang des Abendlandes

»Was«, knurrte Rosentreter, der im Konferenzraum einer größeren Runde von *V.I.P.*-Mitarbeitern präsiderte, »was«, wiederholte er, und sein Scannerblick wanderte am Körper der Moderedakteurin Melanie Kahuschke entlang, die ihm gegenübersaß, bis er in ihrem Gesicht angelangt war, »wollen die Medien?«

»Aufmerksamkeit?«, fragte sie und plinkerte mit den Augen.

»Zum Teufel, was ist denn Aufmerksamkeit?«, brüllte Rosentreter, der diesmal ein blaues Hemd trug, auf dessen Knopfleiste ein nach Frühstückseigelb aussehender Fleck von der Größe Islands prangte.

»Zugriff aufs Gehirn«, sagte Schönbach.

»Genau!« Rosentreters Faust flog auf den Tisch. »Aufs Gehirn! Auf möglichst viele Gehirne! In die Gehirne da draußen reingreifen und nicht mehr loslassen! Wie eine Schlange müssen wir zuschlagen, die Giftzähne ins Gehirn bohren und unsere Infos einspritzen! Zack! Drin ist die Beckerfresse, drin ist der Schifferficker, unlöschbar eingepflanzt, der Speicherplatz ist für immer besetzt – und niemand kann sich dagegen wehren! Wer die *Gala* angeschaut mit Augen, ist dem Hirntod schon anheimgegeben«, rezitierte Rosentreter und keckerte mephistopelisch, als habe er diesen gegengöttlichen Mechanismus selbst in die Welt gesetzt.

Es war Themenkonferenz. *V.I.P.*-Storys entstanden, wie angedeutet, auf zweierlei Art: Entweder die Realität lieferte eine und Rosentreter schrieb sie thesenorientiert um, oder er erfand zuerst die These und presste danach die jeweilige Wirklichkeit hinein. Um Alternativen für Variante zwei zu erfinden, tagte in äußerst unregelmäßigen, selbstredend vom Chef bestimmten Abständen die Themenfindungsrunde, an der alle Mitglieder der Redaktion teilnehmen durften, die das Privileg genossen, dass am Ende immerhin noch ihre Namen unter ihren ehemaligen Texten standen (Schönbach und Scharrnagel stellten insofern Ausnahmen dar, als bei ihnen der Chef meist nur *hineinredete*). Deshalb saßen neben der üblichen Entourage noch eine Hand voll weiterer Figuren im Konferenzraum, unter anderem jener glatzköpfig-schnieke Societyreporter irrelevanten Namens, der den Artikel über St. Moritz geschrieben hatte, oder der Autoredakteur Falko M. Edelweiß, unter dessen dunkel getönter Insektenaugenbrille der Schnauzbart den Spoiler bildete, sowie besagte Melanie Kahuschke, die seit mehreren Jahren ihren neunundzwanzigsten Geburtstag feierte und sich in einem Anfall von verhältnismäßiger Großartigkeit die ursprünglich mittelblonden schulterlangen Locken tiefschwarz hatte färben lassen. Als für Modebelange zuständige Redakteurin führte sie ein relativ autonomes Dasein, Rosentreter interessierten die Pret-à-porter-Shows und Laufstege dieser Welt nicht, aber er akzeptierte, dass das Thema Mode in einem Boulevardmagazin unbedingt vorkommen musste, so dass er ihr in der Regel freie Hand ließ. Doch gerade deswegen bekam er ungefähr einmal monatlich den Rappel und brummte ihr, nur um das Etepetete-Frauenzimmer zu schikanieren, eine Geschichte auf, die ihr mindestens unangenehm war; am liebsten hätte er sie auf brandenburgischen Müllkippen recherchieren lassen, aber dafür fehlte nun wirklich jeder thematische Anlass.

Ganz am Ende des Tisches saß, teils würdig, teils gedrückt, der graublonde, einstmals wohl recht stattliche Reger, dessen weiche Züge um den Mund inzwischen ins Weibische zu entgleiten begannen, wobei er insgesamt dennoch eine annähernd aristokratische Erscheinung abgab. Stets *very british* gekleidet, trug er selbst im Hochsommer und auch diesmal ein derbes, erdfarbenes Tweedsakko, Cordhose und Pullunder. Reger besaß eine durchschlagskräftige, tenorale Stimme, mit der er wohlartikuliert, wenngleich etwas gehetzt ein jederzeit druckreifes Deutsch sprach. Auf den exaltierten Vornamen war sein Vater, ein musisch interessierter Herzchirurg, gekommen. Reger hatte Philosophie und Musikwissenschaften studiert, aber, wie er selber sagte, aus *intellektueller Verstiegenheit* seine Doktorarbeit verhauen, was im Wesentlichen damit zusammenhing, so Reger einmal zu Schönbach, dass er Adornos *Philosophie der neuen Musik* für *eine bessere Kalauersammlung* hielt (und halte). Nach diesem Ende seiner akademischen Träume hatte er erzgescheite Feuilletons über dieses und jenes Zeitgeistphänomen verfasst, daneben vor allem Opern- und Konzertkritiken für die deutschsprachige und mitunter auch englische Intelligenzpresse geschrieben sowie zwei Bücher veröffentlicht, eines über die Komponisten Alexander von Zemlinsky und Erich Wolfgang

Korngold – eine Art Parallelbiografie –, das andere über die Entwicklung des Wagner-Gesangs von den ersten Grammophon-Aufnahmen bis zur Gegenwart (keines von beiden befand sich noch im Handel).

Natürlich musste sich ein solcher Mensch bei *V.I.P.* ungefähr fühlen wie ein Kardinal auf dem Christopher Street Day. Reger war an diesen Ort verschlagen worden wie ein Schiffbrüchiger, die nackte Existenz rettend; er hatte händeringend irgendeine Festanstellung gesucht, einen Gnadenbroterwerb, weil ihn Überlebenssorgen plagten. Inmitten des sogenannten Informationszeitalters mit seinen rapide sich verschiebenden Maßstäben hinsichtlich der Notwendigkeit von qualitativ hochwertigen Texten über Geistesdinge herrschte auf einmal immer weniger Bedarf an Reger-Artikeln, zumal die Zeitungen ja festangestellte Musikkritiker besaßen, die zunehmend eifersüchtig über ihr kleiner und unbedeutender werdendes Terrain wachten. Noch entwürdigender, als sich von Rosentreter umschreiben zu lassen, war es nach Regers Darstellung gewesen, sich als fünfzigjähriger kultivierter und gebildeter Mensch auf einmal von dreißigjährigen festangestellten Redakteursschnöseln sagen zu lassen, seine Artikel seien verquast und unverständlich. Und da irgendein Weltgesetz gebot, dass ein Unglück nicht allein zu kommen habe, hatte ihn seine zweite Frau, wegen deren seine erste Ehe geschieden worden war, schon nach kurzer Zeit wieder verlassen. Schönbach wusste es von Rosentreter, der Reger seit Jugendtagen kannte, denn er hatte mit dem späteren Musikkritiker auf dem Gymnasium eine Bank geteilt und ihn immer bewundert. Seinen beiden Kindern hatte Reger noch das Studium finanziert und dabei aber das väterliche Erbe aufgezehrt. Durch die Trennung war er nicht nur emotional, sondern vorübergehend auch daseinsorganisatorisch aus der Welt gefallen. Er hatte eine kurze, aber heftige Phase der Trunksucht durchlebt, der eine Phase innigster und beinahe kindlicher Anlehnungsbedürftigkeit an wen auch immer gefolgt war, Reger konnte auf einmal nicht mehr allein sein und nicht mehr vormittags allein daheim arbeiten, zumal er sich das repräsentative Heim in der Prinzregentenstraße, wo ihn alles an *sie* erinnerte, ohnehin allein nicht mehr hatte leisten können und mit einem ganz und gar unstandesgemäßen Quartier in Giesing tauschen musste. Da die großen Intelligenzblätter, die Regers Kritiken und Glossen all die Jahre mit Handkuss gedruckt hatten, einen Fünfzigjährigen nicht mehr einstellen wollten, hatte Reger schon befürchtet, er werde auf seine späten Tage unter die Ludwigsbrücke ziehen müssen – da war er seinem einstigen Bewunderer Rosentreter über den Weg gelaufen. Der hatte überraschenderweise Mitgefühl gezeigt und Reger vom Fleck weg eingestellt, zwar mit einem mickrigen Gehalt, das nur knapp oberhalb jenes der Rechercheskaven lag, aber Reger war einstweilen gerettet. Und verdammt zugleich.

Neben Reger lümmelte der Art-Director Sutur von Kehlheim-Lungersleben, schlank wie der Tod und noch eine Nuance blasser, obwohl er jedermann unaufgefordert erzählte, wie großartig er sich fühle, seit er 20 Kilo abgespeckt habe. Er trug hautenge schwarze Hochglanzlederhosen zum bordeauxfarbenen Sakko, eine geflochtene Lederschleife um den Kragen seines weißen Hemdes und stank wie eine Bordellentlüftung nach dem von ihm selbst kreierten Herrenduft namens *Spartakus*, vielleicht, um seine Champagnerfahne zu übertönen. Auch Schattenkircher war wieder mit von der Partie, sein Pekinese sowieso, außerdem die in stummer Befehlsentgegennahmebereitschaft harrende Vormittags-Sekretärin.

»Was ist denn zurzeit trendy?«, fragte Rosentreter in die Runde. »Worüber reden alle?«

»Über die *New Economy*«, erklärte Reger, der mit seinem kargen Gehalt selber an der Börse mitzockte, denn er hatte die Illusion, von hier fortzukommen, noch nicht aufgegeben.

In einen Raucherhustenanfall eingewoben, röchelte der Chef orphisch Ablehnung.

»Ge, Sepp, des is scho a Thema«, sang Schattenkircher dagegen an.

Rosentreter beendete seinen Hustenanfall, indem er gierig an seiner Zigarette saugte und einen Beta-Blocker einwarf.

»Wenn du früher in der Business-Class von München nach Hamburg geflogen bist, saßen dort ein paar alte Knacker mit Aktenkoffern und Brioni-Anzügen. Heute siehst du dort keinen über dreißig mehr, die sehen alle aus wie auf der Klassenfahrt, aber haben den neuesten Laptop auf dem Schoß«, unterstützte Autoredakteur Edelweiß Regers Trendvorschlag.

»Diese Selfmade-Millionäre sind total stylish!«, rief nun Sutur von Kehlheim-Lungersleben. »Die kommen mit Sneakers und karierten Billighemden angeschlappt und machen den Flugschein für ihre Privat-Helikopter. Hab ich selber gesehen. Wir müssen über den Lifestyle dieser Burschen schreiben, die sind *totally trendy.*«

»Es gibt da einen Ossi aus Gera«, säuselte Melanie Kahuschke und neigte ihren Oberkörper im Sitzen nach vorn, den Hinterkopf im Genickanschlag, als wolle sie eine Krone oder wenigstens ein Diadem empfangen.

»Nach Gera wollte ich dich schon immer mal schicken«, knurrte Rosentreter blinzelnd.

»Einen Ossi aus Gera«, fuhr die Kahuschke eisern fort, »der hat irgendeine Software erfunden, irgendwas mit Online-Shopping.«

»Womit?«, bellte Rosentreter.

»Einkaufen übers Internet.«

»Macht man das?«

»Der Mann ist damit Millionär geworden und jetzt nach San Francisco gezogen. Der Ossi-Millionär in *San Fran* – wäre das nicht eine gute Geschichte?«

»Ein Ossi in San Francisco!«, brüllte Rosentreter. »Sind wir ein Satiremagazin?«

»Der Typ ist clever und erfolgreich …«

»Die New Economy fährt die alten Schlitten aus den 60ern, Ford Mustang, Jaguar E-Type, Aston Martin und so«, steuerte Autoredakteur Edelweiß auf sein eigentliches Thema, »der Sportwagen-Oldtimer-Markt ist seit kurzem wie leer gefegt.«

»Total stylish!«, krähte der Art-Director.

»In Berlin sind die Lofts inzwischen knapp«, hatte wiederum der glatzköpfige Societyreporter gehört, »da sitzen die IT-Millionäre drin und feiern ihre Partys.«

»Woher haben die Leute das Geld?«, wollte der Chefredakteur wissen.

»Das meiste ist Venture-Capital von den Banken«, sagte Reger.

»Quatsch, die haben es von der Börse«, erklärte Scharrnagel im Tonfall entschiedenen Widerspruchs und pflügte vierfingrig durch den Ölfilm auf seinem Kopf, »der Schwager eines meiner Golf-Freunde arbeitet in so einer IT-Agentur, da hängt die gesamte Belegschaft mit Aktien der eigenen Firma an der Börse.«

»Ja, aber mit diesen Aktien können sie in der Regel nichts anstellen, weil sie verpflichtet wurden, sie eine bestimmte Zeit zu halten«, gab Reger zu bedenken.

»Quatsch, die sind alle an der Börse, und der Champagner fließt, mein Freund kennt sich da aus«, widersprach Scharrnagel.

»Was heißt: Geld von der Börse? Für welchen Gegenwert denn?«, erkundigte sich Rosentreter lauernd.

»Für ihre Elektronik-Klitschen voller fixer Ideen«, sagte Reger. »Das ist alles virtuell, nichts Seriöses …«

»Na du wirst es wissen!«, rief Rosentreter. »Du verstehst doch von Wirtschaft so viel wie Schattenkirchers Pinscher.«

»Ge, Sepp, Pekinese …«

»Stefanie, Cappuccino!!«

Die Sekretärin fuhr zusammen, sprang auf, stockte aber plötzlich im Mechanismus sklavischen Gehorsams und wagte piepsend einzuwenden: »Ich heiße Sandra.«

Rosentreter starrte sie verblüfft an. »Hä?«

»Ich heiße Sandra«, wiederholte sie schüchtern und machte eine Art Vorstellungsknicks.

»Wen interessiert, wie du heißt?«

»Cappuccino ist übrigens out, die New Economy trinkt Latte Macchiato«, erwies sich Melanie Kahuschke einmal mehr als blendend im Bilde.

Wenig später kehrte die Sekretärin mit einem Tablett und traurigen Augen zurück. Rosentreter scheuchte sie sofort wieder los, diesmal nach Grappa. Er hatte den Alkoholstart vorgezogen.

Das Resultat der Themenfindungskonferenz war schließlich, dass die Recherche-Hühner eine Liste sämtlicher deutscher New-Economy-Millionäre zusammenstellen sollten, mitsamt allen denkbaren Informationen über die Herrschaften, aus welcher der Chef höchstselbst ein *Ranking* der zehn bis zwanzig trendigsten – oder, wie Melanie Kahuschke sagte: *hippsten* – dieser Typen destillieren werde. Eine halbe Stunde später, die Konferenz war beendet, die Rechercheabteilung über die neueste Großzumutung informiert worden, rief eine der Rechercheurinnen an und erklärte, dass die Liste mehrere tausend Namen umfassen und wochenlange Arbeit kosten würde. Rosentreter brüllte »Mir doch egal!« ins Telefon, doch dann besann er sich und verwarf den Plan brummend, rief die Kahuschke zu sich, die auf der Konferenz inständig-augenplinkernd darum gebettelt hatte, ein paar der *Neuen Reichen* besuchen und porträtieren zu dürfen, und gab ihrem Vorschlag sein Plazet, wobei er ihre Texte freilich streng zu redigieren versprach.

Eine halbe Stunde und zwei Grappas später ärgerte er sich über seine Kulanz. Er rief die Kahuschke an, von der er wusste, dass sie von Technik noch weniger verstand als er selber, und befahl ihr, bevor sie an die Porträts ginge, schnell noch eine Geschichte über die derzeit angesagtesten Mobiltelefone zu schreiben und drumherum ein bisschen über die neuen Kommunikationsverhältnisse und deren *Auswirkung auf die menschliche Existenz schlechthin* zu philosophieren.

»Hähä«, machte er, als er den Hörer aufgeschmissen hatte, »die ist versorgt, die kann sich ihre Börsenmillionäre erst mal von der Backe wischen. Die will sich doch bloß an einen dieser reichen Typen ranmachen, das will die doch schon seit Jahren. – Hast du die nicht mal gefickt?«, wandte er sich an Scharrnagel, den der mittägliche Schnaps soeben ins Bubu-Land trug.

»Was? Wen?«, fragte der Gelkopf, dem die Rückkehr sichtlich schwerfiel, und befummelte neurotisch sein Haar.

»Ach vergiß es«, knurrte Rosentreter. »Stefanie, oder wie du heißt, ich will in der nächsten Stunde nicht gestört werden. Mach die Tür zu!«

Während Scharrnagel sich aus dem Chefzimmer in sein eigenes schleppte, um dort Siesta zu halten, legte Rosentreter die Füße auf den Schreibtisch, sank in sich zusammen und stierte ins Leere.

Stunden später, Schönbach schlenderte gerade an der halboffenen Bürotür von Melanie Kahuschke vorüber, rief die Insassin bittend seinen Namen. Ihr Büro sah beinahe wie ein Boudoir aus und roch auch so. Neben der Tür hatte sie einen riesigen, von beiden Seiten beleuchteten Spiegel anbringen lassen, im Schrank hingen Kleider zum Wechseln, denn sie zog sich mitunter mehrmals am Tag um, vor allem bevor sie Termine hatte. Auf dem Schreibtisch standen zwei gewaltige Designer-Vasen für die Blumensträuße, die ihr angeblich reiche Verehrer zukommen ließen, die Pinnwand war übersät mit Melanie-Kahuschke-Fotos: Melanie Kahuschke beim Interview mit Claudia Schiffer, Melanie Kahuschke mit Luciano Pavarotti vor der Mailänder Scala, Melanie Kahuschke mit Karl Lagerfeld unterm Eiffelturm, Melanie Kahuschke an der Seite eines waschechten Prinzen in Monaco, Melanie Kahuschke bei der Pret-à-porter-Show in London (damit niemand glaubte, es handle sich um Köln oder Buxtehude, waren Ort und Datum unter allen Bildern mit sauberer Handschrift vermerkt), daneben auch Melanie Kahuschke mit namenlosen Freunden beim Grillen am Starnberger See oder mit einem Champagnerglas in der Hand auf der Auberge-Moar-Alm, links das Gasthaus, rechts das Postkartenpanorama. Was dem Betrachter neben dem schamlos-schwachsinnsnahen Hang der Zimmerbewohnerin zur Selbstpräsentation (der freilich im Facchetti-Verlag nichts Außergewöhnliches darstellte) sofort auffiel, war die Wandlungsfähigkeit der Melanie-Kahuschke-Darstellerin, mal war sie blond, mal schwarz, mal brünett, mal elegant gekleidet, mal lässig-sportlich, mal geschäftsmäßig-sachlich, mal war dieser weibliche Proteus dünn, auf anderen Bildern halbwegs proportioniert, auf wieder anderen fast schon vollschlank. Nur das zu zwei Dritteln aufgesetzte, zu einem Drittel verklemmte Kahuschke-Lächeln, dessen Schwerpunkt auf den das Jochbein überwölbenden Bäckchen lag, strahlte falsch und leitmotivisch von ihren gesammelten Gesichtern.

Zwischen den Fotos hingen Einladungen zu herrschaftlichen Hochzeiten, Bayreuth-Karten, Dankschreiben von Interview-Partnern und dergleichen Wichtigtuereien. Auf den meisten Fotos war sie noch blond und jünger, viele stammten aus der glücklichen Ära *ante Rosentreter*, als *V.I.P.* noch war, was der Name verhieß: ein solides Neidkraftwerk mittlerer Leistung, das seine Energie aus wohlwollend-penetranter Darstellung der irgendwie vorbildhaften, nur halt nicht für jedermann erreichbaren Daseinsweise des Homo sapiens pecuniensis bezog. Zwischen Kleiderschrank und Tür stand ein Regal, ein Fach voller Flacons und Cremedosen, die anderen enthielten Mode-Bildbände, Designer-Memoiren, Zitaten-Lexika, ein Synonym-Wörterbuch, eine Broschüre *Internet für Journalisten*, ein Buch mit dem Titel *Sag es treffender!*, daneben *Latein für Angeber*, und in einem ansonsten leeren Fach drängten sich zwei auffallend dicke Schwarten aneinander, nämlich: *Die Zahl der jüdischen Opfer des Nationalsozialismus* und *Weibliche Perversionen*.

In diesen parfümierten Ramschladen also steckte Schönbach seinen Kopf und erkundigte sich, was es gebe.

»He du, Ossi, du bist doch so gebildet, weil ihr drüben alle Zeit der Welt zum Lesen hattet …«

»Schon mal mit einem Ossi im Bett gewesen?«

»Ich bin doch nicht pervers. Sag mal, es gibt doch dieses berühmte Heidegger-Zitat über Kommunikation, kennst du das?«

»Heidegger über Kommunikation?«

»Ja, ich muss eine Kommunikations-Geschichte schreiben, für die brauche ich ein passendes Einstiegszitat.«

»Warum willst du denn gleich so gehoben einsteigen, Teuerste? Zitiere doch irgendeinen von diesen gestörten Trendgurus.«

Sie schüttelte den Kopf und beharrte: »Ich brauche einen Philosophen.«

»Ich bezweifle aber«, sagte Schönbach, »dass Heidegger das Wort Kommunikation jemals verwendet hat.«

»Aber es muss dieses Zitat geben, ich brauche es als Einstieg.«

»Verstehe. Und wie kommst du ausgerechnet auf Heidegger?«

»Das ist doch der Kommunikations-Philosoph, oder?«

»Meinst du vielleicht Habermas?«

»Genau!« Sie schnipste mit dem Finger, und ein hoffnungsvoll-huldreiches Lächeln malte sich jederzeit widerrufbar in ihr Gesicht. »Den meine ich. Kennst du das Zitat?«

»Nein.«

Melanie Kahuschkes Weltbild bestand ausschließlich aus Marken, Reisen und Luxus, und ihr Bedürfnis, dies ihren Mitmenschen zu berichten, war in etwa jenem aggressiven Harndrang vergleichbar, der sich im Biergarten nach der dritten Maß einstellt. Sie war imstande, das Büro eines Kollegen mit dem Satz zu betreten: »Hast du das neue Buch von Hera Lind schon? Mir hat es der Joop geschenkt!« Es handelte sich um eine spezielle Abart der Logorrhöe, ein eruptiver Sprechzwang presste Begriffe wie Gucci, Prada, Parisflug, Jahreseinkommen, Bestsellerautor oder Ayurveda-Hotel einfach aus ihr heraus. Gegen jenen Teil der Redaktion, der von ihr Aufträge anzunehmen gezwungen war, also Bildredaktion und Rechercheabteilung, verhielt sie sich wie eine halbwegs freundliche Bojarin. Ihre Rechercheaufträge waren oft unangemessen üppig, und wenn eine der Kolleginnen leicht maulend fragte, ob sie den Auftrag nicht reduzieren beziehungsweise selber im Internet nachschauen oder zum Telefonhörer greifen könne, kam unfehlbar die spitzmündige Antwort: »Das ist die Aufgabe einer Rechercheurin, nicht meine.«

Immerhin befand sie die Domestikinnen, die sie von Herzen hassten, für würdig, ihnen hin und wieder generös einige Erzählbrocken hinzuwerfen und sie solcherart an ihrem beneidenswerten Dasein teilhaben zu lassen, und wenn sie eine der Kosmetik-Gratisproben, die ihr von der Industrie zugeschickt wurden, partout nicht gebrauchen konnte, leitete Melanie Kahuschke sie großzügig in die sozialen Niederungen der Redaktion weiter. Anderthalb Milieustufen tiefer endete diese Großzügigkeit, Kellner, Taxifahrer, Boten, Pförtner oder Sekretärinnen pflegte sie zu ignorieren, solche dienstbaren Geister wurden von ihr weder gegrüßt, noch sah sie ihnen ins Gesicht, auch dann nicht, wenn es doch einmal unumgänglich war, mit ihnen zu reden. Würde, überlegte Schönbach manchmal, ihre durch nichts begründete Blasiertheit auch dann über den Selbstdarstellungszwang siegen, wenn nur die Ohren von Subalternis in Reichweite waren? Würde sie dann Kellnerinnen, Taxifahrern, Pförtnern von ihrem Côte-d'Azur-Wochenendtrip erzählen? Oder lieber gar niemandem?

5.
Medienkritisches Intermezzo

Wenn Schönbach abwechslungshalber ein paar geistreiche Bemerkungen hören wollte, ging er zu Reger, dessen Büro sich eine Etage tiefer bei den Recherche-Hühnern befand. Sofern er nicht gerade Rosentreter gegenüber am Konferenztisch saß, war Reger ein Mensch von beträchtlichem Unterhaltungswert. Er hatte als Gymnasiast Statistenrollen am Hamburger Thalia-Theater besetzt, beispielsweise in den *Soldaten* von Lenz, für die er gecastet wurde, weil er so arrogant und spätfeudal vornehm wirkte. Dank dieser angeborenen Noblesse erschienen auch die billigsten Pullover an Reger wie edelste Markenware, er sah immer viel eleganter und in gewissem Sinne ranghöher aus als beispielsweise der Gelkopf Scharrnagel, der es natürlich nicht bemerkte, sonst hätte er vor Ärger platzen müssen. Einmal, als Schönbach mit Reger bei einem Italiener der gehobenen Preisklasse zu Abend aß, geschah es, dass an der Eingangstür Unruhe aufkam, augenscheinlich versperrte ein Auto vor dem Lokal jemandem den Weg, der Restaurant-Chef trat in den Gastraum, blickte sich kurz um, ging zielsicher auf Reger zu, um ihn ehrerbietig mit gedämpfter Stimme zu fragen: »Pardon, mein Herr, gehört der Bentley vor der Tür Ihnen?« – worauf der Gebraucht-BMW-Fahrer Reger lächelnd geantwortet hatte: »Signore, niemals würde ich die Impertinenz besitzen,

Ihre Weine so zu missachten, dass ich danach noch Auto fahren kann.«

Regers Büro war ein kleines, chaotisches Zimmer, dessen Fenster ständig offen stand, auch in der kalten Jahreszeit, als hinge das Überleben des Zelleninsassen an permanenter Frischluftzufuhr, und inmitten dieses *Geisteskerkers*, wie er oft sagte, stand dessen Insasse mit einem Manuskript in der Hand und sah sehr ratlos aus.

»Ach du bist es«, begrüßte er Schönbach. »Ich fürchtete schon, es kommt wieder jemand, der es auf mein Nervenkostüm abgesehen hat. Setz dich irgendwohin, da, der Stuhl, warte, ich nehme mein Sakko weg.«

Er stand eine Weile unschlüssig da, dann hängte er das Sakko an den Fenstergriff.

»Kryptisch und manieriert, hat er gesagt«, seufzte Reger und tippte mit dem Handrücken auf das Manuskript. Er betreute die Rubrik *Kulturstück*, und offenkundig hatte Rosentreter seinen Text als unumschreibar zurückgehen lassen.

Reger ließ das Manuskript auf seinen Schreibtisch fallen. Von dessen Platte war übrigens kein Quadratmillimeter zu sehen, sie lag irgendwo unter mehreren Schichten aus Büchern, Zeitungen, Zeitschriften, Päckchen, losen Blättern, Faserstiften, Bleistiften, Füllfederhalten, Textmarkern, Scheren, Post-its und Notizzetteln, dazwischen standen zwei benutzte Kaffeetassen, ein Aschenbecher und eine halbvolle Colaflasche, sogar der Spalt zwischen Tastatur und Computerbildschirm war zugemüllt. Hinter Reger lagen zwei Zeitungsstapel, *FAZ* und *Le Monde*, das war, wie er es nannte, sein Privatarchiv, und von ihm stammte die Entdeckung, dass ein solcher Papierturm von einer gewissen Höhe an nicht mehr wachse, weil sein Eigengewicht ihn zugleich immer mehr zusammenpresse. Das übermannshohe Regal in Regers Rücken war gefüllt mit Büchern und mit einigen Partituren. Dieses Regal, hatte er oft gesagt, sei sein *privates Bollwerk gegen die hier jederzeit drohende Verblödung*, er könne nicht leben ohne gute Bücher und gute Musik, deswegen habe er sich in einer Woche den Kofferraum seines alten BMW dreimal vollgeladen, er besitze schließlich viele seiner Lieblingsautoren doppelt, und ein paar davon hierhergeschafft, damit sie ihm Gesellschaft leisteten, und nun befinde er sich, wenn er die Tür hinter sich schließe, *halbwegs in Sicherheit*.

Reger setzte sich und zündete eines seiner duftenden Zigarillos an. Er inhalierte bis in die Lungenspitzen, dass einem vom Zuschauen schwindlig wurde, und fuhr fort: »In den letzten zwanzig Jahren ist in großen europäischen Intelligenzblättern nie einer meiner Texte nicht gedruckt worden, während Rosentreter mittlerweile Texte von mir offenbar per se ablehnt. Aber auch bei den Buchverlagen haben inzwischen Leute wie er das Sagen, Leute, die die Welt durch die Journalismusbrille betrachten. Bücher unterscheiden sich ja kaum mehr von den Gazetten, man würde die Texte von Musil oder von Proust heutzutage überall ablehnen, kein wirklich großes Werk der Weltliteratur würde noch mal gedruckt werden, egal wo. Zu lang, würde man sagen, zu wenig Sex, zu wenig Action, nicht spannend genug. Oder: kryptisch und manieriert.«

Reger unterbrach seinen Redefluss immer an unvorhersehbaren Stellen, um Luft zu holen oder an seinem Zigarillo zu ziehen, was seinen Worten etwas Gehetztes verlieh. Nun atmete er heftig, und ein Schweißperlchen trat auf seine feine Stirn. Schönbach liebte Regers Monologe, und Reger, der stundenlang reden konnte, genoss anscheinend, dass er es genoss.

»Journalismus«, fuhr er denn unaufgefordert aufgefordert fort, während er vor sich ins Leere stierte, »ist die organisierte Zerstörung der geistigen Empfänglichkeit der dem Journalismus ausgesetzten Bevölkerung. Von nichts Ahnung haben und über alles mitreden, das ist Journalismus. Das bisschen Investigative, das bisschen Schweinereiaufdecken ist angesichts der

Schweinerei, die der Journalismus insgesamt verkörpert, absolut nebensächlich. Die Medien zerren alles in ihr virtuelles Kolosseum, wo die Medienvertreter von ihren Schreibtischlogenplätzen herunterschauen und den Daumen heben oder senken. Meistens senken sie ihn. Journalisten müssen zwanghaft alles beurteilen, das heißt kritisieren, weil sie ihre eigene Niedertracht sonst nicht aushielten, sie müssen alles mit ihrem eigenen Schmutz besudeln, alles Originelle ist Journalisten verdächtig, alles Geistige wird von ihnen verachtet und verhöhnt. Dazu noch der typisch deutsche Drang zur Kollektivmeinung! In Deutschland wird seit Jahrzehnten die *Deutsche Einheitsmeinung* gepflegt, sei es die nationalsozialistische, realsozialistische oder freiheitlich-sozialdemokratische, immer muss die gerade herrschende gegen jedermann durchgesetzt werden, sogar in einem Drecksblatt wie *V.I.P.*! Wenn heute in Deutschland ein Journalist schreibt, ein Autor sei umstritten, dann meint er das als Synonym für anrüchig, dabei ist Umstrittensein das mindeste, was man von einem Autor erwarten sollte. Ich könnte niemals schlecht über jemanden schreiben, über den alle schlecht schreiben, einer muss ja die Gegenposition einnehmen, sonst kann sich keine intellektuelle Spannung aufbauen, wenn ich einen Leitartikel lese, baue ich innerlich sofort die Gegenposition auf, denn wo kein intellektuelles Feld existiert, gibt es kein Denken. Deutsche Journalisten lieben die Einheitsmeinung, je feiger, primitiver und denkfauler sie sind, desto größer ihre gespielte Entrüstung über Abweichler. Durch ein deutsches Journalistengehirn gequetscht zu werden, ist das Schlimmste, was einer Wirklichkeit passieren kann.«

Reger hielt keuchend inne und betrachtete das Chaos um sich herum. Während sich die Bücher im Regal noch in einem Zustand relativen Geordnetseins befanden, waren die Stapel, die sich auf dem Tisch sowie dem neben dem Regal stehenden sideboardartigen Schiebetürschränkchen türmten, so raffiniert geschichtet und ineinander verschachtelt, dass alles ins Rutschen kommen würde, wenn man nur ein Druckwerk aus dem Bau zu lösen versuchte. Aber auch vom Fußboden wuchs ein sich an die Wand lehnendes Massiv aus jeder Art von Druckerzeugnissen.

»Es ist, als ob sich ein Urwald langsam in mein Zimmer vorarbeitet«, sagte Reger. »Ich weiß gar nicht, wer dieses Zeug bestellt hat und warum es immer bei mir landet, aber ich bringe es einfach nicht fertig, Bücher wegzuschmeißen, weshalb sie sich immer höher und dichter stapeln und eines Tages über mir zusammenstürzen und mich erdrücken werden.«

Er hatte sein Zigarillo aufgeraucht und schien zu grübeln, ob er sofort zum nächsten übergehen sollte. Die ergebnislos bleibende Überlegung mündete in den Drang, den Händen etwas zu tun zu geben, und Reger begann, den vor ihm liegenden Postberg abzutragen. Die meisten Briefe warf er ungelesen in den Papierkorb, der angesichts der enormen wegzuwerfenden Papiermengen, die pro Büro anfielen, so groß war, dass man ein Kleinkind darin hätte im Stehen baden können. Dann öffnete er eines der Päckchen, förderte ein Buch zutage und las: »*Der sanfte Weg zum schönen Körper.* Soso.«

Er hielt das Druckwerk unentschlossen in der Hand. Dann gab er ihm einen Stubs, und die Schwarte flog in den Papierkorb.

»Geht eigentlich ganz einfach«, stellte er fest, riss ein weiteres Päckchen auf und las: »*Wie man im nächsten Jahrtausend Karriere macht* – brauche ich nicht, mein Karrierenende ist erreicht.«

Das Buch folgte seinem Vorgänger. Beinahe hektisch riss Reger das nächste Päckchen auf, und wieder schlug es im Papierkorb ein.

»Das macht sogar Spaß!«, summte Reger und entsorgte in der Folgeminute die Titel *Der Glücks-Guide, Das karmische Band, Nietzsche für Gestresste, Das beste Stück des Mannes, Sextipps für Frauen, So werden Sie prominent, Warum Optimisten länger leben, Kinderhoroskope richtig deuten, Das Siegel des Nostradamus,* und *In zehn Schritten zur Erleuchtung*. Dann entschied er sich doch für das zweite Zigarillo.

Qualmschwaden umstanden Regers Kopf wie einen Vulkankegel.

»Ich habe ja nicht nur beim Schreiben das Gefühl, veraltet zu sein, sondern auch beim Lesen«, sagte er. »Das ist das Signum unserer Epoche, des sogenannten Informationszeitalters: Man ist immer zu spät. Von einem gewissen Alter an sollte man sowieso nicht mehr allzu viel Neues lesen, denn mit jeder Lektüreportion verdrängt man eine ungefähr gleich große Portion von bereits Gelesenem. Es ist wie bei einer Wurst: Schiebst du vorne etwas hinein, rutscht dieselbe Menge hinten wieder raus und verabschiedet sich für immer, es scheint in der Tat exakt dieselbe Menge zu sein. Auch so eine von den Schweinereien, die das Alter bereithält: Amnesie ...«

Mechanisch öffnete Reger wieder eines der Bücherpäckchen auf seinem Schreibtisch.

»Was für ein Mist.«

Das Buch segelte schwungvoll gen Papierkorb, öffnete sich allerdings im Flug und landete mit einem Geräusch wie ein flüchtendes Huhn.

»Mein Gott, die Flausen in meiner Jugend, Professor, Theaterregisseur, Literat wollte ich werden. Was ist daraus geworden? Redakteur bei einem abgefeimten Deppenblatt! Man kann sich entweder vor Lachen auf die Schenkel schlagen oder sich umbringen.«

Regers weiche Züge sprachen eher für Variante eins.

»Manchmal«, fuhr er fort, »kommt es noch vor, dass ich morgens inspiriert und fröhlich aufwache, wenn ich ausnahmsweise mal abends kein Bier getrunken habe, um mich zu betäuben. Dann wache ich wie früher um sechs auf und habe ein paar schöne Stunden bis zehn Uhr, bis ich hierherkomme. Aber sobald ich dieses Haus betrete, erliege ich einem temporären Hirntod, und wenn ich dann noch die *Bild*-Zeitung auf meinem Schreibtisch liegen sehe, bin ich für den Tag erledigt. Rosentreter hat mir ja nur die *Bild*-Zeitung genehmigt und die *Bunte* und *Gala*, was ich mit der *FAZ*, der *Neuen Zürcher Zeitung* und der *International Herald Tribune* wolle, hat er gefragt und sie persönlich abbestellt. Für ihn ist es das Größte, mir zu zeigen, wie sinnlos alles ist, was ich weiß und kann, und ich muss mich in meinem Alter derart demütigen lassen, weil ich sonst nicht überleben kann. Ich habe ja nichts gespart, ich Trottel, und das Erbe meines Vaters durchgebracht, weil ich dachte, einer wie ich kommt immer durch. Seit 30 Jahren sage ich mir: Wenn du sechzig bist, hast du dir genug Geld zusammengeschrieben, um dich zur Ruhe zu setzen. Aber wie es aussieht, werde ich mich bis zum bitteren Ende demütigen lassen müssen, von so einem dummen Menschen auch noch, der Mann redet, was ihm gerade einfällt, und verdient eine Million Mark im Jahr. Die Welt ist so komplex geworden, dass du als Schwachsinniger in Führungsetagen nicht mehr auffällst. Wo nichts mehr gilt, kann Schwachsinn die Lösung sein, vor allem wenn du eine Zeitung für all die anderen Schwachsinnigen da draußen machen sollst, insofern ist er durchaus die Idealbesetzung.«

Während dieser Rede hatte Reger mechanisch ein Paket nach dem anderen geöffnet und den Papierkorb randvoll mit Büchern gefüllt.

»Theoretisch brauche ich jetzt ein Bier«, stöhnte er, »Bier ist Balsam für die überreizten Nerven. Mir ist manchmal zumute, als werde in meinem Gehirn eine Saite gespannt, und zwar immer stärker und stärker, bis sie zu reißen droht. Wenn ich dann nichts trinke, werde ich verrückt … Aber es ist noch zu früh, man muss standhalten können …«

Es klopfte.

»Herein!«, sagte Reger matt und blickte abwehrbereit.

Ein dunkelhäutiger junger Mann stand groß und schüchtern in der Tür, einen blauen Plastikmüllsack in der Hand. Wortlos deutete er auf die Papiertonne.

»Sie kommen genau richtig«, sagte Reger, »der Papierkorb ist gerade voll.«

Der Mohr trat auf den Papierkorb zu, zögerte aber, als er seines Inhaltes ansichtig wurde, und aus seinen weißen Augeninseln leuchtete Unverständnis.

»Ja, das können Sie alles mitnehmen«, nickte Reger und stand auf, vermutlich weil er es unanständig fand, jemandem im Sitzen bei körperlicher Arbeit zuzuschauen. »Tut mir leid, wenn Sie einen schlechten Eindruck von dem Land bekommen, in das Sie eingewandert sind. – Sprechen Sie deutsch?

»Nix vastehn.«

»Macht nichts. Die wenigsten Deutschen sprechen deutsch, und bald kann es gar keiner mehr. Auch in dieser Zeitung kann kaum jemand richtig deutsch. – Vielen Dank, warten Sie, ich halte Ihnen die Tür auf.«

Der Schwarze hatte die Bücher umgefüllt und zog nun den schweren Sack auf dem Fußboden hinter sich her auf den Flur, wo er ihn ächzend schulterte und davonmarschierte.

Reger starrte ihm hinterher und sagte: »Schon phänomenal, wie sich dieses Land verändert hat.«

Dann blickte er auf die Uhr und schlug vor: »Lass uns einen Kaffee trinken, die Kantine macht gerade wieder auf. Mit Kaffee könnte ich mich heute bis zum ersten Bier retten.«

6.
Goldrausch

Im März 1998 kam ein neuer Mitarbeiter in die Redaktion, und das Fieber, welches dieselbe in der Folgezeit ergriff, resultierte in erheblichem Maße aus seiner Anwesenheit. Marinus Palmström war ein jungenhafter Endzwanziger von fröhlichem Naturell, das einzige Kind aus der Verbindung eines schwedischen Ingenieurs und einer exilpolnischen Dolmetscherin, die sich zu Nürnberg vollzogen hatte, so dass der Sohn ein unverkennbares Fränkisch sprach. Breitgesichtig, grobknochig und gekleidet, als sei er der Redaktionsbote, verbreitete Palmström einen eher unbedarften Eindruck, doch der trog gewaltig. Unter dem rotblonden Scheitel arbeitete ein hochspezialisiertes, wenngleich weitgehend monothematisches Gehirn. Palmström galt als Finanzexperte und Geldmagnet (nicht -magnat, noch nicht), in der jungen Börsengeschichte der Bundesrepublik hatte er bereits, so wusste die Fama, *mehrere Millionen gemacht*, und er war eingestellt worden, um der *V.I.P.*-Leserschaft Geldanlage-Tipps zu geben – beziehungsweise dem Blatt mit einem eher maskulinen Gegenstand ein paar männliche Leser mehr zu verschaffen. Schönbach freundete sich mit dem Neuen sofort ein bisschen an, weil der so liebenswert unprätentiös war. Als er einmal mit ihm zum Badminton-Spielen fuhr und seine Sporttasche in den Kofferraum von Palmströms altem Mercedes Pagode legen wollte, sah er dort etwa ein Dutzend säuberlich eingeschweißte Goldbarren von Kaugummipackungsgröße lose herumliegen, und Palmström sagte lediglich: Ach ja, die habe er beinahe vergessen, die müsse er noch zur Bank bringen.

Die Fama schien also Recht zu haben.

Rosentreter hatte Palmström an seinen Duodezfürstenhof geholt, weil König Balli ihm empfohlen hatte, er möge doch in einem Heft, das von Leuten handle, die Geld besitzen, auch hin und wieder über das Objekt der Begierde selber schreiben lassen. Er könne sich vorstellen und wage sogar zu prognostizieren, so Balli, dass in Zukunft ein völlig neues Magazinmarktsegment entstünde, nämlich ein Zeitschriftentyp, der von den Leuten gekauft würde, weil sie unmittelbaren praktischen Nutzen daraus zu ziehen hofften, sozusagen Bedienungsanleitungen zur Meisterung ihres immer komplexer werdenden Alltags. Diese Zeitschriften würden vielleicht fingieren, Wirtschaftsmagazine oder Unterhaltungsmagazine zu sein, aber in Wirklichkeit werde man bessere Warenhauskataloge und Daseinsgebrauchsanweisungen vor sich haben, aus denen man vom Anwalts- bis zum Börsentipp, von der angesagtesten Hi-Fi-Anlage bis zum preisgünstigen Urlaub, von den avanciertesten Heilmethoden bis zur Analyse, mit welchem Politiker man die meisten Steuern spare, alles erfahren werde, was der moderne Westeuropäer zum Navigieren auf dem immer unüberschaubareren Waren-, Marken- und Service-Ozean so benötige. Rosentreter möge wenigstens der Deutschen drei liebste Dinge – Auto, Gesundheit und vor allem Geld – mit Ratgebertouch in seinem Blatt unterbringen. Also sprach Alessandro Balli, der italienische Verlegerphilosoph und Medienanthropologe, der in Padua über *Inszenierung und Imagination als konstruktive Merkmale menschlicher Kommunikation* promoviert hatte und dem sogar der ungeschlachte Rosentreter nicht zu widersprechen wagte.

Fortan gab Palmström wöchentlich Geldanlage- und Finanztipps, und es brauchte nur ein paar Monate, bis sich herumgesprochen hatte, dass er fast nie danebenlag, der Bursche besaß, neben stupenden Kenntnissen, einfach das berühmte Näschen. Er erschloss *V.I.P.* völlig neue Käuferschichten, in weiten Kreisen der New Economy wurden seine beiden wöchentlichen Orakel-Seiten zum Kult, und ein Hamburger

Magazin stellte einen Abwerbeversuch an. Dessen berühmt-gefürchteter Chefredakteur lud den Provinzbengel persönlich zu sich und widmete ihm eine geschlagene Stunde, an deren Ende, so schilderte es ein feixender Palmström später Schönbach, er ihm triumphierend ein Jahresgehalt von 500000 Mark in Aussicht gestellt habe, beinahe doppelt so viel, wie er bei *V.I.P.* bekam, doch Palmström hatte nachsichtig gelächelt und bemerkt, so viel verdiene er *an einem guten Tag* (Schönbach wurde den Eindruck nicht los, dass er einzig dieses Satzes wegen nach Hamburg geflogen war). Palmström hatte sich ähnlich mit München liiert wie sein Badmintonpartner, vor allem die Recherche-Hühner hatten es ihm angetan, kein spezielles, sondern durch die Bank alle, sozusagen die Institution Recherche-Huhn an sich, aber auch die Biergärten und die bierbrauenden Klöster im Voralpenland. In der Redaktion war der allzeit bier- und champagnerlaunige, absolut weltschmerzfreie Lebemensch schnell beliebt. Seine Geselligkeit und Feierlaune schien auch die vermutlich nicht nur Schönbach bedrängende Frage zu beantworten, was er bei seinen Einkünften überhaupt in einer Zeitungsredaktion suchte. Nur Melanie Kahuschke reagierte anfangs mit sichtbar unterdrückter Eifersucht auf den Neuen, in dem sie einen Konkurrenten sah, der sie von ihrem mühsam eroberten Seitenthemengebiet und möglichem Partnermarkt New Economy verdrängen könnte. Ihre Porträts von erfolgreichen IT-Unternehmern waren nämlich grottenschlecht, sie quetschte zwar jedes ihr bekannte Reichtumsattribut hinein, aber nicht *eine* menschliche Information, die Typen, die sie beschrieb, waren eigenschaftslose, hirntote Geldbesitzer – doch keiner von ihnen war so hirntot, sie zu heiraten. Im Haus wurde genüsslich kolportiert, wie sie eines Abends aus Berlin, mit Bargeräuschen im Hintergrund, in der Rechercheabteilung angerufen hatte und wissen wollte, ob der bekannte IT-Jungmillionär M. verheiratet sei (er war). Als sie indes bemerkte, dass Palmström nichts weniger vorhatte, als ihr ins Feld zu treten, und außerdem keinen Satz geradeaus schreiben konnte, begann sie den Nachwuchs-Börsenhai anzuflirten, aber von der Kahuschke ließ er ausnahmsweise die Finger, an der, vertraute er Schönbach an, stimme etwas nicht, auch wenn er nicht genau sagen könne, was.

Normalerweise lief auf den Fernsehern der Redaktionsbüros immerzu Sport, zum Beispiel Tennis. Seit aber Palmström im Haus war, hatte sich das Fernsehverhalten der Kollegen grundlegend verändert: Statt der weißen Plage sah man überall n-tv (ohne Ton). Ein vergleichbar fundamentaler Wandel vollzog sich binnen kurzer Zeit auf den Bildschirmen der Computer, wo statt Tetris-Segmenten nunmehr Zahlenkolonnen flimmerten und die Kurven nackter Silikon-Blondinen durch jene von Aktienkursen ersetzt wurden.

»Das ist ganz großes Kino«, pflegte Scharrnagel zu sagen, während er gebannt auf die Börsenwerte starrte, die als Endlos-Band unter der n-tv-Sprecherin vorüberdefilierten.

Waren vernünftige Gespräche mit den Kollegen ohnehin kaum möglich, wuchs die hausinterne Kommunikation nunmehr zur veritablen Idiotie aus. Man wünschte sich keinen guten Morgen mehr, sondern begrüßte sich mit: »Wo bist *du* drin?«, worauf unfehlbar die Frage nach dem *Target* folgte, die in ihrer Langfassung lautete: »Auf welchem Niveau gehst du raus?«

Wenn nun Schönbach sich einzumischen versuchte, indem er bemerkte: »Schön, dass innerhalb dieser Mauern mal über Niveau geredet wird«, traf ihn allenfalls ein verständnisloser Seitenblick, und schon ging es weiter mit: »Ich werde ein *Abstauber-Limit* setzen.«

»Schau dir mal *ce consumer* oder *morphosys* an«, schnarrte der Kollege eine Tür weiter ins Telefon.

»Und wenn die noch mal zurückkommen?«, echote es von sonst woher. »Nerven behalten ist alles.«

Das pandemische Treiben erfasste auch Rosentreters fröhliche Abendrunden, wo sich plötzlich alles um Aktien, Kurse, Wertsteigerung und den passenden Ein- beziehungsweise Ausstiegszeitpunkt drehte und Scharrnagel wie immer alles genau wusste; mit hängenden Augenlidern schwallte er von Dax und Dollarkurs und lobte Palmströms Tipps, um sie gleich darauf unter Berufung auf einen Golf-Freund, der Volkswirtschaftslehre studiert habe, in Zweifel zu ziehen, während Rosentreter, der selber munter zockte, seinen Schatten Schattenkirchner fragte, ob es schon eine Hundefutterhersteller-Aktie gäbe, auf die er gesprungen sei.

Zum allgemeinen Hype gehörten regelmäßig knallende Champagnerkorken, sogar bei den Recherche-Hühnern wurde angestoßen, und bei *Catwalk* und *Candy* ging es kaum gemäßigter zu. Der gesamte Facchetti-Verlag in der Römerstraße befand sich im Börsenrausch.

Der gesamte Verlag? Nein. Ein einzelner Mitarbeiter widersetzte sich. Johannes Schönbach war der vermutlich einzige Angestellte, der immer noch keinen Pfennig investiert hatte.

»Ich habe kein Geld für so was«, erklärte er dem Primärüberträger des Goldfiebers auf dessen stirnrunzelnd vorgetragene Anfrage.

Palmström spielte auf der grün-gelb-roten Tastatur seines Bloomberg-Computers und sah seinen Badmintonpartner zweifelnd an. »Du und kein Geld, hör mal, was machst du denn mit deiner Kohle?«

»Ich gebe sie aus.«

»Weiber, was?«

»Sagen wir: kulinarische Vorspiele. Ich stecke gerade mitten in einer hochinteressanten Barolo-Phase. Ich hatte als eher frankophiler Säufer die Nebbiolo-Traube bislang arg unterschätzt, man glaubt ja nach all den langweiligen toskanischen Kirschbomben wirklich kaum, dass in Italien so guter Wein wachsen kann –«

»Ich könnte dir«, unterbrach ihn Palmström, »sagen wir mal, 50000 leihen, die gibst du mir nach Abzug deiner Gewinne wieder.«

»Und wenn ich verliere?«

»Du verlierst nicht.«

»Woher willst du das wissen?«

»Weil ich dir sagen werde, wo du reingehst.«

»Dann setz dein Geld doch selber.«

»Mache ich ja. Aber ich will, dass du auch was davon hast. Schließlich verlierst du schon beim Badminton andauernd …«

Palmström griff in die Tasche seiner knielangen Shorts, holte zwei Päckchen mit Tausend-Mark-Scheinen heraus und zählte sie auf den Tisch. Es waren genau fünfzig.

Schönbach sah auf das Geld und fragte: »Wenn ich aber doch verliere?«

»Dann sind wir quitt.«

»Nein, das kann ich nicht annehmen.«

»Du kannst«, sagte Palmström. »Du musst mich nur zum Mittagessen einladen, ich habe nichts mehr cash. Und heute abend ziehen wir uns einen von deinen Barolos rein, okay?«

7.
Wie Professor Gralssucher kurzzeitig zum Nazi wurde

In diesem Sommer reiste Professor Eusebius Gralssucher weder zu den Papuas noch zu den Eipos, er beobachtete keine Balzrituale bei Haubentauchern oder das Gruppenverhalten von Gibbons, sondern gönnte sich zum ersten Mal in seinem Forscherleben einen Erholungsurlaub. Selbstredend legte sich einer wie er nicht an den Strand, sondern er reiste nach Nepal, wo er eine Acht-Quadratmeter-Klause in einem buddhistischen Kloster auf knapp 3500 Meter Höhe gemietet hatte, um sich dort in völliger Abgeschiedenheit einzig der Selbstversenkung zu widmen.

Aber als Gralssucher am Ende seines Urlaubs auf dem Flughafen von Katmandu eine deutsche Zeitung kaufte und aufschlug, rutschte ihm sein Herz ins unterste Chakra, und vorbei war es mit der Seelenruhe. Der bekannte Verhaltensforscher Professor Gralssucher sympathisiere mit Neonazis, musste er zu seiner Verblüffung lesen, und noch verblüffender war, dass der Verfasser des Artikels so tat, als habe man das ja ohnehin geahnt. Hatte Gralssucher – so las Gralssucher – nicht seit Jahren in seinen Büchern und Fachzeitschriftsartikeln *biologistische Ansichten* verbreitet? Hatte er nicht permanent versucht, die *Zivilgesellschaft der Bundesrepublik* zu analysieren, indem er Verhaltensmuster aus dem Tierreich auf sie anwendete? Hatte er dabei nicht einer anerkannten Fernseh-Moderatorin, die sich dem wachsenden deutschen Rechtsextremismus couragiert entgegenstemmte, indem sie öffentlich aus dem *Tagebuch der Anne Frank* vorlas, bescheinigt, sie poliere bloß demonstrativ ihren Heiligenschein? Hatte er sich nicht in Interviews gegen die deutsche Einwanderungspolitik ausgesprochen? Dass so einer mit dem bekannten und berüchtigten Neonazi und Auschwitz-Leugner David Irving sympathisiere, sei letztlich so überraschend nicht.

Der Professor verstand kein Wort. Was war geschehen?

Im Grunde nichts weiter, als dass der berühmte Ethologe den Fragebogen einer großen Zeitung, den er zuvor zweimal desinteressiert zurückgewiesen hatte, nun doch durch seine Sekretärin hatte ausfüllen lassen, und zwar unmittelbar vor seiner Abreise ins Funkloch Nepal. Gralssucher war ein enorm belesener Wissenschaftler, aber ansonsten ein völlig illiterater Mensch. Anstatt Romane zu lesen, hörte er im Flugzeug lieber Tierstimmen per Kopfhörer, und er hatte unter der Rubrik des

Lieblingsprosaschriftstellers einen Strich setzen wollen, aber seine Sekretärin mahnte, ein Professor dürfe sich bei dieser Rubrik keinen Strich erlauben, der Letzte, der dort einen Strich gesetzt habe, sei der Fußballer Andy Möller gewesen, er wolle doch wohl nicht mit einem Fußballspieler in einen Topf geworfen werden. Gralssucher hatte in seiner Erinnerung gewühlt, woraufhin ihm eingefallen war, dass er vor ein paar Jahren den Roman *Gottes Werk und Teufels Beitrag* des amerikanischen Autors Irving gelesen hatte, dessen Vorname ihm entfallen war, so dass er seiner Sekretärin, quasi schon im Gehen, sagte, sie möge doch in Gottes Namen diesen Irving reinschreiben. Auf der Suche nach dem Vornamen war die Sekretärin auf *David* Irving gestoßen, D kam vor J, sie trug dessen Namen in kompletter Unkenntnis der sich dahinter verbergenden Person in den Fragebogen ein, und das Unheil hatte seinen Lauf genommen. Die meisten Mitarbeiter im Institut sagten zwar den über sie herfallenden Medienvertretern, sie könnten sich das nicht vorstellen, allein deshalb nicht, weil Professor Gralssucher nie ein besonderes Interesse an Politik und Geschichte gezeigt habe, aber die Zeitungen zitierten die beiden anderen, die natürlich auch nicht zu Protokoll geben wollten, der Professor sei ein Neonazi-Sympathisant, jedoch von sich behaupteten, dass sie seit je am gralssucherischen Biologismus Anstoß genommen hätten.

Schönbach, der die ganze Angelegenheit stark irritiert von seinem Münchner Büro aus verfolgt hatte, brach in ein schallendes Gelächter aus, als Gralssucher ihm am Telefon diesen Hergang schilderte. Das Lachen verging ihm allerdings, als er Rosentreter den Fall vortrug und um zwei Seiten Platz bat, um die kuriose Geschichte unters Volk zu bringen.

»Ich traue der Sache nicht«, knurrte Rosentreter.

Schönbach verstand nicht und tat dies mimisch überzeugend kund.

»Lies doch bitte mal die Zeitungen, mein Bester«, empfahl der Chef, »da steht überall drin, was der Gralssucher für ein schlimmer Finger ist. Oder willst du mir weismachen, dass die alle spinnen?«

»Absolut.«

Rosentreter schüttelte sein Gorillahaupt. »Es können sich nicht alle irren.«

»In der DDR haben auch alle dasselbe geschrieben, und am Ende war's doch falsch.«

»Wir sind hier aber nicht in der DDR.«

»Genau, und um das zu demonstrieren, müssen wir die Story bringen.«

»Wir müssen überhaupt nichts demonstrieren, wir sind kein politisches Demonstrations-Magazin, wir müssen die Leute unterhalten!«

»Die Geschichte ist ja nun wirklich komisch.«

»Ich finde sie eher gruslig«, erklärte Rosentreter. »So was kommt mir nicht ins Blatt!«

»Wir können ihn doch jetzt nicht im Stich lassen, er war unser ständiger Interviewpartner!«, rief Schönbach verzweifelt.

»Korrekt: Er *war.* Du hast mir ja nie gesagt, dass er ein Rassist ist.«

»Der ist doch kein Rassist, was soll denn der Unsinn …«

»Hör mal, Johannes, wir sind ein demokratisches Land mit freier Presse, nicht so wie deine DDR, und wenn hier jemand öffentlich Rassist genannt wird, dann ist da schon irgendwas dran, das kommt ja wohl kaum aus dem Nichts, oder? – Stefanie, Espresso! – Willst du auch einen?«

Schönbach schüttelte den Kopf. Ihm war übel.

»Also pass mal auf«, fuhr Rosentreter gönnerisch fort, »die Interviews waren wirklich witzig, und vielleicht ist er ja wirklich kein Rassist, aber du musst auch mal an unsere Reputation denken! Selbst wenn sich die Sache mit der Namensverwechslung so verhält, wie du sie darstellst, wird der Mann zurzeit öffentlich als Rassist und Ausländerfeind gehandelt, und so einen können wir weder in Schutz nehmen noch als ständigen Interviewpartner brauchen, oder?«

Schönbach brachte nichts zustande als ein fassungsloses Kopfschütteln.

»*Wir* haben ihn ja nicht so genannt«, sagte Rosentreter beschwörend. »Wenn die Angelegenheit aus der Welt ist, kannst du ihn wieder interviewen. Ich habe diese Gespräche gern gelesen, der ist ja kein Dummer.«

Rosentreter war aufgestanden und kam um seinen Schreibtisch gelaufen.

»Mensch, Johannes!«, rief er freundschaftlich und boxte seinem Reporter sachte in die Rippen. »Mach dir doch kein Problem daraus. Das ist Politik, und Politik ist scheiße und hinterfotzig, da mischen wir uns gar nicht erst ein.«

»Ich hätte ein solches Maß an Feigheit und Charakterlosigkeit nicht für möglich gehalten«, sagte Schönbach leise, aber zitternd vor Zorn.

»Ach was, Feigheit, Blödsinn, wenn du unbedingt darüber schreiben willst, dann schreib für sonst wen, ich erlaub's dir, aber das ist keine Geschichte für uns. – Stefanie, wo bleibt der Espresso?!«

Schönbach brauchte die Geschichte nicht schreiben, *Focus* brachte sie am folgenden Montag, ein Teil der Republik lachte sich schlapp, ein anderer Teil war sauer, der Sekretärin fiel ein Stein vom Herzen, und die meisten bekamen wie immer nichts mit. Während einige Zeitungen die Neonazi-Unterstellung halbherzig zurücknahmen, beharrten andere darauf, dass es sich mit der Namensverwechslung allenfalls so verhalten mochte, aber der Tatbestand bleibe, dass der Professor Ansichten geäußert habe, wie man sie aus jenen Kreisen kenne, wo der andere Irving geschätzt werde, und das dürfe man jetzt nicht einfach mit unter den Teppich kehren. So war Gralssuchers Ruf wiederhergestellt und zugleich nicht, aber immerhin so weit, dass Rosentreter gönnerisch die Wiederaufnahme der regelmäßigen Interviews genehmigte.

Schönbach fuhr nach Murnau, und traf einen immer noch reichlich verstörten Professor an.

»Der Urlaub hat überhaupt nichts gebracht«, klagte er, nachdem er Schönbach in sein Arbeitszimmer geführt hatte, das ähnlich wie Regers Büro, nur in vergrößertem Maßstab, mit Büchern, Zeitschriften, Videobändern, Tonbandkassetten, Fotoalben sowie allerlei Forschungsreise-Mitbringseln gleichsam von innen zuwuchs.

»Der gesamte Effekt ist hier binnen kürzester Zeit zerstört worden. Hätte ich die Zeit doch gearbeitet! Man sollte sowieso nur arbeiten und sich nicht auf diese perverse Öffentlichkeit einlassen.«

Schönbach nickte schuldbewusst. Gralssucher bot ihm einen Kaffee aus einer luftlandetauglich aussehenden Thermoskanne an, die auf seinem Schreibtisch stand.

»Stellen Sie sich vor«, fuhr er fort, »ein einzelner Mensch würde sich so benehmen, wie dieses Land es im Großen tut. Man würde ihn doch unzweifelhaft unter psychiatrische Aufsicht stellen, oder?«

Schönbach zuckte mit den Schultern.

»Ich hätte Ihnen eigentlich am Telefon sagen sollen, dass Sie nicht herkommen brauchen, aber ich habe mich, offen gestanden, erst ein paar Minuten bevor Sie kamen, entschieden, nicht mehr für Zeitungen zu arbeiten. Tut mir leid.«

8.
Lourdes und Gomorrha

»Wir orientieren uns nur an Bedürfnissen«, beteuerte Ferdinand Schönbach und lächelte so selbstzufrieden, wie er früher gelächelt hatte, wenn er den Wissensdurst seines Sohnes mit dem Zitat eines der marxistisch-leninistischen Klassiker gestillt zu haben meinte, »es gibt eine Nachfrage, und wir befriedigen sie, mehr nicht. Ich wüsste nicht, was daran unredlich sein sollte – zumal das Zeug ja auch noch wirkt. Außerdem wird es Zeit, dass wir unseren Familiennamen mal mit Leben erfüllen.«

Obschon er längst die sechzig überschritten hatte, war der Alte kein bisschen grau auf dem Quadratschädel – was daran lag, dass er sein Haar vor kurzem hatte nachkolorieren lassen. Überhaupt sah er gesund und entspannt aus, er hatte auch abgenommen, sein Kullerbauch war verschwunden, und in seinem nagelneuen Zweiteiler – beige Hose, königsblaues einreihiges Sakko mit Goldknöpfen und darunter ein hellblaues Hemd ohne Krawatte – sah er für seine Verhältnisse ungewöhnlich westlich, wenngleich nicht wirklich erlesen gekleidet aus. Da der Laden noch leer und Maria Schönbach im Hinterzimmer beschäftigt war, hatte er den Part des Erklärers übernommen, wobei Begriffe wie *DDR, sozialistisch* oder *früher* nicht mehr über seine Lippen kamen; so umgekrempelt, wie er generell wirkte, würden sie es auch kaum jemals wieder tun, stattdessen redete er ungehemmt von jener *Marktwirtschaft*, die ehedem bei ihm ganz oben auf der Liste zu exorzierender Termini beziehungsweise Tatbestände gestanden hatte, und besonders zu beschäftigen schienen ihn die Steuern, welche er dreimal verkettet mit dem Imperativ *müssen runter!* erwähnte.

Durch Telefonate mit seiner Mutter, die meist sehr knapp ausgefallen waren, weil sie nie Zeit gehabt hatte, befand sich Schönbach zwar im Bilde, dass seine Eltern mittlerweile privatunternehmerisch tätig waren – oder besser: seine Mutter (erst als ihre Idee Früchte trug, war auch der Herr Papa eingestiegen, wobei dessen tatsächlicher Wert fürs Geschäft nach Maria Schönbachs Worten in etwa dem eines sprechenden stummen Dieners entsprach) –, aber was waren das für Unternehmungen? Am Telefon hatte er nicht recht verstanden, womit die beiden binnen weniger Monate hinreichend viel Geld verdient hatten, dass der Alte inzwischen offen mit der FDP symphatisierte. Es ging um Wasser, so viel war klar, aber keineswegs um handelsübliches Mineralwasser, wie seine Mutter es vor kurzem noch in dem kleinen Getränkeladen verkaufte, den ihr der vormalige Besitzer vor zwei Jahren angesichts seines nahenden und inzwischen eingetretenen Todes überschrieben hatte. Nein, schnödes Wasser konnte keineswegs gemeint sein, vielmehr sprach seine Frau Mama die beiden Allerweltssilben neuerdings ungefähr so aus, als entberge sie damit ein Welträtsel, als ginge es um nichts Geringeres als das sagenhafte Wasser des Lebens.

Über der Tür des Ladens in einer Seitenstraße der Prenzlauer Allee hing ein meerblaues Schild, auf dem in goldenen Buchstaben geschrieben stand:

WASSER-DEPOT SCHÖNBACH
Analyse – Beratung – Verkauf

Die beiden Schaufenster waren mit Hochglanzfotografien dekoriert, auf welchen sich der Handelsgegenstand in seiner natürlichen Umgebung darbot: sprudelnde Quellen auf sattgrünen Almen, murmelnde Waldesbächlein, pittoreske Wasserfälle, Forellen auf dem Grund einer kristallklaren Gebirgsklamm. Zwischen diesen heilen Welten prangten in plakativer Schrift die Merksätze: *Wasser ist mehr als H2O – Wasser transportiert Energien und Informationen – Eingesperrtes Wasser ist krankes Wasser – Unser Wasser ist bioenergetisch wiederbelebt – Levitiertes Wasser eignet sich ideal für Babynahrung.* Im rechten Fenster plätscherte ein Endlosstrahl vermutlich eingesperrten Wassers in einen überdimensionierten Glaskolben, im linken standen symbolische Behältnisse für die beiden Hauptprodukte, die der Kunde hier käuflich erwerben konnte: *Levitiertes Wasser* nach dem Norderney®-Verfahren sowie *Belebtes Wasser* nach der Methode des Tiroler Naturforschers Alois Garder. Darüber hingen erläuternde Texttafeln.

Levitiertes Wasser, stand auf der linken, sei *schadstofffreies, regeneriertes, energetisches* Wasser mit *vergrößerter Oberfläche* und sehr hoher Lösungsfähigkeit. Um Schadstoffe in Lösung zu halten, gruppierten sich Wassermoleküle zu Clustern, hieß es weiter, und da sich diese auch nach Entfernung der Schadstoffe nicht auflösten, behalte das Wasser gewissermaßen seine schlechten Erinnerungen. Während der Levitation nach dem Norderney®-Verfahren würden die Cluster verwirbelt und aufgelöst. Diese Regeneration ermögliche es, Trinkwasser *mit extrem feinteiliger Struktur und großer Oberflächenenergie* herzustellen, ideal zum Entschlacken und Entgiften, das auf Bestellung und als Abo frisch in Fünf-Liter-Glasballons (gegen 25 Mark Pfand) oder mitgebrachte Behältnisse abgefüllt werde und pro Liter 1,20 Mark koste. Das so behandelte Wasser, hieß es weiter, heile *nachgewiesenermaßen* chronische Leiden wie zum Beispiel Neurodermitis und Akne, es töte Bakterien und ändere sogar seine Wärmeleitfähigkeit.

In Rohre eingesperrtes Wasser verliere durch den Druck, unter dem es stünde, sowie durch die geradlinige Führung seine ursprüngliche Energie, kündete die benachbarte Tafel. Die dabei entstehende Reibung löse außerdem elektrolytische Vorgänge aus, die es schal und kraftlos machten. Bei der Garder-Methode durchfließe totes Leitungswasser elektromagnetische Felder, werde in hochfrequente Schwingungen versetzt, die den kosmischen entsprächen, und auf diese Weise *bioenergetisch wiederbelebt*. Belebtes Wasser nach Garder fange freie Radikale und wirke damit zellstabilisierend. Eine große Zahl von Menschen schwöre inzwischen auf Wasserbelebung nach Garder, schloss der Text. Weitere Fragen würden im Laden gern beantwortet.

Drinnen sah es aus wie in einer Grotte oder einem unterirdischen Trinkwasserreservoir, es plätscherte und glitzerte, vorwiegend in Blau, Wände und Verkaufstresen bestanden aus unregelmäßigem, an waagrechten Stellen geschliffenem und blank poliertem Naturstein, das Inventar ansonsten aus Glas, und eine Art Sphärenmusik benebelte die Sinne. Auf Wandvorsprüngen und in Glasregalen standen allerlei Ergänzungs-Produkte, zum Beispiel *Kosmo-Energie-Untersetzer*, runde Keramik-Plättchen in verschiedenen Farben zur *Harmonisierung von Getränken*, rot-orange, mit Blumenmotiven, der kleine zum Sückpreis von 19 Mark, der große kostete 49, was so gut wie geschenkt war angesichts ihrer bioenergetisch-vitalisierenden Wirkung, angeblich schmecken alle Getränke, die darauf abgestellt wurden, intensiver. Der Kunde konnte heilkräftiges Kristallsalz aus dem Himalaya für die innere und äußerliche Anwendung erwerben, sowohl fein gemahlen als auch grob für die Salzmühle daheim – sofern noch nicht vorhanden, waren verschiedene Exemplare feil –, im Ein-Kilo-Beutel (für 27 Mark) oder in der entsprechend preiswerteren 250-Gramm-Tüte. Außerdem gab es Salzkristall-Lampen, Ur-Seife aus Olivenöl, verschiedene Wasserfilter in verschiedenen Preisklassen, Kompost-Toiletten, Nahrungsergänzungsmittel, Algenpillen, Tees, bioenergetische Säfte sowie natürlich Bücher und Broschüren rund ums Wundernass.

Das Mysterium der Levitation beziehungsweise der Wiederbelebung fand im Hinterzimmer statt, in zwei geheimnisvollen Apparaturen. Für diese genügte ein Kasten von der Größe eines Inkubators, durch den normales Leitungswasser geleitet und mit Energie angereichert wurde, während sich die Cluster-Verwirbelung in einem stehenden Aluminiumzylinder vollzog, der als Sitzbottich einem Erwachsenen Platz geboten hätte. An den Wänden im Laden waren Erfahrungsberichte und zahlreiche Dankesbriefe aufgehängt, meist mit der Quintessenz: Kein Arzt konnte helfen, das Wasser half von heute auf morgen.

Schönbach junior musterte den, wie er dachte, *Eso-Tinneff* mit belustigter Missbilligung. Als aber ein gut gekleideter Mittdreißiger mit einem Van vorfuhr, sich vier mitgebrachte Zehn-Liter-Kanister mit levitiertem und zwei weitere mit nach Garder belebtem Wasser abfüllen ließ, einen Hundertmarkschein über den Tresen schob und Schönbach einen Blick in die Kasse werfen konnte, kapierte er, was hier wirklich abging. Seine Mama würde nie wieder mit dem Bus in den Urlaub fahren, es sei denn, sie nahm einen Bus für sich allein. Der Laden war eine Goldgrube.

Abends, als die Familie im Borchardts zusammensaß, nippte er nach dem Essen zerstreut und vom Rauch der väterlichen *Partagas Lusitanias* umnebelt, an seinem Châteauneuf-du-Pape, und dann musste es heraus.

»Sag mal, Mama«, begann er, »ich finde es ja großartig, dass du jetzt richtig Geld machst, aber findest du es nicht selber etwas skurril, womit? Ich meine: Ihr bescheißt die Leute …«

»Wie kommst du denn darauf, Junge?«, fragte Maria Schönbach, und ein Schatten trat auf ihre Stirn. »Wasser ist nicht gleich Wasser, das weiß jeder, der einmal aus einer Quelle getrunken hat.«

»Ja, durchaus, aber ihr verkauft einfaches Leitungswasser für den 1000fachen Preis weiter …«

»Wo denkst du hin! Das wäre ja Betrug!«

»Die Apparate waren sehr teuer«, ergänzte sein Vater.

»Wollt ihr mir weismachen, dass ihr an diesen Wiederbelebungs-Quatsch glaubt?«

»Du hast doch die Briefe gelesen.«

»Die Leute bilden sich gern dies und jenes ein, der Westen wimmelt von Sternguckern und Esoterikern.«

»Das Zeug wirkt Wunder«, erklärte seine Mutter. »Du müsstest mal wieder zu uns nach Hause kommen, die Grünpflanzen wachsen, dass du meinst, du bist im Regenwald! Lassen sich etwa auch Pflanzen reinlegen? Und schau dir Papa an – glaubst du, er isst auch nur einen Bissen weniger als früher? Und wie gesund er aussieht! Das kommt alles vom Wasser!«

»Weil es vorher durch ein Magnetfeld geflossen ist, wie?«

»Homöopathie wirkt auch, obwohl man nicht genau erklären kann, wie.«

»Wasser ist mehr als zwei Teile Wasserstoff und ein Teil Sauerstoff, Junge«, sekundierte ihr Gatte. »Ich habe übrigens neulich mal wieder die Zeitung in der Hand gehabt, für die du seit einiger Zeit arbeitest, und ich muss sagen: Mehr als ihr eure Leser bescheißen wir unsere Kunden bestimmt nicht.«

Da hatte der einstige Staatsbürgerkundelehrer leider Recht, dachte Schönbach zerknirscht, und in ein leises Stöhnen wob er die Worte: »Du gibst also doch zu, dass ihr sie bescheißt. Na ja, du bist das ja von früher gewohnt.«

Erstaunlicherweise nahm sein Vater diese Bemerkung mit äußerstem Gleichmut hin; kein Wölkchen zog über seine Miene, entspannt nuckelte er an der Zigarre und sprach: »Ich erinnere an die Macht des Placebos!«

»Das ist aber nicht marxistisch.«

»Ach, Marx!« Ferdinand Schönbach seufzte, als gedenke er einer lange verflossenen Liebschaft. »Marx!«, wiederholte er und nickte sinnend. »Marx …« Sein Blick wurde starr. »Marx.«

Das war die Kadenz. Mehr würde nicht kommen. Offenbar, dachte Schönbach junior, war er hier der Antiquierte.

Er leerte mit den beiden noch eine zweite und eine dritte Flasche Châteauneuf-du-Pape und verabschiedete sich gegen halb elf, um sein Hotel aufzusuchen.

Bei seinen Eltern zu übernachten, hatte er abgelehnt. Die Vorstellung, sich in der Wohnung aufzuhalten, in der er seine Kindheit und Jugend verbracht hatte, löste in ihm eine regelrechte Phobie aus, und eine artverwandte Aversion verbot ihm, in einem Ostberliner Hotel abzusteigen. Der *V.I.P.*-Chefreporter logierte standesgemäß im Kempinski. Eigentlich befand er sich dienstlich in Berlin, nur war der Interview-Termin mit einem landesweit bekannten Literaturkritiker, den alle Welt den *Kritikerpapst* nannte, obwohl er eher ein Kasper war, geplatzt. Anstatt ins Bett zu gehen, beschloss Schönbach, vom lauen Sommerabend und dem Anblick der Ku'damm-Flanierer verführt, noch einen Absacker zu trinken. Er schloss sich den Schlenderern an und wunderte sich, wie fremd ihm Berlin inzwischen geworden war; seine einstige Heimatstadt, stellte er für sich fest, besaß München gegenüber in puncto Lebensqualität (dieses Idiotenwort kroch tatsächlich, ohne irgendwo anzuecken, durch sein Hirn) fast nur Nachteile, das Nachtleben ausgenommen, denn München besaß keines. Aber was scherte ihn das Nachtleben, dachte Schönbach eben noch – als eine plötzliche Hurenlust in ihm auf- beziehungsweise niederstieg.

Das war merkwürdig, er kannte dieses Bedürfnis sonst nicht.

Schönbach stand in der Joachimstaler Straße. Ringsum rauschte der spätabendliche Verkehr. Durch eine Beton-Passage stapfte ihm eine türkische Frau entgegen, die ungefähr im siebenten Monat schwanger war und zwei Plastiktüten im neunten trug, ein paar Teenager vollführten frühmännliche Rituale, und eine verwahrloste Gestalt verzehrte die Essensreste auf den Stehtischen eines Currywurststands. In den Tiefen der Passage lockte eine Leuchtreklame, sie verhieß nicht etwa schnöde Videos, sondern *Live-Girls*, echtes Fleisch. Ein Mann mittleren Alters verschwand zielstrebig in dem bunt umflirrten Schlund. Schönbach verspürte eine nicht nur hormonell, sondern in gewissem Sinne auch sozialkundlich determinierte Neigung, die hinter der Leuchtreklame wartenden Frauen zu studieren. Bekanntlich empfand er dem Markt käuflicher Sexualität gegenüber eine aus Scheu und Stolz resultierende Abneigung. Er hatte es lange nicht einmal fertig gebracht, sich an einem Zeitungsstand ein sogenanntes Herrenmagazin zu kaufen, immerhin bedeutete der Erwerb eines solchen Druckerzeugnisses ja nichts anderes, als dem Verkäufer oder, weit wahrscheinlicher, der Verkäuferin zu eröffnen, dass diese Hand, welcher sie eben das Restgeld aushändigte, in Kürze den gierigen Augen des Käufers auf die weltbekannte schale Weise assistieren würde. Als er es irgendwann schließlich schaffte, einen *Hustler* zu verlangen, kaschierte er den Kauf mit dem gleichzeitigen Erwerb von *FAZ, Titanic* sowie eines *GEO*-Sonderhefts zum Thema Frauenbewegung.

Später fragte sich Schönbach oft, warum es ihm ausgerechnet an diesem Tag und an diesem Ort in den Sinn gekommen war, seine Prostituiertenphobie zu kurieren; vielleicht waren Schicksalsmächte im Spiel, vordergründig trieb ihn jedenfalls der Reiz der Vorstellung, sich in einer mäßig schnieken Gegend von einer billigen Hure anfassen zu lassen. Ums Anfassen ging es, um den abenteuerlich-verworfenen Vorgang des Sichberühren-Lassens, obwohl man sich gar nicht kannte. Kurzentschlossen folgte er dem Typen, den der Pfuhl vor wenigen Augenblicken verschluckt hatte.

Drinnen war es schummrig und laut, zwar blieb der Straßenlärm ausgesperrt, aber er wurde durch plastilines Gehämmer aus den aktuellen Popmusikcharts substituiert. Das Etablissement, in dem vorerst kein Mensch zu sehen war, besaß den Grundriss eines kleinen Theaters, in der Mitte befand sich der Vorführungsraum, um welchen sich in Hufeisenform ein durch tatsächlich rotes Licht eher verschleierter als erhellter Gang zog, von dem mehrere kleine Türen abgingen. An den Wänden wechselten sich Spiegel und Glasschaukästen ab, in Letzteren hingen Plakate und Fotos nahezu nackter Frauen, und zwar auf einem Hintergrund aus zerknitterter Aluminiumfolie, möglicherweise um Assoziationen an aufgespießte Brathühnchen zu wecken. Inmitten von Halb- und Total-Nackedeis, die dem Gast präludierend entgegenlächelten, kehrte eine Gruppe von Fotos, die in Wechselrahmen steckten und augenscheinlich das Personal abbildeten, das jenseits der Türchen in Dienstbereitschaft harrte, mehrfach wieder. Sechs Frauen waren im Angebot, neben ihren Bildern standen die entsprechenden Nummern, und der Eintrittspreis betrug fünf Mark. Schönbach entschied sich in negativer Auslese für die Fünf, eine in schwarzer Latexkorsage steckende schlanke Blondine mit gewaltiger Lockenpracht, deren Gesicht nicht zu erkennen war, weil die Haare davorhingen. Aber ansonsten sah sie verheißungsvoll aus. Er steuerte die Tür mit der fünf an, als ihn ein hektisch mit seinem Spazierstock klapperndes Wichtelwesen überholte und exakt vor Nummer fünf stehen blieb. Es war ein heruntergekommener Zausel, mindestens sechzig, grauhaarig und unrasiert, er trug ein geflicktes Sakko von undefinierbarer Farbe, ausgebeulte Hosen und eine Plastiktüte. Als das Männecken mit der Tütenhand närrisch an der Klinke zerrte – Schönbach konnte trotz der Düsternis die dunklen Halbmonde seiner verdreckten Fingernägel erkennen –, klirrten leere Flaschen gegen die Tür. Wie es aussah, sammelte Opa Leergut, um sich zumindest einen Blick auf eine dieser Dumping-Nutten leisten zu können; das war echte Passion. Aber Nummer fünf hatte Kundschaft, der Schrat sah es irgendwann ein, und brummelnd taperte er zu Nummer vier. Sein von Zuckungen und abrupten Wechseln durchsetzter Bewegungsablauf offenbarte, dass er keinesfalls nüchtern und wohl auch nicht mehr ganz bei Verstand war. Was für eine Unterweltsstrafe, einen halbdebilen Clochard zu befriedigen, den das Tourette-Syndrom oder dergleichen zu verkasperten Hopsern zwang und der in jeder seiner Hautfalten noch Dreck aus den Zeiten der Berlin-Blockade trug, überlegte Schönbach und empfand plötzlich großes Mitleid mit Nummer vier, bis er deren Stimme sagen hörte: »Wat willst *duu* denn hier, Opi? Haste dir verloofen?«

Auf welchen konkreten Wunsch die quäkend vorgebrachte Antwort hinauslief, konnte er nicht mehr erlauschen, denn die Tür schlug zu und würgte den teuflischen Dialog ab. Das Problem bestand jetzt darin, dass ihm dieser Angrabsch-Schuppen, nachdem er einen seiner Kunden kennen gelernt hatte, unzumutbar vergammelt vorkam. Ob die Damen sich zwischen den einzelnen Klienten die Hände wuschen, so wie Ärzte es taten? Er verharrte unschlüssig vor Nummer fünf und überlegte, ob er sich davonstehlen sollte, aber inmitten des Gedudels aus Dutzenden unsichtbaren Lautsprechern vernahm er ein metallisches Schnappen, das klang wie der Riegel einer Eisenbahn-Aborttür – und der Kabineneingang tat sich einen Spalt weit auf.

Schönbach trat zwei Schritte zurück, um dem Typen Platz zu machen, der herauskommen würde, aber es kam niemand heraus. Vielleicht, überlegte er, hatte Nummer fünf eine Zigarettenpause eingelegt oder sich Spiegeleier zum Abendbrot gebraten? Er wartete mindestens eine Minute, dann gab er der Tür einen Stubs, folgte ihr mit den Blicken, sodann mit dem Kopf, und schließlich hatten sich alle hundertfünfundneunzig Zentimeter Schönbach in ein schummriges Kabuff von ungefähr zweieinhalb mal zwei Metern geschlängelt, das durch eine teilweise erblindete, tresenhohe Plexiglaswand in der Mitte geteilt wurde, wobei die Hälfte dahinter einen kleinen Podest bildete. Hier drin dudelte die Musik nicht, außerdem waren die Wände mit dämpfendem, dunklem Stoff bespannt. Er zog die Tür hinter sich zu und ließ den Riegel einschnappen. An der Wand gegenüber zeichneten sich die Umrisse einer Tür ab. »Die Fünf!«, plärrte eine Vettelstimme in den dahinterliegenden

Tiefen dieses nach Make-up, Zigaretten, Sagrotan und alten Putzlappen riechenden Paralleluniversums, und der Herr in Nummer fünf war aufrichtig dankbar, dass die Besitzerin dieser Stimme nicht diejenige sein würde, die jetzt zu seiner Betreuung ausschwärmte.

Halbwegs zielstrebig nahte das Klappern von Absatzschuhen. Es erschien ihm so himmlisch wie pervers, dass sein Eintreten diese ihm völlig unbekannte Frau nötigte, zu ihm zu eilen. Selbstverständlich war es eine Sauerei, da hatten diese muffigen Feministinnen Recht, aber aufregend war es doch. Schönbach empfand so etwas wie Lampenfieber. Ein greller Lichtstrahl huschte durchs dämmrige Kabuff, für eine Sekunde war die Sicht freigegeben auf einen taghell erleuchteten, Varieté-ähnlichen Aufenthaltsraum mit Garderobenständern, Waschbecken und einem langen Tisch, auf dem Stehspiegel, Schminkutensilien, Wasser- und Weinflaschen, Gläser, Aschenbecher sowie jede Menge weiblicher Krimskrams verstreut waren. Schnell schloss sich die Tür wieder, beruhigend rastete auch auf dieser Seite ein Riegel ein, und plötzlich stand Nummer fünf auf dem Podest, blondmähnig wie verheißen, aber nicht in einer Latexkorsage, sondern mit einem oberschenkellangen, teilweise durchsichtigen Fummel bekleidet, einer Art Morgenmantel, und bis zur Höhe des Bauchnabels von der Plexiglasscheidewand verdeckt. Die auch in natura auffällig gutgewachsene Blondine, deren Konturen sich allmählich seinen vom Lichtblitz geblendeten Augen erschlossen, schnurrte mit erkältet-nasaler Stimme das Sortiment herunter: »Fünf Mark gibst du mir sofort, an die Brust fassen kostet zwanzig, einen runterholen fünfzig.«

Auf den zu zahlenden Elementarbeitrag hatte ja bereits das Schild draußen hingewiesen, und er drückte ihr das bereitgehaltene Fünf-Mark-Stück in die Hand, während er überlegte, woran ihn ihre Stimme erinnerte. Wie auf Knopfdruck, wenngleich ziemlich lustlos, schälte sich ein mattbrauner Leib mit nichts an als einem schwarzen String-Tanga aus dem Mantel, der effektvoll zur Erde sank. Der gute Wuchs bestätigte sich im Ganzen und relativierte sich im Detail; die Frau war kein Mädchen mehr, branchenuntypischerweise täuschte kein Silikon darüber hinweg, und über dem Gummizug des Strings wölbte sich am Unterbauch ein schmaler Streifen Speck. Trotzdem wirkte ihr Körper in dieser Umgebung ungefähr wie ein Rennpferd in der Abdeckerei, zumal ihr dieses strotzende blonde Haar, das auf formvollendete Schultern fiel, etwas Popstarhaftes verlieh.

Neugierig sah Schönbach der Hure ins stark geschminkte Gesicht.

Es war Katja.

9.
Coxsackie-Viren

Mit dem Pfeifferschen Drüsenfieber ist es folgendermaßen bestellt:

Der Mensch fühlt eine Müdigkeit und allgemeine Antriebsschwäche in sich entstehen, die sich rasch verstärkt. Der Schlaf erquickt nicht, sondern erscheint nur als vertiefte Form der Mattigkeit. Selbst die einfachsten Verrichtungen kosten Anstrengung, der Puls rast und hat beim Treppensteigen leicht bis zu 140 Schläge pro Minute. Eine bleierne Schwere lastet auf dem Betroffenen, jede körperliche, aber auch geistige Betätigung ist ihm zu viel, er wird apathisch und kann Gesprächen nur schwer folgen. Nach ein bis zwei Wochen beginnen die Lymphknoten hinter den Ohren und im Nacken bis auf Kirschgröße anzuschwellen, was bei manchen starke Schmerzen verursacht, während bei anderen die geschwollenen Knoten eigentümlich fühllos bleiben. Die Körpertemperatur steigt auf 38 bis 40 Grad. Augen und Mandeln entzünden sich, der Atem des Patienten riecht faulig, Leber und Milz schwellen an, und es bilden sich Hautausschläge. In der dritten Woche ist die Schwäche auf dem Gipfel, danach beginnt sie sehr langsam abzuklingen. Erreger des Pfeifferschen Drüsenfiebers ist das Epstein-Barr-Virus, das durch Tröpfcheninfektion oder Speichelkontakt, zum Beispiel beim Küssen, von Mensch zu Mensch übertragen wird. Es infiziert die Schleimhäute von Nase, Mund, Rachen sowie eine Untergruppe der weißen Blutkörperchen, die B-Lymphozyten. Selten nimmt die Krankheit einen gefährlichen Verlauf. Im Komplikationsfall können freilich eine Hepatitis, Myokarditis, Enzephalitis oder ein Milzriss eintreten.

Im Komplikationsfall Schönbach wuchs sich das Drüsenfieber zur Myokarditis aus, wie der Mediziner die Herzmuskelentzündung nennt, die schließlich auch den Herzbeutel erfasste (Perimyokarditis). Die Coxsackie-Viren, getauft nach jenem amerikanischen Provinznest, wo sie zum ersten Mal Menschen befielen, hatten die vom Epstein-Barr-Vorauskommando angezettelte Schwächung des Patienten trittbrettfahrerhaft genutzt und sich auf dessen Herz gestürzt. Zu den Symptomen des Pfeifferschen Drüsenfiebers waren bei dem längst krankgeschriebenen, die meiste Zeit schwach und mit ersten Anzeichen von Verzweiflungsbereitschaft daheim in seinem Penthouse-Bett liegenden Schönbach die noch weitaus beängstigenderen Symptome der Myokarditis getreten: neben der nochmals sich verstärkenden und blitzartig eintretenden Ermüdbarkeit, die bereits den Gang zur Toilette in den Rang einer Dreitausender-Besteigung erhob, vor allem ein hässliches Stechen im Brustkorb, kombiniert mit gelegentlichen Atemnotattacken. Erstmals spürte Schönbach ganz bewusst sein bis dato fast sechsunddreißig Jahre lang unmerklich und affektfrei

Dienst leistendes Herz, denn es lief nicht mehr rund, zog in einem Moment an, um kurz darauf ins Stolpern zu geraten, und quälte sich merklich durch den Tag, ganz wie sein von einer Beklemmung in die nächste fallender Besitzer, dessen Beine außerdem anschwollen und der, wenn er sich bloß aufrichtete, um dieses Phänomen zu betrachten, mühsam nach Luft ringen musste. Alles deute auf eine Entzündung des Herzmuskels, hatte der Notarzt erklärt, nachdem Schönbach vom Weg zur Wohnungstür, dem Öffnen derselben und dem Rückweg zum Bett bis zur Ohnmachtsnähe erschöpft war, Myokarditis, fuhr der Medicus fort, sei übrigens in zwanzig Prozent der Fälle Ursache für den plötzlichen, unerwarteten Tod bei Erwachsenen unter vierzig Jahren, er müsse sofort ins Krankenhaus.

Im Klinikum rechts der Isar brachte man den Patienten auf der Intensivstation unter, wo ein junger Assistenzarzt ihm glaubte versichern zu müssen, dass er als Privatpatient natürlich sofort ein Einzelzimmer erhalten werde, sobald die Intensivbetreuung nicht mehr angezeigt sei … Das alles hörte Schönbach sehr schwach, wie durch eine dicke Wattewand, denn schlagartig hatte er nunmehr sehr hohes Fieber bekommen, aufgrund einer *Septikämie*, wie er die Ärzte durch die immer dichter werdende Wattewand sagen hörte. Septikämie, das konnte auch ein von derselben nahezu lahmgelegtes Altphilologengehirn immer noch als Blutvergiftung identifizieren, wortwörtlich Blutfäulnis. Wieso fault mein Blut?, dachte es in Schönbachs Kopf, während der restliche Schönbach immer tiefer in der Watte versank, die allmählich eins mit ihm wurde und sehr heiß war, schmerzhaft heiß, er hatte gar nicht gewusst, dass Watte so heiß werden konnte, und in ihrer Mitte ruckelte und zuckelte sein stechendes Herz. Später sollte sich Schönbach darüber aufklären lassen, dass er mehrere Tage im Fieberkoma gelegen und phantasiert hatte, leichte Wahnvorstellungen, erklärte sein behandelnder Arzt, ein Professor. Als Privatpatient stand ihm ein Professor zu, der Mann sah aus wie Elias Canetti, sein Kopf war viel zu groß für den schmächtigen Körper und die Stirn wiederum viel zu groß für den Kopf, hoffentlich, hatte Schönbach schon bei seiner Einlieferung gedacht, war der Mann als Arzt mindestens so gut wie Canetti als Autor.

Das Fieber stieg und stieg, sein Körper versuchte, die ungebetenen Gäste durch selbstinduzierte Pasteurisierung zu liquidieren, und des Patienten Hirn köchelte auf kleiner Flamme mit. Dabei produzierte sein Glutkopf allerlei Gedanken bilanzierenden Charakters, als ginge es mit seinem Träger zu Ende. Ein leitmotivisch wiederkehrender und wohl lediglich in seiner Metaphernschiefheit auf das Fieber sowie die fortwährenden Gliederschmerzen zurückzuführender lautete: *Ich bin bisher durch dieses Leben gegangen wie ein heißes Messer durch die Butter,* nichts ist an mir haften geblieben, kein Interesse, keine Neigung, keine Überzeugung, keine große Leidenschaft, nicht einmal die Philologie, und vor allem kein einziger Mensch.

Wenn er jetzt und hier stürbe, hatte sich der fibrile Schönbach in explodierenden Farben ausgemalt (er konnte tatsächlich Worte in Farben denken), würden allenfalls seine Eltern auf die Beerdigung kommen und sein Grab vermutlich mit levitiertem Wasser benetzen, vielleicht noch Reger, möglicherweise ein beauftragter Kranzabwerfer des Facchetti-Verlages, sonst niemand. Niemand brauchte ihn, liebte ihn, wärmte ihn …, nein, Wärme war das Letzte, was er jetzt benötigte … aber nur Idioten lasen ihn … Hatte er nicht immer den anderen heimlich vorgeworfen, ein dummes, sinnloses Leben zu führen? Und sein eigenes?

Mit merkwürdiger Milde und ohne jede sexuelle Regung erinnerte er sich an einige der Frauen, die er in den vergangenen Jahren kennen gelernt hatte, und das Dasein der Schönen erschien ihm plötzlich nicht mehr primitiv und hirnlos, sondern auf rührende Weise stimmig, sie versuchten doch auch nur durchzukommen. Der Einzelmensch in seiner Existenzbewältigungsnot war nicht lächerlich, sondern rührend … Er musste an den Umzug einer Bekannten denken und an das zärtliche Gefühl, das ihn damals sekundenlang befallen hatte, als er ihren abholbereiten Hausrat musterte, nicht für sie empfand er ein zärtliches Gefühl, sondern für ihren Hausrat, diese wertlosen, aber liebevoll zusammengestümperten Siebensachen, wie sie sich ein junges Mädchen eben leisten konnte, das als Nachwuchsjournalistin bei einem der zahllosen Münchner Blödenblätter ein mickriges Gehalt verdiente. Tatsächlich traten nun Rührungstränen in Schönbachs brennende Augen, er sah in Gedanken des besagten Fräuleins gesamte armselige Habe wieder, die, auseinander geschraubt und in Kisten verpackt, wie zur Präsentation gestapelt stand und den Eindruck erweckte, es könne sich ebenso gut um Sperrmüll handeln, den sie dann noch drei, vier, fünf Stockwerke schleppen musste. Besitz verkörperte ja auch eine Art Bastion gegen die Zumutungen des Lebens, und er empfand es als unglaublich tapfer, derart schlecht gerüstet gegen einen so übermächtigen Gegner anzutreten … Jede Single-Frau, fieberte Schönbach feuchtäugig, war ein kleiner Leonidas … eine Leonida? Leonidaide? Leonidanaide? Leonidassidin.

Für die Viren, wähnte er an zeitlich anderer Stelle, war die Menschheit sozusagen ein warmes Buffet, in ein paar Jahrzehnten würde der Mensch alle ihm nicht unmittelbar nützlichen Tierarten auf dem Planeten ausgerottet oder in Naturparks gesperrt haben, und dann teilte er sich die Erde mit dem Virus und dem Bakterium, das waren die erfolgreichsten Arten der Evolution, möglicherweise würden auch Ameisen, Ratten und Schaben überleben, aber ganz sicher das vollkommen hirnlose Virus und das nicht minder dämliche Bakterium, diese Kreaturen waren noch dümmer als etwa der Bandwurm oder der

Leberegel, denn sie brachten ihre Wirte um oder versuchten es wenigstens, Pestbakterien zum Beispiel waren wohl die allerdümmsten gewesen, und trotzdem waren das debile Virus und das blödsinnige Bakterium evolutionär so erfolgreich, sie hatten einfach Riesenglück, dass ihr warmes Buffet hinreichend viel Intelligenz besaß, um sich dauernd zu regenerieren und sogar noch fortwährend zu vergrößern … Wie bunt sie waren, die vollkommen hirnlosen Kleinchen! Er konnte genau erkennen, wie sie da an der Plexiglaswand wimmelten, und ganz besonders wild in einem Spermatropfen, der an dieser Wand klebte … Aah, das war jenes Etablissement, in dem er Katja wiedergetroffen hatte, ein unangenehmer Ort, nur nichts anfassen, dachte er … – und da stand sie tatsächlich, halbnackt, gesichtslos und komischerweise blond … Wo war ihr Gesicht? Sosehr er sich auch anstrengte, er konnte es nicht erkennen, aber es war Katja, eindeutig Katja. Wie schön sie früher gewesen war! Er versuchte, sich das Bild zurückzurufen, wie sie ihm vor fünfzehn oder mehr Jahren beim Schach die Konzentration und den greifbaren Erfolg geraubt hatte, indem sie begann, sich auszuziehen … Was hatte sie für herrliche Brüste besessen! Ich will die verwehrten Brüste von damals sehen, kommandierte er in die umnebelten Tiefen seiner Erinnerung hinein, aber was daraus emporstieg, waren die Bilder neueren Datums: Brüste, die den Bleistifttest schwerlich bestehen würden …

»Katja, was tust du hier?!«, hatte Schönbach voller Scham und Entsetzen gefragt, als er erkannte, wer da hinter der Plexiglaswand stand.

Ihr verschleierter Blick war aufgeklart, auf ihre abgestumpfte Miene war ein aus Verlegenheit und Überraschung zusammengesetztes Wiedererkennenslächeln getreten. »Du? Was willst denn du hier?«

»Was ich hier will?«, wiederholte er. »Was um Himmels willen tust du hier?«

Katja hatte sich wieder gefasst. »Wollen wir uns dauernd abwechselnd fragen, was wir hier tun?«, sagte sie kühl. »Ich arbeite hier, wie du siehst.«

»In diesem Dreckstall? Bist du verrückt?«

»Ist Ihnen der Laden nicht fein genug, mein Herr? Was suchen Sie dann hier, Sie falscher Apostel?«

Er ging so nah an die Trennwand heran, dass sie zurückwich. Der einstige Königsblick war erloschen, sein Glanz einer unsäglich matten Glasigkeit gewichen.

»Katja«, flüsterte er, »nimmst du Drogen?«

»Quatsch!«

»Du darfst hier nicht bleiben!«

»Ich bin im Dienst. Wenn Sie mit mir reden wollen, mein Herr, müssen sie genauso bezahlen, als wenn ich's Ihnen besorgen würde.«

Schönbach hatte sekundenlang überlegt, ob er einfach davonlaufen sollte, sich aber für das genaue Gegenteil entschlossen, in die Brieftasche gegriffen, einen Fünfhundertmarkschein herausgezogen, ihn der Überraschten in die Hand gedrückt und gefragt: »Reicht das für die restliche Schicht?«

Auch auf Katjas Haut wimmelten Bakterien, vor allem auf den Brüsten, sein mikroskopisch verstärktes Auge sah es ganz genau, auf ihren Brüsten krochen diese Viecher zu tausenden umher, kein Wunder, wenn sie sich von so einem Schmuddel-Greis befingern ließ, mit Hautschuppen und Popelresten unter den Nägeln. Das Bild ging nicht mehr weg, er musste diese geile Greisenfresse anstarren … Nun öffnete die einstmals Heißbegehrte auch noch die versiffte Hose des Alten und tauchte mit den Fingern ins truthahnhalsige Faltengewirr eines baumelnden, graubehaarten Rentergemächts, bis sich ein Teil desselben mühsam aufrichtete wie ein überdimensionierter Insektenrüssel in einem Horrorfilm … Es würgte den fiebernden Betrachter … Nun sah er hunderte Hände sich gleichzeitig an ihren Brüsten vergehen, fleischige, dürre, verschwitzte, wulstige, behaarte, wurstfingrige, brutale Hände, sie hinterließen unabwaschbare Fingerabdrücke auf ihrer Haut … Überall klebte Sperma, es rann an den Wänden herab, tropfte auf die Erde, Fäden ziehend wie morgendlich ausgewürgter Kettenraucherbronchialschleim, und floss in glibberigen Rinnsalen über den Fußboden … Er sah, wie sich Katjas Körper mit klebrig-zähen Flechten überzog, und als sie in den Mittelraum des Abspritz-Theaters zurückkehrte, bot sie die besudelten Nippel einem Baby zum Stillen dar …

An dieser Stelle – vor allem an dieser – übertrieb der Fieberkomaträumer etwas. Die reale Katja hatte längst abgestillt, als sie erstmals hinter die Plexiglaswand trat, an der sich die Ex-Gesellschaftswissenschaftlerin und der Ex-Altphilologe am bisher letzten Kreuzweg diametral verlaufender Leben wiedertrafen, aber es entsprach den Tatsachen, dass der kleine Julian in seiner tragbaren Wippe im Nachbarraum stand, als der potenzielle Kunde, oder, wie man sogar in diesem Handwerkerzirkel sagte, der *Freier* Schönbach zunächst in die Wichskabine und kurz darauf in den Aufenthaltsraum Katjas und ihrer Kolleginnen eintrat, um einen guten Abend zu wünschen und die einstige Studienfreundin bei der Chefin für den Rest desselben auszulösen. Anders als seine Schwester Anja war der zweijährige Julian kein Kind der Liebe, wenngleich ebenso vaterlos wie sie, wobei in seinem traurigen Fall der Erzeuger nicht einmal der Mutter bekannt war, es kamen Dutzende in Frage, er verdankte seine Existenz einem Missgeschick, wahrscheinlich einem schnöden Prostituierten-Arbeitsunfall, er war trotz Spirale und dem im Zeitalter von Aids obligatorischen Kondom entstanden, vielleicht auch ohne Kondom, Katja schlief nach eigener Auskunft damals nicht nur mit Kunden. Sie hatte die Frucht nicht abtreiben wollen, weil, wie sie Schönbach später erzählte, ihr das 1992 abgetriebene Kind immer noch im Traum erschien, ein amorphes Wesen, das bittere Klage gegen sie führte, weil es nicht hatte Gestalt annehmen dürfen; außerdem sei ihr bei der Schwangerschaftsfeststellung klar gewesen, dass das zweite ihr letztes Kind sein würde, denn sie war damals bereits 38 Jahre alt. So habe sie sich gegen alle Vernunftgründe, die ja nicht bloß materielle und soziale gewesen seien, sondern auch der medizinische Befund, dass *Spiralenkinder* oft geistig behindert zur Welt kämen, *für* das Kind entschieden. Aus einem Instinkt heraus, so Katja, habe sie gemutmaßt, es werde ein Junge, und der Vater sei einer ihrer gesündesten, vitalsten Freier gewesen, während der gesamten Schwangerschaft habe sie nicht einen Moment lang Ekel vor der Leibesfrucht verspürt. Sie habe sich als *weitgehend auf eigene Rechnung arbeitendes Call-Girl* so viel zusammengespart gehabt, dass sie vom fünften Monat an und bis zur Abstillung daheim bleiben konnte, dann sei sie freilich blank gewesen, habe sich aber nicht mehr in der passenden körperlichen Verfassung für den gehobenen Geschmack ihrer Klientel befunden. Für den Strich sei sie sich zu schade gewesen, außerdem hatte sie ja das Baby, so dass sie sich für diesen Schuppen entschieden habe, dessen Kundschaft zwar das Letzte sei, aber dessen Personal bis hin zur Chefin sich liebevoll mit um ihren Nachwuchs kümmere.

Das alles erfuhr Schönbach in Katjas Wohnung in der Reinickendorfer Kienhorststraße, wo sie in einem spießigen Dreißiger-Jahre-Bau zweieinhalb Zimmer im vierten Stock gemietet hatte. Aus Pankow, erzählte sie, sei sie schon vor Jahren weggezogen, sie habe bei Männern gewohnt und in eigenen Quartieren, und immer hatte die arme Anja mitgemusst, denn es gab niemanden, der sie hätte nehmen können, ihre Oma hatte sich längst zu Tode gesoffen, ihr Opa lebte verwahrlost in einem Heim, und obwohl sie erst acht Jahre alt war und in die dritte

Klasse ging, hatte das Mädchen schon dreimal die Schule wechseln müssen.

»Ich bin eine schlechte Mutter«, seufzte Katja. Sie hatte eine leichte schwarze Stoffhose und eine biedere weiße Bluse angezogen und schenkte einen kalifornischen Supermarkt-Chardonnay nach, »aber den Julian habe ich um jeden Preis gewollt.«

Die Wohnung war keineswegs billig eingerichtet, aber es sah überall unaufgeräumt aus, in der Küche stapelte sich benutztes Geschirr, weil die Spülmaschine kaputt war, und die stattliche Sammlung leerer Weinflaschen in einer Nische neben dem Kühlschrank wurde quantitativ nur von den noch unentkorkten Exemplaren übertroffen, die im Wandschrank standen, durchweg Weißwein aus dem Supermarkt. Wer solche Mengen qualitativ nichtssagenden Weines hortete, dachte Schönbach mit Grausen, trank ihn aus anderen als geschmacklichen Gründen, während die Wohnungsbesitzerin erzählte, dass Anja dennoch fast nur gute Noten aus der Schule nach Hause bringe, in Mathe sogar Einsen. Im Übrigen, schloss sie etwas konfus an, möge er nicht böse sein, dass sie ihn in der Kabine so unterkühlt behandelt habe, es gebe da nämlich einen Ex-Kommilitonen, der seinerzeit an der Uni total verknallt in sie gewesen sei, aber keine Gnade vor ihren Augen gefunden habe, der komme nunmehr regelmäßig vorbei, um sich von ihr einen runterholen zu lassen, und rede dabei nur widerliches Zeug der Art: Das hättest du dir auch nicht träumen lassen, dass wir uns mal unter solchen Umständen näherkommen werden. Deshalb sei sie innerlich in Panik geraten, als sie ihn, Schönbach, erkannt habe, dieser Job sei nun mal nicht dafür geeignet, ehemalige Bekanntschaften aufzufrischen.

Schönbach, noch immer oder schon wieder unschlüssig, aus welchem Grund und zu welchem Zweck er sich hier aufhielt, fragte: »Seit wann verdienst du denn deinen Unterhalt – so?«

Katja zuckte mit den Schultern, während sie den Billig-Chardonnay in einem ungefähr vergleichbaren Tempo trank wie der Gabelstaplerfahrer Schönbach vor vielen Jahren in ihrer Wohnung in der Kavalierstraße ein sozialistisches Weinersatzgetränk namens *Lindenblatt*.

»Ich kann es gar nicht genau sagen, seit wann«, murmelte sie und starrte nachdenklich über den Rand des Glases in ihrer Hand. »Es war irgendwie fließend. Ich bin in die Esoterik-Szene reingerutscht, man hat mir mit meinen Haaren die Hexe gern abgekauft, und ich habe allen möglichen Unsinn gemacht, Kartenlegen, Weissagen, *Reintegration verlorener Seelenanteile*, diesen Wessis kannst du ja alles erzählen, die nehmen sich ja unglaublich wichtig, auch die letzten Würstchen, und wenn du ihnen den Bauch pinselst, glauben sie dir jeden Unsinn. Später habe ich in einem Massagestudio gearbeitet, Craniomassagen und Chakren-Aktivierung, aber diese Typen wollen letztlich immer nur an den Schwanz gefasst werden, diese ewig spritzenden Schwänze, ich habe sie einfach satt, aber das kann ich nun mal am besten.«

Bei diesen Worten hatte sie kurz aufgelacht und Schönbach in die Augen geblickt, einen Sekundenbruchteil lang war der Nebelschleier gerissen, der ihren Blick umhüllte, das alte Katja-Leuchten war zu sehen gewesen, und ein Prickeln ging durch seine Körpermitte.

»Ideal wäre es, als Domina zu arbeiten«, sagte Katja, »ich habe die passende Ausstrahlung inzwischen, ich müsste nur die Haare wieder schwarz auswachsen lassen. Du glaubst gar nicht, wie viele Kerle Erniedrigungsphantasien haben!«

Sie goss sich nach.

»Ein Dominastudio«, sagte sie sinnend, »das wär's doch. Keiner grabscht einen mehr an, und unter der Korsage sieht niemand deinen Bauch. – Aber entschuldige, ich langweile dich bestimmt.«

»Ganz und gar nicht. Wieso grabscht einen dann keiner an?«

»Die Domina darf keiner anfassen«, sagte Katja so letztgültig, dass sich weitere Fragen erübrigten. Es schien eines der wenigen verbliebenen Axiome auf Erden zu sein.

»Ich verstehe übrigens nicht«, fuhr sie fort, »wie ausgerechnet du dich zu uns verirren konntest, so wie du aussiehst, verdienst du genug, um dir was Besseres zu leisten. Und mal eben so einen Fünfhunderter zücken kann ja auch nicht jeder …«

Sie hatte das Geld übrigens nicht angenommen, hundert für die Kaffeekasse hatten genügt, um sie für den verbleibenden Abend auszulösen. Danach hatte Katja ihn und das schlafende Kind in ihren alten VW-Bus geladen, und auf seine Bemerkung, ob sie denn angetrunken Auto fahren wolle, hatte sie geantwortet, dass kein Polizist der Welt auf die Idee käme, einen VW-Bus anzuhalten, auf dessen Beifahrersitz ein Kleinkind schlafe, in dem sich hinten ein weiterer Kindersitz befinde und an dessen Fenstern Sonnenblenden mit Tigerenten-Motiven angebracht waren. Während der Fahrt hatte Schönbach den schlummernden Julian verstohlen gemustert. Ein goldblonder Flaum umflorte sein rundes Köpfchen. In wiederkehrenden Abständen hatte der Kleine geseufzt und an seinem Schnuller genuckelt, einmal ging auch ein intervallartiges Zucken durch die kleine Brust, als habe er eben heftig geweint und schluchze noch nach, dann hatte er schnaufend ausgeatmet und war wieder selbstvergessen in Morpheus' Arme gesunken.

Nun lag er in seinem Bettchen in Katjas Schlafzimmer, und seine Mama fragte ihren zum Überraschungsgast veredelten Beinahe-Freier: »Du wolltest doch damals nach München gehen. Lebst du heute dort?«

»Ja.«

»Bist du immer noch bei der Zeitung?«

In diesem Moment ging die Tür auf, ein Mädchen mit zwei straff geflochtenen Zöpfen schaute herein und sagte: »Mama, der Julian weint.«

»Ich komme!«, antwortete Katja, wühlte sich aus ihrem Sessel und eilte aus dem Zimmer.

Das Mädchen blieb in der Tür stehen und starrte den Besucher stumm an. Sie sah ihrer Mutter sehr ähnlich, ihr Haar, obwohl in die besagten Zöpfe gezwängt, die beinahe bis zum Bauchnabel hingen, war voll und schwer, nicht schwarz, aber von sehr dunklem Braun, und zwischen der Iris ihrer aquamarinblauen Augen und dem Oberlid herrschte ein kleiner Streifen Weiß – der Königsblick, den die erschlafften Lider der Mutter nicht mehr hergaben, lebte in der Tochter. Ein Stupsnäschen und ein etwas blasser, aber voller Mund vollendeten ein Prinzessinnengesicht, dessen Ausdruck unkindlich ernst war, auf der Stirn zeigte sich bereits ein kleines senkrechtes Fältchen.

»Du bist Anja, nicht wahr?«, fragte Schönbach, und wenn er sich recht besann, war es das erste Mal in seinem Erwachsenenleben, dass er ein Kind ansprach.

Sie nickte.

»Ich bin Johannes.«

»Bleibst du über Nacht?«, fragte sie.

Schönbach schüttelte den Kopf.

»Schade.«

»Warum schade?«

»Weil …« Sie hatte ihre Hände verhakt und verdrehte sie jetzt gegeneinander. »Weil du die Spülmaschine reparieren könntest. Und danach könnten wir zusammen frühstücken.«

»Ich kann aber keine Spülmaschinen reparieren.«

»Echt nicht?« Sie runzelte die Stirn.

Anja trug einen rot-weißen Jungenschlafanzug und sah kein bisschen müde aus, was den Besucher bewog, bei der wiederkehrenden und sie sofort ins Bett kommandierenden Mutter ein Wachbleiberlaubniswort einzulegen. Katja hatte es schulterzuckend genehmigt, und natürlich waren die Gesprächsthemen gewechselt worden, Anja erzählte von der Schule, der späte Gast von den Alpen, und das Mädchen sagte sehnsüchtig, sie habe noch nie richtige Berge gesehen. Dann war sie von einem Moment auf den nächsten eingeschlafen, es war Viertel vor zwei, Katja hatte inzwischen die nächste Flasche Chardonnay zur Hälfte geleert und war zu betrunken, um aufzustehen, weshalb sie der Schlummernden befahl, ins Bett zu gehen, aber Schönbach litt es nicht, nahm das Mädchen auf den Arm und trug es nach nebenan. Auf dem Flur umschlang ihn die Schlafende plötzlich mit beiden Armen und kuschelte ihr Köpfchen mit einem zufriedenen Seufzer an seine Schulter. Ein sonderbarer Wärmestrom durchfloss sekundenlang Johannes Schönbachs Körper.

Nach etwa drei Wochen wurde Schönbach von der Intensivstation in ein Zimmer verlegt, wo nur noch eine Intensivbeobachtung stattfand. Als das Fieber nachließ und sein Herz langsam wieder zu jener unmerklichen Dienstbeflissenheit zurückfand, die es zuvor ausgezeichnet hatte, durfte er auch die Intensivbeobachtungsstation verlassen. Das geschah ungefähr nach fünf Wochen. Wie versprochen wurde er in einem standesgemäßen Einzelzimmer untergebracht, von dem aus er die Rettungshubschrauber auf dem Dach des Nachbargebäudes landen sehen konnte. Dort erfuhr er, dass sich Leute nach ihm erkundigt hatten, via Telefon und leibhaftig, vermutlich Reger und Palmström. Schönbach gehörte zu den Menschen, die sich am liebsten in einen Winkel verkrochen, wenn es ihnen schlecht ging, und er verspürte nach wie vor kein Verlangen nach Besuch. Er fand es an der Zeit, seine Eltern zu informieren, und es gelang ihm unter situationsbedingt hohem Kraftaufwand, seiner Mama auszureden, ihn besuchen zu kommen – die beiden hätten ihm hier gerade noch gefehlt. Gottlob waren sie auch viel zu beschäftigt und riefen nicht allzu oft an.

Da der Patient keinen Besuch empfing, hatte sich eine unter ihrer Brille stark schielende, vollschlanke Schwester, auf deren Brustschild der Name Marika stand, liebenswürdigerweise seiner angenommen, sie ging für ihn zur Bank und hob Geld ab, kaufte in umliegenden Geschäften Wäsche zum Wechseln und hielt sich öfter, als es ihre Pflicht gewesen wäre, in seinem Zimmer auf. Schönbach war noch immer dermaßen entkräftet, dass er den Ausflug zur Toilette, die keine zehn Schritte vom Bett entfernt war, als extrem strapaziös empfand, und vor dem Rasierspiegel erschrak er über seine Lippen, die aussahen, als habe er Tinte getrunken, wobei die Schwester beteuerte, sie seien schon deutlich weniger blau als vorher. Außerdem war ihm unterdessen ein Vollbart gewachsen, was, wie er fand, schrecklich aussah. Schwester Marika half beim Rasieren, er hätte es alleine nicht geschafft, und während sie seinen Bart schabte, starrte er verwirrt in ihre divergierenden Pupillen, bis er davon Kopfschmerzen bekam. Außerdem rief sie auf sein Geheiß in der Redaktion an und richtete aus, dass es dem Patienten vergleichsweise besser ginge, er aber noch immer besuchsuntauglich sei.

Er verbrachte seine Tage nach wie vor überwiegend dösend, meist mit aufgestellter Rückenlehne und die Stahlinsekten beobachtend, die das Klinikum beispielsweise mit frischen Unfallopfern versorgten. Abends zwang er sich zu einer diätetischen Mahlzeit, auf die er keinerlei Appetit verspürte. Er sah inzwischen aus wie damals im Schnapslager, der Westspeck war verschwunden, das Fieber hatte ihn komplett abgeschmolzen, viel war es ohnehin nicht gewesen. Ihm war, als habe sich sein Körper oder was auch immer eine Auszeit von der Welt genommen.

Als er sich nach knapp zwei Monaten Liegen dazu imstande fühlte, bat er die Schwester, ihm etwas zu lesen zu kaufen, irgendeinen Roman eines Autors von Weltgeltung – ihm fehlte die geistige Spannkraft, diesen Gedanken weiter auszuführen –, und sie brachte ihm den neuesten Grisham. Da fragte er sie, um was für einen Buchladen es sich handelte. Wie er sortiert sei? – und da sie dies nicht beantworten konnte: Wie viele Räume er habe? Schließlich diktierte er ihr konkretere Anweisungen: Thomas Mann, Nabokov, Eckhard Henscheid, Eichendorff, Thomas Bernhard, von diesen Autoren egal was, wie viel sie ausgebe, sei gleichgültig, und mit dem Zettel trabte das schielende Pummelchen wieder zur Buchhandlung. Natürlich hätte Schönbach jemanden aus der Redaktion zu sich nach Hause schicken und bitten können, ihm diese Bücher zu bringen, aber nach wie vor wollte er niemanden beziehungsweise sollte ihn niemand sehen. Die Schwester kehrte mit Erfolgslächeln wieder, holte als Erstes den *Zauberberg* aus der Tüte, die Sanatoriumslektüre schlechthin, sodann Bernhards *Ja*, wozu sie erklärte, dass sie dieses Buch gewählt habe, weil die anderen so niederdrückend und genesungsfeindlich geheißen hatten, nämlich *Auslöschung, Beton* oder *Frost*, und schließlich habe die Verkäuferin auch noch einen Henscheid gefunden, allerdings mit so merkwürdigem Titel, dass sie lange gezögert habe, ihn zu kaufen, nämlich – sie kramte das Buch hervor: *Welche Tiere und warum das Himmelreich erlangen können*.

Schönbach musste wenig später enttäuscht feststellen, dass er sogar für die Lektüre zu schwach war, seine Lider drückten mit der Kraft eines Fallgitters auf seine brennenden Augäpfel, so dass die Bücher die meiste Zeit auf seinem Nachtschränkchen lagen. Allmählich sorgte er sich, er möge nie wieder zu Kräften und auf die Beine kommen. Da griff er zum Telefon und rief trostsuchend seine Mutter an, die sich vor die Stirn schlug und sogleich versprach, ihm *Wasser* zu schicken, darauf hätte sie doch viel eher kommen müssen, schließlich wirke ihr Wasser antibakteriell und heile nahezu alles. Sie war anscheinend vollkommen verrückt geworden, aber dennoch schaffte sie es, ihren Sohn mit ihrem coxsackievirenmäßig ansteckenden Optimismus etwas die Laune zu heben.

In der Folgezeit ging es wirklich leicht bergauf mit ihm, besonders im Kopf, was für den ans Bett Gefesselten und zum dauernden Grübeln Gezwungenen einer kleinen Erlösung gleichkam, denn nun konnte er wenigstens hin und wieder denken, was *er*, und nicht, was das Fieber wollte. Dann erschienen, seine Ablehnung missachtend, nacheinander Reger und Ulrike Schneyder an seinem Krankenbett, bei welcher Gelegenheit er erfuhr, dass Rosentreter höchstpersönlich während seiner Koma-Periode hier gewesen und wieder fortgeschickt worden war. Der vornehme Reger wurde von Schwester Marika wohl für einen Earl oder Ähnliches gehalten, sie riss ihm die Tür auf und verharrte noch eine endlose Minute an der Schwelle, als warte sie auf Befehle. Erst als sie fort war, durfte der Besucher sein Präsent aus dem kleinen Lederköfferchen zutage fördern: vier Flaschen *Augustiner Dunkel*. Die gesundungsforcierende und generell daseinsveredelnde Wirkung dieses Getränkes sei immens, versicherte Reger, Nietzsches Abneigung gegen Bier sei nicht nur Gottfried Benn, sondern auch ihm immer verdächtig gewesen, wobei es keineswegs darauf ankomme, dass man das Bier eventuell falsch trinke, wie Benn gemutmaßt hatte, sondern welches Bier man trinke. Dann stapfte er am Fußende des Betts auf und ab und überbrachte die neuesten Nachrichten vom allgemeinen Sittenverfall. Die Schneyder wiederum kam mit Blumen. Sie musterte den Patienten ernstlich besorgt, strich ihm eine Spur zu mütterlich übers Haar und fragte: »Mensch, du bist jetzt schon so lange weg – wie geht's dir denn?« Schönbach war angenehm überrascht, dass sich jemand unaufgefordert um ihn kümmerte, aber viel zu schlapp, um der Besucherin etwas über seine Schwäche sowie seine Verwunderung über ihr Erscheinen Hinausgehendes zu vermitteln, nicht einmal die beiden erstaunlichen Brustexemplare lösten eine adäquate vitale Regung bei ihm aus, so dass sie schnell verlegen wurde und sich schließlich erleichtert unter Hinterlassung frommer Wünsche davonmachte.

Am Abend nach Ulrikes Besuch klingelte das Telefon. Am anderen Ende kotzte ein Stier beziehungsweise wurde ermordet. Nachdem das Getöse verebbt war, hörte er Rosentreters belegte Stimme fragen: »Johannes, bist du das?«

Du lieber Himmel, dachte Schönbach, was will denn der?

»Johannes?«

»Ja.«

»Ha, da ist er, der alte Schwede!«, brüllte es aus der Muschel, dass dem alten Schweden das Trommelfell surrte. »Was ist denn mit dir, du fauler Sack? Magst du nicht mehr bei uns vorbeikommen, he?«

»Ich bin krank«, sagte Schönbach matt.

»Wie geht's dir denn? Brauchst du irgendwas?«

»Ich glaube nicht.«

»Ich kann dir eine Hure vorbeischicken«, raunte Rosentreter.

»Danke, mir steht der Sinn gar nicht nach Sex.«

»Dann ist er wirklich krank«, sagte der Chefredakteur am Hörer vorbei und erklärte in dieselbe Richtung, was der Patient soeben geäußert habe. Im Hintergrund ertönte Gelächter.

»Liest du eigentlich Zeitungen dort?«, fragte Rosentreter.

»Keine Zeile.«

»Soll ich dir welche schicken?«

»Bitte nicht.«

Rosentreter grunzte und fragte: »Magst du nicht ein bisschen mitdichten bei uns? Wir machen gerade die Personalien. Hast du mitgekriegt, dass die Frau von dem Fußball-Nationalmannschaftsspieler Thomas Sakowski früher eine Nutte gewesen sein soll? Darüber zerreißen sich jetzt alle das Maul.«

»Ich habe überhaupt nichts mitgekriegt.«

»Du hast doch wenigstens einen Fernseher auf deinem Zimmer, oder?«

»Ja, aber er war noch nie an. Und ich will jetzt schlafen.«

»Wir lassen dich in Ruhe, wenn du uns sagst, was wir über Frau Sakowski schreiben sollen!«

»Weiß ich nicht«, seufzte Schönbach. »Es ist doch schön, dass wenigstens eine dieser Spielerfrauen eine Ausbildung hat …«

Rosentreter lachte hämisch. »Johannes wird gesund!«, rief er in die Runde. »Ciao mein Bester, ciao!«

Erleichtert legte Schönbach auf.

Am nächsten Vormittag hätten sich beinahe Palmström und Schwester Marika in seiner Tür verkantet, der Geldmagnet war abgelenkt, weil er telefonierte, die Schieläugige wiederum schleppte ein schweres Paket, welches augenscheinlich für den Patienten bestimmt war, und während ihm Palmström telefonierend ein Hallo zunickte, platzte die Schwester geradezu vor Neugier, was sich wohl in dem Paket verbergen möge. Zur ihrer und auch des Adressaten anfänglicher Verblüffung förderte jener nur ein Fünf-Liter-Plastikkanister sowie einen Brief zutage, und enttäuscht walzte sie aus dem Zimmer, wo Palmström inzwischen den nächsten Anruf erhalten hatte und parallel dazu ein bedauerndes Gestenspiel veranstaltete. Ein drittes Telefonat folgte, und auch darin ging es, natürlich, um Aktien. Als er endlich sein Handy wegsteckte, trat ein breites Grinsen auf Palmströms Slawenantlitz, und er sagte: »Na, wie fühlt man sich als Millionär?«

Schönbach bezog die Frage nicht wirklich auf sich und zuckte mit den Achseln.

»Du hast doch das Geld so angelegt, wie ich's gesagt habe?«

»Ja, wieso?«

»Alle 50 Mille?«

»Ich habe sogar noch zehn draufgelegt.«

»Oho! Dann dürftest du die Million deutlich übersprungen haben.«

Schönbach begriff nicht. »Du nimmst mich auf den Arm, oder?«, erkundigte er sich blinzelnd.

»Nicht die Spur. Du solltest dir mal dein Depot anschauen.«

Wieder diedelte das Handy, und so ging es die nächste halbe Stunde.

Als Palmström gegangen war, erhielt Schwester Marika sofortige Order, spornstreichs zur Bank zu eilen, und wenig später raste Schönbachs Herz so heftig wie zu seiner Einlieferung, nur ohne Stottern und Stechen. Ungläubig starrte er auf den Depotauszug, den seine eifrige Pflegerin ihm gebracht hatte und auf dem die Ziffer 1 180 255,05 stand, ein Betrag, der augenscheinlich Mark bedeutete – und da es sich um den Auszug *seines* Depots handelte, war offenkundig *er* der Besitzer dieser Summe. Die beiden Werte, bei denen er auf Palmströms Geheiß eingestiegen war, hatten sich insgesamt also fast verzwanzigfacht.

Der Jung-Millionär rappelte sich aus dem Bett und tastete mit zitternden Füßen nach seinen Schuhen. Vermutlich crashte just in diesem Augenblick die Börse, dachte er panisch, Verzwanzigfachung, das konnte ja nur eine Seifenblase sein! Die musste jeden Moment platzen! Er hatte die Schuhe gefunden und sprang auf, aber sein seit Monaten jeder Bewegung entwöhnter Köper war auf dergleichen Belastungen nicht mehr eingerichtet, ihn schwindelte, und er musste sich wieder aufs Bett setzen, sonst wäre er umgefallen. Um Himmels willen, dachte er keuchend, ich schaffe es nicht mal bis zur Bank, und ich kann nicht die Schwester schicken, um mein Depot aufzulösen, das akzeptiert die Bank nie, ich muss selber hin, und ich schaffe es nicht. Bis ich denen alles erklärt und der Schwester eine Ermächtigung geschrieben habe, ist der Dax im Keller und alles nichts mehr wert, ich werde genau einen halben Tag lang wohlhabend gewesen sein …

Ein paar Schrecksekunden später mahnte er sich zur Besinnung und rief Palmström an. Selbstverständlich war das Handy besetzt, der Dienstanschluss ebenfalls. Fünf Minuten später verhielt es sich nicht anders. Wie schaffte der Kerl es bloß, dachte Schönbach entnervt, minutenlang zwei Apparate gleichzeitig zu belegen?

Endlich meldete sich Palmström. »Ach du bist's nur«, sagte er. »Was gibt's?«

»Du musst mir helfen! Ich komme nicht aus meinem Bett hoch und nicht an mein Depot ran …«

»Dein Depot lass mal schön in Ruhe.«

»Wie bitte? Ich will sofort alles aufs Konto schaufeln, bevor der Zauber vorbei ist.«

»Nerven behalten, Johannes! In den letzten zwei Stunden sind es schon wieder ein paar tausend mehr geworden. Eine Concorde ist nichts dagegen. Wer jetzt rausgeht, ist bekloppt.«

»Ich will aber raus, bevor die Concorde abstürzt!«

»Dann zahlst du über fünfzig Prozent Steuern – willst du das? Dem Staat 'ne halbe Million schenken?«

»Man muss das versteuern?«

»Ja, klar, was dachtest du denn?«

»Aber wenn ich's sowieso versteuern muss, ist es doch egal, wann.«

»Falsch. Wenn du deine Aktien mindestens ein Jahr hältst, bist du aus dem Schneider.«

»Ein Jahr? Das stehe ich nervlich nicht durch.«

»Werde erst mal gesund und kümmere dich nicht darum, momentan sieht alles gut aus, und wenn was passiert, sage ich dir rechtzeitig Bescheid. Mann, was willst du mit einer Million, wenn drei drin sind?! – Sorry, ich hab ein Gespräch auf der anderen Leitung. Also dann: Gute Besserung. Und: Nerven behalten!«

In Maßen beruhigt, legte sich Schönbach wieder hin. Im Laufe des Folgetages trank er ungefähr die Hälfte des Kanisters seiner Mutter leer und fühlte sich schlagartig fitter, er lief ohne Ächzen und Atemnot zur Toilette, und abends verspürte er sogar Lust, das erste *Augustiner Dunkel* zu trinken, welches ihm Schwester Marika widerstrebend im Schwesternzimmerkühlschrank auf die rechte Temperatur und sodann heimlich ins Zimmer brachte, mit der kopfwiegend vorgetragenen Bemerkung, eigentlich sei es ja verboten, aber man könne seinen erwachenden Appetit als positives Signal werten, und ein Bierchen schade letztlich nie, zumal er kein Leberpatient sei.

Besagter Appetit forderte schließlich alle vier Flaschen sowie ein dreifaches Abendessen; maulend betreffs des Durstes und begeistert, was den Hunger anging, willfuhr Schwester Marika seinen Wünschen. Er würde ihr, beschloss der allmählich beschwipste Patient, 500 Mark für die Kaffeekasse spenden, wenn er das Krankenhaus verließ; das hatte sie verdient. Dass er zumindest theoretisch erwog, sie könne ihm zu guter Letzt noch einen blasen, war ein weiteres Signal wiedererwachender Vitalität. Schade, dass die Schneyder jetzt nicht zufällig vorbeikam. Auf die Idee, es sich selber zu besorgen, kam er seltsamerweise nicht, womöglich waren ein paar von diesen Coxsackie-Viren auch in sein Gehirn eingedrungen.

Am nächsten Vormittag trank Schönbach den Kanister leer und fühlte sich so glänzend, dass er bei der Visite den überraschten Professor um seine sofortige Entlassung bat.

V.
Die Dinge des Lebens

1.
Der Teufel scheißt immer auf den größten Haufen

Die Unternehmenspräsentation war beendet, das Licht ging wieder an, die Leute an den runden Stehtischen erwachten aus ihrer Aufmerksamkeitsstarre und setzten nahtlos fort, was sie zuvor getrieben hatten, sie begannen wieder zu reden, zu trinken, zu essen, ganz wie das Personal im Dornröschenschloss nach dem wiederbelebenden Kuss.

Auch Schönbach wollte sich wieder seinen Errungenschaften vom Buffet zuwenden, als ihm jemand auf die Schulter schlug und rief: »Hallo, du alter Zonendödel!«

Halb ärgerlich, halb erschrocken fuhr Schönbach herum. Die Stimme kannte er – und auch den Typ, der ihm grinsend gegenüberstand. Aber das Gesicht und seine Erinnerung schoben sich nicht deckungsgleich übereinander. Wer war das bloß?

»Was ist los, erkennst du mich nicht mehr?«, fragte der Mensch jetzt mit einem Gesichtsausdruck, als seien sie mindestens Verwandte zweiten Grades.

Es handelte sich um einen Endvierziger, der in einem hellgrauen Maßanzug steckte und dessen kurzes schwarzbraunes Haar tadellos frisiert war, langschädelig, gebräunt und auf gutgesättigte Weise gerade noch schlank. Hinter den schmalen Lippen lauerte ein mächtiges, unnatürlich weißes Gebiss, das etwas Wölfisches hatte und Schönbach auf die richtige Fährte brachte.

»Theo Lohmann?«

Der Zopf – der Ex-Zopf – nickte strahlend.

Das sollte Lohmann sein? Theo A. Lohmann, der diskursive Rechtsextremismusdetektor und Kühlkarrierenbeender? Schönbach schwankte, ob er dieses Faktum anerkennen werde. Die

Frisur war neu, Haarfarbe, Gesichtsfarbe, Gebissfarbe waren neu, ebenso wie die Maßklamotten, und die hübsche Brünette an seiner Seite, die er als seine Assistentin vorstellte, wirkte ebenfalls recht neu. Der gesamte Typ war ein anderer, wie ausgetauscht: heiter, jovial, umgänglich, vernobelt. Außerdem trug er keine Brille mehr, nicht nur keine Nickelbrille, sondern überhaupt keine; er habe sich für 15000 Mark *die Augen lasern lassen* und sehe seitdem *120 Prozent*, erfuhr Schönbach umgehend.

»Bist du denn noch beim *Tageblatt*?«, erkundigte er sich.

»Ach wo!« Lohmann winkte ab, als habe man ihn an eine uralte Schnapsidee erinnert.

»Und ich dachte, du seiest inzwischen Chefredakteur.«

»Nö, mein Lieber, auch als Chefredakteur bist du nur der Lakai irgendeines Verlegers. Ich wollte mein eigener Herr sein.«

»Du bist also gar nicht mehr bei der Zeitung?«

Er schüttelte den Kopf.

»Sondern?«

»Ich bin – Geschäftsmann.«

Lohmann grinste breit, und seine Begleiterin rang sich ein sekundierendes Lächeln ab.

»Lass mich raten: Du hast an der Börse Geld gemacht?«

»So ist es. Und du?«

Schönbach nickte versonnen und dachte an Scharrnagel, der ebenfalls an der Börse Geld gemacht hatte, von Palmström mal ganz abgesehen, der schipperte inzwischen mit einer Zwanzig-Meter-Yacht an der Côte d'Azur und vögelte Super-Models. Nur bei Reger hatte es nicht geklappt.

»Ich auch«, antwortete er.

»Ja, Glückwunsch!« Lohmann schlug ihm auf die Schulter. Er war einfach kein angenehmer Mensch.

Schönbach erfuhr, dass Lohmann Anfang 1998 bei einem Fernseh- und Filmrechtevermarkter sowie bei einem Internet-Auktionshaus eingestiegen war und sich binnen der seither verstrichenen knapp anderthalb Jahre ein Vermögen zusammenspekuliert – er sagte: *verdient* – hatte, welches sich allmählich dem zweistelligen Millionenbereich annäherte. Nun habe er mit zwei Geschäftspartnern einen Fonds gegründet, in welchem er Anlegerkapital verwalte und vermehre. Es laufe sehr ordentlich, versicherte der einstige Gesinnungskontrolleur und strahlte aus gelaserten Augen.

»Und gegen Hitler kämpfst du gar nicht mehr?«, fragte Schönbach.

Aber anstatt beleidigt zu sein, lachte Lohmann schallend – auch das konnte er auf einmal –, und bemerkte süffisant: »Sagen wir mal so: Wer die Marktwirtschaft voranbringt, bekämpft doch automatisch alle Diktatoren, oder?«

Dann boxte er ihm in die Rippen, sagte: »Man sieht sich«, legte den Arm um seine Begleiterin und ging mit ihr seiner Wege.

Bei Schönbach hatte das tiefsitzende Ossi-Misstrauen gegen diese windige Art der Geldvermehrung insofern gesiegt, als er sofort nach Ablauf des ominösen Jahres, die nach wie vor herrschende Börsenhausse ignorierend, komplett ausgestiegen war. Die Summe, die er mit kurzzeitig erhöhtem Puls auf sein Konto überwies, hatte knapp zwei Millionen Mark betragen.

Danach hatte er ohne Säumen bei Rosentreter gekündigt, übrigens unmittelbar nach Palmström. Er mietete sich eine luxuriöse Herberge am Schwabinger Nikolaiplatz, vier Zimmer mit Fischgrätenparkett, Stuckdecken und Flügeltüren in der obersten Etage eines gutbürgerlichen Altbaus, eines davon ein veritabler Saal mit Kronleuchter und riesigem Erker, durch dessen unteres Drittel eine Tür auf den Balkon führte. Hier stand er abends gern, ein Glas Rotwein in der Hand und auf das steinerne Geländer gelehnt, blickte über den Englischen Garten in Richtung Bogenhausen, dachte an seinen Hinterhof in der Dunckerstraße und amüsierte sich auf eine ihm zuweilen selber unangenehm selbstverliebte Weise über den wundersamen Lauf der Welt. Mit Rosentreter hatte er verabredet, dass er für einen fixen Betrag jeden Monat zwei Beiträge verfassen werde – schließlich befand er sich darüber im Klaren, dass auch zwei Millionen Mark relativ zügig zusammenschmelzen würden, allein die Wohnung kostete im Jahr 54000 Mark Kaltmiete. Insonderheit würden sie es tun, wenn sie einfach nur herumlägen, deshalb wollte Schönbach sein Geld arbeiten lassen, nur eben nicht mehr an der ihm täglich ungeheurer werdenden Börse.

Aus diesem Grunde befand er sich in Berlin. Er hatte soeben der Selbstdarstellung eines deutschen Multimedia-Unternehmens beigewohnt, das zu den hoffnungsvollsten seiner Branche zählte und Investoren für die weitere Expansion suchte. Außerdem wollte er hier einen dieser findigen jungen Vernetzungsheinis treffen, den Palmström vermittelt hatte und der den Internet-Auftritt des Wasser-Depots organisieren sollte. Schönbach hatte sich nämlich entschlossen, an die magische Kraft des wiederbelebten Wassers zu glauben und diesem das plötzliche Fortissimo seiner Genesung zuzuschreiben, wobei er nicht überlegte, ob, sondern in welchem Umfang er ins Geschäft seiner Eltern einsteigen sollte. Die Präsentation, der er gerade hospitiert hatte, bestärkte ihn wiederum eher darin, sich mit Multimedia-Investitionen zurückzuhalten, zum einen, weil er kaum ein Wort verstanden hatte und ihn diese anscheinend nur mit Primitivitäten angefüllten virtuellen Welten nicht weiter interessierten, zum anderen, weil der Saal nahezu komplett mit grinsenden Figuren vom Schlage Lohmanns gefüllt war, an deren Beteiligungen sich zu beteiligen ihn ein scheinbar unaustilgbares Distinktionsgefühl hinderte.

Sein Handy klingelte. Der Bursche hieß Kai, war Anfang zwanzig, klein, dünn, blass, zappelig, besaß ein Kindergesicht, trug eine weite, derbe Hose, deren Hintern in den Kniekehlen hing und die unvermeidliche Baseballkappe auf dem Kopf.

Keine Vorurteile!, befahl sich Schönbach.

»Sol ich uns 'n Bier holen?«, fragte Kai und steckte sich eine Zigarette an.

»Gute Idee«, erwiderte Schönbach. »Mit dem Wein hier werde ich mich ohnehin nicht anfreunden.«

Als sie beim dritten Bier waren, hatte ihn Schönbach in die Bewandtnisse des Wassers eingeweiht. Kai hörte zu, ohne eine Miene zu verziehen, und Schönbach war sich nicht sicher, ob er das nun übermäßiger Toleranz oder übermäßiger Stumpfheit zuschreiben sollte. Sodann erläuterte er in groben Strichen seine Pläne, welche darin bestanden, zunächst probehalber an zwei Stellen in Berlin und in der Folgezeit sukzessive in anderen Großstädten trendige H2O-Bars in Starbucks-Manier zu eröffnen und den Coffee-Shops sozusagen gesundheitsfördernde Konkurrenz zu machen. Dort sollte neben den beiden Standardprodukten auch Wasser mit verschiedenen Beimischungen verkauft werden, Vitamine, Johanniskraut und so weiter.

»Geile Idee, Mann«, versicherte Kai.

»Kennst du zufällig jemanden«, fragte Schönbach, »der Design studiert hat und uns die Läden unverwechselbar einrichtet, ohne gleich die ganz große Kohle zu wollen? Der bereit ist, das Geschäftsrisiko ein bisschen mitzutragen? Wenn die Sache läuft, kriegt er mehr.«

»Klar, Mann, kenne ich. Kenne ich einige.«

Ach Palmström, wen hast du mir denn da vermittelt, fragte sich Schönbach, der dem Jungspund weder ein Wort glaubte noch etwas zutraute.

»Ihr solltet nicht nur in die Großstädte gehen, sondern auch in die Universitätsnester wie Münster oder Tübingen«, empfahl Kai kettenrauchend, »und was die jüngere Kundschaft angeht, Typen wie mich« – er grinste –, »ich könnte beispielsweise auf einschlägigen Web-Sites und in Raver-Foren die Behauptung streuen, *dass Ecstasy mit levitiertem Wasser besser kommt.* Außerdem ist es nicht so ekelhaft süß wie Red Bull, wie? Und obendrein noch gesund, also auch bestens geeignet für die Katerbekämpfung. Mann, ihr solltet das Zeug auch in Dosen anbieten. Noch 'n Bier?«

Schönbach nickte zerstreut.

Du hast wirklich schräge Geschäftspartner, dachte er tags darauf, als er nunmehr mit Katja und ihrer Berufskollegin Vera, die mehrfach betonte, ihr Alias-Name sei Samantha, in Katjas Wohnung zusammensaß. Diesmal ging es darum, ob und mit welcher Summe er sich unter welchen Konditionen an der Einrichtung eines Domina-Studios beteiligen werde. Von seinen myokarditisch-fibrilen Erwägungen und Krankenhaus-Sentimentalitäten war nämlich der Imperativ übrig geblieben: Du musst Katja helfen! Sie war einfach zu schade für die Plexiglaswand. Außerdem taten ihm die Kinder leid. *Die Domina fasst keiner an,* hatte Schönbach immer wieder denken müssen. Telefonistin war auch kein besserer, Klofrau kein saubererer Job, Gesellschaftswissenschaftlerin unter Honecker auch nicht, außerdem hatte ihm Katja versichert, man verdiene nicht schlecht in der sexuellen Dienstleistungsbranche, und nach einigem innerem Hin und Her hatte er bei ihr angerufen, um ihr finanzielle Unterstützung anzudienen.

Vera beziehungsweise Samantha war die größte Frau, die Schönbach je gesehen hatte, mindestens einsfünfundachtzig ohne Absatzschuhe, die sie dennoch trug, denn ihre Länge hatte die Natur nicht gehindert, sie mit weiblichen Attributen großzügig auszustatten. »Ich hab halt Arsch und Titten!«, rief sie mit tiefdunkler, arg zerkratzter Altstimme, obwohl es nun wirklich nicht zu übersehen war. Von der Figur her konnte sie sich Highheels nicht nur leisten, sondern sah schwer attraktiv damit aus, wenngleich sie mit Absätzen die schönbachsche Augenhöhe erreichte und allenfalls unter Basketballern keine Komplexe ausgelöst hätte. Ihre Kunden seien überwiegend Kleinwüchsige, erzählte sie Schönbach ungefragt, dem das vollkommen einleuchtete, während er an das kleine Krötenmännchen dachte, das die riesige Partnerin begattete und sich vorzustellen versuchte, wie es sein müsse, wenn die Frau, auf der man lag, oben und unten weiterging. Sie war ungefähr Mitte vierzig, besaß glattes, tiefrotes Haar und in relativer Irrsinnsgeneigtheit flackernde blaugraue Augen, alles in allem eine so schrille wie derbe und zugleich herrinnenhafte Erscheinung, die man leicht für eine Transe hätte halten können. Neben dieser XXL-Kundry saß Katja, deren Haar inzwischen wieder schwarz war und in altvertraut-störrischer Fülle das im Gegensatz zu früher deutlich blassere, strengere, aber nach wie vor ansehnliche Gesicht rahmte. Schönbach betrachtete die wilden Dioskurinnen und fand, dass im Grunde nichts einleuchtender war, als sie sich im schwarzen Ledermieder vorzustellen, davon einen Ständer zu bekommen und zur Strafe ordentlich durchgeprügelt zu werden.

Hinsichtlich der *Human Resources* war also gegen eine Investition in das Studio nichts einzuwenden. Finanziell hatten die beiden freilich kaum etwas zu bieten, ein paar zusammengesparte Tausender, aber immerhin eine Immobilie, nämlich ein Haus oder beinahe eine Villa im vogtländischen Frommenhausen, im Dreiländereck Thüringen–Sachsen–Bayern. Es gehörte Veras beziehungsweise Samanthas vierundachtzigjähriger Oma, deren Mann vor zwei Jahren gestorben war und die es allein weder bewirtschaften noch instand halten konnte. Schon für die beiden Alten zusammen sei es viel zu groß gewesen, erklärte die potenzielle Erbin, die jeden Winkel dort kannte, denn sie war in ihrer Kindheit oft zu Besuch bei ihren Großeltern gewesen. Mit diesem Haus würde das gesamte Projekt stehen und fallen.

»Aber, Ladies, Frommenhausen, ist das der passende Ort?«, wandte Schönbach ein.

»Klar, eine Großstadt wäre besser«, bestätigte Katja, die nervös mit dem übergeschlagenen Fuß wippte, während sie an ihrer linken Wange eine Haarsträhne zwirbelte – und wieder aufdrehte, zwirbelte – und wieder aufdrehte …

»Da bin ich mir nicht so sicher«, widersprach ihre Geschäftspartnerin. »In der Szene sprechen sich gute Adressen schnell herum. An Frommenhausen führen zwei Autobahnen vorbei, und Bayern ist in der Nähe, das sowieso total unterversorgt ist. Wir werden jede Menge Pendler haben, die regelmäßig kommen. Außerdem ist es den meisten recht, wenn sie weit weg von zuhause sind – oder willst du dich ans Andreaskreuz hängen lassen, wenn ein paar Straßen weiter deine Kinder spielen?«

Den letzten Satz hatte sie Richtung Schönbach gesprochen, und der scherzte (mit dem Anflug eines mulmigen Gefühls) zurück: »Von dir würde ich mich sogar auf dem Alexanderplatz ans Andreaskreuz hängen lassen.«

»Du würdest es nicht bereuen, mein Lieber!«, versetzte Vera, jetzt hundertprozentig Samantha, und sah Schönbach an wie die Schlange das Kaninchen.

»Es muss nun mal ein Haus sein«, sagte Katja, die Strähne drehend, »und es steht nun mal in Frommenhausen.«

Ihr Pantoffel flog vom dauerwippenden Fuß und wäre beinahe auf dem Tisch gelandet.

»Hast du Wein da?«, erriet der aus Erinnerungstiefen mit vergleichbaren Nöten vertraute Schönbach halbwegs formvollendet den Grund ihrer Unruhe.

»Roten oder Weißen?«, fragte Katja erleichtert.

»Um die Zeit nur Weißen.«

Katja eilte einfußbepantoffelt in die Küche.

»Wo sind eigentlich die Kinder?«, erkundigte er sich, als sie zurückkam.

»Auf dem Spielplatz.«

»Allein?«

Katja sah Schönbach zweifelnd an.

»Anja wird bald zehn«, sagte sie.

»Für die Kinder wäre so eine Kleinstadt auch besser«, mischte sich Vera ein. »Der Autoverkehr hier und diese Perversen mit ihren Kampfhunden.«

Die beiden einzigen Probleme waren die Oma, die entsprechend untergebracht werden musste, sowie Anja, die schon wieder in eine neue Schule würde gehen müssen, wenn man das Problem der Anschubfinanzierung als gelöst betrachtete. Vera hatte mit Hilfe eines befreundeten oder vielleicht auch sexuell hörigen Privatunternehmers alles durchgerechnet, Renovierung und Umbau des Hauses würden mindestens 140000 Mark kosten, die Einrichtung von Folterkammer, Spielzimmer, Arztzimmer und so weiter, all die Liegen, Böcke und Blöcke, Käfige, Spanischen Reiter, Gynäkologen-Stühle, *Plug-Extender* (eine Art Pferderücken mit integriertem beziehungsweise in den Reiter zu integrierendem Stachel), Hängefesseln und so weiter, billig gerechnet um die 25000 Mark. Das Geld würden die zunächst nach dem Prinzip der Selbstausbeutung arbeitenden Damen ihm entweder in viertel- oder halbjährlichen Raten zurückzahlen, wenn alles glatt ging binnen vier Jahren. Darüber hinaus sei er natürlich am Gewinn des Studios beteiligt, und zwar – an dieser Stelle schaute die kernige Frau erstmals unsicher – mit 15 Prozent. Oder aber, sagte sie, er werde von Hause aus mit einem höheren Anteil am Gewinn beteiligt – vielleicht 30 Prozent? –, und die Rückzahlung entfiele. Es gäbe natürlich auch, zumindest für den Anfang, die *polnische Variante*, führte sie weiter aus, also keine Rollenspiel-Räume, nur die wirklich notwendigsten Renovierungsarbeiten und –

Schönbach unterbrach sie, indem er die Billig-Variante verwarf. Wennschon, dennschon, sagte er. Lief der Laden nicht, konnten die beiden ohnehin nichts zurückzahlen – wer würde etwa einen gebrauchten *Plug-Extender* kaufen? Letztlich lief alles darauf hinaus, dass er ihnen das Geld lieh und sie es ihm in einer festzulegenden Frist zurückzahlten, andernfalls hafteten sie mit der Immobilie. Mit der 15-prozentigen Gewinnbeteiligung erklärte er sich einverstanden, er hatte einfach Lust auf dieses skurrile Geschäft, und wenn er 200000 Mark in den Sand setzte, dann waren sie eben weg, schließlich war er auch bloß zufällig in ihren Besitz gelangt.

»Ich kenne hier einen Notar, mit dem wir den Vertrag aufsetzen können«, schloss Schönbach. »Und das Haus will ich vorher noch sehen. Fotos reichen mir.«

»Die kriegst du«, versicherte eine unverkennbar frohe Verasamantha.

Zurück an der Isar fand Schönbach schon drei Tage später eine E-Mail mit der kryptischen Nachricht: »attached first drafts c-i. flash-animation folgt. cu kai« sowie jeweils zwei Entwürfe für die Schriftzüge *aqua* und *H2O*, gezeichnet über einer angedeuteten Ladentür, in schwungvoller meerblauer Typografie, alle vier sehr einladend und von sprudelnd-optimistischer Reinheit. Schönbach entschied sich für eine der H2O-Versionen, er fand H2O besser als aqua und schickte die Logos seiner Mutter. Eine Woche darauf sandte Kai die ersten Entwürfe für die Inneneinrichtung. Weiß und Blau waren die dominierenden Farben, Glas der dominierende Werkstoff, hinter dem Verkaufstresen hingen zwei große und mehrere kleine Glaszylinder an der Wand, die großen für die beiden Wassersorten, die kleinen für die Zusätze, der Fußboden war hellblau und von unten beleuchtet. An einer leicht schräg stehenden Wand aus angestrahltem Milchglas sollte ein Endlos-Wasserfilm herabrinnen, der unten in einem schmalen Becken aufgefangen wurde, und der Clou an der Wand war, dass sich exakt in ihrer Mitte ein unregelmäßiges Dreieck aus wiederum blauem Glas befand, das sich drehte und den Wasserfilm brach.

Schönbach legte die Entwürfe auf seinen Schreibtisch, auf dem Bücher über Nahrungsmittelchemie und Ernährungsphysiologie lagen, und sah einer Joggerin nach, die zum Englischen Garten lief. In seiner Phantasie sah er dieselbe Frau in seinen ersten Münchner H2O-Shop eintreten und einen Viertelliter levitiertes Wasser mit Vitamin-B-Komplex, Magnesium, Selen und Gingko beloba bestellen. Oh ja, die Sache würde funktionieren, frohlockte er. Das einzige Problem waren die fettlöslichen Vitamine, er wollte gern das gesamte Spektrum anbieten.

Ich werde Deutschland mit diesem Wasser überschwemmen und einen neuen Gesundheitswahn auslösen, dachte Schönbach. Dafür würde er *V.I.P.* doch noch einmal benötigen, das *V.I.P.*-Publikum bestand genau aus den richtigen Leuten, denen konnte man alles einreden, die würden doch auf allen vieren gehen und an jedem zweiten Baum das rechte Hinterbein heben, wenn es trendy wäre. Offen blieb freilich die Frage: Wozu das alles?

Schönbach mailte an Kai, dass er dem Designer gern eine Anzahlung schicken würde. Ehe er mit der anschließenden Überlegung fertig war, ob er ein Stündchen durch den Englischen Garten spazieren oder sich lieber mit Puccini amüsieren sollte, mailte Kai bereits zurück, die Entwürfe stammten von ihm selber und er nehme alles außer Rubel.

Schönbach musste grinsen. Er hatte den Burschen offensichtlich unterschätzt.

Beim Spazierengehen kam ihm die Idee, dass er parallel zum Standardprodukt eine Öko-Milch anbieten könne, in der sich alle fettlöslichen Vitamine befanden. Einen Kilometer weiter beschloss er, zur H2O-Kette müssten auch unverkennbar eigene Flaschen gehören, wiederverwendbar und markant gestaltet, vielleicht PET-Flaschen in Form von Wassertropfen. Der anschließende Aufenthalt auf einer Parkbank bescherte ihm die Eingebung eines mit Folsäure angereicherten Wassers eigens für Schwangere. Außerdem, überlegte er während des Rückwegs, könne man auch Echinacea in Wasser lösen.

Ob es nicht genauso unwürdig sei, den Leuten ein Hokuspokus-Wasser zu verkaufen wie ihnen journalistische Texte anzudrehen, fragte er Reger, mit dem er sich am Abend traf und der bei dieser Gelegenheit erstmals im Detail von den unternehmerischen Ambitionen seines ehemaligen Kollegen erfuhr (aber nichts vom Domina-Studio). Sie saßen in einer mit viel dunklem Holz getäfelten Augustinerkneipe im Lehel, und der einstige Musikkritiker salvierte den an sich selbst zweifelnden Jung-Unternehmer mit den Worten, dass dieses Wasser, im Gegensatz zum Journalismus, nicht nur niemandem Schaden zufüge, sondern am Ende vielleicht wirklich Wunder wirke. Außerdem sei nahezu alles, was *aus dem Journalismus heraus- und ins tatsächliche Leben hineinführe,* zu begrüßen.

»Ach was, nahezu«, ergänzte er, »alles, mein Lieber, alles!«

2.
Die dreizehnte Fee

Helen war 28 und eines jener schlanken, großgewachsenen, geschmeidigen, bestürzend attraktiven und hochmütigen Wesen, nach denen sich alle Welt wie unter einem geheimnisvollen Zwang umdreht. Ihr Haar besaß die bläulichschwarze Farbe des Pantherfells, und unter herausfordernd geschwungenen Brauen blickten türkisfarbene Augen, kein meerfarbentiefes Türkis wie bei Schönbach, sondern eines, das wie durch eine Eisschicht schien, heller, diffuser, allenfalls dem Blick eines Huskys vergleichbar. Diese Augen konnten mit vernichtender Gleichgültigkeit durch einen Mann hindurchschauen; es waren keine tiefen Brunnen, bei denen man aufpassen musste, dass man nicht hineinfiel und versank, sondern zwei Betonpoller. In Helens kaltem Antlitz blühte ein Verhängnis von Mund, mit so vollen Lippen, dass er nicht hundertprozentig schloss, stets blieb ein Pünktchen Schwarz inmitten des schwellenden Kirschrots übrig, gleichsam eine rote Anakonda mit leicht rissiger Haut und Scharnieren, die wie Schnittwunden aussahen, wie Knicke in einem unter Druck stehenden Feuerwehrschlauch, und Schönbach hatte sich beim ersten Anblick spontan gefragt, wie eine Frau mit solchen Lippen eigentlich jemals schwanger werden wollte …

Helen hatte als Salome vor Herodes getanzt und als Zenobia Krieg gegen Rom geführt, bei den Babyloniern war sie als Ischtar verehrt worden und von den Hindus als Kali, sie war jene Fee gewesen, die Dornröschen verwünschte, und sie hatte unter dem Namen Brünnhilde König Gunther an die Bettpfosten gefesselt. An dem Abend, als Schönbach sie kennen lernte beziehungsweise ihr Anblick sich ihm beinahe schmerzhaft in die Sinne grub, trug sie Jeans, hochhackige Stiefel und ein ärmelloses schwarzes T-Shirt, so dass man die Tätowierung auf ihrem absolut fettfreien rechten Oberarm sehen konnte: eine sich in den Schwanz beißende Schlange, das altägyptische Symbol der Ewigkeit. Es war auf einer Medienparty, ein neues Wirtschafts- und Finanzmagazin feierte sich in einer zum riesigen Loft umgebauten ehemaligen Fabrikhalle, und die dreizehnte Fee stand an einem der runden Stehtische vor dem endlosen Speisebuffet, düster, schön, geheimnisvoll – und allein. Sie speiste mit gutem Appetit Langusten, und als sie damit fertig war, suchte sie vergebens nach einer Serviette, mit der sie sich die Finger säubern konnte. Schönbach, der sie seit geraumer Zeit aus den Augenwinkeln beobachtete, nutzte die Gelegenheit, nahm eine vom Nachbartisch und brachte sie ihr.

Türkis bohrte sich in Türkis, ein freundliches, aber auch leicht spöttisches Lächeln umspielte ihre obere Vulva, aus der es sprach: »Oh, vielen Dank, wie aufmerksam.«

»Nur für den Fall«, sagte Schönbach heiser, »dass du mich heute noch anfasst.«

Unter dem Eis leuchtete es auf. Er hatte zufällig ihren Geschmack getroffen.

Bereits beim zweiten anschließenden Glas Wein lud Schönbach seine neue Obsession nach Venedig ein.

»Kenn ich schon«, lautete ihre schnippische Antwort.

»Capri?«

»Kenn ich auch schon.«

»Dann musst du wohl in mein Schlafzimmer kommen, das kennst du noch nicht.«

Ein Lächeln belohnte seine Frechheit.

Das Premierendate fand in der Osteria Italiana in der Schellingstraße statt, einem mit Recht so genannten Edelitaliener, dessen spezieller, den kulinarischen Offerten freilich weit hintanstehender frivoler Reiz darin bestand, dass irgendwann in den Zwanzigern ein gewisser Herr Hitler hier regelmäßig sein fleischiges Popochen in die Polster gedrückt und sich mit großen Mengen Mehlspeisen für den Russlandfeldzug vorgestärkt hatte. Helen sah wieder dermaßen überzeugend aus, dass ihr Tischherr erstens keine Sekunde an den Führer dachte und zweitens die meiste Zeit nicht hätte zur Toilette gehen können. Unter dem Mantel, den sie jenem der Kellner, der als Schnellster hinzugesprungen war, in die Hände hatte fallen lassen, trug sie ein schwarzes Trägerkleidchen. Arme, Schultern und ein Teil der Brust waren folglich unbekleidet und bildeten gewissermaßen die Schaufensterauslage, und wer Augen besaß zu sehen, erkannte auch die Preisschilder. Schönbach zumindest erkannte sie. Es sollte erwähnt werden, dass diese erotische Naturgewaltsverheißung bereits insoweit mit den pekuniären

Verhältnissen des augenblicklichen Werbers ahnungshalber vertraut war, als dieser sie zur Eröffnung seines ersten Münchner »Starbucks« eingeladen hatte. Ferner ließen die präzise vorgetragenen Speisen- und Weinbestellungen keine Zweifel an der Liquidität des Spenders. Wer hier Romantik ins Spiel brachte, besaß nur nicht das nötige Kleingeld, dachte dieser, während er in Maßen verstohlen Helens Oberkörper musterte. Ihr Dekolleté wurde von einem silbernen Kettchen geschmückt, wobei nicht zu erkennen war, was an dessen Ende hing, denn dieses Etwas entzog sich den Blicken des Betrachters, indem es im Dunkel des Spaltes zwischen Helens nahezu enormen Brüsten verschwand – und zugleich besagte Blicke unwiderstehlich mit sich riss.

Bei dieser Gelegenheit musste Schönbach nun erfahren, dass zwischen ihm und diesem herrlichen Körper ein Hindernis stand, das zwar nur mittelbar mit dessen Inbesitznahme zu tun haben würde, dieselbe aber auf längere Sicht trüben könnte. Es handelte sich um die etwas merkwürdigen oder auch närrischen Prämissen, unter welchen Helen die Welt betrachtete. Zunächst einmal glaubte sie, was die West-Frau *an sich* zu tun pflegte und woran Schönbach sich bereits gewöhnt hatte, an die Macht der Gestirne. Sofort wollte sie von ihm Geburtsdatum und Aszendent wissen; da er von Letzterem keine Ahnung hatte, fragte sie ihn nach dem Ort und der genauen Stunde seiner Geburt, neuerlich musste Schönbach zur Hälfte passen, und Helen starrte ihn verwundert aus ihren Wahnsinnsaugen an wie ein Entomologe eine unbekannte Käferart. Er möge es in Erfahrung bringen, dann werde sie ihm ein Horoskop erstellen, versprach sie. Darüber hinaus glaubte sie an allerlei, die Kabbala etwa, an Wiedergeburt, möglicherweise an Telepathie, jedenfalls aber an bislang noch unbekannte Energieformen als Überträger von nahezu allem. Und dass *besonders feinstofflichen Menschen* ein gelegentlicher Blick in die Zukunft offen stünde, erfuhr Schönbach auch noch. Die kabbalistische Sicht gab insofern das Grundmuster ab, als Helen hinter allem, was der normale Mensch für Wirklichkeit hielt, einen Subtext vermutete. Doch während die alten Mystiker gemutmaßt hatten, in diesem Subtext habe Gott die Gesetze der Welt quasi-mathematisch verschlüsselt, glaubte Helen nur diffus ans Okkulte und Mysteriöse schlechthin, wobei es in der Natur dieses Rätselglaubens lag, dass er an Lösungen nicht interessiert war. Beispielsweise war ihr der Name Hermes Trismegistos geläufig, den nicht einmal der berühmte *Tageblatt*-Theaterkritiker und Chefredakteursstellvertreter-Darsteller Hans Bäuerle gekannt hatte, von den folgenden Schönbach-Chefredakteuren gar nicht zu reden, aber ihr wäre nicht im Traum eingefallen, Hermes Trismegistos oder seinem Urbild, dem ihr ebenfalls bekannten ägyptischen Schrift- und Zaubereigott Thot, sozusagen ein ägyptisch-hellenistisches Copyright zuzugestehen. Was Altertumsforscher über Habitus und Stellung solcher alten Gottheiten eruiert hatten, interessierte Helen nicht, die Kabbala war nach ihrer Meinung so wenig jüdisch, wie der Uroboros, den sie um ihren muskulär wohldefinierten Oberarm trug, etwas mit Ägypten zu schaffen hatte, denn es handelte sich lediglich um so genannte Emanationen eines Urwissens, das weit älter war und sich allenfalls erahnen ließ.

Eine Idiotin, dachte Schönbach bei sich, während sich seine Blicke an ihr zu schaffen machten. Nun hieß es abwägen – was in diesem Fall schnell getan war. Normalerweise ging er Leuten, die dergleichen, freundlich formuliert, Mutmaßungen von sich gaben, aus dem Weg, ungefähr wie der geistig Gesunde von Verrückten Abstand hält. Aber in diesem Fall übertrafen die Kräfte der Anziehung jene der Abstoßung bei weitem, solche Lippen etwa verlangten rigoros nach Ausnahmeregelungen. Im Grunde verhielt es sich wie damals bei Katja, die ihn mit marxistischer Esoterik behelligt hatte; er würde unmöglich deswegen auf diesen Körper verzichten. So wie sie aussah, konnte sie denken und reden, was sie wollte. Vielleicht besaß sie ja ein gutes Herz.

Wie Schönbach des Weiteren erfuhr, stammte Helen aus einer niedergelassenen Ärztefamilie, die ihre internistische Praxis seit mehreren Generationen in Freising bei München betrieb, wobei die jeweilige Gattin traditionell als Helferin oder Assistentin fungierte. Abweichend von dieser Rollenverteilung, hatte Helen wie ihr älterer Bruder Medizin studiert, jedoch waren das Physikum und die leidige Biochemie zu hohe Hürden für ihr kabbalistisches Köpfchen gewesen, so dass sie das Studium geschmissen und eine Ausbildung zur Physiotherapeutin begonnen hatte. Ihr Bruder, erzählte sie, werde später einmal die Familienniederlassung übernehmen.

»Das heißt, du kannst richtig professionell massieren?«, erkundigte sich Schönbach, der den Themenwechsel in lebenspraktische Gefilde erwirkt hatte und den diese Assoziation besonders ansprach.

Etwas wie ein Zucken lief über Helens trainierte Oberarme, während sie antwortete: »Ja, klar – irgendwelche Zweifel?«

»Nicht den geringsten. Ich wollte auch keinen Zweifel ausdrücken, sondern, wie soll ich sagen … – Vorfreude!«

Bei diesen Worten saugte er sich an ihren Augen fest. Helen konterte seinen Blick beinahe lässig. Du kommst in die engere Wahl, Bürschchen, sagte diese Miene, aber glaube nicht, dass du den Fisch schon an der Angel hast.

Beim zweiten Treffen – diesmal hatte er sie zum *Hummern* bei Käfer eingeladen – offenbarte Helen ihrem Gegenüber bei der zweiten Flasche Wein und einem Gespräch über unbedingt zu bereisende Orte, sie glaube nicht daran, dass die Große Pyramide von Giseh ein Werk der Ägypter sei, ein so frühes Volk sei zu dieser technologischen Leistung nicht imstande gewesen, außerdem habe man damals keine Kenntnis jener astronomischen Daten besessen, die in der Pyramide verschlüsselt seien.

»Welche Daten?«, erkundigte sich Schönbach.

Alle wisse sie nicht auswendig, lautete die Antwort, aber zum Beispiel ergäbe etwa die Pyramidenhöhe multipliziert mit irgendeinem Faktor die Entfernung der Erde zur Sonne; ferner stünde die Pyramide genau auf dem Meridian, der die Erdoberfläche in zwei Hälften teile. Schönbach runzelte gequält die Stirn und stellte eroberungstaktisch ungeschickt vier Fragen: Woher, erstens, konnten die sagenhaften Erbauer wissen, wo dermaleinst Greenwich liegen würde; woher, zweitens, besaßen sie besagte zur Verschlüsselung geeigneten astronomischen Kenntnisse; handelte es sich, drittens, auch bei den anderen knapp 60 bekannten ägyptischen Pyramiden nicht um Werke der Ägypter; und zuletzt: Wer habe die Pyramiden denn erbaut?

Helen, die sein Stirnrunzeln sozusagen übernommen hatte, beantwortete bloß die letzte Frage: »Warum nicht Außerirdische?«

»Weshalb sollte jemand, der es aus einer anderen Galaxie bis zur Erde schafft, eine derart primitive Bauweise anwenden?«, fragte Schönbach (der dieselbe Diskussion schon einmal mit Scharrnagel geführt hatte). »Verglichen mit den Termitenbauten«, fügte er hinzu, »sind Pyramiden übrigens Kleckerburgen – aber noch niemand kam auf die Idee, Termitenbauten seien nicht das Werk von Termiten.«

»Termiten verschlüsseln nichts«, entgegnete Helen.

»Wer weiß? Es hat ja noch niemand nachgerechnet«, widersprach ihr Tischherr. »Wobei sich dergleichen Daten bestimmt auch aus der Bayerischen Staatskanzlei lesen lassen.«

»Aus den Maßen des Sarkophags in der Großen Pyramide kann man die Erddichte berechnen!«, beharrte Helen.

»Das ist ja noch gar nichts«, versetzte Schönbach in einem plötzlichen Heiterkeitsanfall, »wenn man die Quadratmeterzahl der Grabkammer mit der Länge der Pyramidenbasis multipliziert und das Produkt durch die Wurzel aus dem Neigungswinkel der Großen Galerie hoch sechs dividiert, ergibt sich exakt – die Penislänge von Ramses dem Zweiten. Dabei kam der erst tausend Jahre später zur Welt. Komisch, nicht wahr?«

Apropos Penislänge, dachte Schönbach. Aber Helen war sauer und der Abend gelaufen.

Schönbach begriff, dass er taktisch vorzugehen hatte. Also las er in der Bibliothek kopfschüttelnd die Basistexte der pyramidiologischen Zahlenmystik von Piazzi Smith und Morton Edgar, studierte astrologische Literatur sowie den Sepher Jesira, und schon beim nächsten Abendessen (dergleichen »Wissen« benötigte erstaunlich wenig Gehirnkapazität) konnte er mit Helen flüssig über die Edelsteine des Tierkreises oder die kabbalistische Urkraft Ain-Soph und ihre zehn Sephiroth parlieren, was bei allem ungläubigen Staunen, welches sich in das Böse-Fee-Antlitz malte, einen gewissen Effekt machte.

Als körperliche Entsprechung zu ihren im allerweitesten Sinne geistigen Interessen betrieb Helen allerlei Sport, vor allem Yoga, und Schönbach, der es sich in den Kopf gesetzt hatte, diese Frau um jeden Preis ins Bett zu bekommen, bestieg erstmals in seinem Leben ein Mountain-Bike, um an ihrer Seite den Starnberger See zu umrunden. Anfangs wunderte sie sich, dass ein Untrainierter wie er sie an den Anstiegen einfach abhängen konnte, aber nach dreißig Kilometern war es vorbei mit Schönbachs Puste, und die Totaldemütigung nahm ihren Lauf – Helen strampelte leicht erröteten Angesichts dem übereifrigen Schlappschwanz davon, wobei sie kurzzeitig jene biestige Leidenschaft entwickelte, die sportlichen Aktivitäten eine sexuelle Note verleiht. Schönbach blieb insofern unbeirrt, als er sie auch noch zum Yoga begleitete, wo er ihr sowie den anderen Teilnehmern des Kurses für extrem Fortgeschrittene gestattete, sich auf seine Kosten zu amüsieren. Helen fand sein sportliches Versagen sympathischerweise komisch. Vielleicht war es auch sein passender Aszendent, der ihm zuletzt doch die Tür öffnete – dass sie von ihm in sündhaft teure Lokale geführt wurde, quittierte sie mit jener unerschütterlichen Selbstverständlichkeit, die extrem gut aussehenden Frauen habituell ist –, jedenfalls drückte sie ihm, als er sie nach der Selbstverbiegungs-Tortur schon mal prophylaktisch zum Abendessen einlud, zwischen Treppe und Umkleideraum einen Kuss auf den Mund, nach dem er zehn Minuten lang nicht duschen gehen konnte.

Stunden später nahm die Ähnlichäugige den Adepten mit zu sich nach Hause. Sie wohnte im Glockenbachviertel, zwei Zimmer im ersten Stock, eher unweiblich eingerichtet, nüchtern, unterkühlt, ohne Plüsch, Nippes und Grünpflanzen, und ihr Tick materialisierte sich einzig in den *Esotera*-Nummern, die neben Design- und Computerzeitschriften auf dem Fußboden lagen. Schönbach blieb wenig Zeit, sich mit Einrichtungsdetails zu befassen, denn Helen stellte sich einfach in die Zimmermitte und zog sich aus, den Blick nicht von seinem lassend, als sei es, wie man sagt, die natürlichste Sache der Welt. Da stand sie, die elfte Emanation des Welt-Grundes Ain-Soph, und Schönbach traf dieser Anblick wie ein Prankenschlag. Dergleichen bekam man in natura selten zu sehen. Helen besaß den Körper einer Leichtathletin, kombiniert mit den Brüsten einer *Baywatch*-Darstellerin (freilich naturbelassen) und der Haut eines Kosmetikmodels. Ihr Bauch war so fest, dass man darauf hätte Mikado spielen können, aber die üppigen Brüste, auf denen sich die Nippel wie auf einer Sprungschanze emporschwangen, bildeten einen Gegensatz, der nun wirklich einmal atemberaubend war. Atemberaubend nicht nur als Metapher, Schönbach verschlug es tatsächlich den Atem, und zwar so lange, bis ihn eine rasende, luftschnappende Begierde ergriff, die von dem verzweifelten Bewusstsein begleitet wurde, dass er keine Flamme war, die diesen Leib einfach verzehren konnte, dass er nicht für immer mit ihm zu verschmelzen, ihm für immer sein Signum aufzupressen vermochte, sondern ihn wieder hergeben, ihn sozusagen übrig lassen musste. Selbst Katja Kommerell vor zehn Jahren hatte keinen vergleichbar perfekten Körper besessen wie diese schlackenfreie Drahtelfe mit integriertem Brustwunder …

Was Helen optisch versprach, hielt sie auch. Fortan ließ sie keinen seiner Wünsche unerfüllt, nie schien sie ein Nein auch nur zu erwägen, sie zog sich mit einer verblüffenden Selbstverständlichkeit aus, nahm diskussionslos die unbequemsten, absurdesten beziehungsweise frauenfeindlichsten Stellungen ein, achtete mit rührender Sorgfalt darauf, dass ihre Haare ihm nicht die Sicht auf ihr Werk nahmen, wenn sie ihm einen blies, empfing sein Sperma wie die Marie im Märchen jenes Gold, welches ihr den Namenszusatz verlieh, und bereits in der dritten Nacht gestattete sie, dass er sein Amundsen-Fähnchen auch an ihrem Hintereingang aufpflanzte, kurzum: Ihr Körper ging dermaßen in seinen Besitz über, als habe nie eine feministische Autorin in die Tasten gegriffen. Helens Talent war überwältigend, sie brauchte ihn nur gleichzeitig zu berühren und anzuschauen, und schon war er nicht mehr Johannes Schönbach, sondern irgendein nach Fleisch gierendes Raubtier. Sie hatten morgens Sex und abends und die halbe Nacht. Wo auch immer sie hingingen, fiel sie die Lust an, sie ließen halbe Flaschen besten Burgunders in Restaurants stehen, weil zumindest Schönbach nicht mehr an sich halten konnte, sie trieben es auf der Alm und im Fahrstuhl, in Helens Auto und bei Bekannten auf der Toilette …

… und so schlitterte Johannes Schönbach am Ende seines 37. Erdenjahres in die erste wirkliche Beziehung seines Lebens.

3.
Onkel Jo

Meinen Eltern werde ich wohl nie erzählen können, in welche Branche ich außerdem noch investiert habe, dachte Schönbach, während er die Kiste mit den *Schwachstrom-Dildos* zum Haus trug. Vor ihm lief Samantha, deren Stilettos auf dem Hofplaster knallten. Schönbach empfand sozusagen vorwegnehmenden Ekel vor dem Einsatz der Geräte, tröstete sich indes mit der Überlegung, dass er als Altphilologe selten seinem Metier näher war. Wären die Dinger zu Platons Zeiten bereits erfunden gewesen, dann wären sie wohl auch beim berühmten *Symposium* zum Einsatz gekommen, dachte der Dildokistenträger. Er vertiefte diesen Gedanken, indem er ihn dahingehend fortsetzte, wie kurios und letztlich jeden Geistesmenschendünkel ad absurdum führend es doch sei, auf welchen beiden Fundamenten die ihm in gewissem Sinne heilige abendländische Kultur ruhte: zum einen eben auf den künstlerischen Hinterlassenschaften eines Modeschwulen- beziehungsweise Päderastenvolkes, das seine Götter bunt anmalte und Athleten höher schätzte als Philosophen, zum anderen auf den gesammelten Ressentiments eines hilflos zwischen die Großmächte geratenen und darüber rachsüchtig gewordenen Hirtenstammes, der sich kurioser- und kompensatorischerweise für auserwählt hielt. War das nicht verrückt?

»Wir haben Kundschaft«, unterbrach Samantha sein Räsonnement, und Schönbach fiel erst jetzt der dunkelblaue BMW mit Bayreuther Kennzeichen auf, der neben dem Haus beziehungsweise der Villa parkte. Der zweistöckige Bau stammte aus dem späten 19. Jahrhundert, und der Gründerzeitgeschmack hatte sich ihm eingeprägt: Sämtliche Fenster wurden von Dreiecksgiebeln bekrönt und von Halbpfeilern flankiert, an Loggia und Eingangstür liefen die Halbpilaster sogar in kleine Karyatiden aus, denen die Zeit, die arge Syphilis, freilich die Gesichter weggefressen hatte. Vor der Eingangstür befand sich eine fünfstufige Freitreppe mit Steingeländer; an diesem wie an der Fassade waren zu DDR-Zeiten Schäden ausgebessert worden, indem man einfach mit Mörtel zuschmierte, wo vorher eine Struktur gewesen war, so dass ein Gesamteindruck des Ramponierten vorherrschte. Für eine Komplett-Restaurierung der Außenseite hatte das Geld nicht gereicht. *Wofür* es gereicht hatte, das wollte Schönbach sich ansehen, deshalb hatte er sich in den Zug gesetzt, war dreimal um- und im besten Hotel am Platze abgestiegen, welches auch das einzige war und »Zu den seligen Boten« hieß. Von dort hatte ihn die aufmerksame Samantha mit ihrem Golf abgeholt, und da er schon mal zur Hand war, half er beim Entladen des Kofferraums.

Auf der Treppe lag eine grauschwarze Tigerkatze. Im Nachbarhaus zitterte am Fenster direkt unter der riesigen Satellitenschüssel die Gardine.

»Wir werden beobachtet«, stellte Schönbach fest.

»Andauernd«, erklärte Samantha, während sie nach dem Schlüssel kramte. »Die da drüben kriegen sich gar nicht mehr ein, seit wir hier sind. Vor allem der Bengel, der fährt voll auf uns ab.«

Sie hatte den Schlüssel gefunden.

»Wir haben übrigens beschlossen, die Sache mit dem *Massagesalon* zu lassen«, erklärte sie. »Wir wollen nicht, dass Einheimische hier reinkommen. Die platzen alle vor Neugier. Das ist ein Privathaushalt, wo öfter Besucher auftauchen, und fertig. Wir sind zu auffällig für dieses Nest.«

Sie steckte den Schlüssel ins Schloss.

»Die halten uns für Lesben, Hexen oder Schlimmeres. Wenn Anja und Julian nicht wären, hätten die uns schon die Scheiben eingeschmissen.«

Die Tür ging auf, ohne dass Samantha den Schlüssel gedreht hatte, und im Eingang stand ein bildschönes junges Fräulein, das ein enges schwarzes Lederkleid trug.

»Ah, gut, dass du aufmachst, Swjetlana!«

Samantha stapfte ins Haus, das nach frischer Farbe roch, Schönbach folgte, ließ aber nach wenigen Schritten der Türöffnerin den Vortritt. Die nahm seine Offerte lächelnd an und machte ihn mit ihrem umlederten Wedelpopo ganz wuschig.

»Das ist Swjetlana, unsere *Sklavia*, sie kommt aus Weißrussland«, erklärte Samantha, als sie in der geräumigen Küche angekommen waren. »Das ist Herr Schönbach, unser Investor.«

Die Russin gab Schönbach artig die Hand. Sie war kaum älter als zwanzig, hatte brünettes, lockiges Haar, braune Augen, kirschrot geschminkte Lippen und die typisch slawischen hohen Wangenknochen.

»Wo ist Katja?«, fragte er.

»Unten beim Kunden«, antwortete Samantha.

Genau dorthin entschwebte Swjetlana jetzt mit einem Eimer Wasser. Vom Flur, dessen Wände in sattem Ocker gestrichen waren und in dem ein dicker, roter Teppich lag, führten eine Holztreppe hinauf und eine Steintreppe nach unten. Letztere endete an einer Eisentür ohne Klinke oder Schloss. Die schöne Sklavia öffnete sie, indem sie einem an der Wand angebrachten Kästchen eine Ziffernkombination anvertraute, woraufhin ein Summer ertönte, und während die Tür hinter ihr wieder zufiel, verschwand sie im Dunkel.

»Wegen der Kinder«, erklärte Samantha, die Schönbachs Gedanken erraten hatte. »Und wegen der Einheimischen«, setzte sie hinzu.

Im Parterre oder Hochparterre befanden sich außer der Küche drei Zimmer und das Bad, im Stockwerk darüber, das an den Seiten bereits von den Dachschrägen begrenzt wurde, noch einmal zwei große Zimmer. Diese waren insofern eingerichtet, als dort jeweils ein Bett und ein Kleiderschrank standen, in dem einen kamen ein Hometrainer und ein Fernseher dazu. Es mutete sehr provisorisch an.

»Schönes Haus«, kommentierte Schönbach, nachdem er alles bis auf den Keller gesehen hatte, aber für den interessierte er sich auch nicht, solange Kundschaft darin weilte. Er versuchte sich vorzustellen, wie es sich anfühlen mochte, in einem Haus morgens seine Brötchen zu schmieren und abends *Tatort* zu gucken, in dessen Keller man tagsüber irgendwelche Verrückte ans Andreaskreuz fesselte, die Brustwarzen mit Gardinenklammern zwickte oder den Anus weitete, bis sie begeistert aufjaulten.

Neuerlich schien Samantha seine Gedanken erraten zu haben, denn sie sagte: »Katja hat schon eine Wohnung am Marktplatz. Man soll schließlich Dienstliches und Privates trennen, gerade als Mutter.« Zum letzten Satz grinste sie in frivol untermalter Hoffnungslosigkeit.

Der schönste Raum war das Loggia-Zimmer, wo ein hoher grüner Kachelofen mit Jugendstilornamenten sowie der gesamte Deckenstuck Weltkrieg und Sozialismus überlebt hatten. Als Schönbach durchs Fenster in den Garten schaute, sah er einen kleinen blonden Jungen im Gras sitzen und spielen.

»Ist das Julian?«

Samantha nickte irgendwie schuldbewusst.

»Wo ist denn seine Schwester?«

»Noch in der Schule. Für den Jungen hat Katja keinen Kindergartenplatz gekriegt. Es wird wohl erst einer frei, wenn das neue Schuljahr anfängt.«

»Der arme Bub muss sich doch schrecklich langweilen so allein.«

»Wir kümmern uns abwechselnd um ihn, auch Swjetlana, und seine Schwester sowieso. Einer hat meistens Zeit.«

Da es im Haus für ihn nichts zu tun gab, ging Schönbach in den Garten. Der Kleine auf der Wiese mit seinem immer noch blonden Strubbelhaar sah aus wie ein Elfenprinzchen. Er hatte aus Blättern und Stöckchen eine Art Hütte gebaut und versuchte, einen aufgeregten schwarzen Käfer mit geduldigen Fingerstubsern davon zu überzeugen, dass diese Behausung für ihn gedacht war. Als Schönbach neben ihm stand, schlug er die Augen auf – und als er merkte, dass das nicht genügte, hob er das Köpfchen bis zum Anschlag in den Nacken. Aus einem fragenden Gesichtchen starrten Schönbach aquamarinblaue Augen an, mit einem Strich Weiß über der Pupille.

»Hallo Julian«, sagte Schönbach und hockte sich neben ihn.

Der Kleine folgte ihm mit dem Blick, dann sanken seine Oberlider herab, bis sie fast die Pupillen verdeckten.

»Wer bist du?«, fragte er und wandte seine Aufmerksamkeit wieder dem Käfer zu.

»Ich bin Johannes.«

Julian nickte versonnen und bildete mit den Lippen den Namen nach.

»Du kannst auch Jo zu mir sagen.«

»Jo?« Der Blick leuchtete wieder zu ihm empor, und Schönbach spürte eine sonderbare Wärme in jenem Teil seiner Brust, an welchen Platon zufolge der sterbliche Teil der Seele gefesselt war.

»So heißt man doch nicht!«. widersprach Julian.

»Nein? Dann nenne mich einfach Onkel Jo. Einverstanden?«

Der Junge nickte.

»Was tust du da?«

»Ich hab dem Krabbelkäfer ein Haus debaut, aber er will es nicht.«

»Vielleicht hat er woanders sein eigenes Haus, wo seine Familie auf ihn wartet.«

»Julian, mit wem spielst du da?«, fragte eine Mädchenstimme.

»Das ist Onkel Jo«, sagte der Kleine, ohne aufzusehen, während Schönbach sich umblickte.

Die dort stand, in Jeans, Sweatshirt und einen Rucksack lässig an einer Schulter hängend, hatte dieselben Augen wie ihr Bruder und war ein gertenschlankes, beinahe zu dünnes, stupsnäsig-hübsches, aber sehr ernst blickendes Mädchen, dessen dichtes dunkelbraunes Haar nicht mehr in zwei geflochtenen Zöpfen auf die Brust fiel, sondern von einem starken Gummi zum Pferdeschwanz gebändigt wurde.

»Onkel Jo? – Ach, Sie sind es«, sagte sie.

»Du kennst mich noch?«, fragte Schönbach verwundert.

»Klar, Sie haben uns doch mal besucht.«

»Sag doch bitte Du zu mir.«

»Meine Mama hat gesagt, ich soll Erwachsene immer siezen«, widersprach Anja.

»Onkel Jo ist ein Riese«, sagte Julian.

»Und Riesen darf man duzen«, bestätigte Schönbach. »Hat denn der Junge kein Spielzeug hier?«

»Doch, irgendwo müssen die Buddelsachen liegen.«

»Hier gibt's doch bestimmt einen Spielzeugladen«, wandte sich Schönbach an das Mädchen.

»Ja, am Markt.«

»Kannst du mir den zeigen?«

»Klar. Ich hole sowieso den Julian nach Hause.«

»Ich auch mit zum Spielzeugladen!«, rief der Kleine aufgeregt.

»Natürlich kommst du mit«, sagte Anja, hob ihn auf die Beine, klopfte ihm Gras und Erde von den Knien und richtete seine Kleider.

Am Fenster erschien Samantha.

»Ich hole Julian ab«, rief Anja hinauf.

»Ist in Ordnung!«

»Ich gehe mit den beiden, wir sehen uns später«, sagte Schönbach, und auf Samanthas Gesicht erschien ein Lächeln.

Die drei marschierten los. Sie waren keinen fünfzig Schritte gelaufen – Julian an der Hand seiner Schwester –, als der Kleine sich von ihr losmachte, Schönbach an der Hose zupfte und sagte: »Onkel Jo, Schulter!«

»Er will, dass Sie ihn auf die Schulter nehmen«, dolmetschte Anja.

»Du sollst *Du* zu mir sagen«, sagte Schönbach, während der Kleine jauchzend über seinen Kopf schwebte.

Frommenhausen war ein 10000-Einwohner-Städtchen, ein Marktplatz mit Brunnen und gotischer Kirche inmitten, den historische Fachwerkhäuser sowie ein alles verderbender 60er-Jahre-Bau umgaben. Letzterer beherbergte auf seinen zwei Etagen einen Woolworth sowie ebenerdig das Kino. Im Spielwarengeschäft daneben kaufte Schönbach eine Feuerwehr mit ausfahrbarer Drehleiter, die so groß war, dass Julian sie kaum tragen konnte. Gleichwohl bestand er darauf.

»Wie läuft es in der Schule?«, fragte Schönbach das Mädchen, als sie danach den Markt überquerten.

Anja rümpfte das Näschen und sagte: »Die reden hier alle so komisch. Und wie sie mich zu Anfang angeguckt haben! Als ob ich eine Außerirdische wäre!«

»Bist du doch auch, oder? Komm, mir kannst du's erzählen.«

»Ja, ich komme von der Venus, das sieht man doch.«

»Habt ihr vielleicht Hunger?«, erkundigte sich Schönbach, als sie in eine Pizzeria passierten. »Das ist doch bestimmt der beste Italiener am Platze!«

»Ich weiß nicht«, zierte sich das Mädchen, aber ihr Bruder rief begeistert: »Jaaa, Nudeln!«

»Du trinkst mittags schon Wein?«, fragte Anja vorwurfsvoll, nachdem sie im Lokal saßen und Schönbach einen Chianti zur Pasta geordert hatte.

»Es ist bereits Nachmittag, und zum Essen trinke ich immer Wein. Warum?«

»Ich weiß, dass meine Mama zu viel Wein trinkt.«

»Tatsächlich?«

»Sie sagt es selber immer. Morgens, wenn es ihr schlecht geht. Aber abends trinkt sie dann Wein und hat gute Laune.«

»Siehst du sie denn abends?«

»Na ja, manchmal. – *Ich* werde später nie Wein trinken!«, sagte sie entschieden.

Familie Kommerell – Katja hatte ihren alten Namen wieder angenommen – wohnte im so genannten Neubauviertel der Stadt. Als die Mama am Abend heimkam, waren die beiden Größeren gerade damit beschäftigt, Julian Mensch-ärgere-dich-nicht beizubringen.

»Hallo«, sagte Katja heiser (sie hatte wohl ausgiebig schreien müssen). Etwas ungläubig schaute sie aus schon wieder trüben Augen auf die drei am Fußboden, die ihr Spiel unterbrochen hatten.

»Komisch«, sagte sie leise, »es könnte alles so normal sein.«

4.
Neue Versuchungen

Im Frühsommer des Jahres 2002 konnte man an verschiedenen Stellen der französischen Alpen eine merkwürdige Szenerie beobachten: Gefolgt von einem nachtblauen Mercedes, den eine außergewöhnlich gut aussehende Frau mit tiefschwarzem Haar steuerte und aus dessen Rückfenster Opernarien schallten, fuhr ein großgewachsener, dünner Mann mittleren Alters auf einem augenscheinlich sehr teuren Rennrad in für einen Spinner beachtlichem Tempo jene Passstraßen hinauf, die auch regelmäßig von den Pedaleuren der Tour de France erstürmt wurden. An diesem Juni-Vormittag ereignete sich das Schauspiel auf den Serpentinen an der Nordseite des Col du Galibier.

Die Frau schaute die meiste Zeit gelangweilt, was ihr entzückend stand, und ließ ihr linkes, gebräuntes Bein aus dem Fenster baumeln, so dass alle Welt ihre wohlgeformte Wade und ihre hochgotische Fessel hätte bewundern können, sofern hier oben jenseits der Vegetationsgrenze so etwas wie alle Welt existiert haben würde. Ein fettes Murmeltier war das einzige Wesen, das sich zeigte, und obwohl die Sonne brannte, lag in einigen Klüften noch Schnee.

Der hochgewachsene Mensch, dem der Schweiß von Nase und Kinn in einem sich schließlich vereinigenden Rinnsal auf die rasierten Beine troff, so dass er sich wenig um die hinter ihm lümmelnde Frau scheren konnte, war natürlich niemand anderes als Johannes Schönbach. Angesichts des kleinen Muskelgebirges auf seinen Oberschenkeln und des Tempos, das er mehr als 2000 Meter über dem Meeresspiegel immer noch anschlug, lag auf der Hand, mit welcher Beschäftigung er den größten Teil der vergangenen Jahre verbracht hatte. Auf dem Rennrad (am Berg) hatte er so etwas wie sein Glück gefunden.

Schönbach überquerte den Col du Galibier mit fünfminütigem Zwischenstopp, um das grandiose Panorama zu genießen und kurz den Triumph auszukosten, aus eigener Kraft auf über 2600 Meter gestrampelt zu sein. Deprimierend schnell verwandelte sich die mühsam erlangte potenzielle Energie auf der Abfahrt in kinetische. Die Frau, bei welcher es sich immer noch um Helen handelte, konnte den Wagen endlich rollen lassen, und im Nu war man auf nurmehr noch 1000 Höhenmetern angelangt. Linker Hand lockte der Schenkelkitzler Les Deux-Alpes, aber weiter ging's hinab, bis zum Fuße der berüchtigten 21 Haarnadelkurven, zwischen denen sich die mit Hektolitern von Schweiß genetzten Rampen der Straße nach L'Alpe d'Huez reckten, dem legendenumwobenen Etappenzielort der Tour de France. Und zwar, wie Schönbach feststellte, ansatzlos mit über zehn Prozent Steigung. Schnell war sein Puls bei 160, die Kette rasselte aufs vorletzte Ritzel, die kleinste Übersetzung fuhr er so gut wie nie, weil er, wie er es nannte, immer noch *eine letzte Patrone im Lauf* haben wollte. Und während er sich unter neuerlichen Schmerzen die viel extremere Steigung als am Galibier hinaufquälte, sprach sein in diesem Moment kaum mehr durchblutetes Großhirn zu ihm: Warum tust du das?

Auch in solchen Momenten erfolgt keine Antwort, dafür nahm die Steigung hinter der dritten Kurve nochmals zu, das sind jetzt locker zwölf, dreizehn Prozent, dachte er, raus aus dem Sattel und treten, treten, treten …

Die siebente Kurve fuhr Schönbach so weit wie möglich außen, um ein paar Sekunden zu verschnaufen, und als er sich wieder ins Duell mit dem Berg stürzte, dachte er, dass es durchaus Parallelen gab zwischen L'Alpe d'Huez und der *Kritik der reinen Vernunft*, hier sein *Konditionslimit*, dort sein *Denklimit*, man konnte am Limit fahren, und man konnte am Limit denken, im Idealfall tat man beides, es war eine Art Biathlon, und Sieger würde letzten Endes derjenige sein, dessen Limiten zusammengerechnet den höchsten Wert ergaben, der die größte Gesamtenergie produzierte. Kant hätte ihn beim Denken mit derselben Leichtigkeit abgehängt wie Lance Armstrong am Berg, aber er hätte Kant am Berg stehen gelassen und würde Armstrong bei jeder Art Denkerei deklassieren. Die Frage war die Summe: Würde Kants außerordentliche Denkkraftleistung ausreichen, sein mutmaßliches Totalversagen am Berg zu kompensieren? Und wie viel Hirnleistung entsprach Armstrongs 500-Watt-Treterei? Außerdem würde er beide locker unter den Tisch trinken (wobei: Kant? Locker? Sicher war das nicht …), und mehr Frauen als der sein Leben lang jungfräuliche Philosoph und der einhodige Rennfahrer hatte er allemal, das ging mit in die Gesamtrechnung … Freilich: Wie viele verführte Frauen wogen die transzendentale Deduktion auf? War das überhaupt zu schaffen?

Der Pulsmesser erklärte den Grund für solche Gedanken, er zeigte 170 Schläge pro Minute, der Endorphinrausch hatte begonnen.

Links neben ihm tauchte jetzt ein anderer Fahrer auf, jünger, kleiner, mit ausgeprägtem Unterkiefer, ein Testosteronselbstinjizierer und Kreatinschlucker vermutlich, dachte Schönbach, der ihn aus den Augenwinkeln einen Lidschlag lang musterte, sehr trainiert, aber keiner jener Ganzkörpermuskeltypen mit Presslufthämmern statt Beinen, die hier in den Alpen hin und wieder an einem vorbeizogen, als stünde man. Also konnte er es auf ein Duell ankommen lassen. Schönbach trat in die Pedale, und sein Puls schnellte auf 180. Der Mercedes folgte mühelos. Der andere auch.

Schönbach ging aus dem Sattel. Direkt oberhalb seiner Knie bissen zwei Krokodile oder auch Weißspitzenhaie zu. Er kurbelte stehend drei- oder vierhundert Meter weit, bis seine Oberschenkel sich anfühlten, als seien sie mit Glassplittern gefüllt – aber als er sich umdrehte, klebte der Kerl an seinem Hinterrad und hatte sich dafür noch nicht einmal erhoben.

Schönbachs beschleunigte nochmals. Seine Lunge brannte, als sei sie im Endstadium tuberkulös, er japste nach Luft, obwohl sein Mund so offen stand wie der einer Boa constrictor beim Mahle. Der Scherbenhaufen, in den seine Beine mit jedem Tritt tauchten, begann nun auch noch zu glühen, aber das Schlimmste waren nicht die Schmerzen, sondern die Scham – und wie groß würde sie erst sein, wenn er nachgeben musste und der Kerl ihn überholte! Die körperlichen Qualen ließen sich jeden Augenblick beenden, aber das Peinlichkeitsgefühl würde tagelang nachhallen. Schönbach war noch nicht weise genug, den anderen mit einem Schulterzucken passieren zu lassen; Weisheit, dachte er grimmig, ist Energiemangel, er kurbelte weiter und weiter, bis die Pulsuhr sich der 190 näherte und seine Hirntätigkeit partiell aussetzte. Wie lange hielt man so etwas durch? Da er ziemlich austrainiert war, überschritt er die 180er-Grenze normalerweise nicht. Er hatte keinen Blick mehr für die Gebirgslandschaft oder für die Schriftzüge auf dem Asphalt, einzig der Dämon in seinem Nacken besaß Gegenwart. Nun ging der andere auch aus dem Sattel, anscheinend wollte er dieses alberne Muskelspiel beenden, und schnell war er mit Schönbach gleichauf. Jetzt bloß nicht lächeln, flackerte es dem durch den Kopf, keinen Gruß ausstoßen, keine Unterwerfungsgeste, weitertreten! Sein Brustkorb fühlte sich an, als habe die Lunge ihren Kerker gesprengt, und doch bekam er nicht genug Luft, in seinen Ohren rauschte ein Orkan, und sein Herz schlug so laut, dass man es bis Grenoble hörte, aber der andere war stärker, er zog einfach vorbei, seitenblicklos, kein Wunder bei diesen Beinen, der trainierte mindestens vier Stunden täglich, außerdem wog er deutlich weniger …

Zieh hin, ich kann dich nicht halten, dachte Schönbach. Aber seine Beine hämmerten weiter in die Pedale, als gehörten sie nicht mehr zu ihm. Sein Puls war bei 194 angelangt, und bettelnd starrte er auf den Höhenmesser. Noch vier Kilometer bis zum Gipfel, ging es ihm durch den Glutkopf, und es war erstaunlich, dass er überhaupt noch Kraft zum Denken fand, die Schmerzen waren jetzt so stark, dass man auf seinem Schenkel eine Zigarette hätte ausdrücken können, ohne dass er es bemerkt haben würde. Folglich hörte er auch nicht, wie Helen aufgeregt hinter ihm hupte, er sah nur den anderen inzwischen sechs, sieben, acht Radlängen vor sich. Bis oben hältst du diesen Puls nicht aus, war das Letzte, was er dachte, dann begann die kahle, sonnenbeschienene Berglandschaft vor seinen Augen zu flimmern, und das Bild brach in sich zusammen.

»Sag mal, bist du verrückt geworden?!«

Etwas klatschte in sein Gesicht. Wasser rann ihm in den Nacken.

»Hörst du mich?«

Schönbach brummte etwas eher Bejahendes.

Er lag auf der Straße. Die Sonne schien ihm ins Gesicht. Sein rechter Arm tat weh, und über ihm kniete Helen. »Bist du verrückt geworden?«, wiederholte sie.

Plötzlich war er wieder klar und reckte den Kopf. Sein Rad lag neben ihm. Er hob den Ellenbogen und sah, dass Blut von ihm tropfte. Sein rechter Oberschenkel war aufgeschabt und brannte.

»Was ist denn passiert?«

»Was passiert ist? Anscheinend bist du verrückt geworden!«

»Ich habe doch nur versucht, diesen Typen abzuhängen.«

»Das war irgendein Profi, du Spinner!«

»Ah, ein Profi …«

»Du hingst auf dem Rad wie besoffen, du bist Zickzack gefahren! Ich hatte Angst, dass du von der Straße abkommst!«

»Dann hätten wir kein Doppelzimmer buchen müssen, stimmt's?«

»Ich finde das überhaupt nicht komisch.«

Helen schien regelrecht empört zu sein. So hatten sich die Dinge zwischen dem einstigen Sportverächter und der Freizeitsportlerin verkehrt. Schönbach verspürte einen gewissen Stolz, dass er imstande war, sich bis zur Bewusstlosigkeit zu schinden, rappelte sich auf und kontrollierte sein Rad. Es war vollkommen funktionstüchtig. Direkt an der Stelle, wo er kollabiert war, hatte ein Fan mit blauer Farbe quer über die Straße geschrieben: *Go on, Lance!* Helen kam mit neuer Wasserflasche und Verbandskasten zurück, wusch ihm die Schürfwunden und klebte ein großes Pflaster auf seinen Ellenbogen.

»Du fährst heute nicht mehr dort rauf!«, befahl sie.

»Und ob ich dort rauffahre …«

»Willst du dich umbringen?«

»Im Gegenteil, ich will auskosten, dass ich lebe.«

»Also ich komme nicht mit«, sagte sie seltsam unterkühlt, »ich schaue mir nicht an, wie du dich umbringst.«

»Brauchst du auch nicht«, versicherte Schönbach, der sich unendlich fit fühlte. »Der andere war nur schneller, das ist alles. Aber es war großartig. Schau, mein Puls ist schon fast wieder normal. Du kannst ja im Hotel auf mich warten.«

Gesagt, getan. Im Stillen hegte Schönbach ohnedies den Verdacht, dass es Helen anstank, ständig im Auto hinter ihm herzuschleichen, auch wenn sie das Gegenteil beteuerte – und nichts war verständlicher. Ihre Entschädigung wartete am Ende seiner Alpen-Durchquerung; dann folgte eine Woche Paris, wo umgekehrt er hinter ihr herschleichen würde, mit Logis im Plaza-Athénée inklusive Karten für die Oper und Abendessen bei Pierre Gagnaire.

Er fuhr die restliche Strecke mit relativer Zurückhaltung, weil der einmal forcierte Puls sofort wieder in den Grenzbereich schnellte und sich nicht mehr drücken ließ. Auf dem Gipfel, wo die architektonische DDR-Ähnlichkeit des Skiorts die Anstrengungen, ihn zu erreichen, einer gewissen Lächerlichkeit preisgab und der Endorphinrausch allmählich verflog, entschuldigte er sich wenigstens bei Kant.

Während wirkliche Millionäre Yachten und Villen am Meer kauften, leistete Schönbach sich also das Pläsier, mit Begleitfahrzeug, Musikbeschallung, wechselnder Hotelübernachtung und einer Luxusfrau, die ihm obendrein noch die schmerzenden Beine massierte, durch Frankreich zu touren.

Er konnte sich diesen müßigen Zeitvertreib gönnen, ohne dass seine finanzielle Situation sich anders als positiv änderte; die H2O-Läden in Berlin, Köln, Düsseldorf, Heidelberg, Göttingen, Münster und natürlich auch in München arbeiteten inzwischen allesamt rentabel, auch wenn er sich nicht darum kümmerte. Anfangs hatte er noch seine Medienkontakte genutzt, um die Idee, dass Wasser nicht gleich Wasser sei, einer breiten Öffentlichkeit unter die Schädeldecke zu pflanzen, und als ein paar sich für seriös haltende Zeitungen und Zeitschriften versuchten, den zumindest wirtschaftlichen Erfolg des Wassers zu torpedieren, indem sie Wissenschaftler sagen ließen, es sei alles Nonsens, Einbildung und vielleicht sogar Betrug, lancierte Schönbach Gegen-Artikel in Boulevard-Magazinen, während der findige Kai eine ungefähr hundertmal größere Kampagne via Internet lostrat, was insgesamt den Erfolg hatte, dass belebtes Wasser eine Zeit lang buchstäblich in aller Munde war. Mit dem Umsatz stiegen die Steuern, und Vater Schönbach trat nun wirklich in die FDP ein. Einen weiteren Geschäftserfolg landete sein Sohn, indem er eine ins Blaue geredete Idee seines baseballbemützten Kompagnons materialisierte. Um die permanenten Verspannungen zu lindern, an denen er aufgrund seiner symbiotischen Beziehung zum Computer litt, hatte sich Kai einen Nackenwärmer besorgt, eine Art Halskrause, die man vor der Anwendung in den Backofen legen musste. Bei dieser Gelegenheit hatte er den Gedanken geäußert, eine Wärmflasche in dieser U-Form sei viel praktischer, und angesichts der enormen Zahl schulterverspannter Menschen würde es sich gewiss lohnen, so ein Ding zu erfinden. Schönbach fand diese Idee sofort plausibel – immerhin hatte die Sache im weitesten Sinne auch mit Wasser zu tun. Er nahm Kontakt mit einem Wärmflaschenhersteller auf, orderte zunächst 10000 Stück, natürlich in Blau und mit dem H2O-Logo drauf, die schickte er den Starbucks, und binnen zweier Januar-Wochen waren sie verkauft. Der begeisterte Wärmflaschenproduzent erhielt einen Folgeauftrag über 50000 Stück, und inzwischen lieferte Kai die Nackenwärmer sogar ins Ausland.

Nicht so gut standen die Dinge in Frommenhausen. Die beiden Liktorinnen hatten Schönbach bislang gerade mal ein Viertel seiner Investitionen zurückerstatten können, aber das war vor dem Hintergrund des Wassergeschäfts absolut nebensächlich. Den Kindern schickte Onkel Jo zu den Geburtstagen und zu Weihnachen Geschenke. Katja sagte ihm am Telefon, mit schwerer Zunge wie immer, beide hätten sich dahingehend geäußert, dass die Geschenke zwar schön seien und sie sich dafür bedankten, aber schöner wäre es, er selber ließe sich mal wieder blicken.

Er tat es nicht. Frommenhausen stieß ihn ab. Es passte nicht in sein Leben. Stattdessen fuhr er in die Alpen oder erklomm, wie im Jahr davor, auf zwei Rädern beherzt den Apennin, in solipsistischem Selbstgenuss, und seine Nichtzuständigkeit für alles außer seinem Wohlbefinden streifte bereits die Grenze zur Perfektion beziehungsweise zum Sozialautismus. Die reizende Helen wohnte mindestens jedes Wochenende bei ihm, und ihr zuliebe reiste er nach Rom, nach Venedig, nach Palma, nach Nizza, nach Marbella (aus Europa bekam sie ihn nicht hinaus), wobei natürlich er die Rechnungen übernahm. Beinahe überflüssig zu erwähnen, dass Helen eine große Anhängerin des Wunderwassers geworden war. Die beiden tranken es nicht nur, sondern badeten auch darin, um zu testen, ob und inwieweit es als sexueller Stimulus taugte – Helen vertrat vehement die Meinung, es wirke anregend. Nach wie vor machte ihn alles an ihr gierig, aber nichts an ihr rührte ihn. Schönbach war zu dieser Zeit glücklich, auf eine etwas dumpfe Weise, aber, fragte er sich mitunter, gab es überhaupt ein nichtdumpfes Glück? Der Zusammenhang von Zufriedenheit und Stumpfsinn, von Glück und Dummheit, war ja von wahrheitsliebenden Autoren gelegentlich thematisiert worden. Hinter der Wand aus Bräsigkeit und Indifferenz, die um ihn emporgewachsen war, hatte sich Schönbach behaglich eingerichtet. Er las kaum noch; stattdessen konnte er minutenlang vor dem Spiegel stehen und seine Oberschenkel betrachten, ohne sich zu schämen. Er hatte, wie man sagt, seinen Frieden mit der Welt geschlossen. Die Geschäfte liefen fast von selbst, sein Konto war nicht mehr leicht zu überziehen, ein Genuss folgte dem anderen; es hätte ewig so weitergehen können.

Nach vollzogener Erstürmung von L'Alpe d'Huez erwartete ihn Helen in ihrer Herberge, einem zweistöckigen, etwas düsteren Hotel mit maßwerkartig verzierter Schnitzbalkonseite, zu mindestens drei Vierteln aus Holz bestehend, so dass es bei jedem Schritt in Zimmern und Fluren und bei jedem Windzug knirschte und knisterte, als sei die jederzeit zu befürchtende Feuersbrunst längst ausgebrochen. Ihr Gemach war komplett mit dunkelroter Tapete ausgekleidet und für ein Berghotelzimmer äußerst weitläufig. Schönbach duschte ausgiebig, schlief ein bisschen, und danach gingen sie spazieren. Um 19 Uhr begann das Abendessen, ein richtiges Mahl, keine Kohlehydrat-Schlacht wie bei den Profis; schließlich fuhr Schönbach nicht nach Frankreich, um sich kulinarisch zu kasteien. Diesmal gab es Salat, geräucherte Forelle, Rehrücken mit Gratin savoyarde und als Dessert Walderdbeeren in Karamelsauce, dazu erst einen Crépy und dann einen Côtes-du-Rhône, die der Maître beide entkorkte und ohne jedes Brimborium auf den Tisch stellte, im schönen Bewusstsein, dass der Wein weder zu warm war noch korkte und seine Gäste sich andernfalls schon melden würden.

Schnell war ihr Gespräch bei seinem Kreislaufkollaps angelangt, und Helen erklärte, wenn er ihr dergleichen noch einmal zumute, werde sie einfach abreisen. Das fand er nun doch rührend, und er fragte: »Seit wann bist du denn so besorgt um mich?«

Sie nahm einen Schluck Wein und entgegnete, das sei ja wohl normal.

»Stell dir vor, du wärest von der Straße abgekommen«, fuhr sie fort, indem sie eine Augenbraue nach oben zog, »die ganzen Scherereien! Die Überführung der Leiche nach Deutschland! Ich weiß nicht mal, wo du begraben sein willst – und ob du ein Testament gemacht hast, in dem ich ausreichend bedacht werde.«

»Ein Testament wäre keine schlechte Idee«, erwiderte Schönbach, während er genießerisch und auch irgendwie genusssicher einen Forellenbissen mit Crépy hinunterspülte. Wenn er jetzt stürbe, überlegte er, würde alles an seine Eltern fallen. Aber wenn die einmal nicht mehr waren? Schon besser, wenn er alles verjuxte.

Er schlug für den morgigen Tag zur Abwechslung eine Bergwanderung vor, was Helen erwartungsgemäß zusagte. Dann aßen sie eine Weile schweigend, bis er neuerlich das Wort ergriff und die für ihrer beider Verhältnis merkwürdige Frage stellte: »Was erwartest du eigentlich vom Leben?«

Helen sah ihn erstaunt an, neigte den Kopf zur Seite und sagte: »Ich will es genießen.«

»Warum glaubst du, dass du das darfst?«

Sie warf ihre Anakondalippen auf und gurrte: »So, wie ich gemacht bin, ist es wohl mein Lebensprinzip.«

»Was aber passiert, wenn das Leben irgendwann kein Vergnügen mehr ist?«

»Das wird sich zeigen. Willst du mir das Essen verderben?«

»Eher im Gegenteil: Die alten Ägypter etwa pflegten den Brauch, bei Festmahlen ein *Memento mori* einzuschalten, auf dass man das Dargebotene desto mehr genieße.«

»Bist du darum heute umgefallen?«

»Vielleicht auch bloß aus Vorfreude auf die kommende Nacht.«

»Bloß?«

Sofort strömte sein Blut, wohin dieser Blick es gebieterisch wies.

Mitunter malte sich Schönbach bei seinen transalpinen Exerzitien tagsüber aus, was er abends im Hotel alles mit Helen veranstalten würde; das ließ ihn die Schmerzen besser ertragen und gab dem Tag ein zwiefaches Ziel. Obwohl er Helen nun schon seit zwei Jahren kannte, hatte die sexuelle Anziehungskraft, die sie auf ihn ausübte, kaum nachgelassen; die Kombination aus Körperschönheit, Talent, Willigkeit und Enthemmtheit hielt seine Leidenschaft am Kochen.

Beim Rehbraten eröffnete er ihr seinen Fahrplan für diese Nacht. Helen äußerte Zustimmung, Einwände, Verbesserungsvorschläge, sie sprachen sozusagen detailliert die Choreografie der folgenden Stunden durch.

Es war goldrichtig, dachte Schönbach später, als Helen mit dem Kopf auf seiner Brust eingeschlafen war, dass du dir eine Frau nach sexuellen Kriterien ausgesucht hast und nicht nach irgendwelchen gemeinsamen Interessen. Es gibt keine Gemeinsamkeit. Partnerschaften sind wechselseitige Dienstleistungsverhältnisse, alles andere ist Quatsch.

Also meinte Johannes Schönbach in jener Juninacht des Jahres 2002, gähnte herzhaft, schob Helens Kopf von seiner Brust, drehte sich auf die andere Seite und sank als ein schwerer Stein tief hinab in die Marianengräben eines traumlosen Schlafs.

5.
»Die Kinder, die Kinder!«

Swjetlana war am Telefon, die liebliche Sklavia, bei der die bedauernswerten Kunden des Frommenhausener Domina-Studios keinen Ständer bekommen durften, sonst setzte es was, und sie klang sehr betreten. Da sie eher konfus redete, bedurfte es einiger Satzfragmente, bis Schönbach begriff, wer da überhaupt anrief, und noch einmal so lange dauerte es, bis er den Sinn ihrer Worte verstand. Katja war ins Kreiskrankenhaus im benachbarten Reichenbach eingeliefert worden, man habe, radebrechte Swjetlana, ein *Andreaskopfsyndrom* bei ihr festgestellt und nun rufe sie ihn an, weil sie nicht wisse, wen sie sonst anrufen solle, Katja habe ja keine Familie, Samantha betreue inzwischen allein die Kundschaft, denn sie selber sei derzeit vor allem als *Erste-Hilfe-Mutter* beschäftigt, das wolle sie nur mitteilen.

Was sie jetzt von ihm erwarte, fragte Schönbach. Und was das überhaupt sei: ein Andreaskopfsyndrom?

Das wisse sie nicht, antwortete Swjetlana, weder das eine noch das andere. Und Samantha müsse Geld verdienen, damit *Butter auf den Tisch* komme, sie habe keine Zeit für die Kinder.

Er werde ihnen Geld überweisen, erklärte Schönbach, sofort, auf der Stelle. Dann müssten sie das Studio halt ein paar Tage schließen, bis Katja wieder gesund sei. Wie habe es sich denn geäußert, dieses Andreaskopfsyndrom?

Katja habe in den vergangenen Wochen oft nichts essen wollen, weil ihr davon übel geworden sei, sie habe sich oft übergeben müssen und sei immer dünner und schwächer geworden.

Das klinge ja nicht gut, sagte Schönbach. Ob sie eine Telefonnummer vom Krankenhaus habe.

Sie hatte.

Als er dort anrief, trug ihm eine Schwester in breitestem Thüringisch vor, Frau Kommerell sei derzeit nicht zu sprechen, sie schlafe tief und fest. Weitere Nachfragen erstickte sie mit dem Bescheid, telefonisch würden über den Zustand von Patienten keinerlei Auskünfte erteilt. Schönbach verlangte den behandelnden Arzt.

Der habe keine Zeit.

Dann werde er warten, entschied der Anrufer. Und siehe da, keine zwei Minuten später meldete sich eine kernige Männerstimme mit nun wiederum breit-niedersächsischem Akzent: »Hier Behrens, mit wem haben wir die Ehre?«

Schönbach stellte sich vor und erläuterte bündig seinen Begehr.

»Sind Sie ein Verwandter?«

»Nein, das nicht, allerdings …«

»In welchem Verhältnis stehen Sie zu Frau Kommerell?«

»Ich bin – ihr Freund.«

»Dann sollten sie schleunigst herkommen.«

»Das klingt alles sehr ernst, bitte, sagen Sie mir, was ist das: ein Andreaskopfsyndrom?«

»Ein – was?«

»Na, woran Frau Kommerell erkrankt ist.«

Am anderen Ende ertönte so etwas wie ein unterdrücktes Kichern.

»Hallo?«

»Entschuldigen Sie«, sagte Doktor Behrens, »es ist eigentlich überhaupt nicht komisch, aber mitunter wächst die Komik aus dem größten Elend. Hat sich das die schöne Russin ausgedacht, die Frau Kommerell gelegentlich besuchen kommt?«

»Von ihr hab ich's, ja.«

»Wann können Sie hier sein?«

»Na ja, ich habe darüber noch nicht nachgedacht …«

»Das sollten Sie aber. Es handelt sich nämlich um ein *Pankreaskopfkarzinom*.«

Katja hatte Krebs. Bauchspeicheldrüsenkrebs. Mitten im Gekröse. Du lieber Himmel, dachte Schönbach, das kommt bestimmt von ihrer Trinkerei. Kaum hatte er das gedacht, fühlte er sich krank. Strenggenommen verspürte er seit Monaten ein Stechen in der Leber. Beziehungsweise ein Pieksen. Oder in der Galle. Und vor kurzem war ihm auch einmal übel gewesen, ohne jeden ersichtlichen Grund.

Die Kinder!, schoss es ihm dann durch den Kopf. Sie ist erst 43, beruhigte er sich sofort wieder, die moderne Medizin kriegt das wieder hin. Chemotherapie, dachte er. Ihre schönen Haare würde sie verlieren. Und nicht mehr als Domina arbeiten können, einstweilen, vielleicht für immer. Jedenfalls starb man nicht mehr so schnell an Krebs heutzutage.

Aber hatte der Doktor nicht gesagt, er möge *schleunigst* herkommen? Was hatte das zu bedeuten?

Bestimmt zur seelischen Unterstützung, beruhigte er sich, während er nervös seinen rechten Oberbauch betastete. Schließlich kam sonst kaum jemand, Katja hatte ja keine Verwandtschaft.

Helen sah zur Tür herein und fragte: »Ich gehe ein bisschen joggen, magst du mitkommen?«

Er schüttelte den Kopf.

»Was ist denn mit dir? Du schaust ja, als sei eines deiner Geschäfte abgebrannt.«

»Ich muss nach Frommenhausen«, sagte Schönbach.

»Wohin?«

»Das liegt in Thüringen. Ich habe dort Geschäftspartner.«

»In Thüringen? Das hast du mir nie erzählt.«

»Es war bislang auch nicht so wichtig …«

»Was sind das denn für Geschäftspartner?« Helen versuchte, gleichgültig zu tun, was freilich im Versuch steckenblieb.

»Es hat mit dem Wasser zu tun.«

»Ach so.« Nun sah sie ihn zu hundert Prozent ungläubig an, fragte aber nur: »Und für wie lange bleibst du weg?«

»Weiß ich noch nicht. Es handelt sich um einen Unglücksfall.«

»Ja, das dachte ich mir gleich«, sagte sie kühl. »Soll ich dir beim Packen helfen?«

Er schüttelte den Kopf.

»Dann geh ich jetzt joggen.«

Wenig später sah er sie zum Englischen Garten laufen. Sie rannte viel schneller als sonst, wütend geradezu, der schwarze Pferdeschwanz flog, und es stand ihr vortrefflich. Er schaute auf den sich entfernenden Popo, den zwei wunderbar gerade Beine davontrugen, elastisch und rhythmisch-geübt; zugleich wohnte diesem Gang ein unverhohlener Stolz inne, auch im Galopp.

Als sie zurückkehrte, waren seine wenigen Sachen gepackt und eine Verbindung eruiert. Katja selbst war telefonisch nicht zu erreichen, jedes Mal wurde ihm dieselbe Auskunft zuteil: Sie sei nicht zu sprechen, sie schlafe.

Er werde morgen früh fahren, erklärte er, als er zu Helen unter die Dusche stieg, um noch etwas von ihrem frischen Schweiß abzubekommen, aber sie wies ihn sehr bestimmt ab.

»Was ist los?«, erkundigte er sich scheinheilig.

»Nichts. Ich habe nur keine Lust.«

»Willst du mir durch die Blume der Verweigerung verklickern …«

»Rede vernünftig mit mir!«

»… dass du mir mein Reiseziel nicht glaubst?«

»Selbstverständlich glaube ich dir.«

Sie drehte ihm den Rücken zu, stellte das rechte Bein auf einen Hocker und begann es abzutrocknen. Schönbach überlegte, ob er ihr reinen Wein einschenken sollte, fand aber, das wirke wie ein Schuldgeständnis, und ließ es bleiben.

Er fuhr nicht erst nach Frommenhausen, sondern direkt nach Reichenbach und bezog im Bahnhofshotel Quartier für eine Nacht. Am Morgen nahm er ein Taxi zum Krankenhaus. Er kam als Quasi-Angehöriger, der einem lange Zeit aus den Augen verlorenen kranken Menschen einen Solidaritätsbesuch abstattete, um dann wieder abzureisen, so sah er es zumindest selber. Was er wirklich hier sollte, wusste er nicht. Er hasste Krankenhäuser, und er konnte nicht helfen. Er war hierhergekommen, weil nicht hierherzukommen unanständig gewesen wäre, sagte er sich. Was ging ihn Katja letztlich an? Ihre beiden *Kolleginnen* würden sich um sie kümmern – die Rückzahlungen konnte er ja weiter stunden –, alles würde gut werden, und er würde heute Abend oder spätestens morgen früh nach München zurückkehren.

Auf der zweiten Etage, wohin ihn die Frau am Empfang gewiesen hatte, lief er einem fast gleich großen, hageren, knochigen Weißkittel in die Arme. Der Mann hatte blutunterlaufene blaue Augen, die hervorquollen und feucht waren, als habe er eben einen nahen Angehörigen unter die Erde bringen müssen, und auf seinem Brustschildchen stand »Dr. Behrens, Stationsarzt«.

Schönbach stellte sich vor.

»Ah, ja, das Pankreaskopf-CA«, brummte der Doktor, der schon ganz weiß auf dem Kopf war. »Famos, dass Sie so schnell gekommen sind. Famos zumindest für Frau Kommerell. Dass Sie es ebenfalls als famos empfinden mögen, sei Gott empfohlen. Wie lange haben Sie die Gute denn nicht gesehen?«

»Fast zwei Jahre«, erwiderte Schönbach.

Der Mann sah ihn verwundert an, wobei die Augen noch etwas stärker hervorquollen, und fragte: »Ich denke, Sie sind der Freund?«

»Ich bin *ein* Freund.«

»Und nun kommen Sie in höchster Not herbeigeeilt? Verstehe. Das ist brav. Aber Sie haben mit Frau Kommerell nicht ernsthaft zu tun?«

»Doch. Ich bin ihr langjährigster Freund überhaupt – nicht im körperlichen Sinne …«

Ein kurzes Schmunzeln zuckte über des Doktors blassbläuliches Antlitz. Sofort wurde er wieder ernst und fragte: »Sie befinden sich im Bilde darüber, was Sie erwartet?«

Ein Schauder lief dem Besucher bei diesen Worten über den Rücken. Er verneinte.

»Frau Kommerell ist sehr krank.«

»Hat sie – noch Haare?«

»Wir verabreichen ihr keine Chemo mehr. Ihre Haare sind also noch vorhanden.«

»Keine Chemo? Warum denn nicht?«

»Wozu sie noch damit belasten? Es hätte wenig Sinn.«

Schönbach sah den Arzt fassungslos an, wobei sich die Fassungslosigkeit zunächst noch überwiegend auf die Zumutung bezog, ihn ans Bett einer anscheinend Todkranken zu rufen.

»Wird sie sterben?«, fragte er.

Behrens faltete seine Hände, die so groß waren wie Schaufeln, schob dabei die Schultern empor sowie zugleich die Unter- über die Oberlippe. Ich kann nichts dafür, schien diese Gebärde zu sagen.

»Wollen wir nicht hineingehen?«, fragte er.

»Wird sie sterben?!«, wiederholte Schönbach.

Der Arzt holte tief Luft, atmete seufzend aus und erklärte schließlich mit fester Stimme und tränenden Augen: »Junger Mann, wir werden dem Schicksal nicht entkommen, ihrem nicht und eines Tages dem unseren nicht, also tun wir am besten, wenn wir ihm mannhaft ins kalte Auge sehen. Sie muss es schließlich auch. Ich habe es ihr vorgestern gesagt. Sie bekam einen so starken Weinkrampf, dass ich ihr eine kolossale Dosis Morphium verabreichen musste. Sie hat ständig *die Kinder, die Kinder!* gerufen, sie wollte gar nicht aufhören damit …«

Der Boden unter Schönbachs Füßen beschleunigte jäh. Er stützte sich mit einer Hand an der Wand ab und fuhr sich mit der anderen an den Hals.

»Ist Ihnen übel?«, fragte der Doktor.

»Warum«, röchelte Schönbach, »warum haben Sie es ihr denn gesagt, das ist doch unverantwortlich, Sie nehmen ihr doch jede Hoffnung …«

Der Doktor schüttelte traurig den Kopf. »In diesem Stadium empfiehlt es sich, dem Patienten, der es ohnehin instinktiv weiß, die Wahrheit zu sagen, damit er seine irdischen Angelegenheiten noch regeln kann.«

Schönbachs Knie begannen zu zittern.

»Was erwartet mich dort drin?«, flüsterte er.

»Eine Frau, die wenig mit jener zu tun hat, die sie vor zwei Jahren zum letzten Mal gesehen haben.«

»Wie sieht sie aus?«

»Wie ein Mensch mit einem Gamma-GT von 1223 eben aussieht. Wie jemand, der zugleich verhungert und verdurstet. Wenn der Krebs die Gallenwege erreicht, wird der Gallenfarbstoff Bilirubin nicht mehr abgebaut beziehungsweise ausgeschieden, soll heißen, die Galle tritt gewissermaßen ins Blut, und eine Gelbverfärbung der Haut setzt ein, insbesondere der Bindehaut des Auges, da diese den Farbstoff besonders stark absorbiert …«

»Und man kann nichts dagegen tun?«

»Nicht in diesem Stadium. Es gibt nicht nur Metastasen in Galle und Leber, sondern auch schon in den Lymphknoten an der Bauch-Aorta. Einige Schwellungen sind bereits so groß wie Walnüsse …«

»Woher kommt so ein Karzinom? Vom Alkohol?«

»Du lieber Himmel, wenn wir das wüssten! Allein vom Alkohol sicher nicht – wobei sie die ersten Tage in der Klinik veritable Entzugserscheinungen hatte. Ich formuliere mal so: Dass sie getrunken hat, wird der Krankheit nicht unförderlich gewesen sein.«

»Wie viel Zeit bleibt ihr noch?«

»Höchstens ein paar Wochen.«

»Hat sie Schmerzen?«

»Momentan wohl nicht. Sie ist sehr schwach. Wenn Metastasen die Knochen erreichen, beginnen heftige Schmerzen, aber das muss nicht passieren. Das Schlimmste bei diesem Krebs ist die schreckliche Übelkeit, deshalb werden die Moribunden über eine Magensonde ernährt. Astronautennahrung, verstehen Sie?«

»Ich habe Angst, dort hineinzugehen.«

»Allenfalls ein Stumpfsinniger hätte keine«, erklärte der Arzt und rieb sich die Nasenspitze. »Kennen Sie die Novelle *Carsten Curator* von Theodor Storm?«

Schönbach schüttelte den Kopf.

»Sie endet mit den Worten: ›Heil dem, dessen Leben in seines Kindes Hand gesichert ist; aber auch dem noch, welchem von allem, was er einst besessen, nur eine barmherzige Hand geblieben ist, um seinem armen Haupte das letzte Kissen aufzuschütteln.‹ Manchmal ist es genau das. Ihre Kinder sind noch nicht reif für dieses Amt, also könnte es *Ihre* Aufgabe sein.«

Wie oft, dachte Schönbach, mochte der Mann in seinem Leben bereits diesen Storm-Satz zitiert haben?

»Sind Sie bereit?«

Der Besucher nickte.

»Kommen Sie!«

6.
Der Anteil des Schmerzes (Johanni Verklärung)

»Du hast *was* getan?«

Helen starrte Schönbach mit einem Gesichtsausdruck an, als habe er ihr gestanden, dass er als Geistlicher auf Lebenszeit in den Vatikan einzutreten gedenke, sofern der Mord, den er gestern Nacht begangen habe, unentdeckt blieb.

Sie trug ein weißes T-Shirt, unter dem sich ihr Oberkörper mehr als abzeichnete und aus dem ihre formvollendeten Arme wuchsen. Sie sah ungemein lebendig aus, und doch, dachte Schönbach, würden diese Brüste welk und faltig werden, diese Lippen würden verdorren, die ganze hohle Anmut des Fleisches würde irgendwann schrumpfen und schmachvoll vergehen.

»Ich habe geheiratet«, wiederholte er, »aber es ist anders, als du meinst …«

»Du verarschst mich«, unterbrach ihn Helen und wühlte mit ihren Augen in seinen. Die schienen noch Spuren dessen in sich zu tragen, was sie vor kurzem gesehen hatten, denn sie fügte wie fröstelnd hinzu: »Nein, du verarschst mich nicht. Erzähle mir, was passiert ist.«

Schönbach berichtete in gebotener Kürze.

Helens Blick flammte zornig auf. »Warum hast du mich nicht angerufen?«, fragte sie.

»Am Telefon konnte ich es dir nicht sagen … ich hatte mehrmals den Hörer in der Hand, aber es hätte nicht funktioniert … Sie stirbt, weißt du … Bauchspeicheldrüsenkrebs … vielleicht ist sie schon tot. Ich bin extra zu dir gekommen, um es dir zu sagen, obwohl ich eigentlich dort sein sollte, ich reise auch sofort wieder zurück, das musst du verstehen …«

»Sag mal Johannes: Was soll der Scheiß?«

»Das ist kein Scheiß, Helen. Es war Lebensrettung. Ich habe nicht nur geheiratet, sondern« – er reckte das Kinn – »auch zwei Kinder adoptiert.«

»Wenn das alles nur ein Gag ist«, sagte sie spitz, »dann solltest du schleunigst damit aufhören.«

»Ich sage die Wahrheit, Schatz –«

»Sag nicht Schatz zu mir!«, fauchte sie, und tatsächlich hatte er sie noch nie so genannt. Ihr Gesicht trug jetzt alle Anzeichen von Abwehrbereitschaft.

»Es ist ein Notfall, Helen, versteh doch! Die Frau, die ich geheiratet habe, ist eine Tote … Zwischen uns ändert sich überhaupt nichts – außer, dass ich die Kinder bei mir habe … Ich muss zurück, ich kann sie nicht allein lassen!«

Helen sank auf den Ledersessel, der zum Zwecke bequemen Schuhanziehens im Flur stand, und bot das Bild eines schockgefällten Menschen, in dem sich zugleich eine ungeheure Wut zur Entladung sammelt.

Es war am Abend seines ersten Besuchtages in Reichenbach, als Samantha die Kinder in Frommenhausen ins Auto setzte und mit ihnen zum 38 Kilometer entfernten Kreiskrankenhaus aufbrach, ein Ritual, das jeden Abend stattfand, seitdem Katja *Bescheid wusste*, und zuvor alle zwei Tage, wie Schönbach erfuhr. Katja lag mit einem durchsichtigen Silikonschlauch in der Nase in ihrem Zweibettzimmer, neben ihr eine frischoperierte Person, dem Namensschild nach eine weibliche, der ein Hirntumor entfernt worden war und deren gesamter Kopf, von dem man nicht wusste, ob er einer Lebenden oder einer Toten gehörte, turbanartig verbunden war. Obwohl der Arzt ihn vorbereitet hatte, war Schönbachs erster Eindruck, als er Katja wiedersah, jener Oh-mein-Gott!-Herzstich gewesen, den der von *draußen* kommende gesunde Mensch stets empfindet, wenn er wie durch einen Felsspalt in die Gegenwelt des Leidens blickt. Was er mit Katja vorhatte, daran ließ der Tod nicht den geringsten Zweifel. Gelbgesichtig, dürr und hohlwangig lag sie da, das Kopfteil ihres Bettes etwas hochgestellt, und aus ihrem trüben Blick sprachen so viel Fassungslosigkeit und Verzweiflung, dass Schönbach die Augen feucht wurden, obwohl er beschlossen hatte, sich nichts anmerken zu lassen. Wie insektenhaft klein und vertrocknet Katja geworden war, sie wog bestimmt weniger als 45 Kilogramm. Ihr Haar hatte die Farbe dunkler Asche, spröde und kraftlos lag es wie ein verwelkender Grabkranz auf dem Kissen und rahmte ein kindergroßes, dem Schönbach bekannten nur entfernt ähnliches Gesicht. Der Königsblick war zwar wiederhergestellt, weit umstand das Gelb des Augapfels die extrem hellblau gewordene Iris, aber es war ein Blick des Schreckens, von dem sich nicht sagen ließ, ob er nur allzu tief in jenen Unterweltsspalt hineingesehen hatte oder bereits von dort zurückschaute.

»Frau Kommerell, Sie haben Besuch«, sagte der Arzt.

Der Blick wandte sich Schönbach zu, der unter ihm erschauerte.

»Du?«, hauchte Katja.

»Hallo Katja.«

»Immer du«, sagte sie nach einer langen Pause.

Sie reichte ihm ihre knochige Hand.

»Und nun zum letzten Mal«, setzte sie nach einer noch längeren Pause dazu, und das waren die einzigen Worte, die zwischen ihnen fielen, auf seine Frage, wie es ihr gehe, hatte sie keine Antwort gegeben, und danach wusste er nicht mehr, was er fragen oder erzählen sollte. So blieb er auf einem Hocker neben ihrem Bett sitzen, hielt ihre Hand, streichelte ihren Unterarm, dessen Haut gelblich und dünn wie Pergament war, wobei er entsetzt feststellte, dass sie sich verschieben ließ und in der verschobenen Stellung verharrte wie Wüstensand, über den ein Wind dahingegangen war. Er zählte bis tausend, und als er fertig war, begann er von vorn. Katja starrte an ihm vorbei in den Schrecken.

Plötzlich krallte sie sich mit anscheinend aller Kraft an seinem Arm fest, hob den Kopf und sagte in einem Tonfall, der ihrem Besucher bis in die letzten Verästelungen seines Marks drang: »Das kann Gott doch nicht zulassen!«

Sie starrte ihn gelbgesichtig an. Auch hier hilft er dir nicht, dein Marxismus-Leninismus, dachte Schönbach. Sogleich verfluchte er sich dafür, wie er angesichts des Äußersten daran denken konnte. Wie schön, dachte er, wäre es doch, wenn Gott noch lebte. Aber Gott war tot, von der anderen Seite kam kein Trost mehr, der Mensch blieb unerlöst und ungetröstet, ein jeglicher bloß eine Kreatur zwischen dem einen Nichts und dem nächsten.

»Was soll denn aus den Kindern werden?«, flüsterte sie und begann zu weinen, tränenlos, und mit einem dumpfen, klagenden, von keinem Schluchzen unterbrochenen Ton, der klang wie das ferne Heulen des Sturmes oder das Winseln eines eingesperrten Hundes.

Sie ist in Wirklichkeit ein Monstrum, diese Welt, dachte Schönbach, und ein ungeheures Grausen fiel ihn an, wie er da saß in seiner entsetzlich hilflosen Zeugenschaft.

Am frühen Abend kamen die Kinder. Samantha, die ihre Lippen trotzig kirschrot geschminkt hatte, blieb in der Tür stehen, als scheue sie sich, den Bezirk des Todes zu betreten. Anja und Julian, die Schwester den Bruder an der Hand haltend, liefen zum Bett, Anja mit puppenhaft erstarrtem Gesicht und geröteten Augen, während dem kleinen Julian der Mund halb offen stand und das Entsetzen es noch nicht vermocht hatte, die Neugier ganz aus seinen Blicken zu drängen. Anja war eine kleine Frau geworden, ein Schmetterling, der unmittelbar davorstand, die Puppe abzustreifen, und der unkindliche, bleiche Ernst verlieh ihrer Miene jetzt schon etwas Endgültiges. Sie erkannte Schönbach, der am Fenster stand, wie er ihrem unmerklichen Nicken entnahm, während Julian vor ihm stehen blieb und fragend zu ihm emporsah. Schönbach fuhr ihm stumm über sein verfilztes Haar.

Die Kinder lehnten sich aufs Bett und streichelten ihrer Mutter die Arme, links das Mädchen, rechts der Junge, welch ein Triptychon, dachte Schönbach, während er Katja flüstern hörte: »Wir sehen uns alle wieder.«

»Mama, ich will nicht, dass du weggehst«, sagte Julian. Seine Tränen tropften aufs Bettlaken.

Schönbach presste seine Schläfe gegen den Fensterrahmen, bis er vor Schmerz hätte aufschreien können, aber es half nichts. Er verließ das Zimmer, im Schritt noch, rannte aus dem Krankenhaus und irrte durch die Stadt, wobei ihn seine Füße Richtung Bahnhof trugen. Das halte ich nicht aus, sagte er unentwegt zu sich, das ist zu viel, das ertrage ich nicht. Verständnislos sah er, wie die Leute ihren täglichen Verrichtungen nachgingen und die Sonne schien, als sei nichts geschehen, als würde nicht pausenlos gestorben und gelitten. Beim hundertsten Das-halteich-nicht-aus fiel ihm auf, wie unangemessen und unverschämt dieses Ich war. Was hatte *er* denn auszuhalten, gemessen an den Kindern?

Er stellte fest, dass er im Bahnhof stand. Er könnte in den nächsten Zug steigen und für immer verschwinden, dachte er. Was ging ihn das hier schließlich an? Dauernd starben Menschen, dauernd starben auch Mütter und hinterließen verzweifelte Kinder, aber irgendwie kamen die auch durch. Leben ist Schmerz, dachte er, sich fremdem Schmerz auszusetzen, war töricht. In den Zug steigen und fort!, dachte er. Aber seine Füße bewegten sich keinen Schritt. Er wusste doch längst, dass er nicht gehen konnte. Er hatte doch längst seine Entschlüsse gefasst.

»Wer ist diese Frau?«, fragte Helen eisig.

Schönbach erzählte es in gebotener Kürze.

»Du besitzt also – ein Domina-Studio«, konstatierte Helen tief durchatmend und in einem staatsanwaltschaftlichen Tonfall, als habe sich ein ohnehin gehegter Verdacht bestätigt.

»Ich besitze es nicht«, entgegnete er, »ich habe bloß ein paar Tausender investiert, um eine alte Freundin zu unterstützen, die zufällig Prostituierte ist …«

»Ein Domina-Studio«, wiederholte Helen somnambul. »Zufällig Prostituierte«, fügte sie hinzu. »In einen Puff steckst du dein Geld, und bei meiner Praxis fehlt es an allen Enden …«

Schönbach musterte sie zweifelnd. Erstens war dieser Vorwurf haltlos, er hatte ihr genug Geld gegeben, zweitens schien sie überhaupt nicht die Dimensionen dessen zu begreifen, wo er hineingeraten war. Er erzählte eindringlicher von Katjas Krankheit, von den Kindern, von der *Nothochzeit*, die ein nicht mal sonderlich überrascht wirkender Standesbeamter am Krankenbett in fünf Minuten routiniert durchgezogen hatte, anders konnte man es kaum formulieren. Als Schönbach ihn das erste

Mal aufsuchte, hatte der Mann, ein weicher, rundlicher Mensch mit Brille und Halbglatze, von mehrmonatiger Wartezeit und Aufgebot geredet, aber nach nur wenigen Worten den Ernst der Lage verstanden. Schon zwei Tage später fand die Hochzeit statt, Samantha und der Doktor waren die Trauzeugen, Swjetlana und die Kinder standen dabei, Ringe und Küsse wurden nicht getauscht.

Katja erwachte in diesen zwei Tagen wieder regelrecht zum Leben und wurde jener Katja etwas ähnlicher, die Schönbach in Erinnerung hatte. Sie interessierte sich für seine Wohnung, für seine Geschäfte, und einmal fragte sie unvermittelt: »Weißt du noch, wie dich Friedhelm damals vom Klo getragen hat? Was haben wir gelacht!«

Und nun lachte sie wirklich, sehr schwach zwar, aber es war eindeutig ein Lachen.

»Hast du eine Freundin?«, erkundigte sie sich ein andermal.

Schönbach nickte.

»Was sagt sie denn zu der Sache?«

»Sie weiß es noch gar nicht.«

»Waas?«, kam es skeptisch aus Katjas heiserer Kehle. »Was wird sie denn dazu sagen?«

»Sie wird es akzeptieren.«

»Ist sie verständnisvoll? Liebevoll? Wird sie lieb zu Julian und Anja sein?«

»Bestimmt.«

»Ganz bestimmt?«

»Ganz bestimmt.«

Schönbach sah Katja fest in die Augen.

»Meinst du, dass sie ihnen« – Katja schluckte – »eine gute Mutter sein kann?«

»Und was hast du geantwortet?«, fragte Helen, ohne den Frost aus der Stimme zu nehmen.

»Dass wir es versuchen werden«, log Schönbach (in Wirklichkeit hatte er gesagt, dass er ihr keine Wahl lassen werde).

Anja war von ihrer Mutter als Erste in den Rettungsplan eingeweiht worden. Als sie mit Schönbach danach in der Cafeteria des Krankenhauses saß, wo Katja die beiden hingeschickt hatte, damit sie alles miteinander beredeten, musterte sie ihn streng aus ihren distanzgebietenden Aquamarinaugen und fragte: »Warum willst du, dass der Julian und ich zu dir kommen? Du kennst uns doch kaum.«

Nichts war berechtigter als diese Frage. Nichts war schwerer zu beantworten. Er konnte unmöglich sagen, dass er sie vor dem Heim bewahren wollte, um nicht mit dem Selbstvorwurf der Hartherzigkeit und unterlassenen Hilfeleistung fortexistieren zu müssen, sie würden sich dann später immer nur geduldet vorkommen. Außerdem sagte ihm ein Gefühl, dass er, Selbstvorwürfe hin oder her, es einfach nicht ertragen würde, wenn die beiden elternlos und verloren dieses Krankenhaus verließen. Wie sollte er es formulieren?

»Weißt du«, begann er, »man muss sich nicht unbedingt gut kennen, um sich zu helfen …«

»Mama hat mir erzählt, dass du uns schon früher Geld gegeben hast. Warum?«

»Wer hat, soll abgeben.«

»Das ist alles?«

»Ich kenne euch kaum, okay, aber ich könnte nicht in Frieden weiterleben, wenn du und dein Bruder … wenn ihr in einem Heim leben müsstet.«

»Und was hast *du* davon?« Ihr Blick erreichte bei diesen Worten eine beinahe schmerzhafte Intensität.

Ja, was hatte er eigentlich davon? Ein ruhiges Gewissen? Endlich jemanden, der ihn wirklich brauchte? Warum machte das Mädchen es ihm so schwer?

»Helfen ist auch eine Art von Glück«, murmelte er. »Außerdem seid ihr beide sehr liebenswürdig.«

Eine Pause entstand. Dann fragte sie: »Was wohnen denn für Leute in München?«

»Leute wie überall …«

»Blöde Leute?«

»Wenn euch München nicht gefällt, gehen wir halt woanders hin. Mich bindet nichts an diese Stadt.«

»Hast du dort niemanden?«

»Na ja«, erwiderte Schönbach nach kurzem Zögern, aber ehe er fortfahren konnte, fragte Anja: »Dann bist du allein? Wie wir?«

Nein, dachte Schönbach, ich habe seit drei Jahren ein Verhältnis mit einer extrem gut aussehenden Frau, von der ich leider nicht weiß, wie sie das hier aufnehmen wird.

»Also ich wohne meistens allein, wenn du das meinst«, antwortete er.

»Und deshalb willst du, dass wir zu dir kommen? Das hättest du doch gleich sagen können.«

Anja wirkte wie erleichtert, und nun begann sie, den Käsekuchen wegzuputzen, den er ihr gekauft hatte.

»Und du, willst du es denn?«, fragte Schönbach leise.

Wieder musterte Anja ihn eindringlich, während sie kaute, aber nicht mehr so skeptisch wie zuvor, sondern offener, beinahe freundschaftlich.

»Ich glaube schon«, sagte sie. Dann begann sie zu weinen, und Schönbach nahm sie in den Arm und weinte mit ihr.

Danach wurde Julian gefragt.

»Willst du später mal bei Onkel Jo wohnen?«

Der Kleine sah erst seine Mutter, dann Schönbach an. »Bei Onkel Jo? Wo wohnst du denn?«

»In München. Das ist eine größere Stadt als Frommenhausen, aber dafür ist auch die Wohnung größer, und es gibt mehr Kinder zum Spielen. Und du bekommst ein eigenes Zimmer.«

»Kann ich auch meinen Teddy mitnehmen?«

»Na klar, du kannst alles mitnehmen«, antwortete Schönbach.

»Und Mami?«, fragte Julian.

Mit dieser Frage wirst du fortan leben müssen, dachte Schönbach, während Anja ihren Bruder in die Arme nahm und ihm sagte: »Mami kann nicht mit, das weißt du doch. Mami ist dann ein Engel.«

Schließlich war Julian, der sich jedes Mal beim Gehen wie ein Rasender an das Bett seiner Mutter klammerte, damit einverstanden gewesen, künftig *bis zum Wiedersehen mit Mama* bei Onkel Jo zu wohnen, und gleich danach hatte Schönbach ein Adoptionsverfahren eingeleitet. Katja hatte testamentarisch den Wunsch fixiert, dass *ihr Ehemann* die Kinder bekomme und ihm einen guten Kontakt zu ihnen bestätigt, und da offensichtlich keine anderen Väter vorhanden seien und Ansprüche geltend machen würden, stünde der Adoption nichts im Wege, hatte der Reichenbacher Beamte versichert.

Am Morgen nach der Hochzeit war die Frau mit dem operierten Gehirntumor aus dem Zimmer gefahren und nicht mehr zurückgebracht worden; danach hatte sich Katjas Zustand wieder verschlechtert.

»Es geht rapide zu Ende«, sagte Doktor Behrens zu Schönbach. »Die letzten Tage haben sie zu sehr angestrengt. Aber Sie haben ihr ein allerletztes Glück bereitet. Es ist ein mittleres Wunder, dass sie noch einmal so vital geworden ist.«

Dann hatte der Mann Schönbach fest die Hand gedrückt und gemurmelt »War mir was ganz Besonderes« – und sich zu seinen anderen Sterbenden begeben.

»Du bist verrückt«, sagte Helen, die aufgesprungen war und deren gesamte Haltung ein mühsam gezügelte Explosionsbereitschaft signalisierte. »Du weißt überhaupt nicht, worauf du dich einlässt!«

Sie begann, nervös auf dem Flur umherzugehen. Die Flügel ihrer Nase vibrierten.

»Was sollte ich denn tun?«

»Was gehen dich die Kinder dieser Frau an? Haben sie keine Verwandten?«

Schönbach schüttelte traurig den Kopf.

»Du kennst diese Kinder doch gar nicht. Hätte es nicht gereicht, wenn du ihnen einen regelmäßigen Betrag überweist?«

»Überweisen, Helen? Wohin denn? Ins Waisenhaus?«

Sie schwieg trotzig.

»Und dann hier ruhig bei Tische sitzen? Mich auf meinen 180 Quadratmetern Deutschland räkeln?«

»Ja, sicher!«, stieß sie mit klirrender Stimme hervor. »Waisen gibt es wie Sand am Meer, du wirst es nicht ändern können.«

»Ich kann es in exakt zwei Fällen ändern. Danke übrigens für deine Unterstützung. Ich frage mich seit mindestens 30 Jahren, wozu ich auf der Welt bin, ich finde, ich sollte nicht beim ersten Versuch einer Antwort kneifen.«

»Ach du lieber Himmel, was für eine sentimentale Scheiße! Es ist überhaupt nichts Besonderes, Kinder zu lieben, alle lieben Kinder, da brauchst du dir nichts darauf einzubilden, das ist pure Biologie, sich um Kinder zu kümmern, ist das Allergewöhnlichste!«

»Ach? Und was wäre außergewöhnlich? Hitler lieben?«

Sie starrte ihn blödsinnig an und fragte: »Eins ist von dir, oder?«

»Nein.«

»Gib es doch wenigstens zu!«

»Es ist nicht möglich! Ich war niemals mit Katja im Bett.«

»Hast du *mich* jemals gefragt, ob ich ein Kind will?«

Nein, das hatte er nicht. Nie hatte er daran gedacht, sich fortzupflanzen, weder mit Helen noch mit sonst wem. Aber auf einmal besaß ihre Frage etwas Einleuchtendes.

»Du hast mich in drei Jahren ja nicht mal gefragt, ob ich bei dir einziehen möchte«, setzte Helen vorwurfsvoll hinzu.

Auch damit hatte sie Recht. Er war nie auf den Gedanken gekommen, dass sie solche Herzensbedürfnisse besaß. Er schien überhaupt unglaublich viel nicht begriffen zu haben.

»Wir können sofort ein Kind machen«, beteuerte er in einem Anhauch von Reue. »Auf der Stelle! Mit größtem Vergnügen! Also ich meine, wenn die Sache vorbei ist – ich bin ja Witwer auf Abruf. Wenn du ein Kind von mir willst: kein Problem, ob zwei oder drei, ist schließlich egal, wenngleich ich keine Ahnung habe, wie das alles funktionieren soll …«

»Ich will keine Kinder!«, rief Helen. »Zumindest jetzt noch nicht«, fuhr sie leiser fort. »Ich will leben.«

Schönbach verspürte dieses Gefühl innerlichen Wegrückens, das sich so oft in seinem Leben gezeigt hatte, und eher mechanisch sagte er: »Das kannst du doch. Wir nehmen uns ein Kindermädchen. Und wenn du aufhörst, mich anzuschreien, heirate ich dich auch.«

»So hab ich mir einen Heiratsantrag immer vorgestellt! Als Zweitfrau und Drittkindmutter!«

»Du bist unfair.«

»Und du bist verrückt!«

»Willst du nicht wenigstens ein Foto sehen?«, fragte Schönbach und griff nach seiner Brieftasche.

»Nein! Mich interessieren die Blagen deiner Ost-Schlampe nicht!«

»Was bist du bloß für ein Miststück, Helen …«

Da kreischte sie auf, griff sich die große Obstschüssel, ein gemeinsames Mitbringsel aus Siena, und schmiss sie auf den Fußboden, wo sie mit dumpfem Klirren zerbarst.

»Und was bist du bloß für ein Idiot!«, brüllte sie von jenseits der Selbstkontrolldemarkationslinie. »Du scheinst nicht zu kapieren, was für eine Frau ich bin! Was du an mir hast! Neben mir aufwachen zu dürfen, ist pures Glück! Einer wie mir dreht man nicht einfach wildfremde Kinder an! Ich bin doch nicht wochenlang im Schritttempo hinter deinem Fahrrad hergekrochen, damit ich zum Dank dafür ostdeutsche Alkoholikerkinder aufziehe! Meinst du, das hat Spaß gemacht? Meinst du, es hat Spaß gemacht, dir dauernd einen runterzuholen?!«

»Mir durchaus«, entgegnete Schönbach kalt.

Er hatte wirklich andere Sorgen. Wer wusste zum Beispiel, wie man Waisen tröstete, wenn sie nachts nach ihrer Mutter verlangten? Ihm war, als habe sein Leben auf einmal so etwas wie Gewicht bekommen.

»Mit zwei Kindern kriegst du so was wie mich nie wieder!«, blaffte Helen mit überschnappender Stimme. Ihre sehnigen Arme zuckten, als stünde sie kurz davor, sich auf ihn zu stürzen und ihm mindestens das Gesicht zu zerkratzen.

Aber Schönbach erwiderte wie aus unendlicher Ferne: »Mit zwei Kindern kann man jemanden wie dich offensichtlich auch nicht gebrauchen.«

Helens Blick erlosch, ihre Wut brach zusammen. »Ich räume heute noch meine paar Sachen aus und verschwinde«, sagte sie leise.

»Mach, was du willst«, antwortete Schönbach, »ich muss mich um meine Kinder kümmern.«

Epilog

Als die drei von der Beerdigung kamen, an der außer ihnen und dem Urnenträger niemand teilgenommen hatte, ging Julian in der Mitte, die linke Hand in der seiner Schwester, die rechte, etwas höher, in der von Schönbach. Keiner von ihnen trug schwarz.

So liefen sie lange schweigend nebeneinander her.

Sie wolle nicht in Frommenhausen liegen, hatte Katja ganz am Ende, mit kaum noch hörbarer Stimme zu Schönbach gesagt, er möge ihre Urne mitnehmen und sie irgendwo begraben, wo ihre Kinder sie später besuchen kommen könnten, in einer größeren Stadt, einer mit Flughafen.

Nun lag sie auf dem Münchner Westfriedhof.

Möglicherweise sprachen die drei von Katja. Vielleicht auch davon, dass sie zusammenhalten und es schon irgendwie schaffen würden. Oder sie redeten vom Mittagessen. So ist der Mensch bekanntlich: Er kommt vom Friedhof und redet vom Essen. Schwerlich darf eine Gattung, die nach Unsterblichkeit verlangt, sich anders verhalten.

Sie liefen durch die Nederlinger Straße auf die Nördliche Auffahrtsallee und steuerten nun direkt das Nymphenburger Schloss an (woraus zu folgern wäre, dass ein eventuelles Gespräch übers Mittagessen keinen unmittelbaren Niederschlag gefunden hatte). Wenig später hatten sie das Portal durchschritten und den Park betreten. Nun ging Schönbach in der Mitte. Es war ein inzwischen angenehm warmer, sonniger Spätherbsttag, der Fön hatte den Himmel ausgefegt und die Wolken gen Norden geschoben. Viele Spaziergänger waren unterwegs.

Bald hatten sich die drei so weit vom Schloss entfernt, dass man von dort kaum mehr ihre Silhouette erkannte, aber zumindest die Sonne würde einstweilen noch dabei sein, wenn Johannes Schönbach, seine beiden Schutzbefohlenen fest an den Händen haltend, auf das unausbleiblich nächste Wunder zuging.

Danksagung

Ich habe – vom Ausrichter des beschriebenen Narrenfestes hoch droben oder sonst wo abgesehen – insbesondere zu danken: Anna für die Initialzündung, Elke fürs Gelächter am Telefon, Beate fürs ontische und Martin fürs ontologische Gründeln, Uli für seine Drängelei, Giacomo und Giuseppe für die Musik; sodann in gewissem, wenngleich sehr engem Sinne auch dem einstigen SED-Politbürokraten, Ersten Sekretär der SED-Bezirksleitung Berlin und somnambulen Maueröffner Günter Schabowski, nämlich dafür, dass er in seinen Memoiren den weiland »verdächtigen Schwund im Großhandelslager Spirituosen« erwähnt (*Der Absturz* – sic! –, Berlin 1991, S. 146).

Für die Lesermundgerechtmachung einiger meiner zahllosen Verstiegenheiten sowie die Herstellung einer vergleichsweisen verbalerotischen Stubenreinheit sei zuletzt und speziell Sara Schindler gedankt.

Alle Personen, Orte und Ereignisse dieses Romans inklusive Mauerfall, Wiedervereinigung, Börsenboom und Tour de France sind frei erfunden. Jegliche Ähnlichkeitserwägung bewegt sich auf dem schmalen Grat zwischen Zufall und Paranoia.